AUSTRIA

AUSTRIA
GESCHICHTE UND GEGENWART

Herausgegeben von Hannes Androsch und Helmut H. Haschek

Mit Beiträgen von Hannes Androsch, Otto Breicha, Alfons Dalma,
Hermann Fillitz, Helmut H. Haschek, Peter Kampits, Herbert Matis,
Gustav Peichl (Ironimus), Wendelin Schmidt-Dengler, Hans Seidel,
Ernst Trost, Adam Wandruszka, Othmar Wessely, Helmut Zolles

Photographien von
Otto Breicha, Franz Hubmann, Erich Lessing,
Barbara Pflaum, Georg Riha, Gerhard Trumler, etc.

Mit 762 Abbildungen

BRANDSTÄTTER

Von diesem Werk wurde im November 1987
eine Auflage von 2000 Exemplaren hergestellt.

Die Redaktion besorgte Günter Treffer.
Der Entwurf des Schutzumschlags und die graphische Gestaltung
stammen von Hans Schaumberger,
die technische Betreuung erfolgte durch Franz Hanns.

Die Gesamtherstellung des Werkes erfolgte beim Landesverlag, Linz.
Gesetzt wurde in der Palatino, 12 auf 12 Punkt.

ISBN 3-85447-189-0

Christian Brandstätter Verlag & Edition Gesellschaft m.b.H. & Co.KG
A-1080 Wien, Wickenburggasse 26 · Telephon 0222/48 38 14-15

Großglockner, Hohe Tauern, mit Pasterzengletscher.

In der Wachau zwischen Dürnstein und Spitz, Niederösterreich.

Blick vom Seewinkel in Richtung Neusiedl am See und Parndorfer Platte.

ALFONS DALMA

DIE UNENTBEHRLICHE EXISTENZ

EINE EINLEITUNG ZU DEN BETRACHTUNGEN ÜBER ÖSTERREICH

Obwohl angeblich die Wiener dazu neigen, können die Österreicher nicht verlangen, geliebt oder auch nur verstanden zu werden. Die Neurosen der Unverstandenen und der Ungeliebten sind in den Kategorien der Weltpolitik und der Strategie nur Belastungen, degradieren den Klagenden zu einer Figur von der Art Don Quichottes. Die Kenntnis des heutigen kleinen und neutralen Landes an der mittleren Donau und an den Ostalpen darf dagegen als unerläßlich für die Abwägung des politischen Gleichgewichtes und der kulturellen, geistigen Struktur Europas — mit deutlichen Auswirkungen auf die Weltlage — gefordert werden. Die mannigfaltigen Beiträge aus der Feder von zahlreichen Autoren dieses Buches wollen zur Kenntnis der Grundzüge und der wichtigsten Inhalte des Begriffes Österreich dienen. Der Pluralismus ihrer Annäherung an das Thema und der intellektuellen Kriterien ist allein schon ein erstes Zeugnis von der Beschaffenheit des Landes und seiner Kultur der Gegenwart.

Die Notwendigkeit, Österreich und die internationalen Auswirkungen der Wechselfälle seiner Geschichte zu kennen, ergibt sich aus den Erfahrungen der Welt- und Europageschichte. Die Präsenz dieses Landes auf seinem unabänderlichen Posten, einem permanenten Schnittpunkt von historischen Wegen und Kraftlinien, dauert schon weit über 1000 Jahre. In diesem Millenium hat die politische Gesellschaft des Gebietes zwischen Wien und Tirol, Linz und Graz, Salzburg und Klagenfurt, mehrmals ihr inneres Gefüge und ihr kulturelles Gepräge gewechselt, ihren unmittelbaren Einfluß sich erstaunlich weit ausdehnen und wieder zur Enge schrumpfen gesehen. Die Konstante der für Europa unentbehrlichen Presenz ist von diesen Wechselfällen unberührt geblieben. Das heutige Österreich ist ein demokratisches, unabhängiges, neutrales, wirtschaftlich solides und geistig weitgehend einiges, kleines, aber intensiv lebendes und produzierendes Gemeinwesen. Es ist durch einen Staatsvertrag mit den vier Siegergroßmächten des Zweiten Weltkrieges in seiner gegenwärtigen Gestalt und Beschaffenheit als eine Notwendigkeit der Sicherheit und des Friedens durch Gleichgewicht in Europa anerkannt und bestätigt worden. Es hat seitdem bewiesen, daß es alle Voraussetzungen der Lebensfähigkeit und des Überlebens besitzt, wenn es nicht von der gewaltsamen Nötigung einer auf den Pfad der Welteroberung geratenen Großmacht überrollt wird. Seiner Lebensfähigkeit und seiner Friedensfunktion ist sich das österreichische Volk nach den Erfahrungen des 20. Jahrhunderts wieder voll bewußt.

Das heutige Bewußtsein und das Selbstbild der Österreicher sind das Ergebnis der Erfahrungen mit der Zeitgeschichte. Die Vernichtung der früheren und jahrhundertealten Daseinsformen und die damit verbundene Demütigung von 1918, sowie das Erlebnis der tragischen Verlassenheit und der Ohnmacht zur Zeit des gewaltsamen Anschlusses an Deutschland durch Hitler im Jahre 1938 waren traumatische Erschütterungen. Ihre Auswirkungen hatten — obwohl alle Völker im Unglück dazu neigen — nichts mit der Selbstbemitleidung zu tun. Der erste Weltkrieg, eine nicht nur österreichische, sondern auch europäische Katastrophe, hatte mit einem Anschlag gegen Österreich, dem Attentat von Sarajevo, begonnen und eine bis heute dauernde Epoche der Entstabilisierung und der spannungsreichen Teilungen von Einflußsphären eingeleitet. Der Zweite Weltkrieg war in jenem Augenblick unabwendbar geworden, als ein Jahr zuvor die demokratischen europäischen Großmächte ohne jeden konkreten, auch nur politischen, aber wenigstens energischen Widerstand das nach dem ersten Weltkrieg klein gewordene Österreich dem Anschluß-Ultimatum des Dritten Reiches ausgeliefert hatten. Das aus solchen Prüfungen des 20. Jahrhunderts hervorgegangene Land kann nicht mit der Verantwortung, sei es für die Irrtümer oder Unterlassungen, sei es für die Gewalttaten der anderen, verantwortlich gemacht werden. Es ist aber auch nicht lediglich als eine kulturelle Nostalgiestätte oder gar als eine unterhaltsame Operettenlandschaft zu begreifen.

Die oberflächliche Beurteilung Österreichs hat sich in der Geschichte meistens gerächt. Um sich nur auf die neuere Geschichte zu beschränken: Das haben auch Napoleon, Hitler und Stalin zu spüren bekommen. Der eine hat gegenüber Österreich seine erste militärische Niederlage erlitten, der andere mit der Vergewaltigung des Landes seiner Geburt den Weg der tödlichen Maßlosigkeit und Unmenschlichkeit betreten, der letztere den ersten Mißverfolg seiner Expansions- und Annexionspolitik in Mitteleuropa erlebt.

Otto von Bismarck war klüger und vorsichtig: Sowohl nach dem Sieg über Österreich 1866, als auch über Frankreich 1870 hat der preußische Staatsmann darauf bestanden, den Habsburger Großstaat im Donaueuropa als den ausgleichenden Faktor zwischen dem russischen Osten und den westeuropäischen Mächten unversehrt zu erhalten. Seine großdeutschen Nachfolger haben dagegen in ihrem Verhältnis zum österreichischen Nachbarn den Weg zu Deutschlands Katastrophe eingeschlagen.

Daß die Fehler und die Mißgriffe in der Behandlung Österreichs durch die Großmächte mit schweren Rückschlägen bezahlt werden müssen, ist keine abergläubische Beschwörung, sondern eine historische Erfahrung. Die Kombination von idealistischen Vereinfachungen des amerikanischen Präsidenten Woodrow Wilson, der antiklerikalen Vorurteile eines Georges Clemenceau, der Geschicklichkeit von glanzvollen, nicht aber auch eindeutig repräsentativen Emigranten aus der k. u. k. Monarchie, wie Thomas G. Masaryk oder Ante Trumbic, und der gut gemeinten journalistischen Slawenfreundlichkeit eines Seaton Watson hat dazu geführt, daß der Friedensregelung nach dem ersten Weltkrieg der gegen Österreich-Ungarn erhobene Vorwurf der Multinationalität und die Verabsolutierung des Prinzips des Nationalstaates zugrunde gelegt wurden. Das hat die Zerstörung der politischen Gemeinschaft der mitteleuropäischen Völker, die Verurteilung Österreichs zum Dasein eines Rumpfgebildes — „l'Autriche, c'est ce qui reste", pflegte Clemenceau zu sagen — und die Bildung von neuen multinationalen, in ihrem Inneren konfliktbehafteten und deshalb unstabilen Nachfolgestaaten wie die Tschechoslowakei, Jugoslawien und Rumänien bewirkt. Die so entstandenen Schwächen machten sich dann später sowohl Hitler als auch Stalin zu Nutzen, um die von den Entente-Mächten etablierte europäische Ordnung aus den Angeln zu heben. Die Sieger von 1918 hatten nicht nur das alte Österreich zerschlagen, sondern zugleich auch das neue, nationale Deutschland mit allen seinen wesentlichen Lebenskräften und Machtgehalten intakt gelassen und damit den späteren Triumph des Nationalismus und die Katastrophe der übernationalen europäischen Gesellschaft eingeleitet.

An Warnungen hat es nie gefehlt, aber die Unkenntnis und der Leichtsinn waren oft stärker. In den ersten Jahren dieses Jahrhunderts, als allmählich durch die Balkankriege die Spannung in Europa wuchs, haben in Frankreich die Gründer der modernen politischen Wissenschaften die Bedeutung des damaligen Österreichs mit treffsicherer Präzision beurteilt. So schrieb Professor Anatole Leroy-Beaulieu im 1908 in Paris erschienenen Buch „Question d'Autriche-Hongrie": „Österreich-Ungarn ist der Eckstein einer europäischen Ordnung. Der Westen und der Osten hätten ein gleiches Interesse daran, daß die Monarchie de facto und de iure stark und unabhängig bleibe . . . Im Gegensatz zu den Vorstellungen mancher Politiker, die sich auf deren Kosten ausbreiten möchten, können die neuen Balkanstaaten nur dann ihre volle Unabhängigkeit behalten oder erhalten, wenn zwischen ihnen und dem großdeutschen, beziehunngsweise dem russischen Reich ein solches unabhängiges und starkes Österreich bestehen bleibt. Sonst würden sie schnell zu den unterwürfigen Vasallen der einen oder der anderen Großmacht herabgesetzt werden . . . Ohne Österreich würde das euroäpische Gleichgewicht der Kräfte endgültig zerstört werden. Manche Nation, wie unser altes Frankreich oder das junge Italien, das sich bereits als eine europäische Großmacht ausnimmt, würden endgültig auf die Ebene einer zweitrangigen Macht degradiert werden . . ."

Das war keine Prophezeiung, sondern eine genaue Voraussage. Die Balkan- und die Nachfolgestaaten Österreichs sind nacheinander von Hitler unterworfen und sodann dem sowjetischen imperialen System eingegliedert worden, während nicht nur Frankreich und Italien, sondern selbst Großbritannien, sowie mit ihnen ganz Europa, ihre führende und ausschlaggebende Weltrolle eingebüßt haben. Und angesichts der Wiederherstellung Österreichs über die Moskauer Deklaration von 1943 und die Bildung des Staates 1945 bis zum neutralen internationa-

len Status von 1955, bleibt auch — auf die Vergangenheit, Gegenwart und Zukunft bezogen — das andere Theorem von Leroy-Beaulieu, vor achtzig Jahren formuliert, gültig: Ohne dieses Österreich, ob groß oder klein, würden das Gleichgewicht, die Sicherheit und der Frieden in Europa „endgültig zerstört werden", wie nach 1918 und 1938.
Die Wechselfälle und das Unglück der österreichischen Entwicklung in den 20er und den 30er Jahren können natürlich nicht nur den äußeren Umständen und Einwirkungen zugeschrieben werden. Das wäre absurd. Es war das Zeitalter der ideologischen Konflikte, einer Art von Religionskriegen zwischen den sozialrevolutionären und den nationalistischen Bewegungen, die beide mit dem totalitären Anspruch von Glaubensgemeinschaften aufzutreten pflegten. Zwischen diesen zwei Tendenzen drohte die liberale und tolerante Demokratie in Mitteleuropa, aber selbst darüber hinaus im Süden und im Westen des heutigen Subkontinents, der damals noch die Welt regierte, zerrieben zu werden. Selbst in einem so alten demokratischen Großstaat wie Frankreich konnte man in den dreißiger Jahren eine tiefe Kluft der Unduldsamkeit zwichen der sozialrevolutionär auftretenden Volksfront und der von der Kultur des Nationalismus bedingten mittelständischen Rechten erleben, die letzten Endes auch zur Niederlage Frankreichs gegenüber Hitlers Großdeutschland geführt hat. Das innere Gefüge der ersten österreichischen Republik war also durch ein Zusammentreffen von autogenen und externen Zeiterscheinungen geschwächt. Dem Rest des früheren Vielvölker-Großstaates schien nur noch — aufgrund der Sprache, der nominellen historischen Reminiszenzen und des intakt und groß gebliebenen Deutschland in der Nachbarschaft — das Aufgehen in einem Großdeutschland ein Ausweg aus der wirtschaftlichen Schwäche und aus der ungewohnten räumlichen Enge zu sein. Alle großen politischen Familien, mit Ausnahme der Monarchisten, also die Sozialisten, die Christlichsozialen und die hierzulande immer schon deutschnationalen Liberalen glaubten, den Anschluß an die demokratische Weimarer Republik sich zum Ziel machen zu müssen, obwohl durch die Friedensverträge mit den Siegermächten eine solche Lösung verwehrt wurde. Nur über den wünschenswerten Zeitpunkt einer Vereinigung mit Deutschland begannen sich deutliche Differenzierungen abzuzeichnen. Während in Deutschland die Sozialdemokraten die Vorherrschaft ausübten, erschien den christlich Sozialen die Anschlußfrage nicht dringend; und umgekehrt, als in Berlin die Zentrumsregierungen den Ton angaben, war für die österreichischen Sozialisten die „nationale Frage" nicht vordringlich. Nach der Machtübernahme durch Hitler kam aber für beide österreichischen Großparteien, ohne von der überwältigenden Mehrheit der kulturellen Kräfte zu reden, ein eventueller Anschluß Österreichs an das Hitler-Deutschland überheupt nicht mehr in Frage. Und selbst im national-liberalen Lager, das in der Ersten Republik immer schon weitaus schwächer war als jene der beiden anderen politisch-ideologischen Großbewegungen, war angesichts der nationalsozialistischen Herrschaft im großen Nachbarstaat lange noch die liberale Grundhaltung neben dem nationalen Affekt spürbar. Die Schwäche Österreichs gegenüber Hitler war nicht in irgendeinem unwiderstehlichen Trend der Bevölkerung zur Vereinigung mit den Deutschen, sondern vielmehr in dem innenpolitischen Zwist begründet. Gerade in den Jahren des Aufstiegs Hitlers zur Macht in Deutschland haben sich die Sozialisten und Christlichsozialen so sehr auseinander gelebt, daß unter den Bedingungen eines latenten — und manchmal auch offenen — Bürgerkrieges eine gemeinsame Front gegen den äußeren nationalsozialistischen Druck und dessen Aktionsgruppen im Inneren nicht mehr möglich war.
Das war aber nicht der ausschlaggebende Grund für den vorläufigen Untergang Österreichs im März 1938. Nur vier Jahre vorher hatte noch das Land den ersten Versuch Hitlers, den Anschluß zu vollziehen, erfolgreich abgewehrt. Obwohl es den nationalsozialistischen Putschisten gelungen war, den österreichischen christlich-sozialen Bundeskanzler Engelbert Dollfuß auf seinem Regierungssitz am Ballhausplatz zu ermorden, während jenseits der deutschen Grenze die sogenannte „Österreich-Legion" und andere bewaffnete Kräfte zum Einmarsch bereit standen, gelang es den Nationalsozialisten schon in der Anfangsphase des Unternehmens nicht, wenigstens Teile der Bevölkerung mitzureißen oder auch nur in einer der Provinz- oder gar Landeshauptstädte die Macht an sich zu reißen. Die scharfe Reaktion der europäoschen Großmächte — Italien hatte mit voller Zustimmung Englands und Frankreichs sofort Truppenbewegungen in Richtung Brenner veranlaßt — schien es Hitler ratsam zu erscheinen jede geplante Intervention von außen zu unterlassen, ja sogar seine bisherige Österreich-Politik zunächst und vorläufig von der äußersten Agressivität zur Achtung der österreichischen Souverenität umzuorientieren.
Diese Vorgänge vom Juli 1934 sind aufschlußreich für die Beurteilung der österreichischen Zeitgeschichte. Sie beweisen, daß Österreichs Unabhängigkeit nur beim gleichzeitigen Zusammentreffen des inneren Willens zur Souveränität und der Bereitschaft, beziehungsweise der Fähigkeit der Großmächte zur wirksamen Intervention gegen einen Übergriff zu erhalten war. Vier Jahre später war bereits die zweite dieser Voraussetzungen entfallen. Die österreichische Regierung war zum Widerstand bereit und konnte in diesem Fall sogar mit der Zustimmung der an sich entfremdeten und verfolgten sozialistischen Bewegung rechnen, was allein schon Hitlers Eile, eine freie Volksabstimmung in Österreich zu verhindern, anzeigt. Das nationalsozialistische Berlin fürchtete die Willensäußerung der österreichischen Bevölkerung. Der Vollzug des Anschlusses durch den deutschen Einmarsch, mit un-

Salzburg. Blick vom Mönchsberg auf die Türme und Kuppeln der Kollegienkirche, des Doms und des Stifts Nonnberg.

Graz. Hauptplatz mit Denkmal Erzherzog Johanns (1878), im Hintergrund der Uhrturm (1561).

Linz. Blick von der Donaulände auf das Brucknerhaus (1974) und die Türme der Stadt.

wesentlicher Beteiligung der prodeutschen Gruppen in Österreich selbst, wurde aber erst dadurch möglich, daß die Großmächte — bis auf schwache Proteste — mit voller Passivität den Beginn der Eroberung Europas durch das Hitler-Deutschland hinnahmen. Frankreich und England waren in einem Zustand der wirtschaftlichen, politischen und militärischen Schwäche, die sich schon vor dem Hintergrund des spanischen Bürgerkrieges offenbart hatte, während Italien durch die Intervention auf der iberischen Halbinsel und durch sein „imperiales" Unternehmen in Abessinien auf Hitler angewiesen und deshalb zu irgendeinem Machtauftritt in Mitteleuropa unfähig war. Der nationalsozialistische Mißerfolg mit Österreich im Jahre 1934 war die erste und einzige internationale Niederlage vor jener Serie von politischen und militärischen Erfolgen, die mit dem Anschluß im März 1938 begann und sich im schnellen Rhythmus nachher fortsetzte, um erst vier Jahre später mit der Schlacht von Stalingrad ein Ende zu finden.
Auf die Generationen von Österreichern, die das Erlebnis der Annexion ihres Landes haben über sich ergehen lassen müssen, konnte das Ereignis selbst, aber auch die Abfolge der weiteren Entwicklungen nur einen vernichtenden Eindruck machen. Nur ein halbes Jahr nach der Eroberung Österreichs konnte Hitler auf der Münchner Konferenz die ausdrückliche Kapitulation der demokratischen Großmächte vor seinem Herrschaftsanspruch feiern und bereits den zweiten Nachfolgestaat der früheren österreichischen Monarchie, die Tschechoslowakei, zerschlagen, worauf deren totale Unterwerfung und Auflösung im Frühling 1939 folgte. Als dann die militärische Schwäche der Westmächte und die Allianz der totalitären Tyrannen Hitler und Stalin zur Niederwerfung und Teilung Polens innerhalb zweier Herbstwochen führte, acht Monate später die historische Großmacht Frankreich durch eine Blitzoffensive überrannt und Paris mit einer Hälfte des Landes von deutschen Truppen besetzt wurde, im Frühling 1941 das ganze südöstliche Donaueuropa und der Balkan einschließlich der Ägäis von der Wehrmacht okkupiert wurden, mußte sich der Österreicher in den Jahren von 1938 bis mindestens 1943 das totale Gefühl des Weltuntergangs und der hoffnungslosen eigenen Ohnmacht vor dieser Entfesselung von Gewalten bemächtigen. Kein Wunder, daß der Großteil der Bevölkerung sich nicht einmal immer in eine opportunistische, sondern meistens nur resignierte Passivität flüchtete und so einem solchen Schicksal beugte. Gerade die Politik und die öffentliche Meinung der Mächte, die Hitler nicht rechtzeitig aufhalten konnten und Österreich 1938 völlig im Stich ließen oder dessen Unglück schlicht ignorierten, könnten daraus den Menschen der heutigen Republik — ein halbes Jahrhundert später — keinen Vorwurf machen.
Die Ereignisse im Zuge der Befreiung Österreichs im Frühling 1945 runden dieses Bild ab. Göbbels Propaganda hatte die Alliierten mehr von der Existenz und von der Stärke eines bis zu den Zähnen bewaffneten und zum fanatischen Widerstand entschlossenen „Alpenreduits" stärker beeindruckt als die österreichische Bevölkerung, auf dessen nationalem Gebiet diese Hitlerfestung wirksam werden sollte. Das hat sogar die siegreichen Mächte zu unnötigen Vorsichtsmaßnahmen und Verzögerungen veranlaßt. Als aber dann ihre Soldaten von West und Ost den österreichischen Boden betraten, fanden sie nicht nur überall Menschen, die trotz des Notstandes, des Hungers und der anderen Gefahren für das Leben, Hab und Gut, die Wiederherstellung ihres Staates und ihrer Unabhängigkeit feierten, sondern auch eine demokratische politische Gesellschaft, die offensichtlich die Mehrheit der Bevölkerung vertrat und fähig war, ihre Aufgaben zu übernehmen und auszuüben. Das wäre in einem sich selbst entfremdeten Lande nicht möglich gewesen.
Die gleiche Bevölkerung des materiell zerstörten und ausgehungerten Österreichs von 1945 fand auch in sich die Kraft, ihren demokratischen Freiheitswillen in Wien und in der östlichen Besatzungszone gegen den Druck der sowjetischen Weltmacht und gegen die Putschversuche der kleinen, künstlich über ihre wahre Dimension hinaus vergrößerten kommunistischen Partei zu behaupten.
Ohne diese Standfestigkeit der unter dem Existenzminimum lebenden Österreicher wäre die später zustande gekommene Einigung der vier Siegermächte über die Räumung des Landes und über dessen Neutralitätsstatus kaum möglich gewesen. Die gleiche Willenskraft bewies das Land auch durch das Maximum an der produktiven Nutzung der amerikanischen Wirtschaftshilfe, die von vielen anderen Empfängerländern weitgehend vergeudet wurde. Die moralische nationale Gesinnung zeigten die Österreicher dadurch, daß sie bis heute den Amerikanern für die politische, wirtschaftliche und menschliche Hilfeleistung jener Jahre die Dankbarkeit bewahrt haben.
Die Voraussetzungen für die Wiederauferstehung Österreichs als demokratische Republik in Freiheit und Neutralität waren also die Zerschlagung von Hitlers Großdeutschland, der eigene österreichische Wille zum Überleben, die Hilfe des Westens und besonders der Vereinigten Staaten von Amerika, aber auch die Entwicklung des Ost-West-Verhältnisses in ihrer Auswirkung auf die politische Stellung des Landes. An einer ausschlaggebenden Kreuzung der Kraftlinien der russischen Nachkriegsexpansion und der westlichen Eindämmungsbemühungen hatte sich ein toter Punkt gebildet. Nach Stalins Tod entstand kurzfristig eine Pause, in der die Spannkraft der nach außen gekehrten sowjetischen Energien nachließ, während in Moskau um die Nachfolge des großen Diktators gerungen und Chruschtschow erst hinter den Kulissen im Aufstieg war. Das war die Sternstunde Österreichs, die zuerst vom Kanzler Julius Raab und von anderen österreichischen Politikern erkannt wurde. Glücklicherweise konnten die Österreicher davon auch die Freunde unter den westlichen Alliierten überzeugen. Als

Wien. Vogelschau, mit Rathaus, Rathauspark, Ringstraße, Burgtheater (Mitte), Minoritenkirche (dahinter) und Hofburg (oben rechts).

auf diese Weise der Staatsvertrag von 1955 zustande kam, war in den seitdem folgenden Jahren und Jahrzehnten so etwas wie eine aufdämmernde allgemeine Erkenntnis der Mächte in West und Ost von der permanenten, alten und geschichtlichen Stabilisierungsfunktion Österreichs in Mitteleuropa zu beobachten. Selbst in den ausgedehnten und gigantisch gewordenen Maßstäben der weltweiten Mächtepolitik gegen Ende des 20. Jahrhunderts und ungeachtet der reduzierten absoluten und relativen materiellen Größe des heutigen Österreichs, scheint diese Rolle des Donaulandes an den Ostalpen unverändert geblieben zu sein. Das spiegelt sich im Festhalten aller Großmächte am Staatsvertrag und in der wiederhergestellten Rolle Wiens als Treffpunkt der Weltdiplomatie, aber auch in so charakteristischen Details wider, daß Länder von derart verschiedener Größe und Stärke wie China und Albanien, die sich in einer betonten und selbstgewählten Isolierung verschlossen hatten, ihre ersten Fühler zur Wiederherstellung der Kontakte mit der übrigen Welt vorsichtig über Wien ausgestreckt hatten.
In den mehr als vier Jahrzehnten der Zweiten Republik dürften sich die Bedingungen der neuen österreichischen staatlichen Existenz ausreichend kristallisiert haben.
Die erste ist der nationale Wille zur Unabhängigkeit, Souveränität und zum historischen Überleben. Einen ebenso unentbehrlichen Stellenwert hat das Festhalten an den Menschenrechten und an den demokratischen Freiheiten. Diese Werte brauchen die Garantie eines zuversichtlichen Rechtsstaates in der besten altösterreichischen Tradition und die Sicherung eines politischen Grundkonsens. Der soziale Friede und eine gerechte Wohlstandsgesellschaft sind die Errungenschaften der Zweiten Republik, deren Krise oder gar Ausbleiben die Grundlagen des österreichischen Gefüges erschüttern könnten. Die Neutralität ist eine im Interesse des internationalen Friedens übernommene außenpolitische Funktion, die weder die Souveränität noch die innere Freiheit der Republik in Frage stellen darf, wo sie doch vielmehr eingegangen worden ist, um diese Werte durchzusetzen und zu schützen. Bis jetzt hat es die Republik verstanden, die Neutralität nicht mit Neutralismus zu verwechseln, sondern sich dessen bewußt zu bleiben, daß die Freiheit gegenüber der Unfreiheit nicht geistig, meinungs- oder informationspolitisch und gefühlsmäßig neutral bleiben kann. Und schließlich, nur eine moderne österreichische Gesellschaft, die stets geistig, wirtschaftlich und technologisch mit den Spitzenländern der zeitgemäßen Entwicklung Schritt zu halten vermag, kann der Träger der Unabhängigkeit, der Freiheit und der Neutralität sein (auch darin „nach dem Muster der Schweiz").
Österreich hat bis tief in die Nachbarschaft der Jahrtausendwende diese Voraussetzungen seiner Existenz in der Gegenwart mehr oder weniger erfolgreich erfüllt. Das hat ihm im westlichen Ausland die Bezeichnung „Insel der Seligen" eingetragen. Der Ausspruch erinnert an das alte lateinische Wort vom „felix Austria", das wiederum abgeleitet wird von der angeblichen und auf jeden Fall erfolgreichen Richtlinie der Habsburger, der „Casa de Austria": „Bella gerant alii, et tu felix Austria nube!" Die geschichtliche Wahrheit ist aber, daß die alte Größe Österreichs nicht nur auf ergebnisreichen dynastischen Heiratsverbindungen, sondern auch auf viel Schweiß und Mühe, nicht zuletzt auf der Fähigkeit zu großen Menschen- und Blutopfern in Eroberungs-, Verteidigungs- und Befreiungskriegen begründet war. Das Land hat auch grausame Bürger- und Religionskriege gekannt, die sicher nicht sein Glück gefördert haben. Die Metapher von der „Insel der Seligen" kann nicht weniger irreführend sein, als ihr geschichtliches Vorbild. Sie ist auch nie von den Protagonisten der Politik und der Kultur der Gegenwart — etwa vom Altbundeskanzler Bruno Kreisky oder von den führenden Schriftstellern der jüngeren Generation — ohne Widerspruch akzeptiert worden. Die wesentlichen Faktoren des relativen österreichischen Glücks seit der Wiedererlangung der Unabhängigkeit — der politische Konsens, der friedliche soziale Ausgleich, der Wohlstand und die wirtschaftliche Sicherheit, das nationale Kulturbewußtsein — sind vor den Abnützungserscheinungen und dem Wirksamkeitsverlust nicht gefeit. Auch im Ausland wird dem aufmerksamen Beobachter nicht entgangen sein, daß in den Wechselfällen der Parteipolitik die ewige Versuchung des Wiederauflebens von alten ideologischen Reminiszenzen und die Metasthasen der historischen Rivalitäten sich immer wieder bemerkbar machen. Die von innen und von außen her ausgelösten und unvermeidlichen strukturellen und gesellschaftlichen Umwälzungen, wie etwa die postindustrielle „Revolution", die Verschiebung von der Serienerzeugung auf die Automatik und Informatik, von der Industrie zu den Dienstleistungen, von der verabsolutierten sozialen Sicherheit zu der Eigengesetzlichkeit des freien Marktes und der liberalen Initiative, sind nicht immer rechtzeitig erfaßt und noch weniger in die Mechanismen der bisherigen österreichischen „Sozialpartnerschaft", wie sie die Welt zu Recht und auch zu Unrecht bewundert, integriert worden. Der für den Kleinstaat dieser Art und in dieser Stellung unerläßliche Konsens wird durch solche Mutationen ebenso wie durch die Taktiken des allzu exclusiven parteipolitischen Machtanspruches strapaziert. Die von der Krise der Werte erfaßte Kultur entfremdet sich den politisch-gesellschaftlichen Notwendigkeiten und Geboten, führt in die Politik und in die Wirtschaft irrationale, deshalb unkontrollierbare und letzten Endes destabilisierende Konfliktmomente ein. Das Gründergefüge der Zweiten Republik hält aber in diesen späten Achtziger Jahren immer noch. Seine Erneuerungsfähigkeit und das typisch österreichische Beharrungsvermögen lassen auf die Bewährung der Stabilität hoffen.
Ein Kleinstaat mit der Vergangenheit einer geschichtlichen Groß-, ja Weltmacht ist auch ständig in seinem Be-

wußtsein von der Demoralisierung gefährdet. Der Existenzwille, das Streben und Wirken, die Spannkraft und das Selbstbewußtsein eines solchen Volkes können sich auf die Dauer weder im Ehrgeiz nach einem von vornherein nicht unbegrenzten Wohlstand, noch in den Erwartungen auf eine bereits überforderte Sozialversicherung erschöpfen. Dem heutigen Österreich bieten sich aber beachtliche moralische und kulturelle, zeitgeschichtliche Aussichten, die einer erfolgreichen Existenz der österreichischen Gesellschaft auch den sogenanten „höheren Sinn" verleihen könnten. In jenem historischen Raum Europas, wo es zur Zeit Karls des Großen als ein Grenzfaktor zwischen den Welten und damit — wie jedes Grenzgebilde — mit einer Funktion in zwei oder mehreren Richtungen hineingesetzt worden ist, behält auch das heutige Österreich — manchmal auch von seiner öffentlichen Meinung unbemerkt — eine positive und konstruktive Aufgabe. Es muß auffallen, daß von allen Staaten zwischen dem Baltikum und der Adria (und also auch von allen Staaten, aus denen die frühere Habsburger-Monarchie konföderativ zusammengesetzt war) nur noch das heutige Österreich seinen Bürgern die früheren Garantien der Rechtsstaatlichkeit und die neuen, vollen demokratischen Freiheiten bietet. Den Kennern der Nachbarländer ist es nicht entgangen, daß die Republik Österreich deshalb von den zukunftsorientierten geistigen Kräften und von den breiten Bevölkerungsschichten der autoritär regierten Nachbarländer als ein Modell der spontanen historischen Entwicklung in diesem Raum angesehen und empfunden wird. Das ist besonders stark zur Zeit der Erschütterungen von 1956 und 1968 in Ungarn und in der Tschechoslowakei sichtbar geworden, wobei das Positive daran vom Tragischen leider überschattet wurde. Es wirkt aber ständig auch in „normalen" Zeiten, ohne besondere Ausbrüche, unter der Oberfläche der äußeren Zwangsformen nach und fort. Die gemeinsame mitteleuropäische Lebensart und der Menschenschlag, der sie trägt, sterben nicht aus und zeigen die Neigung, sich am freien Österreich zu orientieren und an dessen Bewährung Hoffnungen zu knüpfen. Dieser Herausforderung gerecht zu werden, erfordert von der österreichischen Seite weder politische Initiativen noch die Entfaltung von den Frieden entstabilisierenden Ideologien, sondern lediglich die Aufrechterhaltung der eigenen Modellhaftigkeit der politischen Institutionen und der Praxis, sowie der kulturellen Ausstrahlung, gepaart mit dem echten Gefühl der Verbundenheit und der Partnerschaft mit den Völkern, die geschichtlich und kulturell verwandt bleiben.

Eine Chance und zugleich eine Verpflichtung für das heutige Österreich ist auch die außerordentliche Renaissance des Interesses für die mitteleuropäische Kultur, die seit einiger Zeit auch im westlichen Ausland um sich greift. Die Hochkonjunktur des Mythos vom goldenen Wiener Zeitalter um 1900 mag eben einer glanzüberstrahlten Verbrämung der Vergangenheit entspringen und die Bildung einer Legende fördern, mit allen begleitenden Gefahren der Enttäuschung und der Kurzlebigkeit. Das auslösende Moment dieser Modeerscheinung ist aber die neue Erkenntnis von der Realität der mitteleuropäischen geographischen, kulturellen und mentalitären Gemeinschaft, die auf eine zentrale Quelle in Wien und in Österreich bezogen ist; ein Mitteleuropa zwar ohne definierbare Grenzen, aber mit unverkennbaren Umrissen, Konturen. Darüber ist bereits eine ganze Literatur in Amerika und in Europa, in Englisch, Französisch und Italienisch entstanden, getragen von den Werken der Kulturhistoriker wie William Johnston, Carl E. Schorske oder Claudio Magris, von den Bekenntnissen der Geister wie Eugen Ionesco, Milan Kundera oder gar Karol Wojtyla. Solche und ähnliche Namen sind heute schon eine geistige Großmacht geworden. Die moderne Wissenschaft beruft sich indessen auf die österreichischen wegweisenden Durchbruchleistungen vom Anfang des Jahrhunderts; die in den letzten Jahren tonangebende, neoliberale westliche Denkschule betrachtet die Wiener Schlummpeter und von Hayek als ihre Propheten. Diese moderne Aufwertung des mitteleuropäischen Faktors in der Welt von heute ist keineswegs unkritisch gegenüber Österreich — Johnston definiert es im Wesentlichen als „skurril" — erkennt aber einmütig im österreichischen Raum das Laboratorium an, in dem die Modelle des Erfolges oder des Mißerfolges der höheren menschlichen Existenz, der Freiheit, der Kultur und des ausgewogenen Wohlstandes für diesen, besonderen europäischen Raum erarbeitet werden.

Womit eine Einleitung zur Österreichkunde von heute auf unbeabsichtigten und völlig spontanen Umwegen auf die Formel zurückkommt, die der österreichische Nationaldichter Franz Grillparzer schon vor anderthalb Jahrhunderten für sein Land gefunden hat: „ . . . die kleine Welt, in der die große ihre Probe hält".

ÖSTERREICH
Fläche: 83.853 km²
Einwohnerzahl: 7,52 Millionen

Niederösterreich
Steiermark
Burgenland
Kärnten
Oberösterreich
Niedere Tauern
Waldviertel
Weinviertel
Mühlviertel
Eisenwurzen
Gurktaler Alpen
Karawanken
Dachstein
Totes Geb.
Hochschwab
Wechsel
Bucklige Welt
Oststeirisches Hügelland
Seckauer Alpen
Weinsberger Wald
Wienerwald
Sauwald
Hausruck
Sengsengeb.
Kräuterin
Leithageb.
Marchfeld
Tullner Becken
Wachau
Dunkelsteiner Wald
Strengberge
Strudengau
Machland
Welser Heide
Seetaler A.
Stubalpe
Packalpe
Koralpe
Saualpe
Gleinalpe
Nockgeb.
Eisenerzer A.
Fischbacher A.
Joglland
Rosaliengeb.
Leiser Berge
Wagram
Schöckl
Wien
Linz
Graz
Klagenfurt
Villach
St. Pölten
Wels
Steyr
Krems
Wr. Neustadt
Baden
Mödling
Leoben
Kapfenberg
Bruck/M.
Judenburg
Amstetten
Melk
Tulln
Klosterneuburg
Korneuburg
Stockerau
Hollabrunn
Mistelbach
Zwettl
Gmünd
Horn
Retz
Laa
Litschau
Heidenreichstein
Waidhofen
Schrems
Raabs
Drosendf.
Hardegg
Geras
Eggenburg
Gföhl
Langenlois
Ottenschlag
Freistadt
Rohrbach
Aigen
Schärding
Eferding
Grieskirchen
Gallspach
Vöcklabruck
Gmunden
Bad Ischl
Ebensee
Hallstatt
Bad Aussee
Liezen
Admont
Eisenerz
Mariazell
Lilienfeld
Scheibbs
Lunz
Ybbs
Pöchlarn
Neunkirchen
Mürzzuschlag
Semmering
Gloggnitz
Reichenau
Weiz
Hartberg
Feldbach
Fürstenfeld
Güssing
Oberwart
Pinkafeld
Mattersburg
Eisenstadt
Neusiedl
Neusiedler See
Rust
Illmitz
Hainburg
Bratislava (Preßburg)
Fischamend
Schwechat
Leibnitz
Wildon
Spielfeld
Deutschlandsbg.
Voitsberg
Köflach
Wolfsberg
St. Andrä
Völkermarkt
Bleiburg
St. Veit
Feldkirchen
Ossiach
Wörther See
Velden
Ferlach
Spittal
Millstatt
Radenthein
Tamsweg
Murau
Schladming
Gröbming
Irdning
Rottenmann
Mur
Mürz
Enns
Ybbs
Traun
Donau
Drau
Raab
Kamp
Thaya
Leitha
March
Hochschwab
Großglockner
Hochkar
Ötscher
Rax
Schneeberg
Schneealpe
Veitschalpe
Hochalpe
Stuhleck
Gr. Priel
Pyhrnpaß
Schoberpaß
Präbichl
Packsattel
Turracher Höhe
Katschberg
Radstädter Tauern
Seeberg
Hengstpaß
Pötschenhöhe
Neumarkter Sattel
Perchauer Sattel
Gerichtsbg.
Reisalpe

Lederner Tragkorb zur Beförderung von Salz aus einem frühgeschichtlichen Bergwerk in Hallstatt, Oberösterreich.

ADAM WANDRUSZKA

IM HERZEN EUROPAS

GESCHICHTE BIS 1945

Drei geographische Faktoren haben durch die Jahrhunderte, ja Jahrtausende immer wieder die Geschichte des Raumes bestimmt, auf dem die gegenwärtige Republik Österreich liegt: die Ostalpen, die südlich von dem Gebirgszug gelegene oberitalienische Tiefebene mit dem Po-Tal und dem adriatischen Meer sowie die Donau im Norden der Alpen. Die Ostalpen sind im Westen begrenzt durch den Oberlauf des Rheins und den Bodensee, im Osten durch das Wiener Becken und die pannonische Tiefebene. Verglichen mit den West- und den Zentralalpen, sind die Ostalpen weniger hoch und sowohl in Ost-West- wie in Nord-Süd-Richtung leichter passierbar; das hat die Beziehungen zwischen den Völkern und den Ländern im Süden und denen im Norden der Alpen erleichtert.
Durch die Nähe Oberitaliens und der Adria ist der Raum des heutigen Österreich während der ganzen geschichtlichen Zeit mit dem Mittelmeerraum, der „Sea of Memories", der Wiege der vorderasiatisch-europäischen Hochkulturen, verbunden gewesen. Die Donau hat ein halbes Jahrtausend lang einen Teil der Nordgrenze des Römischen Weltreichs gebildet und war dann die wichtige Verbindungsstraße zwischen dem Westen und dem Osten Europas. Diese lange, die ganze Mitte Europas durchquerende West-Ost-Verbindung des Donautals wird gerade bei Wien gekreuzt durch die uralte Handelsstraße zwischen Süden und Norden, die „Bernstein-Straße", die den Raum Oberitaliens und der Adria mit der Ostsee verbindet.

DIE ANFÄNGE

Die leichte Passierbarkeit sowohl in nord-südlicher wie in west-östlicher Richtung hat bewirkt, daß dieses Gebiet „im Herzen Europas" seit ältester Zeit besiedelt war und wir die Spuren menschlicher Zivilisation hier bis etwa 180.000 Jahre zurückverfolgen können.
Besonders reich sind die urgeschichtlichen Funde aus der älteren Eisenzeit (etwa 800 bis 400 v. Chr.), die nach dem österreichischen Hauptfundort, dem Hallstätter Gräberfeld im Salzkammergut, als „Hallstatt-Periode" bezeichnet wird. Die Menschen dieser Kultur wurden von den Griechen als „Illyrer" bezeichnet.
Auf ihren Zügen durch Europa kamen um 400 vor Christus die Kelten in den Ostalpenraum. Dem keltischen Stamm der Noriker gelang im 2. Jh. v. Chr. die erste Staatsbildung auf dem Boden des heutigen Österreich. Dieses Königreich Noricum kam bald in Kontakt mit den ihre Herrschaft von Italien aus nach Norden ausbreitenden Römern. Zuerst gerieten sie als „Foederati" (Bundesgenossen) unter römischen Einfluß, dann wurde Noricum 15 v. Chr. in das Römische Weltreich eingegliedert, ebenso wie das weiter westlich liegende Raetien, das heutige Tirol und Vorarlberg. Wenige Jahre später wurde auch das im Osten an Noricum angrenzende Pannonien, zwi-

Maske und zwei Hände. Grabbeigaben aus der Hallstatt-Kultur. 7. Jh. v. Chr. Kleinklein, Steiermark.

schen der Drau im Süden und der Donau im Norden und Osten, erobert. Die Romanisierung der keltisch-illyrischen Bevölkerung vollzog sich nach der Eingliederung in das Römische Weltreich schrittweise und ohne besondere Widerstände. Viele Berg- und Flußnamen gehen auf keltisch-illyrische Wurzeln zurück. Die meist lateinischen Namen der größeren Siedlungen sind, zusammen mit den zahlreichen Relikten, die der Spaten der Archäologen an das Tageslicht gebracht hat, Zeugnis für das römische Fundament auch des heutigen Österreich. Wichtige Erbstücke der Römerzeit sind der Weinbau an der Donau und im heutigen Burgenland (wenn auch Ansätze des Weinbaus auf die Keltenzeit zurückgehen) sowie das römische Straßennetz, auf dem dann das spätere Straßensystem bis zur Gegenwart aufbaute. Von den vielen Gegenständen der bäuerlichen Volkskultur der Alpenromanen, die sich bis in unsere Zeit erhalten haben, sei nur das charakteristische Kleidungsstück des „Wetterflecks" erwähnt; ein mantelartiger Überwurf aus grobem Loden mit einer Öffnung in der Mitte, durch die man den Kopf durchsteckt.

Gegen den Druck der Germanen wurde eine gewaltige Grenzbefestigung angelegt, der Limes, der vom Unterlauf des Rheins bis zur mittleren Donau reichte. Ab dem zweiten nachchristlichen Jahrhundert wurde der Druck der Germanen immer stärker. Marcus Aurelius, der Philosoph auf dem römischen Kaiserthron, starb 180 n. Chr. im Feldlager von Vindobona, dem heutigen Wien.

Die im Gebiet des heutigen Österreich stationierten römischen Legionen brachten östliche Kulte ins Land, vor allem auch bald das Christentum, das hier in der Zeit der Christenverfolgungen unter Kaiser Diokletian seine ersten Märtyrer und Heiligen fand, so den im Jahre 304 in die Enns gestürzten Florianus, den späteren Landespatron von Oberösterreich, oder Martinus, den Patron von Westungarn und dem heutigen Burgenland. Bald darauf,

Relief eines Römersteins. 1. Jh. n. Chr. Zollfeld, Kärnten.

Steinrelief einer römischen „Postkutsche" an der Außenwand der Pfarrkirche von Maria Saal, Kärnten. 1. Jh. n. Chr.

im Jahre 313, gewährte Kaiser Konstantin den Christen freie Religionsausübung; nun nahm die christliche Lehre auch in den Donauprovinzen ständig an Anhängern zu. In der Zeit der „Völkerwanderung", grob gesprochen die vier Jahrhunderte vom Einbruch der Hunnen (375) bis zum Ende des Langobardenreiches in Oberitalien (776), sind immer wieder germanische oder asiatische Völkerschaften durch die Ostalpen nach Süden oder Westen gezogen. Die römische Provinzialverwaltung überstand das Ende des Weströmischen Reiches (476) nur um ein paar Jahre; dann wurde die romanisierte Bevölkerung Noricums aufgefordert, nach Italien abzuziehen. In dieser Zeit der zusammenbrechenden zivilen Ordnung war ein christlicher Einsiedler, Severinus, die einzige verbleibende Autorität. In die entvölkerten Gebiete stießen dann die Germanenstämme — im äußersten Westen (Vorarlberg) die Alemannen, weiter östlich (Tirol, Salzburg, Oberösterreich) seit dem 6. Jahrhundert die Baiern. Etwa gleichzeitig siedelten im Süden (Kärnten, Steiermark) von Osten kommend, die Alpenslawen, wie an vielen Fluß-, Berg- und Flurnamen zu erkennen ist (Toblach, Tauplitz, Mur, Mürz usw.). Die Slawen waren dem Andrang der Awaren ausgewichen, einem innerasiatischen Reitervolk, das im 7. und 8. Jahrhundert vom heutigen Ungarn aus ein mächtiges Reich aufbaute. Eine vorübergehende Schwächung der Awaren führte um 660 zur Gründung eines kurzlebigen slawischen Königreiches unter dem geheimnisvollen fränkischen Kaufmann Samo. Inzwischen hatten die Franken, ein ursprünglich am Niederrhein und in Nordfrankreich ansässiger Germanenstamm, ihre Herrschaft über die Alemannen und ihren Einfluß auch auf deren östliche Nachbarn, die Baiern, ausgedehnt. Unter ihrem Schutz kamen irische und angelsächsische Mönche nach Baiern und in die Ostalpen und richteten hier das in den Stürmen der Völkerwanderung fast ganz niedergebrochene Christentum wieder auf. Dabei kam es auch zum Beginn einer Missionierung der Slawen, woraus sich später Konflikte mit den „Slawenaposteln" Kyrill (Konstantinos) und Methodios ergaben. Mit dem Aufstieg der Dynastie der Karolinger und endgültig durch Karl den Großen („Charlemagne") wurde das Herzogtum Baiern fest dem Frankenreich angegliedert und in einem Kriegszug die permanente Gefahr der Awaren im Osten beseitigt. Karl, 800 vom Papst in Rom zum „Römischen Kaiser" gekrönt, errichtete Grenzmarken gegen Osten und Südosten, in die Siedler, hauptsächlich aus Baiern, einströmten. Aber mit der Schwächung des Frankenreiches unter Karls Nachfolgern begann sich diese Organisation der Marken wieder zu lockern: Die Bedeutung des bairischen Stammesherzogtums wuchs, nach etwa hundert Jahren Bestand ging die karolingische Mark im Ansturm eines neuen innerasiatischen Volkes unter: 907 vernichteten die Magyaren (Ungarn) ein deutsches Heer. Dessen Anführer, Markgraf Luitpold, fiel ebenso wie der Erzbischof von Salzburg und zwei weitere Bi-

Reitermaske aus der Römerzeit, ein neuerer Fund aus der Gegend um Herzogenburg, Niederösterreich.

„Victoria". Römische Bronzestatuette aus dem „Dolichenusfund", Mauer, Niederösterreich.

schöfe. Für die nächsten 50 Jahre wurde die Enns die unsichere Grenze zwischen Baiern und dem von den Magyaren beherrschten Gebiet; eine Grenze, über die hinweg die Magyaren immer wieder Vorstöße nach Westen unternahmen.

„OSTARRICHI" UND DIE BABENBERGER

Die große, endgültige Wende brachte erst 955 der Sieg des deutschen Königs Otto I. über die Magyaren in der Schlacht auf dem Lechfeld bei Augsburg. Die Ungarn ließen sich in der Folge in der pannonischen Tiefebene nieder und öffneten ihr Land dem Einfluß aus dem Westen und dem Christentum: Um das Jahr 1000 wurde Ungarn dann unter Stephan I., dem Heiligen, ein christliches Königreich. Über die Ennsgrenze hinweg erfolgte nun von der zweiten Hälfte des 10. Jahrhunderts an die Kolonisation, Christianisierung und allmähliche Germanisierung der östlichen Gebiete des heutigen Österreich. Dabei wurde jetzt von den aus dem Westen ins Land kommenden Neusiedlern auch der Wald gerodet und in Acker- und Weideland umgewandelt. Bei dieser Kolonisation und Besiedlung des östlichen Teils der Ostalpenländer, rund ein halbes Jahrtausend nach der Besiedlung der westlichen Gebiete durch Baiern und Alemannen, spielte dann die weltliche und die geistliche Grundherrschaft, der Adel und die Kirche, in Gestalt der großen, Grundherrschaft ausübenden Klöster und Stifte der alten Orden (Benediktiner, Zisterzienser, Prämonstratenser, Augustiner Chorherren) eine wesentliche Rolle. Es überwiegt die von der Grundherrschaft planmäßig angelegte Dorfsiedlung, während der Einzelhof und das freie Bauerntum in dieser Gegend nur sehr sporadisch zu finden sind. Der gelegentlich und bis zum heutigen Tag immer wieder betonte Unterschied zwischen „West-Österreich" und „Ost-Österreich" hängt zweifellos auch mit diesem Unterschied

Katakomben unter dem Petersfriedhof. Vermutlich 4. Jh. Mönchsberg, Salzburg.

Der Tassilokelch, eine Stiftung des Bayernherzogs Tassilo III. an das Kloster Kremsmünster, Oberösterreich. 764—768.

Seite 25: Leopold VI. der Glorreiche, Markgraf von Österreich (1198—1230). Glasgemälde. Um 1300. Stadtpfarrkirche Steyr, Oberösterreich.

Szenen aus dem Babenberger-Stammbaum des Stiftes Klosterneuburg, Niederösterreich. 1489—1492. Links: Adalbert der Siegreiche, Markgraf von Österreich (1018—1055). Rechts: Leopold II. der Schöne, Markgraf von Österreich (1075—1095).

in der Besiedlung und dem dadurch begründeten Strukturunterschied zusammen. Stark vereinfachend und vergröbernd kann man sagen, daß im westlichen Österreich eine stärkere Tradition der Selbstverwaltung eines freien, selbstbewußten Bauerntums die geschichtliche Grundlage der modernen Demokratie bildet, während die Entwicklung im östlichen Österreich von Anbeginn im Zeichen der „Herrschaft" steht.

Zur Sicherung gegenüber Ungarn wurde auf dem Boden des heutigen Niederösterreichs wieder eine Mark, die „marcha orientalis" errichtet. Der erste urkundlich genannte Markgraf Burkhard wurde 976 wieder abgesetzt und der fränkische Adelige Luitpold zum Markgrafen ernannt.

Damals ist dieses Gebiet, ein verhältnismäßig kleines Stück Land östlich der Enns und südlich der Donau, im Volksmund „Ostarrichi", das heißt „östliches Land", genannt worden, wie wir aus einer kaiserlichen Urkunde aus dem Jahre 996 wissen („in regione vulgari vocabulo Ostarrichi . . . dicto"). Im 12. Jahrhundert ist dann in der Kanzlei der Babenberger für das volkssprachliche „Ostarrichi" der Name „Austria" verwendet worden, der dann ins Italienische, Spanische und Englische übernommen wurde. „Österreich", „Austria", „Autriche" hat dann im Laufe der Jahrhunderte politische Gebiete von sehr verschiedenem Umfang, verschiedener staatsrechtlicher Stellung und verschiedenem politischem Gewicht bezeichnet und ist vom Land an der Donau auf einen aus mehreren Ländern bestehenden Komplex, von dort auf eine zeitweise weltumspannende Dynastie, auf eine europäische Großmacht und in unserem Jahrhundert auf eine Republik übertragen worden. Wir finden diese Bezeichnung ebenso im Namen des Siegers in der Seeschlacht von Lepanto (1571) Don Juan d'Austria wie bei der aus der „Casa d'Austria", der spanischen Linie der Habsburger, stammenden Mutter des französischen Sonnenkönigs Ludwig XIV., Anne d'Autriche, die niemals das Gebiet des heutigen Österreich betreten hat.

An der Wende vom 11. zum 12. Jahrhundert ist das Geschlecht der Babenberger dank der geschickten Politik des Markgrafen Leopold III. des „Heiligen" in die erste Reihe der führenden Geschlechter des „Heiligen Römischen Reiches" aufgestiegen; die Verbindung mit den Könighäusern der Salier und der Staufer ebenso wie mit deren großen Gegenspielern, den Welfen, führte dazu, daß Heinrich II., ein Sohn Leopolds III., von 1143 bis 1156 Herzog von Baiern wurde. Als Kaiser Friedrich I. „Barbarossa", um den Streit zwischen Staufern und Welfen zu beenden, dem Welfen Heinrich dem Löwen das Herzogtum Baiern zurückgab, wurde Österreich 1156 zu einem von Baiern unabhängigen Herzogtum erhoben. Daß Heinrich, der erste Herzog von Österreich, andererseits mit einer byzantinischen Prinzessin verheiratet war, illustriert anschaulich die politischen und kulturellen Folgen der Lage Österreichs und seine Mittlerrolle zwischen dem Osten und dem Westen Europas ebenso wie die länderverbindende Funktion des Donautals. Diese Bedeutung wurde noch vermehrt durch die Kreuzzüge, in deren Ver-

DVX·LEVPOLDVS

König Rudolf I. von Habsburg belehnt seine Söhne Albrecht und Rudolf „zu ungeteilter Hand" mit Österreich und dessen Nebenländern. Urkunde vom 27. Dezember 1282.

lauf es 1191 zu dem bekannten Konflikt zwischen Herzog Leopold V. und dem englischen König Richard I. „Löwenherz", zu dessen Gefangennahme und zu seiner legendenumwobenen Haft in Dürnstein in der Wachau kam. Das sehr hohe Lösegeld, das die Engländer für die Freilassung Richards zahlen mußten, wurde teilweise zur Befestigung von Wiener Neustadt verwendet. 1192 konnte Leopold V. sein Herrschaftsgebiet durch die Erwerbung des Herzogtums Steiermark erweitern; 1232 folgten Krain und Istrien; bereits 1222 stieß Österreich mit der Erwerbung von Pordenone an die Adria vor. Unter den letzten Babenbergern erlebten ihre Länder eine bemerkenswerte wirtschaftliche und kulturelle Blüte.

PRZEMYSL OTTOKAR UND RUDOLF VON HABSBURG

Das Ende des letzten Babenbergers — Friedrich II. „der Streitbare" fiel 1246 in einer Schlacht gegen die Ungarn — fiel zeitlich ungefähr zusammen mit dem Interregnum (1250—1273), der kaiserlosen Zeit im Reich nach dem Tode Friedrichs II. Daher konnte sich die nächstliegende Lösung, der Heimfall der verwaisten Länder an das Reich, nicht durchsetzen. Die Fürsten der Nachbarländer Böhmen und Ungarn meldeten ihre Ansprüche an. Zunächst einigte man sich: Im Friedensvertrag von Ofen 1254 erhielt der Böhmenkönig Przemysl Ottokar II. Österreich, Bela IV. von Ungarn die Steiermark.
Als sich der steirische Adel gegen die ungarische Herrschaft erhob, wurde er von Ottokar unterstützt. Österreicher und Böhmen besiegten die Ungarn, und Ottokar konnte die Steiermark in Besitz nehmen. Der Böhmenkönig gebot nun über ein Reich, das sich von der Ostsee bis zur Adria ausdehnte. Doch mit seinem Machtzuwachs wuchs auch die Zahl seiner Feinde. Sein hartes Vorgehen gegen die großen Adeligen in Österreich und in der Steiermark machte viel böses Blut, der Papst und die deutschen Kurfürsten betrachteten mit wachsender Besorgnis die starke Machtkonzentration in Ottokars Hand. 1273 wurde Graf Rudolf von Habsburg, aus einem in der Gegend von Basel begüterten Geschlecht, zum deutschen König gewählt. Da Ottokar, der sich selbst Hoffnungen auf die Reichskrone gemacht hatte, das neue Reichsoberhaupt nicht anerkannte und die Herausgabe der österrei-

Privilegium maius. Gefälschte Urkunde Rudolfs IV. aus dem Jahr 1358/1359. Folio 1v und 1r des für Kaiser Maximilian I. angefertigten Exemplares. 1512.

chischen Länder ebenso verweigerte wie deren Lehensempfang, wurde der Konflikt unvermeidlich. Als Rudolf in Österreich und Steiermark einrückte, traten die Adeligen und die Mehrzahl der Städte auf seine Seite. Ottokar mußte zunächst nachgeben und das babenbergische Erbe herausgeben (1276). Zwei Jahre hielt der Böhmenkönig still; dann begann er die Feindseligkeiten aufs neue. Doch Rudolf zeigte sich wieder diplomatisch und militärisch überlegen. Er mobilisierte seine ungarischen Bundesgenossen und schlug 1278 in der Schlacht auf dem Marchfeld bei Wien Ottokar vernichtend. Auf der Flucht wurde der Böhmenkönig von persönlichen Feinden aus dem steirischen Adel eingeholt und getötet. Zu Weihnachten 1282 belehnte König Rudolf in Augsburg seine Söhne Albrecht und Rudolf mit Österreich, Steiermark, Krain und der Windischen Mark. Das war der Beginn einer Herrschaft, die 636 Jahre dauern sollte.

DAS HAUS HABSBURG

Bis zum Ende des Mittelalters war das Bestreben der frühen Habsburger vornehmlich auf drei Ziele ausgerichtet. Zunächst galt es, den im Vergleich zu den verstreuten habsburgischen Stammländern am Oberrhein, am Bodensee und im Quellgebiet der Donau relativ großen und geschlossenen Herrschaftskomplex der österreichischen Länder zu bewahren und zu festigen. Dazu war es nötig, die infolge der politischen Verhältnisse der letzten Jahre beträchtlich angewachsene Macht des Adels und teilweise auch der größeren Städte schrittweise wieder rückgängig zu machen. Man kann nicht behaupten, daß die Habsburger von ihren neuen Untertanen mit Jubel empfangen wurden; man empfand sie zunächst als Fremde und Ausländer und warf ihnen vor, daß sie zu viele „Schwaben", also zu viele Gefolgsleute aus ihren bisherigen Besitzungen, in die österreichischen Länder mitbrachten. Doch die Habsburger waren von Anfang an bemüht, sich den Landesbräuchen zumindest äußerlich anzupassen; schon in zweiter Generation verwendeten sie neben den traditionellen habsburgischen Vornamen wie Rudolf und Albrecht auch die „babenbergischen" Vornamen wie Leopold und Friedrich. Das zweite Ziel war der Bau einer „Landbrücke" zwischen den neuen Besitzungen im Südosten und den erwähnten alten habsburgischen Stamm-

landen im Südwesten des Reiches. Das dritte Ziel bestand darin, gestützt auf die starke Territorialmacht im Südosten, die Krone des Heiligen Römischen Reiches, der eigenen Dynastie, dem „Haus Österreich" zu sichern. Denn das Kaisertum stand, nach dem festen Glauben dieser frühen Habsburger, nur ihrem Haus zu.
Zwischen diesen drei Zielen — Bewahrung und Befestigung der Herrschaft in Österreich; Bau einer „Landbrücke" zwischen West und Ost; Erwerbung beziehungsweise Bewahrung der Reichskrone im Besitz der Dynastie — bestand eine enge, wechselseitige Beziehung; und in der Errichtung dieser drei Ziele waren die Habsburger gegen Ende des Mittelalters durchaus erfolgreich, wenngleich erst nach vielen kleinen und größeren Kämpfen mit zahlreichen Niederlagen und Rückschlägen. Nach der Erwerbung von Kärnten (1335), von Tirol (1363) und dem größten Teil des heutigen Vorarlberg (1375) war die Landbrücke nahezu vollendet. Habsburgische Linientrennungen — entsprechend dem Hausrecht, wonach alle Söhne erbberechtigt waren — und die sich daraus ergebenden Streitigkeiten verzögerten freilich diesen Prozeß. Denn nach der kurzen, aber ereignisreichen Regierung des genialischen Herzogs Rudolf IV. des Stifters (1358—1365), der in Rivalität und Nachahmung zu seinem in Prag residierenden Schwiegervater, dem Luxemburger Kaiser Karl IV., auch in Wien eine Universität gründete, den Ausbau der Stephanskirche zur großen spätgotischen Kathedrale entscheidend förderte und durch seine phantasievollen Urkundenfälschungen den einzigartigen Titel „Erzherzog" für die Angehörigen des „Hauses Österreich" als „Erzhaus" schuf, kam es zu einer Zeit der Linientrennungen, die schließlich zur Teilung in drei Ländergruppen führte, die etwa der Dreiteilung durch die römische Provinzial-Einteilung („Raetia", „Noricum ripense" und „Noricum mediterraneum") entsprach.
Nachdem Maximilian I. (1486—1519) wieder das gesamte Gebiet aller habsburgischen Linien in seiner Hand vereinigt und die unter ihrem König Matthias Corvinus in das östliche Voralpenland eingedrungenen Ungarn nach dem Tod ihres Königs 1490 wieder aus Österreich vertrieben hatte, erwarb er 1500 mit Osttirol und Pustertal das letzte Verbindungsstück der Landbrücke zwischen Ost und West. In den habsburgischen Stammlanden waren freilich bedeutende Gebiete an die schweizerische Eidgenossenschaft verlorengegangen, wenn auch andere Erwerbungen dazukamen: 1368 die Stadt Freiburg im Breisgau, 1382 der Hafen Triest an der Adria, um dem Expansionsdrang des übermächtigen Venedig zu entgehen. Im allgemeinen haben die Habsburger ihre Erwerbungen durch Kauf- oder Erbschaftsverträge durchgeführt, allerdings, wenn es nicht anders ging, auch durch Gewalt „nachgeholfen". So hat Kaiser Maximilian I. in Kriegen gegen Bayern (1504) die Gerichtsbezirke Rattenberg, Kitzbühel und Kufstein sowie gegen Venedig (1518) die „Welschen Confinen" südlich von Trient und das Gebiet

Oben: Grabmal Kaiser Friedrichs III. (1440—1493) von Nikolaus Gerhaert von Leyden im Wiener Stephansdom. Ende 15. Jh.
Vorhergehende Seite: Der „Fenstergucker", Selbstbildnis des Meisters Anton Pilgram unter der Kanzeltreppe im Wiener Stephansdom. 1514/1515.

um Cortina d'Ampezzo erworben und damit die Nord- und Südgrenze Tirols bis 1918 festgelegt. Noch zu Lebzeiten seines Vaters Friedrich III. brachte Maximilian durch die Heirat mit Maria von Burgund den größten Teil des reichen burgundischen Erbes an das Haus Österreich, er hat vergeblich die Bretagne und das Herzogtum Mailand zu erwerben gesucht, nach den Kronen von Polen und Schweden gestrebt und sogar mit dem Gedanken gespielt, sich, nachdem er zum zweitenmal Witwer geworden war, auch noch zum Papst wählen zu lassen, um die Verfügung über die reichen Einkünfte der römischen Kurie zu erlangen. Diesen weitgespannten, gescheiterten Plänen des „Don Quixote seines Jahrhunderts" (wie ihn Österreichs größter Dichter im 19. Jahrhundert, Franz Grill-

Reichskrone aus der 2. Hälfte des 10. Jh., gefertigt vermutlich für die Krönung Ottos I. (962). Kronenkreuz um 1010/1020, Bügel um 1024/1039.

Folgende Seite: Die Familie Kaiser Maximilians I. (1492—1519). Von links: Seine Enkel Ferdinand und Karl, sein Sohn Philipp der Schöne, Maria von Burgund, Ludwig von Ungarn. Gemälde von Bernhard Strigel. 1515.

„Handregistratur" Friedrichs IV. (III.) mit seiner Devise AEIOU und den Wappen von Niederösterreich, Österreich und Oberösterreich (von links). 1446.

parzer, genannt hat) steht gegenüber, daß er die Voraussetzungen geschaffen hat für das Habsburgische Weltreich seines Enkels Karl V. ebenso wie für die Erwerbung der Kronen von Ungarn und Böhmen durch Karls Bruder Ferdinand I. und damit für die spätere habsburgische Großmacht im Donauraum.

Als Maximilian I. zu Beginn des Jahres 1519 starb, waren seine Erben seine beiden Enkel, von denen der ältere, Karl, 1500 in den Niederlanden geboren und dort aufgewachsen, seit 1516 als König in Spanien weilte, während der jüngere, der 1503 in Spanien geborene und dort aufgewachsene Ferdinand, seinerseits jetzt zur Vollendung seiner Erziehung bei seiner Tante Margarete in den Niederlanden weilte. Die österreichischen Länder, deren deutsche Sprache keiner von beiden beherrschte, hatte weder Karl noch Ferdinand bisher betreten. Die Abwesenheit der beiden jugendlichen Landesfürsten schien dem Adel und den Städten die Aussicht auf eine Stärkung ihrer eigenen politischen Macht zu eröffnen. Aber der junge Ferdinand, dem die habsburgischen Erblande überlassen wurden (während Karl neben dem spanischen Königreich die Kaiserkrone zufiel), handelte ganz im Sinne des in Westeuropa bereits durchgesetzten fürstlichen Frühabsolutismus und machte kurzen Prozeß. Die Führer der Bewegung, zwei Adelige und sechs Wiener Bürger, wurden zum Tod verurteilt und 1522 hingerichtet. Gefährlicher erschien dann drei Jahre später die bäuerliche Erhebung im Zusammenhang mit dem großen deutschen Bauernkrieg von 1525. Hier waren vor allem Tirol, wo die Bauern in Michael Gaismayr einen bedeutenden Führer fanden, Salzburg sowie das steirische Ennstal Zentren der Erhebung, die aber hier schließlich ebenso scheiterte wie der große gleichzeitige Bauernaufstand im übrigen Gebiet des Heiligen Römischen Reiches.

TÜRKENABWEHR UND GLAUBENSSTREIT

Für das ganze weitere Schicksal der österreichischen Länder entscheidend wurden dann zwei andere Entwicklungen dieser Jahre: das Vordringen der Osmanen in die unmittelbare Nachbarschaft der österreichischen Länder und das Eindringen der Reformation.

Die Bedrohung durch die osmanischen Türken war schon gegen Ende des 14. und dann vor allem im 15. Jahrhundert für die österreichischen Länder aktuell geworden — besonders für die Länder „Innerösterreichs", Steiermark, Kärnten und Krain, die sich unter dem Druck dieser Bedrohung und erster Einfälle türkischer Streifscharen enger zusammenschlossen. Nun aber stießen die Osmanen, nachdem sie Belgrad, die „Pforte nach Ungarn", erobert hatten, nach Ungarn vor und schlugen 1526 bei Mohács das ungarische Heer vernichtend. Der jugendliche König Ludwig II. von Ungarn und Böhmen fiel. Ferdinand I. ergriff sogleich die Gelegenheit, als Gemahl von Ludwigs Schwester Anna Ansprüche auf die Kronen von

CLEOPHAS FRATER CARNALIS IO=
SEPHI MARITI DIVAE VIRG MARIÆ
I
JACOBVS MINOR EPVS
HIEROSOLIMITANVS
MARIA CLEOPHÆ SOROR
VIRG MAR PVTATIVA MA=
TERTERA D N
III
IOSEPH IVSTVS
II
SIMON ZELOTES CONSO=
BRINVS DNI NRI

Böhmen und Mähren zu erheben. Da er ein überaus geschickter und elastischer Politiker und Diplomat war, gelangte er in Böhmen wie in Ungarn an sein Ziel. So ist Ferdinand I. zum eigentlichen „Gründervater" der späteren Donaumonarchie geworden.
Für die österreichischen Länder war die Verbindung mit den Ländern der Wenzelskrone (Böhmen, Mähren, Schlesien sowie zunächst auch die Ober- und Niederlausitz, die dann im Dreißigjährigen Krieg verlorengingen) und der Stephanskrone (Ungarn, Kroatien, Slawonien und Siebenbürgen, das allerdings zunächst ein eigenes, unter türkischer Oberhoheit stehendes Fürstentum blieb) von schicksalhafter Bedeutung. Beide Ländergruppen waren weit reicher als die Gruppe der österreichischen Länder und verfügten zudem über einen mächtigeren und selbstbewußteren Adel. Daher ist die Etablierung des „frühmodernen" oder „absolutistischen" Fürstenstaates in den österreichischen Ländern durch diese Verbindung mit den Reichen der Wenzels- und der Stephanskrone zweifellos verzögert und abgeschwächt worden. Dazu kam noch die Verbindung mit der obersten Reichsgewalt des Kaisertums. Ferdinand, der Schöpfer des Augsburger Religionsfriedens von 1555, folgte 1556 seinem Bruder Karl I. als Kaiser nach. Von nun an verblieb die Krone des Heiligen Römischen Reiches, mit einer kurzen Unterbrechung 1742—1745, bis zum Ende des Reiches (1806) bei der deutschen Linie der Habsburger.
Die ständige Türkengefahr, die Verbindung mit Böhmen und Ungarn und die Verpflichtungen der Reichspolitik wirkten alle in die gleiche Richtung — in die einer Behinderung, Abschwächung und Verzögerung der absolutistischen Tendenzen, auf politischer Ebene im Verhältnis zwischen dem Landesfürsten und den Ständen („parliaments" oder „diets") der einzelnen Länder, auf religiöser Ebene im Streit um das im Augsburger Religionsfrieden dem Landesfürsten prinzipiell zugestandene „ius reformandi", das Recht der Glaubenswahl für sich und seine Untertanen. Die Bedeutung der erwähnten retardierenden

Oben: Hinrichtung des Bürgermeisters Martin Siebenbürger und fünf weiterer Mitglieder des Rates der Stadt Wien (1522). Anonymes Gemälde. 18. Jh.
Vorhergehende Seite:
Links: Kaiser Karl V. (1519—1556) im Alter von 32 Jahren. Gemälde von Jakob Seisenegger. 1532.
Rechts: Kaiser Ferdinand I. (1556—1564), Jugendbildnis. Gemälde nach Jan Vermeyen. Nach 1530.

Faktoren zeigt am eindrucksvollsten ein Blick auf das den österreichischen Ländern benachbarte wittelsbachische Bayern, wo sich bereits in der zweiten Hälfte des 16. Jahrhunderts der absolutistische Fürstenstaat und die katholische Gegenreformation durchsetzten, während in den österreichischen Erblanden diese beiden Tendenzen erst zu Beginn des 17. Jahrhunderts den Sieg errangen. Fast gleichzeitig mit der akuten Türkenbedrohung aus dem Osten erfolgte in den zwanziger und dreißiger Jahren des 16. Jahrhunderts vom Norden und Westen her das Eindringen der neuen Lehren Luthers, Zwinglis und Calvins sowie der Wiedertäufer in die österreichischen

Kaiser Maximilian II. (1564—1576). Gemälde von Guillaume Serots. 1544/1545.
Sultan Süleyman II. der Prächtige (1520—1566). Venezianisches Gemälde. Um 1530—1540.

Alpenländer. Dabei zeigte sich wieder deutlich der strukturelle Unterschied zwischen der westlichen Gruppe (Tirol und die Vorlande) und der Gruppe der östlichen „fünf Herzogtümer" (Österreich ober und unter der Enns, Steiermark, Kärnten und Krain). In das Gebiet der westlichen Gruppe drangen die neuen Lehren vorwiegend in Gestalt der vor allem die niederen Volksschichten — die Bergknappen im Silberbergbau im Inntal, die Bauern und Hirten — ansprechenden Überzeugungen der Wiedertäufer ein. Diese Lehren wurden, nicht zuletzt auch wegen ihres sozialreformerischen, ja sozialrevolutionären Gehaltes, unerbittlich verfolgt und in den Untergrund gedrängt. Als erstes der österreichischen Länder wurde Tirol zumindest äußerlich hundertprozentig rekatholisiert, es wurde zum „Heiligen Land Tirol". In den östlichen Ländern hingegen, beginnend mit Oberösterreich, fand die Lehre Luthers zuerst beim Adel und beim Bürgertum der Städte Eingang; selbst die landesfürstliche Residenzstadt Wien war zeitweise, mit Ausnahme des Hofes, fast ganz protestantisch. Die zwar eindeutig katholische, aber stets realistisch-kompromißbereite und keineswegs kämpferisch-gegenreformatorische Haltung Ferdinands I., der zwar die Jesuiten nach Österreich rief, aber auch stets offenkundige Anhänger der neuen Lehre in seiner engeren Umgebung duldete, vor allem aber dann die starke Hinneigung seines Nachfolgers Maximilian II. zur neuen Lehre haben die Ausbreitung und die kurze Blüte des Protestantismus in der östlichen Ländergruppe zweifellos gefördert. Da sich, dem Beispiel der Grundherren folgend, auch die Bauern bald in ihrer überwiegenden Mehrheit zum Luthertum bekannten, ist die Schätzung, daß zeitweise etwa 80 % der Bevölkerung in den fünf östlichen Herzogtümern evangelisch waren, wohl zutreffend. Die ständige Bedrohung aus dem Osten gipfelte 1529 in der ersten Türkenbelagerung Wiens; der neuerliche Vorstoß des Sultans Süleiman gegen Wien drei Jahre später blieb vor der kleinen Festung Grüns liegen. Weitere Kriege folgten, die stets nur durch einen Waffenstillstand mit erheblichen, als „Ehrengeschenk" bezeichneten, jährlichen Tributzahlungen unterbrochen wurden, wobei auch in Zeiten des Waffenstillstands der Kleinkrieg an der „flammenden Grenze" nie aufhörte. Die Türkenkriege schwächten die Stellung der habsburgischen Landesfürsten gegenüber den Forderungen der protestantischen Stände, denen als Gegenleistung für die zur Landesverteidigung notwendigen Steuerbewilligungen Konzessionen auf religiösem Gebiet gemacht werden mußten. Zu diesen, sich aus der allgemeinen politischen Situation ergebenden Faktoren kamen noch jene, die sich aus den Charakteren der einzelnen Herrscherpersönlichkeiten und aus den besonderen Verhältnissen innerhalb der Dynastie entwickelten. Der so überaus fähige Politiker Ferdinand I. hatte unmittelbar nach der Erwerbung der böhmischen und ungarischen Krone 1527 mit „Geheimem Rat", „Hofrat" und „Hofkanzlei", wozu später noch ein „Hofkriegs-

Rundplan Wiens (Ausschnitt). Kolorierter Holzschnitt von Niklas Meldemann. 1530.

rat" kam, das Gerüst einer die einzelnen Länder übergreifenden und verbindenden zentralen Behördenorganisation geschaffen. Wenn er dann in seinem Testament eine neuerliche Linientrennung und Länderteilung vorsah, so mögen ihn dazu neben der Rücksicht auf das alte habsburgische Hausrecht vielleicht auch der persönliche Gegensatz zu seinem ältesten Sohn, dem mit dem Protestantismus sympathisierenden Maximilian, und die Vorliebe für den zweitältesten, Ferdinand, veranlaßt haben. So kam es 1564, nach dem Tod Ferdinands I., zu einer neuerlichen Teilung der österreichischen Länder in drei Gruppen: Maximilian II., bereits König von Böhmen und Ungarn und Römischer König, erhielt Ober- und Niederösterreich; Ferdinand, der die Augsburger Patrizierstochter Philippine Welser zur Frau genommen hatte, wurde Landesfürst in Tirol und den Vorlanden; Karl, der Jüngste, bekam „Innerösterreich", das heißt die Steiermark, Kärnten, Krain, Görz, Gradisca und Triest.
Es war dann, wie schon im 15. Jahrhundert mit Friedrich III. und Maximilian I., auch diesmal wieder die „steirische Linie", in der sich die Dynastie fortsetzte. Die Söhne aus der Ehe Ferdinands von Tirol mit Philippine Welser waren nicht erbberechtigt, von den sechs Söhnen Maximilians II. blieben alle kinderlos. In diesem raschen Erlöschen der Linie Maximilians II. sowie in den psychischen Störungen von Maximilians ältestem Sohn und Nachfolger Rudolf II. (1576—1612) zeigten sich bereits die negativen Auswirkungen der engen Verwandtenheiraten unter den Habsburgern. Der „Bruderzwist" zwischen Rudolf und seinem jüngeren Bruder Matthias bot dann dem protestantischen Adel der österreichisch-böhmischen Länder erneut die Gelegenheit, Zugeständnisse auf religiösem Gebiet zu erringen.
Während so der Protestantismus in den Ländern der Wenzelskrone sowie in Ober- und Niederösterreich in den ersten zwei Jahrzehnten des 17. Jahrhunderts noch eine letzte Blütezeit erlebte, hatte in „Innerösterreich" unter dem Sohn und Nachfolger Karls, dem Erzherzog

Erzherzog Ferdinand von Steiermark (später Kaiser Ferdinand II., 1619—1637). Gemälde (Ausschnitt) von Joseph Heintz d. Ä. 1604.

Ferdinand, bereits die Offensive der Gegenreformation und des landesfürstlichen Absolutismus eingesetzt. Ferdinand, Sohn einer bayerischen Prinzessin und selbst im Jesuitenkolleg in Ingolstadt erzogen, ging dabei nach dem Vorbild seiner bayerischen Verwandten vor und erhielt auch deren Unterstützung; vor allem dann auch in dem Konflikt mit den böhmischen Adeligen und Städten, der den Dreißigjährigen Krieg auslöste. Die Schlacht auf dem Weißen Berge bei Prag (1620) brachte für die böhmisch-österreichische Ländergruppe den endgültigen Sieg des landesfürstlichen Absolutismus und der katholischen Gegenreformation. Die Landstände der einzelnen Länder wurden politisch entmachtet, behielten aber weiterhin wichtige administrative Funktionen im Zusammenhang mit ihrem Recht auf Bewilligung, Verteilung, Eintreibung und Verwaltung der Steuern. Der protestantische Adel Niederösterreichs, der noch rechtzeitig dem neuen Landesherrn Ferdinand II. gehuldigt hatte und dem dafür die persönliche Glaubensfreiheit zugesichert worden war, erhielt dieses Privileg zwar noch im Westfälischen Frieden von 1648 bestätigt, doch hatten der starke gesellschaftliche Druck, der Glanz der barocken Hofhaltung in der Kaiserstadt Wien und die Isolierung dieses evangelischen Adels in einem zumindest äußerlich völlig rekatholisierten Lande noch im Laufe der zweiten Hälfte des 17. Jahrhunderts zur Folge, daß diese Reste des adeligen Protestantismus durch Konversion oder Auswanderung fast völlig verschwanden. Auch ein Teil des protestantischen Bürgertums der Städte und selbst nicht unerhebliche Gruppen der bäuerlichen Bevölkerung entschlossen sich zur Auswanderung. Aus dem Gebiet der östlichen Alpenländer dürften damals etwa hunderttausend Personen ausgewandert sein. In entlegeneren Gebirgsgegenden hielten sich noch weiterhin Gruppen des bäuerlichen „Krypto-Protestantismus" trotz immer wieder erneuerter Versuche der weltlichen und geistlichen Obrigkeit, die „hartnäckigen Ketzer" aufzuspüren und sie zur Konversion oder zur Auswanderung zu zwingen. Später dann entschloß man sich im Zeichen des Merkantilismus, um die wertvollen Arbeitskräfte nicht ins Ausland zu treiben, zur Umsiedlung (Transmigration) der „entdeckten" Protestanten nach Siebenbürgen. Dort hatten die deutschsprachigen Lutheraner, die „Siebenbürger Sachsen", 1697 ihre Glaubensfreiheit garantiert erhalten. Von den Nöten des Dreißigjährigen Krieges (1618—1648) blieben die habsburgischen Lande im großen und ganzen verschont; nur die „Vorlande" am Oberrhein sowie Ober- und Niederösterreich nördlich der Donau wurden in Mitleidenschaft gezogen.

Kaiser Ferdinand II. vereinigte wieder die Länder aller Linien der deutschen Habsburger in einer Hand. Ursprünglich wollte er auch die Gesamtheit seiner Länder nach spanischem Vorbild als „Primogenitur und Mayorasgo", also als unteilbare Einheit einrichten. Aber dann gab er doch wieder dem Drängen seines unruhigen Bruders Leopold, des früheren Bischofs von Passau und Straßburg, nach, und übergab diesem „für sich und seine Nachkommen" als Landesfürsten Tirol und die Vorlande. Diese

Stephan Fadinger, Haupt des oberösterreichischen Bauernaufstandes 1625/1626. Anonymes Gemälde. Nach 1626.

Rüstungskammer im Zeughaus von Graz, Steiermark. Erbaut 1643—1645.

jüngere Tirolische Linie erlosch allerdings schon mit den beiden unbedeutenden Söhnen Leopolds im Jahre 1665. Kaiser Leopold I., der gerade zum erstenmal verwitwet war, heiratete rasch die einzige Erbin dieser Linie, Claudia Felicitas, und brachte so Tirol und die Vorlande wieder in den Besitz der Hauptlinie; für den Verlust der landesfürstlichen Residenz wurde Innsbruck mit der Gründung einer Universität entschädigt. Doch kann man insgesamt wohl sagen, daß das kulturelle Leben in den Alpenländern durch den Niedergang der ständisch-protestantischen Adelskultur und der bürgerlich-protestantischen Kultur in den Städten sowie durch die Auflösung

Kaiser Leopold I. (1658—1705) im goldenen ungarischen Krönungsharnisch. Gemälde (Ausschnitt) von Guido Cagnacci. 1657/1658.

Großwesir Kara Mustapha (1634/35—1683). Anonymes Gemälde. 1696.

der landesfürstlichen Hofhaltungen in Graz und Innsbruck im Laufe des 17. Jahrhunderts eine gewisse Verarmung erfuhr. Waren doch diese kleineren landesfürstlichen Residenzen ähnlich wie Wien Einfallspforten der Kunst und Kultur der italienischen Spätrenaissance gewesen; nicht zuletzt durch die von den italienischen Fürstenhöfen geholten Gemahlinnen der Habsburger jener Generationen. Brachten die beiden Eleonoren aus dem Hause Gonzaga — die zweite Gemahlin Ferdinands II. und die dritte Gemahlin Ferdinands III. — die neue Kunstform der Oper aus Mantua nach Wien, so kam durch Claudia von Medici, die Gemahlin Erzherzog Leopolds von Tirol, wie dann durch deren Schwiegertochter Anna von Medici ein starker Einfluß der toscanischen Spätrenaissance in die Landeshauptstadt Tirols. Schließlich bedienten sich die Habsburger für die Rekatholisierung ihrer Erblande weitgehend auch italienischer und spanischer Orden und Kleriker, die ihre heimischen Traditionen mitbrachten. Die „Kavalierstour" der jungen Adeligen hatte auch Angehörige des protestantischen Adels nach Italien und Spanien geführt, und nach der Rekatholisierung nahm dieser Einfluß noch weiter zu.

Es war für Österreich und für die habsburgische Dynastie ein besonderes Glück, daß während der entscheidenden Auseinandersetzung zwischen Landesfürst und Ständen zu Beginn des Dreißigjährigen Krieges und dann auch in der letzten Phase dieses Krieges, als sich der Kaiser nur mit Mühe gegenüber den „beiden fremden Kronen" Schweden und Frankreich behaupten konnte (die Schweden unter General Torstenson kamen 1645 bis knapp vor Wien), an der östlichen Front Ruhe herrschte. Kurz nach dem Sieg auf dem Weißen Berg schloß Ferdinand II. mit dem Fürsten von Siebenbürgen Bethlen Gabor einen Vergleich, der auch politische und religiöse Zugeständnisse an den protestantischen Adel im habsburgischen Teil Ungarns enthielt. Mindestens ebenso wichtig war für Österreich die Tatsache, daß das osmanische Reich teils durch innere Wirren, teils durch Kämpfe im Osten mit den Persern gebunden war und daher während der ganzen Zeit des Dreißigjährigen Krieges keinen Vorstoß nach Westen unternahm.

ÖSTERREICHS AUFSTIEG ZUR GROSSMACHT

Die für den Aufstieg Österreichs zur Großmacht entscheidende Entwicklung vollzog sich im 17. und 18. Jahrhundert in Ungarn. Als Ferdinand I. 1526 die Kronen von Böhmen und Ungarn erwarb, konnte er sich dauernd nur in Westungarn zwischen Leitha und Plattensee sowie in Oberungarn, dem Gebiet der heutigen Slowakei, behaupten. Der größte Teil der ungarischen Tiefebene blieb in türkischer Hand. Im Bergland Siebenbürgen hielt sich ein selbständiges, nur locker der osmanischen Oberhoheit unterstelltes einheimisches Fürstentum. Diese Dreiteilung Ungarns blieb anderthalb Jahrhunderte lang bestehen. In

Die Entsatzschlacht von Wien, 1683. Gemälde von Franz Greffels. 1683.

dieser Zeit war das habsburgische Ungarn für das Haus Österreich gleichsam nur ein Glacis für die Alpenländer wie für das eigentliche wirtschaftliche Zentrum dieses Herrschaftskomplexes, für die Länder der böhmischen Wenzelskrone. Daher trug etwa auch ein so sehr auf seine Herrscherrechte bedachter Monarch wie Ferdinand II. keine Bedenken, den Ungarn politische und religiöse Zugeständnisse zu machen, wenn er sich dadurch die Ostflanke freihielt. In der zweiten Hälfte des 17. Jahrhunderts änderte sich diese Situation: Im Osmanenreich betrieben die tüchtigen und energischen Großveziere aus dem Haus Köprülü wieder eine aktive und expansive

Außenpolitik. Der Sieg, den das kaiserliche Heer unter Raimondo Montecuccoli 1664 über das Heer des Großveziers Ahmed Köprülü bei Mogersdorf im heutigen Burgenland (in der Nähe der ungarischen Stadt St. Gotthart an der Raab) errang, war der erste Sieg über die Osmanen in einer offenen Feldschlacht. Doch der anschließende Friede von Eisenburg entsprach keineswegs dem Erfolg auf dem Schlachtfeld. Hier zeigte sich wieder die Tendenz der österreichischen Politik, im Osten auch einen ungünstigen Friedensschluß in Kauf zu nehmen, um einen Zweifrontenkrieg möglichst zu vermeiden — denn im Westen ging es im Kampf mit dem Frankreich Ludwigs XIV. um die Hegemonie in Europa.

Fast zwei Jahrzehnte später wurde Österreich noch einmal von einem Türkeneinfall heimgesucht: 1683 zog ein starkes türkisches Heer unter dem Großvezier Kara Mustafa vor Wien und belagerte die Stadt, wurde aber von einem Entsatzheer unter Karl V. von Lothringen und dem Polenkönig Johann Sobieski zurückgeschlagen. Dieser Sieg brachte die Wende und leitete die Wiedereroberung ganz Ungarns ein. 1686 wurde Ofen (das heutige Budapest) eingenommen; 1687 war ganz Ungarn von der türkischen Herrschaft befreit; 1688 eroberte Kurfürst Max Emanuel von Bayern Belgrad. Für Österreich war nun die türkische Bedrohung endgültig vorbei.

Die Rückeroberung Ungarns und seiner Nebenländer, Kroatien, Slawonien und Siebenbürgen, verlagerte das Schwergewicht des habsburgischen Herrschaftskomplexes weiter nach Südosten. Wien wurde von einer Grenzfestung im Südosten des Heiligen Römischen Reiches zum Mittelpunkt einer im Donauraum verankerten mitteleuropäischen Großmacht. Seine bevorzugte geographische Lage am Ostrand der Ausläufer der Alpen, am Schnittpunkt der west-östlichen Wasserstraße der Donau und der uralten nord-südlichen Handelsstraße zwischen Ostsee und Adria machte Wien zur idealen Hauptstadt eines Reiches, das im wesentlichen aus den drei Ländergruppen der böhmischen, der ungarischen und der österreichischen Länder bestand. An der Stelle der bei der Türkenbelagerung 1683 zerstörten Häuser entstanden nun in Wien die barocken Adelspaläste der großen ungarischen (Esterházy, Pálffy, Erdödy) und böhmischen (Kinsky, Lobkowitz, Schwarzenberg, Kaunitz) Adelsgeschlechter, der Familien aus den „Deutschen Erblanden" (Starhemberg, Liechtenstein, Trauttmannsdorff u. v. w.), sowie jener Familien aus den romanischen Ländern, vorwiegend aus Italien, die im kaiserlichen Kriegsdienst zu Macht und Reichtum aufgestiegen waren (Collalto, Pallavicini, Caprara, Caraffa, Montecuccoli; hierher gehört auch der größte dieser Feldherren, Prinz Eugen von Savoyen, „Eugenio von Savoy", wie er sich selbst nannte). Kämpften doch in der national bunt zusammengewürfelten kaiserlichen Armee unter den „Österreichischen Fahnen" vom Dreißigjährigen Krieg bis zum Ersten Weltkrieg Deutsche, Spanier, Italiener, Franzosen, Engländer, Iren, Schotten, Skandinavier, Tschechen, Ungarn, Polen, Kroaten, Serben usw. Die Bauten der Adelsgeschlechter in und um Wien (oft ein „Stadtpalais" oder „Winterpalais" im Zentrum und ein „Sommerpalais" oder „Gartenpalais" im Bereich der Vorstädte) wurden gekrönt durch die Repräsentativbauten, mit denen das Kaiserhaus mit dem französischen Königtum wetteiferte.

Oben: Schloß Belvedere, Wien III. Erbaut von Johann Lukas von Hildebrandt im Auftrag des Prinzen Eugen von Savoyen. 1714—1716 und 1721—1724.

Vorhergehende Seite:
Links: Prinz Eugen als Türkensieger. Gemälde von Jacob van Schuppen. Um 1700.
Rechts: Das „Goldkabinett" im Stadtpalais des Prinzen Eugen, heute Finanzministerium, Wien I., Himmelpfortgasse 4—8. Von Johann Bernhard Fischer von Erlach 1697 begonnen, durch Johann Lukas von Hildebrandt 1708/1709 erweitert.

Oben: Damenkarussell in der Winterreitschule in Wien am 2. Jänner 1743. Gemälde von Martin van Meytens. Nach 1743.
Vorhergehende Seite: Kaiserin Maria Theresia (1740—1780) im Alter von 10 Jahren. Gemälde von Andreas Möller. Um 1727.

Im Kampf um das spanische Erbe, der nach dem Erlöschen der „Casa de Austria", der spanischen Linie der Habsburger (1770) ausbrach, konnten sich die mit den „Seemächten" England und Holland verbündeten deutschen Habsburger (Leopold I., Joseph I., Karl VI.) zwar gegen Frankreich nicht durchsetzen, doch die österreichischen Territorialgewinne im Spanischen Erbfolgekrieg 1701—1714 waren beträchtlich: die ehemals „spanischen", nunmehr „österreichischen" Niederlande (das heutige Belgien und Luxemburg), das Herzogtum Mailand, das Königreich Neapel und die Insel Sardinien, die bald darauf gegen Sizilien eingetauscht wurde. Der Frieden von Passarowitz, der einen neuerlichen Türkenkrieg beendete, brachte 1718 den Gewinn des Banats, des nördlichen Teils Serbiens mit Belgrad und der westlichen Walachei. Damit herrschte Karl VI. über ein riesiges, allerdings nicht in sich geschlossenes Reich, von der Atlantikküste bei Ostende bis tief nach Serbien und in die Walachei, von Sizilien bis nach Schlesien. Der Kaiser, der 1703 als habsburgischer Prätendent auf die Krone Spaniens über die Niederlande und England nach Spanien gereist war und acht kampferfüllte, für die Formung seines Weltbilds entscheidende Jahre auf der iberischen Halbinsel verbrachte, war sich über die Bedeutung von Seemacht und Seehandel im klaren. So richtete er nach seiner Rückkehr nach Österreich sein besonderes Augenmerk auf den Ausbau der zu Freihäfen erklärten österreichischen Adriahäfen Triest und Fiume. Im Zusammenhang damit erfolgte der Ausbau der Straße von Wien nach Triest über den Semmering, wie Karl VI. auch sonst um den Ausbau des Straßennetzes durch große Radialstraßen von Wien in die einzelnen Länder der Monarchie bemüht war. Die vom Kaiser gegründete Kompanie von Ostende für den Indienhandel hat er selbst 1731 auf englischen und niederländischen Druck hin wieder aufgelöst, als Preis für die Garantie der beiden „Seemächte" für die Thronfolge-

Kaiserin Maria Theresia. Gemälde von Martin van Meytens. 1759/1760.

Sarkophag Kaiserin Maria Theresias und Franz' I. von Balthasar Moll. 1753. Wien, Kapuzinergruft.

ordnung der „pragmatischen Sanktion". Denn 1713, im Jahr des Utrechter Friedens, hatte der eben erst aus Spanien zurückgekehrte Kaiser jenes staatsrechtliche Band geschaffen, das alle Länder und Herrschaften des Hauses Österreich „unteilbar und untrennbar" („indivisibiliter ac inseparabiliter") vereinigen sollte. Ihre große geschichtliche, 1713 noch nicht abzusehende Bedeutung hat diese Erb- und Thronfolgeregelung erst später erhalten, als der 1716 geborene Sohn des Kaisers schon nach wenigen Monaten starb und die Kaiserin 1717 eine Tochter, Maria Theresia, und später noch zwei Töchter zur Welt brachte. Das Bemühen um die Zustimmung der Landtage aller österreichischen Länder und um die Garantie der europäischen Mächte für die „pragmatische Sanktion" bestimmte im letzten Jahrzehnt der Regierung Karls VI. die österreichische Außen- und Innenpolitik. Denn die Rücksicht auf die Landtage verhinderte eine energische absolutistisch-zentralistische innere Politik, während die Interessen aller europäischen Mächte, deren Garantie für die Erbfolgeordnung die Wiener Politik zu erreichen suchte, nicht in Einklang zu bringen waren. Diese unlösbaren Widersprüche trugen dazu bei, daß Karl VI. im sogenannten „Polnischen Thronfolgekrieg" gegen Frankreich und Spanien (1734—1735) die süditalienischen Königreiche Neapel und Sizilien, in dem sich daran anschließenden unglücklichen Türkenkrieg an der Seite Rußlands (1737—1739) mit dem Frieden von Belgrad alle Gewinne aus dem Frieden von Passarowitz, mit Ausnahme des Banats, wieder verlor.

DIE GROSSE ÖSTERREICHISCHE REFORMZEIT

Durch zwei verlorene Kriege innerhalb weniger Jahre hatte so das Ansehen der österreichischen Monarchie schwer gelitten, als 1740 Kaiser Karl VI. unerwartet starb und seine Erbin, die erst 23jährige Maria Theresia, sich einer Welt von Feinden gegenübersah. Das Signal zum Angriff auf die junge „Königin von Ungarn" gab der gleichfalls junge, eben erst zur Herrschaft gelangte König Friedrich II. von Preußen, der ohne Kriegserklärung, gestützt auf umstrittene alte Erbansprüche, mit seinem Heer in Schlesien einrückte. In dem nun beginnenden „Österreichischen Erbfolgekrieg" (1740—1748) konnte Maria Theresia im Kampf gegen Preußen, Bayern, Sachsen, Frankreich und Spanien ihr Erbe, mit Ausnahme Schlesiens, bewahren. Unterstützt von Briten, Niederländern, Piemontesen und Hannoveranern, erwirkte sie 1745 sogar die Wahl ihres Gemahls und Mitregenten Franz Stephan, Herzog von Lothringen (der als Preis für die Hand der Erbin der österreichischen Monarchie sein Stammland Lothringen mit dem Großherzogtum Toskana hatte vertauschen müssen) zum Römischen Kaiser. Auf die mit Karl VI. im Mannesstamm ausgestorbenen Habsburger folgten nun die Habsburg-Lothringer.

Gedrängt von ihren britischen Verbündeten, die Öster-

reichs Waffen vor allem gegen Frankreich eingesetzt sehen wollten, war Maria Theresia während des Österreichischen Erbfolgekrieges dreimal mit Friedrich zu einer Übereinkunft gelangt, zumal sich der Preußenkönig immer wieder möglichst rasch die schlesische Beute zu sichern suchte. Während der Krieg auf dem italienischen und dem niederländischen Kriegsschauplatz noch fast drei Jahre lang weiterging, wandte sich die Herrscherin der österreichischen Monarchie nach 1745 der großen inneren Staatsreform zu, die 1749 in den böhmischen und österreichischen Ländern — aber nicht in den Ländern der ungarischen Stephanskrone — eingeführt wurde. Die Erfolge der preußischen Verwaltung — höhere, rascher eingehende und sogar noch als gerechter empfundene Steuererträge — im preußisch gewordenen Teil Schlesiens wirkten dabei anspornend. Nach den Vorschlägen des Grafen Friedrich Wilhelm von Haugwitz wurde den Landtagen der einzelnen Länder nun auch die politische und die Finanzverwaltung weggenommen und diese den neuen landesfürstlichen Behörden, den Gubernien und den diesen unterstehenden Kreisämtern, übergeben. Andere Reformen umfaßten das Heerwesen, die Rechtsordnung und andere Bereiche des öffentlichen Lebens. Noch hatte man den Gedanken an eine Rückgewinnung Schlesiens nicht aufgegeben; diesem großen Plan diente auch die spektakuläre außenpolitische Wendung des österreichischen Staatskanzlers Kaunitz: das Bündnis mit dem bisherigen „Erbfeind" Frankreich gegen Preußen.
Doch auch in dem großen Ringen des Siebenjährigen Krieges 1756—1763 gelang es Maria Theresia und Kaunitz nicht, ihr Ziel zu erreichen. Im Frieden von Hubertusburg 1763 mußte sich die Kaiserin endgültig mit dem Verlust des größeren Teils von Schlesien abfinden. Die Gewinnung der südlichen Teile Polens als „Königreich Galizien und Lodomerien" in der „ersten Teilung Polens" und schließlich die der bisher türkischen Bukowina mit Czernowitz 1775 brachte eine Verschiebung des Schwergewichtes der Monarchie nach Osten und eine Vermehrung des nichtdeutschen Bevölkerungsanteils. Das alte Ziel österreichischer Politik, die Gewinnung des von Böhmen, Oberösterreich, Tirol und Vorderösterreich fast ganz umschlossenen Bayern, der idealen „Arrondierung" der österreichischen Ländermasse, konnte hingegen auch nach dem Erlöschen der in Bayern regierenden Linie der Wittelsbacher (1777) nicht erreicht werden. In dem kurzen „Bayerischen Erbfolgekrieg" (1778/79) gewann Österreich nur das kleine bayerische Innviertel mit Schärding und Braunau — der einzige Gewinn aus den vielen Kriegen des 18. Jahrhunderts, der Österreich verblieb.
Obwohl Maria Theresia selbst keine Anhängerin der Aufklärung war, hat sie, gemeinsam mit ihren Beratern und Mitarbeitern, durch die Rationalisierung und Modernisierung des gesamten Staatswesens — so vor allem auf dem Gebiet des Rechtswesens, des Schulwesens, aber auch schon der Kirchenreform — der Aufklärung in Österreich weit die Tore geöffnet. Die noch radikaleren Reformen ihres Sohnes Joseph II. (seit 1765 Römischer Kaiser und Mitregent seiner Mutter in der Österreichischen Monarchie, 1780—1790 Alleinherrscher) im Sinne eines bürokratischen Zentralismus haben vor allem auf kirchlichem Gebiet (Klosteraufhebungen, neue Diözesan- und Pfarreinteilung, Liturgiereform, vergebliche Reise des Papstes Pius VI. nach Wien) und durch Rechte und Freiheiten der einzelnen Länder starke Widerstände hervorgerufen. In den österreichischen Niederlanden kam es zu einem erfolgreichen Aufstand, in Ungarn schien die Lage noch gefährlicher. Nach dem Tod Josephs II. 1790 gelang es seinem politisch erfahrenen Bruder und Nachfolger, Leopold II., der ein Vierteljahrhundert lang in der Toskana ein Musterregiment errichtet hatte, die drohende

Kaiser Josef II. (1780—1790). Gemälde von Anton Maron. 1775.

Festmahl anläßlich der Hochzeit Kaiser Josefs II. mit Isabella von Parma am 6. Oktober 1760. Gemälde (Ausschnitt) von Martin van Meytens. 1760.

Gefahr eines allgemeinen Aufstandes und eines gleichzeitigen Mehrfrontenkrieges zu bannen. Durch klug dosierte, überlegte Zugeständnisse führte er innerhalb weniger Monate einen völligen Umschwung der Lage herbei. Er verhinderte den Ausbruch eines Krieges mit dem schon kriegsbereiten Preußen und mit Polen, isolierte die Aufständischen in den Niederlanden und die zum Aufstand bereiten Ungarn, die er zudem durch sein Versprechen gewann, Ungarn „nicht nach der Art der anderen Provinzen" („non ad aliarum provinciarum normam") zu regieren. Noch im Herbst 1790 erreichte er die Kaiserkrönung in Frankfurt am Main, die ungarische Königskrönung in Preßburg (Bratislava) und die kampflose Unterwerfung der österreichischen Niederlande. Der plötzliche, unerwartete Tod des klugen und fähigen, den modernen Zeittendenzen aufgeschlossenen Herrschers am 1. März 1792 bedeutete für die österreichische Monarchie und das Heilige Römische Reich eine Katastrophe: Zu einem Zeitpunkt, da im revolutionären Frankreich die zu einem Krieg treibenden Kräfte die Oberhand gewannen.

DIE REVOLUTIONSKRIEGE

Leopolds ältester Sohn Franz, der beim Regierungsantritt mit der französischen Kriegserklärung konfrontiert wurde, war erst 24 Jahre alt; politisch weit weniger begabt als sein Vater, aber wohl auch weniger als einige seiner jüngeren Brüder. Als Franz II. zum Kaiser des „Heiligen Römischen Reiches" gekrönt, wandte er sich entschieden von dem aufgeklärten, fortschrittlichen und „liberalen" Kurs seines Vaters ab und flüchtete in einen starr konservativen „unaufgeklärten Absolutismus".
Anfangs gab es wohl eine Anzahl von Sympathisanten mit der französischen Entwicklung; als allerdings die französischen Heere 1797 von Italien aus unter der genialen Führung des Generals Napoleon Bonaparte in die österreichischen Alpenländer vordrangen, sahen deren Einwohner in ihnen nicht die Befreier, sondern die fremden Eroberer und Bedrücker. Die Napoleonischen Kriege haben dann in der Folge auch die österreichischen Länder stark in Mitleidenschaft gezogen. Der „Reichsdeputationshauptschluß" von 1803, die letzte geschichtlich bedeutsame Entscheidung des sterbenden „Heiligen Römischen Reiches", brachte mit der Säkularisierung der geistlichen Territorien auch das Ende des Erzbistums Salzburg, das zunächst als Kurfürstentum dem bisherigen Großherzog Ferdinand III. von Toskana, einem jüngeren Bruder des Kaisers Franz, übergeben wurde und 1805 nach der österreichischen Niederlage in der Dreikaiserschlacht von Austerlitz im Frieden von Preßburg an

Kaiser Leopold II. (1790—1792) als Großherzog Pietro Leopoldo von Toscana mit seiner Familie. Gemälde von Johann Zoffani.

Aufnahme in einer Wiener Freimaurerloge (vermutlich „Zur Gekrönten Hoffnung"). Gemälde von Ignaz Unterberger (?). Um 1784.

Österreich fiel — gleichsam als Ersatz für die schweren Gebietsverluste, die das Habsburgerreich erlitt: den Rest der vorderösterreichischen Besitzungen; Tirol mit Vorarlberg, inklusive der 1803 säkularisierten geistlichen Fürstbistümer Brixen und Trient; ferner Venetien, Istrien und Dalmatien. Was Ferdinand betrifft, so wurde er mit dem neugeschaffenen „Großherzogtum Würzburg" entschädigt.
Im Jahre 1804 nahm Kaiser Franz II., in Voraussicht des baldigen Endes des „Heiligen Römischen Reiches" und dem Beispiel Napoleons folgend, den Titel eines erblichen „Kaisers von Österreich" (als solcher nunmehr „Franz I. von Österreich") an und gab damit den Königreichen, Ländern und Herrschaften, die durch die Pragmatische Sanktion von 1713 „indivisibiliter ac inseparabiliter" verbunden waren, einen gemeinsamen Namen. 1806, nach der Gründung des „Rheinbunds" deutscher Fürsten unter Napoleons Protektorat, legte Franz die Krone des Heiligen Römischen Reiches nieder und erklärte das altehrwürdige Staatswesen für aufgelöst — ohne dazu nach dem alten Reichsrecht bevollmächtigt zu sein. Aber schon drei Jahre später, im Krieg von 1809, suchte sich Österreich an die Spitze einer deutschen und europäischen Erhebung gegen Napoleon zu stellen. Durch seinen Sieg bei Aspern nahm Erzherzog Karl, der drittälteste der

Napoleon am St. Bernhard. Gemälde von Jean-Jacques David. 1801.

Erzherzog Karl von Österreich (1771—1847) in der Schlacht bei Aspern. Gemälde von Johann Peter Krafft. 1817—1819.

Söhne Leopolds II., Napoleon den Nimbus der Unbesiegbarkeit, und die militärischen Erfolge des Volksaufstandes der Tiroler unter Andreas Hofer versetzten ganz Europa in Staunen. Aber nach der Niederlage Karls bei Wagram (5./6. Juli 1809) mußte Österreich im Frieden von Schönbrunn die Tiroler fallenlassen, Salzburg, das Innviertel und angrenzende Teile Oberösterreichs an Bayern, Westgalizien an das Großherzogtum Warschau und Ostgalizien an Rußland abtreten, während Osttirol, der südlich der Drau gelegene Teil Kärntens, Krain und Kroatien mit dem schon 1805 abgetretenen Istrien und Dalmatien als „Illyrische Provinzen" zum Französischen Kaiserreich geschlagen wurde. Der neue Leiter der österreichischen Außenpolitik Graf (später Fürst) Clemens Lothar Metternich führte das durch die langen Kriege und die ihm auferlegte hohe Kriegsentschädigung erschöpfte Österreich zunächst auf einem Kurs totaler Unterordnung unter Napoleon, der 1810 in zweiter Ehe Marie Louise, Tochter des Kaisers Franz, heiratete. Der Staatsbankrott von 1811 schwächte weiter die Stellung Österreichs, das sich am Krieg Napoleons gegen Rußland mit einem österreichischen Hilfskorps unter dem Befehl des Fürsten Karl Schwarzenberg beteiligen mußte. Nach Napoleons Niederlage in Rußland nahm Metternich zunächst eine abwartende, um Vermittlung bemühte Haltung ein, ent-

schloß sich aber dann im richtigen Augenblick zum Anschluß an die Gegner Napoleons. Schwarzenberg wurde Oberbefehlshaber der Verbündeten, die 1813 in der „Völkerschlacht bei Leipzig" (den Schlachtplan entwarf Schwarzenbergs Stabschef Graf Radetzky) über Napoleon siegten. Die wiedererrungene Großmachtstellung Österreichs kam auch in der Wahl Wiens für den die Epoche der Napoleonischen Kriege beendenden Friedenskongreß zum Ausdruck.
Vergleicht man das „Kaisertum Österreich", wie es aus dem Wiener Kongreß hervorging, mit der Monarchie des Hauses Österreich vor den Revolutionskriegen, so zeigen sich trotz des proklamierten Zieles einer Restauration der vorrevolutionären Verhältnisse wesentliche Veränderungen auch im territorialen Umfang — vor allem im Sinne der Zeittendenz zur „Arrondierung". Auf die weit entfernten „österreichischen Niederlande" erhob nun der Kaiser von Österreich keinen Anspruch mehr, auch nicht auf die alten „vorderösterreichischen" Besitzungen im deutschen Südwesten, die inzwischen in die deutschen Staaten Baden, Württemberg und Bayern eingegliedert waren. Salzburg, allerdings ohne Berchtesgaden und den „Rupertiwinkel" nördlich der Stadt Salzburg am westlichen Salzachufer", kam nun endgültig zu Österreich. Durch die Erwerbung der Länder der ehemaligen, bereits 1797 durch Napoleon beseitigten Republik Venedig wurde die Landverbindung zwischen den Erblanden Tirol, Kärnten und Krain und der Lombardei hergestellt, und auch die ehemals venetianische Küste von Istrien und Dalmatien kam zum Habsburgerreich.
Das „Heilige Römische Reich" wurde abgelöst vom „Deutschen Bund", an dessen Spitze statt des in Regensburg tagenden „Reichstages" nun ein „Deutscher Bundestag" mit Sitz in Frankfurt am Main stand, eine Diplomatenversammlung der Vertreter von 25 Fürstenstaaten und vier freien Städten, in der der Vertreter des Kaisers von Österreich den Vorsitz führte. Zu diesem „Deutschen Bund" gehörten von den Ländern des „Kaisertums Österreich" nur die böhmisch-österreichische Ländergruppe und das neu zu Österreich gekommene Salzburg; nicht aber das Lombardo-Venetianische Königreich, nicht das ehemals venetianische Istrien und Dalmatien, nicht die Länder der ungarischen Krone und auch nicht Galizien und die Bukowina. So ergab sich insgesamt für Österreich eine neuerliche Gewichtsverlagerung nach Südosten. Österreich wuchs aus Deutschland heraus, während gleichzeitig Preußen durch die Gewinnung der Rheinlande nach Deutschland hineinwuchs.
Neben der Loyalität gegenüber der Dynastie, die in den einzelnen Ländern, entsprechend der verschieden langen

Bombardement Wiens durch die Franzosen in der Nacht vom 11./12. Mai 1809. Kolorierter Stich von Benedikt Piringer. 1809.

Kaiser Franz I. von Österreich (1804—1835). Gemälde von Friedrich von Amerling. 1832.

Kanzler Clemens Fürst Metternich (1773—1859). Undatiertes Gemälde von Thomas Lawrence.

Zugehörigkeit zum „Haus Österreich", von unterschiedlicher Stärke war, und dem im Kampf gegen Napoleon vornehmlich in der „Kaiserstadt" Wien, in der Armee und in der Bürokratie entwickelten österreichischen Gesamtstaatsbewußtsein, stand das traditionelle Landesbewußtsein; man sprach zu dieser Zeit etwa noch von einer „tirolischen Nation" oder einer „böhmischen Nation", ähnlich wie in Italien von einer „nazione toscana" oder „veneziana". Schließlich aber war das sprachlich-ethnische Nationalbewußtsein durch die Förderung der Volkssprachen in Schule und Kirche im Zeitalter der Aufklärung und des „Josephinismus", durch den Einfluß der Französischen Revolution und den Kampf gegen Napoleon sowie durch den „Volksgeist"-Gedanken Herders und der deutschen Romantik gestärkt worden, und diese Tendenz entwickelte sich in den folgenden Jahrzehnten der scheinbaren Ruhe zu einer immer mächtigeren, die Existenz des so viele Nationalitäten umfassenden Reiches bedrohenden Kraft.

DAS ZEITALTER DER RESTAURATION

Der „Vormärz", die Jahre vom Wiener Kongreß bis zur Revolution 1848, war das Zeitalter des Staatskanzlers Metternich. Seine konservative, auf die Bewahrung des „status quo" ausgerichtete Politik entsprach zunächst dem allgemeinen europäischen Ruhebedürfnis. Aber mit dem Heranwachsen einer neuen, nicht mehr durch das Erlebnis der Napoleonischen Kriege bestimmten Generation zeigte sich immer deutlicher, daß Österreichs bloße Existenz ein Hindernis war für das Einheits- und Freiheitsverlangen zweier großer europäischer Kulturnationen, der deutschen und der italienischen, wie auch für die nationalstaatlichen Aspirationen der kleineren Völker Mitteleuropas. Seine Rolle als „Gendarm" der auf dem Wiener Kongreß aufgerichteten europäischen Ordnung — in Deutschland als Präsidialmacht des Deutschen Bundes bei der Bekämpfung „demokratischer Umtriebe", in Italien durch seine militärische Intervention gegen die na-

Die Michaelerbarrikade. Gemälde von Anton Ziegler. 1848.

Demonstration vor dem Niederösterreichischen Landhaus in Wien I., Herrengasse, am 13. März 1848. Anonyme kolorierte Lithographie. 1848.

Erzherzog Johann eröffnet am 22. Juli 1848 den konstituierenden Reichstag in der Spanischen Hofreitschule. Kolorierte Lithographie von T. Albrecht. 1848.

tionalen Bewegungen in Neapel-Sizilien und in Piemont — trugen Österreich den Haß der „fortschrittlichen" Köpfe in ganz Europa ein. Zugleich begannen sich in Österreich selbst unter der Decke einer scheinbar idyllischen Ruhe des „Biedermeier" tiefgreifende Umwälzungen zu vollziehen. Mit einer gewissen Verspätung begann sich das Kaisertum Österreich der von England ausgehenden „industriellen Revolution" zu öffnen. Die Zentren dieser neuen Entwicklung waren zunächst einmal die Länder der böhmischen Krone, vor allem Nordböhmen, Nordmähren und Österreichisch-Schlesien; doch begannen sich auch immer mehr Industrieunternehmen rund um Wien und vor allem südlich der Stadt anzusiedeln. Die sozialen Flogen der Industrialisierung glichen weitgehend jenen im Westen Europas, wie ja auch die Unternehmer zunächst vorwiegend aus dem Westen nach Österreich kamen.

Als Franz I. 1835 nach einer Regierungszeit von 43 Jahren starb, folgte ihm sein Sohn Ferdinand I. „der Gütige", als Epileptiker physisch und psychisch zur Ausübung seines Amtes kaum geeignet. Die eigentlichen Regierungsgeschäfte wurden von einer „Staatskonferenz" unter dem Vorsitz des Erzherzogs Ludwig, eines Onkels des neuen Kaisers, wahrgenommen. Metternichs wachsende Hinwendung zu den Ideen der katholischen Restauration (Austreibung der protestantischen Zillertaler als „Sektierer" 1837) verstimmte auch die traditionell „josephinisch" eingestellte Bürokratie, und selbst innerhalb der Dynastie regte sich Kritik. Ein kleinliches und zugleich ineffizientes Polizeiregime mit Zensur und Spitzelwesen verärgerte die Intellektuellen, die Universitäten und die Landtage der einzelnen Länder.

Dazu kamen die Mißernten von 1846 und 1847, die im Winter 1847/48 lokale Hungerrevolten und die Plünderung von Bäckerläden hervorriefen. So entstand eine Front der Ablehnung des bestehenden Regierungssystems, das vom Landvolk und dem Industrieproletariat über das Klein- und Großbürgertum, die bürgerliche Intelligenz, die Schriftsteller und Journalisten, große Teile der Bürokratie und des Adels bis hinauf in die Dynastie reichte. Als Symbol und Verkörperung des verhaßten Regimes galt der 75jährige Staatskanzler Metternich. Es bedurfte nur eines auslösenden Moments, und das war die Nachricht vom Sieg der Februar-Revolution in Frankreich und daran anschließend in den süddeutschen Staaten, um den Funken zu zünden. Am 13. März 1848 gab es nach einer Demonstration der Wiener Studenten blutige Zusammenstöße zwischen Militär und Demonstranten und in der Folge die Vorsprache einer Delegation der niederösterreichischen Stände beim Kaiser. Das genügte, um auch in Wien die Kapitulation der alten Gewalten herbeizuführen. Die Dynastie ließ Metternich fallen, Kaiser Ferdinand I. versprach die Gewährung der Pressefreiheit, die Ausarbeitung einer Konstitution und die Bildung einer bürgerlichen Nationalgarde, deren revolutionäre

Feldmarschall Radetzky in der Schlacht bei Novara am 23. März 1849. Gemälde von Albrecht Adam. 1855.

„Speerspitze" die „Akademische Legion" der Wiener Studenten wurde.
Die Wiener Ereignisse und der Sturz Metternichs waren das Signal zum Ausbruch von Straßenkämpfen in Berlin am 18. März. Auch hier wich der Herrscher vor der Revolution zurück. Am gleichen Tag erfolgten in Mailand und Venedig, ebenfalls ausgelöst durch die Nachricht von der Wiener Revolution, Erhebungen gegen die österreichische Herrschaft, die zunächst Erfolg hatten.
Der Sieg der Revolution in Wien und Berlin beflügelte die Hoffnungen der deutschen Einheits- und Freiheitsbewegung. Eine deutsche Nationalversammlung wurde nach Frankfurt am Main einberufen. Die Wahlen in die Frankfurter Nationalversammlung waren die ersten modernen Wahlen der deutschen und österreichischen Geschichte. Gewählt wurden, da es ja noch keine politischen Parteien gab, durchwegs „Honoratioren": Rechtsanwälte, Richter, hohe Beamte, Ärzte, Gutsbesitzer, Professoren, Dichter, Schriftsteller und Journalisten. Der einzige Kleinbauer in der Nationalversammlung kam aus Oberösterreich. Die Wahlen wurden im gesamten Gebiet des deutschen Bundes abgehalten; daher waren unter den Frankfurter Abgeordneten auch solche, die sich nicht dem deutschen Volkstum zugehörig fühlten, wie etwa der italienisch-national eingestellte liberale Priester Baron Giovanni a Prato als Abgeordneter für Rovereto. Die stärkste nichtdeutsche Gruppe im Bereich des Deutschen Bundes, die der Tschechen in Böhmen und Mähren, blieb Frankfurt freilich fern. Ihr Wortführer, der Historiker Franticek Palacký, der „Vater der tschechischen Nation", beantwortete die Einladung nach Frankfurt mit seinem berühmten Absagebrief vom 11. April 1848, in dem als Credo seiner „austroslawischen" Überzeugung der vielzitierte Satz steht: „Wahrlich, existierte der österreichische Kaiserstaat nicht schon längst, man müßte im Interesse Europas, im Interesse der Humanität selbst, sich beeilen, ihn zu schaffen."
Inzwischen hatten auch die anderen Nationalitäten des Kaisertums Österreich ihre national-konstitutionellen Wünsche vorgebracht, die auch alle bewilligt wurden.

Kaiser Franz Joseph I. (1848—1916). Gemälde von Anton Einsle. 1850.

Die am 25. April proklamierte Verfassung wurde als nicht demokratisch genug von der öffentlichen Meinung abgelehnt und mußte widerrufen werden. Es kam zur Ausschreibung von Wahlen zu einem verfassungsgebenden österreichischen „Reichstag". Eröffnet wurde dieser Reichstag von dem liberalen Erzherzog Johann, einem Onkel des Kaisers. Dieser im Volk überaus populäre Habsburger, der eine Bürgerliche zur Frau genommen hatte, war gerade von der Frankfurter Nationalversammlung zum „Deutschen Reichsverweser" gewählt worden. Die bedeutendste Leistung dieses Reichstages in seiner Wiener Sitzungsperiode war dann die „Bauernbefreiung", die Aufhebung der Abhängigkeit des Bauern von seinem Grundherrn, um die sich einst schon Joseph II. bemüht hatte. Inzwischen hatten sich die der Dynastie ergebenen Kräfte gesammelt. In Prag wurde der slawisch-demokratische Pfingstaufstand von der Armee niedergeschlagen; in Italien ging Feldmarschall Radetzky zur Gegenoffensive über, eroberte Mailand zurück und zwang König Albert von Piemont-Sardinien zum Waffenstillstand. Im August kehrte der Kaiser, der mit seinem Hofstaat vorübergehend nach Innsbruck geflüchtet war, wieder nach Wien zurück. Am gefährlichsten freilich war die Lage in Ungarn. Dort arbeitete der äußerst populäre Volkstribun Ludwig von Kossuth auf die Absetzung der Dynastie und völlige Trennung von Österreich hin. Am 6. Oktober brach in Wien die radikale „Oktoberrevolution" aus; der Kriegsminister Theodor Graf Baillet de Latour wurde durch eine entfesselte Volksmenge ermordet. Unter der schwarz-rot-goldenen Fahne der deutschen Einheits- und Freiheitsbewegung kämpften die Wiener Arbeiter, Kleinbürger und Studenten verzweifelt gegen die „schwarz-gelben" Truppen von Windischgraetz und Jellačić, die nach einem kurzen Bombardement am 31. Oktober in die Stadt einrückten.

DAS ZEITALTER FRANZ JOSEPHS

Nach dem Ausbruch der Oktoberrevolution flüchtete der Hof neuerdings, diesmal nach Olmütz in Mähren. Da die Mehrzahl der Reichstags-Abgeordneten das revolutionäre Wien verlassen hatte, wurde auch der Reichstag nach Kremsier in Mähren verlegt, wo er sich sogleich wieder an die Ausarbeitung einer Verfassung machte. Den Auftrag zur Regierungsbildung übernahm Felix Fürst Schwarzenberg, ein energischer, brillanter Diplomat und Offizier. Er bildete ein Ministerium aus hervorragenden jüngeren Kräften. Kaiser Ferdinand wurde veranlaßt, zugunsten seines erst 18jährigen Neffen Franz Joseph auf den Thron zu verzichten. 1849, das erste Regierungsjahr des jungen Kaisers, brachte ihm Erfolge: In Italien wurde durch einen neuerlichen Sieg Radetzkys der Widerstand gebrochen, in Ungarn, allerdings mit russischer Waffenhilfe, die Revolution niedergerungen. Schwarzenberg und sein politischer Zögling Franz Joseph glaubten, nur eine straff zentralistische Regierung könne den Fortbestand des habsburgischen Vielvölkerstaates sichern, während Konstitution und Parlamentarismus zur Auflösung und zum Kampf aller gegen alle führen müsse.

Die fast zehnjährige Epoche des „Neoabsolutismus", die auf die Wirren der Revolution folgte, unterschied sich von der Epoche Metternichs durch ihre Reformfreudigkeit. Dabei stützte sich die Regierung einerseits auf die konservativen Kräfte in Armee, Bürokratie und Kirche, andererseits auf das liberale Bürgertum, dem die Ereignisse des Jahres 1848 die Gefahr des sozialen Umsturzes und die Bedrohung des Reiches durch nationale Antagonismen nachdrücklich vor Augen geführt hatten. Nach dem plötzlichen Tod des Fürsten Schwarzenberg übernahm 1852 der noch nicht 22jährige Kaiser Franz Joseph selbst die Regierung. Damit begann der Niedergang des „Neoabsolutismus" und zugleich die Abwendung des liberalen Bürgertums von den herrschenden konservativen Kräften. In der Innen- und in der Außenpolitik folgten Rückschläge. Ungarn war nach der Niederwerfung der nationalen Revolution eine Zeitlang wie besetztes Feindesland behandelt worden; auf ein hartes Militärregime war eine kaum weniger verhaßte zentralistisch-bürokratische Ver-

Admiral Tegethoff in der Seeschlacht bei Lissa am 20. Juli 1866. Gemälde von Anton Romako. Nach 1866.

Die Schlacht bei Königgrätz am 3. Juli 1866. Entwurf für ein Gemälde von Rudolf Ottenfeld. 1897.

waltung gefolgt. Die ganze „politische Nation" verblieb in unbeugsamer Opposition gegen Wien und den Kaiser. Österreichs lavierende Haltung im Krimkrieg (1854—1856) trug dem Kaiserstaat die Todfeindschaft Rußlands ein, ohne ihm die Sympathien Großbritanniens und Frankreichs zu gewinnen. Die geschickte Diplomatie des Grafen Camillo Cavour, des Ministerpräsidenten von Piemont-Sardinien, der sich die Unterstützung des französischen Kaisers Napoleon III. sicherte, stürzte Österreich dann in den Krieg von 1859, in dem nach den Niederlagen von Magenta und Solferino die reiche Lombardei verlorenging. Nach dem Ende des unglücklichen Krieges versprach Franz Joseph seinen Völkern „zeitgemäße Verbesserungen in Gesetzgebung und Verwaltung". Wie im März 1848 hoffte die Regierung zunächst mit der Opferung einiger Sündenböcke das Auslangen zu finden; dabei zeigte der junge Herrscher mit seinen raschen, oft wechselnden Entschlüssen nun auch in der Innenpolitik dieselbe unglückliche Hand wie als Feldherr (bei Solferino) und als Diplomat (beim Frieden von Villafranca). Das prominenteste Opfer dieser „Säuberungen" wurde Österreichs genialster Wirtschaftspolitiker, der Finanzminister Carl Ludwig von Bruck, der nach der ungnädigen — und ungerechtfertigten — Entlassung durch den Kaiser Selbstmord beging. In der Innenpolitik suchte man nach neuen Wegen. Das 1860 verkündete konservativ-föderalistische „Oktober-Diplom" mußte schon vier Monate später dem liberal-zentralistischen „Februar-Patent" Anton von Schmerlings weichen.

Auch in der Außenpolitik verfolgte Franz Joseph I. keine klare Linie. Das wirkte sich besonders verhängnisvoll in der „deutschen Frage" aus. Hier trat Preußen immer deutlicher als Gegner der Hegemonieansprüche Österreichs auf und arbeitete auf eine „kleindeutsche" Lösung hin — die Einigung Deutschlands unter Ausschluß Österreichs. Schmerlings liberal-großdeutsche Politik, die 1863 im „Frankfurter Fürstentag" unter dem Vorsitz Kaiser Franz Josephs I. gegipfelt hatte, scheiterte am Widerstand Preußens. Daraufhin kehrte Franz Joseph zu seiner Politik konservativer Solidarität mit Preußen zurück, die Öster-

Franz Joseph I. und Elisabeth. Figurinen aus der Porzellanmanufaktur Förster in Wien, hergestellt nach einem Modell aus Biskuitporzellan von Hermann Klotz. 1906.

Widmungsblatt des Verwaltungsrates der k. k. priv. Erzherzog-Albrecht-Bahn an den Erzherzog. Randleiste von Franz Gerasch, aquarellierte Vignetten von Rudolf von Alt.

reich an preußischer Seite in den Krieg mit Dänemark (1864) führte. Bismarcks überlegene und skrupellose Diplomatie manövrierte Österreich dann 1866 in den unglücklichen Zweifrontenkrieg gegen Preußen und das junge Königreich Italien. Die schwere Niederlage der österreichischen Nordarmee bei Königgrätz (Sadova) in Nordböhmen, in deren Folge die preußische Armee bis vor Wien kam, konnte die Prestige-Siege Österreichs an der Südfront zu Lande (Custoza) und zur See (Lissa) nicht wettmachen, Österreich verlor Venetien, vor allem aber seine Position in Deutschland, denn an die Stelle des „Deutschen Bundes" trat ein von Preußen geführter „Norddeutscher Bund", aus dem dann 1871 das neue Deutsche Kaiserreich hervorging. Die deutschen Mittelstaaten, von denen die meisten im Krieg an Österreichs Seite gestanden waren, wurden entweder von Preußen annektiert, wie Hannover, Kurhessen, Nassau und die Stadt Frankfurt, oder, wie Sachsen, Bayern, Württemberg und Baden, durch Militärbündnisse fest an den siegreichen Hohenzollernstaat gebunden. Nach der neuerlichen militärischen und politischen Niederlage und dem Verlust der deutschen wie der italienischen Stellung konnte eine Versöhnung mit Ungarn nicht länger hinausgeschoben werden. So kam es 1867 zum „Ausgleich": An die Stelle des „Kaisertums Österreich" trat die Doppelmonarchie „Österreich-Ungarn". Die beiden Reichshälften — das „Königreich Ungarn" mit Kroatien, Slawonien und Siebenbürgen einerseits, die „im Reichsrat vertretenen Königreiche und Länder" (im nichtoffiziellen täglichen Sprachgebrauch nach dem kleinen Grenzfluß Leitha „Cisleithanien" genannt) andererseits — hatten außer der Dynastie auch die Außenpolitik, Armee und Flotte und ein für diese drei Bereiche zuständiges Finanzministerium gemeinsam; daneben verfügte aber jede Reichshälfte über ein eigenes Parlament (jeweils mit Ober- und Unterhaus) und eine eigene Regierung mit Ministerpräsidenten, Finanzminister und einem Minister für die Landesverteidigung (in Cisleithanien Landwehr, in Ungarn Honvéd). Die gemeinsamen Ausgaben wurden durch Delegationen beider Parlamente bewilligt und der Schlüssel zwischen beiden Reichshälften alle zehn Jahre neu ausgehandelt („Monarchie auf Kündigung"). Die Slawen, und hier vor allem die Tschechen, lehnten hingegen den „Ausgleich" als Privilegierung der Magyaren in Ungarn und der Deutschen in Cisleithanien entschieden ab.

Als Folge der beiden Niederlagen von 1859 und 1866, die Österreich-Ungarn von der Last der Aufrechterhaltung der deutschen und der italienischen Stellung befreiten, begann in Ungarn die lange, in Cisleithanien die kurze „liberale Ära", begünstigt durch den unerwartet raschen wirtschaftlichen Aufschwung der „sieben fetten Jahre" 1867—1873. Mit den „Dezembergesetzen" 1867 wurde die Schmerlingsche Februarverfassung von 1861 im Sinne der bürgerlichen Freiheiten (Gleichheit vor dem Gesetz, Religionsfreiheit usw.) und Menschenrechte ausgebaut, wobei besonders der Artikel 19 über die Gleichberechtigung und Pflege jeder Nationalität und Sprache in dem Vielvölkerreich wichtig wurde.

Die Proklamation des Deutschen Kaiserreiches am 18. Januar 1871 veranlaßte den Kaiser zum Versuch eines neuerlichen Kurswechsels: Das Kabinett Hohenwart trat für eine aktive Sozialpolitik und einen Ausgleich mit den Tschechen ein. Die bereits weit gediehenen Verhandlungen über einen Ausgleich mit Böhmen scheiterten aber dann an dem erbitterten Widerstand der Magyaren und der Deutschen, schließlich auch an den allzu hohen Forderungen der Tschechen. So kam es schon im Oktober 1871 zum Rücktritt des Kabinetts Hohenwart und zur Bildung einer deutsch-liberalen Regierung unter Fürst Adolf Auersperg; und diese Regierung blieb 7 Jahre im Amt, obwohl der große „Börsenkrach" vom 9. Mai 1873, der erste „schwarze Freitag" in der österreichischen Wirtschaftsgeschichte, unzählige Existenzen vernichtete und

Blick auf Elisabethbrücke, Karlskirche und Musikvereinsgebäude. Chromolithographie von Franz und Rudolf von Alt. Aus der Serie „Wien im Jahr der Weltausstellung". 1873.

eine lange Depression auslöste, dem Glauben an die Prinzipien des wirtschaftlichen Liberalismus in Österreich einen schweren, bis über das Ende der Monarchie hinaus wirkenden Schlag versetzte und zugleich den Niedergang auch des politischen Liberalismus einleitete. Zum Sturz kam das Kabinett Auersperg durch die bosnische Frage. Der Berliner Kongreß, der 1878 den russisch-türkischen Krieg beenden und die Neuordnung auf dem Balkan zustande bringen sollte, übertrug Österreich-Ungarn die Aufgabe, die beiden westlichsten türkischen Provinzen Bosnien und Herzogovina zu besetzen und zu verwalten. Nach den Gebietsverlusten von 1859 und 1866 war nun endlich die Gelegenheit für eine Vergrößerung und Abrundung des Reiches gegeben, wenngleich die beiden gebirgigen und wirtschaftlich unterentwickelten Länder, die formal weiter zum Osmanischen Reich gehörten, gewiß kein Ersatz für die Lombardei und Venetien waren. Die Deutsch-Liberalen lehnten die Okkupation entschieden ab; dadurch würde das slawische Element im Vielvölkerreich verstärkt und Österreich-Ungarn in die Balkanwirren verwickelt. Eine aktive und expansive Balkanpolitik aber würde die Habsburgermonarchie in einen unversöhnlichen Gegensatz zum übermächtigen russischen Reich bringen — wie es ja dann 1914 tatsächlich geschehen ist.

Nach einer kurzen Übergangsregierung betraute Franz Joseph mit der Regierungsbildung seinen einstigen Spielgefährten, den aus einem irischen Geschlecht stammenden, in Böhmen begüterten Grafen Taaffe. Er war keiner Partei verpflichtet und bezeichnete sich selbst als „Kaiserminister"; auch fühlte er sich weder als Deutscher noch als Tscheche, sondern als „Böhme" im Sinne eines älteren historisch fundierten Landesbewußtseins. Berühmt wurden seine Aussprüche vom „Fortwursteln" als österreichische Regierungskunst, die nur darin bestehen könne, „alle Nationalitäten im Zustand gleicher wohltemperierter Unzufriedenheit zu halten". Mit seiner geschickten Balancepolitik erreichte er die längste Regierungszeit in der Geschichte des österreichischen Parlamentarismus (14 Jahre, von 1879—1893). Mit Maßnahmen wie der Teilung der

Frühjahrsparade auf der Schmelz, 1897. Aquarell von Felician von Myrbach. 1898.

Universität Prag in eine deutsche und eine tschechische Universität, vor allem aber durch eine sehr aktive Sozialpolitik — die teilweise, etwa mit der gesetzlichen Begrenzung der Arbeitszeit auf elf Stunden, sogar die vielgerühmte Sozialpolitik Bismarcks übertraf — suchte er die Exzesse des sich immer mehr verstärkenden Streits der Nationalitäten zu dämpfen. Diesem Ziel sollte 1882 auch die Erweiterung des Wahlrechts (5 Gulden statt wie bisher 10 Gulden jährlicher Steuerleistung als Voraussetzung für das Wahlrecht) dienen. Über das Projekt der Einführung des allgemeinen Wahlrechts in „Cisleithanien" ist Taaffe 1893 gestürzt.

Die „Generation von 1848" hatte 1861 die Umwandlung des Kaiserreichs und 1876 den endgültigen Sieg des Liberalismus erlebt. Aus den jugendlichen Revolutionären waren kaiserliche Minister geworden, die den späten Sieg und die errungene Macht genießen wollten. Für eine neue Generation waren nicht mehr die Revolution und der Kampf gegen den Absolutismus vor und nach 1848 die großen prägenden Ereignisse, sondern Bismarcks Reichsgründung 1871 und der Börsenkrach von 1873; sie kehrte sich ab von den liberalen Idealen der Väter und wandte ihre mitfühlende Aufmerksamkeit jenen breiten Volksschichten zu, die in der stürmischen Wirtschaftsentwicklung vor 1873 an den Rand gedrängt worden waren und die jetzt von der Depression am schwersten getroffen wurden: den Bauern, die 1848 zwar rechtlich „befreit", zugleich aber nun, ohne Kapital und ohne den bisherigen Schutz durch die Grundherrschaft, dem kalten Wind der kapitalistischen Marktwirtschaft ausgesetzt waren; den kleinen Handwerkern und Gewerbetreibenden, die unter der Konkurrenz der Fabriken litten; und schließlich dem großen, ständig anwachsenden Heer der Fabriksarbeiter. Für diese große Masse der Benachteiligten forderten die jungen Politiker, ganz in der Tradition der Reformpolitik Maria Theresias und Josephs II., Schutz und Hilfe des Staates. Der Wiener Rechtsanwalt Dr. Karl Lueger, der im Wiener Gemeinderat gegen das liberale „Establishment" mit dem wirksamen Vorwurf der Korruption ankämpfte, und der jüdische Wiener Armenarzt Dr. Victor

Bürgermeister Karl Lueger beim Praterkorso. Gemälde von Wilhelm Gause. 1904.

Adler wurden die großen Organisatoren und Schöpfer der modernen politischen Massenparteien Österreichs, der Christlichsozialen und der Sozialdemokraten. Der etwas ältere Georg von Schönerer war zunächst der führende Repräsentant der demokratischen, antiliberalen Tendenzen gewesen, die im „Linzer Programm" von 1882 formuliert wurden. Dann aber hatte er sich einem radikalen rassischen Antisemitismus und einer kritiklosen Bewunderung Bismarcks und der Hohenzollern-Kaiser zugewandt und war außerdem 1888 auf Grund eines gerichtlich geahndeten Exzesses für Jahre aus der Politik ausgeschieden. Lueger wurde der Führer der Wiener Kleinbürger, deren Juden- und Fremdenhaß er mit geschickter Demagogie gegen die in jüdischen oder ausländischen Händen befindlichen Banken und Monopolgesellschaften (Tramway, Gas, usw.) richtete. In der katholischen Soziallehre des Freiherrn Karl von Vogelsang fand er die für seine christlichsoziale Bewegung passende Ideologie, zur selben Zeit, in der Victor Adler auf dem Hainfelder Parteitag von 1888/89 in einer geschickten Verbindung von marxistischer Theorie und reformistischer Praxis die Einigung der einander bekämpfenden Richtungen in der sozialistischen Arbeiterbewegung zustande brachte. Der Nachfolger Taaffes stürzte bereits nach wenigen Monaten über einen lokalen Streitfall. Es ging um die Errichtung slowenischer Parallelklassen im Gymnasium der Stadt Cilli in der Untersteiermark; dagegen wandte sich die deutschsprachige Bevölkerung der Stadt, die ihre Majorität durch die Zuwanderung und den sozialen Aufstieg der slowenischen Landbevölkerung in Gefahr sah. Daß so ein geringfügiger Anlaß den Sturz der Regierung mit sich bringen konnte, bewies nur die Sprengkraft der nationalen Frage und vor allem auch die der Verbindung nationaler und sozialer Gegensätze.

Das nächste Kabinett stand unter der Leitung des bisherigen Statthalters von Galizien, des polnischen Grafen Kaszimierz Badeni. In ihm glaubte der Kaiser einen „österreichischen Bismarck" gefunden zu haben. Tatsächlich gelang Badeni eine Wahlrechtsreform: Zu den bisherigen vier Wahlkurien (Großgrundbesitzer, Handelskam-

Victor Adler (1852—1918), der „Vater" der österreichischen Sozialdemokratie.

mern, Städte und Landgemeinden) trat eine neue „allgemeine Kurie", die aber von insgesamt 425 Mandaten nur 72 zugeteilt erhielt.
Zur selben Zeit war Wien Schauplatz eines fast zweijährigen politischen Kampfes auf kommunaler Ebene, der die Leidenschaften entzündete. Der vom Wiener Gemeinderat mit großer Mehrheit zum Bürgermeister gewählte Führer der Christlichsozialen, Dr. Lueger, war vom Kaiser in seinem Amt nicht bestätigt worden. Neuwahlen nach der Auflösung des Gemeinderates brachten sogar eine noch größere Mehrheit für Lueger. Es kam zu stürmischen Straßendemonstrationen für Lueger; da überredete der Kaiser in einer Audienz den populären Volkstribunen, von sich aus zunächst zugunsten des Vizebürgermeisters Strobach auf den Bürgermeistersessel zu verzichten. Nach einem Jahr (in dem Lueger bereits tatsächlich die Geschäfte geleitet hatte) trat Strobach zurück, Lueger wurde wieder zum Bürgermeister gewählt und jetzt auch vom Kaiser bestätigt.
Die Straßendemonstrationen für Lueger, andererseits die sozialdemokratischen Kundgebungen für das allgemeine Wahlrecht und am 1. Mai zeigten den Eintritt der Massenbewegungen in die Politik und die Macht dieser neuen Faktoren. Der heftigste Ausbruch politischer Leidenschaften aber entzündete sich 1897 an den Sprachenverordnungen Badenis für Böhmen und Mähren. Diese an sich durchaus vernünftigen, aber parlamentarisch schlecht vorbereiteten Verordnungen riefen bei den deutschen Parteien einen Sturm der Entrüstung hervor. Im Parlament kam es zu unbeschreiblichen Lärm- und Prügelszenen, zu Dauerreden, von denen eine von 9 Uhr abends bis 9 Uhr morgens des nächsten Tages dauerte. Schließlich ließ Badeni Polizei in das Parlament einrücken und die „Unruhestifter" auf die Straße zerren, wo sich die Unruhen fortsetzten, die auch Todesopfer forderten. (Der amerikanische Schriftsteller Mark Twain hat als Reporter über diese Unruhen berichtet.)
Lueger erklärte als Bürgermeister von Wien, er könne Ruhe und Ordnung in der Hauptstadt nicht mehr garantieren. Franz Joseph, der den Ausbruch einer Revolution befürchtete, erzwang die Demission Badenis und die Vertagung des Reichsrates.
Die Badeni-Krise verschärfte den Gegensatz zwischen Deutschen und Slawen, schädigte im In- und Ausland das Ansehen des Staates und der Dynastie und vor allem das der parlamentarischen Demokratie. Ein Gutes hatten die Badeni-Krawalle vielleicht doch: Von nun an bemühten sich die verantwortungsbewußten Elemente in allen politischen und nationalen Lagern mit verstärktem Eifer um eine Lösung des Nationalitätenproblems. Die Vielzahl der Veröffentlichungen, die von 1897 bis 1918 zum Thema des Verhältnisses von Nation und Staat und über das Recht nationaler Gruppen und Minderheiten erschien, hat sowohl die Minderheitenpolitik der Völkerbundzeit wie auch die sowjetische Nationalitätenpolitik beeinflußt.
Wie in ganz Europa setzte auch in Österreich-Ungarn zu Beginn der neunziger Jahre ein neuerlicher wirtschaftlicher Aufschwung ein. 1892 wurde der Übergang von der Silberwährung zur Goldwährung vollzogen. So schien sich die Möglichkeit zu eröffnen, durch einen allgemeinen wirtschaftlichen Aufschwung eine Entschärfung der nationalen Gegensätze zu erreichen. In Wien nahm Bürgermeister Lueger mit Umsicht und Tatkraft gewaltige kommunalpolitische Aufgaben in Angriff; er überführte die großen Unternehmungen von öffentlichem Interesse wie Gaswerk, Elektrizitätswerk, Straßenbahnen und Stadtbahn aus privatem in kommunalen Besitz und machte sich durch die Anlage von öffentlichen Parks und durch den Wald- und Wiesengürtel um Wien, durch Errichtung neuer Bäder, Spitäler, Waisenhäuser und Altersheime um die Hebung der Volksgesundheit verdient. Die durch Anleihen finanzierte großzügige christlichsoziale Kommunalpolitik Luegers in Wien fand in ganz Österreich und auch im Ausland Beachtung und Nachahmung; sie besaß für Österreich aber auch eine eminente staatspolitische Bedeutung, da die Reichshauptstadt dadurch einen neuen Glanz und verstärkte Anziehungskraft auf die Provinzen erhielt, der den zentrifugalen Tendenzen entgegenwirkte.
Überwindung der nationalen Gegensätze durch ein großzügiges Wirtschaftsprogramm sowie durch Verständigungskonferenzen war das Ziel eines der bedeutendsten österreichischen Ministerpräsidenten im letzten Lebensabschnitt der Monarchie, Ernest von Koerber, dessen Kabi-

Blick vom Stiegenhaus in die „Feldherrenhalle“ des Heeresgeschichtlichen Museums im Arsenal, Wien III.

Kaiserin Elisabeth mit Bernhardinerhund. Gemälde von Anton Romako. Um 1882/1884.

nett fast fünf Jahre, von Anfang 1900 bis Ende 1904, im Amt blieb. Er entstammte, wie mehrere andere der Regierungschefs und Minister in der Zeit nach Badeni, der hohen Bürokratie — ein Symptom der Verbürgerlichung des Staatsapparats, die sich seit 1866 auch in den Führungsstellen der Armee immer stärker durchsetzte, wenn auch noch bis zum Ende der Monarchie Angehörige des hohen Adels in Staatsführung, Außenpolitik und Armee eine wichtige Rolle spielten. Wie Koerber aus der hohen Bürokratie kam auch Baron Max Wladimir Beck, dem es mit großem Verhandlungsgeschick gelang, das allgemeine Wahlrecht einzuführen. Durch die Stärkung der Massenbewegungen der Christlichsozialen und der Sozialdemokraten, denen man eine positive Einstellung zum Vielvölkerreich nachsagte, und, damit verbunden, eine Schwächung der bürgerlich-nationalistischen Parteien, hoffte man auf ein Nachlassen des Nationalitätenstreits. Die Christlichsozialen, die sich nunmehr auch der Billigung durch die höchste kirchliche Autorität erfreuten (anfänglich hatte man versucht, die „Kaplansbewegung" in Rom anzuschwärzen), wurden von der Jahrhundertwende an immer konservativer, griffen von Wien aus auf das flache Land über, gewannen auch dort mit Hilfe des niederen Klerus immer mehr Anhänger und entwickelten sich rasch von einer sozialreformerischen zu einer sozialkonservativen österreichischen Reichspartei. Die Sozialdemokraten wieder suchten mit dem „Brünner Nationalitätenprogramm" von 1899 die gefährdete übernationale Einheit ihrer Partei zu sichern. So wurden sie, fast gegen ihren Willen und ihren Lippenbekenntnissen einer revolutionären Ideologie zum Trotz, zur „staatserhaltenden" Partei. Bedeutendster Vertreter der Tendenz des „Hineinwachsens in den Staat" war der junge Sozialdemokrat Karl Renner, Bibliothekar des Reichsrats.

Die ersten Wahlen nach dem allgemeinen, gleichen, direkten und geheimen Wahlrecht (für Männer über 24) im Mai 1907 brachten den Massenparteien den erwarteten Erfolg. Die eigentlichen Verlierer waren die bisherigen „Honoratiorenparteien" aus der konservativen Hocharistokratie und dem liberalen Großbürgertum, daneben der Thronfolger Franz Ferdinand, der seine Abneigung gegen diese Wahlrechtsreform deutlich ausgesprochen hatte.

Nicht nur in der Wahlrechtsfrage zeigte sich der Gegensatz zwischen Franz Joseph und seinem zur Nachfolge bestimmten Neffen Franz Ferdinand (Franz Josephs einziger Sohn, der Kronprinz Rudolf, hatte am 30. Jänner 1889 in dem Jagdschlößchen Mayerling im Wienerwald mit seiner Geliebten Baronesse Mary Vetsera Selbstmord begangen). Der ungeduldig die Zeit der eigenen Regierung herbeisehnende Thronfolger war ein Machtmensch und Autokrat, eng befreundet mit dem ihm in manchen Zügen ähnlichen deutschen Kaiser Wilhelm II. Franz Ferdinand war ein erbitterter Gegner der ungarischen Sonderstellung. Seine morganatische Ehe mit der Gräfin Sophie

Kaiser Franz Joseph I. im Ornat des Ordens vom Goldenen Vlies. Gemälde von Wilhelm List. Um 1910.

Chotek (später Herzogin von Hohenberg) belastete zusätzlich das Verhältnis von Kaiser und Thronfolger. Der Gegensatz zwischen „Schönbrunn", der Lieblingsresidenz Franz Josephs, und dem „Belvedere", wo Franz Ferdinand residierte, wurde auch durch die beiderseitige Umgebung geschürt. Der Kaiser und seine Räte beriefen sich auf ihre Lebenserfahrung und die durch zahlreiche Niederlagen gewonnene Einsicht in die prekäre Lage des Vielvölkerreichs, die keine radikalen Eingriffe erlaube. Der Thronfolger und seine Ratgeber waren als Angehörige einer Generation, die allzu sehr der Macht des Willens vertraute, anderer Meinung: Gerade die Problematik und Gefährdung der Habsburgermonarchie erfordere radikale Maßnahmen zum inneren Umbau. Franz Ferdinand sammelte einen Kreis von ideenreichen jüngeren Politikern aus den verschiedenen Nationalitäten um sich. Einige Mitglieder dieses „Belvedere-Kreises" haben in den Nachfolgestaaten in der Zwischenkriegszeit eine wichtige politische Rolle gespielt. Von den politischen Parteien standen dem Thronfolger besonders die Christlichsozialen nahe, die katholische Zeitung „Reichspost" galt als Sprachrohr des „Belvedere". Über Bedeutung und Umfang der Pläne Franz Ferdinands zur Umgestaltung der Habsburgermonarchie entweder im föderalistischen Sinne oder durch eine „trialistische" Reichskonstruktion, die die südslawische Frage hätte lösen sollen, besteht ebensowenig Einmütigkeit oder letzte Klarheit wie über die Möglichkeit ihrer Verwirklichung. So wird die Frage, ob Franz Ferdinand der Retter oder der Totengräber der Donaumonarchie geworden wäre, wohl für immer unbeantwortet bleiben.

Trotz der zentralen Bedeutung des Nationalitätenproblems gab es allerdings auch Anzeichen dafür, daß im Streit der Nationalitäten eine gewisse Ermüdung eintrat. War schon auf den „ungarischen Ausgleich" von 1867 nur ein Jahr später ein ungarisch-kroatischer Ausgleich gefolgt, der dem Königreich Kroatien innerhalb des Reichs der Stephanskrone eine gewisse Autonomie sicherte, kam es 1905 in Mähren zu einem Ausgleich zwischen Tschechen und Deutschen, 1910 zu einem Ausgleich für die Bukowina, und sogar die schwierigen Ausgleichsverhandlungen für Galizien und Böhmen machten in den letzten Jahren vor 1914 gute Fortschritte. Im Herbst 1913 verliefen die Ausgleichsverhandlungen in Böhmen zwischen Tschechen und Deutschen so erfolgversprechend, daß das Wort aufkam, nur mehr eine „papierdünne Wand" trenne die beiden nationalen Gruppen. So herrscht heute unter den ernsthaften Historikern aller Nationen weitgehende Übereinstimmung, daß, ungeachtet aller nationalen, sozialen und politischen Konflikte, die überwiegende Mehrheit der Bewohner der Habsburgermonarchie vor 1914 keineswegs deren Auflösung wünschte. Der Streit der Nationen war, wie dies schon Karl Renner treffend formuliert hatte, „ein Kampf um den Staat", in dessen Rahmen jede Nationalität einen möglichst großen Anteil an Macht und Mitbestimmung erhalten wollte. An eine Zerschlagung oder Auflösung der Monarchie dachte nur eine verschwindende Minderheit radikaler Nationalisten. Die Habsburgermonarchie ist nicht am Nationalitätenproblem zerbrochen, sondern an der außenpolitischen Entwicklung. Wobei allerdings die „Anomalie" der Existenz eines Vielvölkerreiches in einem Europa der Nationalstaaten und im Zeitalter eines „integralen Nationalismus" die österreichische Außenpolitik eingeengt und weitgehend bestimmt hat. Eine zweite „Anomalie" war, daß Österreich-Ungarn als einzige europäische Großmacht im „Zeitalter des Imperialismus" keine außereuropäischen Kolonien besaß. Die Aspirationen auf dem Balkan und die Verwaltung der 1879 „okkupierten" Länder Bosnien und Herzegovina waren so eine Art „Ersatz-Imperialismus". Das aber brachte Österreich-Ungarn in einen unüberwindlichen Gegensatz zum zaristischen Rußland. 1903 kam es bei einem Besuch des Zaren Nikolaus II. im Jagdschloß Mürzsteg in der Steiermark zu einer Verständigung über Einflußsphären auf dem Balkan. Doch im gleichen Jahr wurde durch einen Offiziersputsch in Belgrad die österreichfreundliche Dynastie Obrenoviċ gestürzt. Das neue serbische Königshaus der Karageorgeviċ suchte zur Verwirklichung seiner großserbischen Pläne Anlehnung an Rußland. Der österreichische Außenminister Baron (später Graf) Aloys Lexa von Aehrenthal (1906—1912) befürwortete eine aktive Balkanpolitik. Aehrenthal nahm die Revolution der Jungtürken im Osmanischen Reich zum Anlaß, die beiden Provinzen zu annektieren, gleichsam als Geschenk an Franz Joseph I. zu dessen sechzigjährigem Regierungsjubiläum (1908). Doch dieser Gewinn war teuer erkauft: mit der „Annexionskrise", in der sich neben Rußland und England auch Italien (seit 1882 mit dem Deutschen Reich und Österreich-Ungarn im „Dreibund" verbündet) gegen Wien stellte. Nach Aehrenthals Tod wurde 1912 Graf Leopold Berchtold Außenminister. In den beiden Balkankriegen 1912/13 nahm er eine vorsichtige Haltung ein und betrieb die Errichtung eines unabhängigen Fürstentums Albanien, wo sich die österreichischen und italienischen Interessen kreuzten.

DER ERSTE WELTKRIEG

Am 28. Juni 1914 wurde der Thronfolger Franz Ferdinand und seine Gemahlin von jugendlichen Verschwörern ermordet. Die Spur führte eindeutig nach Belgrad. Die Donaumonarchie schlug einen harten Kurs ein; ihre Forderungen an Serbien waren unannehmbar und provokant. Es gab tatsächlich Ideologen, die das „Stahlbad" des Krieges herbeiwünschten, um in der großen gemeinsamen vaterländischen Aufgabe den kleinlichen Nationalitätenhader zu überwinden. So nahm das Unheil seinen Lauf.

In den Schlachten des Ersten Weltkriegs (1914—1918)

Uniformrock des Erzherzog-Thronfolgers Franz Ferdinand, getragen bei seiner Ermordung am 28. Juni 1914 in Sarajewo, Bosnien.

zeigte die k. u. k. Armee eine erstaunliche Widerstandskraft und trotz des Vielvölkergemisches auch einen bemerkenswerten Zusammenhalt. Mitten im Krieg starb 1916 der „alte Kaiser" Franz Joseph I. im Alter von 86 Jahren. Sein Tod erschien vielen bereits als das Ende des alten Österreich. Durch sein langes Leben und seine lange Regierungszeit (68 Jahre) war seine Person mit dem übernationalen Reich identifiziert worden. Er, der zu Beginn seiner Regierung bei seinen Untertanen alles andere als beliebt war, wurde am Ende seines langen Lebens zum Mythos. Sein Nachfolger Karl I., Großneffe des alten Kaisers, war von den besten Absichten für das Wohl seiner Völker und dem aufrichtigen Verlangen nach einem baldigen Friedensschluß erfüllt. Seine auf verschiedenen Wegen unternommenen Friedensversuche, besonders der als „Sixtusaffäre" berühmt gewordene über seine beiden Schwäger, die in der belgischen Armee dienenden Prinzen Sixtus und Xavier von Bourbon-Parma, entfremdeten ihm zuletzt auch noch die Deutschösterreicher, die bisher die verläßlichste Stütze des Thrones gewesen waren. Die immer engere Bundesgenossenschaft mit dem Deutschen Reich, wie sie bei der Zusammenkunft Karls mit Wilhelm II. im Mai 1918 beschlossen wurde, führte andererseits dazu, daß man im Lager der Entente den Zukunftsplänen der Emigranten (deren bekanntester der Tscheche Tomas Masaryk war) ein geneigtes Ohr schenkte, obgleich es bis zuletzt nie zu den propagierten Aufständen der angeblich „unterdrückten Völker" kam. Unter dem Eindruck der hoffnungslosen Kriegslage trat Kaiser Karl die Flucht nach vorn an: In seinem „Völkermanifest" vom 16. Okto-

Aufbahrung des Kaisers Franz Joseph I. in seinem Sterbezimmer in Schönbrunn. 23. November 1916.

ber 1918 gab er seinen Entschluß zum Umbau der Monarchie in einen Bundesstaat bekannt und forderte zur Bildung von Nationalräten auf. Damit war der Umsturz legalisiert und der Anstoß zur Auflösung der Monarchie gegeben. Während die Armee noch auf italienischem Boden an der Front kämpfte, bildeten sich in ihrem Rücken bereits die neuen Nachfolgestaaten der Südslawen, der Tschechen und Slowaken, des von Österreich unabhängigen Ungarn, des polnischen Nationalstaates und schließlich auch der Staat der Deutschösterreicher. Schon am 21. Oktober konstituierten sich die Reichsratsabgeordneten der deutschsprachigen Kronländer unter Berufung auf Präsident Wilsons „14 Punkte" als „provisorische Nationalversammlung des selbständigen deutschösterreichischen Staates". Der am folgenden Tag vom Kaiser ernannten Regierung Lammasch blieb nur mehr die Aufgabe der Liquidation des Krieges und der Habsburgermonarchie. Als am 9. November im Deutschen Reich die Monarchie zusammenbrach, war auch für Österreich das Schicksal der Dynastie besiegelt. Am 11. November verzichtete Kaiser Karl auf die Teilnahme an den Staatsgeschäften. Am folgenden Tag, dem 12. November 1918, wurde die Republik Deutschösterreich proklamiert.

DIE ERSTE REPUBLIK

Die Aufgaben der neuen Regierung, deren Führung die stärkste politische Persönlichkeit der Provisorischen Nationalversammlung, der Sozialdemokrat Dr. Karl Renner, als „Staatskanzler" übernahm, galten vor allem der Ab-

Bataillonsfahne eines k. k. Infanterieregiments mit den Wappen der Erbländer.

wehr und Sicherung: gegen Hunger und Kälte, die vor allem die Bevölkerung der Zweimillionen-Stadt Wien durch das Aufhören der Lebensmittel- und Kohlenlieferungen aus Böhmen, Mähren, Schlesien und Ungarn bedrohten, gegen die Gefahr einer Räterevolution wie in den Nachbarländern Bayern und Ungarn, gegen den Zerfall des Staates durch die zentrifugalen Tendenzen der einzelnen Länder und ihre Absperrmaßnahmen gegenüber der notleidenden Hauptstadt, gegen die harten Bedingungen der siegreichen Entente und gegen die Ansprüche, welche die neuentstehenden „Nachfolgestaaten" auf österreichisches Gebiet, auf einstige gemeinsame Einrichtungen und selbst auf den in Wien von der Dynastie in Jahrhunderten angesammelten Kunstbesitz erhoben.

Die aus dem Erbe der Habsburgermonarchie übernommenen Elemente für den Neubau eines Staates waren vor allem die deutschsprachigen bisherigen Kronländer, die dann in der Republik „Bundesländer" genannt wurden: Nieder- und Oberösterreich, Steiermark, Kärnten, Salzburg, Tirol und Vorarlberg, wozu dann noch das aus den vorwiegend deutschsprachigen Gebieten des bisherigen Westungarn gebildete Burgenland und die Bundeshauptstadt Wien als selbständiges neuntes Bundesland kamen, während die deutschsprachigen Randgebiete Böhmens, Mährens und Österreich-Schlesiens, deren Vertreter bei der Konstituierung der Provisorischen Nationalversammlung mitgewirkt hatten, gegen ihren Willen der Tschechoslowakei eingegliedert wurden.

Die politische Szene war geprägt von den beiden Massenparteien der Christlichsozialen und Sozialdemokraten, während die deutsch-nationalen und national-liberalen Gruppen sich in der „Großdeutschen Volkspartei" und im „Landbund für Österreich" sammelten. Ein Erbstück der Monarchie war die Bürokratie, die mit ihrer reichen Erfahrung für den neuen Staat einen unschätzbaren Wert, allerdings zunächst auch wegen ihrer großen Zahl eine schwere finanzielle Belastung darstellte, da die meisten deutschsprachigen Beamten der alten Monarchie nun in die engere Heimat zurückkehrten. Zu ihnen gesellte sich

Staatskanzler Karl Renner mit Mitgliedern der österreichischen Friedensdelegation in Saint-Germain-en-Laye, Frankreich. 6. bis 10. September 1919.

Otto Bauer (1881—1938). Führender Kopf des Austromarxismus.

Prälat Ignaz Seipel (1876—1932). Christlichsozialer Bundeskanzler 1926—1929.

noch eine beträchtliche Anzahl von Beamten, die aus den nunmehrigen „Nachfolgestaaten" stammten, aber in der Hauptstadt heimisch geworden waren.
Vordringliche Aufgabe der aus den ersten Wahlen der jungen Republik hervorgegangenen sozialdemokratisch-christlichsozialen Koalitionsregierung war, Frieden zu schließen. Der am 10. September 1919 von Karl Renner unterzeichnete Vertrag von Saint-Germain gab dem neuen Staat den Namen „Republik Österreich" und verbot den Anschluß an das Deutsche Reich. Abgesehen von den deutschsprachigen Gebieten in Böhmen und Mähren, die, wie schon erwähnt, zur Tschechoslowakei geschlagen wurden, erlebte Österreich schwere territoriale Einbußen. Am schmerzlichsten war der Verlust des deutschsprachigen Südtirols an Italien, das auch das Kärntner Kanaltal erhielt. An Jugoslawien fiel die Untersteiermark mit Marburg und Cilli; die jugoslawischen Ansprüche auf Südkärnten konnten 1920 durch bewaffneten Widerstand im Land (Kärntner Abwehrkämpfe) und eine Volksabstimmung abgewiesen werden. Aufgrund einer anderen, allerdings recht umstrittenen Abstimmung verlor das Burgenland seine natürliche Hauptstadt Ödenburg (Sopron), die bei Ungarn blieb. In Niederösterreich mußten kleine Gebietsteile an die Tschechoslowakei abgetreten werden.
Am 10. Juni 1920 zerbrach die Koalition zwischen Christlichsozialen und Sozialdemokraten, doch konnte die von dem Staatsrechtslehrer Hans Kelsen und dem Staatssekretär Michael Mayr ausgearbeitete Verfassung noch verabschiedet werden. Diese in Kraft getretene Verfassung schuf neben dem aus direkten Wahlen hervorgehenden Nationalrat einen Bundesrat als Ländervertretung. Bis 1932 wurde Österreich nun fast ununterbrochen von Koalitionsregierungen der Christlichsozialen, Großdeutschen und Landbündler regiert. Die Sozialdemokraten gingen in Opposition und bauten das „rote Wien" zu ihrer Hochburg aus. Auf kommunal- und sozialpolitischem Gebiet (Wohnungsbau, Gesundheitspflege, Kindergärten, usw.) vollbrachten sie Leistungen, die weit über Österreich hinaus anerkannt wurden. So wurde der Gegensatz zwischen dem „Wasserkopf Wien", der Bundeshauptstadt, in der fast ein Drittel aller Österreicher wohnte, und den Ländern auch durch den parteipolitischen Gegensatz verstärkt, wie auch das kulturelle Leben durch die ideologischen Differenzen zwischen den „Austromarxisten" und ihren Gegnern polarisiert wurde.
Die bedeutendste politische Persönlichkeit der Zeit von 1920—1932 war der christlichsoziale Parteiführer Prälat Dr. Ignaz Seipel. Er war im letzten kaiserlichen Kabinett Lammasch Sozialminister gewesen; in der kritischen Phase des Übergangs von der Monarchie zur Republik hatten die Christlichsozialen ihm die Bewahrung der Einheit der Partei zu verdanken. 1922 erreichte er als Bundeskanzler die Sanierung und Stabilisierung der österreichischen Wirtschaft, die durch Inflation und Nachkriegsfolgen sowie durch die Zerreißung des natürlichen Wirtschaftsraumes der Donaumonarchie in größte Schwierigkeiten geraten war. Er erreichte dies mit Hilfe einer Völkerbund-Anleihe, die mit einer harten Auflage verbunden war: Österreich mußte sich gefallen lassen, daß seine Wirtschaft und Finanzen der Kontrolle eines Generalkommissärs des Völkerbundes unterstellt wurden.
Die wirtschaftliche Notlage des Staates, dessen Lebens-

Parade des sozialdemokratischen Schutzbundes vor seinem Leiter Julius Deutsch und Karl Renner (mit Spazierstock) in Wiener Neustadt am 7. Oktober 1928.

fähigkeit damals fast allgemein bezweifelt wurde, verschärfte die Spannungen zwischen dem „antimarxistischen" Regierungslager und der sozialdemokratischen Opposition, die sich meist radikaler und revolutionärer gebärdete, als sie in Wirklichkeit war.
Der sich verschärfende politische Kampf wurde jedoch nicht nur mit der Werbung von Wählerstimmen ausgefochten; auf beiden Seiten standen paramilitärische Wehrverbände, der „Republikanische Schutzbund" der Sozialdemokraten gegen die verschiedenen Frontkämpfer-, Heimatschutz- und Heimwehrverbände, die in der wirren Zeit nach 1918 vor allem in den Bundesländern zur Aufrechterhaltung der Ordnung entstanden waren. Aus der Demobilisierung der österreichisch-ungarischen Armee waren beträchtliche Waffenbestände im Lande geblieben und in den Besitz dieser Wehrformationen geraten. In Kundgebungen und Aufmärschen entwickelte sich ein politischer Kleinkrieg, der einem latenten Bürgerkrieg gleichkam. Es bedurfte bloß eines Funken, dieses Pulverfaß in die Luft gehen zu lassen. Das geschah am 15. Juli 1927 in Wien. Eine Massendemonstration der Linken entglitt der Parteiführung, die außer Rand und Band geratene Menge setzte den Justizpalast in Brand, die Polizei schoß in die Menge, es gab 89 Tote. Der von der sozialdemokratischen Führung ausgerufene Generalstreik brach zusammen, nicht zuletzt deshalb, weil in den Bundesländern die Heimwehren den Landesregierungen zu Hilfe kamen.
Die folgenden Jahre waren gekennzeichnet durch das Vordringen der radikal-kämpferischen und antidemokratischen Elemente der „Frontgeneration" in allen politischen Lagern und die vergeblichen Bemühungen der gemäßigten demokratischen Elemente, sich dieser Entwicklung zu widersetzen.
Die Weltwirtschaftskrise der frühen dreißiger Jahre traf das ohnehin labile Wirtschaftsgefüge der Republik besonders schwer (Zusammenbruch der Creditanstalt 1931). Ein Staatsstreichversuch der steirischen Heimwehr am

Jungmänner-Vereidigung am Heldenplatz in Wien am 27. Juli 1933. In der Mitte Engelbert Dollfuß, Bundeskanzler 1932—1934. Links neben ihm in Heimwehruniform Ernst Rüdiger Fürst Starhemberg und Major Emil Fey.

13. September 1931 scheiterte kläglich, verschärfte jedoch die Krisenstimmung im Inneren und das Mißtrauen des Auslands. Die fortschreitende „Balkanisierung" Österreichs kam auch darin zum Ausdruck, daß alle drei bewaffneten und einander in Todfeindschaft gegenüberstehenden politischen Lager bei ausländischen Mächten Unterstützung suchten und fanden: Die Heimwehren und ihre christlichsozialen Verbündeten beim faschistischen Italien, der Republikanische Schutzbund und die Sozialdemokratie bei Frankreich und der Kleinen Entente, die jetzt auch in Österreich auf Grund der nationalsozialistischen Wahlerfolge im Deutschen Reich an Boden gewinnenden und das bisherige „nationale Lager" erobernden Nationalsozialisten bei ihrer Parteiführung im Deutschen Reich.

Vordringen und Sieg des Nationalsozialismus im Deutschen Reich hatten so auch auf die österreichische Innenpolitik verhängnisvolle Auswirkungen, zumal die ersten nationalsozialistischen Wahlerfolge bei Landtags- und Gemeindewahlen in Österreich 1932 zeitlich mit dem Abtreten bewährter Politiker (Tod Seipels und Schobers im August 1932) zusammenfielen. Der junge und energische Bundeskanzler Dr. Engelbert Dollfuß regierte mit knappsten Mehrheiten von ein bis zwei Stimmen gegen die erbitterte Opposition der Sozialdemokraten und Großdeutschen fast ein Jahr lang und brachte die Lausanner Anleihe durch, die neuerlich die Finanzen der Republik unter die Kuratel einer Völkerbund-Kommission stellte. Dollfuß benützte 1933 eine Panne in der Geschäftsordnung des Nationalrates zur Ausschaltung des Parlaments und zur Errichtung eines autoritären Regimes, das den Vormarsch des Nationalsozialismus aufhalten sollte. Außenpolitisch stützte sich Dollfuß vornehmlich auf das faschistische Italien — dem auch Frankreich und England in den Jahren 1933—1935 den Schutz Österreichs gegen Hitler überließen —, innenpolitisch zuerst auf seine bisherige Koalition aus Christlichsozialen, Landbund und Heimatblock, dann auf die von ihm gegründete Einheitsbe-

Kurt Schuschnigg, Bundeskanzler 1934—1938, und Wilhelm Miklas, Bundespräsident 1928—1938, auf dem Weg zur Bundesheerparade im Frühjahr 1936.

wegung der „Vaterländischen Front". Daraus ergab sich ein innenpolitischer Zweifrontenkrieg gegen Rechts und Links. Die Rechte, das waren die vom nationalsozialistischen Deutschland mit allen Mitteln unterstützten österreichischen Hitler-Anhänger, deren Partei von Dollfuß wegen der von ihr inszenierten Terror-Welle im Juni 1933 verboten wurde; die Linke, die Sozialdemokratie, deren Kampftruppe, der Republikanische Schutzbund, von der Regierung gleichfalls verboten wurde. Das von Mussolini und den Heimwehren erzwungene scharfe Vorgehen gegen die Sozialdemokraten führte zu mehrtägigen Kämpfen, vornehmlich in Wien im Februar 1934 (Beschießung der in den Gemeindebauten verschanzten Schutzbündler durch Artillerie), in deren Folge alle sozialdemokratischen Organisationen aufgelöst und verboten, die ganze sozialdemokratische Führerschaft längere Zeit in Haft genommen und neun sozialdemokratische Februarkämpfer standrechtlich hingerichtet wurden. Die am 1. Mai 1934 verkündete „berufsständische Verfassung", welche die Ideen der päpstlichen Enzyklika „Quadragesimo anno" (1931) verwirklichen und Österreich in einen „Christlichen Ständestaat" umgestalten sollte, blieb Stückwerk. Ein nationalsozialistischer Putschversuch am 25. Juli 1934, in dessen Verlauf die Putschisten das Bundeskanzleramt besetzten, Bundeskanzler Dollfuß erschossen und andere Regierungsmitglieder mehrere Stunden gefangenhielten, wurde von der nationalsozialistischen Führung

Folgende Seite:
Oben: „Volk von Österreich!" Flugblatt für Schuschniggs angekündigte „Volksbefragung" am 13. März 1938.
Unten: „Das ganze Volk sagt ja am 10. April." Nationalsozialistisches Plakat zur „Volksabstimmung über Großdeutschland" am 10. April 1938.

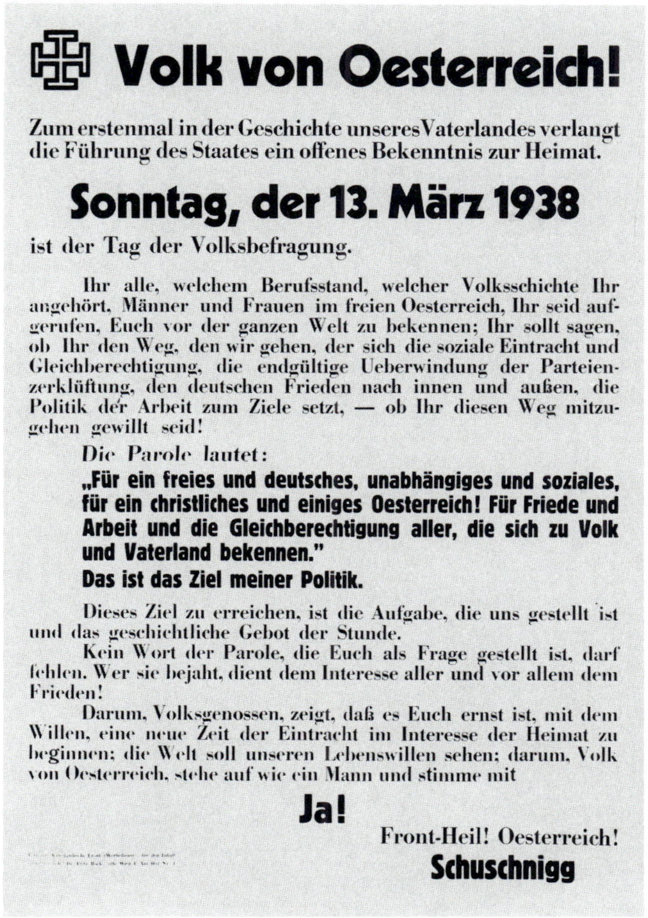

Volk von Oesterreich!

Zum erstenmal in der Geschichte unseres Vaterlandes verlangt die Führung des Staates ein offenes Bekenntnis zur Heimat.

Sonntag, der 13. März 1938

ist der Tag der Volksbefragung.

Ihr alle, welchem Berufsstand, welcher Volksschichte Ihr angehört, Männer und Frauen im freien Oesterreich, Ihr seid aufgerufen, Euch vor der ganzen Welt zu bekennen; Ihr sollt sagen, ob Ihr den Weg, den wir gehen, der sich die soziale Eintracht und Gleichberechtigung, die endgültige Ueberwindung der Parteienzerklüftung, den deutschen Frieden nach innen und außen, die Politik der Arbeit zum Ziele setzt, — ob Ihr diesen Weg mitzugehen gewillt seid!

Die Parole lautet:

„Für ein freies und deutsches, unabhängiges und soziales, für ein christliches und einiges Oesterreich! Für Friede und Arbeit und die Gleichberechtigung aller, die sich zu Volk und Vaterland bekennen."

Das ist das Ziel meiner Politik.

Dieses Ziel zu erreichen, ist die Aufgabe, die uns gestellt ist und das geschichtliche Gebot der Stunde.

Kein Wort der Parole, die Euch als Frage gestellt ist, darf fehlen. Wer sie bejaht, dient dem Interesse aller und vor allem dem Frieden!

Darum, Volksgenossen, zeigt, daß es Euch ernst ist, mit dem Willen, eine neue Zeit der Eintracht im Interesse der Heimat zu beginnen; die Welt soll unseren Lebenswillen sehen; darum, Volk von Oesterreich, stehe auf wie ein Mann und stimme mit

Ja!

Front-Heil! Oesterreich!

Schuschnigg

abgeblasen, als Mussolini zum Schutz Österreichs drei Divisionen an der Brennergrenze aufmarschieren ließ. Der Aufruf zum Aufstand, den die Putschisten durch den von ihnen gleichfalls vorübergehend besetzten Wiener Rundfunksender an die Bundesländer richteten, hatte jedoch noch Kämpfe in Kärnten, Steiermark und Oberösterreich zur Folge.

Bundeskanzler Dr. Kurt (von) Schuschnigg, der Nachfolger von Dollfuß, schaltete die rivalisierenden Heimwehrführer nacheinander aus, konnte aber doch keine dauerhafte Befestigung seines Regimes erreichen, zumal die italienische Unterstützung nach dem Abessinienkrieg und der dadurch bewirkten Annäherung zwischen Berlin und Rom problematisch wurde. Schuschnigg sah sich daher auf den „deutschen Weg" eines Ausgleichs mit Hitler angewiesen, den er 1936 mit einem Abkommen zwischen Berlin und Wien betrat. Der wachsende Druck des auch militärisch erstarkenden Deutschland zwang Schuschnigg zu einer persönlichen Begegnung mit Hitler in Berchtesgaden am 12. Februar 1938 und zu sehr weitgehenden Zugeständnissen an die „nationale Opposition" in Österreich. Ein letzter, verzweifelter, auch von Mussolini mißbilligter Versuch Schuschniggs, sich diesem Druck von außen und innen durch eine überraschend am 9. für den 13. März anberaumte Volksabstimmung mit vieldeutig formulierter Parole zu entziehen, scheiterte. Am 11. März mußte Schuschnigg unter dem Druck der deutschen Einmarschdrohung die Volksabstimmung absetzen und zurücktreten. Der vom Bundespräsidenten Miklas mit der Regierungsbildung betraute Dr. Arthur Seyß-Inquart bildete ein nationalsozialistisches Kabinett. Deutsche Truppen rückten in Österreich ein. Die Regierung Seyß-Inquart proklamierte am 13. März 1938 den Zusammenschluß Österreichs mit dem Deutschen Reich, der durch eine nachträgliche Volksabstimmung am 10. April sanktioniert wurde.

Die rücksichtslose Gleichschaltung Österreichs unter dem „Reichskommissar" Gauleiter Josef Bürckel, schließlich sogar die Auslöschung des Namens Österreich, der erst durch „Ostmark" dann durch „Donau- und Alpengaue" ersetzt wurde (Nieder- und Oberösterreich wurden in Niederdonau und Oberdonau umbenannt), dämpften rasch die Begeisterung auch jener Österreicher, die die „Heimkehr ins Reich" begrüßt hatten. Der schon im folgenden Jahr 1939 von Hitler ausgelöste Zweite Weltkrieg erwies die Schattenseiten der Zugehörigkeit zu einer nach Hegemonie strebenden Großmacht. Wie vor 1938 Sozialdemokraten und Nationalsozialisten, begannen sich nun Gegner des Hitler-Regimes von den Monarchisten bis zu den Kommunisten illegal zu organisieren. Die harte Unterdrückung verhinderte zwar bis zuletzt größere Aktionen; doch je näher das Kriegsende heranrückte, desto zahlreicher wurden die Kontakte zwischen den Angehörigen der früheren Parteien und den verschiedenen Gruppen des Widerstands.

Der brennende Stephansdom in Wien. 8. April 1945.

HELMUT H. HASCHEK

DAS SENSIBLE GLEICHGEWICHT

ÖSTERREICHISCHE GESCHICHTE NACH DEM ZWEITEN WELTKRIEG

„Ich kann euch zu Weihnachten nichts geben. Ich kann euch für den Christbaum, wenn ihr überhaupt einen habt, keine Kerzen geben. Ich kann euch keine Gaben für Weihnachten geben, kein Stück Brot, keine Kohlen zum Heizen, kein Glas zum Einschneiden . . . Wir haben nichts. Ich kann euch nur bitten: Glaubt an dieses Österreich!"

Leopold Figl (1902—1965); Bundeskanzler der Republik Österreich; Weihnachtsansprache 1945.

„Nein, wir hatten wirklich eine traumhaft schöne Jugend. Wir hatten alles, was unsere Eltern nicht hatten. Wir können uns nicht beklagen. Doch das ist unser Problem . . ."

Markus Peichl (1958—); Journalist; Aus einer Artikelserie der „Presse" zum 40. Jahrestag der Republik, 1985.

RÜCKBLICK AUS DER ZUKUNFT

Vierzig Jahre sind in welthistorischen Dimensionen ein kurzer Zeitraum. Sie sind es auch für ein föderativ organisiertes Staatswesen wie die Republik Österreich, die sich aus Ländern zusammensetzt, von denen jedes für sich eine mehr als tausendjährige Geschichte aufweist. Als erlebte Geschichte stellen sie aber einen langen Zeitraum dar, insbesondere dann, wenn diese Periode im Rückblick so unterschiedliche Merkmale aufweist wie wahrscheinlich keine Vergleichsperiode zuvor, bezogen auf jenen geographischen Raum, der heute die Republik Österreich umfaßt.
Viele Errungenschaften, die in der Gegenwart selbstverständlich erscheinen und nicht einmal mehr als solche empfunden werden, stellen sich in weiterer Perspektive als einzigartig dar. Daran ändert die Tatsache wenig oder nichts, daß es dem Zeitgenossen kaum möglich ist, darüber zu urteilen, in welchem Maß die Menschen in diesem Gemeinwesen heute glücklicher sind, als sie es vor 40 Jahren, vor 100 oder 200 Jahren waren. Wäre dies aber nicht der eigentliche Maßstab für die Bewertung einer Epoche im weiteren zeitlichen und räumlichen Zusammenhang?
Auch wenn man um größtmögliche Objektivität bemüht ist, fließt in jede historische Betrachtung gefiltert das Weltbild des Beobachters ein. Diese unausweichlich subjektive Färbung wird umso stärker, je kürzer die Periode zurückliegt.
Für die österreichische Geschichte ab 1945 gilt dies im besonderen Maß. Die Wertvorstellungen und die Prioritätshierarchie unterscheiden sich sehr wesentlich unter den Generationen, die die Weltwirtschaftskrise der dreißiger Jahre, den totalitären Staat, den totalen Krieg, den totalen Zusammenbruch und den Aufbau der Republik aus dem Nichts miterlebt haben, und jenen, die nach 1945 geboren wurden.
So wird man nicht unbeachtliche Unterschiede in der Bewertung jener Epoche vorfinden, die zwischen 1945 und 1985 liegt.

Ruinen Mitte der vierziger Jahre, Wien.

Oben: 1945, das Jahr der Befreiung. Ausspeisung der Bevölkerung durch Soldaten der Roten Armee.
Unten: „Die Vier im Jeep". Militärpatrouille der Alliierten vor dem Wiener Justizpalast. 25. September 1945.

Unter den Beobachtern der jüngeren Generation wird gerne zwischen einer „materiellen Epoche" unterschieden, die bereits durchschritten sei, und einer „post-materiellen", die eben jetzt anbreche. Die auch in Österreich sich manifestierenden Kräfte, die sich seit der Nationalratswahl 1986 als politische Partei etabliert haben, und die Randgruppen der „alten" politischen Parteien und Gruppen zwischen diesen erfassen, sind ihr Kristallisationspunkt. Überwiegend argumentieren diese Gruppen aus einer materiell vergleichsweise gesicherten Umwelt. Ohne sich als Träger von Verantwortung bewähren zu können oder zu wollen, ist die Not der Vorkriegs-, Kriegs- und der unmittelbaren Nachkriegszeit und die Geschichte ihrer Überwindung kaum mehr als ein längst vergangenes Kapitel auf dem Irrweg in die Abgründe der Überflußgesellschaft.

Versetzte man sich an den Anfang der Betrachtungsperiode — also um das Jahr 1945 — und unternähme man den Versuch darzustellen, von welcher Ausgangslage ein Szenario von 40 Jahren später zu beschreiben und mit welcher Wahrscheinlichkeit ein Futurologe von damals in seiner Voraussage die Wirklichkeit von heute nur annähernd zu treffen in der Lage gewesen wäre, dann gewänne man vielleicht einen Maßstab, an dem das Erreichte mit dem Erhofften, aus damaliger Sicht vorwiegend Erträumten, gemessen werden könnte.

27. April 1945: Die „provisorische österreichische Staatsregierung" wird von den Sowjetrussen anerkannt. In der Mitte Staatskanzler Karl Renner, an seiner linken Seite Bürgermeister Theodor Körner, dahinter die Staatssekretäre Johann Koplenig (KPÖ), Adolf Schärf (SPÖ) und Leopold Figl (ÖVP).

Hätte man es also damals unternommen, so etwas wie eine „concise history of the future" zu schreiben, könnte man sie heute mit der Realität vergleichen. Diese Methode hätte deswegen viel für sich, weil gerade in der Gegenwart die Auseinandersetzung mit der Zukunft eine so beherrschende Stellung gewonnen hat und der Zeitgeist zum Pessimismus neigt. Sie hätte den Vorteil, aus der Zeit in die Zukunft zu blicken und nicht mit gewonnenen oder vermeintlichen Einsichten von heute die Vergangenheit zu beurteilen. Dies ist keine historische Methode. An den Anfang einer Betrachtung der jüngsten Geschichte gestellt, könnte der Versuch dazu beitragen, die Gewichte anders, differenzierter und vielleicht weniger anmaßend zu verteilen.

Dieses Zukunftsszenario aus der Sicht des Jahreswechsels 1944/45 würde von folgender Ausgangslage auszugehen haben:

Der Zweite Weltkrieg sollte noch wenig mehr als vier Monate im Herzen Europas toben. Im März 1945 überschritt die Rote Armee die Grenzen Österreichs. Der Westen und Süden Österreichs wurden gerade von den westlichen Alliierten zeitverzögert okkupiert; unter sie mischten sich im Süden jugoslawische Verbände. Über den mittleren Teil des Landes ergoß sich die Flut der deutschen Armeen aus dem Süden, geisterte über dieses Gebiet der Gedanke einer Alpenfestung des letzten Widerstandes des sich in die totale Niederlage auflösenden Deutschen Reiches.

In der sowjetischen Etappe, zu der auch die spätere Bundeshauptstadt Wien zählte, wurde von einer provisorischen Regierung am 27. April 1945 unter der Führung eines Fünfundsiebzigjährigen, Dr. Karl Renner, die Wiederherstellung der Republik Österreich einseitig proklamiert. Wenige Tage später wurde die Verfassung von 1929 der Republik Österreich wieder in Kraft gesetzt, ohne daß dieser Republik auch nur annähernd eine Realität zugekommen wäre.

Der Krieg würde bald zu Ende gehen. Dies war wohl die einzige Hoffnung, deren Erfüllung absehbar war. Man hatte aber weitergehende Hoffnungen:

Die Republik würde in den Grenzen von 1937 wiedererstehen, wenn auch jugoslawische Verbände im Süden vordrangen, um Gebietsansprüche durchzusetzen; die Republik, die zu drei Vierteln unter der Herrschaft der westlichen Alliierten oder des Deutschen Reiches stand, sollte ihre politische Ordnung auf der demokratischen Verfassung aufbauen, deren Wirksamkeit elf Jahre zuvor aufgehoben worden war.

Viele Fragen stellten sich. Würde es überhaupt gelingen, die Einheit dieser Republik herzustellen? Als Grundlage für den erstaunlichen Zukunftsoptimismus dieser Zeit gab es die Moskauer Deklaration von 1943, in der die

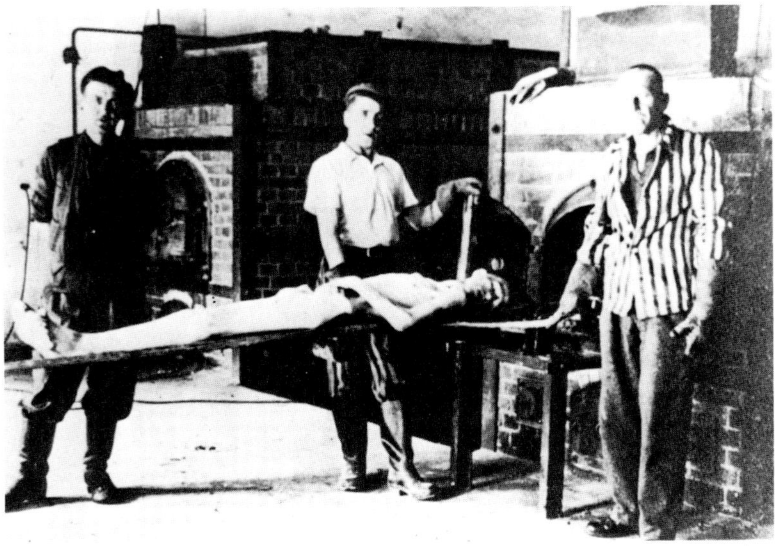

Verbrennungsöfen im Konzentrationslager Mauthausen, Oberösterreich.

Folgende Seite: Kriegsveteran. Photographie von Ernst Haas. Wien, 1946.

UdSSR, die USA und das Vereinigte Königreich ihre Absicht gekundet hatten, einen unabhängigen österreichischen Staat wiederherzustellen. Aber eine Kommunikation innerhalb Österreichs war ausgeschlossen, eine solche mit den westlichen Alliierten konnte noch nicht stattfinden. Nur im östlichsten Teil war unter dem vordergründig wohlwollenen Auge der sowjetischen Besatzungsmacht die Grundlage zu einer neuen, alten Ordnung gelegt worden.
Schon begannen sich die Schatten des Kalten Krieges auszubreiten. Welches Vertrauen würde ein Staatskanzler bei den westlichen Alliierten finden, der die Unterstützung der sowjetischen Besatzungsmacht in so augenfälliger Weise genoß?
Die Industrieanlagen, die Städte und Verkehrswege waren in unterschiedlichem Ausmaß, besonders im Osten aber weitgehend vernichtet; die Eigentumsverhältnisse an vielen Unternehmen würden in Frage gestellt werden. Das landwirtschaftliche Kerngebiet war verwüstet. In Wien herrschte Hunger. Die Wohnviertel vieler Städte lagen in Ruinen. Vom Wahrzeichen Wiens und Österreichs, der gotischen Kathedrale, ragte noch — ein Symbol — der 137 m hohe Turm aus den Trümmern.
1,2 Millionen Österreicher waren zur Deutschen Wehrmacht eingezogen, 250.000 — also jeder fünfte — kehrten nicht wieder heim, 120.000 blieben als Invalide zurück. Im Zuge von Kriegshandlungen oder durch Bombenangriffe waren 27.000 Zivilpersonen ums Leben gekommen, 65.459 österreichische Juden wurden ermordet, 35.300 Österreicher hingerichtet. 100.000 Österreicher hatten drei Monate bis sieben Jahre in Kerkern oder Konzentrationslagern verbracht.
Außerordentliche Optimisten hätten vielleicht erwartet, daß es gelingen würde, irgendwann den Siegern des Zweiten Weltkrieges die territorial unverletzte Wiederherstellung der Republik abzuringen. Schließlich hatte Österreich im völkerrechtlichen Sinn gewaltsam seine Souveränität verloren und die Alliierten hatten erklärt, seine Existenz wiederherstellen zu wollen.
Aber würde die nun wieder proklamierte parlamentarische Demokratie, die zwischen 1920 und 1934, also während einer Periode von kaum 14 Jahren, nur recht und schlecht den politischen Rahmen dargestellt hatte, wirksam werden können? Wie würde ein politisches System angenommen werden, das elf Jahre lang außer Kraft gesetzt war? Weite Teile der Bevölkerung waren mit wenig erfreulichen Erinnerungen aus der Zeit davor belastet, oder sie konnten sich gar nicht mehr erinnern, wie eine demokratische Ordnung funktioniert. Wie sollte sich die Entflechtung aus dem Deutschen Reich vollziehen, in das Österreich vollständig integriert worden war, nicht nur hinsichtlich seiner Institutionen, sondern auch eines nicht unbeachtlichen Teiles seiner Bevölkerung, der sich der neuen Ordnung von 1938 unterworfen und diese akzeptiert hatte?
Wie würde sich diese Republik wirtschaftlich entwickeln können, die doch vom Ende des Ersten Weltkrieges bis zum Anfang des Zweiten sich selbst als nicht lebenfähig erachtet hatte, die am Ende ihres zwanzigjährigen Bestehens zu den ärmsten Ländern Europas mit der höchsten Arbeitslosenrate gehörte und ein Bruttonationalprodukt aufgewiesen hatte, das unter dem der beginnenden dreißiger Jahre lag!
Wie würden der Staat und seine Wirtschaft überhaupt nach diesen Menschenverlusten organisiert werden können, nachdem eine ganze Generation von potentiellen Führungskräften auf den Schlachtfeldern des Zweiten Weltkrieges, in den Konzentrationslagern und Gefängnissen des Deutschen Reiches ausgelöscht oder in die Emigration gezwungen worden war? Würde es wieder, wie zur Zeit des Bürgerkrieges kaum elf Jahre zuvor, eine gespaltene Republik geben — diesmal zwischen solchen, die die moralische Selbstaufgabe von 1938 bejaht, und solchen, die sich verneint hatten?

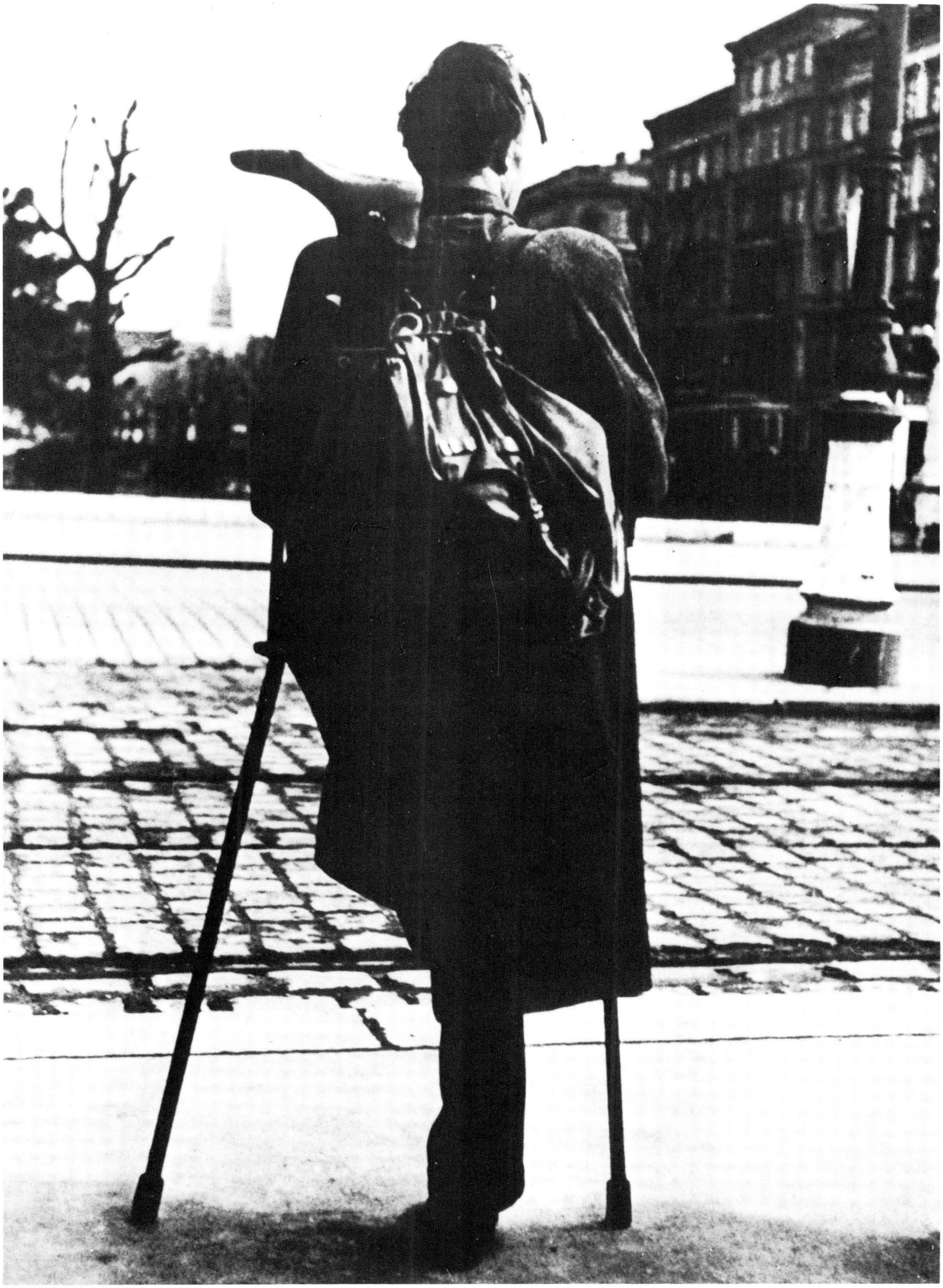

40 Jahre später blickt diese Republik auf eine ebensolange Periode parlamentarischer Demokratie zurück, in der Interessenskonflikte gewaltlos ausgetragen werden. Nach 40 Jahren ist das Bruttoinlandsprodukt der Republik von S 22,8 Milliarden auf S 1.285 Milliarden, real um nahezu das achtfache, die Lebenserwartung bei Männern um acht Jahre, bei Frauen um mehr als zehn Jahre gestiegen, die durchschnittliche Jahresarbeitszeit um 280 Stunden gesunken. Gleichzeitig stieg die Anzahl der unselbständig Erwerbstätigen von 1,5 auf 2,7 Millionen, also auf das 1,8fache. Unter 213 Nationen rangiert Österreich mit seinem Bruttonationalprodukt an 28. Stelle, im Pro-Kopf-Einkommen an 34. Stelle. In absoluten Zahlen gemessen nimmt Österreich als Exportnation die 29. und als Importeur die 21. Stelle in der internationalen Staatengemeinschaft ein.
Nach diesen 40 Jahren wird die Lebensfähigkeit des Staatswesens nicht mehr in Frage gestellt, ist die Identifikation vollständig, seine demokratischen Institutionen bewährt und getestet, die Frage nach dem Nationalbewußtsein eher akademisch, der Staat als neutral, dem industrialisierten Westen zugehörig anerkannt und unbestritten, seine Grenzen definiert und außer Streit gestellt, am Rande der unglücklichen Teilung Europas in störungsfreien Beziehungen zu allen seinen Nachbarn, ob sie nun einem der großen Militärbündnisse angehören oder nicht, ist seine Bundeshauptstadt der dritte Sitz der Vereinten Nationen, seine Volkswirtschaft zu 40 % außenwirtschaftlich verflochten, seine Wirtschaftsordnung marktwirtschaftlich determiniert, wenn auch mit einem hohen Anteil staatswirtschaftlichen Einflusses.
Niemand würde vor 40 Jahren die Vorstellungskraft besessen haben, das Szenario am Ende dieser bemerkenswerten Periode zu zeichnen; auch dann nicht, wenn man in Rechnung stellt, daß nach dem Ende des Krieges auch das Weltszenario von heute insgesamt wohl kaum vorherzusehen war. Auch Optimisten würden nicht vermutet haben, daß sich die relative Position des Landes in der internationalen Staatengemeinschaft so würde wandeln können wie sie es getan hat; die apokalyptischen Zukunftsvisionen blieben den siebziger Jahren vorbehalten; 1945 hätten sie nur die Fortschreibung des Istzustandes bedeutet.
Bemerkenswert ist die Tatsache, daß die führenden politischen Parteien oder der als Einheitsgewerkschaft wiedergegründete Österreichische Gewerkschaftsbund sich wenige Tage vor oder nach der Wiederherstellung der Republik rekonstituiert hatten.
Als erste Partei wurde am 14. April 1945 die Sozialistische Partei Österreichs (SPÖ) wiedergegründet. Die Partei knüpfte bewußt an die 1934 verbotene Sozialdemokratische Arbeiterpartei an, und zwar nicht bloß als Nachfolgepartei, sondern ihre direkte Fortsetzung. Sie

Theodor Körner (1873—1957), Bundespräsident 1951—1957, am Schreibtisch in der Präsidentschaftskanzlei in Wien. 1951.

konnte mit vollem Recht auf ihre Tradition als demokratische Partei, die nur durch ihr Verbot 1934 unterbrochen worden war, verweisen.
Die unbestrittenen geistigen und intellektuellen Führer waren Dr. Karl Renner (1870—1950) und Dr. Adolf Schärf (1890—1965). Zu ihnen traten Oskar Helmer (1887—1963) und Dr. Ernst Koref (1891—). Alle diese Persönlichkeiten waren verfügbar. Sie waren zwar verfolgt worden, hatten aber überlebt. Sie repräsentierten die pragmatisch-interventionistische Gruppe. Ihnen standen mit Dr. Karl Czernetz, Oskar Pollak, Erwin Scharf, Hilde Krones und Karl Mark die Gruppe der ehemaligen Revolutionären Sozialisten gegenüber, die den Visionen des Austromarxismus verbunden waren; zum Teil waren sie bereits 1934 emigriert und erst nach Kriegsende wieder heimgekehrt.
Die zentralistisch organisierte Sozialistische Partei entwickelte sich zur zweitstärksten politischen Gruppierung, bis sie 1970 unter dem 1967 zum neuen Parteiführer berufenen Dr. Bruno Kreisky (1911—) die Regierungsverantwortung übernahm, zunächst mit relativer und ein Jahr später mit absoluter Mehrheit, die sie 13 Jahre unter

Oben: Treffen John F. Kennedy — Nikita Chruschtschow in Wien am 3./4. Juni 1961. In der Mitte Bundespräsident Adolf Schärf.
Unten: Franz Jonas (1899—1974), Bundespräsident 1965—1974.

Kreiskys Kanzlerschaft innehatte, bis sie 1983 wieder auf die relative Mehrheit zurückfiel. Die SPÖ stellte die ersten vier Bundespräsidenten der Zweiten Republik (Dr. Renner, Körner, Dr. Schärf und Jonas); der fünfte, ein Parteiloser (Dr. Kirchschläger), war der von ihr unterstützte Kandidat. Von 1945—1966 stellte sie den Vizekanzler, ab 1970 bis zur unmittelbaren Gegenwart die Kanzler (Dr. Kreisky, Dr. Sinowatz und Dr. Vranitzky), von 1970 bis 1983 auch den Vizekanzler.
Nur wenig später als die Gründung der Sozialistischen Partei erfolgte am 17. April 1945 die der Österreichischen Volkspartei (ÖVP) als Nachfolgepartei der Christlichsozialen Partei, die 1934 der Staatspartei der Vaterländischen Front einverleibt worden war.
Die führenden Persönlichkeiten der ersten Stunde waren Ing. Julius Raab (1891—1964) und Dipl.-Ing. Leopold Figl (1902—1965), Dr. Felix Hurdes, Leopold Kunschak und Lois Weinberger.
Die ÖVP sollte eine nichtsozialistische Sammlungsfront darstellen. Die Partei wurde bündisch organisiert und ist es bis in die Gegenwart geblieben: die Interessen der Wirtschaft sollten durch den Wirtschaftsbund, jene der

Bauern durch den Bauernbund und jene der Arbeitnehmer durch den Angestellten- und Arbeiterbund vertreten werden. Die ÖVP stellte bis 1970 die Bundeskanzler (Dipl.-Ing. Figl, Raab, Dr. Gorbach und Dr. Klaus), ab 1987 mit Dr. Mock wieder den Vizekanzler. Sechster Bundespräsident (Dr. Waldheim) wurde 1986 der von ihr unterstützte Kandidat.
Die dritte, zunächst nur in den von den sowjetischen Truppen besetzten Gebieten anerkannte politische Partei war die Kommunistische Partei (KPÖ), deren Organe vom 22. April 1945 datieren. Ihre Führer Johann Koplenig (1891—1968), Dr. Ernst Fischer (1899—1972) und Friedl Fürnberg (1902—1978) hatten nach 1934 ebenfalls in die Emigration gehen müssen, die sie in Moskau verbrachten. Ihre illegale Parteiorganisation, aus deren Reihen die engagiertesten Widerstandskämpfer gegen das nationalsozialistische Regime in Österreich kamen, hatte während des Krieges schwerste Verluste erlitten.
Andere Parteien waren anfangs nicht zugelassen.
Erst 1949 erfolgte die Gründung einer vierten Partei, vorerst lediglich als wahlwerbende Gruppe, die als Verband der Unabhängigen an den zweiten Nationalratswahlen teilnahm und aus der sich später die Freiheitliche Partei Österreichs (FPÖ) entwickeln sollte. Die Gründer des Verbandes der Unabhängigen waren Dr. Herbert Kraus (1910—) und Dr. Viktor Reimann (1915—), Persönlichkeiten, die liberales Gedankengut vertraten, das allerdings nach einer kurzen Blüte in der zweiten Hälfte des 19. Jahrhunderts in Österreich keine politische Tradition hatte. Die spätere Partei entwickelte sich als eine Sammlung von teilweise völkischen Ideen und Personen, die mit den beiden Großparteien unzufrieden waren. Im Gegensatz zu den beiden Großparteien konnte die Partei nur in geringem Maß eine Stammwählerschaft entwickeln. Sie war mehrmals nahe daran, Regierungsverantwortung zu übernehmen (1953 und 1956), bevor sie 1983 mit den Sozialisten die Kleine Koalition einging, die 1986 nach einem Führungswechsel von der Sozialistischen Partei aufgekündigt und nach vorzeitigen Wahlen 1986 nicht wieder fortgesetzt wurde.
In weiterer Folge gab es eine Fülle von Parteigründungen (mehr als 50), die jedoch nie Bedeutung erlangten. Erst in den letzten Jahren der Nachkriegsgeschichte entwickelte sich auch in Österreich eine Grünbewegung. Ihre Bedeutung wurde erstmals bundesweit bei den Präsidentschaftswahlen 1986 getestet. Im ersten Wahlgang konnte die Kandidatin dieser Gruppierung 5,5 % der gültigen Stimmen erreichen.
1945 waren 3,4 Millionen Österreicher bei einer Gesamtbevölkerung von 6,8 Millionen wahlberechtigt. Bei den Nationalratswahlen 1986 waren es 5,4 Millionen von 7,6 Millionen. Bemerkenswert noch war die Wahlbeteiligung: sie betrug zuhöchst 97 % (1949) und erreichte ihren bis-

Oben: Auf Alfons Gorbach (1898—1972), Bundeskanzler 1961—1964, folgte Josef Klaus (geb. 1910) in den Jahren 1964—1970.

Vorhergehende Seite:
Oben: Rudolf Kirchschläger (geb. 1915), Bundespräsident 1974—1986, und Bruno Kreisky (geb. 1911), Bundeskanzler 1970—1983.
Unten: Zwei führende Persönlichkeiten der Anfangsjahre der Zweiten Republik: Leopold Figl (1902—1963), Bundeskanzler 1945—1953 (links), und Julius Raab (1891—1964), sein Amtsnachfolger 1953—1961. 1953.

herigen Tiefststand 1986 mit 90,5 %. In diesem Zeitraum fanden 12 Nationalratswahlen und neun Präsidentschaftswahlen (davon acht als Volkswahl) statt. Die Anteile der SPÖ an den bei Nationalratswahlen gültig abgegebenen Stimmen schwankten zwischen zuhöchst 51 % (1975) und 39 % (1949); jene der ÖVP zwischen 50 % (1945) und 41 % (1953). Die FPÖ (und ihre Vorgängerin) erreichte zuhöchst 12 % (1949) und 5 % (1966, 1975 und 1983) in ihren schlechtesten Ergebnissen, um 1986 wieder auf fast 10 % anzuwachsen. Die KPÖ kam 1945, 1949 und 1953 jeweils auf 5 % und in den letzten sechs Nationalratswahlen vor 1986 auf etwa 1 %, um dann auf 0,7 % abzusinken. Alle anderen Gruppierungen erreichten in den Nationalratswahlen vor 1986 zusammen maximal 3 %, in acht von 12 Wahlgängen unter 1 %. 1986 jedoch errangen die Grünen nahezu 5 %, alle anderen Gruppierungen zusammen 0,3 %.
Diese Daten zeigen zwei große, ständig wachsende Volksparteien, die zu Beginn der Ersten Republik, 1920, 78 % der Stimmen auf sich vereinigten und 1983 91 %, um allerdings 1986 auf 84 % abzusinken. Die ÖVP hatte die

Beispiele österreichischer Wahlplakate der sechziger und siebziger Jahre. Oben: Phalanx von sozialdemokratischen Plakaten am Ring, Wien. 1979. Unten links: Plakat der Freiheitlichen Partei. Unten rechts: Plakat der Österreichischen Volkspartei. 1979.

konstanteren „Marktanteile“ zu verzeichnen, während die SPÖ ab 1949 zunehmend Marktanteile dazugewinnen konnte; dieser Trend hat sich erst seit der vorletzten Nationalratswahl wieder umgekehrt und 1986 mit einer Stärkung der FPÖ und dem Einzug der Grünen in den Nationalrat verstärkt fortgesetzt.

Den Parteien kommt in der Auswahl der Mandatare das entscheidende Gewicht zu. Der Wähler ist aufgerufen, Parteien zu wählen, auf die Kandidatenauswahl hat er so gut wie keinen Einfluß.

Bemerkenswert hoch ist in Österreich die Organisationsdichte. Etwa 30 % der Wähler der SPÖ sind eingetragene Parteimitglieder, 40 % solche der ÖVP. Etwa 40 % aller Österreicher besitzen eine formelle, nach außen erkennbare Bindung an eine politische Partei. Dies erklärt auch die relative Konstanz des Wählerverhaltens, das erst in letzter Zeit in Fluß gekommen ist.

Dazu kommt die enge Bindung der Parteien an die in der Sozialen Partnerschaft wirkenden Verbände. In der Handels- und Landwirtschaftskammer dominiert die ÖVP (86 % der Mandate); in den Arbeiterkammern (64 %) und im Gewerkschaftsbund (77 %) die SPÖ.

Diese Konstellation hat bisher zur Konvergenz der beiden Großparteien — jedenfalls in ihrer praktischen Politik — geführt, weil weder an der extremen Linken noch der extremen Rechten Mehrheiten zu gewinnen waren.

Nach dem Wahlkampf 1979: Die drei Spitzenkandidaten Bruno Kreisky (SPÖ), Josef Taus (ÖVP) und Alexander Götz (FPÖ).

EXKURS: DER „ANSCHLUSS" EIN MISSVERSTANDENES 1848?

Der „Anschluß" von 1938, die Besetzung Österreichs durch das Deutsche Reich, stellt einen tiefen und schmerzhaften Einschnitt in der österreichischen Geschichte dar. Der Anschluß war zweifellos völkerrechtswidrig. Allerdings wurde er von der Völkergemeinschaft reaktionslos zur Kenntnis genommen. Der Verlust der Eigenstaatlichkeit bedeutete — wenn auch nicht rechtlich — das Ende eines Staates, der seine selbständige Existenz nur den Siegermächten des Ersten Weltkrieges zu verdanken hatte. Diese taten alles, um die Vereinigung Österreichs mit dem Deutschen Reich, die dem erklärten Willen des Volkes entsprochen hätte, zu verhindern.
Die Haltung der Österreicher zum Anschluß selbst ist nach wie vor einer Diskussion wert. Der Anschluß traf eine Bevölkerung, die durch die wirtschaftliche Not der dreißiger Jahre mit ihrem Heer von Arbeitslosen zutiefst zermürbt war. Sie war zudem in mehrfacher Hinsicht weltanschaulich gespalten. Historische Zusammenhänge sind zu berücksichtigen. Die Habsburger waren von den Erblanden aus, die heute Österreich darstellen, Jahrhunderte lang die Führungsmacht in den deutschen Landen. Diese Bindungen zum deutschen Gesamtvolk blieben auch dann bestehen, als Preußen die Zügel der Macht in Deutschland übernahm. Eigenartigerweise konnte die Machtverschiebung von Österreich oder Österreich-Ungarn über Preußen zum Deutschen Reich diese Bindungen nicht aufheben. Im Gegenteil: Die Einigungsbewegung des Jahres 1848, die maßgeblich von studentischen Kreisen ausging, mündete — insbesondere in liberalen Kreisen — in der Bewunderung der Bismarckschen Reichsgründung, zu der nicht zuletzt auch der bemerkenswerte wirtschaftliche Aufstieg des Deutschen Reiches beitrug.
Die dem nördlichen Nachbarn seit Ende des 19. Jahrhunderts entgegengebrachte Bewunderung führte beinahe zu einem Inferioritätskomplex, der erst überwunden werden konnte, als das Chaos ausgebrochen war und, anders als nach dem Ersten Weltkrieg, nicht ein territorial im wesentlichen erhalten gebliebenes Deutsches Reich der zu einem Zwerg geschrumpften ehemaligen Großmacht gegenüberstand.
Dieses Mißtrauen in das eigene Vermögen hatte auch zu Ende des Ersten Weltkrieges zu dem historisch einmaligen Vorgang geführt, daß die neue Republik gleichzeitig mit ihrer Konstituierung ihre Eingliederung in das Deutsche Reich beschloß. Aus dieser historischen Perspektive heraus ist es zu verstehen, daß viele Österreicher, namentlich in akademischen Kreisen, im „Anschluß" von 1938 die Erfüllung revolutionärer Träume des Jahres 1848 sahen im Sinne einer Tradition, die einem größeren Deutschtum verbunden war und die nicht in Preußen und Berlin, sondern eher in Wien ihre Wiege hatte.

In der mißverständlichen Bewertung dessen, was sich in Deutschland als System etabliert hatte, waren viele der Österreicher keineswegs allein, wie das Münchener Abkommen von 1938 deutlich beweist: Die Sehnsucht nach der Erhaltung des Weltfriedens und die Angst vor einem neuen Krieg, die führende Staatsmänner Englands und Frankreichs damals bewegten, waren ebenso brennend wie für viele Österreicher unterschiedlicher politischer Gruppierung die Sehnsucht, der wirtschaftlichen Not zu entkommen, die mit der Enge des Kleinstaates verbunden wurde.
Daß sich diese Hoffnungen als Illusion herausstellten und mit einem außerordentlich hohen Blutzoll aller Österreicher — ob sie sich nun gegen den Anschluß gestellt oder ihn begrüßt hatten — bezahlt werden mußten, daß diese Eingliederung zur systematischen Vernichtung der jüdischen Mitbürger ebenso wie der Gegner des Regimes führen sollte, ist eine unvergleichbare Tragödie in der Geschichte Österreichs, die ja an Schicksalsschlägen nicht gerade arm ist.

Antiklerikale Abendkundgebung am 13. Oktober 1938 auf dem Heldenplatz, Wien, als Reaktion auf eine Erklärung der Katholischen Jugend gegen den Nationalsozialismus.

DIE ZWEITE REPUBLIK

Die Meilensteine der Nachkriegsgeschichte, chronologisch und zusammengefaßt erzählt, ergeben folgendes Bild.
Fünf Perioden der Nachkriegsentwicklung können unterschieden werden:

1. Die Periode von der Erklärung der Unabhängigkeit am 26. April 1945 bis zur Bestellung der ersten gewählten Regierung im Dezember 1945;
2. Die Periode des physischen Wiederaufbaus und der Beseitigung der Kriegsfolgen auf der Grundlage der Koalition der beiden Großparteien bis zur Erringung der vollen Souveränität (1945—1955);
3. Die Periode der Fortsetzung der Großen Koalition (1955—1966);
4. Die Periode der Einparteienregierungen (1966—1983);
5. Die Periode der Regierung der Kleinen Koalition (1983—1987) und die Bildung einer Großen Koalition (ab 1987).

Die erste Periode spannt sich von der Erklärung der Unabhängigkeit Österreichs durch die provisorische Staatsregierung bis zur ersten nach der Verfassung gewählten, von den alliierten Siegermächten anerkannten Regierung: eine erstaunlich kurze Periode, die vom 27. April bis zum 20. Dezember 1945 reicht.
Wie einleitend bemerkt, wurde vor der Kapitulation des Deutschen Reiches in dem von der Roten Armee eroberten Teil Österreichs eine provisorische Regierung unter der Führung eines der bedeutendsten österreichischen Politiker, des Sozialdemokraten Dr. Karl Renner, unter Beteiligung der drei zugelassenen Parteien gebildet. Am 27. April 1945 wird diese provisorische Regierung zunächst nur von der Sowjetunion anerkannt. Sie proklamiert die Wiederherstellung der Republik Österreich und erklärt deren Unabhängigkeit. Die Regierung bleibt bis zum 20. Dezember 1945 im Amt.
Am 1. Mai 1945 wird die Bundesverfassung vom 1. Oktober 1920 in der Fassung von 1929 wieder in Kraft gesetzt. Ihr Geltungsbereich erstreckt sich daher auf das gesamte heutige Bundesgebiet, durch das aber die Frontlinie der Deutschen Wehrmacht gegenüber der Roten Armee einerseits und gegenüber den vormarschierenden Amerikanern und Franzosen im Westen, den Engländern und Jugoslawen im Süden andererseits verläuft.
Nach der Verfassung ist Österreich eine Bundesrepublik. Sie besteht aus dem Bund und den Ländern. Die Bundesgesetzgebung erfolgt durch den vom Bundesvolk gewählten Nationalrat. Die Gesetzgebungsperiode ist mit vier Jahren festgesetzt. Die zweite Kammer, der Bundesrat, wird durch die Landtage beschickt und hat gegen Gesetzesbeschlüsse des Nationalrates ein aufschiebendes Einspruchsrecht. Staatsoberhaupt ist der Bundespräsident. Er ernennt die Bundesregierung, an deren Spitze der Bundeskanzler steht. Die Landesgesetzgebung erfolgt durch die Landtage. Die Landesregierung mit dem Landeshauptmann an der Spitze bildet die Exekutive auf Landesebene.
Am 7. Mai 1945 erfolgt die bedingungslose Kapitulation des Deutschen Reiches. Der Krieg in Europa ist zu Ende. Schon am 8. Mai 1945 erläßt die provisorische Regierung das Gesetz über das Verbot der NSDAP. Sie ordnet die Registrierungspflicht für alle Personen an, die zwischen dem 1. Juli 1933 und dem 27. April 1945 der NSDAP oder ihren Gliederungen angehört haben.
Eine Kommunikation zwischen den Zentralstellen in Wien und den Bundesländern ist noch nicht voll möglich. Diese geben sich zum überwiegenden Teil selbst Verwaltungen, die teilweise von den Besatzungstruppen anerkannt werden, zum Teil aber auch nicht.
Über das Verhältnis der Staatsregierung zu den Besatzungstruppen herrscht vorerst kein Einvernehmen. Dies wird erst durch die Unterzeichnung des Kontrollabkommens über Österreich in London hergestellt (4. Juli 1945).

Rotarmisten verteilen die „Österreichische Zeitung" vor dem Parlament, Wien. April 1945.

Am 9. Juli erklären die vier Besatzungsmächte die Errichtung der Alliierten Kommission für Österreich und die Einrichtung von vier Besatzungszonen.
Die Bundesländer Niederösterreich, Burgenland und der nördliche Teil Oberösterreichs jenseits der Donau werden zur russischen Besatzungszone, Salzburg und Oberösterreich zur amerikanischen, Steiermark und Kärnten zur britischen, Tirol und Vorarlberg zur französischen Zone erklärt. Die Bundeshauptstadt wird durch alle vier Mächte gemeinsam verwaltet. Die Zonengrenze zwischen den westlichen Besatzungszonen und der sowjetischen wird streng kontrolliert, die Reisenden haben sich mit einer in vier Sprachen ausgestellten Identitätskarte auszuweisen.
Besonders der Osten Österreichs sollte durch die zehnjährige Besatzung schwer in Mitleidenschaft gezogen werden. Durch die durch den Kalten Krieg überschatteten weltpolitischen Verhältnisse wurde der Osten von Investitionen abgeschnitten. Die von der sowjetischen Besatzungsmacht in Beschlag genommenen Vermögenswerte wurden rücksichtslos ausgebeutet. Dadurch wurde das an sich schon bestehende West-Ost-Gefälle innerhalb Österreichs verstärkt, das bis heute nicht überwunden werden konnte.
Der Alliierte Rat hatte als Hauptaufgabe die Durchführung der Trennung von Deutschland, den Aufbau einer zentralen österreichischen Verwaltung und die Wegbereitung für eine frei zu bildende österreichische Regierung, die es allerdings schon gab.
Dieser Alliierte Rat, gebildet aus den Oberkommandierenden der Besatzungsmächte, übte die oberste Gewalt in Österreich aus. Die Entscheidungen waren einstimmig zu treffen, jeder Besatzungsmacht stand ein Vetorecht zu. Jeder Militärkommandant hatte als Oberkommissär die Entscheidungsgewalt in seiner Zone.
Am 20. August 1945 beschlossen die Vertreter der westlichen Bundesländer, mit der provisorischen Regierung zusammenzuarbeiten. Gegen Ende September erfolgten unter außerordentlichen Schwierigkeiten — die Ländervertreter mußten auf Schleichwegen die Demarkationslinie überwinden — Verhandlungen der Vertreter der Bundesländer mit der provisorischen Regierung, die immer noch lediglich von der sowjetischen Besatzungsmacht anerkannt war.
Erst am 20. Oktober wird die provisorische Staatsregierung von allen Besatzungsmächten akzeptiert. Damit wird die erste Nationalratswahl nach der Verfassung von 1920/29 nach elf Jahren wieder möglich. Die ehemaligen Mitglieder der NSDAP, SS und SA wurden von der Ausübung des Wahlrechtes ausgeschlossen.
165 Abgeordnete zum Nationalrat, dem die Gesetzgebung obliegt, waren zu wählen. Von den 3,4 Millionen Wahlberechtigten machten 3,2 Millionen von ihrem Wahlrecht Gebrauch. Dies entsprach einer Wahlbeteiligung von 94 % — im internationalen Maßstab eine außerordentlich hohe Wahlbeteiligung, die sich auch später bei Nationalratswahlen nie unter die Schwelle von 90 % bewegte.

Der Ennsfluß, strategisch wichtige Grenze seit Jahrhunderten. Amerikanische und russische Soldaten an der Demarkationslinie. 1945.

WIEDERAUFBAU UND STAATSVERTRAG

Mit der Konstituierung der gewählten Regierung beginnt die zweite Periode.
Das Wahlergebnis ist in mehrfacher Hinsicht überraschend: Die ÖVP erringt nahezu 50 % der Stimmen und mit 85 Mandaten sogar die absolute Mehrheit im Nationalrat. Zweitstärkste Partei wird die Sozialistische Partei mit rund 45 % der Stimmen und 76 Mandaten. Abgeschlagen die Kommunistische Partei mit 5 % der Stimmen und 4 Mandaten.
Mit der Bildung der ersten Regierung wird Dipl.-Ing. Leopold Figl betraut.
Die zweite Periode ist außenpolitisch durch das Ringen um die Integrität des Staatsgebietes, die Einhaltung seiner Einheit und die Wiedererlangung der vollen Souveränität, sowie im Inneren durch die schrittweise Überwindung der Kriegsfolgen und der Folgen der Eingliederung in das Deutsche Reich gekennzeichnet.
Zunächst wird an dem Prinzip einer Konzentrationsregierung festgehalten. Die neue Bundesregierung wird vom Alliierten Rat anerkannt.
Kurz danach wird Dr. Karl Renner von der Bundesversammlung (National- und Bundesrat) einstimmig zum ersten Bundespräsidenten der Zweiten Republik gewählt; erst der Nachfolger Renners wird durch das Volk gewählt.
Der Nationalrat beschließt einstimmig ein neues Nationalsozialistengesetz. Es werden 523.833 Personen registriert und als belastet oder minderbelastet eingestuft. Sie werden je nach Einstufung entweder als Kriegsverbrecher einem Strafverfahren unterzogen oder zu Sühneleistungen herangezogen. Die Aufhebung der Sanktionen gegen Minderbelastete erfolgt am 21. April 1948.
Die Bundesregierung hatte eine gewaltige Aufgabe vor sich. Zunächst war es notwendig, die Versorgung der Bevölkerung mit Nahrungsmitteln und Brennstoffen zu sichern. Die Währung war wiederherzustellen. Die Währungsreform, die mit dem Verlust der Ersparnisse der Bevölkerung verbunden war, wurde 1947 abgeschlossen.
Die Versorgungslage blieb lange Zeit prekär. Besonders Wien war durch eine Hungerkatastrophe bedroht. Zusätzlich waren die Kosten der Besatzung aufzubringen, die Rechtsordnung war zu austrifizieren, die Inflation einzudämmen.
Außenpolitisch begann das Ringen um die Wiederherstellung der vollen Souveränität, ein Ringen, dem erst nach zehn bitteren Jahren der Besatzung Erfolg beschieden sein sollte.
Besonders belastend wirkte sich die Tatsache aus, daß aufgrund des Potsdamer Abkommens vom August 1945 die gesamten deutschen Vermögenswerte in Österreich den Alliierten überantwortet wurden. Während die westlichen Alliierten in der Folge demonstrativ die von ihnen beschlagnahmten Betriebe der österreichischen Regierung zur Verwaltung anvertrauten, machte die sowjetische Besatzungsmacht von ihrem formalen Recht Gebrauch und nahm in ihrer Besatzungszone das gesamte deutsche

Treffen der alliierten Stabschefs in Wien. 1945.

Eigentum als Reparationen in Anspruch. 1946 richtete sie aus diesem Vermögen, dem maßgebliche Unternehmen in ihrer Besatzungszone angehörten, einen konzernähnlichen Verband, die USIA, ein, der mit einer Filiale der Staatsbank ausgestattet, nach sowjetischen Muster organisiert wurde und den österreichischen Gesetzen (Besteuerung, Zölle) zur Gänze entzogen war. Diese Unternehmensgruppe (250 Industriebetriebe, die Erdölgewinnung und Donauschiffahrt, 140 landwirtschaftliche Betriebe mit 160.000 ha Ackerland und Wald) unterhielt sogar selbständige außenwirtschaftliche Beziehungen mit den später in die sowjetische Einflußsphäre eingegliederten Staaten Osteuropas.
Die österreichische Bundesregierung hatte 1946 versucht, diesem Schlag, der seine wirtschaftliche Existenz nachdrücklich in Frage stellte, durch Verstaatlichung großer Industriebetriebe aus deutschen Besitz zuvorzukommen. Man einigte sich sehr rasch auf die Übernahme der drei großen Aktienbanken, des gesamten Kohlebergbaus, des Erzbergbaus, der Erdölförderung sowie der Hütten-, Elektro- und Maschinenbau- und der chemischen Industrie sowie der Donauschiffahrt in die staatliche Obhut. 1947 folgte die Verstaatlichung des Großteils der Elektrizitätswirtschaft zugunsten des Bundes, der Länder und einiger Stadtgemeinden nach organisatorischen Gesichtspunkten. In der sowjetischen Besatzungszone hatte dieser Schritt jedoch keine Wirkung. So wurde aus der Not der Stunde geboren eine gemischtwirtschaftliche Ordnung etabliert, die Österreich unter allen westlichen Demokratien den größten staatswirtschaftlichen Anteil bescherte. Durch diesen fait accompli blieb den Parteien ein ideologisch schwer überbrückbarer Streit um Prinzipien erspart. Später und besonders in jüngster Zeit ist er wieder ausgebrochen, allerdings dreht er sich nicht mehr um die Verstaatlichung, sondern um die Entstaatlichung. Mit der „Verstaatlichten Industrie" wurde eine breite Versorgungsbasis für Parteigänger geschaffen, die bis in die jüngste Zeit klare ordnungs-, ja sogar unternehmungspolitische Perspektiven verhindert.
Während sich die Bundesregierung und vor allem Tirol unmittelbar nach der Wiederherstellung der Republik erhoffte, daß als Ergebnis der Friedensverhandlungen der Alliierten mit Italien der deutschsprachige Teil Südtirols wieder an Österreich fallen könnte — an sich ein erstaunlicher Optimismus, denn dies hätte in der Tat eine echte Gebietserweiterung Österreichs gegenüber seinem Territorium von 1937 bedeutet —, waren auf der anderen Seite Gebietsansprüche Jugoslawiens auf Teile von Kärnten, insbesondere auf jene, die durch Volksabstimmung nach dem Ersten Weltkrieg an Österreich gefallen waren, abzuwehren. Die jugoslawischen Ansprüche wurden von der sowjetischen Besatzungsmacht bis zu deren Bruch mit Jugoslawien 1948 nachdrücklich vertreten.
In der Südtirolfrage gelang kein Erfolg. Es kam aber zu einem Abkommen, das den Deutschsprachigen mit den

Grenze zwischen amerikanischer und russischer Besatzungszone in Auhof, Wien XIII. 1952.

Italienischsprachigen Gleichberechtigung bringen sollte; ihr nationaler Bestand in einer gewissen kulturellen und administrativen Autonomie sowie wirtschaftliche Förderung wurde zugesichert. Das Abkommen wurde dann ein Anhang zum italienischen Friedensvertrag. Die mangelhafte Durchführung dieses Vertrages führte zu wiederholten und ernsten Spannungen zwischen Österreich und Italien, die erst 1969 geregelt werden konnten, als Österreich und die Südtiroler Volkspartei als Vertreter der Südtiroler auf das Selbstbestimmungsrecht verzichteten.

Die Lieferung der letzten österreichischen Reparationstonne Erdöl an die Sowjetunion verließ am 30. Dezember 1963 die Raffinerie Schwechat, Niederösterreich.

Das Südtirol-Problem: Gesprengtes Andreas-Hofer-Denkmal auf dem Bergisel bei Innsbruck, Tirol. 1. Oktober 1961.

1946 unterzeichnen die Alliierten ein neues Kontrollabkommen, das de facto die Kompetenzen der österreichischen Regierung erweitert. Die Unabhängigkeit und die Gebietshoheit der Bundesregierung werden garantiert. Verfassungsgesetze bedürfen zwar nach wie vor der Zustimmung des Alliierten Rates, einfache Gesetze können jedoch nicht mehr durch das Veto einer Besatzungsmacht zu Fall gebracht werden.
Diese Bestimmung sollte sich als sehr wichtig erweisen; sie unterscheidet die österreichische Lösung sehr wesentlich von der deutschen; im Falle Österreichs war die Gefahr einer permanenten Teilung zwar immer vorhanden, trat aber im Gegensatz zu Deutschland nie ein.

Österreichische landwirtschaftliche Betriebe werden von dem am 27. Juli 1947 gegründeten Marshall-Plan unterstützt.

1947 wird Österreich als einziges nicht eindeutig zum westlichen Einflußbereich gehöriges Land in den Marshall-Plan miteinbezogen. Dies führt zu einer Verstimmung mit der sowjetischen Besatzungsmacht. Mehr noch, die ablehnende Haltung der Regierung gegen die sowjetischen Ansprüche auf das deutsche Eigentum und die Annahme der Marshall-Plan-Hilfe veranlassen die Kommunistische Partei, ihren einzigen Vertreter in der Bundesregierung, den Minister für Elektrifizierung und Energiewirtschaft Karl Altmann (1904—1960), zurückzuziehen. Die Dreierkoalition ist damit beendet und wird durch eine Koalition der beiden Großparteien ersetzt, die bis 1966 andauern sollte.
Im Oktober 1949 finden dann die zweiten Nationalratswahlen statt. Kurz vorher wird der Verband der Unabhängigen gegründet. Das Parteiprogramm enthält neben allgemeinen Grundsätzen eine Ablehnung der Verstaatlichung und ein Bekenntnis zum deutschen Volkstum unter Wahrung der staatlichen Selbständigkeit.
Das Wahlergebnis bringt der neuen Gruppierung auf Anhieb 16 Mandate. Die beiden Großparteien verlieren zusammen 17 Mandate, die Kommunisten erhöhen ihren Mandatsstand auf fünf — den höchsten jemals erzielten Mandatsstand —, die ÖVP bleibt mandatsstärkste Partei, verliert jedoch die absolute Mehrheit, die sie erst 1966 für vier Jahre wiedergewinnt.
1950 entsteht im Zusammenhang mit der Durchführung des vierten Lohn- und Preisabkommens eine das gesamte Land umfassende Streikwelle. In dieser Situation machen sich die Kommunisten zu Anwälten der Unzufriedenen. Kommunistische Rollkommandos gehen gegen Elektrizitätswerke und Straßenbahnhofe im sowjetisch besetzten Teil Wiens vor. Die gesamtösterreichische Betriebsrätekonferenz beschließt den Abbruch der Streiks. Der Putschversuch, der von der sowjetischen Besatzungsmacht geduldet und gefördert wurde, scheitert an der Standfestigkeit der Exekutive unter dem sozialistischen Innenminister Oskar Helmer (1887—1963) und der Schlagkraft des Österreichischen Gewerkschaftsbundes, insbesondere des Führers der Bauarbeitergewerkschaft Franz Olah (1910—).
1950 stirbt Dr. Karl Renner, der erste Bundespräsident der Zweiten Republik, zwei Wochen nach seinem 80. Geburtstag. Sein Nachfolger wird in einer Volkswahl, die der Nationalrat beschlossen hatte, gewählt. Nach einer Stichwahl wird der Sozialist und Bürgermeister von Wien, Theodor Körner, Bundespräsident.
Erst 1953 konnte die Ernährungslage stabilisiert werden: Die 1939 eingeführten Lebensmittelkarten wurden endlich abgeschafft.
1953 kommt es zu Neuwahlen. Die ÖVP behält zwar die Mehrheit der Mandate, nicht aber die Mehrheit der abge-

gebenen Stimmen. Nach Scheitern des mit der Regierungsbildung wiederbetrauten Bundeskanzlers Figl und der Ablehnung einer Dreierkoalition unter Einbeziehung der Unabhängigen wird Julius Raab Bundeskanzler, Dr. Kreisky tritt als Staatssekretär in das Außenministerium ein. Vizekanzler bleibt Dr. Schärf. Das Finanzressort wird wieder mit dem seit 1952 in die Regierung berufenen Prof. Dr. Reinhard Kamitz (1907—) übertragen. Die folgende Wirtschaftspolitik ging unter der Bezeichnung Raab-Kamitz-Kurs in die Wirtschaftsgeschichte ein. Wichtiger Partner war Dipl.-Ing. Karl Waldbrunner (1906—1980), der von der SPÖ in die Regierung entsandte Minister für Verkehr und verstaatlichte Betriebe. Das umfangreiche Förderungsprogramm betraf sowohl die öffentliche als auch die private Wirtschaft.
In den Jahren 1953 bis 1955 werden die Weichen für einen anhaltenden wirtschaftlichen Expansionskurs gestellt. Zunächst wird der Wechselkurs des Schilling vereinheitlicht. Der Anpassungsschock, der durch die Verteuerung der Importpreise entsteht, wird dabei in Kauf genommen. Da der einheitliche Wechselkurs eine kräftige Abwertung des Schilling gegenüber dem Dollar mit sich bringt, wird auf diese Weise die Grundlage zu einem lang anhaltenden Aufschwung des wirtschaftlichen Wachstums der Volkswirtschaft, namentlich durch seine Exporte, gelegt.
Der Wirtschaft werden durch die Verstärkung eines großzügigen Abschreibungssystems für Produktionsanlagen Impulse gegeben. Gleichzeitig wird ein Ausbauprogramm der Elektrizitätswirtschaft beschlossen. Die letzten Kriegsfolgen werden durch Gesetze über die Neubewertung von betrieblichem Vermögen und über die Rekonstruktion des Banken- und Versicherungswesens beseitigt. Der österreichische Rentenmarkt wird wieder eröffnet und durch ein Sparbegünstigungsgesetz begleitet, das die Bildung von Finanzanlagen fördern soll, die als Folge des Zweiten Weltkrieges vernichtet worden waren.

„Weaner" Charme in Moskau (1955): „Und jetzt, Raab — jetzt noch d' Reblaus, dann san s' waach!" Karikatur von N. Köhler.

Das Jahr 1955 wird zu dem wichtigsten Datum der österreichischen Nachkriegsgeschichte. Es gelingt der Abschluß des Staatsvertrages, der Österreich seine volle Souveränität wiedergibt.
Zehn Jahre lang hatte Österreich versucht, zu einer Regelung zu kommen, die die Folgen des Verlustes seiner Unabhängigkeit und seine Einbeziehung in das Deutsche Reich beseitigen sollte. Da sich Österreich nicht als mit den Alliierten im Krieg betrachtete, konnte auch kein Friedensvertrag diese Regelung darstellen. Nach mehr als 250 Sitzungen in 15 Konferenzen bot sich nun die Gelegenheit, zu einem solchen Vertrag zu kommen.
Die Sowjetunion ergriff die Initiative. Offensichtlich wollte die Regierung Chruschtschow ein deutliches Zeichen der Untermauerung der Glaubwürdigkeit ihrer Entspannungspolitik setzen. Bundeskanzler Raab wurde mit einer Regierungsdelegation, der Vizekanzler Dr. Schärf, Außenminister Dipl.-Ing. Figl und Staatssekretär Dr. Kreisky angehörten, nach Moskau eingeladen. Aufgrund des dort hergestellten Einverständnisses würde Österreich seine Freiheit unter der Bedingung wiedererlangen, daß es sich als dauernd neutral nach dem Muster der Schweiz erklärte. Es gelang auch, die Frage des deutschen Eigentums zu regeln. Gegen Rückübertragung des von der sowjetischen Besatzungsmacht beanspruchten Vermögens verpflichtete sich Österreich während eines Zeitraumes von zehn Jahren (1955—1965) zur Leistung von Warenlieferungen an die UdSSR im Gegenwert von US$ 150 Millionen sowie zur Lieferung von insgesamt 10 Millionen Tonnen Erdöl an die Sowjetunion. Wenn auch auf diese Verpflichtungen seitens der UdSSR Nachlässe gewährt wurden, so stellten sich die Kosten des Staatsvertrages auf öS 14,3 Milliarden. Die Kosten der Besatzung hatten ohne die durch Beschlagnahme von Betrieben entstandenen Kosten zusätzlich öS 7,3 Milliarden betragen; dies alles entspricht etwa einem Viertel des österreichischen Bruttoinlandsproduktes von 1955.
Auf Grund des Moskauer Memorandums gelang es dann innerhalb kürzester Zeit, den Text des österreichischen Staatsvertrages zu vereinbaren, der am 15. Mai 1955 in Wien feierlich unterzeichnet wurde. Am 25. Oktober verließ der letzte Besatzungssoldat Österreich. Am 26. Oktober 1955 beschloß der Nationalrat ein Verfassungsgesetz, in dem Österreich „aus freien Stücken seine immerwährende Neutralität" erklärte. Seit November 1955 haben 60 Staaten die österreichische Neutralität anerkannt

Außenminister Leopold Figl zeigt den jubelnden Wienern (Bild unten) vom Balkon des Oberen Belvedere den unterzeichneten Staatsvertrag. 15. Mai 1955.

oder zur Kenntnis genommen. Die Signatarstaaten nahmen die Anerkennung am 6. Dezember 1955 in gleichlautenden Noten vor. Am 14. Dezember 1955 wird Österreich auf Empfehlung des Sicherheitsrates von der Generalversammlung der Vereinten Nationen als Mitglied aufgenommen.
Mit dem Staatsvertrag beginnt die dritte Entwicklungsperiode, die bis zum Ende der großen Koalition 1966 dauert.
1955 schließt sich der Verband der Unabhängigen mit der Freiheitspartei zur Freiheitlichen Partei Österreichs zusammen, die sich das Ziel setzt, das Zweiparteiensystem aufzubrechen, was aber de facto erst 1966 gelingt, bis 1983 die Kleine Koalition gebildet wird.
Bereits im ersten Jahr der neuen Regierung wird die Unabhängigkeit auf eine ernste Probe gestellt. Österreich hatte schon vor dem Staatvertrag im Rahmen seiner Polizeikräfte im Westen Österreichs Kader für das zukünftige Bundesheer aufgestellt. Sie stellten die Grundlage für das neue Heer dar. Die allgemeine Wehrpflicht (7. September 1955) war nicht ohne innenpolitische Schwierigkeiten eingeführt worden, denn einerseits war das Bundesheer noch immer durch seinen Einsatz während des Bürger-

Ungarische Flüchtlinge an der österreichischen Grenze, im Hintergrund die Wachttürme des Eisernen Vorhangs bei Andau, Burgenland. 22. November 1956.

krieges belastet, andererseits sollten große Heeresausgaben das Wirtschaftswachstum der letzten Jahre nicht gefährden.
Als nun 1956 der ungarische Aufstand losbrach, war die östliche Grenze zu sichern. Es hätte sein können, daß bewaffnete Verbände auf das österreichische Territorium gedrängt würden. Für die aus Ungarn hereinbrechende Flüchtlingswelle öffnete Österreich seine Grenzen und begründete damit seine Tradition als führendes Asylland Mitteleuropas, in welcher Funktion es sich 1968 anläßlich des Prager Frühlings, Ende der siebziger Jahre während des Polenaufstandes und als erste Station der Auswanderung sowjetischer Juden auch späterhin bewähren sollte.
1957 stirbt Theodor Körner. Zu seinem Nachfolger wird der Sozialist Dr. Adolf Schärf, der Vizekanzler aller Nachkriegsregierungen und Parteivorsitzende der SPÖ, gewählt.
Mitte des Jahres wird die neue Bundesregierung unter Raab gebildet. Dr. Bruno Pittermann (1905—1983), der neue sozialistische Parteiobmann, wird Vizekanzler.
In diesem Jahr bricht der Konflikt zwischen Österreich und Italien wegen Südtirol aus. Die Südtiroler rufen Österreich als Schutzmacht an und beklagen, daß Italien das Südtirolabkommen nicht einhalte. Gewaltaktionen von Extremisten auf beiden Seiten sind die Folge.
1960 wird die Südtirolfrage vor die Vereinten Nationen gebracht. Die Generalversammlung nimmt einstimmig eine österreichische Südtirolresolution an, die vorsieht, daß Österreich und Italien Verhandlungen über die Durchführung des Pariser Abkommens aufnehmen. Die Lage verschärft sich; 1961 kommt es wieder zu Terroranschlägen.
Anfang 1960 wird die Europäische Freihandelszone (EFTA) gründet. Zu den Gründungsmitgliedern gehören neben Österreich das Vereinigte Königreich, Portugal, Schweden, Dänemark, Norwegen und die Schweiz. Später tritt auch Irland bei. Die EFTA versucht eine Assoziierung mit der Europäischen Wirtschaftsgemeinschaft (EWG); angesichts des hohen Exportanteils Österreichs in diesem Raum (an die 80 %) kommt dieser Bemühung höchste Bedeutung zu.
1962 kommt es in der Frage der Rückkehr von Otto Habsburg-Lothringen, des Sohnes des letzten Kaisers, zu einer innenpolitischen Krise. Der Habsburger hatte eine Loyalitätserklärung auf die Republik Österreich abgegeben, die vom Verwaltungsgerichtshof als dem Gesetz entsprechend akzeptiert wurde; dennoch lehnten SPÖ und FPÖ seine Rückkehr ab, „weil sie dem Ansehen der Republik schade".
1964 gewinnt ein Volksbegehren zur Rundfunkreform ein hohes Maß an Zustimmung. Das Volksbegehren und die Volksabstimmung sind die Elemente der direkten Demokratie nach der österreichischen Verfassung. Durch das

Das Transitlager für jüdische Flüchtlinge aus der Sowjetunion in Schönau, Niederösterreich, existierte vom 24. August 1965 bis zum 28./29. September 1973.

Erste Konferenz der EFTA-Minister in der Wiener Hofburg. 11. März 1960.

Volksbegehren muß der Gegenstand im Parlament behandelt werden; die Volksabstimmung findet über ein Gesetz statt, das dann auch beschlossen werden muß. Das Rundfunkvolksbegehren ist das erste einer ganzen Reihe. Volksabstimmungen gab es bisher erst eine (1978) über die Inbetriebnahme des Kernkraftwerkes Zwentendorf.

1961 scheidet Raab aus der Regierung aus, ihm folgt Dr. Alfons Gorbach (1898—1972), der wieder von Dr. Josef Klaus (1910—) abgelöst wird. 1963 kandidiert Raab gegen Dr. Schärf für die Wahl zum Bundespräsidenten, wird aber von diesem mit großem Vorsprung geschlagen. Raab stirbt Anfang 1964.

Bundes- und Vizekanzler: Josef Klaus (geb. 1910), rechts, und Bruno Pittermann (1905—1983).

DIE ALLEINREGIERUNGEN

Die vierte Periode könnte als die Periode der Mehrheitsregierungen bezeichnet werden. Sie wird eingeleitet durch eine vierjährige Periode einer Mehrheitsregierung durch die ÖVP, der dann für eine kurze Zeit eine Minderheitsregierung der SPÖ folgt, die wiederum von einer Mehrheitsregierung der SPÖ von 1971 bis 1983 abgelöst wird. Die seit 1946 im Amt befindlichen Koalitionsregierungen, die jeweils von einem Bundeskanzler der ÖVP geführt wurden, hatten sich in ihrer Konsensfähigkeit abgenutzt. In der SPÖ entstand eine innerparteiliche Krise im Zusammenhang mit dem früheren Gewerkschaftspräsidenten und späteren Innenminister Franz Olah, in deren Verlauf dieser gerichtlich verurteilt wurde. Gleichzeitig kam es zu einer Abspaltung der Anhänger Olahs von der SPÖ. In mehreren innenpolitischen Auseinandersetzungen hatten sozialistische Minister Niederlagen einstecken müssen.

In zunehmendem Maß wurde offenbar, daß die Tatsache, daß die Bundesregierung nach der Verfassung nur einstimmige Beschlüsse zu fassen in der Lage ist, sich auf die Entscheidungsfähigkeit von Koalitionsregierungen hemmend auswirken kann, insbesondere dann, wenn in Sachfragen ideologische Meinungsunterschiede in den Vordergrund rücken. Als 1966 Wahlen zum Nationalrat stattfanden, erreichte die ÖVP erstmals seit 1945 wieder die absolute Mehrheit der Mandate und bildete schließlich eine Alleinregierung.

Die österreichische Demokratie hatte eine neue Bewährungsprobe zu bestehen. Wie würde die Alleinregierung ihre Wirtschaftspolitik gegenüber einem sozialistisch dominierten Gewerkschaftsbund und den ebenso beherrschten Arbeiterkammern gestalten können? Die Befürchtungen erwiesen sich als unbegründet. Eine besondere Rolle kommt in diesem Zusammenhang der „Sozialen Partnerschaft" zu, auf die noch später eingegangen wird.

Unter der Regierung Klaus wurden die Verhandlungen über die Assoziation an die EWG entscheidend vorangetrieben; das Abkommen wurde dann 1972 endgültig unterzeichnet. Die Verhandlungen waren im Fall Österreich deshalb so schwierig, weil der Staatsvertrag ein Wiedervereinigungsverbot mit Deutschland enthält und eine der Staatsvertragsmächte, die UdSSR, der Assoziation Österreichs zum gemeinsamen Markt ablehnend gegenüberstand.

So sehr sich auf längere Sicht die Assoziation als unumgänglich erwies, waren die Anpassungslasten für Österreich bedeutend; Österreich mußte zunächst infolge der Diskriminierung seiner Exporte in die EWG starke Marktanteilsverluste hinnehmen, wie überhaupt der Umweg der Integration über die EFTA in die EWG zu zweimaliger Verschiebung von maßgeblichen Handelsströmen führte.

Die internationale Konjunkturlage verschlechterte sich, und die Bundesregierung war zu unpopulären wirtschaftspolitischen Maßnahmen gezwungen, die der neu ins Amt des Finanzministers berufene Prof. Stephan Koren (1919—) im Rahmen eines Maßnahmenpakets durchsetzte.

Franz Olah (geb. 1910), Präsident des Österreichischen Gewerkschaftsbundes 1959—1964.

Die Wahlen des Jahres 1970 brachten der Sozialistischen Partei erstmals in der Zweiten Republik die relative Mehrheit. Sie hatte mit ihrem neuen Parteivorsitzenden Dr. Bruno Kreisky eine sehr erfolgreiche Oppositionspolitik betrieben und sich vor allem den Wählern der Mitte durch ein Programm geöffnet, das durch eine Fülle von Initiativen neue Sachlichkeit und liberale Lösungen versprach.

Nach dem Scheitern von Koalitionsverhandlungen mit der ÖVP wurde unter Führung Dr. Kreiskys eine Minderheitsregierung installiert. Sie konnte jedoch während einer begrenzten Zeit auf die Unterstützung der FPÖ rechnen, in welchem Zusammenhang eine Wahlrechtsreform, die die Benachteiligung kleinerer Parteien gegenüber den Großparteien beseitigte, eine Rolle spielte. Die Regierung legte sofort ein umfangreiches Reformprogramm vor, das von großem Optimismus getragen war und davon profitierte, daß die wirtschaftliche Lage sich gefestigt hatte — dank der unpopulären Reformen des Finanzministers Koren.

Die Neuwahlen im folgenden Jahr brachten den Sozialisten die ersehnte absolute Mehrheit, die sie bis 1983 innehaben sollten.

Die siebziger Jahre waren geprägt von der grundlegenden Änderung der weltwirtschaftlichen Umfeldbedingungen.

Karl Schleinzer (1924—1975), Landwirtschaftsminister 1964—1970, links, und Stephan Koren (geb. 1919), Finanzminister 1968—1970, seit 1978 Präsident der Österreichischen Nationalbank.

Diese Veränderungen begannen mit der Aufhebung der Goldkonvertibilität des Dollar, setzten sich in der ersten Ölkrise fort und mündeten 1975 in der ersten Schrumpfung des Weltproduktes nach dem Zweiten Weltkrieg. Das vom Export getragene Wachstum der österreichischen Volkswirtschaft begann unter Druck zu geraten. Die großen Programme des Ausbaues des Sozialstaates, die Investitionen in das Bildungswesen, der Ausbau des Straßenwesens und ähnliches stellten große Anforderungen an den Staatshaushalt, der darüber hinaus noch durch eine Strategie gegen die aus dem Ausland auf Österreich übergreifenden negativen Einflüsse beansprucht wurde.

Der von dem Finanzminister und späteren Vizekanzler Dr. Hannes Androsch (1938—) wesentlich bestimmten Wirtschaftspolitik gelang es erfolgreich, das Hauptziel einer gesicherten Beschäftigung bei außenwirtschaftlichem Gleichgewicht zu erreichen.

Prof. Dr. Stephan Koren, der letzte Finanzminister der ÖVP-Alleinregierung und spätere parlamentarische Oppositionsführer, nunmehr zum Präsidenten der Österreichischen Nationalbank (Zentralbank) berufen, unterstützte in weiterer Folge diesen außenwirtschaftlich orientierten Kurs. Die Wirtschaftspolitik mußte allerdings eine rasch zunehmende Staatsverschuldung in Kauf nehmen, die den Handlungsspielraum in der Zukunft immer mehr einengte. Zwar konnte das Nettodefizit 1980 wieder auf 2,6 % des Bruttoinlandsproduktes gesenkt werden, um sich jedoch bis 1987 wieder zu verdoppeln.

Im Zentrum der Strategie stand die Bindung des Schilling

Bruno Kreisky (geb. 1911), Bundeskanzler 1970—1983. Um 1970.

Hannes Androsch (geb. 1938), Finanzminister, und Fred Sinowatz (geb. 1929), Unterrichtsminister (rechts), bei der Eröffnung des Museums moderner Kunst in Wien IX. 26. April 1979.

an die Deutsche Mark, die zu einer kräftigen Aufwertung des Schilling gegenüber dem Dollar führte. Durch diese Politik wurde vor allem die Exportindustrie unter Anpassungsdruck gesetzt. Massive Finanzierungshilfen an die Industrie sollten die Strukturveränderungen forcieren. Die schwerwiegende Zahlungsbilanzkrise von 1978 konnte überwunden werden. Von allen Industriestaaten, mit Ausnahme von Japan, dürfte sich Österreich unter den weltwirtschaftlichen Umfeldbedingungen am besten gehalten haben.

Weniger erfolgreich entwickelte sich die Reorganisation der verstaatlichten Industrie im Rahmen der Verstärkung der Österreichischen Industrieverwaltungs AG als Dachgesellschaft, die Eigentümerin der verstaatlichten Industriebetriebe wurde. 1973 wurde die sogenannte Stahlfusion beschlossen, in deren Rahmen die vier selbständigen Stahlwerke der Verstaatlichten Industrie zu einem Konzern vereinigt wurden. Durch die Schaffung des mit Abstand größten Unternehmens der österreichischen Wirtschaft wurden jedoch die Möglichkeiten zur notwendigen Strukturanpassung verbaut; die erhofften Skalenerträge stellten sich nicht ein; die Größe ergab eine zu große Abhängigkeit von den politischen Instanzen, so daß eine entsprechende Konzernpolitik nach wirtschaftlichen Gesichtspunkten nicht durchgesetzt werden konnte.

In einem zweiten Bereich erlitt die Regierung eine Niederlage, die sich zu einer persönlichen des Bundeskanzlers entwickelte.

Österreich hatte 1970 mit dem Bau eines Atomkraftwerks begonnen, das 1976 in Betrieb gehen sollte. Die ursprünglich von allgemeiner Zustimmung getragene Investition geriet in den Strudel der Auseinandersetzung über die Gefahren auch der friedlichen Nutzung der Atomkraft. Die Inbetriebnahme des Werkes wurde 1978 von dem Ausgang einer Volksabstimmung abhängig gemacht, die der Bundeskanzler zudem noch zu einem Vertrauensvotum für sich und seine Regierungspolitik umfunktionierte. Die Abstimmung ergab eine knappe Mehrheit gegen die Eröffnung des Werkes.

Im innenpolitischen Bereich ergab sich in der ersten Hälfte der siebziger Jahre eine Auseinandersetzung mit der slowenischen Minderheit in Kärnten, der sogenannte „Ortstafelstreit", der zeitweise auch die Beziehungen zu dem südlichen Nachbarn empfindlich belastete. Dieses Problem konnte dann durch eine Volkszählung, das Volksgruppenförderungsgesetz und die Einführung zweisprachiger Ortstafeln (1976) schließlich beigelegt werden.

1981 wird Finanzminister Dr. Hannes Androsch durch den früheren Gesundheits- und Umweltminister Dr. Herbert Salcher (1929—) ersetzt; er übernimmt die Leitung der größten österreichischen Bank. Als Vizekanzler folgt der Unterrichtsminister Dr. F. Sinowatz. Es kommt zu einer Auseinandersetzung über die Einführung einer sogenannten Zinsertragsteuer. Durch verschiedene österreichische Besonderheiten, vor allem die Anonymität der Spareinlagen, sind Einkommen aus Zinsenerträgen von Privaten praktisch weitgehend der Besteuerung entzogen. Im Rahmen eines Budgetkonsolidierungsprogrammes sollten mit Wirkung vom 1. Jänner 1984 durch eine besondere Besteuerung dieser Einkommen neue Einnahmen für den Staat erschlossen werden. Diese Maßnahme, die zudem noch durch eine sehr lange Zeit öffentlich diskutiert wurde, stieß auf allgemeine Ablehnung und war mit empfindlichen Störungen des allgemeinen Sparverhaltens verbunden.

Bruno Kreisky (geb. 1911), Bundeskanzler 1970—1983. Um 1975.

DIE KLEINE KOALITION UND DIE WIEDERGEBURT DER GROSSEN KOALITION

Die Nationalratswahlen 1983 brachten den Verlust der absoluten Mehrheit der SPÖ. Die neue Regierung präsentierte sich als Koalition zwischen der SPÖ und der FPÖ, welch letztere erstmals Regierungsverantwortung übernahm. Neuer Bundeskanzler wurde der Vizekanzler und Unterrichtsminister der vorausgehenden Alleinregierung Dr. Fred Sinowatz (1929—), Vizekanzler der Obmann der FPÖ Dr. Norbert Steger (1944—).

Für das Jahr 1986 waren wieder Präsidentschaftswahlen ausgeschrieben. Der Wahl stellten sich Dr. Kurt Waldheim (1918—), ein parteiloser Kandidat, der als Außenminister der ersten ÖVP-Alleinregierung angehört hatte, 1971 gegen den amtierenden Präsidenten Franz Jonas kandidierte und von 1972 bis 1981 das Amt des Generalsekretärs der Vereinten Nationen innegehabt hatte, und der Sozialist Dr. Kurt Steyrer (1920—), Arzt und Minister für Gesundheit und Umwelt in der Regierung Sinowatz.

Der amtierende und allgemein beliebte Bundespräsident Dr. Rudolf Kirchschläger hatte bereits zwei Amtsperioden hinter sich; eine unmittelbar folgende dritte ist nach der Verfassung nicht vorgesehen.

Das Amt des Bundespräsidenten geht in Österreich über bloß repräsentative Funktionen als Staatsoberhaupt hinaus. Es wurde in der heutigen Form in die Bundesverfassung von 1920 durch die Novelle 1929 eingeführt, durch die die Stellung des Bundespräsidenten gegenüber der ursprünglichen Verfassung gestärkt wurde. Das politisch wichtigste Recht des Bundespräsidenten besteht in der Ernennung und Entlassung der Bundesregierung und in der Auflösung des Parlaments. Ohne seine Mitwirkung kann eine Bundesregierung nicht berufen werden.

In zwei Fällen in der Nachkriegsgeschichte war dieses Recht von Bedeutung. 1956 hatte Bundespräsident Körner die Bildung einer Konzentrationsregierung unter Bundeskanzler Raab nicht akzeptiert und auf der Fortführung der Großen Koalition bestanden. 1970 hatte Bundespräsident Jonas die Bildung einer Minderheitsregierung durch Bundeskanzler Kreisky akzeptiert und damit die Voraussetzung zu der ein Jahr später erfolgten Etablierung einer sozialistischen Alleinregierung geschaffen.

In verschiedenen Wahlauseinandersetzungen vor den Präsidentschaftswahlen hatte die ÖVP als Oppositionspartei durchwegs Erfolge zu verzeichnen. Dies ließ sie auf einen Wahlsieg des von ihr unterstützten Kandidaten hoffen und auf eine Verstetigung des Trends, der sie in den für spätestens Mai 1987 anzuberaumenden Nationalratswahlen zur Mehrheit führen könnte.

Andererseits hatte bisher die SPÖ alle Bundespräsidenten der Zweiten Republik gestellt oder zuletzt ihrem Kandidaten zum Sieg verholfen. Die Hoffnung der ÖVP, die Mehrheit zu erringen, mußte gleichzeitig die Sorge der SPÖ sein, die Mehrheit zu verlieren.

Fred Sinowatz (geb. 1929), Bundeskanzler 1983—1986.

Es konnte daher nicht überraschen, daß die Wahlauseinandersetzung heftig ausfiel und an Intensität über das Maß hinausging, das mit der unmittelbaren politischen Bedeutung des Amtes verbunden war.

Das Besondere dieser Wahl, die schließlich nach zwei Wahlgängen von Dr. Kurt Waldheim mit einem für Österreich in vergleichbarer Ausgangslage ungewöhnlich

Norbert Steger (geb. 1944), Handelsminister und Vizekanzler der rot-blauen Koalition 1983—1986.

Kurt Waldheim, damals Generalsekretär der Vereinten Nationen, besichtigt die neuerrichtete UNO-City. Frühjahr 1979.

großen Vorsprung gewonnen wurde, lag darin, daß das zentrale Thema der Wahlauseinandersetzung zu den historischen Wurzeln der Wiederherstellung der Republik führte, zu der Frage der Stellung der Österreicher zum Anschluß, ihrer Beteiligung in der Armee des Deutschen Reiches während des Zweiten Weltkrieges, zur Vernichtungspolitik gegenüber den Juden durch das herrschende Regime, zu der nach dem Krieg gebotenen Auseinandersetzung mit dem Nationalsozialismus und dem Fortbestand des Antisemitismus, der in Österreich als Thema der politischen Auseinandersetzung in die zweite Hälfte des 19. Jahrhunderts zurückreicht und im Dritten Reich mörderische Konsequenzen nach sich zog. Diese Auseinandersetzung blieb nicht auf Österreich beschränkt, sondern wurde vor allem durch Initiativen des Jüdischen Weltkongresses in die Weltöffentlichkeit getragen. Noch nie erregte die Wahl des Bundespräsidenten so intensiv die internationale Aufmerksamkeit, die weltpolitisch ohne Zweifel im Mißverhältnis zum unmittelbaren Gegenstand stand.

Von mancher Seite wird der Ausgang dieser Präsidentenwahl als eine Bestätigung dafür interpretiert, daß es mehr als nur marginale Kräfte gäbe, die diese Republik in Frage stellen wollten, nachdem die Republik vierzig Jahre lang in einer außerordentlich prekären geopolitischen Lage ihren Weg aus dem Nichts in die Gemeinschaft der Industriestaaten der westlichen Welt gegangen ist. Die Wahlentscheidung einer Mehrheit der Österreicher wird als Beweis dafür genommen, daß eben diese Mehrheit mit ihrer Vergangenheit nicht ins Reine gekommen sei, bloß deshalb, weil der vom Gegner angegriffene Kandidat gewählt worden ist. Österreich werden antisemitische Tendenzen vorgeworfen, weil die vorgebrachten Argumente nicht im Wahlentscheid ihren Niederschlag gefunden haben. Es mag nicht jedem leichtfallen anzuerkennen, daß entgegen allen Erwartungen diese Republik ihr Schicksal gemeistert hat. Sicherlich hat ihr die Gunst der Stunde dabei geholfen.
Ohne ihre tätige Mithilfe wäre dies aber nicht möglich gewesen.

DAS WIEDERAUFLEBEN DER GROSSEN KOALITION

Die Kleine Koalition unter Führung des Bundeskanzlers Dr. Sinowatz und des Vizekanzlers Dr. Steger stand unter keinem glücklichen Stern. Die weltwirtschaftliche Entwicklung setzte Österreich unter einen verstärkten Druck, seine wirtschaftliche Struktur anzupassen. Solche Anpassungen waren vor allem im Hinblick auf beschäftigungspolitische Prioritäten verzögert worden. Anpassungen sind in jedem Fall schmerzhaft und unpopulär. Auch darunter litt die Koalition. Der Wahlsieg des gegnerischen Kandidaten bei der Bundespräsidentenwahl veranlaßte Dr. Sinowatz zum Rücktritt. Der Finanzminister Dr. Vranitzky wurde zu seinem Nachfolger berufen. Gleichzeitig entstand in der Freiheitlichen Partei, deren Popularität stark gelitten hatte, eine immer offenere Opposition gegen Dr. Steger, die von dem Kärntner Landesrat Dr. Jörg Haider getragen und die, um den Terrainverlusten entgegenzuwirken, auf eine Profilierung gegenüber den beiden Großparteien gerichtet war.
Dr. Haider (1950 -) wurde schließlich anstelle Dr. Stegers zum Parteiobmann gewählt.
Die SPÖ entschloß sich daraufhin, die Koalition unter dem neuen Parteiobmann nicht mehr fortzusetzen. Dies führte schließlich zu vorgezogenen Nationalratswahlen Ende November 1986.
Die Wahlauseinandersetzung war durch das von Dr. Vranitzky ausdrücklich erklärte Ziel bestimmt, im Fall der Erringung der Mehrheit eine Koalition mit der ÖVP anzustreben, durch die Erwartung der ÖVP in Ausnützung des Wahlerfolges des von ihr unterstützten Präsidentschaftskandidaten die Mehrheit zu gewinnen und damit den Koalitionspartner wählen zu können, durch die Hoffnung der unter neuer Führung stehenden Freiheitlichen, ihre parlamentarische Stärke zumindest zu erhalten, wenn nicht zu verstärken, und die Hoffnung der unter der Präsidentschaftskandidatin Freda Meißner-Blau (1927 -) geeinten Grüngruppierungen, parlamentarische Repräsentation zu erringen.
Bei einer für österreichische Verhältnisse geringen Wahlbeteiligung von 90,5 % erlitten die Großparteien empfindliche Verluste. Diese trafen zwar die sozialistische Mehrheitspartei mit einem Verlust von zehn Mandaten stärker als die bisherige Oppositionspartei, die aber anstatt des erhofften Zugewinns einen Verlust von vier Mandaten hinnehmen mußte und wieder die Mehrheit verfehlte.
Die Freiheitliche Partei führte einen aggressiven Wahlkampf vor allem gegen die Bildung der Großen Koalition, deren Erneuerung unter sozialistischer Führung — die Großen Koalitionen der Zeit zwischen 1945 und 1966 waren alle unter Führung der ÖVP gestanden — das erklärte Wahlziel Dr. Vranitzkys bildete. Die Freiheitlichen konnten ihren Mandatsstand nicht nur verteidigen, sondern um sechs Mandate, also um ein Drittel, erhöhen.

Franz Vranitzky (geb. 1937), Bundeskanzler seit 1986.

Nationalratswahlen 1986 (von links): Franz Vranitzky (SPÖ), Alois Mock (ÖVP), Jörg Haider (FPÖ), Freda Meissner-Blau („Grüne"). 23. November 1986.

Die Grünen eroberten acht Mandate und zogen als nunmehr vierte Fraktion in das Parlament ein.
Beide Großparteien waren in der Lage, eine Koalition mit den Freiheitlichen gegen die andere zu bilden. Lediglich die Sozialisten hatten von vorneherein durch ihren Spitzenkandidaten dies ausgeschlossen. Eine Koalition der ÖVP mit den Freiheitlichen — die durch ihren Wahlerfolg im wesentlichen die Mehrheit der ÖVP verhindert hatten — hätte die größte Partei des Landes in die Opposition gedrängt.
Da traditionell die mandatsstärkste Partei mit der Regierungsbildung betraut wird, wäre zu einer Koalition der beiden nichtsozialistischen Parteien das Scheitern des Koalitionsangebotes der Mehrheitspartei an die ÖVP die Voraussetzung gewesen. Der Bundespräsident machte auch kein Hehl aus seiner Einstellung, daß er die Zusammenarbeit der beiden Großparteien angesichts der gegebenen Herausforderungen für die beste Lösung hielt.
Im Jänner 1987 gelang dem mit der Regierungsbildung betrauten Bundeskanzler Dr. Vranitzky die Bildung einer großen Koalition mit dem Parteiobmann der ÖVP als Vizekanzler und Außenminister. Die Ministerien wurden je zur Hälfte durch Vertreter der beiden Großparteien besetzt, das Justizministerium durch einen parteiungebundenen hohen Beamten dieses Ministeriums.
Das Programm der neuen Regierung ist anspruchsvoll: Es reicht von der Konsolidierung des Staatshaushaltes, der Reorganisation der verstaatlichten Industrie bis zu einer Reform der Sozialversicherung.
Die rückläufige Wahlbeteiligung und der Wahlausgang selbst mit seinem deutlichen Trend weg von den großen Parteien weist auf eine zunehmende kritische Distanz breiter Schichten, vor allem aber der Jugend zu den traditionellen Gesinnungsgemeinschaften hin. Ökologische Anliegen gewinnen an Gewicht und engen den wirtschaftspolitischen Handlungsspielraum ebenso ein wie die weltwirtschaftliche Gesamtlage und die Notwendigkeit zur Konsolidierung des Bundeshaushaltes. Strukturanpassungen sind noch viel schwieriger in Zeiten der Wachstumsschwäche zu bewerkstelligen.

MODELL ÖSTERREICH

In Österreich haben sich besondere Formen der Konfliktaustragung zwischen gesellschaftlichen Gruppierungen herausgebildet, die unter dem Begriff „Sozialpartnerschaft" über die Landesgrenzen hinaus Aufmerksamkeit erregt haben. Mit diesem Begriff wird in Österreich im wesentlichen die Ansicht verbunden, daß alle gesellschaftlichen und wirtschaftlichen Probleme, die soziale Gruppierungen betreffen, im Verhandlungswege ausgetragen werden können. Als klassische Institution der sozialen Partnerschaft gilt die „Paritätische Kommission für Löhne und Preise", die 1957 gegründet wurde. Sie setzt sich aus Vertretern der Arbeitnehmer, der Industrie, des Gewerbes und des Handels sowie der Landwirtschaft zusammen. Regierungsseitig gehören ihr der Bundeskanzler an, der den Vorsitz führt, der Bundesminister für Finanzen und der Bundesminister für Handel, Gewerbe und Industrie. In Unterausschüssen werden nach bestimmten Regeln die Entscheidungen der Kommission über Löhne und Preise vorbereitet. Das System fußt auf dem Konsensprinzip, daher ist auch Einstimmigkeit vorgesehen.

1963 wurde der Beirat für Wirtschafts- und Sozialfragen geschaffen, in den Experten von den Sozialpartnern nominiert werden, und der zu wichtigen Fragen wissenschaftliche Analysen und politische Empfehlungen von speziellen Unterausschüssen erarbeiten läßt. Neben diesen klassischen Institutionen gibt es noch eine Vielzahl von Beiräten, die bei Gebietskörperschaften und parafiskalischen Institutionen bestehen.

Die sozialpartnerschaftliche Zusammenarbeit entbehrt einer legistischen Fundierung. Die Regierung handelt nach den Beschlüssen der Lohn- und Preiskommission, in der sie auch vertreten ist. Die Gutachten des Beirates für Wirtschafts- und Sozialfragen bilden wesentliche Entscheidungsgrundlagen für die Wirtschafts- und Sozialpolitik.

Die Konsenstechnik in der Austragung von Konflikten hat wesentlich zum wirtschaftlichen Aufstieg Österreichs beigetragen. Die Hauptträger des Konsenses sind die Gewerkschaften und die Arbeiterkammer auf der Seite der Arbeitnehmer, die von der Sozialistischen Partei dominiert sind, sowie die Bundeswirtschaftskammer und die Industriellenvereinigung, die wiederum von der ÖVP dominiert werden oder ihr nahestehen. Sie stellen somit eine Fortsetzung der Großen Koalition außerhalb der Regierung dar. Da die Funktionäre dieser Organisationen, besonders die Präsidenten des Gewerkschaftsbundes und der Bundeswirtschaftskammer, ihre Ämter unabhängig von den Wahlauseinandersetzungen der politischen Parteien ausüben, tritt auch eine Verstetigung der wirtschafts- und sozialpolitischen Willensbildung ein. So hatte der Gewerkschaftsbund seit 1945 drei Präsidenten, die Bundeswirtschaftskammer ebenfalls drei, die alle hohe politische Ämter innehatten und innehaben (der erste Präsident der Bundeskammer war Julius Raab, der spätere Bundeskanzler; der gegenwärtige Präsident des Gewerkschaftsbundes, Anton Benya, war Präsident des Nationalrates).

Der Streik wird als Mittel der Konfliktaustragung kaum eingesetzt. 1985 verzeichnete die Statistik 3,9 Streikminuten je unselbständigem Erwerbstätigen.

Die Bewährung der Zweiten Republik erfolgte, was Österreich selbst betrifft, von einer außerordentlich ungünstigen Ausgangsbasis. Sie war jedoch durch einige äußere Ereignisse positiv beeinflußt. Dies gilt vor allem für die Entwicklung des weltwirtschaftlichen Umfeldes.

Von entscheidender Bedeutung war die Tatsache der Verschärfung des Ost-West-Konfliktes, der zwar aus militärstrategischen Gründen den Westmächten eine Teilung Österreichs nahelegte, andererseits aber den Widerstand gegen eine solche Teilung Österreichs befestigte, weil man nicht weitere Gebiete dem Einflußbereich der Sowjetunion unterwerfen wollte. Im Gegensatz zur Bundesrepublik Deutschland, in der ein ähnliches Vier-Zonen-Besatzungsregime eingerichtet wurde, führte dieses nicht zur Teilung. Damit war aber eine wesentliche Voraussetzung dafür gegeben, daß die UdSSR sich 1955 im Zuge einer entspannungspolitischen Offensive aus Österreich zurückziehen konnte. Vorher schon, 1948, hatte das Zerwürfnis der Vereinigten Staaten mit der Sowjetunion seine Auswirkungen auch auf Österreich: Nun verweigerte die östliche Besatzungsmacht den Ansprüchen Jugoslawiens auf österreichisches Staatsgebiet ihre Unterstützung. Damit war die Bedrohung der territorialen Integrität Österreichs weggefallen.

Zum zweiten war der Einschluß Österreichs in die Marshall-Plan-Hilfe von materieller, aber auch ordnungspolitischer Relevanz. Durch die in großem Umfang zur Verfügung gestellten nicht rückzahlbaren Finanzierungsmittel konnte die Modernisierung und der Aufbau neuer Produktionsanlagen in Angriff genommen werden, die den Unternehmen ermöglichten, sich dann auch im internationalen Wettbewerb durchzusetzen. In ordnungspolitischer Hinsicht wurde durch die Einflußnahme der amerikanischen Marshall-Plan-Administration das marktwirtschaftliche Element wesentlich gestärkt; dies war für eine Volkswirtschaft wichtig, die traditionell marktwirtschaftlichen Allokationsmechanismen, unabhängig von der ideologischen Grundhaltung, nicht besonders aufgeschlossen gegenüberstand.

Letztlich fallen die ersten dreißig Jahre der Lebenszeit der Zweiten Republik in eine Epoche eines kontinuierlichen weltwirtschaftlichen Wachstums von in historischer Betrachtung unvergleichlichen Zuwachsraten. An dieser Wachstumsphase hatte Österreich Anteil nehmen können.

Die eigenständigen Leistungen lagen vor allem darin, daß das Erlebnis des Verlustes der Eigenstaatlichkeit und die

Symbolfiguren der österreichischen Sozialpartnerschaft: Anton Benya, seit 1964 Präsident des Gewerkschaftsbundes (rechts), und Rudolf Sallinger, seit 1964 Präsident der Bundeskammer der gewerblichen Wirtschaft.

Einordnung in eine alle Bereiche des Lebens umfassende Diktatur die Österreicher diesmal ihren wiederentstehenden Staat bejahen ließ. Sie empfanden im Unterschied zur Zeit nach dem Ersten Weltkrieg ihren Staat nicht als ein Octroi der Sieger, sondern als die Hoffnung, überleben zu können. Diese Identifikation mit dem Staat schon zu einer Zeit, in der dieser eher Wunschvorstellung war, wurde auch dadurch deutlich, daß es — wieder im Gegensatz zur Zeit nach dem Ersten Weltkrieg — nie ernsthaft die Erwägung gab, daß einzelne Bundesländer von sich aus den Anschluß an den Nachbarn suchten, sondern die in der sowjetischen Besatzungszone nur schwer erreichbare Zentralregierung unterstützten. Diese Identifikation galt auch — oder gerade — für jene, die dem Anschluß positiv gegenüber gestanden waren. Aus dieser Sicht war es wichtig, jenen Teil der Bevölkerung, der sich dem Nationalsozialismus verschrieben hatte, ohne persönliche Schuld auf sich zu laden, wieder in das Staatsganze zu integrieren, wenn auch die Frage nicht unproblematisch ist, in welchem Maß eine Rechtsverletzung vorliegen kann, wenn sie zum Zeitpunkt der Tat der wirksamen Ordnung entspricht.

Die schwierige erste Integrationsphase wurde von Politikern getragen, deren Erfahrungen wesentlich durch die Zwischenkriegszeit geprägt worden waren. Viele von ihnen hatten sich in den Konzentrationslagern kennen- und unter extremen Bedingungen einander vertrauen gelernt. Einen besonderen Platz verdient in diesem Zusammenhang das Wirken Dr. Karl Renners; er war Parlamentarier in der Monarchie, der erste Staatskanzler der Ersten Republik sowie der erste Staatskanzler und Bundespräsident der Zweiten. Daß auf ihn die Wahl der sowjetischen Besatzungsmacht fiel, die erste Regierung zu bilden, war ein besonderer Glücksfall. Ob es Zufall war oder auch andere höchst persönliche Erlebnisse mit eine Rolle gespielt haben, wird so lange ungeklärt bleiben, als der Forschung der Zutritt zu den sowjetischen Archiven verschlossen bleibt (jedenfalls hat Stalin 1912 mit Dr. Ren-

Sitzungssaal der Industriellenvereinigung in Wien I., Schwarzenbergplatz. Sitzend: Franz Joseph Mayer-Gunthof, Präsident 1960—1972, am Rednerpult: Manfred Mautner-Markhof. Um 1965.

ner in Wien intensive Gespräche über Minderheitsfragen, für die er als angesehener Experte galt, geführt; die Erinnerung daran mag eine Rolle gespielt haben).
Die Koalitionspolitiker der ersten Phase der Entwicklung waren Pragmatiker. Sie vermieden die Schaffung von Richtungsgewerkschaften. Sie mischten in die Verfassungswirklichkeit korporative Elemente, die in der Sozialpartnerschaft ihren Ausdruck fanden. Von großer Bedeutung war auch, daß ein ideologischer Streitpunkt unter äußerem Druck beiseite geschafft wurde, nämlich die Frage der Verstaatlichung.
Als letztes wichtiges Element der Entwicklung ist der Rückzug der Kirche aus der Politik zu nennen. Die ÖVP knüpfte zwar an christlich-soziale Wurzeln an, die katholische Kirche hingegen verfolgte unter Kardinal Franz König (1905 -), der von 1956 bis 1986 Erzbischof von Wien war, eine Politik der Aequidistanz zu den politischen Parteien. Dies führte schließlich auch zu einer Aussöhnung zwischen der Sozialistischen Partei und der Kirche.
Österreich sei eine Insel der Seligen, meinte einmal Papst Paul VI. Die Uhren gingen in Österreich anders, behauptete Bundeskanzler Dr. Bruno Kreisky. Ist aber in den achtziger Jahren das Modell Österreich an seine Grenzen gestoßen? Das gesamtwirtschaftliche Wachstum ist abgeschwächt, die Arbeitslosenrate, der für die Österreicher sensibelste Gradmesser erfolgreicher Problembewältigung für das Gemeinwesen, hat 1982 erstmals seit den fünfziger Jahren die magische Grenze von 3 % überschritten und wird für die neunziger Jahre mit 7 bis 9 % prognostiziert. Die außenwirtschaftliche Flanke könnte unter Druck geraten. Der Staatshaushalt ist mit einem steigenden Defizit konfrontiert und die Konsolidierung — Anfang der achtziger Jahre erfolgversprechend in Richtung auf 2 bis 3 % des Bruttoinlandsproduktes eingeleitet — unter den Belastungen der Sozialpolitik und der im Zuge der Finanzierung der Krisenabwehr der siebziger Jahre aufgehäuften Staatsschuld immer schwerer zu bewältigen.
Der verstaatlichte Unternehmenssektor — im wesentlichen in Industrien angesiedelt, die von den Produkten und ihrer Organisation zu den traditionellen Produzenten der spät nachgeholten industriellen Revolution gehören — ist zu einem Problemkind geworden und kann der ihm zugeschriebenen oder auch zugewiesenen Funktion als Ausgleichsmechanismus im Verteilungskampf nicht mehr gerecht werden, wenn er das überhaupt je konnte.
An der Steuerschraube kann sinnvollerweise nicht mehr gedreht werden, der staatswirtschaftliche Anteil am Bruttoinlandsprodukt hat schon einen internationalen Spitzenwert erreicht.
In die Bildung wurde zwar mehr investiert als je zuvor in der Geschichte, aber das Niveau ist nicht zufriedenstellend, und die Nachfrage nach Ausgebildeten und ihr Angebot laufen beängstigend auseinander.
Die parteipolitische Auseinandersetzung zeigt deutlich Tendenzen zur Polarisierung, die im letzten Präsidentschaftswahlkampf ein nicht gekanntes Ausmaß an Verbitterung und Verletzung des politischen Gegners erreicht haben.
Immer schon haben kleine Wählergruppen darüber entschieden, welcher der beiden Großparteien der bestimmendere Einfluß in der Gestaltung der Politik zukommt. Die Rücksichtnahme auf die Anliegen dieser Gruppen lähmt die Umsetzung politischer Zielvorstellungen namentlich in der Wirtschaftspolitik dann, wenn sich diese Gruppen zur Durchsetzung bestimmter Einzelziele ohne Rücksichtnahme auf den Gesamtzusammenhang zum Widerstand organisieren; auch diese Entwicklung hat Österreich erreicht. Die Bildung der großen Koalition eröffnete jedenfalls die Möglichkeit, aus dieser allen Massendemokratien inherenten Falle auszubrechen; dies ist in einer Umwelt eines vergleichsweise herbeigeführten Wohlstandes gewiß schwerer als zur Zeit der Anfänge dieser Republik.
Nicht nur in Österreich neigt der Zeitgeist zum Pessimismus. „Die schönen Tage sind vorbei“, schreibt ein junger sozialistischer Politiker 1984; ein Professor für Politologie

Papstbesuch in Österreich. Von links: Kardinal Franz König, Papst Johannes Paul II., Bundespräsident Rudolf Kirchschläger. 10. bis 13. September 1984.

übertitelt eine Schrift mit „Windstille; Klagen über Österreich" (1985), ein Journalist die seine mit „Midlife crisis der Republik" (1986). In einem Sammelband „Sozialpartnerschaft in der Krise; Leistungen und Grenzen des Neokorporativismus in Österreich" (1985) wird die Zukunft des Herzstückes des österreichischen Weges aus dem Chaos untersucht.

Nun könnte man sagen, die Rede von der Krise sei allgemein, die Probleme seien keine typisch österreichischen, und noch immer gelte, daß Österreich mit den seinen relativ weniger schlecht zu Rande gekommen ist als die meisten Industriestaaten. Dies wäre aber als Zukunftsbild zu wenig.

Die Welt der Zukunft wird von der Ablösung der Industriegesellschaft des späten 19. Jahrhunderts durch die Informationsgesellschaft des ausgehenden 20. Jahrhunderts gezeichnet sein. Der Strukturwandel, der sich ankündigt, wird in der Entwicklung von der großen gesellschaftlichen Einheit zur kleineren liegen, in der Erosion des alle Kosten-Nutzenrechnungen überschattenden Prinzips der „economics of scale".

In diesem Entwicklungsszenario hat Österreich in seiner kleinräumigen, kleinbetrieblichen Struktur entscheidende Wettbewerbsvorteile. Es könnte durchaus sein, daß Österreich von der Nachholphase der ursprünglich versäumten Industrialisierung sich mitten in eine neue Welt versetzen kann, in der es komparative Vorteile auszunützen in die Lage kommt. Würde man die beeindruckenden Wachstumserfolge Österreichs nicht nur quantitativ, sondern qualitativ messen können, so lägen sie noch bedeutend höher, als dies nach vergleichenden Statistiken schon der Fall ist.

Geopolitisch in einer Randlage und außenwirtschaftlich stark verflochten, muß Österreich nach dem menschlichen Potential fragen, das zur Bewältigung der Herausforderungen in einer zunehmend globalisierten Welt mobilisiert werden kann. Der Blick zurück an den Ausgangspunkt dieser Republik, als der Glaube und das Wollen wider alle Realität am Anfang stand und ideologiebeladene Dogmen beiseite geschoben wurden, müßte hoffnungsfroh stimmen, daß Verkrustungen, die als Preis für den inneren Frieden bezahlt werden, auch ohne Aufgabe dieses Friedens beseitigt werden können, um das Potential zu nutzen, das in Menschen besteht, die sich bewähren wollen und dies in der gegebenen, überschaubaren Umwelt auch können.

IRONIMUS (GUSTAV PEICHL)

IRONIE UND TIEFERE BEDEUTUNG

KARIKATUREN DER ZWEITEN REPUBLIK

Den Begriff der Karikatur teilt man ein in Humorzeichnung (cartoon), Portraitkarikatur und die aktuelle politische Karikatur (editorial cartoon). Der letzte Begriff hat in Österreich eine bewegte Geschichte.
Bereits zu Zeiten Kaiser Franz Josephs hat der Wiener Zeichner Paul Schönpflug in Zeitschriften und Postkarten die politische Karikatur besonders im Bereich der k.u.k. Armee populär gemacht. In der Folge gab es eine Reihe von politischen Zeichnern, die in den diversen Zeitschriften und Zeitungen ihre Blätter veröffentlicht haben. Alfred Gerstenbrand, Carl Josef oder Theodor Zasche waren die „Strichmeister" der ersten Dezennien unseres Jahrhunderts.
Nach dem Zweiten Weltkrieg begann nach der Wiedergeburt der freien zensurlosen Presse ein neues Betätigungsfeld für politische Karikaturisten. Als erstes Blatt veröffentlichte der von Gustav Canaval begründete „Bildtelegraph" unter der Chefredaktion von Gerd Bacher, täglich eine aktuelle politische Karikatur. Andere Zeitungen, die „Arbeiterzeitung", „Die Presse" und der „Wiener Kurier" folgten, und ab den sechziger Jahren sind die täglichen Zeitungskarikaturen des österreichischen Print-Marktes nicht mehr wegzudenken.
Die ersten IRONIMUS-Karikaturen erschienen in der Zeit der Besatzungsmacht. Die russischen, englischen, französischen und amerikanischen Besatzungssoldaten und die hohen Politiker der Signatarmächte des österreichischen Staatsvertrages waren dankbare Opfer für den Zeichner.
In der österreichischen Innenpolitik waren es die ersten Bundeskanzler der österreichischen Volkspartei, Leopold Figl und Julius Raab, die als „Helden" in die Karikatur eingegangen sind. In der Folgezeit waren Konrad Adenauer, Charles de Gaulle, Nikita Chruschtschow, Dwight D. Eisenhower beliebte Objekte der außenpolitischen Szene in der Karikatur.
Im innenpolitischen Bereich sind unvergeßliche Karikaturfiguren Bruno Pittermann, Bruno Kreisky, später der ORF-Generalintendant Gerd Bacher, Bundeskanzler Fred Sinowatz, Helmut Zilk bis zu Franz Vranitzky.
Was ist eine politische Karikatur?
Die Karikatur ist der gezeichnete Leitartikel, der sichtbar machen soll und nicht nur Gesehenes wiedergibt, sondern auch nicht Sichtbares sichtbar macht. Im konkreten Fall läßt sich das leicht abhandeln. Nehmen wir beispielsweise die Zeichnung „Selbstzerstörung" aus dem Jahre 1984 (siehe Seite 130), wo Bruno Kreisky sein eigenes Denkmal als großer österreichischer Politiker demoliert.
Die Karikaturisten aus Österreich sind es — Paul Flora, Luis Murschetz, Manfred Deix u. a. —, die in ihrer internationalen Tätigkeit zu beweisen versuchen, daß Österreich nicht nur ein Volk der Tänzer und Geiger ist, sondern die bildende Kunst und der Humor auch eine wesentliche Rolle spielen.

Unter alliierter Besatzung: Die „großen Vier". 1953.

„Wovon kann der Kanzler denn schon träumen . . .": Julius Raab. 1954.

Die Vier, die auszogen, das Fürchten zu lernen: 1955.

Die Vier im Jeep werden abgelöst. 1955.

Schwere Geburt: Regierungsbildung unter Bundeskanzler Julius Raab. 1956.

Schwierige Tage: Bundeskanzler Raab bildet eine neue Regierung. 1959.

Große Politik in Wiens Straßen: Nikita Chruschtschow. 1960.

Alte Regierung — neu gewickelt: 1960.

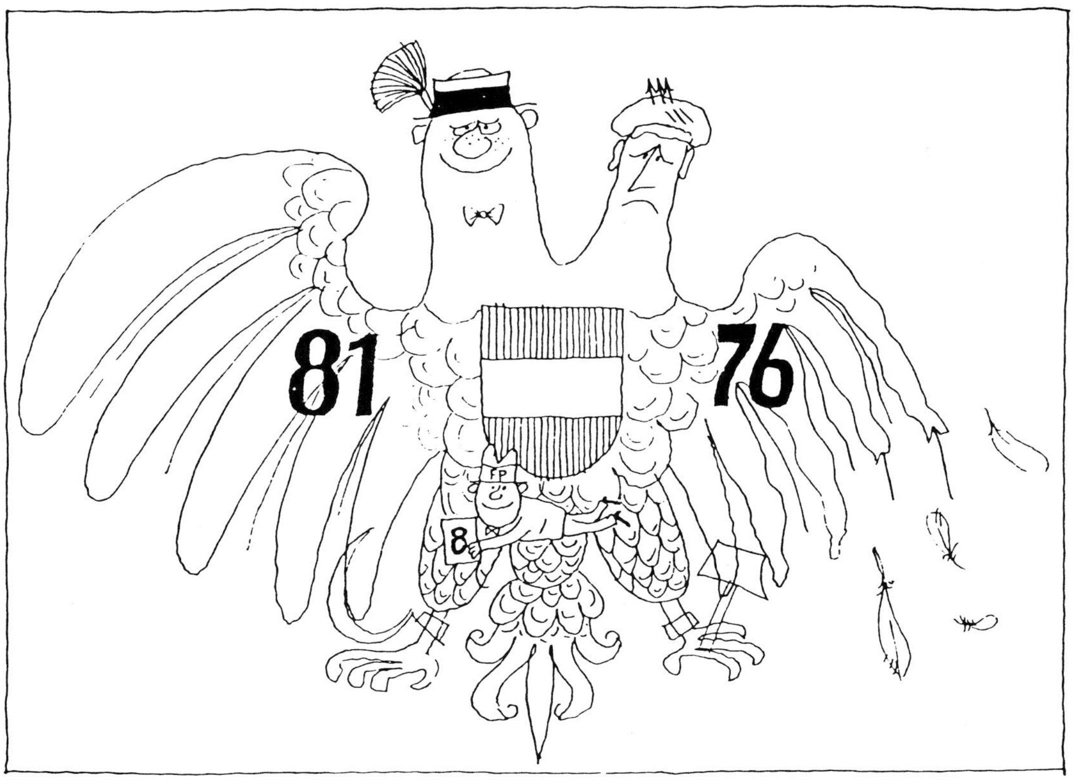

Die geschwächte Linke. Das Wahlergebnis 1962.

Die Ahnengalerie. Die ÖVP auf der Suche nach einem neuen Kopf. 1963.

Rot-Weiß-Rot zur See: Die SPÖ geht in die Opposition. 1966.

Schutzengel?: Bundeskanzler Josef Klaus, Parteisekretär Hermann Withalm. 1967.

Niederösterreichischer Nachwuchs. Im Bild: Landeshauptmann Leopold Figl, Bundeskanzler Julius Raab. 1966.

Im roten Himmel: Adolf Schärf, Theodor Körner, Karl Renner, Oskar Helmer. 1966.

50 Jahre unseres Lebens. 1968.

Nach der Wahl: Josef Klaus, Bruno Kreisky. 1970.

Auf und ab: ÖVP-Bundesparteiobmann Josef Klaus, Bundeskanzler Bruno Kreisky. 1970.

Die große Nummer: Bundeskanzler Bruno Kreisky bildet eine Minderheitenregierung. 1970.

Ein Star verläßt die Bühne: Hermann Withalm tritt ab. 1971.

Der Bart muß ab . . . : Bundeskanzler Bruno Kreisky. 1971.

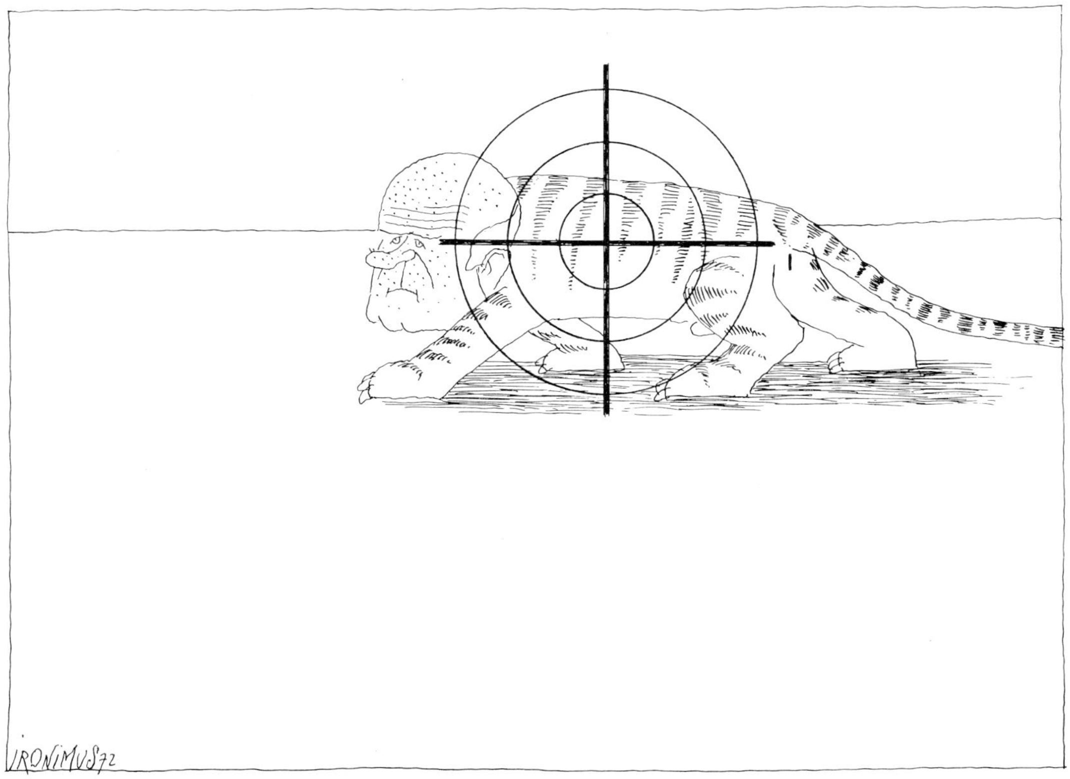

„Feuer frei!": ORF-General Gerd Bacher als Zielscheibe der Parteienkritik. 1972.

Der beschnittene Tiger. 1972.

Wer ist härter? I oder I? (frei nach Johann Nestroy):
Verteidigungsminister Karl Lütgendorf und die Heeresreform. 1971.

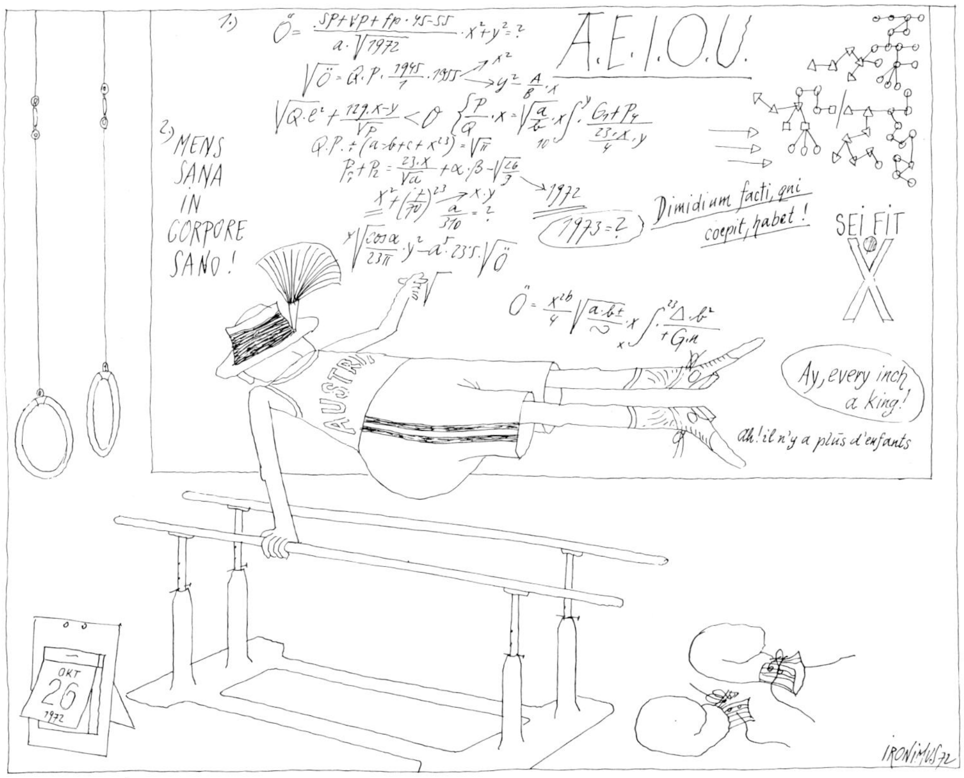

Wissenschaft und Sport: Aufteilung des Unterrichtsministeriums
in zwei neue Ressorts. 1972.

Ben Bruno: Israels Ministerpräsidentin Golda Meir, Bruno Kreisky. 1973.

K und K: Bundespräsident Rudolf Kirchschläger, Bundeskanzler Bruno Kreisky. 1974.

Die große UOG-Nummer: Wissenschaftsminister Herta Firnberg setzt die Universitätsreform durch. 1975.

Schwieriger Gegner: Bruno Kreisky, Josef Taus. 1974.

Parlamentsmatch in der Zwentendorf-Liga: Verhandlungen über die Inbetriebnahme des Atomkraftwerks: Bruno Kreisky, Josef Taus, Friedrich Peter. 1977.

Klein Erhard ganz groß: Polit-Jungstar Erhard Busek erringt für die ÖVP den Sessel des Wiener Vizebürgermeisters. Neben ihm Bürgermeister Leopold Gratz. 1978.

Cassius Bruno — der Größte. Nach der Wahl 1979.

Kampfpause. Die beiden Streithähne Bruno Kreisky und Hannes Androsch müssen Federn lassen. 1980.

Der Aufsteiger: Fred Sinowatz. 1981.

Der Griff nach den Sternen. Gegen die Voraussagen der Meinungsforscher hofft Bruno Kreisky auf die „absolute". 1982.

Maestoso Austria: Bundeskammerpräsident Rudolf Sallinger überbringt Ronald Reagan einen Lipizzaner als Geschenk. 1982.

Die Exekution. Die SPÖ stimmt im Parlament gegen das größte Volksbegehren in der Geschichte der Republik. 1982.

Der Lotse geht von Bord: Bruno Kreisky: 1983.

Der Nachfolger: Fred Sinowatz. 1983.

H. Dampf in allen Gassen: Helmut Zilk. 1984.

Das große Treffen: Die Außenminister Shultz und Gromyko. 1985.

Selbstzerstörung. 1984.

Scherben . . . : Fred Sinowatz. 1985.

Im Zerbröckeln: Fred Sinowatz. 1985.

Die Koalitionszwillinge: Norbert Steger, Fred Sinowatz. 1985.

Es geht abwärts . . . : Fred Sinowatz. 1986.

Das Faß ohne Boden. Der Staatsbetrieb VOEST braucht Milliardenzuschüsse. 1985.

Die Präsidentenwahl: Kurt Waldheim. 1986.

Neue Etiketten: Franz Vranitzky bildet das Kabinett um. 1986.

Ein österreichisches Dilemma: Kann er vor lauter Bäumen den Wald sehen? Parlamentswahlen 1986.

Austro-siamesische Zwillinge. Franz Vranitzky, SPÖ, Alois Mock, ÖVP, die Spitzen der Großen Koalition. 1987.

Der neue Hirte: Die Ernennung Pater Hermann Groers zum Wiener Erzbischof findet keine Zustimmung. 1986.

Aller Anfang ist schwer. Die Große Koalition hat Startschwierigkeiten. 1987.

HERBERT MATIS

HANDEL, GEWERBEFLEISS UND INDUSTRIE

DIE WIRTSCHAFTSENTWICKLUNG ÖSTERREICHS

MERKANTILISMUS UND „UNIVERSALKOMMERZ" — EINE PERIODE WIRTSCHAFTLICHER REFORMEN

Die Herausbildung der ökonomischen Struktur eines Landes stellt in jedem Fall das Ergebnis eines langfristigen und komplexen Veränderungsprozesses dar. Dabei ist es schwierig, jeweils einen exakten Startpunkt festzulegen. Dennoch besteht ein relativ breiter Konsens darüber, daß dem Merkantilismus für die Ausprägung der modernen Volkswirtschaft, für die Auflösung der traditionalen Gesellschaftsordnung und für die neuzeitliche Staatsbildung eine zentrale Bedeutung zukommt. Die Durchsetzung des Steuer- und Gewaltmonopols steht dabei am Beginn des modernen Staates.
Gerade für ein so differenziertes Gebilde wie die alte Monarchie traf es in besonderem Maß zu, daß eine ursprünglich ethnisch, sprachlich, religiös und kulturell sehr heterogene Bevölkerung nur über ein sehr persönliches, mehr oder weniger patriarchalisch gefärbtes Verhältnis mit dem Bewußtsein der Zusammengehörigkeit erfüllt werden konnte. War doch das Territorium des neuen Zentralstaates ein auf mannigfache Weise, durch Heirat, Eroberung oder Erbschaft zusammengebrachtes Gebiet und lediglich durch das einigende Band der Dynastie verknüpft. Während in den westeuropäischen Ländern die Entwicklung hin zum Nationalstaat ging, war in den österreichischen Ländern über Jahrhunderte habsburgische Hausmachtpolitik mit imperialen Aufgaben verbunden. Es bedurfte daher zur modernen Staatswerdung erst der Separation Österreichs aus dem Heiligen Römischen Reich — ein Prozeß, der sich seit Ende des 30jährigen Krieges beschleunigte.
Dieser Fortschritt in der Ausbildung des Territorialstaates korrespondierte allerdings noch nicht mit den ökonomischen Verhältnissen: Noch um die Mitte des 17. Jhdts. ist Österreich ein Binnenstaat mit wenig Bevölkerung. Diese ist noch dazu durch Krieg und Steuerdruck verarmt. Der Außenhandel reicht über Rohprodukte nicht hinaus. Die „Industrie" befindet sich noch auf einer rudimentären Entwicklungsstufe. Der interne Handel wird durch ausländische Großhändler dominiert. Die Handelsbilanz — das Hauptanliegen des Merkantilismus — ist durchwegs negativ. Nicht zuletzt verhindern eine mangelhafte Infrastruktur und ein desolates monetäres System den inneren Güteraustausch. Dieser wird überdies durch eine Unzahl von Mauten und Zollschranken behindert, so daß eine Reihe von voneinander separierten selbständigen Zollgebieten der Ausbildung einer geeinten Volkswirtschaft entgegensteht.
Die propagandistischen Appelle einer Reihe kameralistischer Autoren wie Becher, Hörnigk und Schröder, welche für eine Entwicklung der heimischen Produktivkräfte eintraten, stießen überdies auf den Widerstand einer schwerfälligen, bürokratischen Verwaltung und engherziger, partikularistischer Interessen der einzelnen Provinzen

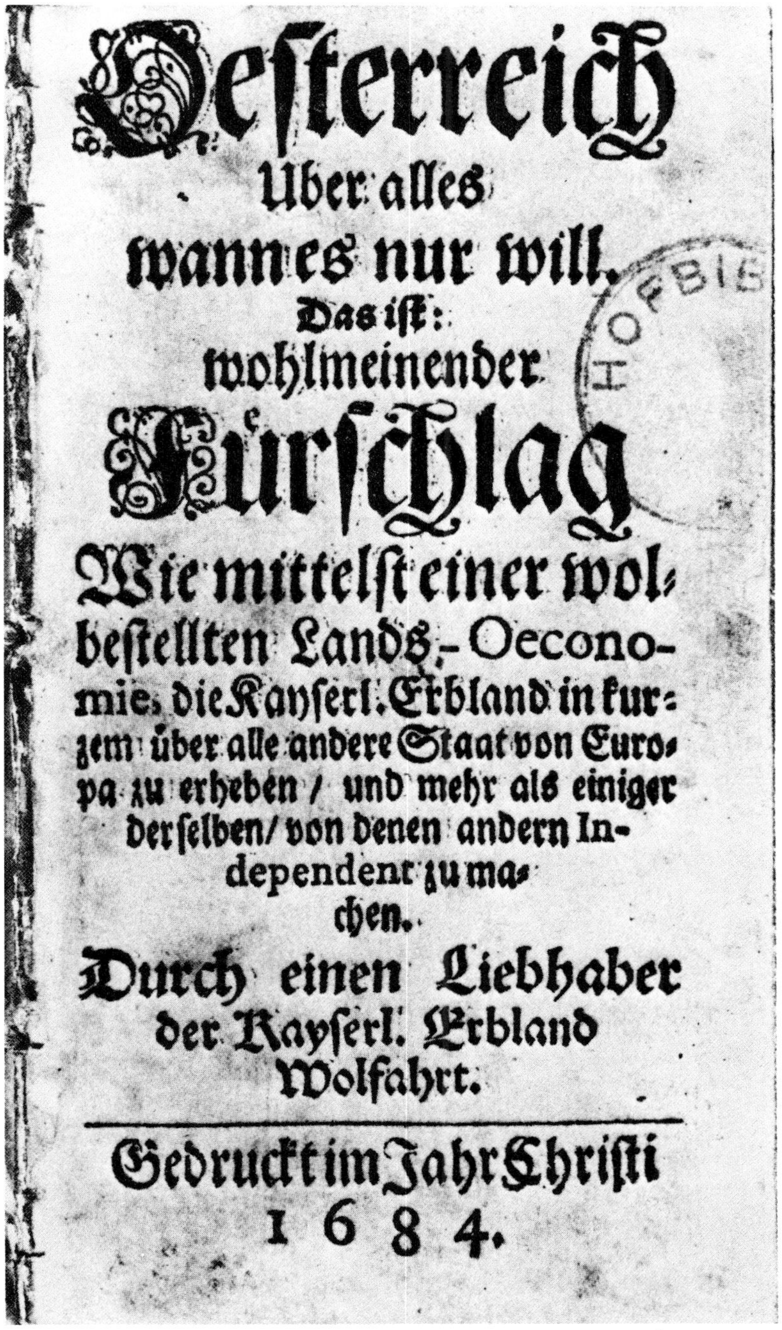
Oesterreich
Uber alles
wann es nur will.
Das ist:
wohlmeinender
Fürschlag
Wie mittelst einer wol-
bestellten Lands-Oecono-
mie, die Kayserl. Erbland in kur-
zem über alle andere Staat von Euro-
pa zu erheben / und mehr als einiger
derselben / von denen andern In-
dependent zu ma-
chen.
Durch einen Liebhaber
der Kayserl. Erbland
Wolfahrt.
Gedruckt im Jahr Christi
1684.

Wilhelm Hörnigk (1640—1714). Titelblatt der Erstauflage von „Österreich über alles wann es nur will". 1684.

und Länder. Hörnigks patriotische Schrift „Österreich über alles, wenn es nur will" (1684) konnte daher höchstens als ein Versprechen für eine bessere Zukunft aufgefaßt werden.
Nach den großen militärischen Erfolgen gegen die Türken war die Habsburgermonarchie zu einer europäischen Großmacht herangewachsen. Sie konnte daran denken, ihre kontinentale Machtstellung durch eine entsprechende maritime Politik abzurunden. Kaiser Karl VI., der ansonst viele ehrgeizige Pläne wegen seines Ringens um die pragmatische Sanktion zur Sicherung seines Erbes zurückstellen mußte, erhob 1719 Triest und Fiume zu Freihäfen und gab damit dem Außenhandel eine neue Basis.
Eines der Hauptanliegen des österreichischen Merkantilismus war die Schaffung eines einheitlichen Wirtschaftsraumes. Die Ausbildung des sogenannten „Universalkommerz" machte allerdings erst unter Maria Theresia entsprechende Fortschritte, insbesondere im Zuge des nach dem österreichischen Erbfolgekrieg einsetzenden Reformwerkes. Eine essentielle Voraussetzung dafür war die Zusammenfassung der verschiedenen Provinzen zu einer staatlichen Einheit. Der Aufbau einer adäquaten Infrastruktur, die Abschaffung der Binnenzölle und der Abbau sonstiger Hemmnisse für Handel und Verkehr, sowie eine Reform und Vereinheitlichung der Verwaltung waren dazu notwendig. Auch Maße, Gewichte und Münzsystem mußten vereinheitlicht werden. Der legendäre Maria-Theresien-Taler wurde auch im Ausland, vor allem im Orient, eine beliebte Währungseinheit.
Erst der aufgeklärte Absolutismus konnte somit an die Lösung jener Aufgaben schreiten, die seit den Tagen Leopolds I. von verschiedenen Staats- und Wirtschaftstheoretikern verfolgt worden waren. Auf diese Weise erlebte erst unter Maria Theresia und Joseph II. der Merkantilismus in Österreich seinen abschließenden Höhepunkt. Das Ergebnis war praktisch ein moderner Staat und eine neue materielle Kultur.
Militärische, aber auch fiskalische und arbeitsmarktpolitische Erwägungen führten zu einer radikalen Änderung in der Bevölkerungspolitik. Während man bisher durch Heiratsbeschränkungen und eine hohe Zölibatsquote ein Anwachsen des „Pauperismus" zu verhindern trachtete, war man nunmehr an einer Vergrößerung der Population interessiert. Dies wurde nicht nur durch eine Lockerung der Heiratsbestimmungen, Einrichtung von Findel- und Waisenhäusern, sondern auch durch die Schaffung ausreichender Verdienstmöglichkeiten für die Unterschichten gefördert. Ein Prozeß der „sozialen Disziplinierung" sollte die Rekrutierung der Arbeitskräfte erleichtern. Denn die „Bevölkerungsexplosion" setzte nicht nur eine Vermehrung der verfügbaren Arbeitsplätze und eine Erhöhung der wirtschaftlichen Produktivität voraus, sondern damit war auch ein qualitatives Problem der Ausbildung von Humankapital verbunden. In diese Richtung wirkte auch die Einführung der allgemeinen Schulpflicht.
Die Masse der Bevölkerung (und dies galt bis weit ins 19. Jhdt. hinein) war in der Landwirtschaft tätig. Obwohl diese stärker als bisher in den Marktmechanismus einbezogen wurde, blieben allerdings die Reformen in diesem Sektor bis zur Mitte des 18. Jhdts. ebenfalls rudimentär. Erst ein kräftiges Ansteigen der Agrarpreise, ausgelöst durch die vermehrte Nachfrage infolge des Bevölkerungswachstums, der Urbanisierung, der Baukonjunktur und des Wachstums in Gewerbe und Montanwesen verstärkte die Tendenz zur Rationalisierung in der Landwirtschaft. Dabei spielte auch das Eindringen physiokratischer Ideen eine Rolle. Verschiedene „Agrikulturelle Gesellschaften" propagierten den Anbau neuer Feldfrüchte wie Kartoffel, Mais und Tabak, Verbesserungen in der Viehzucht und

Milchwirtschaft, sowie die Haltung von Merinoschafen zur Wollproduktion. Auf dem Lande breitete sich eine Proto-Industrie aus und vergrößerte damit die Basis der bäuerlichen Subsistenzwirtschaft. Wesentlicher Ordnungsfaktor im Agrarbereich blieb allerdings die feudale „Grundherrschaft". Die notwendige „Agrarrevolution" war somit weniger eine Frage der sicher notwendigen technologischen Modernisierung als eine der herrschenden sozialen Verhältnisse. Verschiedene Regulierungen der Robot und die Aufhebung der Leibeigenschaft 1781/82 gingen zwar in die Richtung einer allgemeinen Agrarreform, die Institution der Grundherrschaft blieb jedoch — obwohl innerlich bereits ausgehöhlt — bis zur Revolution von 1848 bestehen.

Das Ideal der merkantilistischen Theorie blieb die aktive Handelsbilanz. Die Anstrengungen gingen daher einerseits auf eine Beschränkung der Importe fremder Finalgüter mit Hilfe von Prohibitivzöllen und Luxusgesetzen, andererseits auf eine Förderung der heimischen Exportindustrie. Unter den österreichischen Exportgütern dominierten Salz, Eisenwaren und Textilien, vor allem Leinen, sowie Holz, Vieh und Getreide. Der Handel folgte dabei den traditionellen mitteleuropäischen Transportlinien, deren Ausbau vom Staat unterstützt wurde. Seit dem Zurückdrängen des Osmanischen Reiches dehnte Österreich seine Exporte vor allem nach dem Südosten aus und suchte auch den italienischen Levantehandel auf den Landweg umzulenken. Der Balkan, die Türkei, Südrußland, ja selbst Persien wurden in die merkantile Interessensphäre Österreichs einbezogen. Der Ausbau von Straßen und Kanälen, die Gründung von Handelskompanien (Ostende-Companie, Oriental-Companie) und die Errichtung von Konsulaten sowie die Schaffung einer österreichischen Flotte dienten der Förderung des Handels.

Die proto-industrielle Produktion wurde durch eine Ausweitung der ländlichen Hausindustrie und die Gründung von Manufakturen (für Textilien, Glas, Porzellan und Metallwaren) gefördert. Dabei betätigte sich auch der Staat vielfach als Unternehmer; Kaiser Franz I., der Gemahl Maria Theresias, galt als der „größte Fabrikant" seiner Zeit. Das oft konstatierte Defizit an heimischen Unternehmern wurde durch Immigration ausgeglichen; so kam eine Reihe von Deutschen, Italienern, Franzosen, Schweizern, Belgiern, holländischen und englischen Unternehmern nach Österreich, wo sie eine Art von „technical assistance" leisteten. Aber auch der österreichische und böhmische Adel beteiligte sich aus patriotischen Gründen zahlreich an Unternehmensgründungen. Auf diese Weise entstanden bis zum Ende des 18. Jhdts. mehr als 300 große Manufakturen mit z. T. mehreren Tausend Beschäftigten. Diese Großbetriebe zählten auch im internationalen Vergleich zu den größten Unternehmungen ihrer Zeit. Damit erfolgte in der zweiten Hälfte des 18. Jhdts. auch in Österreich der Durchbruch der modernen, arbeitsteilig organisierten Großbetriebe. Die neuen Unternehmensformen waren dabei in ihrer inneren Struktur ein Abbild der hierarchischen Staatsorganisation. Sie übten aber einen Demonstrationseffekt aus, der auf lange Sicht eine Transformation der österreichischen Wirtschaft bewirkte.

POLITISCHE RESTAURATION UND ÖKONOMISCHER FORTSCHRITT IN DER ERSTEN HÄLFTE DES 19. JAHRHUNDERTS

Während so die zweite Hälfte des 18. Jhdts. durch große ökonomische und soziale Veränderungen gekennzeichnet war, fand diese Reformpolitik seit der Jahrhundertwende keine Fortsetzung. Vielmehr prägte die außenpolitische Situation, insbesondere der Konflikt mit dem revolutionären Frankreich und später die Napoleonischen Kriege die folgende Periode bis zum Wiener Kongreß, der bekanntlich „tanzte, sich aber nicht fortbewegte". Dies fand auch in der österreichischen Wirtschaftspolitik einen Niederschlag. So machten sich im Inneren aus Angst vor revolutionären Bewegungen polizeistaatliche Einflüsse geltend. Insbesondere fürchtete man, die Industriearbeiter könnten von den neuen revolutionären Ideen beeinflußt werden. Deshalb verbot das Metternich-Regime sogar die Errichtung neuer Fabriken in Wien. Obwohl sich somit in Österreich unter der Regierung Franz I. die Restauration durchsetzte und es — wohl weil der Schock der militärischen Niederlage in Österreich nicht so groß war wie etwa in Preußen — daher hier zu keiner Weiterführung der inneren Reform kam, wäre es durchaus unrichtig, anzunehmen, es hätte in dieser Zeit keine gravierenden Veränderungen gegeben.

Die geplante Revision der josephinischen Reformgesetzgebung wurde niemals durchgeführt, vielmehr machte die Aushöhlung der im Prinzip fortbestehenden ständischen Institutionen (Grundherrschaft, Zünfte) weitere Fortschritte. Viele der von Frankreich in den besetzten italienischen Territorien durchgeführten infrastrukturellen und institutionellen Maßnahmen wurden nach 1815 auch von der österreichischen Administration übernommen und weiter ausgebaut.

Es wäre dabei falsch, die bekannten Tendenzen in der österreichischen Politik, die das „Metternichsche System" kennzeichneten, bloß auf persönliche oder situative Elemente zu reduzieren. Vielmehr hingen diese mit der inneren Struktur des österreichischen Kaiserreiches zusammen. Der „Trend zur modernen Welt" war einfach ein essentieller Widerspruch zur überkommenen Staatsform der Universal-Monarchie und mußte letztlich aufgrund seiner systemsprengenden Tendenzen die weitere Existenz des multinationalen Reiches gefährden.

Die restaurative Politik war dabei aber durchaus von einem Willen zur ökonomischen Entwicklung begleitet. Gerade die Exponenten der mächtigen Bürokratie sympathisierten mit den Ideen des ökonomischen Laissez-

Ansicht der k.k. privaten mechanischen Baumwoll- und Feinspinnerei von Johann Grillmayer in Kleinmünchen bei Linz. Zeitgenössischer Stich.

faire. Es herrschte auch hier die josephinische Tradition „Alles für das Volk, aber nichts durch das Volk" vor.
In diese für die österreichische und europäische Geschichte so bedeutsame Zeit fallen auf wirtschaftlichem Sektor die Periode der Kontinentalsperre (1806—1814) und der große Finanzkrach von 1811. Die Kontinentalsperre hatte unterschiedliche Auswirkungen auf die einzelnen Produktionszweige. Jene Industrien, wie Baumwolle und Wolle, die bis dahin durch die übermächtige englische Konkurrenz bedroht wurden (trotz Kontinentalsperre blühte der Schmuggel), nahmen einen schönen Aufschwung. Hingegen erfuhren die exportorientierten Industrien (wie Glas und Leinen) starke Verluste. Um 1800 erfolgte mit der Einführung der mechanischen Baumwollspinnerei ein gravierender Wandel der industriellen Struktur. Die Pottendorfer Spinnerei (1802 gegr.) war zeitweise sogar das größte derartige Unternehmen in Kontinentaleuropa. Die erste Welle der industriellen Revolution setzte sich in Österreich wie in den meisten Ländern zuerst in der Textilindustrie durch, wo neue Erfindungen und eine breite Absatzbasis sich vereinigten und auch die Rekrutierung der Arbeitskräfte auf keine großen Probleme stieß.

Die positiven Effekte der Kontinentalsperre wurden jedoch durch den Finanzkrach von 1811 weitgehend paralysiert. Die Kriegsfinanzierung über die Notenpresse und damit die Devaluation des Papiergeldes auf ein Fünftel seines ursprünglichen Wertes führte zum Zusammenbruch der österreichischen Währung. Als ein Resultat dieses Ereignisses wurde 1816 die österreichische Nationalbank gegründet.
Die folgende Periode von 1811 bis 1830 war geprägt durch eine anhaltende Depression. Überdies machte sich seit 1815 wieder die Konkurrenz der fortgeschrittenen englischen Industrie bemerkbar. Mit der Einführung der Dampfmaschine, der Verdrängung der einfachen, hölzernen Maschinen durch eiserne, vor allem jedoch mit dem Bau der ersten Eisenbahnen trat die Industrialisierung in eine neue Phase, die durch die Herrschaft von Kohle und Eisen gekennzeichnet war. Die Schwerindustrie schob sich in den Vordergrund; auf ihr baute die Maschinenindustrie auf, die im Verlaufe des 19. Jhdts. zum Sinnbild des technischen Zeitalters werden sollte. Damit wurde das Vorhandensein von Kohle und Eisenerz in geeigneter Qualität und die günstige Kombination dieser Naturschätze ein für das weitere Wachstum ganz entscheiden-

der Faktor. Die österreichische Industrie mußte sich daher umstrukturieren. Von besonderer Bedeutung für die Zukunft war der Ausbau des technischen Schulwesens (Polytechniken Prag 1807, Wien 1815) in Österreich. Diese technischen Schulen sollten der Forderung, durch Vermittlung des technischen Fortschrittes einen positiven Einfluß auf Gewerbe, Industrie und Handel auszuüben, entsprechen. Damit sollten sie dazu beitragen, die Habsburgermonarchie aus der schwierigen Situation herauszuführen, in der sie sich seit den Napoleonischen Kriegen und dem Finanzkrach von 1811 befand. Die Aufschrift

Offizielle Eröffnung der Eisenbahnlinie Wien-Deutsch-Wagram am 6. Jänner 1838. Abfahrt des ersten Zuges von Deutsch-Wagram. Zeitgenössische Lithographie.

Personenhalle des 1858 eröffneten Kaiserin-Elisabeth-Bahnhofes (des späteren Westbahnhofes). Kreidelithographie nach Alexander Kaiser. Um 1860.

auf dem neuen Gebäude des Wiener Polytechnikums drückt die Erwartung aus, die man in diese Gründung setzte: „Der Pflege, Erweiterung und Vervollkommnung des Gewerbefleißes, der Bürgerkünste und des Handels". Auch in den beiden folgenden Dezennien des „Vormärz" wurden einige für die Wirtschaft höchst bedeutsame Maßnahmen gesetzt. Noch einmal versuchte der Staat als reine Ordnungsmacht, wenngleich mit subtileren Mitteln als im Josephinismus, in das wirtschaftliche Geschehen einzugreifen. Er konnte jedoch nicht mehr an der Vormachtstellung des privaten Großkapitals rütteln. Die führenden Staatsmänner der Zeit standen überdies dem Wirtschaftsliberalismus nahe, und die Lehren der nationalökonomischen Klassiker waren Männern wie Kübeck, Stahl, Stadion, Doblhoff, Pillersdorf, Kraus-Elislago usw. durchaus vertraut. Ihre Auffassung, der Staat habe sich nicht in die Wirtschaft einzumengen, begann sich etwa ab 1825 entscheidend Bahn zu brechen, also gerade zu einem Zeitpunkt, da die Industrialisierung der Habsburgermonarchie neue Formen annahm — vielleicht in einem ursächlichen Zusammenhang damit. Allerdings wurde von dieser Industrialisierungswelle der späten 1820er Jahre nur ein kleiner Teil der Bevölkerung erfaßt — noch 1848 lag der Anteil der agrarischen Bevölkerung bei 75 % —, und weite Teile der Landwirtschaft und des Gewerbes blieben davon nahezu unberührt. In der Textilproduktion wurde endgültig der Schritt zur Fabriksarbeit vollzogen, in der Eisenerzeugung setzten sich neue Fertigungstechniken und Verfahren durch. Auch hier wurde der Weg zur Großindustrie beschritten, während gleichzeitig die traditionelle „Kleineisenindustrie" der Alpenländer zurücksank. Die ersten Eisenbahnen (1837) und Telegraphenlinien wurden gebaut, die Dampfschiffahrt (1818) aufgenommen und auch in anderen Zweigen der Wirtschaft war ein Trend zur Industrialisierung und Konzentration zu verspüren.

Der Staat zeigte sich aufgrund seiner finanziellen Schwierigkeiten um so eher bereit, das Gebiet der Wirtschaft der privaten Initiative zu überlassen. Die Führung der wirtschaftlichen Belange ging auf neue Gesellschaftsschichten, auf das erstarkte Finanz- und Großbürgertum über, das in dieser Zeit im „Biedermeier" auch eine kulturelle Blüte erreichte. Die Kräfte, die den Gang der Wirtschaft im nachfolgenden Zeitraum entscheidend beeinflussen sollten, waren die Geldmächte, die Privatbankiers und die Vertreter des internationalen Kapitals, als deren Exponent das Haus Rothschild gelten darf.

So begann sich in den späten 1830er Jahren die Ausweitung und Intensivierung des Wirtschaftslebens bereits abzuzeichnen, die von 1842 bis zur großen Mißernte von 1846 einen geradezu sprunghaften Zuwachs annahm. Es ist dies das Zeitalter der namentlich auch kausal so wichtigen ersten Eisenbahngründungen. Diese neuen Unternehmen wirkten infolge ihres funktionellen Multiplikatoreffektes nicht bloß auf das Verkehrswesen, den

Ankunft des Dampfers „Amsterdam" im Donaukanal. Gouache von Leander Russ. 1845.

Kapitalmarkt und die unmittelbar daran beteiligten Industrien richtungsweisend, sondern gaben der ganzen Volkswirtschaft einen Anstoß. Wie in vielen Staaten des Kontinents kamen auch in Österreich die meisten Konstrukteure und Mechaniker, die Träger der technischen Neuerungen, aus dem weiterentwickelten Ausland, vor allem aus England, damals das „workshop of the world". Daß Österreich dennoch, bei allen Anzeichen wirtschaftlichen Wachstums, den Anschluß an Westeuropa nicht ganz halten konnte, war vor allem eine Folge der schwachen Kapitalbasis, des Konservatismus weiter Kreise, vor allem jedoch bedingt durch das zähe Festhalten an einer protektionistischen Hochschutzzollpolitik, die den nötigen Anpassungsdruck verhinderte. Bereits im zweiten Viertel des 19. Jhdts. stellten jedenfalls in- und ausländische Beobachter eine gewisse wirtschaftliche Rückständigkeit der Monarchie fest, insbesondere im Vergleich zu Deutschland, das nach 1850 innerhalb weniger Jahrzehnte zu einer der führenden Industriemächte aufsteigen sollte. Damit ist auch der soziale und ökonomische Hintergrund der Revolution von 1848 skizziert. Diese sollte das österreichische Kaiserreich in seinen Grundlagen erschüttern und war somit ein Anstoß zu einer prinzipiellen Neuordnung von Wirtschaft und Staatswesen.

Dampflokomotive „Ajax", hergestellt im Jahre 1841 von Jones, Turner & Evans in Newton, England, für die 1836 gegründete k.k.priv. Kaiser-Ferdinands-Nordbahn.

WIRTSCHAFTSWACHSTUM IM VIELVÖLKERREICH

Die österreichische Wirtschaft tritt nunmehr in die entscheidende Phase einer durch die Industrielle Revolution

Arbeiter in der Bläserei der Karlsbader Kristallglasfabriken A. Moser & Söhne. Um 1900.

bewirkten Modernisierung. Dieser Prozeß ist wirtschaftlich gekennzeichnet durch den Aufbau einer modernen Infrastruktur, Transport, Kommunikation und andere Dienstleistungen, der Anwendung der wissenschaftlichen Technologie und innovativer Organisation und Management und sozial geprägt durch die Ablösung der von einer traditionalen Wirtschaftsgesinnung getragenen, weitgehend selbstgenügsamen ständischen Gesellschaftsordnung durch die pluralistischen Normen einer modernen Leistungs- und Konsumgesellschaft. Innerhalb weniger Jahrzehnte erfolgte auf diese Weise ein revolutionärer Bruch mit der Vergangenheit, ein drastischer Wandel der wirtschaftlichen und gesellschaftlichen Strukturen im Vielvölkerreich. Dabei wirkte die Industrialisierung als gestaltbildender Faktor.

Die Habsburgermonarchie — dem Umfang und der Bevölkerungszahl nach der drittgrößte Staat Europas — stellte aufgrund ihrer staatsrechtlichen Konzeption, aber auch wegen der in diesem geographisch, ethnisch und sozial so heterogenen Raum bestehenden sozioökonomischen Disproportionalitäten ein äußerst komplexes historisches Gebilde dar. Dies galt nicht nur für den Gesamtstaat, sondern im engeren Bereich auch für dessen westliche, „cisleithanische" Reichshälfte, die seit dem „Ausgleich" von 1867 die offizielle Bezeichnung „die im Reichsrat vertretenen Königreiche und Länder" führte.

Zehn Völker lebten innerhalb dieses Staatsverbandes, aufgrund der verschiedenen historischen Besiedlungsphasen und Wanderungsbewegungen bunt durcheinandergemischt; in seinen Grenzen, am Schnittpunkt des west-östlichen und nord-südlichen intereuropäischen Wirtschaftsgefälles waren Kronländer und Regionen mit stark unterschiedlichem Entwicklungsniveau vereinigt: Während die Sudeten- und Alpenländer zumindest teilweise Anschluß an die westeuropäische Industrialisierung fanden, verharrten vor allem die östlichen Provinzen, aber auch Teile der südlichen Kronländer in ihren alten vorindustriellen Lebensformen, die einer traditionalen Agrargesellschaft entsprachen. Auf diese Weise waren nicht mehr als drei Zehntel des Landes von der Industrialisierung erfaßt worden, während die inaktive Stabilität der anderen Länder nur schwer zu durchbrechen war. Nicht zuletzt dadurch entstand jener widersprüchliche Gesamteindruck, der am besten mit dem Begriff der „relativen wirtschaftlichen Rückständigkeit" umschrieben werden kann.

Die Schwierigkeiten, die einem raschen Modernisierungsprozeß entgegenstanden, können im wesentlichen auf zwei spezifische Komponenten zurückgeführt werden: einerseits auf natürliche Gegebenheiten, die der inneren Integration des Wirtschaftsraumes hinderlich waren; dazu zählten schwierige Geländeverhältnisse (Alpen, Karpaten, Karst), das Fehlen vorteilhaft gelegener Wasserwege, vor allem der Mangel einer verkehrswirtschaftlich effizienten West-Ostverbindung, die Randlage des einzigen Hochseehafens Triest zu den Weltmeeren sowie

Gasrohrlegung in Erdberg (Wien III.) für das neue Zentralgaswerk der Gemeinde Wien. 1898.

eine ungünstige regionale Verbreitung und Kombinierbarkeit der wichtigsten Bodenschätze. Hinzu traten historisch gewachsene Defekte wie die unvollkommene Überwindung der feudalen Vergangenheit, die einseitige Bevorzugung großagrarischer und kleingewerblicher Interessen, verbunden mit einer vorwiegend nach fiskalischen Motiven ausgerichteten Besteuerung; aber auch eine Schwäche auf kommerziellem Gebiet und das Fehlen eines entwickelten Binnenhandels mit ausreichender Nachfrage nach Industrieprodukten verminderten die Dynamik des Modernisierungprozesses. Vor allem war es jedoch das Nationalitätenproblem, das wegen der grundsätzlichen Unvereinbarkeit der politischen und wirtschaftlichen Ziele hemmend wirkte. Nicht zuletzt sollte eine imperiale Großmachtpolitik, mit der jedoch die finanziellen Kräfte in keinerlei Einklang standen, als notwendiges Ausgleichsventil dienen; die zahlreichen kriegerischen Verwicklungen schwächten jedoch die Wirtschaftskraft des Reiches gerade in entscheidenden Entwicklungsphasen.
All dies bewirkte, daß die Donaumonarchie bis zu ihrem Ende den Übergang zu einem modernen Industriestaat nur sehr zögernd finden konnte und den traditionalen kleingewerblich-agrarischen Lebensformen verbunden blieb. Noch 1910 waren 53 % aller Erwerbstätigen in der Agrarwirtschaft tätig und nur knapp 23 % in Industrie und Gewerbe. Die Industrie konzentrierte sich auf einige wenige Gebiete in Böhmen, Mähren, Schlesien, Steiermark, Vorarlberg und dem Wiener Becken, die auch Anschluß an die westliche Entwicklung fanden. Diese Zentren mit z. T. hochentfalteter Technologie und Organisationsdichte in Form von Konzernen, Kartellen, Trusts usw. ließen die Zurückgebliebenheit des agrarisch geprägten Hinterlandes weitgehend vergessen. Die unausgewogene regionale Wirtschaftsstruktur und das disproportionale Wirtschaftsniveau trugen überdies nicht wenig als Zündstoff zum Nationalitätenstreit bei.
Die ökonomische Entwicklung vollzog sich nicht kontinuierlich in gleichförmiger Progression, sondern die Wirtschaftsgeschichte des franzisko-josephinischen Zeitalters läßt sich anhand der langfristigen Konjunkturentwicklung in drei Trendperioden (1848—1873, 1874—1896, 1897—1913) unterteilen:
Die Periode von 1848 bis 1873 ist im allgemeinen durch Aufstiegstendenzen gekennzeichnet. Eine Gründungswelle setzt ein, die nur 1854 während des Krimkrieges, der Weltwirtschaftskrise 1857/59 und im Kriegsjahr 1866 durchbrochen wird. Dem Aufschwung der legendären „Gründerzeit“ von 1867 bis 1873, geprägt von der Expansion der Schwerindustrie, des Bauwesens und des Kreditsektors und vor allem vom „Eisenbahnboom“, folgt von 1873 bis 1896 eine schwere Stagnation, gekennzeichnet durch einen drastischen Preisverfall, Rückgang der Investitionen und Gewinne, teilweise auch der Produktion. Die 1880er Jahre stehen dann vor allem im Zeichen einer Umstellung der Volkswirtschaft auf neue Ressourcen und

Baugerüst der Eisenbahn über den Semmering, Niederösterreich. Carl Ritter von Ghega gelang die erste Überschienung eines Gebirges. Anonymes Gemälde. 19. Jh.

Wachstumssektoren (Chemie, Maschinenbau, Elektrotechnik). Die Trendperiode von 1896 bis 1913 zeigt allgemein eine Beschleunigung des Wachstums. Die letzten Jahrzehnte der Monarchie stehen im Zeichen einer dritten Gründerepoche, die erst durch den Ausbruch des Weltkrieges mitten im Aufschwung abbricht. Neuere Studien demonstrieren, daß die durchschnittlichen jährlichen Zuwachsraten des Bruttoinlandsproduktes (BIP real zu Preisen von 1913) über einen Zeitraum von 30 Jahren 1,89 % betrugen. Das reale Pro-Kopf-Einkommen stieg von 1830 bis 1913 auf das 2,1fache (d. s. 0,9 % pro Jahr), wobei die durchschnittlichen jährlichen Zuwachsraten mit 0,45 % zwischen 1830 und 1873 noch sehr bescheiden ausfielen, jedoch im Zeitraum 1870 bis 1913 mit 1,32 % in Europa nur von Deutschland, Frankreich und den skandinavischen Ländern übertroffen wurden. Das nominelle Bruttoinlandsprodukt stieg von 1830 bis 1913 auf das 8,5fache und je Einwohner auf das 4,6fache, was einer durchschnittlichen jährlichen Wachstumsrate von 2,6 % bzw. 2,9 % entspricht.

Das Dezennium von 1848 bis 1859 war für die weitere Entwicklung der Wirtschaft eine der bedeutungsvollsten Epochen. In Verwaltung, Justiz, Finanz- und Bildungswesen und in wesentlichen Bereichen der Wirtschaft wurden damals gleichsam in Form einer „Revolution von oben" neue Grundlagen geschaffen, auf die aufbauend sich dann ein Modernisierungsprozeß vollziehen konnte. Die soziale Umbruchsituation nach der Revolution von 1848 hatte das Emporkommen neuer Gesellschaftsschichten begünstigt, mit Grundentlastung und Gewerbefreiheit erfolgte die Absage an eine tausendjährige feudale, ständische und zünftische Vergangenheit. Eine bedingungslose Rückkehr zu den Maximen des Vormärz war nicht mehr möglich, denn der Einbruch der neuen Zeit war zu tief gewesen. Vielmehr trachtete man, gewisse Errungenschaften der Revolution in die neue Ära hinüberzuretten: Etwa wurden die neuen bäuerlichen Rechte nicht mehr angetastet, ja erst der Neoabsolutismus bewältigte das schwierige Problem der Grundablöse auch in der Praxis. Die Institution der Handels- und Gewerbekammern wurde nicht nur beibehalten, sondern in der Folge zu einem wichtigen Beratungsorgan der Regierung und zu einer echten Vertretung der wirtschaftlichen Interessen des Bürgertums ausgebaut. Zugleich wurden die entsprechen-

Die fertiggestellte Bahn über den Semmeringpaß. Anonymes Gemälde. 19. Jh.

den Rahmenbedingungen für eine Industrialisierung auf breiter Basis geschaffen. Neben legistischen und administrativen Reformen erfolgte der Aufbau eines zeitgemäßen Kreditapparates und des Verkehrsnetzes sowie die Liberalisierung des Außenhandels. Obwohl das Regime politisch auf einen absolutistischen Regierungsstil zurückgriff, sah es sich veranlaßt, im ökonomischen Bereich dem politischen Machtanspruch des Bürgertums mit entsprechenden Konzessionen zu begegnen. Der zentralistische Neoabsolutismus sah im Wirtschaftsliberalismus einen Verbündeten im Kampf gegen die traditionalen föderalistisch-feudalen Kräfte. Der Bourgeoisie wiederum erwuchs in der wirtschaftlichen Betätigung ein Kompensationsfeld für ihr nicht erfülltes konstitutionelles Verlangen. Indem die Einbußen an politischer Freiheit durch „Beförderung der äußeren Wohlfahrt" ersetzt werden sollten, wurde der konservativ-zentralistische Neoabsolutismus zum Vorkämpfer des Fortschrittes.
Der wirtschaftliche Aufschwung im Zeitalter des Neoabsolutismus mag hauptsächlich auf die günstige, von Westeuropa ausstrahlende Konjunkturbewegung zurückzuführen sein, er wurde jedoch unzweifelhaft erst durch die liberale Wirtschaftsauffassung der maßgebenden Regierungskreise begünstigt. Die stürmische Entwicklung erreichte das Ausmaß einer ersten „Gründerzeit". In enger Verbindung mit dem Aufschwung bei Kohle und Eisen stand der Ausbau des österreichischen Eisenbahnnetzes. Nach der ersten, bis 1841 andauernden Periode des Bahnbaus auf fast ausschließlich privater Grundlage, trat der Staat bis 1854 als fast alleiniger Träger der weiteren Expansion auf. Mit dem Eisenbahnkonzessionsgesetz von 1854 setzte dann eine Reprivatisierung der Eisenbahnen ein, die für mehr als zwanzig Jahre in der Verkehrspolitik bestimmend bleiben sollte. Die Monarchie schloß bis 1858 die erste Etappe des Ausbaus ihres Eisenbahnnetzes ab, paßte ihren Kreditapparat den neuen Gegebenheiten an, und vor allem die 1855 nach dem Vorbild des französischen Crédit Mobilier ins Leben gerufene Credit-Anstalt für Handel und Gewerbe wirkte im Sinne der weitgesteckten Pläne. Die relativ niedrigen Zollsätze erleichterten den internationalen Handelsaustausch und zwangen die heimische Industrie zu einer Erhöhung ihrer Produktivität. Die Institution der Aktiengesellschaft legte ihre große Bewährungsprobe zuerst in großem Maßstabe im

Eisenbahnfinanzierungsgeschäft ab; von hier aus trat die neue Form der Kapitalassoziation ihren Siegeszug in der Wirtschaft an, und die Mobilisierung selbst des kleinen Sparerkapitals half den Kapitalengpaß, eines der Haupthindernisse der frühen Industrialisierung, überwinden. Der erste Regierungsabschnitt Kaiser Franz Josephs I. brachte so unzweifelhaft große Erfolge im Bereich der Wirtschaft, wobei vor allem die Verbesserungen in der Infrastruktur offenkundig waren. Ministerpräsident Fürst Schwarzenberg und Handels- und Finanzminister Freiherr von Bruck, welche die Vision eines geeinten Mitteleuropas unter österreichischer Führung vor Augen hatten, scheiterten zwar mit diesem Projekt des „Reichs der 70 Millionen" am Widerstand Preußens. Aber der 1853 mit dem Deutschen Zollverein abgeschlossene Handelsvertrag, der den Weg zu einer Zollunion prinzipiell offenließ, stellte in jedem Fall den bisher durch die „Vielstaaterei" zersplitterten mitteleuropäischen Wirtschaftsraum auf eine neue Basis.
Die kleindeutsch-freihändlerische Richtung Preußens setzte sich jedoch in der Folge gegenüber der großdeutsch-schutzzöllnerischen Richtung, wie sie Österreich vertrat, entscheidend durch. Zudem wurden, wie so oft in der Geschichte des alten Reiches, auch 1859 die Früchte arbeitsamer Jahre durch die verderblichen Einwirkungen des Krieges paralysiert, der die Staatsfinanzen erneut erschütterte, die angestrebte Valutenregulierung vereitelte, und in dem mit der Lombardei überdies eine der reichsten Provinzen verlorenging. Der Zusammenhang zwischen Wirtschaftsdepression, militärischer Niederlage und Staatskrise mit Verfassungsstreit und rasch zunehmendem nationalen Sentiment ist offenkundig.
Die Stagnation in allen Sektoren wirkte bis in die erste Hälfte der 1860er Jahre fort; die enormen Rückschläge als Folgeerscheinung des oberitalienischen Krieges und die vorhergegangene Weltwirtschaftskrise von 1857 wirkten lange nach, alle Aufschwungstendenzen blieben schwach und wurden überdies beeinträchtigt durch eine wirtschaftspolitisch verfehlte Deflationspolitik der neuen Regierung. Überdies sah sich der Staat, auch nachdem der Absolutismus durch den Konstitutionalismus abgelöst worden war, wegen des wachsenden Gegensatzes zu Preußen und Italien zu einer aufwendigen Rüstungspolitik veranlaßt, die dem durch enorme Steuerbelastung ohnedies beeinträchtigten Land zusätzliche materielle Opfer auferlegte.
Nur unter Berücksichtigung des wirtschaftlichen und psychologischen Drucks dieser krisenhaften frühen 60er Jahre ist der Ausbruch der „Gründermanie" in der folgenden Epoche von 1860 bis 1873 zu begreifen, als man erleichtert die außen- und innenpolitischen Belastungen abstreifen konnte, als sich entgegen allen Erwartungen die Segnungen des Freihandels einstellten, der Geld- und Güterkreislauf sich wieder belebte und reichlich vorhandene Kapitalien nach Anlagemöglichkeiten suchten.
Österreich sollte sich von den Folgen der Niederlage bei Königgrätz 1866 verhältnismäßig rasch erholen. Fast schien es, als ob die klärende Wirkung, die von diesem Ereignis auf die außenpolitische Situation ausging, die Kräfte der Nation freigemacht und zu ungewöhnlicher Energie angespornt hätte. Die Gründe und letzten Ursachen dieser Wiedergeburt der von vielen Seiten bereits totgesagten Donaumonarchie waren sowohl politischer als auch wirtschaftlicher Natur. Die Lösung der konstitutionellen Frage gab dem aufstrebenden großbürgerlichen Finanzkapital das nötige Vertrauen in eine gedeihliche Zukunft, der Ausgleich mit Ungarn 1867 setzte anstelle der zentralistischen Staatsverfassung die dualistische Gemeinschaft der beiden Reichshälften und beendete die bisher auf alle politischen Kombinationen so lähmend einwirkende Verfassungskrise. Der außenpolitische Wandel und die Konsolidierung der inneren Verhältnisse erzeugten neue Zuversicht in die Stabilität des Staates, bewirkten neue Hoffnungen und damit die Voraussetzung für einen erneuten wirtschaftlichen Aufschwung und die Überwindung der langjährigen Stagnation.
Zu den politischen Ursachen für den Wiederaufschwung traten die Einwirkungen wirtschaftspolitischer Entscheidungen, die positiv den Gang der Wirtschaft beeinflußten. Die Ausgabe neuer Staatsnoten zum Zwecke der Kriegsfinanzierung unter Durchbrechung der Bankakte hatte die Wirkung einer staatlichen Geldschöpfung und brachte wieder genügend Zahlungsmittel in Zirkulation. Hinzu kam der reiche Segen, den die Natur für die Doppelmonarchie bereithielt. Den sieben „mageren" folgten die sieben „fetten" Jahre; das Jahr 1867 bescherte Österreich-Ungarn einen reichen Erntesegen, man sprach allgemein von einer Wunderernte, die sich noch dazu zu einem Zeitpunkt einstellte, da die übrigen Hauptgetreideproduzenten gerade von einer ausgesprochenen Mißernte betroffen waren. Parallel mit der agrarischen lief die industrielle Konjunktur, denn als Folgeerscheinung der Wunderernte wurde ein rasches Anziehen der Boden- und Getreidepreise und damit eine Hebung der ländlichen Konsumkraft verzeichnet, die auf alle anderen Wirtschaftszweige belebende Auswirkungen hatte. Der anfallende Ernteertrag kam zuerst den Verkehrseinrichtungen der Monarchie zugute; selbst bisher unrentable Eisenbahnlinien warfen nun ansehnliche Renditen ab, es setzte ein wahrer „Eisenbahnboom" in beinahe amerikanischen Dimensionen ein. Die Eisen- und Maschinenindustrie konnte den anfallenden Aufträgen kaum nachkommen, der Österreichische Lloyd mußte neue Schiffe einstellen, und die Donaudampfschiffahrtsgesellschaft verzeichnete 1867 das beste Jahr ihres Bestehens. Die guten Erträgnisse auf dem Agrarsektor wirkten damit stimulierend auf Industrie und Verkehr. Hinzu kam noch die Durchführung großer gemeinnütziger, meist kommunaler Projekte wie die Wiener Stadterweiterung, der Hochquellwasserleitungsbau und die Donauregulierung. Seit 1868 übten

Pavillon des Österreichisch-Ungarischen Lloyd auf der Weltausstellung. 1873.

auch die freihändlerischen Handelsverträge ihre Wirkung aus, und in der Zeit des heftigen Konjunkturanstieges von 1867 bis 1873 sollte sich das gesamte Außenhandelsvolumen der Monarchie nahezu verdoppeln.
Ein Teil der französischen Kriegsentschädigungen an Deutschland wurde auch in Österreich angelegt. Neben dieser deutschen Kapitalinjektion, die wohl damals maßlos überschätzt worden ist, die aber als psychologisch wirksames Stimulans eine große Rolle spielte, beflügelten auch die hochgespannten Hoffnungen, die in die Wiener Weltausstellung des Jahres 1873 gesetzt wurden, die wirtschaftlichen Kräfte.
Die sogenannte „Gründerzeit" von 1867 bis 1873 gehört sicherlich zu den entscheidenden Epochen der österreichischen Wirtschaftsgeschichte. Ein jähes Ansteigen der Produktionsziffern, der Eisenbahnkilometer, der Zahl der Aktiengesellschaften und Aktienemissionen verliehen dieser Trendperiode den Charakter eines „great spurt". Der ökonomische Rückschlag erfolgte 1873 mit dem „Schwarzen Freitag" an der Wiener Börse. Der nachfolgende Konjunktureinbruch, die „Große Depression" (1873—1896), war gekennzeichnet durch ein verlangsamtes Wirtschaftswachstum, einen Anstieg der Arbeitslosenziffern, den Rückgang der Kapitalinvestitionen in den traditionellen wirtschaftlichen Schlüsselsektoren, einen Preisverfall und eine Verschlechterung der Kapitalverzinsung, der Gewinne und Dividenden. Die zyklischen Tiefstandsjahre waren jedoch nicht nur charakterisiert durch Schrumpfungserscheinungen und Stagnation, sondern es war dies zugleich auch eine Phase der Umstellung der Wirtschaft auf neue Ressourcen und Leitsektoren und einer Neuorganisation von Handel, Industrie und Landwirtschaft. Die Wirtschaftskrise war somit auch eine Zeit der gravierenden strukturellen Veränderungen und Innovationen: Produktion und Absatz zeigten die generelle Tendenz zur Konzentration; Konzernbildung und Kartellwesen waren ein ökonomischer Beitrag zur „Gruppensolidarität im Massenzeitalter".
Als Indiz für die industrielle Reife eines Landes wird die Berufsstruktur angesehen: Der Anstieg der im Produktionsbereich Industrie und Gewerbe Beschäftigten blieb allerdings selbst im höherentwickelten Cisleithanien im Vergleich zu Westeuropa zurück. Die Zahl der landwirtschaftlich Berufstätigen war bis zum Ende der Monarchie dominant, nahm im Zeitraum 1869 bis 1910 in Österreich nur um 14,18 %, in der Gesamtmonarchie um 13,63 % ab. Wenn die Habsburgermonarchie bis zu ihrem Ende das Bild eines weitgehend „industrialisierten Agrarstaates" bot, so ist damit charakterisiert, daß der weitaus größte Teil der Arbeitskräfte und ein Großteil der Kapitalressourcen in der Landwirtschaft eingesetzt waren. Aber in den letzten Dezennien vor dem Ersten Weltkrieg hat die Monarchie bemerkenswerte Fortschritte in Richtung Industriestaat vollzogen.
Ein Ausdruck der erwähnten Wettbewerbsmüdigkeit und des kollektiven Sicherheitsstrebens der österreichischen Wirtschaft waren das starke Aufkommen des Genossenschaftsgedankens, die übermäßige Kartellbildung, die zuerst rein defensiv auf Preisstützung und Konkurrenzbeschränkung, in der zweiten Phase jedoch unter der Kontrolle der Großbanken auf eine monopolistische Marktbeherrschung abzielte, und die Rückkehr zum Schutzzollsystem. Ja, die Syndizierungsmaßnahmen wurden erst von der neuen, den Preisschutz auf dem inländischen Markt garantierenden Zollpolitik ermöglicht. Mit dem Fortgang der durch die überseeischen Getreide- und Schlachtviehexporte ausgelösten Agrarkrise schwand der traditionelle Gegensatz zwischen Agrariern und Industriellen, und die Magnaten verbündeten sich in der Forderung nach Schutzzöllen mit den Fabrikanten.
Bei der engen Verquickung von Außenhandels- und Zollpolitik mit der allgemeinen Politik kam der Schutzzolltendenz während und nach der Großen Depression entscheidende Bedeutung für die Verschlechterung des außenpolitischen Klimas und der internationalen Beziehungen zu. Österreich-Ungarn wurde in jene verhängnis-

Blick von der Dorfgasse (Wien XI.) auf die sich ausbreitende Industriezone der Stadt.

vollen Zollkriege mit Rumänien und Serbien gedrängt, aus denen so viel Unheil erwachsen sollte.
Ein besonderer Ausdruck der permanenten Krise der Agrarier war die zunehmende Landflucht; während die höher qualifizierten Arbeitskräfte in die Industrie abwanderten, ging das Gros der landwirtschaftlichen Taglöhner als Saisonarbeiter in das benachbarte Ausland oder wanderte auch nach Übersee aus. Während der zweiten Hälfte des 19. Jahrhunderts „exportierte" die Monarchie auf diese Weise über 2 Millionen Menschen.
Die Depression brachte zugleich auch einen radikalen Wandel der Wertvorstellungen. Einer Zeit zukunftsfrohen, fortschrittsgläubigen Optimismus folgte eine Ära tief pessimistischer Lebenseinschätzung. Sosehr im Konjunkturanstieg das Prinzip individuellen Wettbewerbs geherrscht hatte, sosehr suchte die folgende Epoche diesen durch ein System kollektiver Sicherheit auszuschalten. Der Liberalismus wurde im Verlauf der Großen Depression zunächst in seiner ökonomischen Wurzel, dann aber auch politisch und als Weltanschauung erschüttert. Das Aufkommen der modernen Massenparteien und die Entstehung der drei großen politischen Lager sowie das Anwachsen des Nationalismus und des Antisemitismus prägen die 1880er Jahre.
Erst mit Beginn der neunziger Jahre scheinen jene ungünstigen psychologischen Einflüsse der Depression überwunden. Die Steuerreform von 1896 und die Einführung der Kronenwährung 1892 stellen wichtige Voraussetzungen der weiteren Wirtschaftsentwicklung dar. Etwa mit 1900 hebt auch eine neue Etappe in der Wirtschaftsgeschichte an: Nun sind es vor allem die Großbanken, die über die von ihnen organisierten und kontrollierten Kartelle sich einen eigenständigen wirtschaftlichen Machtbereich schaffen können. Sie sind vor allem an größerer Ruhe und Stetigkeit im wirtschaftlichen Leben interessiert. Die unmittelbare Steuerung der Wirtschaft und die für die Große Depression so charakteristische Einschränkung der unternehmerischen Freiheit kommt nun weniger seitens der staatlichen Gesetzgebung, sondern wird vorwiegend von den wirtschaftlichen Organisationen und Interessensgruppen selbst angestrebt. Einflußreiche Lobbies, Kartelle, übermächtige Kreditinstitute, Kammern, Gewerkschaften und Genossenschaften können auch im politischen Bereich neben und über den politischen Parteien an Einfluß gewinnen. Daneben baute der Staat ein Sozialversicherungswesen auf, das Österreich zu den sozial fortschrittlichsten Ländern zählen ließ. Ein Gegenstück zur positiven Arbeiterschutzpolitik der Regierung war die starke Betonung der kleingewerblichen Interessen und die Sicherung des bäuerlichen Mittelstandes. Die wachsenden Ausgaben für soziale Zwecke, das Ansteigen des Staatsaufwands und die Abschreckung der Unternehmungslust durch den bürokratischen Instanzenzug trugen insgesamt zu einer Ausweitung der Staatsmacht in der Wirtschaft bei.
Österreich-Ungarn beginnt in den beiden Dezennien vor dem Ersten Weltkrieg noch einmal in eine neue Wachstumsphase zu treten, bis der Ausbruch des Weltkrieges diese Entwicklung gewaltsam mitten im Aufschwung abbrechen läßt. Aus Fiskalismus des Staates, agrarischem und industriellem Superprotektionismus, dem sich immer mehr zuspitzenden Nationalitätenkonflikt, zum Teil aber auch infolge einer unrealistischen Großmachtpolitik können jedoch auch in dieser letzten großen Konjunkturperiode manche guten Ansätze nicht restlos genützt werden. Retrospektiv erscheinen aber diese letzten Friedensjahre auch wirtschaftlich verheißungsvoll und vermitteln etwas vom Abglanz jener „guten alten Zeit", die die Österreicher auch heute noch vor Augen haben, wenn sie vom „Zeitalter Kaiser Franz Josephs" sprechen.

EIN STAAT IN DER KRISE — DIE ERSTE REPUBLIK ZWISCHEN INFLATION UND DEPRESSION

Die Zwischenkriegsperiode zeigt in säkularer Perspektive eine Abweichung vom langfristigen Entwicklungstrend: Die Wirtschaft Österreichs stagnierte und wies auch im Vergleich mit anderen europäischen Ländern Schrumpfungstendenzen auf. Während in Europa zwischen 1913 und 1938 im Durchschnitt Wachstumsraten von 0,5 bis 2,3 % p. a. verzeichnet wurden, schrumpfte die österreichische Wirtschaft um 0,4 % p. a. Das reale Bruttonationalprodukt überstieg nur 1927/29 das Vorkriegsniveau, die industrielle Produktion war selbst 1937 noch um 23 % unter dem Niveau vor dem Ersten Weltkrieg.
Das Hauptproblem der österreichischen Volkswirtschaft war jedoch struktureller Natur. Österreich, bis 1918 Teil

eines 53 Millionen Einwohner umfassenden Großreiches, war nun zu einem Kleinstaat von kaum 7 Millionen zusammengeschrumpft. Zahllose Verflechtungen, die zwischen den einzelnen Teilen der früheren Monarchie bestanden, wurden durch die neuen Grenzziehungen schlagartig unterbrochen. Mit der Zerschlagung der Monarchie trat auch ein Bedeutungswandel der einzelnen Wirtschaftssektoren ein. Als Erbe der Kriegswirtschaft ergab sich für die junge Republik eine Verzerrung der Produktionsstruktur. Viel nachhaltigere Konsequenzen bewirkte jedoch die aus dem Zerfall des Vielvölkerstaates resultierende ökonomische Desintegration. In vielen Bereichen hatte eine organisch gewachsene Arbeitsteilung zwischen den einzelnen Kronländern bestanden.
Die Zerreißung dieser traditionellen Verflechtungen, die noch dazu durch die Absperrungsmaßnahmen der Sukzessionsstaaten verschärft wurden, bedeutete für den nunmehrigen Kleinstaat ein gravierendes Existenzproblem. Die veränderten Bedarfsverhältnisse und die Einengung der Ressourcen erforderten daher nach dem Ersten Weltkrieg eine weitgehende, nach Branchen allerdings unterschiedliche Umstrukturierung.
Auch Wien, einst die gloriose Hauptstadt und Residenz im Herzen eines mächtigen Vielvölkerreiches, hatte seine zentrale Position eingebüßt. Es verlor damit einen Großteil seiner beträchtlichen Einkünfte aus Dienstleistungen und Kapitalerträgen. Wien war in der Donaumonarchie Sitz des Hofes, der Zentralverwaltung, der großen Aktiengesellschaften und Banken, der Mittelpunkt von Handel und Kreditwesen gewesen, nun galt es aber als der überdimensionierte „Wasserkopf" eines in seiner Existenz ungesicherten Kleinstaates. Es gab drückende Not und Hunger, es mangelte an Brennstoffen, und es herrschte als Folge des Krieges eine galoppierende Inflation.
Die am 12. November 1918 ausgerufene Republik trug zunächst den Namen „Deutschösterreich", definierte sich selbst als ein Teil der deutschen Republik. Es war „ein Staat, den keiner wollte", an dessen politische und ökonomische Existenzfähigkeit nahezu keiner ernsthaft glaubte. Hinzu kam noch die soziale Umbruchssituation und das Auftreten von „roten Garden" und Arbeiter- und Soldatenräten — eine Folge der Ausstrahlungen des russischen Bolschewismus und der (freilich kurzlebigen) Räteregierungen in Bayern und Ungarn. Auch das Konzept eines Staatskapitalismus und verschiedene Sozialisierungspläne wurden diskutiert. All dies schwächte das Vertrauen des Auslandes in die Stabilität Österreichs.
Der gesellschaftliche Wandel dokumentierte sich in einer Krise des Mittelstandes und im politischen Aufstieg der Arbeiterklasse. Er äußerte sich in der ersten Nachkriegszeit aber auch in einer besonderen Betonung der Sozialpolitik. So positiv diese sozialpolitischen Maßnahmen auch zu bewerten waren, sie standen nicht im Einklang mit entsprechenden Steigerungen der ökonomischen Produktivität. In dieser Intensität bedeuteten sie eine weitere Belastung des ohnehin schwer defizitären Budgets.
Im Nachkriegs-Inflationsklima — die österreichische Krone war nicht nur als Herrschaftsinsignie, sondern

Das erste Automobilrennen in Wien wurde auf der Krieauer Trabrennbahn im Prater abgehalten. 1902. Im Hintergrund die Rotunde, 1873 errichtet, 1937 abgebrannt.

Hochöfen in der obersteirischen Schwerindustriezone, der sogenannten Mur-Mürztal-Furche. Um 1910.

auch als Währung entwertet und notierte am Höhepunkt der Inflation mit weniger als einem Vierzehntausendstel des Vorkriegswertes — gedieh in den „goldenen Zwanzigerjahren" eine ökonomische Scheinblüte, es gab ein Spekulantentum, es herrschte ein „Ausverkauf" Österreichs vor. Ausländisches Kapital konnte großen Einfluß auf die österreichische Wirtschaft erlangen, ein überdimensionierter Bankenapparat entstand. Die Einführung von indexierten Löhnen als ein Zugeständnis an die Gewerkschaften bedeutete schließlich das Eingeständnis einer totalen Kapitulation vor der Inflation.
Erst der durch Kanzler Seipel erreichte Abschluß einer Anleihe beim Völkerbund in Genf im Oktober 1922 (650 Millionen Goldkronen) brachte die Inflation zum Stillstand. Österreich mußte sich dabei verpflichten, seine Unabhängigkeit zu bewahren, als Sicherstellung die Einnahmen aus den Zöllen und dem Tabakmonopol verpfänden, und ein Reform- und Sanierungsprogramm für den Staat erstellen, über dessen Einhaltung ein vom Völkerbund installierter Kommissär wachte. Damit war es möglich, 1924 den Schilling als neue Währung einzuführen. Der Schilling sollte sich während der Ersten Republik einer besonderen Stabilität erfreuen und wurde daher auch als „Alpendollar" bezeichnet. Die Beendigung der Inflation war alles in allem der größte wirtschaftspolitische Erfolg der Ersten Republik. Wen nimmt es wunder, daß man fortan der Währungsstabilität sämtliche andere wirtschaftspolitische Ziele unterordnete.
Die Belebung des Wirtschaftsoptimismus äußerte sich in einer hektischen Börsenhausse und einer breiteste Kreise der Bevölkerung erfassenden Spekulation in Effekten. Die ökonomischen Daten stimmten damit jedoch nicht überein. Vielmehr herrschte nach der Stabilisierung der Währung eine schwere Krise, die durch die Börsenhausse lediglich überdeckt wurde. Es offenbarte sich auch die soziale Bilanz der seit dem Weltkrieg verzeichneten gewaltigen Kapitalumschichtungen: Eine neureiche „Geldaristokratie" war entstanden; diese großen Tycoons beherrschten auch das gesellschaftliche Leben, und jene, die früher in der Gesellschaft den Ton angegeben hatten, die Aristokratie, die Offiziere und die hohen Beamten, waren zum Objekt des Mitleids dieser „Lebenstüchtigen" abgesunken.
Der Zusammenbruch war umso heftiger, der Fall umso tiefer; eine fehlgeschlagene Devisenspekulation brachte 1924 das ganze Kartenhaus zum Einsturz. Es setzte in den folgenden Jahren ein großes Bankensterben ein, wobei eine enge Verflechtung von Geschäft und politischer Korruption sichtbar wurde. Aber auch Industrie und Gewerbe verzeichneten Betriebseinschränkungen und massive Arbeiterentlassungen. Selbst als Österreich 1927/29 in die Ausstrahlung einer internationalen Konjunkturbele-

bung geriet, änderte sich nichts an der grundsätzlichen Problematik.
Die Wirtschaftskrise wurde verschärft durch die Deflationspolitik der Regierung, deren Finanzpolitik schon durch die Bedingungen der Völkerbundanleihe in ein enges Korsett gepreßt war. Wohl praktizierte in Wien eine sozialdemokratische Kommunalverwaltung (das „rote Wien") durchaus erfolgreich eine alternative Politik. Durch Erhöhung der direkten Steuern finanzierte man ein ehrgeiziges Sozial- und Wohnbauprogramm. Damals entstanden die auch architektonisch eindrucksvollen Gemeindebauten wie der Karl-Marx-Hof.
Da sich aber die Wiener Wirtschaftsstruktur doch deutlich von derjenigen Gesamtösterreichs unterschied, kam eine Übertragung dieser Prinzipien wohl nicht in Frage, abgesehen von allen politisch-ideologischen Widerständen bei der herrschenden christlichsozialen Partei. Eine wirksame Alternative wäre — zumindest aus heutiger Sicht — wohl eine „deficit-spending" Politik à la Keynes gewesen. Damals zählte eine antizyklische Politik aber noch nicht zum wirtschaftspolitischen Instrumentarium. Die Wirtschaftskrise wurde vielmehr von der monetären und budgetären Seite her noch verstärkt. Die deflationistisch gefärbte Währungs- und Finanzpolitik bildete zusammen mit den vorhandenen Strukturschwächen, dem Kapitalmangel und der vom Ausland her beschnittenen Handlungsfähigkeit das Grundelement der ökonomischen Schwierigkeiten.
Über allem aber lag der Schatten der sich zuspitzenden innenpolitischen Krise und der latenten Bürgerkriegsstimmung über Österreich, was 1934 dann ja auch in den bewaffneten Konflikt münden sollte.
Die Auswirkungen des Krachs an der New Yorker Börse und die darauffolgende Depression in den USA übertrugen sich infolge des bestehenden hochempfindlichen Systems internationaler Kredite rasch auf die gesamte Weltwirtschaft. Die große Depression der 1930er Jahre erhielt in Österreich allerdings eine besondere Dimension durch die Krise der größten Banken, darunter auch der renommierten Credit-Anstalt. Nur mehr mit Hilfe des Staates, der 1931 eine Haftung für die Verpflichtungen der Bank übernahm, konnte der drohende totale Zusammenbruch verhindert werden. Dennoch ging davon eine auch international beachtete Signalwirkung aus.
Unter dem Druck der internationalen Kredit- und Währungskrise (1931 ging sogar Großbritannien vom Goldstandard, dem Eckpfeiler der liberalen Wirtschaftspolitik, ab) verschärfte sich auch in Österreich die Depression in dramatischer Weise. Produktion und Außenhandel stagnierten, die Arbeitslosigkeit stieg am Höhepunkt der Krise 1933 bis auf 650.000, d. s. 26 % der Arbeitnehmer. Eine berühmte soziologische Studie (von Jahoda und Lazarsfeld) über die Arbeitslosen von „Marienthal" schildert einprägsam das ganze Elend und die Hoffnungslosigkeit dieser Menschen.
Das Bruttonationalprodukt war im Vergleich zu 1929 um 29 %, die industrielle Produktion um 38 %, die der Bauwirtschaft sogar um 53 % gesunken. 1933, als die Weltwirtschaftskrise immer schärfere Formen annahm, kam es auch zum Ende der österreichischen Demokratie, zur Ausschaltung des Parlaments und zur Errichtung des

Österreich befand sich in vorderster Reihe der Automobilindustrie: Oben: Fulgor-Zapfsäule und -Tankwagen der ÖAPG auf dem Wiener Karlsplatz. Um 1925. Mitte: Fließbandarbeit in einer österreichischen Autofabrik. Unten: Serienanfertigung in der Firma Steyr. Ein neuer Steyr XII verläßt das Laufband. 1922.

„Ständestaates". Aber auch das neue Regime änderte nichts an der bisherigen wirtschaftspolitischen Praxis. Trotz verschiedener, propagandistisch effektvoller „Arbeitsschlachten" kam es bis zum „Anschluß" zu keinem signifikanten ökonomischen Aufschwung. Die durchaus „positive" Bilanz auf dem Währungs- und Finanzsektor wurde mit einer andauernd hohen Arbeitslosenrate und anhaltender ökonomischer Depression erkauft. Hinzu kamen die innenpolitische Dauerkrise, der Bürgerkrieg 1934 und, vor allem seit Hitler 1933 in Deutschland an die Regierung gekommen war, die anhaltende Gefährdung der Eigenstaatlichkeit durch den Nationalsozialismus. Die Deflationspolitik, der Abbau der Löhne und die versuchte Demontage des Sozialstaates trugen zur Zerstörung des innenpolitischen Klimas bei. Die Unfähigkeit, der wirtschaftlichen Misere Herr zu werden, die Hoffnungslosigkeit, die sich in Österreich breitmachte, bot hingegen der nationalsozialistischen Propaganda Angriffsflächen. Der „Anschluß" an das Dritte Reich schien

Plakat zur „Wiener Messe" vom 5.—12. September 1948.

1938 für viele Österreicher ein kleineres Übel als ein weiteres Dahinsiechen in sozialem und wirtschaftlichem Elend. Erst in den über sieben Jahren der Okkupation, des Zweiten Weltkrieges und der nationalsozialistischen Gleichschaltung sollte hier ein affektiver Gesinnungswandel erfolgen, ein Besinnen auf die spezifische Kultur und Eigenstaatlichkeit Österreichs und auch ein neues Vertrauen in die eigene ökonomische Leistungsfähigkeit entstehen.

ÖSTERREICH SEIT 1945 — „AN ECONOMIC SPURT THAT DID NOT FAIL"

Die Teilung Europas unter der Hegemonie zweier großer antagonistischer Machtblöcke und die Errichtung des „Eisernen Vorhangs" schufen nach dem Zweiten Weltkrieg auch für Österreich eine neue geopolitische Situation. Österreich hat sich 1955, nach dem Abschluß des Staatsvertrags zu immerwährender politischer Neutralität entschlossen. Als kleines, stark außenhandelsorientiertes Land war es jedoch von der Neubegründung seiner politischen Existenz an in die ökonomische Integration Europas involviert. Die eindeutige Westorientierung des Landes, zweifellos begünstigt durch die Teilnahme am ERP-Programm, bewirkte gegenüber der Vorkriegssituation eine starke Verlagerung der Außenhandelsströme. Die Eingliederung bzw. die Assoziation mit EFTA und EEC war daher eine vitale Entscheidung für die österreichische Wirtschaftsposition.

Zur langfristigen Sicherung der Wettbewerbsfähigkeit bestand die Notwendigkeit, die überkommene Industriestruktur mit ihrer Konzentration im Grundstoffbereich und in traditionellen Branchen („Schornsteinindustrien") zu konsolidieren. Als hinderlich erwiesen sich dabei die relativ geringe Mobilität der Produktionsfaktoren, der Mangel an Risikokapital und langjährige Versäumnisse in der Grundlagenforschung.

Mit der Wiedergeburt Österreichs nach dem Zweiten Weltkrieg begann ein in seiner Wirtschaftsgeschichte beispielloser Aufstieg. Österreich entwickelte sich seither zum modernen industriellen Wohlfahrtsstaat.

Zwischen 1946 und 1950 verdoppelte sich das reale BIP und war 1951 bereits um rund ein Drittel größer als vor dem Krieg. Eine kurze Wachstumsverlangsamung 1951/52 wurde abgelöst durch einen wahren Boom mit überdurchschnittlich hohen Wachstumsraten von 7,7 % p. a. zwischen 1953 und 1957. Im folgenden Jahrzehnt gelang es nicht annähernd, diese Dynamik des „Wirtschaftswunders" der fünfziger Jahre zu erneuern, vielmehr waren schwierige Anpassungsprozesse an neue weltwirtschaftliche Rahmenbedingungen durchzuführen. Ab 1968 setzte dann erneut ein kräftiger Wachstumsschub ein, der bis 1975 anhielt, dabei wurden durchschnittliche Raten von 5,6 % p. a. erzielt. Ein elastischer Arbeitsmarkt, hohe Produktionssteigerungen und eine

rege Auslandsnachfrage bei einem günstigen Schillingkurs begünstigten diese ökonomische Situation. Die weltweite Rezession seit 1975 konnte zunächst in Österreich gut bewältigt werden; erst der zweite Ölpreis-Schock 1979/80 leitete auch in Österreich eine Stagnationsphase ein. Immerhin ist das BIP zwischen 1970 und 1980 noch um durchschnittlich 3,7 % p. a. gewachsen.
Österreich ist heute ein entwickeltes Industrieland mit einem ausgeprägten Dienstleistungssektor. Dafür sprechen auch die Daten der Beschäftigten nach Wirtschaftssektoren: Waren noch 1934 37,1 % in der Land- und Forstwirtschaft tätig, 33,4 % in Industrie und Gewerbe und 29,95 % im Dienstleistungssektor, so lauten die entsprechenden Daten für 1981 8,5 %, 41 % und 50,5 %. Besonders ausgeprägt ist der Dienstleistungssektor; dies resultiert aus einer für Handel und Transitverkehr günstigen geographischen Lage und der hervorragenden Rolle des Fremdenverkehrs.

Werbung um den Abzug der Alliierten und für die Unabhängigkeit Österreichs. 1953.

Der Wandel der Wirtschaftsstruktur vom Agrar- zum Industriestaat korrespondiert mit einer Änderung im sozialen Gefüge: Eine breite Mittelschicht, vor allem von Angestellten und Beamten, charakterisiert zunehmend das Gesellschaftsbild. Die für das politische System Österreichs charakteristischen umfassenden Gemeinschafts- und Sozialleistungen sind auf diese Bevölkerungsschicht hin ausgerichtet. Dies erfordert allerdings relativ hohe Steuern und Sozialabgaben; die sog. Staatsquote, die 1913 bei 18 % lag, liegt derzeit bei 48 % des Bruttoinlandsprodukts.
Staat und Wirtschaft sind jedenfalls in der Zweiten Republik enger als je zuvor verflochten. Eine hohe Verstaatlichungsquote gewährt politischen Einfluß auf weite Bereiche der Wirtschaft. Als Gegengewicht dazu beeinflußt die Institution der Sozialpartnerschaft staatliches Handeln. Das österreichische Wirtschaftssystem kann heute am ehesten als eine „gelenkte soziale Marktwirtschaft" umschrieben werden, wobei Regierung, Sozialpartner und Notenbank die maßgeblichen Lenkungsfunktionen ausüben. Die ökonomische Entwicklung seit 1945 läßt bisher folgende Trendperioden mit jeweils differenten Akzentuierungen in der wirtschaftspolitischen Zielsetzung erkennen: Eine Wiederaufbauphase von 1945 bis 1952, in der die Sicherung der Geldwertstabilität dominiert, eine Expansions- und Wachstumsperiode bis zur großen Rezession von 1974/75 (Raab-Kamitz-Kurs, Endphase der Großen Koalition, Alleinregierungen von ÖVP und SPÖ), seither gedämpftes Wachstum und teilweise Stagnation (Austro-Keynesianismus mit einer Priorität der Beschäftigungssicherung), und seit etwa 1986 wachsende Budgetstabilisierungsbemühungen.
Die unmittelbare Nachkriegszeit erforderte ein weitläufiges System staatlicher Lenkung für sämtliche Bereiche des Wirtschaftslebens. Bewirtschaftungsmaßnahmen, Verstaatlichungen, erste Ansätze zur Sozialpartnerschaft durch fünf Lohn-Preis-Abkommen prägten diesen Abschnitt. Im Gegensatz zur Situation nach dem Ersten Weltkrieg beherrschte jedoch diesmal die Bevölkerung ein Vertrauen in den österreichischen Staat und Zuversicht in die ökonomische Überlebensfähigkeit. Die Bereitschaft zur Zusammenarbeit war in beiden großen Parteien vorhanden, nicht zuletzt auch bedingt durch die chaotischen wirtschaftlichen Bedingungen und die alliierte Besatzung. Die Ausgangslage war geprägt durch große menschliche und materielle Kriegsverluste, eine katastrophale Ernährungssituation, zerstörte Wohnungen, lahmgelegte Industrie- und Verkehrsanlagen. Erste substantielle Hilfsmaßnahmen der Vereinten Nationen (UNRRA) wurden durch Unterstützungsaktionen aus England, Dänemark, Kanada, Schweden und der Schweiz sowie verschiedener internationaler und privater Organisationen ergänzt.
Die wichtigste finanzielle Unterstützung für einen systematischen Wiederaufbau der österreichischen Wirtschaft

erfolgte dann durch das von den Vereinigten Staaten initiierte Europäische Wiederaufbauprogramm. Der Marshall-Plan brachte nicht nur wichtige Ressourcen, sondern ermöglichte auch den Aufbau eines Kapitalmarktes. Die niedrig verzinsten ERP-Kredite dienten in erster Linie zum Aufbau der Infrastruktur und der Fremdenverkehrseinrichtungen. Insgesamt erhielt Österreich zwischen 1948 und 1953 962 Millionen Dollar in Form direkter Zuwendungen und Kredite.

In dieser Periode des Wiederaufbaus herrschte ein Klima des Konsens vor, es war kein Bedarf an ideologischen Konflikten. Dies manifestierte sich u. a. in den beiden einvernehmlich beschlossenen Verstaatlichungsgesetzen 1946 und 1947, wodurch der Staat Anteile an siebzig Unternehmungen der Industrie sowie an den drei größten Banken (Creditanstalt-Bankverein, Länderbank und Österreichisches Creditinstitut) und der gesamten Elektrizitätswirtschaft erhielt. Die wichtigsten Grundstoffindustrien und die Energiewirtschaft sowie ein beträchtlicher Teil der Elektro-, Maschinen-, Fahrzeug-, Aluminium- und Stickstofferzeugung gerieten damit unter staatliche Verwaltung.

Die Sozialisten verwirklichten auf diese Weise einen Schwerpunkt ihres wirtschaftspolitischen Programmes. Für die Verstaatlichung sprachen aber auch objektive Gründe: Der Wiederaufbau der Betriebe erforderte große Investitionen, die nicht von privater Seite aufzubringen waren. Weiters wurde versucht, den ausländischen Kapitaleinfluß auszuschalten, der in der Ersten Republik große Nachteile mit sich gebracht hatte. Der vielleicht entscheidendste Grund war aber die Sicherung des sogenannten „Deutschen Eigentums", das die Alliierten als Reparationsleistung beanspruchten. Um diese Vermögenserte den Besatzungsmächten zu entziehen, wurde die Verstaatlichung als einzig probates Mittel angesehen. Die westlichen Alliierten verzichteten allerdings bereits 1946 auf ihre Ansprüche aus dem Rechtstitel „Deutsches Eigentum", während die Sowjetunion 250 Industrie- und 140 landwirtschaftliche Betriebe einem eigenen Wirtschaftskomplex, der sogenannten „USIA", eingliederte. Erst der Staatsvertrag 1955 brachte hier eine neue Entwicklung.

Die Verstaatlichte Industrie wurde seit 1956 mit der gesetzlichen Verankerung des politischen Proporzes in den Organen der Betriebe jeweils in verschiedenen Holdings (BV, ÖIG, ÖIAG) zusammengefaßt.

Neben der Verstaatlichungspolitik stellte die Nachkriegsinflation ein zentrales Problem dar. Die Wurzeln der Inflation lagen einerseits in der kriegsbedingt rückgestauten Geldentwertung, anderersetis in der desolaten Wirtschaft, die die große Nachfrage nicht durch ein entsprechendes Warenangebot decken konnte. Darüber hinaus lösten das zerstörte Währungswesen, der aufgeblähte Kreditapparat, die politisch motivierten Eingriffe in das Lohn-Preis-Gefüge und das durch die staatliche Bewirtschaftung mitverursachte Nebeneinander von

Professor Heinz Zemanek mit dem „Mailüfterl", der ersten in Österreich konzipierten Großrechenanlage. 1956.

Märkten (Schwarzmarkt) eine massive Inflation aus. Schritte zur Neuordnung des Währungswesens erfolgten mit der Wiedereinführung des Schilling als gesetzliches Zahlungsmittel 1945 und der schrittweisen Reduktion des Geldüberhanges, vor allem im Zuge der Währungsreform von 1947/48. Eine schwere finanzielle Belastung ergab sich aus den hohen Besatzungskosten, die die österreichische Regierung den Alliierten zu refundieren hatte. Sie betrugen 1946 rund ein Drittel der Budgetausgaben,

Blick auf das Donaukraftwerk Ybbs-Persenbeug, Niederösterreich. Erbaut von Clemens Holzmeister. 1952—1959.

konnten jedoch in den darauffolgenden Jahren allmählich gesenkt werden.
Um der inflationären Entwicklung von der Preisseite her zu begegnen, schlossen Regierung, Arbeitgeber- und Arbeitnehmervertretungen insgesamt fünf Lohn-Preis-Abkommen, deren Erfolg allerdings gering war. Ein stabileres Lohn-Preis-Gefüge konnte erst Ende 1951 durch eine Preissenkungsaktion der Unternehmer und einen Lohnverzicht der Gewerkschaft erreicht werden. Insgesamt stiegen die Lebenshaltungskosten und Löhne zwischen 1947 und 1951 um rund 130 %.
Die Tendenzwende in der Wirtschaftspolitik zeichnete sich mit dem Regierungswechsel 1953 und der Präsentation eines neuen Wirtschaftskonzeptes nach dem Vorbild der sozialen Marktwirtschaft ab. Eine dreimalige Steuersenkung sollte den Leistungswillen fördern, die Investitionen erhöhen und den Einfluß des Staates auf die Wirtschaft zurückdrängen. Private Unternehmerinitiative soll-

te das Wachstum tragen; der Staat übernahm mit einem zehnjährigen Investitionsprogramm den Ausbau der Infrastruktur (Autobahnbau, Elektrifizierung und Ausbau der Bundesbahnen, des Post- und Telegraphenwesens). Dies wurde mit Inlandsanleihen und langfristigen ausländischen Krediten finanziert. Ein realistischer Wechselkurs bzw. eine de facto Schillingabwertung trug 1953 wesentlich zum Aufschwung der Exportwirtschaft bei. Ein weltweiter Konjunkturaufschwung und die Eingliederung Österreichs in die OEEC und die EZU begünstigten diese Entwicklung. Im Inland bewirkte die Stabilität des Schillings ein rapides Ansteigen der Spareinlagen (die durchschnittliche jährliche Inflationsrate betrug in den fünfziger Jahren nur 2,4 %).
Der Abschluß des österreichischen Staatsvertrages 1955 steht als Krönung am Ende der Wiederaufbauperiode. Der Kaufpreis für ein freies neutrales Österreich wurde im „Moskauer Memorandum" festgelegt. Österreich leistete für die USIA-Betriebe beträchtliche Geldleistungen und Warenlieferungen. Positive Aspekte für Österreich ergaben sich durch die Rückgewinnung eines bedeutenden Wirtschaftspotentials, die Beendigung des illegalen Osthandels und des unkontrollierten Kapitaltransfers. Finanzielle Verpflichtungen Österreichs aus dem Staatsvertrag ergaben sich nicht nur gegenüber der Sowjetunion.
Das Konzept der sozialen Marktwirtschaft konnte in Österreich nur mit Kompromissen verwirklicht werden. Die politische Koalition, die hohe Verstaatlichungsquote und die besondere Ausprägung der Sozialpartnerschaft manifestierten sich vor allem in einer Ausweitung der Staatsausgaben. Die hiefür nötigen Mehrausgaben waren gesetzlich festgelegt und schränkten die Flexibilität des Budgets immer mehr ein.
Die weltweite Rezession von 1958 beendete den Raab-Kamitz-Kurs. Erstmals wurde damals das Instrument des „deficit spending" eingesetzt, um ein rückläufiges Wirtschaftswachstum zu vermeiden. Die für damals sprunghafte Zunahme der Staatsverschuldung (von 9 % des nominellen Bruttonationalproduktes 1957 auf 14,7 % 1959) löste daher gegen Ende der „goldenen Fünfzigerjahre" innenpolitische Kontroversen aus. Der äußere Druck der Besatzung, die Notwendigkeit der Zusammenarbeit in der Nachkriegszeit und der Wiederaufbauphase waren weggefallen. Dies dokumentierte sich unter anderem auch in einem häufigeren Wechsel in den politischen Spitzenpositionen. Die weltweiten Umstrukturierungen in sämtlichen Wirtschaftsbereichen kamen in Österreich in der ersten Hälfte der sechziger Jahre zum Tragen. Die Entscheidung für einen Beitritt zur EFTA schien damals aus neutralitätspolitischen Gründen geboten. Bereits 1960 drängte jedoch die starke Außenhandelsverflechtung mit den EEC-Staaten (1960 50 % der Ausfuhren und 60 % der Importe) Österreich zu Verhandlungen mit der EEC, die schließlich 1972 zu einem Arrangement in Form eines Freihandelsvertrages führten.

Innenhof („Piazza") des Rechenzentrums der Creditanstalt in Wien IX. Erbaut vom Büro Schwanzer und GHR-Studio. 1974—1980.

Ein zweiter Umstand, der die österreichische Wirtschaftspolitik in den sechziger Jahren prägte, war der Ausbau der Sozialpartnerschaft (1957 Paritätische Kommission für Preis- und Lohnfragen, 1962 Lohnunterausschuß, 1963 Beirat für Wirtschafts- und Sozialfragen).
Die Hintergründe der österreichischen Sozialpartnerschaft, die im Ausland oft als nachahmenswertes Modell wirksamer gesellschafts- und wirtschaftspolitischer Zusammenarbeit zitiert wird, sind nur aus der politischen und sozialen Entwicklung des Landes zu verstehen. Die zentralistische Organisation der Interessenvertretungen (Gewerkschaftsbund, Bundeswirtschaftskammer) und die Verstaatlichung mächtiger wirtschaftlicher Einflußbereiche haben diese Institution wesentlich erleichtert. Darüber hinaus förderten die schwierige wirtschaftliche Ausgangssituation nach dem Zweiten Weltkrieg und die alliierte Besetzung die politische Konsensbereitschaft. Ein besonderes Charakteristikum der österreichischen Sozialpartnerschaft ist auch die weitgehende Personalunion politischer Spitzenmandatare mit der Führung der Interessensgruppen.
Insgesamt war in Österreich seit den 1960er Jahren ein Nachlassen der wirtschaftlichen Dynamik zu beobach-

Vienna International Centre, Wien XXIII. Erbaut von Josef Staber. 1973—1979.

ten, was unter anderem mit dem Auslaufen der Nachholeffekte der Wiederaufbauperiode zusammenhing. Zu diesem mäßigen Wirtschaftswachstum gesellte sich ein ständiger Preisauftrieb in Form einer schleichenden Inflation. 1966 löste eine ÖVP-Alleinregierung die zwanzigjährige große Koalition ab, damit wurden auch neue Akzente in der Wirtschaftspolitik gesetzt (Wachstumsgesetze von 1966 mit Investitionsbegünstigungen, Steuererleichterungen und Sparförderung). Die Dikussion um strukturelle Probleme trat stärker in den Vordergrund („Koren-Plan", SPÖ-Wirtschaftsprogramm).
Ein gewisses Maß an ökonomischem Pragmatismus bestimmte auch den wirtschaftspolitischen Kurs der von 1970 bis 1983 amtierenden sozialistischen Alleinregierung (Kreisky-Androsch). Die österreichische Finanzpolitik dieses Jahrzehnts war charakterisiert durch den sogenannten "Austro-Keynesianismus", eine Abart der klassischen „deficit-spending"-Politik. Beträchtliche Budgetdefizite wurden in Kauf genommen, jedoch nicht wie bei früheren Konjunktureinbrüchen in den folgenden Jahren wieder abgebaut. In der Folge gab es nicht nur in Krisenjahren ein expansives Budget, sondern auch bei relativ guter Konjunkturlage gingen vom Budget expansive Effekte aus. Seit 1975 verwandelten sich daher konjunkturbedingte Budgetdefizite in mittelfristig strukturbedingte Haushaltsabgänge, was im Hinblick auf die wachsende Staatsverschuldung auf lange Sicht nicht unproblematisch war.
Das deklarierte wirtschaftspolitische Ziel war insbesondere seit der Rezession von 1974/75 die Sicherung der Vollbeschäftigung. Dabei erwiesen sich vor allem die für die österreichische Wirtschaftsstruktur charakteristischen Klein- und Mittelbetriebe als krisenresistenter, während etwa im Bereich der verstaatlichten Konzernbetriebe immer wieder staatliche Stützungsmaßnahmen notwendig waren. Weitere bestimmende Faktoren der Wirtschaftspolitik waren ein Maßhalten in der Lohnpolitik und eine weitgehend reglementierte Preispolitik. Die überdurchschnittliche Kapazitätsauslastung der österreichischen Wirtschaft trug in der Rezession 1974/75 dazu bei, die Folgen der hohen Ausfälle bei Investitionen, die durch Gewinnrückgänge und scharfe Restriktionen in der Geldpolitik verursacht wurden, abzuschwächen. Niedrige Wachstumsraten waren darüber hinaus durch Lagerabbau, höhere Sparneigung und die Ölverteuerung bedingt. Ein spezifisch österreichisches Phänomen war die Einsetzung der Wechselkurspolitik zur Preisstabilisierung, wobei man sich an der Stabilität der Nachbarländer Bundesrepublik Deutschland und Schweiz orientierte.
Neue Akzente erfuhr in den siebziger Jahren die Steuerpolitik: Mit dem Einkommensteuergesetz 1973 war eine grundlegende Systemreform verbunden. Die familienorientierte Haushaltsbesteuerung wurde durch das berufsorientierte System der Individualbesteuerung ersetzt. Darüber hinaus nahm Österreich mit der 1973 eingeführten Mehrwertsteuer, die einen mittleren Satz von 20 % (1985) aufweist, einen Platz im Spitzenfeld der Konsumsteuerbelastung westlicher Industriestaaten ein. Auf dem Gebiet der Verteilungspolitik erfolgte insofern eine Neuakzentuierung, als den privaten Haushalten in erhöhtem Maße Transferzahlungen zuteil wurden, Begünstigungen, die früher in Form von Steuerabzügen wirksam wurden. Die für die Gesamtentwicklung in der zweiten Hälfte des 20. Jahrhunderts bezeichnende neue Industrie- bzw. Wohlstandsgesellschaft entwickelte sich in Österreich in einem weitgehend konfliktfreien Rahmen. Das österreichische Modell der Sozialpartnerschaft sorgte für Problemlösungen im „Konsensklima". Die österreichische Wirtschaft hat in den letzten drei Dezennien ein wirtschaftliches Wachstum von durchschnittlich 3,3 % p. a. verzeichnet und befand sich damit deutlich über dem OECD-Durchschnitt.
Es wird in Zukunft vor allem darauf ankommen, durch eine permanente strukturelle Anpassung der Wirtschaft die Wettbewerbsfähigkeit zu erhalten, das gute soziale Klima zu bewahren und innovatorischen Leistungen den nötigen Anreiz zu geben. „Wohlfahrt" und „gerechte Einkommensdistribution" sind nur in einer prosperierenden Ökonomie auf Dauer finanzierbar.

Die Illustrationen zu diesem Artikel, die aus den verschiedensten Bereichen österreichischen Innovationsgeistes stammen, geben einen Einblick in die Industriewelt von heute.

HANS SEIDEL

SMALL IS BEAUTIFUL

ÖSTERREICHS WIRTSCHAFT HEUTE UND MORGEN

Der folgende Beitrag gibt einen Überblick über die Entwicklung der österreichischen Wirtschaft und der österreichischen Wirtschaftspolitik seit dem 1. Ölpreisschock 1973*. In dieser Zeitspanne endete die lange Prosperitätsphase der Weltwirtschaft seit dem Zweiten Weltkrieg. Gleichzeitig wurden die bis dahin dominierenden wirtschaftspolitischen Auffassungen über Bord geworfen oder in Frage gestellt. Auf welche Weise dieser Trendbruch in Österreich bewältigt wurde, welche Erfolge und Probleme sich einstellten, und wie neue Erfahrungen verarbeitet wurden, gehört zu den faszinierendsten Kapiteln der österreichischen Wirtschaftsgeschichte.

Die Ausgangslage im Jahr 1973 läßt sich durch ein wirtschaftliches und durch ein politisches Merkmal charakterisieren: Die österreichische Wirtschaft befand sich seit dem Ende der 60er Jahre in einer Phase kräftigen Wachstums. Und 1970 (also bereits in der Wachstumsphase) übernahm die Sozialistische Partei Österreichs zum ersten Mal die Regierung.

Die Wachstumsphase, die Ende der 60er Jahre begann, beendete eine Phase forcierter Strukturanpassungen in den 60er Jahren. Die österreichische Wirtschaft hatte zwar den Wiederaufbau (nicht zuletzt dank der Unterstützung des Marshall-Planes) bemerkenswert gut bewältigt. Das österreichische Wirtschaftswunder, das dem deutschen durchaus vergleichbar war, schien jedoch Anfang der 60er Jahre zu verblassen. Die Wirtschaft war in der Wiederaufbauperiode vor ausländischer Konkurrenz geschützt gewesen, und sie hätte ihre Produktpalette an den Bedürfnissen dieser Perioden orientiert. Als sich die Nachfragestrukturen normalisierten, als die Einfuhr liberalisiert wurde und als der Zollabbau in den EWG (heute EG), der Österreich aus neutralitätspolitischen Erwägungen nicht beitreten konnte, die Exporte auf ihren wichtigsten Absatzmärkten diskriminierte, geriet sie unter Anpassungsdruck. Diese Anpassungsphase war jedoch Ende der 60er Jahre abgeschlossen. Das wirtschaftspolitische Ziel aller Parteien und sozialen Gruppen einer neuen Industrialisierungswelle konnte verwirklicht werden. In der Periode 1968/73 wuchs die österreichische Wirtschaft um 5,9 % pro Jahr, um 1 % (pro Kopf gerechnet sogar um 1,5 %) stärker als jene der OECD-Staaten insgesamt.

Mit der Regierungsübernahme im Jahr 1970 begann eine 13jähriger Periode der sozialistischen Alleinregierung. Der Machtwechsel auf politischer Ebene (bis 1966 bestand die „große" Koalition, von 1966 bis 1970 regierte die ÖVP allein) bedeutete indessen keine tiefgreifende ökonomische Zäsur. Für die SPÖ war der „Anschluß an das westliche Industriesystem" ein ebenso zentrales wirtschafts- und gesellschaftspolitisches Anliegen wie für frühere Regierungen. Und sie bediente sich ebenso wie diese der Sozialpartnerschaft (der institutionalisierten

* Der Bericht wurde Mitte 1986 abgeschlossen. Spätere Entwicklungen, insbesondere die Folgen des Regierungswechsels Anfang 1987 konnten nicht mehr berücksichtigt werden.

Zusammenarbeit der großen sozialen Gruppen) zur Koordination zwischen den Interessenverbänden sowie zwischen Interessenverbänden einerseits und Regierung und Parlament andererseits. Die Kontinuität der Wirtschaftspolitik spiegelt sich vor allem darin, daß sie Ziele und Instrumente, die üblicherweise als sozialistisch klassifiziert wurden, nicht zu forcieren versuchte. Die Einkommensverteilung (und zwar sowohl die personelle wie die funktionelle) blieb annähernd konstant. Auf die Einführung einer indikativen Planung nach französischem Muster, die zeitweilig die Vertreter der Arbeitnehmer verlangten, wurde verzichtet. Der Ausbau des Wohlfahrtsstaates blieb ein wichtiges Anliegen, doch wurden die Staats- und Steuerquoten der skandinavischen Länder weder erreicht noch angestrebt. Das „schwedische Modell" war kein Vorbild für die österreichische Wirtschaftspolitik.

ERFOLGE UND STRATEGIEN SEIT DEM 1. ÖLPREISSCHOCK

Die Trendwende in der Weltwirtschaft seit Mitte der 70er Jahre schlug unvermeidlich auf die österreichische Wirtschaft durch. Auch in Österreich verlangsamte sich das Wirtschaftswachstum, beschleunigte sich die Inflation, stieg die Arbeitslosigkeit, und das außenwirtschaftliche Gleichgewicht war zeitweise gefährdet. Aber die Verschlechterung des makroökonomischen Leistungsbildes hielt sich in engeren Grenzen als im Durchschnitt der Industrieländer.

Die Wirtschaft wuchs im Zeitraum 1973/85 um durchschnittlich 2,6 % pro Jahr gegen fast 5 % zwischen 1960 und 1973 (der in internationalen Statistiken üblichen Referenzperiode vor OPEC I). Seit dem Wachstumsschub Anfang der 70er Jahre ging die durchschnittliche Wachstumsrate etappenweise zurück: von 5,9 % 1968/73 auf 2,9 % zwischen dem 1. und dem 2. Ölpreisschock (1973/79) und 1,5 % nach dem 2. Ölpreisschock (1979/83). Die Konjunkturbelebung seit 1983 brachte zwar die Wachstumsraten wieder auf 3 %; das ist jedoch für Aufschwungsjahre relativ wenig und reichte nicht aus, ein weiteres Steigen der Arbeitslosigkeit zu verhindern. Vergleiche mit anderen Ländern fallen je nach der zeitlichen und räumlichen Abgrenzung verschieden aus. Im großen und ganzen aber gilt: Im Wachstumsschub 1968/73 wuchs die österreichische Wirtschaft um 1 % stärker als jene der OECD-Länder. Dieser Wachstumsvorsprung konnte auch nach dem 1. Ölpreisschock bis etwa 1977 (bis zum Übergang zu einer zahlungsbilanzorientierten Wirtschaftspolitik) gehalten werden. Seither wuchs die österreichische Wirtschaft etwa gleich stark wie die Wirtschaft Westeuropas, aber etwas schwächer als die Wirtschaft des gesamten OECD-Raumes (die europäische Wirtschaft hat sich seit 1983 viel langsamer erholt als die US-Wirtschaft). Pro Kopf gerechnet, blieb (gegenüber Westeuropa bis 1985 und gegenüber OECD insgesamt bis 1983) noch ein Plus von etwa einem halben Prozent pro Jahr, denn die österreichische Bevölkerung nimmt im Gegensatz zu jener der Industrieländer insgesamt kaum zu. Die aufgestauten Strukturschwächen könnten allerdings bewirken, daß die österreichische Wirtschaft in der zweiten Hälfte der achtziger Jahre langsamer wachsen wird als der Durchschnitt der Industrieländer.

Ebenso wie in den meisten anderen Industrieländern verschlechterten sich seit dem 1. Ölpreisschock die Austauschverhältnisse mit dem Ausland. Dadurch wuchs zwischen 1973 und 1983 das Realeinkommen jährlich um 0,3 % weniger als das Realprodukt. Die Terms-of-Trade-Einbußen waren hauptsächlich eine Folge der Energieverteuerungen, doch mußte in den letzten Jahren auch die heimische Industrie Preiskonzessionen im Export machen (die freilich nicht so hoch waren wie die jener europäischen Kleinstaaten, die eine starke Abwertung ihrer Währung zuließen). Dagegen sind die relativen Preise für Dienstleistungen (hauptsächlich für das touristische Angebot) gestiegen.

Die Tendenz schlechter werdender Terms of Trade wurde erst Anfang 1986 durch den (möglicherweise nur vor-

Übersicht 1:
ENTWICKLUNG DES REALEN BIP

	BIP insgesamt		BIP pro Einwohner	
	% pro Jahr			
	Österreich	OECD-Europa	Österreich	OECD-Europa
1960/68	4,3	4,6	3,7	3,6
1968/73	5,9	4,9	5,4	4,0
1973/79	2,9	2,4	3,0	1,9
1979/83	1,5	0,8	1,3	0,3
1984/85	2,5	2,3	2,3	1,8

Quelle: OECD

übergehenden) Verfall der Energiepreise unterbrochen. Da sich die österreichische Wirtschaft auch in der Krise gut behauptete, konnte der Abstand zu den hochentwickelten Industrieländern weiter verringert werden. Niveauvergleiche sind immer etwas problematisch, doch kann man mit einiger Sicherheit die österreichische Wirtschaft im Mittelfeld der Industrienationen ansiedeln. Nach jüngsten Schätzungen lag 1985, zu Kaufkraftparitäten berechnet, das Pro-Kopf-Einkommen um 2 % über jenem der EG (um 3 % unter jenem der OECD-Länder insgesamt), die Produktion je Erwerbstätigen war um 5 % (3 %) niedriger. Das Ziel der Europareife wurde damit annähernd erreicht, wenngleich noch immer ein Produktivitätsgefälle von etwa 20 % gegenüber den führenden Industrieländern besteht.

Österreich konnte in den turbulenten Jahren mit OPEC I ein hohes Maß an finanzieller Stabilität wahren. Im Durchschnitt der Jahre 1973/85 hatte es, gemessen an den Verbraucherpreisen, die niedrigste Inflationsrate von allen Industriestaaten mit Ausnahme der Schweiz, Deutschlands und Japans. Ebenso wie in den anderen Ländern des mitteleuropäischen Hartwährungsblockes beschleunigte sich die Inflation nach OPEC I weniger als in den übrigen Industrieländern. Dabei ist zu beachten, daß die beiden Ölpreisschocks jeweils nur vorübergehend die Inflationsraten erhöhten, Sperrklinken-Effekte also vermieden werden konnten. Nach einem Höhepunkt von fast 10 % im Jahre 1974 konnte die Inflationsrate bis 1979 auf 3,5 % gedrückt werden, nach dem 2. Ölpreisschock kletterte die Inflationsrate auf fast 7 % und sank dann bis 1985 auf 3,1 % (1986 könnte sie infolge des Verfalls der Ölpreise unter 2 % sinken).

Am deutlichsten hebt sich die österreichische Wirtschaft hinsichtlich der Entwicklung der Arbeitslosigkeit vom OECD-Durchschnitt ab. Nach OPEC I stieg die Arbeitslosenrate nur von 1,2 % (1973) auf 2,0 % (1975). Diese Marke konnte bis 1980 gehalten werden (zu diesem Zeitpunkt waren in Westeuropa bereits 7 % der Arbeitskräfte arbeitslos). Seither konnte allerdings auch in Österreich die Vollbeschäftigung nicht mehr gewahrt werden. Die Arbeitslosenrate stieg bis 1983 auf 4,5 % und trotz Konjunkturbelebung bis 1985 weiter auf 4,8 %, war aber damit immer noch weniger als halb so hoch wie in Westeuropa. Das Hauptziel der Wirtschaftspolitik der letzten 15 Jahre wurde damit zwar nicht voll, aber doch vergleichsweise gut erreicht. Dazu hat freilich, wie später im Detail dargelegt werden wird, die Reduktion der Beschäftigungsnachfrage mehr beigetragen als die Ausweitung der Beschäftigungsmöglichkeiten.

Übersicht 2:
ENTWICKLUNG DER INFLATIONSRATEN

	Österreich	BRD	OECD-Europa
	% pro Jahr		
1960/68	3,6	2,7	3,7
1968/73	5,2	4,6	6,2
1973/79	6,3	4,7	11,4
1979/83	5,5	5,1	11,3
1985	3,1	2,3	7,5

Quelle: WIFO, OECD

Übersicht 3:
ENTWICKLUNG DER ARBEITSLOSENRATEN

	Österreich	OECD-Europa
	%	
1973	1,2	3,5
1979	2,0	6,2
1983	4,4	10,4
1985	4,8	11,0

Quelle: WIFO (Österreich),
OECD (OECD-Europa)

Das lange Zeit ansprechende makroökonomische Leistungsbild wird häufig mit einer bestimmten Makro-Wirtschaftspolitik in Verbindung gebracht, für die der Ausdruck „Austro-Keynesianismus" geprägt wurde. Darunter wird meist eine Kombination von Nachfragemanagement, Einkommenspolitik und Hartwährungspolitik verstanden, wobei der Einkommens- und Hartwährungspolitik die Aufgabe der Kostenstabilisierung und der Geld- und Fiskalpolitik die Aufgabe der Beschäftigungssicherung zufiel.

Maßgebende Autoren wollen diesen Begriff allerdings weiter und differenzierter verstanden wissen. Tichy (1984) betont die strukturelle Stabilität der österreichischen Wirtschaft (die Sozialpartnerschaft stabilisiert die Erwartungen und reduziert damit den Bedarf an diskretionären Eingriffen). Ostleitner (1982) sieht darin Elemente des sozialistischen Anliegens auf Änderung in den Entscheidungsverhältnissen. Holzmann (1983), Winkler schließen Abgebotselemente ein.

In diesem engeren Sinn war Austro-Keynesianismus eine bestimmte Form der Stabilisierungspolitik, also eine kurzfristige Strategie. Ihr Ziel war, den Angebotschock der 1. Ölverteuerung möglichst gut zu verkraften, wobei Hypotheken auf die Zukunft in der Erwartung eingegangen wurden, daß die Weltwirtschaft in absehbarer Zeit wieder auf den alten Wachstumspfad zurückkehren werde. In einer etwas modifizierten Form bedeutete sie Zeitgewinn, um die Produktions- und Verbrauchsstrukturen den neuen Preisrelationen zwischen Energie und Industrieprodukten anzupassen.

Als nach dem 1. Ölpreisschock die Weltwirtschaft nicht

mehr auf den alten Wachstumspfad einschwenkte, und als auf den 1. Ölpreisschock ein zweiter folgte, dem zudem die Weltwirtschaftspolitik mit einer grundlegend anderen Strategie begegnete (Realanpassungen statt Finanzierungen), mußte sich die alte Strategie als stumpf erweisen. Es verdient festgehalten zu werden, daß die österreichische Wirtschaftspolitik in der schwierigen Situation Anfang der 80er Jahre nicht eine Vorwärtsstrategie einschlug. Sie widerstand der Versuchung, die Dosis der Kaufkraftinjektionen zu erhöhen und ihre Rückwirkungen auf innere und äußere Stabilität durch mehr Dirigismus und Protektionismus (bis zur Grenze dessen, was international toleriert wird) zu neutralisieren. Die Wirtschaftspolitik akzeptierte, daß der Manövrierspielraum einer „kleinen offenen Volkswirtschaft" nur gering ist. Um sich in der Krise besser behaupten zu können, muß man leistungsfähiger sein als andere. Das 1981 verfaßte Wirtschaftsprogramm der SPÖ kündigte bereits diesen Wandel in den Auffassungen an. Dort heißt es „Vollbeschäftigung durch eine leistungsfähige Wirtschaft" und nicht etwa „Vollbeschäftigung durch Budgetdefizite und außenwirtschaftliche Isolierung".

Den zumindest vorläufigen Schlußpunkt unter diese Debatte zog Bundeskanzler Sinowatz im Wirtschaftsbericht, den die Bundesregierung 1985 dem Parlament präsentierte: „Diese damalige Form des Austro-Keynesianismus war die Rezeptur der 70er Jahre. Der Erfolg dieses ‚deficit-spendings' hatte aber zur Voraussetzung, daß nur kurzfristige wirtschaftliche Schwankungen ausgeglichen werden mußten. Die Formel vom Durchtauchen durch die Krise symbolisiert diese Zielsetzung ja sehr gut. Für eine längerfristige Stagnation, wie es bis zu Beginn der 70er Jahre eintraf, war jedoch dieses System nie gedacht."

Daß Österreich mit einer unkonventionellen Konzeption dem 1. Ölpreisschock begegnete und damit beachtliche Erfolge erreichte, fiel international auf. Sarah Hogg schrieb 1980 im Londoner Economist einen Österreich-Bericht unter dem Titel „A Small House in Order". Der Autor hatte 1981 die Gelegenheit, im Joint Economic Commitee des US-Kongresses die österreichische Einkommenspolitik zu erklären. Das American Enterprise Institute veranstaltete 1981 eine Österreich-Tagung. Und Österreich erhielt lange Jahre hindurch von der OECD „gute Noten". Gegen Mitte der 80er Jahre wiesen indessen auch internationale Beobachter zunehmend auf die Grenzen der österreichischen Strategie hin. Eine EFTA-Studie aus dem Jahr 1985 stellte fest, daß das österreichische System seit Anfang der 80er Jahre infolge der langanhaltenden internationalen Rezession und der darauf folgenden schwachen Erholung Westeuropas zunehmend unter Druck geriet. Der OECD-Bericht 1984/85 über Österreich stellte die Diagnose, daß Österreich seine nach wie vor gute „makroökonomische Performance" nur aufrechterhalten werde können, wenn es gelingt, seine Strukturprobleme zu lösen.

Im folgenden werden die Hauptelemente des österreichischen Policy Mix näher beleuchtet:

a) Das Nachfragemanagement und seine außenwirtschaftlichen Beschränkungen
b) die Hartwährungspolitik
c) die sozialpartnerschaftliche Einkommenspolitik
d) die Entlastung des Arbeitsmarktes vom Angebot her.

a) Nachfragemanagement

Nach Keynesianischer Auffassung ist Arbeitslosigkeit die Folge von Absatzschwierigkeiten auf den Gütermärkten. Die Unternehmungen können nicht so viel Güter verkaufen, wie sie mit den verfügbaren Produktionsmitteln erzeugen könnten. Diese Interpretation von Arbeitslosigkeit hat in Österreich lange Zeit nicht nur in der wirtschaftspolitischen Praxis, sondern auch auf akademischem Boden dominiert. Sie scheint auch heute noch eine wichtige Rolle zu spielen, obschon inzwischen die Wirtschaftspolitik der führenden Industrieländer und vorherrschenden ökonomischen Schulen andere Ursachen von Arbeitslosigkeit als dominant ansehen (z. B. zu hohe Reallöhne oder strukturelle Verwerfungen).

Folgerichtig hat die Geld- und Fiskalpolitik in Österreich in beiden weltwirtschaftlichen Rezessionen nach den Ölpreisschocks die heimische Nachfrage durch eine expansive Geld- und Finanzpolitik zu stützen gesucht. Die expansiven Impulse waren jedoch nach dem 1. Ölpreisschock viel kräftiger als nach dem 2. Schock. Die Therapiedosen wurden bei gleichen Krankheitssymptomen des Patienten „Wirtschaft" stark reduziert. Dieser Sachverhalt läßt sich durch einen Vergleich der drei Jahresperioden 1974/77 und 1980/83 illustrieren, die Jahre ähnlicher Konjunktur umfassen (die zweite Periode deckt sich mit der Rezession Anfang der 80er Jahre; in der ersten Periode begann zwar bereits 1976 ein Konjunkturaufschwung, die Rezession vorher war jedoch so tief, daß auch 1977 die Kapazitäten noch weit unterdurchschnittlich ausgelastet waren).

Das strukturbedingte „Defizit der öffentlichen Haushalte (ausgedrückt in Prozent des BIP) stieg zwischen 1974 und 1977 um 3,5 Prozentpunkte, zwischen 1980 und 1983 jedoch nur um 0,6 Prozentpunkte. 1975 wurde der Bundeshaushalt, fast könnte man sagen mit Begeisterung „aufgemacht", schien doch zum ersten Mal seit Kriegsende die Wirtschaftspolitik Gelegenheit zur Demonstration zu haben, daß sie die Dinge im Griff habe und auch schwere Konjunktureinbrüche befriedigend aussteuern könne. Nach dem „deficit-spending" 1975 wurde im Jänner 1976 eine weitere Vergrößerung des Budgetdefizites im Rahmen einer großangelegten ökonomischen Konferenz angekündigt, und damit mit der bisherigen Gepflogenheit gebrochen, wonach die Budgetpolitik nur ein Jahr die Konjunktur stützen solle, dann aber auf Konsolidierung schalten müsse. Nach dem 2. Ölpreisschock hingegen

RF 5
6

wurde das Budget des Bundes noch bis in das Rezessionsjahr 1981 hinein konsolidiert. Die Ausweitung der Budgetdefizite 1982 und 1983 wurde nicht als nicht konjunkturstimulierende Maßnahme angekündigt, sondern als Differenz zwischen Budgetvollzug und Budgeterfolg in Kauf genommen (und daher von der Opposition als Fehlschätzung des Finanzministers interpretiert). Zwar häuften sich die Beschäftigungsprogramme, aber sie wurden unter der Nebenbedingung konzipiert, daß sie das Budget nicht nennenswert belasten dürfen. Die „budgetschonenden" Beschäftigungsprogramme hatten hauptsächlich die Aufgabe, negativen Erwartungen zu begegnen.

Ähnliches wie für die Fiskalpolitik gilt für die Geldpolitik. Hatte die Geldmenge (M1) zwischen 1974 und 1977 noch nominell um 30 % und real immerhin um 9 % zugenommen, so betrugen die entsprechenden Ausweitungsprozentsätze 1980/83 nur 18 % und 2 %. Die reale Ausweitung der Geldmenge blieb somit Anfang der 80er Jahre, über die Länge der Rezession gemessen, erheblich unter der Wachstumsrate des Produktionspotentials.

Man könnte „in monetaristischer Tradition" argumentieren, daß die Geldversorgung ausgereicht hätte, wenn die Lohn- und Preisansprüche der Sozialpartner niedriger gewesen wären. Das würde aber dem österreichischen Verständnis über Inflationsursachen widersprechen. Vertreter der Österreichischen Nationalbank betonten lange Zeit den Vorrang der Einkommenspolitik vor der Geldpolitik.

Trotz Vorbehalten gegen zu einfache statistische Vergleiche war nicht zu übersehen: Zwischen 1974 und 1977, als die Geld- und Fiskalpolitik stark expansive Impulse setzte, wuchs die heimische Nachfrage nach Gütern und Leistungen insgesamt um mehr als 11 %. Nach dem Schock des Jahres 1975 wurden 1976 und 1977 Nachfragezuwächse erzielt, die an die Jahre des Wachstumsschubs 1968/73 herankamen. 1980/83 hingegen reichten die schwachen finanzpolitischen Impulse gerade aus, einen absoluten Rückgang der heimischen Nachfrage zu verhindern. Sie blieb hinter dem effektiven Wachstum der Produktion und noch mehr hinter dem potentiellen Wachstum zurück.

Was veranlaßte die auf der Erhaltung der Vollbeschäftigung eingeschworene Wirtschaftspolitik, der Wirtschaft die Konjunkturstütze gerade dann zu versagen, als sie besonders nötig gewesen wäre? Die Antwort lautet: Die österreichische Wirtschaftspolitik mußte in der zweiten Hälfte der 70er Jahre schmerzhaft erfahren, daß eine kleine Volkswirtschaft nicht Vollbeschäftigungspolitik nach Keynes'scher Rezeptur im Alleingang betreiben könne. Ähnliche Erfahrungen machten etwas später große und kompakte Volkswirtschaften wie die deutsche und die französische Wirtschaft.

Wenn ein Land die heimische Nachfrage stimuliert, stimuliert es damit auch die Importe. Die Leistungsbilanz kann nur dann im Gleichgewicht bleiben, wenn es gleichzeitig gelingt, die Exporte stark zu steigern. Oder in Wachstumsraten formuliert: Ein weltwirtschaftlich verflochtenes Land kann nur dann rascher wachsen als seine Handelspartner, wenn es Marktanteile im Inland oder im Ausland gegenüber der ausländischen Konkurrenz gewinnt. Wird diese Voraussetzung nicht erfüllt, dann wird die Leistungsbilanz zunehmend defizitär. Genau das passierte in Österreich.

Nachdem 1975 infolge der Schwere des Rückschlags (das Gegensteuern wirkte erst 1976) die Leistungsbilanz ausgeglichen war, öffnete sich 1976 und 1977 eine weite Schere zwischen Importen und Exporten. 1977 bestand ein Leistungsbilanzdefizit von fast 4 % des BIP (ohne jene Teile der statistischen Differenz, die heute der Leistungsbilanz zugerechnet werden, waren es sogar 6 %). Die rasche Verschlechterung der Leistungsbilanz im Laufe des Jahres 1977 ließ Zweifel aufkommen, ob die Hartwährungspolitik (siehe dazu nächsten Abschnitt) gehalten werden könne. Die österreichische Wirtschaftspolitik leitete daher schon im Laufe des Jahres 1977 einen vorsichtigen „Kurswechsel" zugunsten einer zahlungsbilanz-

Übersicht 4:
NACHFRAGEMANAGEMENT UND MAKROÖKONOMISCHES LEISTUNGSBILD NACH DEN BEIDEN ÖLPREISSCHOCKS

	1974/77	1980/83
	Dreijahresveränderung in %	
Strukturbedingter Saldo der öffentlichen Haushalte (% BIP)	— 3,5	— 0,6
Geldmenge (M1) real	+ 9,2	+ 1,9
Inlandsnachfrage real	+ 11,2	+ 0,2
Leistungsbilanz [1] (% BIP)	— 2,4	+ 2,3
BIP real	+ 8,7	+ 3,0
Beschäftigte	+ 0,6	— 2,5
Arbeitslosenrate [1]	+ 0,5	+ 2,6

[1] Absolute Differenz

orientierten Wirtschaftspolitik ein. Die heimische Nachfrage wurde zurückgenommen, der außenwirtschaftliche Spielraum wurde durch Einführung eines hohen Mehrwertsteuersatzes für Luxusgüter (der hauptsächlich PKW traf) zu erweitern gesucht. Dieses Bremsmanöver entlastete die Zahlungsbilanz, hatte jedoch den unerwünschten Nebeneffekt, daß die Wirtschaft 1978 stagnierte (wogegen sie in den Industrieländern um 3 bis 4 % wuchs). Dennoch blieb die Arbeitslosigkeit zunächst noch unbedeutend.

Schon 1979 stieß jedoch die Wirtschaftspolitik neuerlich an außenwirtschaftliche Grenzen. Da im Gefolge des zweiten Ölpreisschocks eine Rezession befürchtet wurde, versuchten die Währungsbehörden trotz der steigenden Zinstendenz auf den internationalen Kapitalmärkten die heimischen Zinssätze niedrig zu halten. Diese Aktion führte zum Verlust beträchtlicher Währungsreserven und mußte nach kurzer Zeit aufgegeben werden. Hatte 1977 der internationale Zusammenhang der Gütermärkte zu einer (damals beschäftigungspolitisch noch nicht sehr relevanten) Zurücknahme der heimischen Nachfrage genötigt, so erzwang nunmehr der internationale Zusammenhang der Finanzmärkte eine zahlungsbilanzkonforme Geld- und Zinspolitik und die Akzeptanz hoher Realzinssätze.

Die wirtschaftspolitischen Strategien, die in der zweiten Hälfte der 70er Jahre zur Erhaltung der Vollbeschäftigung eingeschlagen wurden, haben somit in einer drastischen, nicht übersehbaren Weise gezeigt, daß die österreichische Wirtschaft von einer „Inselökonomie" mit außenwirtschaftlichen Beziehungen immer mehr zu einer „kleinen offenen Volkswirtschaft" mit nur sehr beschränktem Spielraum für eine nationale Makro-Wirtschaftspolitik wurde.

Die negativen Erfahrungen in der zweiten Hälfte der siebziger Jahre haben dazu beigetragen, den Anspruch auf „Feinsteuerung" der Wirtschaft aufzugeben. Bis gegen Ende der 70er Jahre bestand ein ausländischen Vorbildern nachgebildetes Interventionsmuster der Makro-Politik. Die Wirtschaftsforscher legten ihre kurzfristigen Prognosen vor, die zunächst von den Experten der Sozialpartner, der Notenbank und der Ministerien und dann von den Spitzenpolitikern evaluiert wurden. Prognostizierten Fehlentwicklungen wurde durch wirtschaftspolitische Maßnahmen entgegenzuwirken versucht. Vierteljährliche Prognosesitzungen in der „Arbeitsgruppe für vorausschauende volkswirtschaftliche Gesamtrechnungen" mit regelmäßigen „wirtschaftspolitischen Aussprachen" der Spitzenfunktionäre und häufige Maßnahmenpakete charakterisierten den Versuch, durch ständiges Hantieren an den Steuerrudern der Wirtschaftspolitik die Wirtschaft auf einen geraden Kurs zu halten.

Diese (heute ist man geneigt zu sagen) Geschäftigkeit der Wirtschaftspolitik wurde inzwischen stark reduziert. Die Prognosebesprechungen mit den Experten der Wirtschaftspolitik finden nur noch halbjährlich statt, das Verbändekomitee, das der Finanzminister Ende der 60er Jahre eingerichtet hatte, ist sanft entschlafen, wirtschafts-

politische Aussprachen finden nur noch fallweise statt. Die Wirtschaftspolitik gibt nicht mehr vor, durch ständige Interventionen den Wirtschaftsablauf verstetigen zu können. Der Wandel von der Makro- zur Mikro-Wirtschaftspolitik, von der Globalsteuerung der Wirtschaft zur Schaffung besserer Rahmenbedingungen für das Agieren der wirtschaftlichen Akteure, ist auch in Österreich im Gange.

b) Wechselkurspolitik

Die strategisch wichtigste Maßnahme der 70er Jahre fiel in der Wechselkurspolitik. Das Austauschverhältnis zwischen der DM und dem Schilling wurde in den letzten 15 Jahren bei nur geringen kurzfristigen Schwankungen annähernd konstant gehalten: Eine DM entspricht rund sieben Schilling. Die DM-Orientierung des Schillings entwickelte sich aus einer Indikatorformel, die 1971 im Zuge der internationalen Währungswirren eingeführt wurde. Der Indikator wurde so konstruiert, daß der Wert des Schillings gegenüber den wertbeständigen ausländischen Währungen konstant blieb. Die Zahl der Indikatorwährungen wurde in den folgenden Jahren schrittweise verringert (weiche Währungen wurden ausgeschieden) und neben dem Indikator die europäische Währungsschlange als Orientierungsgröße herangezogen. Schließlich erklärten die Währungsbehörden ab Juli 1976 die DM zur Leitwährung. Die DM-Orientierung des Schillings wird meist als Hartwährungspolitik bezeichnet, obschon diese Etikettierung in den Jahren der Dollar-Hausse nur beschränkt zutraf und gelegentlich Mißverständnisse auslöste. Nach der gebräuchlichen österreichischen Terminologie ist eine Währung schon dann hart, wenn der effektive Wechselkurs nominell steigt und nicht erst dann, wenn effektiv und real aufgewertet wird.
Der harte Schilling war Anfang der 70er Jahre unbestritten. Österreich hatte die Aufwertung der DM 1969 nicht mitgemacht, seine Wirtschaft verfügte daher über einen komfortablen Kostenvorsprung im internationalen Wettbewerb. Problematisch und diskussionswürdig wurde der harte Schilling jedoch, als die heimischen Preise und Kosten im Laufe der 70er Jahre mit der Wechselkursvorgabe nicht Schritt zu halten vermochten, und die Leistungsbilanz 1976 und 1977 stark passiv wurde. Die österreichischen Währungsbehörden hielten jedoch in diesen kritischen Phasen mit großer Festigkeit und entgegen überlieferten Standardvorstellungen an dem einmal gewählten Kurs fest.
Um die Bandbreite der Wechselkursstrategien nach Ende des Festkurssystems von Bretten-Woods zu verdeutlichen, empfiehlt sich ein Vergleich mit den beiden anderen neutralen Kleinstaaten Europas, mit der Schweiz und mit Schweden. Beide Länder haben im Laufe der 70er Jahre eine extrem unterschiedliche Wechselkursstrategie verfolgt. Die Schweizer Währungsbehörden hielten die Geldmenge knapp und ließen einen Höhenflug des (frei fluktuierenden) Schweizer Franken zu. Dagegen suchte Schweden seine Vollbeschäftigungspolitik durch einen

nachgiebigen Wechselkurs zu stützen. Der effektive Wechselkurs der Schweiz stieg (nach OECD-Berechnungen) zwischen 1972 und 1984 um mehr als 100 %, wogegen er in Schweden um 25 % sank.

Übersicht 5:
NOMINELLE UND REALE WECHSELKURSE
(Vergleich Österreich, Schweiz, Schweden)

	1972	1977	1984
	1970 = 100		
Nomineller Wechselkurs			
Österreich	100,1	119,3	131,5
Schweiz	102,7	153,6	219,1
Schweden	100,3	98,9	73,6
Arbeitskosten [1]			
Österreich	104,0	119,9	111,4
Schweiz	99,7	134,1	168,9
Schweden	102,3	109,2	79,0
Exportpreise [1]			
Österreich	97,9	105,0	94,9
Schweiz	107,5	122,0	131,7
Schweden	104,2	105,8	91,2

Quelle: OECD [1] In einheitlicher Währung

Die extrem verschiedene Entwicklung des Schweizer Franken und der Schweden-Krone glich nur teilweise die Unterschiede in den Inflationsraten beider Länder aus. Es blieben beträchtliche reale Effekte: Die Arbeitskosten je Produktionseinheit in einheitlicher Währung stiegen im Vergleichszeitraum in der Schweiz um fast 70 % stärker als jene der Handelspartner, wogegen sich die Konkurrenzposition Schwedens um 25 % verbesserte. Diese extremen Verschiebungen in den Kostenrelationen hatten die erwarteten Konsequenzen: Die Wirtschaft Schwedens wuchs (vor allem zwischen dem 1. und dem 2. Ölpreisschock) stärker als jene der Schweiz, wo 1975/76 ein empfindlicher Produktionsrückschlag hingenommen wurde. Umgekehrt war der Produktivitätszuwachs in der Schweiz größer (zum Teil weil Grenzproduzenten nie zu hohen Kosten ausschieden, möglicherweise aber auch, weil die Verknappung der Erträge als Produktivitätspeitsche fungierte). Beide Faktoren zusammen führten zu extrem verschiedenen Beschäftigungsentwicklungen: In der Schweiz sank die Beschäftigung im Vergleichszeitraum um 5 %, wogegen sie in Schweden um fast 10 % zunahm (wobei freilich die Beschäftigungszunahme im öffentlichen Sektor und die Ausbreitung von Teilzeitbeschäftigung eine große Rolle spielte).
Die Unterschiede in den Wechselkursstrategien entsprachen Unterschieden in den sozioökonomischen Zielvorstellungen. Der Schweiz sicherte ihre Strategie nicht nur ein hohes Maß an finanzieller Stabilität, sondern auch die ökologisch erwünschte Entlastung natürlicher Ressourcen: Schweizer Industrieunternehmungen verlagerten ihre Produktion zunehmend ins Ausland und die Beschäftigung von Gastarbeitern in der Schweiz konnte stark reduziert werden. Gleichzeitig führte der hohe Wechselkurs zu einer beträchtlichen Verbesserung der Austauschverhältnisse im Außenhandel. Pro Kopf gerechnet, wuchs das Realprodukt der Schweiz um 1,7 % pro Jahr schwächer als jenes Österreichs. Die Differenz verringert sich jedoch auf 1,2 %, wenn statt des Realprodukts das Realeinkommen verglichen wird (in dem auch Auslandserträge und Verbesserungen der Austauschverhältnisse zu Buche schlagen).
Die Wechselkursoption der Schweiz stand Österreich kaum offen. Die österreichische Industrie ist nicht robust genug, um kräftige reale Aufwertungen verkraften zu können. In der österreichischen Industrie haben Standardgüter, die auf den internationalen Märkten einer preiselastischen Nachfrage begegnen, noch ein großes Gewicht. Ökonometrische Untersuchungen zeigen, daß die österreichischen Produzenten in den letzten eineinhalb Jahrzehnten in weit schwächerem Maße imstande waren, Steigerungen der Arbeitskosten auf die Exportpreise zu überwälzen als etwa deutsche oder Schweizer Produzenten. Auch sind die Kapitalmärkte in Österreich zuwenig entwickelt, so daß bei frei schwankenden Kursen extreme Ausschläge zu befürchten wären. Die härteste Wechselkurspolitik, die die österreichischen Währungsbehörden vernünftigerweise einschlagen und auf den Devisenmärkten glaubhaft vertreten konnten, war die Anlehnung des Schillings an die DM. Auch diese Konzeption beinhaltete eine stetige Steigerung des effektiven Wechselkurses, die freilich bis 1977 merklich kräftiger war als vorher. Insgesamt stieg der effektive Wechselkurs des Schillings (lt. OECD) zwischen 1972 und 1984 um 30 %. Zwischen 1972 und 1977 wurde der Schilling stärker aufgewertet, als es der Inflationsdifferenz zwischen Österreich und seinen Handelspartnern entsprochen hätte. Der Schilling stieg nicht nur nominell, sondern auch real; über den harten Wechselkurs wurde Stabilität importiert. Seither ging die allmählich schwächerwerdende nominelle Abwertung mit einer realen Abwertung einher: Die internationale Kostenposition der österreichischen Industrie verbesserte sich wieder und ist gegenwärtig fast so günstig wie Anfang der 70er Jahre.
Die Entscheidung, den Wechselkurs als Stabilitäts- (und Produktivitäts-) Peitsche zu verwenden, war nicht selbstverständlich. Die staatliche Wirtschaftspolitik schien es Anfang der 70er Jahre nicht besonders eilig zu haben, inflationären Entwicklungen zu begegnen. Der Konjunkturaufschwung 1969/71 wurde ausschwingen gelassen, (so daß die kurze internationale Rezession 1972 übersprungen wurde) und Überhitzungserscheinungen wurden viel zögernder bekämpft als etwa in der BRD. (Die

aufgestaute Nachfrage aus den Jahren der Hochkonjunktur hat zweifellos geholfen, daß 1974 in Österreich noch hohe Wachstumsraten erreicht wurden, wogegen die deutsche Wirtschaft bereits merklich abgekühlt war.) Warum also plötzlich das Suchen nach einer Stabilisierungshilfe? Das gelegentlich vorgebrachte Argument, daß ein kleines Land statt einem Geldmengenziel ein Wechselkursziel vorgeben sollte, um finanzielle Stabilität zu erhalten, paßt schlecht in die antimonetaristische Grundhaltung der Wirtschaftspolitik (obschon auch heute noch oft so argumentiert wird, als sei eine von der Außenwirtschaft erzwungene Verringerung der Geldmengenausweitung weniger „restriktiv" als eine selbstverordnete).

Im Grunde sprachen zwei Argumente für den Hartwährungskurs. Zum einen bestand die Gefahr einer übermäßigen „importierten Inflation". Die österreichische Wirtschaftspolitik wurde schon Anfang der 70er Jahre mit einem unangenehmen und (nach den Erfahrungen der 60er Jahre) unerwarteten Tatbestand konfrontiert, da die Importpreise zeitweilig erheblich stärker stiegen als der Deflator des BIP. Die Rohstoffhausse und der 1. Ölpreisschub beschworen 1973/74 die Gefahr von Preis-Lohn-Spiralen herauf. 1974 erreichte die Inflationsrate bereits fast 10 %. Ein weiterer, vom Import ausgehender Kostenschub hätte das System der sozialpartnerschaftlichen Preis-Lohn-Politik nicht mehr exekutierbar gemacht. (Schon 1947 bis 1951 waren die Sozialpartner überfordert gewesen, als sie in Form von fünf Preis-Lohn-Abkommen versucht hatten, die sich beschleunigende Inflation einzudämmen.) Das lockere und auf freiwilliger Zusammenarbeit beruhende Steuerungssystem der sozialpartnerschaftlichen Preis-Lohn-Politik konnte nur in einem Regime mit stabilen Erwartungen und einer im Durchschnitt mäßigen Inflationsrate bestehen.

Zum anderen war zu vermuten, daß unter den Bedingungen der 70er Jahre über den nominellen Wechselkurs keine oder nur verhältnismäßig geringe reale Effekte erzielbar gewesen wären. Ein weicher Schilling hätte die Inflation angeheizt und die internationale Wettbewerbsfähigkeit nur wenig verbessert. Unter diesen Umständen war es naheliegend, den „Tugendkreis" harter Währungen zu wählen und den „Teufelskreis" weicher Währungen zu meiden.

Indessen: Wie gut auch immer die Argumente für eine Hartwährungspolitik waren, so blieb doch die Tatsache bestehen, daß die außenwirtschaftliche Flanke nicht genügend abgesichert war (und möglicherweise nicht genügend abgesichert werden konnte), um eine nationale Vollbeschäftigungspolitik zu betreiben. Die Preis- und Mengeneffekte der Kombination von Hartwährungspolitik und expansiver Geld- und Fiskalpolitik steigerten die Absorption (relativ zur Produktion) und belasteten damit die Zahlungsbilanz.

Da der Wechselkurspolitik die Aufgabe der Preisstabilisierung übertragen wurde und sie somit der Vollbeschäftigungspolitik nicht den erforderlichen Flankenschutz geben konnte, wurde auf andere Weise versucht, die Zahlungsbilanz zu entlasten.1978 wurde ein hoher Mehrwertsteuersatz für Luxusgüter eingeführt (was praktisch einer Steuer auf importierte PKW gleichkam). Seit Mitte der 70er Jahre entwickelte die Österreichische Kontrollbank ein effizientes und dynamisches System der Exportförderung, das vor allem dem österreichischen Investitionsgüterexport nach Osteuropa und in Entwicklungsländer eine billige langfristige Absatzfinanzierung sicherte. Insbesondere im arabischen Raum wurde eine lebhafte handelspolitische Aktivität entfaltet. Aber davon war begreiflicherweise keine grundlegende Entlastung der Zahlungsbilanz zu erwarten.

Der Beharrungsbeschluß der Währungsbehörden im Jahr 1977, trotz stark passiver Leistungsbilanz (und Verschlechterung der internationalen Wettbewerbsfähigkeit) an der Hartwährungspolitik festzuhalten und diesen Kurs durch eine zahlungsbilanzorientierte Politik abzusichern, wurde nicht allgemein gebilligt. Der Beirat für Wirtschafts- und Sozialfragen plädierte unter dem Eindruck der Zahlungsbilanzprobleme im Juni 1978 dafür, den Außenwert des Schillings nicht starr an die Währung eines bestimmten Landes (das möglicherweise seine wirtschaftspolitischen Prioritäten anders setzt) zu binden, sondern eine eigenständige Hartwährungspolitik zu verfolgen: „Eine solche eigenständige und maßvolle Hartwährungspolitik kann, muß aber nicht, zu einem festen Verhältnis des Schilling zur Deutschen Mark, zum Schweizer Franken oder zu anderen sogenannten wertbeständigen Währungen führen." Auch internationale Finanzexperten legten, wie man hörte, Österreich eine weichere Wechselkurspolitik nahe. Schließlich, Ende 1980, gab der Bundeskanzler anläßlich des Ministerwechsels im Finanzministerium zu bedenken, daß durch die forcierte Hartwährungspolitik viele österreichische Industriebetriebe (und nicht zuletzt die verstaatlichten Unternehmungen) übermäßige Ertragseinbußen erleiden. Letztlich setzte sich jedoch die harte Linie der Währungsbehörden durch. Die DM-Orientierung wird heute als eine langfristige Strategie betrachtet, deren positive Wirkung sich erst langfristig im vollen Umfang einstellt und die daher nicht zugunsten kurzfristiger und möglicherweise nur vermeintlicher Vorteile aufs Spiel gesetzt werden sollte. Sie wurde daher auch nicht in Frage gestellt, als der US-Dollar ab Herbst 1985 seine Talfahrt begann.

c) *Einkommenspolitik*

Mit der Wahl des Wechselkurses wurde zumindest in groben Zügen über die Entwicklung des Preisniveaus entschieden. Das gilt umso mehr, als sich die österreichische Wirtschaft infolge ihrer bereits erwähnten strukturellen Eigenschaften auf die Dauer keine erhebliche reale Aufwertung leisten kann. Die Frage war jedoch, ob sich die

Wechselkursvorgabe als eine beengende Zwangsjacke oder als eine willkommene Stütze erweisen werde.
Die Bindung des Schillings an die DM implizierte, daß die Inflationsschübe nach den beiden Ölpreisschocks nur vorübergehenden Charakter hatten. Die Rückführung einer einmal etablierten hohen Inflationsrate auf ein mäßiges Niveau ist erfahrungsgemäß keine leichte Sache. Da üblicherweise die Mengen rascher reagieren als die Preise, sind Anti-Inflationsstrategien in der Regel zumindest vorübergehend mit Produktions- und Beschäftigungseinbußen verbunden. Das gilt umso mehr, wenn gleichzeitig mit den Zuwächsen der Geldlöhne auch jene der Reallöhne beschränkt werden müssen.
Die turbulenten Jahre seit dem 1. Ölpreisschock wurden damit zum Prüfstein für die sozialpartnerschaftliche Einkommenspolitik. Politologen bezeichnen Österreich als das Land, in dem Korporatismus am stärksten ausgeprägt ist (noch stärker als in Schweden). Das rechtfertigt eine kurze Beschreibung der Institutionen und Verfahren der sozialpartnerschaftlichen Einkommenspolitik. Die Sozialpartner haben sich nicht festgelegt, was sie als das Ziel der Einkommenspolitik ansehen und woran man ihren Erfolg messen könne, ein Umstand, der allen ausländischen Beobachtern auffiel, die sich mit diesem Thema beschäftigen. Am meisten verbreitet war die Auffassung, daß die Tätigkeit der Paritätischen Kommission für Preis- und Lohnfragen der österreichischen Wirtschaft den Charakter einer Fixpreis-Ökonomie verleihe: Preise und Löhne seien nach oben relativ starr, so daß die Wirtschaft nahe an der Vollbeschäftigungsgrenze operieren kann, ohne inflationäre Tendenzen befürchten zu müssen. Starrheit nach oben genügte jedoch in den letzten 15 Jahren nicht. Die Hartwährungspolitik und der starke Rückgang des Produktivitätsfortschrittes verlangten vielmehr Nachgiebigkeit der Geld- und Reallöhne nach unten.
Tatsächlich zeichnete sich die österreichische Wirtschaft in jenen schwierigen Jahren durch eine vergleichsweise hohe Flexibilität der Nominal- und Reallöhne aus. Das ist gleichsam mit freiem Auge erkennbar. 1970/74 stiegen die Geldlöhne (Durchschnittsverdienste der unselbständig Beschäftigten) noch um durchschnittlich 12,8 % pro Jahr, zehn Jahre später nur um 5,6 %, weniger als halb so viel. Gleichzeitig sank der Reallohnzuwachs, der Anfang der 70er Jahre mehr als 5 % per annum betragen hatte, auf nahezu Null. Die Nominallohnkompression fiel in die zweite Hälfte der 70er Jahre. Damals gelang die Halbierung der Lohnsteigerungsraten bei einer konstanten Arbeitslosenrate von 2 %. Selbst ausländische Experten, die von Einkommenspolitik nichts halten, und die dem Sonderfall Österreich skeptisch gegenüberstehen, anerkennen das als eine besondere Leistung. Der österreichischen Einkommenspolitik ist es damit im Verein mit der Hartwährungspolitik weit besser gelungen, niedrige Inflationserwartungen zu generieren als monetaristischen Strategien mit der Ankündigung von Geldmengenzielen.
Etwas präziser lassen sich diese Zusammenhänge mit Hilfe von Philips-Kurven demonstrieren, die die Lohnsteigerungsrate aus Arbeitslosenrate, Preissteigerungsrate und Produktivitätsfortschritt erklären. Solche Kurven wurden in den letzten Jahren von vielen in- und ausländischen Experten mit ähnlichen Ergebnissen ökonometrisch geschätzt. Danach reagieren die Arbeitnehmerverdienste in Österreich ziemlich rasch und mit Koeffizienten, die nicht signifikant von eins verschieden sind, auf Änderungen in der Inflationsrate. Und sie reagieren verzögert, aber ebenfalls mit einem Koeffizienten von 1, auf den Produktivitätsfortschritt. Das sind eher „unkeynesianische" Eigenschaften, denn Keynesianer glauben im allgemeinen, daß man mit mehr Inflation mehr Beschäftigung „kaufen" und mit mehr Produktivitätsfortschritt die Inflationsrate bei gegebener Rate der Arbeitslosigkeit drücken könne.
Das weitgehende Fehlen von Geldillusion in der Lohnpolitik rechtfertigt bis zu einem gewissen Grade das hartnäckige Festhalten an einer preisstabilisierenden Hartwährungspolitik auch in den kritischen Phasen der zweiten Hälfte der 70er Jahre. Und die bemerkenswert rasche Anpassung der Reallöhne an den Produktivitätstrend erwies sich angesichts des dramatischen Rückgangs des Produktivitätsfortschrittes seit Mitte der 70er Jahre als eine wichtige arbeitsmarktstabilisierende Eigenschaft der österreichischen Lohnpolitik. Unerwartet hoch ist in fast allen Schätzungen von Philips-Kurven der Koeffizient für die Arbeitslosenrate. Das bedeutet nicht weniger, als daß die Sorge um die Beschäftigung die Gewerkschaften und die Betriebsräte veranlaßt, in ihrer Lohnpolitik schon auf relativ kleinere Änderungen in den Arbeitslosenraten zu reagieren. Dieses Ergebnis widerspricht der weitverbreiteten Auffassung, wonach die österreichischen Gewerkschaften eine „antizyklische" Lohnpolitik treiben oder zumindest unabhängig von der Arbeitsmarktlage agieren. Der (scherzhafte) Ausspruch eines früheren Handelsministers scheint vielmehr der Wahrheit näher zu kommen, wonach man in Österreich keine Arbeitslosigkeit brauche, denn die österreichischen Gewerkschaften halten mit ihren Lohnforderungen schon dann zurück, wenn im Nachbarland BRD in einigen Großbetrieben Arbeitskräfte freigesetzt werden.

Übersicht 6:
NOMINAL- UND REALLOHNFLEXIBILITÄT

	1970/74	1980/84
	% pro Jahr	
Nominallöhne	12,8	5,6
Verbraucherpreise	7,0	5,3
Reallöhne	5,4	0,3

Einkommenspolitik wurde seit dem Zweiten Weltkrieg in verschiedenen Ländern erprobt, zumeist aber wieder aufgegeben. In Österreich hingegen betreiben die Sozialpartner Einkommenspolitik seit fast drei Jahrzehnten nach dem gleichen Verfahren. Es ist daher begreiflich, daß die sozialpartnerschaftliche Einkommenspolitik Österreichs international Beachtung findet.
Die großen sozialen Gruppen dieses Landes (die Arbeitnehmer, die Unternehmer der gewerblichen Wirtschaft und die Landwirte) verfügen über umfassende Interessensvertretungen mit hoher Zentralität und hohem Repräsentationsgrad.
Die Verbände haben seit dem Zweiten Weltkrieg eng zusammengearbeitet und sich in vielen wirtschaftspolitischen Fragen zu gemeinsamen Lösungen durchgerungen. (Wichtiges Beispiel aus der jüngsten Zeit: Nach den harten Auseinandersetzungen der Tarifparteien in der BRD im Jahre 1984 über die Frage der Arbeitszeitverkürzung einigten sich in Österreich 1985 die Sozialpartner auf eine einvernehmliche Lösung dieses schwierigen Problemkomplexes.) Die Bereitschaft zu Konsenslösungen und die Ablehnung von Konfliktstrategien wird meist mit historischen Erfahrungen begründet (Bürgerkrieg in der Ersten Republik, Konzentrationslager nach 1938, lange Besetzung durch vier Besatzungsmächte nach 1954). Aber auch die Jugend, die in der Wohlstandsgesellschaft der Zweiten Republik aufgewachsen ist, sieht in der Sozialpartnerschaft einen positiven Wert.
Die Zusammenarbeit der Sozialpartner erstreckt sich auf zwei Ebenen: Die Sozialpartner fungieren einmal als Berater und Helfer der Regierung bei der Vorbereitung und bei dem Vollzug von Wirtschaftsgesetzen. Zum anderen agieren sie autonom im Bereich der sozialpartnerschaftlichen Preis- und Lohnpolitik.
Zwecks Implementierung der sozialpartnerschaftlichen Preis- und Lohn-Politik haben die Sozialpartner bereits 1957 einen institutionellen Rahmen auf freiwilliger (nicht gesetzlicher) Basis geschaffen, der bis heute im wesentlichen unverändert geblieben ist: die Paritätische Kommission für Preis- und Lohnfragen mit dem Preisunterausschuß und dem Lohnunterausschuß (dazu kam 1963 als dritter Unterausschuß der Beirat für Wirtschafts- und Sozialfragen). Die Gewerkschaften verpflichteten sich, Anträge auf Lohnforderungen und die Unternehmervertreter Anträge auf Preiserhöhungen den jeweiligen Unterausschüssen vorzulegen.
Das Verfahren ist praktisch sanktionslos (bestimmte gesetzliche Sanktionen des Handelsministers werden nicht benutzt). Dennoch halten sich die Untersuchungen an die Verfahrensregeln, hauptsächlich weil sie in vielfältiger Weise von den Verbänden abhängig sind.
Die Paritätische Kommission tagt einmal, der Lohnunterausschuß höchstens zweimal im Monat. Der Preisunterausschuß hält mindestens einmal wöchentlich eine Sitzung ab. Pro Jahr werden etwa 400 Anträge auf Preiserhöhungen behandelt. Durch das sozialpartnerschaftliche Genehmigungsverfahren werden etwa die Hälfte aller Industriewaren und etwa 20 % der im Verbraucherindex enthaltenen Güter und Leistungen erfaßt. Die Kontrolle ist also keineswegs vollständig; im Bereich der Industrie-

güter sind die wichtigsten Ausnahmen die Preise für Importwaren und für neue Produkte. Im Dienstleistungsbereich werden die Preise in den Gaststätten de facto nicht kontrolliert. Etwa 90 % der Preisanträge werden vom Preisunterausschuß erledigt; 10 % werden der Paritätischen Kommission als „Zweiter Instanz" vorgelegt.
Das permanente (nunmehr fast drei Jahrzehnte praktizierte) Verfahren der sozialpartnerschaftlichen Einkommenspolitik unterscheidet sich von manchen einkommenspolitischen Experimenten im Ausland, die als ad-hoc-Maßnahmen zur Bewältigung bestimmter Notlagen konzipiert wurden. Ein weiterer Unterschied besteht darin, daß keine verbindlichen Lohnleitlinien verkündet werden, obschon intern oft konkrete Vorstellungen darüber bestehen, was ein „gesamtwirtschaftlich" verantwortungsvoller Lohnabschluß ist (die Lohnabschlüsse 1975 z. B. wurden nachträglich auch von Arbeitnehmervertretern als zu hoch eingestuft).
Soviel zu den Institutionen und Verfahren der sozialpartnerschaftlichen Einkommenspolitik.
Abschließend zu diesem Themenkreis noch ein kurzer Hinweis zur funktionellen Einkommensverteilung. In der internationalen empirischen Forschung (z. B. in Veröffentlichungen der OECD oder der EG) wird häufig die hohe Arbeitslosigkeit in Europa darauf zurückgeführt, daß die Reallöhne im Vergleich zur Produktivität zu hoch sind oder, anders ausgedrückt, daß die Gewinnquote und vor allem die Gewinnrate zu niedrig seien, um kapazitätserweiternde Investitionen (und nicht bloß Rationalisierungsinvestitionen) hervorzulocken. In Österreich ist der Fragenkomplex Einkommensverteilung nur beiläufig untersucht. Es wird zwar von der Konstanz der Einkommensverteilung als Basis der Sozialpartnerschaft gesprochen, aber es scheint ebenso zum sozialpartnerschaftlichen Konsens zu gehören, daß verteilungsrelevante Tatbestände im statistischen Halbschatten bleiben. Angaben über die funktionelle (institutionelle) Einkommensverteilung sind hauptsächlich ein bisher wenig durchleuchtetes Nebenprodukt der volkswirtschaftlichen Gesamtrechnung, die anläßlich von Revisionen immer für Überraschungen gut ist.
Mit diesen Einschränkungen gilt: Die bereinigte Lohnquote schwankte in Österreich stark konjunkturbedingt (hauptsächlich weil sich die Beschäftigung nicht kurzfristig den Produktionsschwankungen anpaßt). Aber auch nach Ausschaltung der jährlichen Änderungen blieben auffallende mittelfristige Wellen: Die bereinigte Lohnquote stieg nach dem 1. Ölpreisschock merklich und wurde nach dem 2. Schock merklich reduziert. Das heißt: In der zweiten Hälfte der 70er Jahre entwickelte sich in Österreich ebenso wie in vielen anderen Industrieländern ein „real wage gap", der erst in der langen Rezession Anfang der 80er Jahre abgebaut werden konnte. Zu dem gleichen Ergebnis führt ein direkter Vergleich von Produktivitätswachstum (einschließlich Veränderungen der Austauschverhältnisse) und Reallöhnen. 1973/79 stiegen die Reallöhne jährlich um ein halbes Prozent stärker als die (bereinigte) Produktivität, 1979/83 jedoch um fast ein Prozent schwächer.
Bis 1984 sank die bereinigte Lohnquote wieder auf das

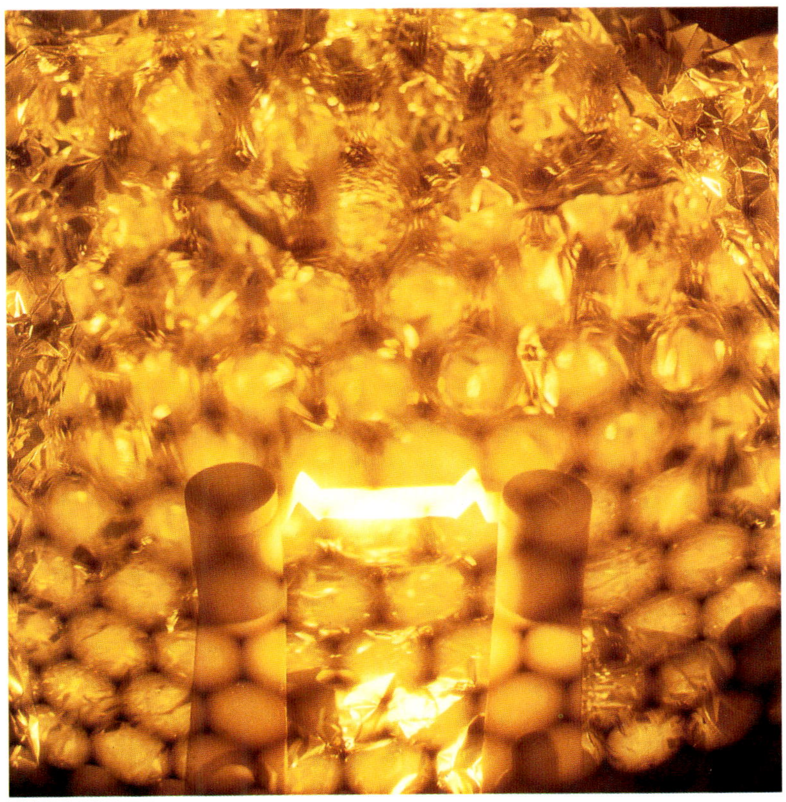

Übersicht 7:
REALLOHN UND PRODUKTIVITÄT

	Reallohn	Produktivität	
		mit Terms-of-Trade Effekt	ohne Terms-of-Trade Effekt
	% pro Jahr		
1960/68	5,6	5,4	5,3
1968/73	5,2	5,0	5,1
1973/79	2,7	2,2	2,5
1979/83	0,6	1,6	1,9
1984/85	—	—	—

Quelle: WIFO

Niveau von 1970. Es ist aber eine offene Frage, ob materielle Investitionen angesichts der noch immer hohen Zinssätze bereits so rentabel sind, daß sie ein stärkeres Wirtschaftswachstum tragen können. Die Nicht-Lohneinkommen sind eine heterogene Größe und decken sich nur teilweise mit dem üblichen Begriff „Gewinne". Besonders stark sind im letzten Jahrzehnt die reinen Besitzeinkommen (vor allem Zinserträge und der Mietwert von Eigenwohnungen) sowie die Betriebsüberschüsse des Finanzierungssektors gestiegen (der erhebliche Vermögensverluste abzudecken hatte). In der Güter und Dienstleistungen produzierenden Wirtschaft ist die Gewinnquote und (weil der Kapitalkoeffizient gestiegen ist) vor allem die Gewinnrate noch niedriger als Anfang der 70er Jahre.

d) Anpassung des Arbeitskräfteangebotes an den Bedarf

Da eine produktionssteigernde Ausweitung der heimischen Nachfrage an außenwirtschaftliche Grenzen stieß, taucht die Frage auf, wieso sich dennoch die Arbeitslosigkeit in viel engeren Grenzen hielt als im Durchschnitt der Industrieländer (inbesondere Westeuropas). Die Antwort lautet: Statt die Nachfrage nach Arbeitsleistungen dem Angebot anzupassen, wurde umgekehrt das Angebot soweit reduziert, daß es nicht allzu sehr den Bedarf der Wirtschaft bei mäßigem Wachstum überstieg. Die Reduktion des Arbeitskräfteangebotes erfolgte zum Teil durch Vorkehrungen der Arbeitsmarktpolitik; zum Teil war sie der (unbeabsichtigte) Nebeneffekt von wirtschafts- und sozialpolitischen Maßnahmen in anderen Bereichen. Nach dem 1. Ölpreisschock schmälerte die letzte Etappe der Verkürzung der Wochenarbeitszeit auf 40 Stunden die Zahl der insgesamt zur Verfügung stehenden Arbeitsstunden. Nach dem 2. Ölpreisschock entlastete ein arbeitsmarktpolitisch geförderter Rückgang der Erwerbsquoten den Arbeitsmarkt. Über die gesamte Zeitspanne wurde die Zahl der ausländischen Gastarbeiter reduziert, und zwar stärker als in den anderen westeuropäischen Ländern. Man kann argumentieren, daß das Problem unzureichender Beschäftigungsmöglichkeiten damit nicht gelöst wurde, sondern nur andere Rationierungsregeln für die Beschäftigungsnachfrage als bei offener Arbeitslosigkeit gewählt wurden. Zum Teil wurde nur der gleiche Sachverhalt anders etikettiert (z. B. Zahlung von Frühpensionen statt Arbeitslosenunterstützungen). Wenn jedoch die Entwicklung der Weltwirtschaft einer kleinen offenen Volkswirtschaft nur eine bescheidene „natürliche" Wachstumsrate vorgibt, die sie (ohne in Zahlungsbilanzschwierigkeiten zu geraten) nicht nennenswert überschreiten kann, dann bleibt keine andere Wahl.
Damit die Beschäftigung wächst, muß (trivial gesprochen) die Produktion stärker steigen als die Arbeitsproduktivität (definiert als Produktion je Beschäftigten). Weniger trivial und daher auch kontrovers ist die Frage, was das Verhältnis von Produktions- und Produktivitätswachstum bestimmt. Die empirische Wirtschaftsforschung stützt sich häufig auf das sogenannte Verdoorn-Gesetz: Je mehr die Wirtschaft wächst, desto mehr wächst auch (wenngleich nicht in gleichem Maße) die Produktivität. Wachstumsschwankungen werden demnach teilweise von gleichgerichteten Produktivitätsschwankungen begleitet und schlagen daher nicht voll auf die Beschäftigung durch. Die Verdoorn-Beziehung dämpfte die Rückwirkungen der Wachstumsverlangsamung nach OPEC I auf dem Arbeitsmarkt. Die Produktion je Erwerbstätigen stieg 1973/77 nur um 2,6 % pro Jahr gegen 4,8 % 1968/73. Der Produktivitätsfortschritt wurde sogar stärker gedämpft, als aufgrund bisheriger Erfahrungen anzunehmen war, und das obwohl der real-wage-gap Rationalisierungsinvestitionen begünstigte.
Das hat verschiedene Gründe: Während der stürmischen Konjunktur Anfang der 70er Jahre, die die Wirtschaftspolitik voll ausschwingen ließ, konnten viele Bereiche (vor allem der öffentliche Dienst, aber auch viele Dienstleistungszweige) ihren Arbeitskräftebedarf (trotz Zulassung ausländischer Gastarbeiter) nicht voll decken. Dieser aufgestaute Bedarf bot eine Beschäftigungsreserve für Krisenzeiten. Ferner wurden in Teilen der Großindustrie Beschäftigte gehortet. Die Bemühungen der Wirtschaftspolitik, „um jeden Arbeitsplatz zu kämpfen", führte immer dann zu (manchmal kostspieligen) Rettungsaktionen, wenn größere Entlassungen angekündigt wurden. Nicht zuletzt fiel die letzte Etappe der Beschränkung der Wochenarbeitszeit auf 40 Stunden in das Jahr 1975. Das entlastete damit den Arbeitsmarkt zu einer Zeit, als die Arbeitslosigkeit zu steigen begann.
Wieviel Arbeitsplätze die Verkürzung der Arbeitszeit tatsächlich gesichert hat, ist freilich nicht leicht zu schätzen. Sie hat zwar bewirkt, daß das Arbeitsvolumen auf mehr Köpfe aufgeteilt wurde, gleichzeitig aber das Arbeitsvolumen selbst gedrückt. Denn sie hat dazu beigetragen, daß sich die internationale Kostenposition Mitte der 70er

Jahre so stark verschlechterte und die expansive Geld- und Finanzpolitik in so hohem Maße ins Leere ging (die Produktion des Auslandes stimulierte).

Übersicht 8:
PRODUKTION, ARBEITSZEIT UND BESCHÄFTIGUNG

	1969/73	1973/79	1979/83
reales BIP	5,8	2,9	1,5
— Mannproduktivität	4,8	2,6	2,0
Beschäftigung	1,0	0,4	— 0,5
+ Arbeitszeit	— 1,4	— 0,9	— 0,4
Arbeitsvolumen	— 0,5	— 0,5	— 1,0

Quelle: WIFO

Nach dem 2. Ölpreisschock wurde es aus verschiedenen Gründen schwieriger, mit der alten Konzeption Vollbeschäftigung zu sichern. Auf den (notwendigen) Verzicht eines hinreichend expansiven Nachfragemanagements wurde bereits hingewiesen. Die Wachstumsrate des BIP, die von 5,9 % im Wachstumsschub 1968/73 auf 2,9 % nach OPEC I (1973/79) gesunken war, fiel nach OPEC II (1979/83) weiter auf 1,5 %. Diese weitere Wachstumsverzögerung konnte nicht mehr durch Produktivitätsdrosselung aufgefangen werden. Tatsächlich war der jährliche Produktivitätszuwachs mit 2,0 % sogar höher, als aufgrund des niedrigen BIP-Wachstums angenommen werden durfte. Infolge der anhaltend schwierigen Wirtschaftslage trennten sich Anfang der 80er Jahre viele Unternehmungen von Arbeitskräften, die sie nicht unbedingt brauchten (shake-out von Arbeitskräften). Die verstaatlichte Industrie, die bis Ende der 70er Jahre trotz stagnierender Produktion ihre Beschäftigung gehalten hatte, geriet in Ertragsschwierigkeiten und brauchte öffentliche Hilfen. Sie mußte schließlich den Beschäftigungsrückgang, den die private Industrie schon im Laufe der 70er Jahre eingeleitet hatte, bis zu einem gewissen Grad „nachholen". Verkürzungen der gesetzlichen oder kollektivvertraglichen Arbeitszeit lassen sich vor allem dann nicht „aus dem Boden stampfen", wenn die Sozialpartner einen Konsens suchen und kostspielige Arbeitskämpfe zu vermeiden trachten. Es schien außerdem fraglich, ob man in einer Phase, in der die Wirtschaft nur mäßig wuchs und die Auffüllung der Gewinnspannen kaum Reallohnzuwächse zuließ, kostenneutrale oder nur wenig kostenverteuernde Arbeitszeitverkürzungen hätte durchführen können. Die Beschäftigungseffekte von Arbeitszeitverkürzungen hängen jedoch, wie viele Untersuchungen zeigen, sehr entscheidend von ihren Kosteneffekten ab.

Unter diesen Umständen konnte auch in Österreich der Beschäftigtenstand nicht mehr gehalten, geschweige denn ausgeweitet werden. Die Zahl der Beschäftigten insgesamt sank zwischen 1981 und 1983 um 77.000, jene der unselbständigen Beschäftigten allein um 64.000 oder 2,0 %. Der Beschäftigungsrückgang wog umso schwerer, als gerade in diesen Jahren aus demographischen Gründen das Arbeitskräfteangebot um 1 % pro Jahr zunahm. Die Arbeitslosenrate begann daher (wenngleich viel später als in den anderen Industrieländern) auch in Österreich zu steigen, zunächst in der Rezession von 1,9 % 1980 auf 4,5 % 1983 und dann in der Erholungsphase (trotz wieder leicht steigenden Beschäftigungszahlen) auf 4,8 % 1985. Einer noch stärkeren Zunahme der offenen Arbeitslosigkeit wirkte entgegen, daß die Erwerbsquote der 15—65(60)-jährigen merklich sank (allein zwischen 1979 und 1983 von 71,7 % auf 69,5 %). Dadurch wurde der Arbeitsmarkt um etwa 120.000 Personen entlastet. Bei sinkendem Angebot von Arbeitsplätzen geht erfahrungsgemäß auch die Zahl der Berufstätigen zurück, Arbeitswillige werden entmutigt, sich um eine Stelle zu bewerben. Diese Tendenz wurde von der Sozialpolitik durch Frühpensionierung unterstützt. Anfang der 80er Jahre stiegen die vorzeitigen Alterspensionen jährlich um mehr als 10.000 (bis 1985 verringerte sich dieser Zuwachs wieder auf 2000).

Übersicht 9:
BESCHÄFTIGUNG, ARBEITSKRÄFTEANGEBOT UND ERWERBSFÄHIGE BEVÖLKERUNG

		1973/79		1979/83	
		Österreich	OECD-Europa	Österreich	OECD-Europa
		% pro Jahr			
	Beschäftigte	0,4	0,3	— 0,5	— 0,4
	Arbeitskräfteangebot	0,5	0,7	0,0	0,7
Quelle: OECD	Erwerbsfähige Bevölkerung	0,4	0,9	1,1	1,2

Schätzungen über die „discouraged labor force" sind erfahrungsgemäß schwierig. Man muß freilich hinzufügen, daß dadurch internationale Vergleiche von Arbeitslosenraten sehr problematisch werden. Die EFTA-Länder zum Beispiel haben im allgemeinen niedrigere Arbeitslosenraten als die EG-Staaten. Das wurde jedoch mit sehr verschiedenen Mitteln erreicht. In Norwegen und Schweden wurde die Arbeitslosigkeit niedrig gehalten, obschon die Erwerbsquoten zwischen 1973 und 1984 stark zunahmen (in beiden Ländern wurde die Arbeitszeit gekürzt und Teilzeitbeschäftigung forciert); in der Schweiz blieb die Arbeitszeit unverändert und der Arbeitsmarkt wurde dadurch entlastet, daß ein Teil des heimischen Arbeitskräfteangebotes „versickerte".

Die zum Teil von der Arbeitsmarktpolitik gesteuerten Erwerbsquoten sowie die Aufteilung des Arbeitsvolumens um Mannstunden und Beschäftigte hat die Entwicklung der Arbeitslosenraten im allgemeinen stärker beeinflußt als die ökonomisch bestimmten Differenzen zwischen den Wachstumsraten der Stundenproduktivität und jener des BIP.

Strukturmerkmale und -problematik

Im allgemeinen besteht der Eindruck, daß die österreichische Wirtschaftspolitik lange Zeit sehr geschickt die Instrumente der makroökonomischen Stabilisierungspolitik handhabte, aber Strukturproblemen nicht genügend Aufmerksamkeit schenkte. Manche halten die Strukturschwächen für so gravierend, daß sie künftig das makroökonomische Leistungsbild beeinträchtigen könnten. Der Zusammenhang zwischen Wachstum und Struktur ist jedoch zu wenig geklärt, um verläßliche Aussagen machen zu können.

Aus dem sehr weiten Themenkreis Strukturprobleme werden drei Aspekte herausgegriffen, die für die weitere Entwicklung der österreichischen Wirtschaft von zentraler Bedeutung sind:

a) die zunehmende außenwirtschaftliche Verflechtung
b) das Technologiedefizit der Industrie
c) der Konsolidierungsbedarf der öffentlichen Haushalte

a) Die zunehmende außenwirtschaftliche Verflechtung

Die außenwirtschaftliche Verflechtung der österreichischen Wirtschaft hat in den letzten Jahrzehnten stark zugenommen. 1964 machte der grenzüberschreitende Austausch von Waren und Dienstleistungen erst 25 % des BIP aus. 1985 wurden bereits 40 % des BIP exportiert; ein etwa gleich hoher Prozentsatz der heimischen Nachfrage wird durch ausländische Anbieter gedeckt. Diese Quoten werden nur von den Benelux-Ländern inmitten der industriellen Kernzone Westeuropas deutlich überboten. Die überdurchschnittlich hohe Auslandsverflechtung wird maßgeblich durch die hervorragende Stellung Österreichs im internationalen Tourismus bestimmt. Die Exportquote der Industrie entspricht etwa dem Durchschnitt der kleinen Industrieländer und liegt unter den Spitzenwerten hochentwickelter Kleinstaaten. Die sprunghafte Zunahme der außenwirtschaftlichen Verflechtung in den letzten Jahrzehnten wurde entscheidend durch die wirtschaftliche Integration Europas geprägt. Österreich ist Mitglied der EFTA und hat seit 1973 ein Freihandelsabkommen mit den EG.

Daneben spielt infolge der Nähe und traditioneller Beziehungen der Handel mit den osteuropäischen Ländern eine größere Rolle als in den anderen westlichen Industriestaaten, Finnland ausgenommen. (Anteil an den Exporten 12 % und an den Importen 10 %).

Parallel mit der Integration der Gütermärkte kam es zu einer wenngleich nur beschränkten Internationalisierung der Faktor-Märkte. Anfang der siebziger Jahre arbeiteten 117.000 österreichische Arbeitskräfte in der Schweiz und in Deutschland; gleichzeitig waren 227.000 (1972) ausländische Gastarbeiter (hauptsächlich aus Jugoslawien und der Türkei) in Österreich tätig. Seither wurde infolge der ungünstigen Arbeitslage die Zahl der Gastarbeiter in Österreich merklich reduziert (auf 140.000 im Jahr 1985); aber auch die Arbeitsmöglichkeiten für Österreicher im benachbarten Ausland wurden geringer.

Bis in jüngste Zeit zugenommen hat hingegen die Internationalisierung der Finanzmärkte. Ende 1984 entfielen fast 30 % der Bilanzsumme der Kreditunternehmungen (ohne inländische Zwischenbankeinlagen) auf Forderungen und Verpflichtungen gegenüber Ausländern. Etwa ein Drittel der Finanzschuld des Bundes wurde im Ausland

Übersicht 10:
AUSLANDSFORDERUNGEN UND VERPFLICHTUNGEN ENDE 1984

	Forderungen	Verpflichtungen	Saldo
	Mrd. S		
Österr. Nationalbank	134[1)]	5	129
Kreditunternehmungen			
kurzfristig	306	451	— 145
langfristig	279	170	+ 109
Insgesamt	585	621	— 36
Öffentliche Stellen	5	109	— 104
Wirtschaftsuntersuchungen und Private	22	82	— 60
Insgesamt	746	817	— 71

1) Einschl. 39 Mrd. S Gold (bewertet zu ¼ des Marktpreises)

aufgenommen. Andererseits kaufen heimische Anleger in jüngster Zeit zunehmend ausländische Wertpapiere.
Die Auslandsverpflichtungen Österreichs überstiegen Ende 1984 800 Mrd. S (etwa 60 % des BIP). Dem standen etwa gleich hohe Auslandsforderungen gegenüber, wenn man den Goldbestand der Notenbank miteinbezieht (und realistisch bewertet). Die Geldvermögensbilanz mit dem Ausland ist somit ausgeglichen, doch unterscheiden sich Forderungen und Verbindlichkeiten hinsichtlich der Laufzeit und Bonität. Der Kreditapparat hat seine langfristigen Auslandsanlagen teilweise mit kurzfristigen Auslandsgeldern finanziert. Und von seinen Auslandsforderungen entfällt ein Drittel auf Schillingkredite, wogegen die Auslandsverpflichtungen großteils in Schweizer Franken und in DM denominiert sind.
Diese strukturellen Ungleichgewichte sind zum guten Teil die Folge der staatlich garantierten Exportförderung. Die Bereitstellung langfristiger Exportkredite zu international wettbewerbsfähigen Konditionen half den österreichischen Exporteuren, sich auf umkämpften Märkten zu behaupten und neue Märkte zu gewinnen. Das hohe Ostobligo Österreichs wurde in übernationalen Finanzkreisen aufmerksam verfolgt. Die Planwirtschaften Osteuropas scheinen jedoch (vielleicht mit einer Ausnahme) eher imstande zu sein, ihre Auslandsschuld zu bedienen als viele Entwicklungsländer.
Die zunehmende internationale Verflechtung der Finanzmärkte hob die Zinsautonomie Österreichs weitgehend auf. Seit Anfang der 70er Jahre legt der österreichische Kreditapparat Liquiditätsüberschüsse auf ausländischen Geldmärkten an, seit 1979 entwickeln sich die Geldmarktsätze parallel zu den deutschen Sätzen. Auf dem Kapitalmarkt ist der Zusammenhang mit den ausländischen Zinssätzen noch nicht so eng, doch mußte die lange Jahre praktizierte Politik, die Nominalzinssätze konstant zu halten, aufgegeben werden.
Die Internationalisierung der Märkte und die Bindung des S an die DM verleihen der österreichischen Wirtschaft zunehmend die Eigenschaften einer „kleinen offenen Volkswirtschaft", in der die Geldmenge, die Zinssätze und zumindest die Preise für Standardgüter vom Ausland bestimmt werden. Wie eng der Handlungsspielraum für die heimische Wirtschaftspolitik geworden ist, zeigte das Scheitern der beschäftigungspolitisch motivierten Versuche in der zweiten Hälfte der siebziger Jahre, die heimische Nachfrage zu stimulieren und die heimischen Zinssätze niedrig zu halten.

b) Das Technologiedefizit der Industrie

Ebenso wie in den meisten anderen Industrieländern hat die Agrarquote in den letzten Jahrzehnten stark abgenommen. 1956 (nach Abschluß des Staatsvertrages) arbeiteten noch 26,3 % der Erwerbstätigen in der Land- und Forstwirtschaft, 1973 nur noch 11,8 % und 1983 8,7 %. Trotz der starken Abwanderung und obschon Österreich ein Gebirgsland mit einem hohen Anteil von Ödland und Grünland ist, deckt die Landwirtschaft 90 % des Ernährungsbedarfes. An Milch, Rindfleisch und Getreide wurden Überschüsse erzielt, die auf den Weltmärkten nur zu Verlustpreisen abgesetzt werden können und daher subventioniert werden müssen. (Andererseits wird etwa die Hälfte des Fettbedarfes und ein Drittel des Bedarfes an Obst importiert.)
Die aus der Landwirtschaft abgewanderten Erwerbstätigen fanden bis 1973 teils in der gewerblichen Güterproduktion und teils in den Dienstleistungszweigen einen neuen Arbeitsplatz. Seit 1973 geht jedoch auch die Beschäftigung im sekundären Sektor zurück, und nur die Dienstleistungszweige nehmen noch Arbeitsplätze auf. 1983 waren bereits 53,8 % an Erwerbstätigen im tertiären Bereich tätig.

Übersicht 11:
VERTEILUNG DER ERWERBSTÄTIGEN NACH WIRTSCHAFTSSEKTOREN

	1956	1973	1983
	Anteile in %		
Primärer Sektor	26,3	11,8	8,7
Sekundärer Sektor	41,0	43,0	37,6
(davon Verarbeitende Industrie	(32,1)	(32,9)	(28,8)
Tertiärer Sektor	32,7	45,2	53,8

Dennoch war 1983 der Anteil der gewerblichen Sachgüterproduktion mit 37,6 % und jene der verarbeitenden Industrie mit 28,8 % sehr hoch. Nur die BRD und die CH haben ähnlich hohe oder noch etwas höhere Quoten. Die Industrie ist (neben dem Fremdenverkehr) der exponierte Sektor der österreichischen Wirtschaft; er ist voll der internationalen Konkurrenz ausgesetzt. Es ist daher von entscheidender Bedeutung, daß er im Zeitalter der „global competition" international bestehen kann. Das setzt ständige Strukturanpassung voraus.
Die Strukturproblematik, vor der sich die österreichische Industrie gestellt sieht, läßt sich wie folgt zusammenfassen: In der Produktpalette der österreichischen Industrie haben Grundstoffe und traditionelle Konsumgüter ein stärkeres Gewicht als in den hochentwickelten Industriestaaten. Die Produktschwerpunkte spiegeln sich deutlich im Außenhandel wider.
Von den österreichischen Exporten entfällt ein größerer Teil auf Eisen und Stahl, Schnittholz und Papier sowie auf andere Waren der SITC-Gruppe 6 (Bearbeitete Waren) als im Durchschnitt der Industrieländer. Dagegen ist der Anteil der technischen Güter der SITC-Gruppe 7 (Maschinen und Verkehrsmittel) merklich niedriger. Be-

13

sonders Vergleiche mit der Schweiz und mit Schweden machen deutlich, daß das heimische Angebot technologisch wenig anspruchsvoll ist. Die Schweiz hat einen hohen Exportüberschuß an chemischen Produkten und Schweden einen hohen Exportüberschuß an Maschinen und Verkehrsmitteln. In beiden Warengruppen ist der österreichische Außenhandel passiv, wogegen in der SITC-Gruppe 5, die zu einem beträchtlichen Teil aus Halbwaren besteht, Exportüberschüsse erzielt werden. Auch der Umstand, daß 1982 nur 8,7 % der Exporte auf Hochtechnologieprodukte entfielen (Schweiz 22,2 %, USA 28,3 %) sowie die vergleichsweise niedrigen Aufwendungen für Forschung und Entwicklung, stützen die These einer „Technologielücke".

Die österreichische Industriestruktur ist das Ergebnis historischer Entwicklungen. Insbesondere die Stahlindustrie und die Textilindustrie, die dominierenden Industrien der ersten industriellen Revolution, haben wichtige österreichische Industriegebiete geprägt. Die Produktstruktur ändert sich jedoch relativ langsam, so daß sich die Strukturdifferenzen gegenüber den führenden Industrieländern nur allmählich verringern.

Die relative Trägheit der Produktionsstruktur darf nicht schlechthin als Mangel an Dynamik interpretiert werden. Die Arbeitsproduktivität der österreichischen Industrie stieg in allen Etappen der Nachkriegszeit stärker als im OECD-Durchschnitt (wenngleich sie noch nicht das Niveau der führenden Industrieländer erreicht). Es scheint jedoch, daß sie sich mehr auf Prozeßinnovationen als auf Produktinnovationen konzentriert hat.

Das mag in manchen Situationen vorteilhaft sein. Verschiedenes spricht jedoch dafür, künftig Produktinnovationen den Vorrang einzuräumen. Seit 1979 stiegen die Exportpreise der österreichischen Industrie (in einheitlicher Währung) schwächer als die der Industrieländer insgesamt. Heimische Produkte werden zunehmend durch Angebote aus Osteuropa oder aus Entwicklungsländern konkurrenziert. Auch scheint die Ertragslage der heimischen Industrie zumindest bis 1983 stärker gedrückt worden zu sein als in anderen Industriestaaten.

In gewisser Hinsicht spiegelt der Mangel an Produktinnovation die Vorstellung vom „Durchtauchen" durch eine als nur vorübergehend angenommene Flaute der Weltwirtschaft wider, die in der zweiten Hälfte der 70er Jahre auch die Makro-Wirtschaftspolitik beherrscht hatte. Als deutlich wurde, daß die Weltwirtschaft nicht mehr auf den alten Wachstumspfad zurückkehren werde, mußten Strukturanpassungen nachgeholt werden. Das gilt insbesondere für die verstaatlichte Industrie, auf die 20 % der industriellen Wertschöpfung entfällt.

Mehr Dynamik braucht die österreichische Industrie künftig schon deshalb, weil der Fremdenverkehr, die zweite Säule der österreichischen Devisenbilanz, an natürliche und ökonomische Grenzen stößt.

Die Einnahmen aus dem Ausländerreiseverkehr erreichen 8 % des BIP, doppelt so viel wie in anderen europäischen Reiseverkehrsländern (Griechenland, Spanien, Schweiz). Auch gemessen an den Nächtigungszahlen oder an den Reiseverkehrseinnahmen pro Kopf der Bevölkerung liegt Österreich an der Spitze. Die Bundesländer Tirol und Salzburg ziehen ein Viertel ihres Einkommens aus dem Fremdenverkehr.

Seit geraumer Zeit hat sich freilich das Wachstum des Fremdenverkehrs merklich verlangsamt. Der internationale Reiseverkehr wurde durch den Trendbruch der Weltwirtschaft nach OPEC I stärker getroffen als die Güterproduktion. Dazu kam, daß Österreich Marktanteile am internationalen Reiseverkehr verlor, teils weil sich die Herkunft der Gäste nach Übersee verlagerte, teils weil der Besuch deutscher Gäste stagnierte. Für Deutschland war Österreich ein bevorzugtes Reiseland. Mitte der 60er Jahre besuchten 40 % der deutschen Auslandreisenden Österreich und stellten 30 % aller Ausländer-Nächtigungen in Österreich. Infolge der räumlichen Nähe, der Gleichheit der Sprache und wohl auch, weil Österreich-Aufenthalte besonders preiswert waren, kamen vor allem ärmere Bevölkerungsschichten nach Österreich. Als mit steigendem Wohlstand die Dienstleistungen in Österreich relativ teuer wurden und unsichere Beschäftigungsaussichten die ärmeren Schichten in Deutschland veranlaßten, mit Urlaubsreisen zu sparen, ging der Anteil Österreichs am deutschen Reisemarkt bis auf 28 % zurück. Die Marktanteilsverluste Österreichs im letzten Jahrzehnt beschränkten sich auf den Sommerreiseverkehr. Im Winter haben die Alpenländer eine natürliche Monopolstellung; der finanziell ergiebigere Winterreiseverkehr hat bis in die jüngste Zeit zugenommen.

c) Der Konsolidierungsbedarf der öffentlichen Haushalte

Die österreichische Wirtschaft hat lange Zeit eine sehr hohe Investitionsquote. 1972 wurden 30 % des BIP in Bauten und maschinellen Anlagen investiert. Seither ist jedoch die Investitionsquote erheblich gesunken: 1984 betrug sie nur noch 21,5 % des BIP. Der Rückgang hängt mit der Verringerung des BIP-Wachstums zusammen. Eine langsam wachsende Wirtschaft „braucht" nicht so viele Investitionen, und niedrigere Investitionen dämpfen bei gegebener Sparneigung der Bevölkerung die Nachfrage auf den Gütermärkten.

Auffallenderweise haben im letzten Jahrzehnt nicht nur die produktiven Investitionen der Wirtschaft, sondern auch die Infrastrukturinvestitionen der öffentlichen Hand stagniert. Die Brutto-Investitionen der öffentlichen Verwaltung hatten 1972 einen Anteil von 5,2 % des BIP, Anfang der 80er Jahre jedoch nur noch 3,5 %.

Der relative (im Vergleich zum BIP) Rückgang der produktiven Investitionen ließ bei einer fast konstanten Sparquote im privaten Sektor einen Finanzierungsüberschuß entstehen, den die öffentlichen Haushalte ab-

sorbierten. Ihre Defizite nahmen nicht nur vorübergehend im Gefolge der Rezession nach den beiden Ölpreisschocks zu, sondern hatten auch einen steigenden Trend. Es ist fraglich, ob in dieser Konstellation: mäßiges Wachstum, relativ niedrige Investitionsquote, Absorbtion der „überschüssigen" privaten Ersparnisse durch die öffentliche Hand, der nötige Strukturwandel bewältigt wird, um den Rückstand der österreichischen Wirtschaft gegenüber den führenden Industrieländern aufzuholen. Der erforderliche Strukturwandel wird vielmehr hohe Investitionen erfordern (und höhere Forschungsaufwendungen sowie ein effizientes Management). Das gilt umso mehr, wenn entsprechend dem Verursachungsprinzip die Wirtschaft die von ihr verursachten Umweltschäden beseitigen muß. Um die privaten Investitionen nachhaltig zu beleben, müssen verschiedene Voraussetzungen geschaffen werden. Auf drei sei besonders hingewiesen: Eine Steigerung der privaten Investitionsquoten setzt zunächst eine Lösung der Zinsproblematik voraus. Österreich gehörte in den 70er Jahren zu den Ländern mit den höchsten Realzinssätzen. Das hängt zum Teil damit zusammen, daß sich die Nominalzinssätze erfahrungsgemäß nur zögernd sinkenden Inflationsraten anpassen. Es gibt jedoch auch eine hausgemachte Komponente: Die langfristigen Zinssätze in Österreich liegen beharrlich um etwa 1 % über den deutschen. Das kann nicht nur mit negativen Wechselkurserwartungen erklärt werden, sondern hängt hauptsächlich damit zusammen, daß Österreich über keine vollentwickelten Finanzmärkte verfügt und der Bund die Finanzmärkte stark beansprucht.
Weiters müssen bessere Instrumente der Unternehmensfinanzierung gefunden werden. Die Finanzierung der Unternehmungen erfolgte lange Zeit nahezu ausschließlich über den Cash Flow und über Bankkredite. Einen Markt für Risikokapital gab es praktisch nicht. Der Kurswert der an der Wiener Börse notierten Aktien beträgt 3 % des BIP, gegen 14 % in der BRD (wo ebenfalls die Banken einen Großteil der Außenfinanzierung der Unternehmungen bestreiten) und 63 % in den USA. Das hat u. a. zur Folge, daß der Anteil des Eigenkapitals an der Bilanzsumme stark gesunken ist. Der Anteil des haftenden Eigenkapitals im engeren Sinne, z. B. der Aktiengesellschaften der verarbeitenden Industrie ging zwischen 1973 und 1983 von 37,1 % auf 24,8 % zurück, wobei allerdings gleichzeitig die Rückstellung (z. B. Sozialkapital) von 9,8 % der Bilanzsumme auf 13,5 % stiegen. Nach Berechnungen der Oesterreichischen Nationalbank stiegen die Eigenkapitalquoten der österreichischen Industrieunternehmungen selbst unter jene der japanischen Industrie. Um den Mangel an Risikokapital zu mildern, hat die österreichische Wirtschaftspolitik Beteiligungsfinanzierungsgesellschaften gefördert, die sich durch Ausgaben von steuerbegünstigten Genußscheinen finanzieren. Auch der Kauf junger Aktien wurde steuerlich prämiert.

Schließlich hängt die Bewältigung der Strukturproblematik auch davon ab, ob die öffentlichen Haushalte imstande sind, ihre Budgets zu konsolidieren. Es ist unwahrscheinlich, daß die tendenziell steigenden Defizite der öffentlichen Haushalte in der Periode der Wachstumsverzögerung ein „crowding out" privater Investitionen bewirkt haben. Wenn die privaten Investitionen wieder lebhafter werden, sollten die öffentlichen Haushalte jedoch ein „crowding in" ermöglichen, indem sie ihre Defizite entsprechend reduzieren. Andernfalls würde die gesamtwirtschaftliche Absorbtion zu groß, und die Belebung der Investitionen müßte infolge Zahlungsbilanzschwierigkeiten abgebrochen werden.
Die Budgetdefizite der öffentlichen Haushalte in Österreich sind nicht besonders hoch. Zwar hatte der Bundeshaushalt 1985 ein Nettodefizit von 4,7 % des BIP. Die Länder und Gemeinden haben jedoch nur sehr geringe Abgänge. Überdies finanzieren die öffentlichen Haushalte nicht unbeträchtliche Investitionen der Wirtschaft durch Kredite (z. B. Wohnbaudarlehen oder Darlehen aus Wasserwirtschaftsfonds). Rechnet man (wie das in der volkswirtschaftlichen Gesamtrechnung geschieht) Kreditgewährungen und Schuldenaufnahmen der öffentlichen Hand gegeneinander auf, so blieb 1985 ein Nettodefinanzierungsbedarf der öffentlichen Haushalte von etwa 3 % des BIP. Die Nachbarländer BRD und Schweiz haben jedoch in der Budgetkonsolidierung bereits viel größere Fortschritte gemacht. Und: Je länger mit der Konsolidierung des Bundesbudgets zugewartet wird, desto größer wird die Zinsenbelastung, und desto größer müssen künftig die Überschüsse im Primärbudget (Budget ohne Zinszahlungen) sein, um eine Explosion der Staatsschuldenquote zu verhindern.

Venus von Willendorf. Statuette aus Kalkstein, Höhe 11 cm. Altsteinzeit, um 22.000 v. Chr.

HERMANN FILLITZ

AUF DER SUCHE NACH SCHÖNHEIT

DIE BILDENDE KUNST IN ÖSTERREICH BIS ZUM ENDE DES 19. JAHRHUNDERTS

Um die künstlerische Erscheinung Österreichs zu verstehen, muß man sich bewußt sein, daß das Land auf eine sehr differenzierte Entwicklung zurückblickt, die sehr wohl das Bild der künstlerischen Entfaltung wesentlich mitbestimmt hat. Aus einer kleinen Markgrafschaft, die nicht einmal der Größe der heutigen Bundesländer Ober- und Niederösterreich entsprach, entwickelte sich langsam ein Reich, das zum Zeitpunkt seiner größten Ausdehnung das zweitgrößte Territorium im damaligen Europa — nach dem von Rußland — umfaßte, um schließlich nach dem Ersten Weltkrieg zu einem Kleinstaat zusammenzuschrumpfen, der in etwa dem der mittelalterlichen „Erblande" entspricht. Dementsprechend stiegen die Herrscher dieses Landes aus dem bescheidenen Rang eines Markgrafen zunächst zu Herzögen auf, und seit Rudolf von Habsburg hat das Land in der Folge Herrscher gehabt, die deutsche Könige und Kaiser des Heiligen Römischen Reiches waren. So änderten sich die diplomatischen Ansprüche, die Fragen von Repräsentation im weitesten Sinn des Wortes ebenso wie natürlich die geographischen und politischen Verbindungen, die das Land in Berührung mit allen großen kulturellen Zentren Europas brachte, wobei natürlich auch hier immer wieder mit Veränderungen der Orientierung zu rechnen ist. Es sind aber auch die Länder, die heute Österreich bilden, erst im Laufe mehrerer Jahrhunderte zusammengewachsen, was auch wieder erklärt, daß ihre kulturellen Verbindungen oft noch lange nach verschiedenen Richtungen hin orientiert waren.

Österreich, im Zentrum Mitteleuropas gelegen, ist ein Land, in dem sich die Zeugnisse der Kultur bis in prähistorische Zeiten zurückverfolgen lassen. Hier kreuzen sich uralte Handelsstraßen von Norden, von der Ostseeküste nach Oberitalien führend, mit der von Westen nach Osten, die durch den Donaulauf markiert ist. Funde, darunter als berühmtester die Venus von Willendorf (in der Wachau; heute im Naturhistorischen Museum, Wien), zeugen von der Besiedlung des Landes in dieser Zeit. In der Römerzeit war die Grenze des Reiches mit der Donau gegeben. Die Reste der Städte und Straßen sind in wissenschaftlicher Arbeit erschlossen, und vieles von den Ruinen kann man heute noch besichtigen, vor allem die wichtigste Stadt an der Donau, dort wo die alte Bernstein-Straße den Strom kreuzte, nämlich Carnuntum, nahe dem heutigen Petronell. Wien, das römische Vindobona, war demgegenüber eine kleine Garnisonstadt. Wohl am eindrucksvollsten sind die römischen Zeugnisse heute noch in Kärnten, im Zollfeld nördlich von Klagenfurt. Dort stand Virunum, die Hauptstadt der Provinz Binnen-Noricum. Immer wieder tauchen dort römische Spolien auf. Schon früh haben sie Beachtung gefunden. In den Kirchen des Landes, so in Maria Saal, wurden römische Spolien eingemauert, nicht nur um das kostbare Material zu verwenden, sondern auch der Darstellungen wegen. Im Jahre 1692 ließ der Gelehrte Johann Do-

minik Prunner auf dem Zollfeld eine Nischenkapelle errichten, um eine ganze Sammlung zum Teil sehr beachtlicher römischer Grabmäler und anderer Spolien zu vereinen. Nicht weit davon entfernt, am nördlichen Ende des Zollfeldes, werden auf dem Magdalensberg die Reste der Hauptstadt der Kelten ausgegraben, die vor der römischen Eroberung Herren des Landes gewesen waren. Hier wurde schon früh, im 16. Jahrhundert, die lebensgroße Bronzefigur eines Jünglings gefunden. Das Original ist leider verlorengegangen, doch eine ausgezeichnete Kopie aus dem 16. Jahrhundert in der Antikensammlung des Wiener Kunsthistorischen Museums gibt eine gute Vorstellung von ihm.
Wichtige Funde, zumeist heute in den verschiedenen Landesmuseen verwahrt, zeugen von den Völkerschaften, die nach dem Zusammenbruch des römischen Imperiums hier hausten, ihre Kleinkriege führten und immer wieder nach Süden strebten. Namentlich in Kärnten kann man noch die Reste der Fluchtburgen sehen, in die sich die Bevölkerung bei drohender Gefahr zurückziehen konnte. In Kärnten lassen sich auch die ersten christlichen Kirchen nachweisen: In Feistritz an der Drau (Duell) und in St. Peter im Holz (Teurnia) sind verhältnismäßig große Kirchenanlagen aus dem 4. Jahrhundert, frühe Zeugnisse des Christentums in unserem Land, ergraben worden. Erst vom Ende des 8. Jahrhunderts an kann man aber eine kontinuierliche künstlerische Entwicklung — am Anfang zumindest in Einzelwerken — erkennen. Das Bayern des Herzogs Tassilo, zu dem auch Salzburg und das westliche Oberösterreich gehörten, bot die politische Grundlage dafür.
Die mittelalterliche Geschichte Salzburgs — in der Römerzeit stand hier die Stadt Iuvavum — wird faßbar mit der Schenkung des Bayernherzogs Theodo an Bischof Rupert am Ende des 7. Jahrhunderts. Auf ihn gehen wahrscheinlich die beiden ältesten Klostergründungen zurück, St. Peter als Kloster der Mönche und Nonnberg als Frauenkloster. Zwischen 767 und 774 errichtete der Ire Virgil in Salzburg einen Dom, dessen Dimensionen für die damalige Zeit schon sehr beachtlich waren.
Noch mehr gibt aber ein Objekt eine Vorstellung von der Bedeutung dieser insularen Mission, ein rund eineinhalb Meter hohes Goldkreuz, eine englische Arbeit. Heute gehört es der Pfarrkirche von Bischofshofen, doch dürfte es ursprünglich aufgrund seiner Dimensionen und seiner materiellen Kostbarkeit wohl zur Ausstattung des Virgil-Domes gehört haben. Es ist die einzige bekannte englische Goldschmiedearbeit von solcher Größe und das ein-

Römerstein. Zollfeld, Kärnten.

Bronzestatue des Jupiter Dolichenus, der unter Kaiser Vespasian (69—79) als Gottheit im Donauraum eingeführt wurde. „Dolichenusfund", Mauer, Niederösterreich.

zige Gemmenkreuz, das aus jener Epoche bekannt ist. Auch in Bayern entstanden Werke von durchaus vergleichbarer Qualität, die den Zusammenhang mit England nicht leugnen können. Das bedeutendste unter ihnen ist der Tassilo-Kelch, ein Geschenk des Bayernherzogs und seiner Gemahlin Liutpirc, einer langobardischen Königstochter, der heute noch im Besitz des Stiftes Kremsmünster in Oberösterreich ist, das 777 von dem Herzog gegründet wurde. Man nimmt an, daß dieser Kelch aus einer Salzburger Werkstatt kam. Aus Salzburg kennt man aus dieser Zeit mehrere Handschriften (alle heute in Wien, Österreichische Nationalbibliothek).
Auch gab es eine Schreibschule in Mondsee; erhalten ist ein für Herzog Tassilo geschriebener Psalter (heute in Montpellier, Frankreich). Gerade mit ihm lassen sich die figuralen Darstellungen auf dem Tassilo-Kelch gut vergleichen. Schließlich ist in Kremsmünster selbst noch eine Handschrift, der Codex Millenarius, erhalten, die wohl aus der Schreibschule des Klosters hervorgegangen ist. Alle diese Handschriften lassen neben dem angelsächsischen Element noch Zusammenhänge mit Oberitalien erkennen.
788 wurde Herzog Tassilo von Karl dem Großen besiegt, Bayern dem karolingischen Reich einverleibt und die Grenze des Reiches bis etwa in die Gegend von Tulln-Traismauer in Niederösterreich vorgeschoben. Sehr bald zeigte sich der Einfluß des karolingischen Hofes in Salzburg. In Handschriften, die im frühen 9. Jahrhundert für den Salzburger Erzbischof Arn (785—821) geschrieben wurden, sind die Evangelistenbilder nach Vorlagen der Hofwerkstatt Karls des Großen gezeichnet. Salzburg besaß damals schon einen sich weit nach Osten und Süden ausdehnenden kirchlichen Einflußbereich; sein Erzbischof wurde schon im Laufe des 9. und 10. Jahrhunderts zu einem mächtigen Kirchenfürsten in Deutschland. Dennoch wissen wir aus jenen Zeiten nichts über die künstlerische Entwicklung der Stadt und des ganzen Landes. Sicherlich tragen daran auch die unruhigen Zeiten der Ungarneinfälle mit Schuld. Erst als durch den Sieg Ottos des Großen in der Schlacht auf dem Lechfeld 955 die Ungarn zur Seßhaftigkeit gezwungen wurden, mehren sich die künstlerischen Zeugnisse aus Salzburg. Sie zeigen zunächst Zusammenhänge mit Regensburg, das unter Kaiser Heinrich II. einen bedeutenden Aufschwung nahm. Stärker noch ist der byzantinische Einfluß. Im 11. Jahrhundert, als man in Venedig ab 1063 die neu erbaute Hauptkirche San Marco mit Mosaiken zu schmücken begann, orientierte sich Salzburg immer stärker an der Lagunenstadt. Mit der Ausdehnung des Salzburger Einflußbereiches zeigte sich der künstlerische Einfluß in Oberösterreich ebenso wie im Süden, vor allem in der Steiermark und in Kärnten. So stehen die kurz vor 1089 entstandenen Fresken des Stiftes Lambach, die bedeutendsten Fresken des 11. Jahrhunderts, die nördlich der Alpen bekannt sind, mit Salzburg in engstem Zusammenhang.
Von Oberitalien her kam schon im 8. Jahrhundert, auch mit den zunächst gültigen Typen des Kirchenbaus, eine Art der künstlerischen Dekoration in die Alpengebiete Österreichs und der Schweiz, die dort nachhaltige Wirkung haben sollte; der „langobardische Stil", wie er von der Kunstgeschichte bezeichnet wurde, da man anfangs irrigerweise für seine Entstehung die Langobarden verantwortlich machte. Tatsächlich aber entwickelte sich dieser Stil im Laufe des Frühmittelalters in den Mittelmeerländern mit einem Schwerpunkt in Italien. Er zeichnet sich durch eine konsequente Flächigkeit aus, wobei auch bei plastischen Gestaltungen die Figuren linear vereinfacht und einer ornamentalen Grundtendenz angepaßt wurden. Vor allem in Kärnten sind zahlreiche dieser „Flechtwerksteine" zu sehen, etwa in der Stiftskirche von Millstatt, wo sie, ihrer ursprünglichen Funktion als Chorschranken etc. entfremdet, in den Kirchenbau eingemauert sind. Ein besonders schöner Flechtwerkstein ist im Vorarlberger Landesmuseum in Bregenz ausgestellt. Den Steinskulpturen entsprechend, gab es auch kirchliches und weltliches Gerät: Die schönste Elfenbeinbursa, die wir kennen — ein Reliquiar oberitalienischer Ent-

stehung aus dem 10. Jahrhundert —, einst im Besitz des Stiftes St. Peter in Salzburg, befindet sich heute in den Cloisters in New York. Eine wohl weltliche Kassette des 12. Jahrhunderts aus der Steiermark, aus der Nähe von Seckau stammend, wird heute im Kunsthistorischen Museum in Wien verwahrt. Bis ins 13. Jahrhundert hielten sich Elemente dieses Stils in den Alpenländern; in dem Kopfreliquiar des Stiftes Melk zeigen sich seine Auswirkungen noch bis nach der Mitte des Jahrhunderts.
Man darf sich dabei aber die Situation nicht in der Form des Wechsels von einem Stil zum anderen vorstellen, sondern so, daß diese verschiedenartigen Stile nebeneinander existierten, je nach den Tendenzen, denen der Auftraggeber folgte. Das charakteristischste Beispiel dafür bietet Südtirol, wo in Naturns im Vintschgau (oberhalb von Meran) die kleine Kirche von St. Prokulus steht. In ihr sind Fresken des endenden 8. oder des beginnenden 9. Jahrhunderts erhalten, die einem charakteristischen Lokalstil angehören, der sehr stark von dem linearen Gepräge bestimmt ist, das den „langobardischen Stil" auszeichnet. Keine 50 Kilometer weiter findet man dagegen in St. Benedikt in Mals Fresken, die zeitlich vielleicht gar nicht viel jünger sind als die von Naturns, die aber einen völlig anderen Stil zeigen, in dem eine starke Plastizität und ein verhältnismäßig großer Realismus vorherrscht. Viele sehen in ihnen die schönsten karolingischen Fresken, die uns erhalten geblieben sind.
Das ottonische Imperium hat auch die karolingische Ostmark erneuert. Mit dieser Ostmark als Teil des Herzogtums Bayern wurden — wahrscheinlich 976 — die Babenberger als Markgrafen belehnt. Aus der frühen Zeit dieser Markgrafschaft ist nur weniges erhalten. Nur im Stift Melk, wo sich vom späten 10. Jahrhundert an die Residenz der Babenberger befand, wird noch heute ein schöner, reich mit Beinreliefs geschmückter Tragaltar aufbewahrt, der bald nach der Mitte des 11. Jahrhunderts wahrscheinlich im Gebiet des Niederrheins (Köln?) geschaffen wurde. Es ist nicht ausgeschlossen, daß dieser Tragaltar eine babenbergische Stiftung war. Ein zweites vermutlich aus dem Besitz der Babenberger stammendes Objekt ist die außerordentlich schöne islamische Elfenbeinkassette des 12. Jahrhunderts, die in den Stiftssammlungen von Klosterneuburg verwahrt wird. Schon im Mittelalter wurde sie als Schreibzeug des Markgrafen Leopold III. (1095—1136) bezeichnet.
In Salzburg entfaltete sich auf allen Gebieten des künstlerischen Schaffens eine neue Blüte. Sie erreichte ihren Höhepunkt in der Mitte des 12. Jahrhunderts. Nur wenig davon ist erhalten geblieben: vor allem kostbar ausgestattete Handschriften und Reste von Wandmalereien. Die schönsten dieser Fresken kann man in der Stiftskirche Nonnberg in Salzburg und in der kleinen Kirche von Pürgg in der Obersteiermark bewundern. Der für diese Malereien charakteristische Stileinfluß von Byzanz ist einerseits durch den Zusammenhang mit Venedig zu erklären, auch Zusammenhänge mit Cluny, dem mächtigen Zentrum der Reform-Benediktiner in Burgund, zugleich dem größten Gegenpol gegen das Kaisertum im Investiturstreit, sind gegeben. In dieser entscheidenden Auseinandersetzung zwischen Papst und Kaiser stand der Salzburger Erzbischof auf der Seite des Papstes. Das verrät auch die Anlage des mächtigen, im späten 12. Jahrhundert erbauten Domes. Er überbot in seinen Dimensionen alles Vergleichbare im damaligen Deutschland, vor allem aber wies der fünfschiffige Plan als Zitat auf Alt-St. Peter in Rom hin — als Bekenntnis der Verbindung zum Papsttum. Leider ist von diesem Dom nichts erhalten. Gegen Ende des 16. Jahrhunderts wurde er abgerissen, um dem heutigen Dom zu weichen. Auch dieser ist ein Denkmal der Papsttreue, in der Zeit der Gegenreformation errich-

Ausgrabungen einer römischen Siedlung auf dem Magdalensberg, Kärnten.

Romanischer Säulenfuß in der Wallfahrtskirche Maria Gail, Kärnten.

Romanische Fresken. Johannes-Kapelle, Pürgg, Steiermark. Mitte 12. Jh.

Älteste Wandmalerei des deutschsprachigen Kulturraumes: St. Prokulus bei Naturns, Vintschgau, Südtirol. 8./9. Jh.

tet. Das einzige, was möglicherweise vom alten Salzburger Dom erhalten geblieben ist, ist das Tympanon mit der thronenden Madonna mit dem Kinde im Salzburger Landesmuseum, wahrscheinlich ein Werk Trienter Bildhauer (um 1200), von denen auch das schöne Tympanon über dem Südportal der Salzburger Franziskanerkirche stammt. Das um 1230 geschaffene Tympanon über dem Westportal von St. Peter in Salzburg ist damit werkstattmäßig zu verbinden.

Im Zusammenhang mit der politischen Bedeutung Salzburgs ist auch seine künstlerische zu sehen. Sie reicht über die Grenzen des alten Erzbistums, die etwa denen des heutigen Bundeslandes Salzburg entsprechen, weit hinaus. Im angrenzenden Oberösterreich waren mehrere wichtige Klöster an Salzburg affiliiert; besonders stark war Salzburgs Einfluß im Süden, in der Steiermark und in Kärnten. In Admont und in Seckau, in Friesach und in Gurk zeigen sich Zusammenhänge in Architektur, Malerei und Buchmalerei ebenso wie in der Goldschmiedekunst.

Salzburg war das einzige große Zentrum künstlerischer Produktion in Österreich im 12. Jahrhundert. Das darf nicht in dem Sinn verstanden sein, daß anderswo keine Werkstätten bestanden. Im Gegenteil, das 12. Jahrhundert war ein Zeitalter großer Aktivitäten: neue Städte — so etwa Innsbruck —, Klöster und Stifte wurden gegründet. Von dem Kunstschaffen jener Zeit ist bei uns nur wenig erhalten geblieben. Betrachtet man aber in Südtirol die zahlreichen bedeutenden Freskenzyklen, von Taufers und Mariastein bis Hocheppan und Brixen, oder die großartige Glockencasula aus byzantinischem Purpurstoff im Brixner Domschatz bzw. den herrlichen Kommunionkelch aus dem Stift Wilten/Innsbruck (um 1160/70), heute Wien, Kunsthistorisches Museum, dann sind das doch zusammen Zeugnisse einer außerordentlichen künstlerischen Entfaltung.

Der politische Aufschwung Österreichs, das 1156 aus einer zu Bayern gehörenden Markgrafschaft zu einem selbständigen Herzogtum erhoben wurde und dessen Fürsten später sogar einen königlichen Rang als realistische Möglichkeit ansehen konnten, erforderte auch eine entsprechende künstlerische Repräsentation — eine Aufgabe, die offenbar die eigenen Kräfte des Landes noch nicht entsprechend zu erfüllen vermochten. So wurden die Kirchen mit heute zu Recht weltberühmten Werken verschiedenster Herkunft ausgestattet. Das Stift Klosterneuburg bei Wien, eine Zeitlang Residenz der Babenberger, besitzt mit dem sogenannten Verduner Altar (geschaffen 1181) das größte und künstlerisch bedeutendste Emailwerk des abendländischen Mittelalters.

Daß man damals Nicolaus von Verdun aus Lothringen dafür verpflichtete, spricht für die Weltweite und den Ehrgeiz des Stiftes und des Herrscherhauses, unter dessen Regierung sich Wien zur zweitgrößten Stadt im Reich (nach Köln) entwickelt hatte. Künstlerisch kommt dem

Das sogenannte „Rupertus-Kreuz". Pfarrkirche Bischofshofen, Salzburg. Um 800.

Dom zu Gurk, Kärnten. 1140—1220. Kreuzgewölbe (1591) des Mittelschiffes.

Werk innerhalb seiner Zeit eine besondere Bedeutung zu, weil es zeigt, bis zu welch hohem Grade Nicolaus von Verdun die antike Gestaltung des menschlichen Körpers verstand und nachzuahmen vermochte. Das läßt sich nur durch das Studium antiker Vorlagen erklären, die er einerseits genau kopierte, andererseits für seine Aufgabe frei umsetzte. Seine Arbeiten — nach dem Klosterneuburger Werk kennt man von ihm noch den Dreikönigsschrein in Köln mit seinen herrlichen Prophetenfiguren und den leider stark überarbeiteten Marienschrein in Tournai in Belgien — sind die ersten Zeugnisse jenes Antikisierens, dessen Reflexe bald auch in den Skulpturen der französischen Kathedralen zu finden sind. Auch in dem siebenarmigen Leuchter besitzt Klosterneuburg ein in seiner Art einzigartiges Werk. Bald nach 1100 in Verona gegossen, gehört er wohl zur ursprünglichen Ausstattung der 1114—36 erbauten Stiftskirche. Außerordentlich ist auch die Kreuzigungsgruppe im Triumphbogen der Stiftskirche von Seckau, um 1160—1170, die größte erhaltene Holzskulpturengruppe der Zeit, schwäbischer Herkunft (Maria und Johannes heute noch in Seckau, das Kruzifix im Tiroler Landesmuseum Innsbruck). Diese Beispiele zeigen hinreichend, welchen künstlerischen Anspruch das Land damals schon erheben konnte.

Die zunehmende Bedeutung der Länder Österreichs zeigt sich auch in der Anziehungskraft, die sie auf die Reformorden ausübten. Melk, Göttweig, Lambach, Admont und eine Reihe weiterer schlossen sich den Jungcluniazensern an, bzw. verdanken dieser Reformbewegung ihre Gründung. Im 12. Jahrhundert kamen die Zisterzienser nach Österreich. Noch heute sind die schönsten dieser Klöster in ihrem ursprünglichen Zustand zu bewundern, so Heiligenkreuz in Niederösterreich, das als erstes Kloster des Ordens in Österreich 1133 vom Markgrafen Leopold III. gegründet wurde — auf Bitte seines Sohnes Otto, des späteren Bischofs von Freising, der selbst Zisterziensermönch gewesen war. Es ist heute noch die vielleicht stimmungsvollste Kirche des 12. Jahrhunderts in Österreich. Der Bau hat, was zunächst überrascht, seinen nächsten Verwandten in der Zisterzienserkirche Santa Cruz in der Nähe von Tarragona. Die nächste in Österreich erbaute Zisterzienserkirche, Viktring nahe bei Klagenfurt in Kärnten (1142), folgt wieder einem anderen Vorbild: Sie ist das genau entsprechende Abbild der Zisterzienserkirche von Fontenay in Burgund.

Die Zisterzienser waren es auch, die im zweiten Viertel des 13. Jahrhunderts die französische Gotik nach Österreich brachten: Der Kreuzgang von Stift Zwettl, vor allem aber die Kirche und Teile des alten Klosters von Stift Lilienfeld, beide in Niederösterreich, sind die ältesten und auch die elegantesten Zeugen dieser neuen Baukunst, die, verglichen mit anderen Ländern, verhältnismäßig früh in Österreich aufgenommen wurde. Diese ersten Zeugen der Gotik bedeuten aber noch nicht eine allgemeine Hinwendung zu der neuen von Frankreich kommenden Architektur. Sie waren vielmehr an den Orden der Zisterzienser gebunden, der ja überall in Europa wesentlich an der Verbreitung der gotischen Architektur beteiligt war. Gleichzeitig aber entstanden in Österreich noch bedeutende spätromanische Bauten: Der Salzburger Dom war darunter wohl der bedeutendste; der Dom von Gurk, heute der schönste romanische Dom Österreichs, wurde, obwohl wesentlich früher begonnen, ebenfalls um 1220 vollendet. Unter den späten Babenbergern kam es ebenso zu einer bewußten, offenbar politisch motivierten Pflege der Tendenzen der Romanik. Damals wurden die Städte als Sitz des Handels und eines blühenden Gewerbes, nicht zuletzt aber auch aus strategischen Gründen, besonders gefördert. Die mächtigen Tore Hainburgs, nahe der heutigen Grenze gegen Ungarn gelegen, sind Zeugnisse dieser Tätigkeit. Mehrere Städte wurden durch die Herzoge Leopold VI. und Friedrich II. gegründet, so Tulln und Wiener

Emailtafel des Verduner Altars von Nikolaus von Verdun. Um 1180. (Erneuert und erweitert nach 1330). In der Begräbniskapelle Herzog Leopolds I. im Stift Klosterneuburg, Niederösterreich.

Romanische Reliefs an der Außenwand der Apsis mit Szenen aus der Passion. Pfarrkirche von Schöngrabern, Niederösterreich. Frühes 13. Jh.

Neustadt. Wien hat damals eine Form gefunden, die für seinen weiteren Aufstieg grundlegend wurde. Der Dom von Wiener Neustadt ist das eindrucksvollste Zeugnis dieser baulichen Aktivitäten, das einzige aus der Gründerzeit der Stadt in seiner ursprünglichen Form erhaltene Bauwerk; die Burg, heute Sitz der Militär-Akademie, läßt kaum noch etwas von ihrer ursprünglichen Form erkennen. Auch Wien erhielt vor den Toren der alten Stadt in St. Stephan einen neuen Kirchenbau. Er übertraf damals schon alle anderen Kirchen Wiens an Größe. Von ihm ist die alte Westfassade mit den beiden Türmen, den „Heidentürmen", in den Neubau des 14. Jahrhunderts einbezogen worden. Das reich mit Skulpturen geschmückte Westportal — das „Riesentor" — beherrscht diese großartige Kirchenfassade. Es ist mit den Portalen der Karner von Tulln und Mödling und am Dom von Wiener Neustadt werkstattmäßig verbunden. Zuvor waren diese Werkstätten in Mähren und Ungarn tätig.
Ein einzigartiges Werk dieser Zeit ist mit der kleinen Kirche von Schöngrabern, etwa 60 km nördlich von Wien, erhalten geblieben: Die Apsis der Kirche ist außen reich mit Skulpturen geschmückt — bis heute kennt man keine vergleichbare Außendekoration. Auch hier dürften die Nachbarländer, die ihrerseits oberitalienische Anregungen verarbeiteten, maßgeblichen Einfluß gehabt haben. Die entscheidende Verbindung dürfte von St. Jakob in Regensburg kommen, wo, wieweit auch immer die Restaurierungen des 19. Jahrhunderts für die heutige Gestalt seiner Portalumrahmung verantwortlich sein mögen, die nächsten Vergleichsmöglichkeiten liegen. Mit dem dortigen, aus Schottland stammenden Kloster gibt es jedenfalls historische Verbindungen; schließlich ist das wichtige, von Herzog Heinrich II. gegründete „Schotten-Kloster" im Herzen Wiens von Schottenmönchen besiedelt worden. Die Kirche ist im Kern späterer Überarbeitungen noch erhalten.
Nachdem 1246 mit dem Tod Herzog Friedrichs II. die Herrschaft der Babenberger zu Ende gegangen und der Böhmenkönig Ottokar II. Przemysl nach einigen Wirren das Land unter seine Herrschaft gebracht hatte, wurde die Verbindung mit Böhmen enger. Der König hat die Bautätigkeit seiner Vorgänger fortgesetzt, ja gesteigert, ihm ist der romanische Kirchenbau von St. Stephan zu verdanken. St. Michael in Wien gehört ebenfalls dieser Epoche an.
Auch im westlichen Österreich, besonders im Einflußbereich des Salzburger Erzbischofs, erreichte die bildende Kunst damals einen Höhepunkt. Aus Salzburg selbst sind vornehmlich Werke der Goldschmiedekunst erhalten: ein Tragaltar in Klagenfurt (Anfang 13. Jhdt.), drei Reliquientafeln im Stift Nonnberg, Salzburg, und ein großes Reliquienkreuz im Stift Zwettl, Niederösterreich (um 1230). Ihre figuralen Darstellungen zeigen zunächst deutlich Zusammenhänge mit der Salzburger Buchmalerei, dann aber orientieren sie sich stärker an oberitalienischen Werken und schließlich — im Zwettler Kreuz — setzen sich die Salzburger Künstler mit dem damals Modernsten im Abendland, mit der in Köln zentrierten Goldschmiedekunst in der Nachfolge des Nicolaus von Verdun, auseinander. Dieser hier an der Abfolge von mehreren Objekten verfolgbare Prozeß, in dem der Einfluß von Oberitalien zugunsten der Orientierung nach dem Westen aufgegeben wird, ist ein allgemein feststellbares Phänomen im 13. Jahrhundert. Das Schönste, was aus dem 13. Jahrhundert im Salzburger Einflußbereich erhalten ist, sind die um 1270 zu datierenden Fresken auf der Westempore, dem „Paradies" des Gurker Domes. Sie gehören nicht nur zum Besten, was an deutscher Malerei des 13. Jahrhunderts bekannt ist, es ist auch fast die ganze Ausmalung erhalten, die somit den Eindruck solch eines reich ausgestatteten Raumes großartig vermittelt.
In dieser Zeit bildet solch ein Zyklus von Wandmalereien schon den Endpunkt einer Entwicklung, die in Österreich mit dem Beispiel der dem späten 11. Jahrhundert angehörenden Westempore der Stiftskirche von Lambach und mit Gurk bestens vertreten ist. Mit der Gotik mußte sich

Markgraf Heinrich I. (994—1018). Glasfenster in der Fürstenkapelle von St. Stephan, Wien. Um 1390.

der Schwerpunkt der Malerei auf andere Materialien verlagern. Die reiche Durchfensterung der Kirchen führt zu einer Konzentration der Bildzyklen auf die Glasmalerei. Gleichzeitig entwickelte sich die große Bildtafel über dem Altar, das Retabel, bzw. der im 14. Jahrhundert modern werdende Flügelaltar. Eines der frühesten und bedeutendsten Beispiele dafür besitzt wieder das Stift Klosterneuburg: 1331 wurde nach einem Brand der Stiftskirche das Werk des Nicolaus von Verdun in einen Flügelaltar umgewandelt; in dieser Form ist dieses wichtigste Emailwerk des 12. Jahrhunderts heute noch erhalten. Dabei mußten auch einige Platten ergänzend eingefügt werden. Der Goldschmied, der sie schuf, kam sicherlich vom Oberrhein. Die Tatsache, daß die Habsburger, die neuen Landesherren in Österreich, im Elsaß und in der Schweiz ihren Stammsitz hatten, erklärt diese Verbindung von Klosterneuburg bzw. Wien mit dem Oberrhein hinreichend. Die Außen- bzw. Rückseiten des Altars wurden mit vier Tafelbildern geschmückt, die größten, die nördlich der Alpen aus dieser Zeit bekannt sind. In ihrer ausdrucksvollen Linienführung, den schlanken, fast körperlosen Gestalten, der unräumlichen Komposition weisen sie hin auf die Kenntnis der Entwicklung in Frankreich und Westdeutschland. Die Volumina der einzelnen Objekte und ihre gegenständliche Charakterisierung sowie die Andeutungen des Terrains zeigen aber auch Einflüsse von Italien — dem Maler der Auferstehung Christi, bzw. des Noli me tangere muß die Komposition Giottos in der Arenakapelle in Padua zumindest mittelbar bekannt gewesen sein. Diese große malerische Leistung hat in Klosterneuburg noch weitergewirkt, wie vor allem die wenig später geschaffene kleine Altartafel mit der Kreuzigung Christi (Klosterneuburg, Stiftssammlung) bezeugt.
Zu dieser Zeit setzt auch eine neue Blüte der Monumentalskulptur ein, die in der großartigen thronenden Madonna mit dem Kinde, ebenfalls in Klosterneuburg, und in den frühesten Skulpturen im Chor von St. Stephan in Wien ihre bedeutendsten Zeugnisse hat. Die Voraussetzungen für diese Kunst sind letztlich in Frankreich zu suchen. Von dort sind die schönen Skulpturen vom Portal der Minoritenkirche in Wien abzuleiten, in der sich auch das leider zerstörte Hochgrab der Blanche von Valois, der Gemahlin Herzog Friedrichs des Schönen (um 1330) befand.
Ebenso fand aber auch die Gotik der Toskana in Wien ihren Widerhall: in der großen Holzskulptur der aus der Wallfahrtskirche von Sonntagberg (Niederösterreich) stammenden Madonna (heute Wien, Österreichische Galerie) und den zur gleichen Werkstatt gehörenden Skulpturen in der Wiener Michaelerkirche. Diese erste Blüte wird abgelöst durch die reiche Tätigkeit, die mit Herzog Rudolf IV. (1356—1365) einsetzte. Ihm verdankt der Stephansdom in Wien seine heutige Gestalt. Wohl hatte schon sein Vater, Herzog Albrecht II., die spätromanische Kirche durch den dreischiffigen Hallenchor erweitern las-

St. Stephan, Wien. Westfassade mit Riesentor. Um 1263.

sen und der Kirche damit ihre endgültige Ausdehnung gegeben. Rudolf ließ dann das alte Langhaus durch ein neues ersetzen, dabei auch die Breite der Kirche nicht unerheblich erweiternd. Es ist ein merkwürdiger, vielleicht für Wien charakteristischer Hang zur Tradition, daß man zwar das alte Langhaus des Doms abreißen ließ, nicht aber die Westfassade. Sie wurde in den Neubau integriert und nach beiden Seiten hin erweitert. Über dem Riesentor wurde das große Fenster eingesetzt und schließlich auch die Heidentürme mit neuen Turmspitzen bekrönt. Mit dem vergrößerten Stephansdom antwortete der ehrgeizige Herzog seinem Schwiegervater Kaiser Karl IV., der seiner Residenzstadt Prag durch seine Bauten ein neues Gesicht gab. Dem St.-Veitsdom auf dem Prager Hradschin stellte Rudolf die Stephanskirche gegenüber; die sonst seltene Stellung der hohen Türme am Querhaus der Kirche haben beide Dome gemeinsam. Rudolf ließ den Dom auch reich mit Skulpturen schmücken; an den wichtigsten Stellen ist er selbst immer wieder mit seiner Familie dargestellt: am hohen Südturm, am Singer- und am Bischofstor und an den Ecken der Westfassade. Auch damit antwortete der Herzog den dynastischen Darstellungen Kaiser Karls IV. im St.-Veitsdom, wo freilich Peter Parler diese Genealogien an anderer Stelle und in anderer Form gestaltete als die Frankreich unmittelbarer verbundene Werkstätte, die für Herzog Rudolf in Wien arbeitete — in den Figuren König Karls V. und seiner Gemahlin vor der Pariser Église des Célestins liegt die nächste Parallele zu der Wiener Lösung. Auch eine gemalte dynastische Reihe der Habsburger wurde für St. Stephan geschaffen: Für die Herzogskapelle des Stephansdomes wurde unter Rudolfs Bruder und Nachfolger Albrecht III. die Serie von Fensterscheiben mit den Königen aus der Familie der Habsburger gemalt. Sie zeigen den hohen Rang der Glasmalerei in Österreich, für die es schon einzelne Beispiele aus dem späten 12. und im 13. Jahrhundert gibt wie die Glasfenster in der Pfarrkirche von Friesach (um 1270/80) und die etwa gleichzeitigen im Brunnenhaus von Heiligenkreuz. In Klosterneuburg haben sich aus der Zeit um 1330 Glasfenster im Kapitelsaal, der heutigen Kapelle des hl. Leopold erhalten, und im mittleren Chor von St. Stephan blieben die ältesten Glasmalereien des Domes, kaum zehn Jahre nach denen in Klosterneuburg geschaffen, wenigstens in Teilen erhalten.

Der Rivalität Rudolfs mit seinem Schwiegervater Karl IV. ist auch das älteste selbständige Porträt zu verdanken, das die deutsche Kunst kennt (Erzbischöfliches Dom- und Diözesanmuseum, Wien). Fast gleichzeitig gibt es in der französischen Kunst ein Porträt König Karls V. (Louvre, Paris). Das im Vergleich zu anderen Porträtdarstellungen der damaligen Zeit außerordentlich lebensvolle Bildnis des Habsburgers verdankt seine Entstehung den hochfliegenden politischen Plänen Rudolfs, sich und seinem Haus durch die Konstruktion einer Erzherzogswürde eine Sonderstellung unter den Fürsten des Reiches zu sichern. Das Bild Rudolfs mit dem für ihn erdachten Erzherzoghut sollte gewissermaßen als bildliches Dokument den Anspruch Rudolfs unterstreichen. Kaiser Karl IV. hat der Forderung Rudolfs nach einer Rangerhöhung aufgrund konstruierter Dokumente und damit auch Titel und Insignien verweigert. Erst hundert Jahre später wurden sie durch die Bestätigung Kaiser Friedrichs III. rechtsgültig. Woher kam der Maler, der dieses heute einzigartige Bildnis gestaltete? Im Gegensatz zu den Skulpturen, die sich eng an französische Vorbilder anlehnen, ist der Meister des Rudolfsporträts in einem engen Zusammenhang mit jener aus Modena stammenden Malerwerkstätte zu sehen, die für Kaiser Karl IV. in Prag arbeitete.

Der Wiener Stephansdom ist sicherlich das eindrucksvollste architektonische Denkmal dieser Epoche in Österreich. Mit ihm hat das Land ein Bauwerk erhalten, das in seinen Dimensionen und in seiner künstlerischen Eigenart unter die bedeutendsten des deutschen Kulturbereiches zu stellen ist. Mit Recht wurde das schon früh auch dadurch anerkannt, daß seiner Bauhütte der Rang unter den aller-

Meister der Redemptoristen. „Verkündigung". Tafelbild in der Kirche Maria am Gestade, Wien I. Um 1460.

Meister des Kefermarkter Altars. Mittelpart des spätgotischen Flügelaltars. Pfarrkirche von Kefermarkt, Oberösterreich. Um 1490.

Meister des Schottenaltars. Mittelpart von 21 Tafeln, Teilen des ehemaligen Hochaltars der Schottenkirche, Wien I. 1469—1475.

ersten des Reiches zuerkannt wurde. Mit ihm wurde auch schon lange, ehe Wien ein eigenes Bistum erhielt, der Rang, welcher der Stadt unter den großen Städten des Reiches zweifellos zukam, auch mit einem architektonischen Denkmal demonstriert. Sicherlich kommt dem Stephansdom ein besonderer Stellenwert zu. Aber er steht auch in einer reichen künstlerischen Tätigkeit, die ganz Österreich erfaßte und für die es überall viele Zeugnisse gibt: Stifts- und Pfarrkirchen, oft aber auch kleine Kirchen und Kapellen, die bisweilen von außerordentlicher Schönheit sind. Vor allem in der Steiermark hat sich eine Reihe gotischer Kirchen vielfach noch unberührt erhalten. Von den verhältnismäßig zahlreichen Kirchen dieser Epoche in Wien hat die reizvolle Kirche Maria am Gestade, an deren Chor die Werkstatt von St. Stephan tätig war, am reinsten ihr ursprüngliches Aussehen bewahrt.
In gleichem Maße setzt auch die Blüte von Skulptur und Malerei ein. Auf die zunehmende zentrale politische Bedeutung der Länder, die früher am Rande des Reiches gelegen waren, durch die deutschen Könige, resp. römischen Kaiser, die jetzt in Prag, etwas später in Wien residierten und daher auch künstlerisch sich anders orientierten, reagierte natürlich auch die Bildende Kunst. So bildeten sich hier Zentren mit einem sehr eigenen Charakter, differenzierend in den verschiedenen Ländern, die heute zu Österreich gehören, deren größter Teil damals dem habsburgischen Herrschaftsbereich integriert wurde.
Nach wie vor aber ist die Entwicklung wesentlich von der Reaktion auf das künstlerische Geschehen in Italien und Frankreich, im 15. Jahrhundert auch auf die Neuerungen der niederländischen Malerei bestimmt.
Einer der schönsten Höhepunkte in der Entwicklung der Spätgotik ist der „internationale" Stil, vielfach auch als der „weiche Stil" bezeichnet. Die erstere Bezeichnung weist auf das Phänomen hin, daß der Stil verschiedenenorts fast gleichzeitig auftrat, in Böhmen, in Frankreich, in Oberitalien usw. In Österreich sind die bedeutendsten Leistungen in Salzburg, in der Steiermark und in Wien zu finden. Die Bezeichnung „weicher Stil" charakterisiert die typischen Erscheinungsformen, die jugendlichen, ja kindlichen Gesichter, die weiten, in sanften, eleganten Kurven fallenden Gewänder, die in großen Schwingungen sich auf dem Boden breiten. In vielen Kirchen stehen heute noch überaus feine, auch in der Oberfläche zart gefaßte Skulpturen von „Schönen Madonnen". Als Gegenstücke dazu sind die gleichartigen lyrischen Andachtsbilder der Pietà zu finden. Die schönsten dieser frühen Andachtsbilder werden heute noch am ursprünglichen Ort aufbewahrt, für den sie geschaffen worden waren, so in Altenmarkt (Salzburg), im Franziskanerkloster in Salzburg und in der Pfarrkiche von Altaussee (Steiermark). Andere, wie die Gruppe der Skulpturen aus der Kirche von Großlobming, nahe Judenburg in der Steiermark, mußten an Museen (in diesem Fall Österreichische Galerie, Wien) abgegeben werden.

Michael und Friedrich Pacher. Pacher-Altar. Pfarrkirche St. Wolfgang, Oberösterreich. 1471—1481.

Mit der Wende um 1400 beginnen aber auch die bestimmenden Neuerungen im Sinne einer realistisch gesehenen Welt. Eine vergleichsweise große Fülle von Gemälden zeugt in Österreich von einer reichen Schaffensperiode, in der sich auf den Idealismus einer erträumten Schönheit in der Phase des „internationalen Stils“ die Reaktion in den realistischen Tendenzen zeigt; am eindrucksvollsten wohl im Albrechts-Altar des Stiftes Klosterneuburg und auf dem Gebiete der Skulptur im Znaimer Altar in der Österreichischen Galerie in Wien. Parallelen — und wohl auch Anregungen — sind in Süddeutschland zu finden, woher vielleicht auch die Künstler kamen.
Um 1470 reagierte die Malerei in Österreich auf die Neuerungen der Niederländer so intensiv, daß man eine direkte Kenntnis von Gemälden des Rogier von der Weyden bei den Bildtafeln des ehemaligen Altares der Wiener Schottenkirche (heute in der Gemäldegalerie des Stiftes) annehmen muß. Der subtile Realismus und die empfindsame Farbigkeit der niederländischen Malkunst sind in größtmöglichem Maße von diesem Maler übernommen, der die Szenen der Heilsgeschichte in österreichische Städte versetzte und damit die ersten genauen Ansichten von Wien und Krems geschaffen hat. Die größte Blüte der Skulptur des ausgehenden Mittelalters in Österreich ist mit zwei Meistern verbunden: mit Michael Pacher und mit Niclas Gerhaert von Leyden. Mit Pacher hat die Tiroler Skulptur und Malerei zweifellos ihren Höhepunkt im Spätmittelalter erreicht. Dabei hat der Künstler den Typus des Flügelaltares, wie ihn der Ulmer Hans Multscher für die Spitalkirche von Sterzing geschaffen hatte, weiter verfeinert. In seinen Gemälden fußt er vor allem auf Andrea Mantegna, dessen Werke er sicherlich gut kannte, besonders wohl dessen Pala in San Zeno, Verona. Brüchig harte Faltenbildung und kristallklare Plastik der Figuren, die er mit einer perspektivisch durchkonstruierten, weit in die Tiefe führenden Landschaft verbindet, hat er von ihm gelernt. 1471 hat Pacher den Auftrag für zwei große Altäre erhalten: für den Altar der Pfarrkirche von Gries bei Bozen, den er zuerst ausführte; er sollte einen älteren Schnitzaltar ersetzen, den der aus Judenburg in der Steiermark kommende Meister Hans in der Zeit des „internationalen Stiles“ geschaffen hatte. (Teile dieses Altares sind erhalten geblieben; die Mittelgruppe mit der Krönung Mariä im Germanischen Nationalmuseum, Nürnberg.) Bevor Michael Pacher den zweiten großen Altar, den für St. Wolfgang im Salzkammergut, zu arbeiten begann, muß er mit dem Werk des damals in Straßburg tätigen niederländischen Bildhauers Niclas Gerhaert von Leyden in Berührung gekommen sein — am wahrscheinlichsten hat er einen Altar gesehen, den dieser Meister für Konstanz geschaffen hatte. Ihm verdankt er den kunstvollen Einsatz des Lichtes, mit dem die reich bewegten Figuren eine bisher nicht gekannte räumliche Dimension bekommen und sich aus dem Dämmerlicht der Nischen des St. Wolfganger Schreines lösen; ihm verdankt er die Wechselwirkung von Figur und Raum, von Hell und Dunkel, von Licht und Schatten.
Der Altar Pachers in St. Wolfgang ist der Schnitzaltar des 15. Jahrhunderts, dessen farbige Fassung von allen bekannten Werken dieser Art am besten erhalten ist. Unberührt von den Veränderungen späterer Jahrhunderte steht der Altar heute noch im Chor der Wallfahrtskirche von St. Wolfgang, die so eine der beglückendsten und stimmungsvollsten Gestaltungen der deutschen Spätgotik bietet, die überhaupt bekannt sind. Vom letzten Werk Michael Pachers, einem Altar für die Franziskanerkirche in Salzburg, sind wohl nur einige Fragmente der Malerei erhalten (Wien, Österreichische Galerie), von der Schreinskulptur aber die herrliche Madonna. Jahrhunderte später hat Johann Bernhard Fischer von Erlach, der große Architekt des österreichischen Hochbarock, diese Madonna in den Mittelpunkt des von ihm gestalteten Altares im Chor der Salzburger Kirche gestellt, der an derselben Stelle steht, für die Pacher seinen Flügelaltar geschaffen hatte.
Niclas Gerhaert von Leyden selbst hat zuletzt auch in Österreich gearbeitet: Friedrich III. holte ihn aus Straßburg nach Wiener Neustadt. Dort sollte er dem Kaiser ein monumentales Grabdenkmal schaffen. Doch dann starb die Gemahlin Friedrichs, Eleonore von Portugal, und die Werkstatt des Künstlers mußte zunächst für sie eine Grabplatte schaffen. Sie befindet sich im Neukloster in Wiener Neustadt. Die Grabplatte für den Kaiser kam schließlich nach Wien, wo der Sohn Friedrichs, Kaiser Maximilian I., das monumentale Hochgrab im Südchor der Stephanskirche vollenden ließ; es ist das letzte der großen Hochgräber des Mittelalters. Die Wirkung des Niclas Gerhaert in Österreich war groß. Zahlreiche Skulpturen lassen seinen Einfluß erkennen; die überlebensgroßen Figuren der Verkündigungsgruppe und der Apostel im Dom von Wiener Neustadt, in Wien die Skulpturen an den Pfeilern der Burgkapelle.
Die Tradition der großen spätgotischen Flügelaltäre hielt sich zäh bis in das erste Viertel des 16. Jahrhunderts. Unter ihnen ragt der von Kefermarkt im nördlichen Oberösterreich hervor.
Der Altar der ehemaligen Wallfahrtskirche von Mauer bei Melk ist das schönste Beispiel für die über Süddeutschland in das Bestehende sich integrierenden Neuerungen der Renaissance. In der Wiener St.-Anna-Kirche ist in der Gruppe der hl. Anna Selbdritt ein Werk dieser Werkstätte zu sehen.
In Wien war der wichtigste Bildhauer dieser Zeit der aus Schwaben stammende Anton Pilgram, der Meister der Kanzel und des Orgelfußes an der Nordostecke des Langhauses im St.-Stephans-Dom.
Wenn man Zeugnisse der Renaissance in Österreich im Sinne der toskanischen Früh- und Hochrenaissance erwartet, dann muß man — vielleicht überrascht — feststellen, daß damit kaum eine Auseinandersetzung festzu-

Albrecht Dürer. Kaiser Maximilian I. (1493—1519). 1519. Öl auf Leinwand.

Alexander Colin. Alabasterfigur Maximilians I. auf dem Grab des Kaisers. Hofkirche, Innsbruck. 1561—1584.

stellen ist — auf keinem Gebiet, weder der Architektur, noch der Skulptur oder der Malerei: Erst spät macht sich überhaupt der Einfluß von Oberitalien her kommend bemerkbar, obwohl etwa Augsburg, das doch für Maximilian I. vor allem hinsichtlich der Wirtschaft, aber auch in künstlerischer Hinsicht von größter Bedeutung war, schon bald nach der Jahrhundertwende auf die oberitalienische Kunst der Zeit reagiert hatte.

Aus Augsburg hat Maximilian seinen Hofmaler Bernhard Strigel berufen, in Augsburg selbst wollte er für sich das erste Reiterdenkmal nördlich der Alpen errichten lassen; es blieb unvollendet. Nur eine Zeichnung in der Albertina, Wien, gibt uns eine ungefähre Vorstellung davon, wie dieses Reiterdenkmal Maximilians I. ausgesehen hätte. Wie auch immer, mit Reiterdenkmälern im Sinne von Donatellos Gattamelata in Padua, Verrocchios Colleoni in Venedig oder gar den Projekten Leonardos in Mailand hatte dieses Denkmal nichts zu tun. Was wirksam war, war die Idee einer neuartigen Repräsentation, nicht aber war es die Art der künstlerischen Gestaltung.

Maximilian hat in vielerlei Hinsicht auf die neuen Ideen der Renaissance reagiert, um die Verdienste und den Ruhm seiner eigenen Persönlichkeit und seiner Würde mit den neuen Mitteln auszudrücken.

So wollte er in Speyer, dessen Dom mit der Grablege mehrerer großer Kaiser des Mittelalters und des ersten Habsburgers auf dem Thron des Reiches selbst zu einem Symbol des Heiligen Römischen Reiches geworden war, durch den Salzburger Bildhauer Hans Valkenauer ein Denkmal für dieses Kaisertum errichten lassen; Teile dieses ebenfalls unvollendet gebliebenen Projektes werden heute im Salzburger Museum Carolino Augusteum verwahrt. Er hat die Druckgraphik eingesetzt, um in den großen Zyklen des „Triumphzuges" und der „Ehrenpforte" Zeugnis von seiner Leistung zu geben. Auch das kühnste seiner Projekte, ein Grabmal mit überlebensgroßen Bronzefiguren seiner Familie und seiner Vorgänger, mit Büsten der römischen Imperatoren — als seiner Vorgänger in der Würde des Kaisers — und mit Statuetten der Heiligen des Hauses Österreich blieb unvollendet; in der von dem Enkel des Kaisers, Ferdinand I., für dieses Grabmonument errichteten Innsbrucker Hofkirche haben die Skulpturen ihre definitive Aufstellung gefunden, die sicherlich nicht den ursprünglichen Intentionen Maximilians entspricht.

Das Konzept ist ein erstes Zeichen eines an der Antike orientierten gigantischen Programms, für das wohl Augsburger Humanistenfreunde des Kaisers verantwortlich sind. Maximilian hat für alle großen Aufträge jeweils mehrere deutsche Künstler verpflichtet, gewissermaßen damit auch ein Denkmal der deutschen Kunst seiner Zeit setzend. Nur insoweit diese selbst sich mit der gleichzeitigen italienischen Kunst auseinandersetzten, zeigt sich in diesen Werken ein Reflex der italienischen Renaissance.

Diese überraschende Tatsache, vor allem in einem Land, bei dem man von der geographischen Situation her eher eine intensive Verbindung mit Italien erwarten würde und das auch im Mittelalter immer wieder bereitwillig Neuerungen von Italien her aufgenommen hat — man denke nur an die spezifische Rolle Salzburgs — mag seine Erklärung zum einen wenigstens teilweise in der dynastischen Verbindung zu Burgund finden; von dort kommt ja auch die Idee dieses monumentalen Grabgeleites durch die verstorbenen Verwandten; zum anderen war auch vom Politischen her Österreich mit dem westlichen Süddeutschland in einem intensiven Konnex. Es sieht fast so aus, als hätte es vom Dynastischen her bewußt eine Gegenbewegung gegen den italienischen Einfluß gegeben; als sollte auf die neuen Ideen etwa des Denkmals eine eigene formale Antwort gegeben werden, die ihre Wurzeln in der deutschen Kunst, in ihrer eigenen und eigenartigen Reflexion auf die von Italien kommenden künstlerischen Neuerungen hatte.

Zu Albrecht Dürer hatte Maximilian I. offenbar ein enges menschliches Verhältnis; mit dessen herrlichem posthumem Porträt des Kaisers aus dem Jahre 1519 im Kunsthistorischen Museum in Wien hat Dürer wohl das schönste Bildnis des Kaisers geschaffen. Für das Erscheinungsbild der Malerei in unserem Land in dieser Zeit war die sogenannte „Donauschule" bestimmend. Von Vorarlberg (wo heute noch das Hauptwerk Wolf Hubers, der Annen-Altar, teils in der Pfarrkirche von Feldkirch, für die der Altar geschaffen war, teils im Landesmuseum in Bregenz bewundert werden kann) führt der Weg über das bayerische Donautal mit Schwerpunkt Regensburg, woher Al-

Albrecht Altdorfer. Zwei Tafeln des Sebastianaltars. Stift St.Florian, Oberösterreich. 1509—1518. Oben: Grablegung. Unten: Geißelung.

brecht Altdorfer kommt, dessen für das Stift St. Florian in Oberösterreich gemalte Altartafeln fast alle noch in diesem Stift verwahrt werden, bis nach Niederösterreich bzw. Wien, wo damals u. a. Lucas Cranach d. Ältere tätig war, der später in seine sächsische Heimat zurückkehrte. Aus seiner Wiener Zeit stammen aber sehr bewegte, dramatisch gestaltete Szenen und großartige Porträts. Vor allem aber zeichnen sich die Werke der „Donauschule" durch ihre weiten Landschaften aus, in denen zum ersten Mal genaue Ansichten dieser Gegenden festgehalten sind. Zahlreiche Bilder und Skulpturen sind heute noch in den Kirchen und Klöstern der Donauländer zu finden, für die sie einmal geschaffen worden waren. Man muß nur, um sie zu sehen, von den Hauptstraßen weg die stillen Kirchen aufsuchen, die einmal blühende Wallfahrtsorte (z. B. Pulkau in Niederösterreich) gewesen waren, bis mit der Reformation diese Art der Frömmigkeit wenigstens über einen größeren Zeitraum fragwürdig geworden war.

Vor diesem Hintergrund ist die Auseinandersetzung mit der Renaissance in Österreich zu sehen. Vieles hat sich damals verändert: im religiösen und im sozialen Bereich, aber auch in der Verwaltung — vor allem durch die steigende Bedeutung der Stände als Gegenpol zur Dynastie. Diese wieder dehnte ihren Machtbereich durch Heirat aus. Es vermählten sich Maximilian I. mit Maria von Burgund, dann deren Sohn Philipp der Schöne mit der spanischen Thronerbin Johanna und schließlich deren Sohn und Tochter mit den Kindern König Ladislaus' IV. von Böhmen und Ungarn. Das Reich der Habsburger dehnte sich gewaltig aus, und das hatte entscheidende Schwergewichtsverlagerungen zur Folge. Auf der einen Seite nahm die Bedeutung der Niederlande für die höfische Repräsentation zu, und Niederländer wurden vielfach auch für große Aufgaben im Gebiete des heutigen Österreichs beschäftigt. Auf dem Gebiet der Skulptur ist vor allem der aus Mecheln stammende Bildhauer Alexander Colin zu nennen, der das Grabmal des Grafen Niklas Salm (heute in der Votivkirche in Wien) geschaffen hat. Sein Hauptwerk ist aber der Kenotaph Kaiser Maximilians I. in der Hofkirche in Innsbruck. Mit ihm fand das Grabdenkmal des Kaisers seinen endgültigen Abschluß. Es lag wohl nicht nur in der Eigenart Maximilians mit seinen vielen neuen Ideen, die nicht allein an finanziellen Schwierigkeiten scheiterten, sondern mehr noch am Nichtverstehen dieser wohl auch sehr modernen Vorstellungen, in denen viel mittelalterliche Romantik mit burgundischen Traditionen und einer sehr eigenständigen Antwort auf die italienische Renaissance zusammenflossen. Letztlich ist es wohl auch kein Zufall, daß die beiden größten Grabmal-Projekte, welche die abendländische Geschichte kennt, zur gleichen Zeit von den beiden höchsten Würdenträgern des Abendlandes, von Papst Julius II. und von Kaiser Maximilian I. geplant wurden, beide gedacht als Denkmäler der eigenen Persönlichkeit

Landhaus in Linz. Nordportal mit Wappen haltenden Putti. Um 1570.

Hofburg, Wien. Schweizertor. 1552.

und des Amtes, das sie innehatten — so verschieden auch Voraussetzungen und Zielsetzung gewesen sind; beide mußten unvollendet bleiben, weil letztlich die Aufgabe zu monumental gedacht war.

War mit Alexander Colin einer der bedeutendsten flämischen Bildhauer in Österreich tätig, so steht ebenso ein Hauptwerk von Jan van Scorel in Obervellach, einem durch den Silberbergbau ehemals wohlhabenden Markt im oberen Mölltal (Kärnten). Der Maler schuf den Altar — oder möglicherweise zwei, deren Reste später zu dem heute bestehenden zusammengesetzt wurden — auf seiner Reise nach Italien 1519/20, vor seiner Auseinandersetzung mit der italienischen Malerei. Auf der anderen Seite wählte Kaiser Karl V., der selbst in den Niederlanden aufgewachsen war, als Hofkünstler keine Niederländer, sondern Italiener — Tizian als Maler und Leone Leoni als Bildhauer. Immerhin aber mußte Tizian zunächst das große ganzfigurige Porträt Jacob Seiseneggers (Wien, Kunsthistorisches Museum) kopieren (Tizians Bild in Madrid, Prado), ehe der Kaiser, den hohen künstlerischen Rang des Venezianers erkennend, ihn für sich verpflichtete.

Das Sammelwesen der Humanisten fand auch unter den Fürsten Österreichs Anhänger — Erzherzog Ferdinand von Tirol und Kaiser Rudolf II. in Prag sind die bedeutendsten unter ihnen. Damit aber kamen nicht nur viele Kunstwerke höchsten Ranges nach Österreich, sondern Rudolf hat auch an seinem Hof vornehmlich italienische und niederländische Künstler für seine Kunstkammer arbeiten lassen. Vieles davon kann man heute noch im Kunsthistorischen Museum in Wien bewundern — das bedeutendste Werk darunter ist sicherlich die Privatkrone Rudolfs II., die 1804 zum offiziellen Kroninsigne des Kaisertums Österreich wurde.

Zugleich aber traten nun die Organisationen des Bürgertums — die Stände — mit eigenen programmatischen Bauvorhaben hervor, in denen man sich eigenständig mit der Architektur der italienischen Renaissance auseinandersetzte. In ihrem Auftrag hat Domenico dell' Alio ab 1534 die Stadt Klagenfurt neu konzipiert. Es ist die einzige Stadt in Österreich, die aufgrund der theoretischen Überlegungen der italienischen Renaissance angelegt wurde. Leider wurden die alten, die Stadt begrenzenden Festungswerke im Laufe der Napoleonischen Kriege 1809 gesprengt, so daß der alte Stadtumfang nur noch am Straßenverlauf erkennbar ist. Die Regelmäßigkeit und Funktionsgerechtigkeit der Anlage mit dem Alten Markt als Zentrum bestimmt aber heute noch das Bild der Stadt. „Innerösterreich", Steiermark und Kärnten, hat sich früher und konsequenter der oberitalienischen Kunst geöffnet als die anderen österreichischen Länder. In Klagenfurt errichteten die Landstände das Landhaus mit seinen weiten Arkadengängen. Domenico dell' Alio hat auch das Landhaus in Graz errichtet, wohl das schönste Bauwerk des 16. Jahrhunderts in Österreich. In Klagenfurt

Giovanni Lucchese. Spanischer Saal. Kassettendecke und Intarsia von Konrad Gottlieb. Schloß Ambras bei Innsbruck, Tirol. 1570—1571.

ließen die Stände auch die bedeutendste protestantische Kirche aus dieser Zeit in Österreich errichten, die heutige Domkirche — sie wurde in der Gegenreformation von den Jesuiten für den katholischen Gottesdienst umgeformt. In dieser Zeit ließ Christoph Khevenhüller die Burg Hochosterwitz erbauen; in Spittal an der Drau begann Gabriel von Salamanca, einer der engsten Berater König Ferdinands I. ab 1533 den Bau von Schloß Porcia. Alle diese Bauten waren in ihrer Art richtungsweisend. So wie Hochosterwitz die eindrucksvollste Burganlage Österreichs ist, so ist Schloß Porcia sicherlich das schönste Renaissanceschloß. Für alle diese Bauten bot Oberitalien nicht nur die Vorbilder; die Architekten kamen vor allem aus der Lombardei; stellenweise sind auch Einflüsse von Venezien erkennbar. Auch andernorts, so in Linz, hat die Aktivität und neue Bedeutung der Stände in den Landhäusern einen bleibenden Niederschlag gefunden. Leider ist vom Linzer Landhaus nur ein geringer Rest mit dem schönen Portal erhalten geblieben.
Von den Bauten, die der Hof in Wien, das Ferdinand I. als Residenzstadt wählte, in dieser Zeit anlegte, bzw. dem Geschmack und Bedürfnissen der Zeit entsprechend umgestaltete, ist nur wenig erhalten. Vor allem die zur Burg gehörenden Gartenanlagen und die damit verbundenen Gebäude sind verloren. Nur eine monumentale Inschrifttafel, heute an der Außenseite des ältesten Teiles der Wiener Hofburg, gegen den inneren Burghof zu, angebracht, erinnert an diese Gärten. Von der Wiener Burg Ferdinands I. ist eigentlich nur noch das schöne Schweizer Tor — benannt nach der später hier untergebrachten Schweizer Garde — übriggeblieben. Pietro Ferrabosco, der es gestaltet hat, war anscheinend auch am Umbau der mittelalterlichen Burg zum Renaissanceschloß maßgebend beteiligt. Bei diesem Umbau blieb diesem der festungsartige Charakter nach außen hin gewahrt — verständlicherweise, lag doch die erste Belagerung Wiens durch die Türken erst einige Jahre zurück. Freilich war der strenge Eindruck der ungegliederten Fassade ursprünglich durch eine farbige Strukturierung wesentlich gemildert, im Inneren mußte die reiche und festliche Gliederung des Hofes mit

Francesco Terzio (?). Erzherzog Ferdinand II. von Tirol (1565—1595). Um 1560: Öl auf Leinwand.

Arkaden späteren Einbauten weichen. So geben im Rahmen der Wiener Hofburg am stärksten die Stallburg, als Residenz des Thronfolgers Maximilian (II.) errichtet, und — in geringerem Maße — die Amalienburg, für den Erzherzog Rudolf (II.) angelegt, eine Vorstellung von der Bautätigkeit der Habsburger in dieser Zeit. Leider sind von der größten Schloßanlage, dem von Maximilian II. östlich von Wien nahe der Donau errichteten Neugebäude nur geringe, nicht repräsentative Reste erhalten. Diese Anlage ließ sich in ihrer Klarheit, in der Verbindung von Architektur und Garten, auch in ihrer Großartigkeit mit Schlössern in Frankreich und Italien vergleichen. Im Detail wurde offenbar eine Fülle von Anregungen mitverarbeitet, entsprechend auch den verschiedenartigen Zwecken, denen die einzelnen Teile der Anlage dienen sollten. So war das langgestreckte Hauptgebäude, das ähnlich wie in Italien in seiner strengen Geschlossenheit sich den weiten, kunstvoll gestalteten Gartenparterren kontrastierend gegenüberstellte, wenigstens zu einem großen Teil wohl für die Aufnahme der Kunstsammlungen des Kaisers bestimmt. Damit aber stimmt es mit dem Münchner Antiquarium in Form und Zweckbestimmung überein, und es wird daher auch sehr wahrscheinlich, daß neben dem uns schon bekannten Pietro Ferrabosco ebenso wie in München Jacopo da Strada auch hier entscheidender Anteil zukam, dem kaiserlichen Antiquar, dessen Aussehen Tizian in einem seiner schönsten Porträts (im Kunsthistorischen Museum, Wien) verewigt hat.

Das eindrucksvollste fürstliche Schloß der Spätrenaissance in Österreich, das erhalten geblieben ist, ist Schloß Ambras, auf einem Berghang südlich von Innsbruck gelegen. Erzherzog Ferdinand von Tirol, ein Bruder Kaiser Maximilians II., hat die ältere Anlage für seine Gemahlin Philippine Welser adaptieren und später zur Aufnahme seiner Kunstsammlungen erhebliche Veränderungen vornehmen lassen; heute noch geben sie vielleicht am besten — neben der ursprünglichen Anlage von Schloß Rosenborg in Kopenhagen — eine Vorstellung von einer derartigen Renaissance-Sammlung, die eine Kunstkammer und eine Sammlung von Merkwürdigkeiten der Natur umfaßt. Für die vielen Festlichkeiten, die der Erzherzog hier veranstaltete, ließ er den „Spanischen Saal" errichten, die größte derartige Anlage in Deutschland; die reiche

Unten: Juan Pantoja de la Cruz. König Philipp III. von Spanien (1598—1621). Um 1601/1602. Öl auf Leinwand.
Folgende Seite, unten: Giuseppe Arcimboldo (?). Erzherzogin Anna (1549—1580), Tochter Kaiser Maximilians II. Um 1555. Öl auf Leinwand.

Malerei, die eine Verherrlichung der Casa d'Austria in ihren bedeutendsten Vertretern zum Thema hat, schuf Giovanni Lucchese in den Jahren 1570/71. In diesen Jahren setzte in Österreich, nicht zuletzt durch die energische Förderung des habsburgischen Herrscherhauses, die Gegenreformation ein. Damit wurde die Tätigkeit der Landstände, die die Renaissance in Österreich so nachhaltig geprägt hatten, konsequent durch die Aktivitäten der katholischen Herrscher und der Kirche abgelöst. Am eindrucksvollsten zeigt sich das in Salzburg. Der tatkräftige und baufreudige Erzbischof Wolf Dietrich von Raitenau nahm einen Brand des alten Domes, der aber offensichtlich nur in begrenztem Maße Schaden angerichtet hatte, zum Anlaß, um den mittelalterlichen Bau abreißen zu lassen und ihn durch den neuen zu ersetzen. In großartigster Weise verwirklicht er nördlich der Alpen den Typus der Kirche, der auf der Grundlage der großen Jesuitenkirche in Rom, der Gesù, vor allem in den theoretischen Überlegungen Scamozzis, den der Erzbischof Wolf Dietrich kurz nach Salzburg berief, weiterentwickelt und mit der Doppelturmfassade kombiniert wurde. Er ist als ein Bekenntnis zu Rom, zum alten katholischen Glauben zu verstehen und verkörpert das Ideal der italienischen Bauprojekte der Gegenreformation. Daher wirkte dieser Kirchenbau auch orientierend für die süddeutschen katholischen Kirchenbauten des 17. Jahrhunderts. Vor allem die Vorarlberger Schule, deren wichtigste Werke freilich nicht im österreichischen Vorarlberg, sondern im Bereich des Seeschwäbischen zu finden sind, hat sich hier ihr Vorbild geholt. Für Salzburg selbst bildet der Dom, den dann Solari errichtete, einen ebenso beherrschenden Akzent wie der alte romanische Dom. Diesem gegenüber etwas kleiner und in der Längsachse etwas verschoben, bildet er das Zentrum für eine neue Residenz, in einer der mittelalterlichen gegenüber wesentlich klareren Anlage, darin wieder den Idealen der italienischen Städteplanung folgend.

Wohl der bedeutendste Maler dieser Epoche war der seit 1597 für Ferdinand II. arbeitende Giovanni Pietro de Pomis, ein aus Venedig stammender Maler, der in seiner Farbigkeit und in der Anwendung der Licht- und Schatten-Effekte deutlich seine Abhängigkeit von Tintoretto erweist. Er war als Architekt auch für den wohl eigenartigesten Bau verantwortlich, der in dieser Epoche in Österreich entstanden ist, das Grazer Mausoleum, das Kaiser Ferdinand II. sich in den Jahren von 1614 bis 1638 errichten ließ. Gleichzeitig mit dem Salzburger Dom begonnen und ein Jahrzehnt nach diesem vollendet, reflektiert dieser Bau repräsentativ den oberitalienischen Geschmack des ausgehenden 16. und des beginnenden 17. Jahrhunderts. Formal ist er das bedeutendste Beispiel das Spätmanierismus in Österreich; thematisch ist er als Verherrlichung der Gegenreformation zu verstehen.

Es wäre zu fragen, inwieweit die Idee des Mausoleums als Antwort der katholischen Hierarchie auf die Heraus-

Monogrammist L. P. Portrait Erzherzog Karls II. von Innerösterreich (1540—1590). 1569. Öl auf Leinwand.

Georg Roll. Himmelsglobus mit Uhrwerk. 1584.

Jost Burgi. Planetenuhr. Um 1604.

forderung des Protestantismus aufzufassen ist.
Jedenfalls gibt es sonst keine Epoche, in der in der Architektur in Österreich dem Mausoleum eine derartige Bedeutung zukäme wie in dieser Zeit: neben dem monumentalen des Kaisers Ferdinand II. in Graz das seines Vaters Erzherzog Karl II. in Seckau, das Mausoleum der Grafen von Eggenberg in Ehrenhausen (Steiermark) und schließlich in Salzburg das des Erzbischofs Wolf Dietrich auf dem Sebastiansfriedhof. In der Klarheit seiner Anlage folgt dieser am deutlichsten in Österreich dem Vorbild des italienischen Campo santo. Insofern fügt sich dieser Friedhof und vor allem das sein Zentrum bildende Mausoleum der allgemeinen Orientierung nach Italien ein, die die Tendenzen der baufreudigen Erzbischöfe Salzburgs in dieser Zeit auszeichnet: den Dom, die Residenz und schließlich die Villa des Erzbischofs Markus Sittikus in Hellbrunn mit ihren Wasserspielen. Es ist die erste bekannte Villa suburbana nördlich der Alpen.
Wohl zeigen noch einige Schlösser aus dieser Zeit je nach Tendenzen geschmacklicher Art, nach politischen oder geographischen Verbindungen die Einflüsse, die von Italien, von den Niederlanden, aber auch vom benachbarten Bayern wirksam waren. Vor allem in Tirol war das letztere bedeutsam. Hier sind wohl die bedeutendsten bildhauerischen Leistungen dieser Zeit in Österreich zu finden. Für das Bronzegrabmal von Erzherzog Maximilian II., dem Hoch- und Deutschmeister des Deutschen Ordens, in der Innsbrucker Stadtpfarrkirche verpflichtete man aus Bayern Hubert Gerhard, der überdies den Hof der Bischofsresidenz von Brixen mit einem reichen Figurenprogramm ausstattete. Das Innsbrucker Grabmal ist offensichtlich mit dem Zitat der gewundenen antiken Säulen einmal mehr als ein Bekenntnis der Romtreue des Fürsten zu interpretieren. In der Nachfolge nach Hubert Gerhard pflegte in Innsbruck Caspar Gras, der auch am Grabmal des Hochmeisters Maximilian beteiligt war, die Bronzeskulptur weiter. Nach seinem Modell wurde das als Brunnen montierte kleine Reiterdenkmal Herzog Leopolds V., 1621 gegossen, immerhin für unser Land auch deshalb wichtig, weil es das bis dahin einzige Reiterdenkmal in Österreich ist — und auch bis ins 18. Jahrhundert das einzige bleiben sollte.
Mit dem frühen 17. Jahrhundert setzten schwerwiegende Veränderungen verschiedener Art ein, die das künstleri-

sche Gesicht unseres Landes stark beeinflußten. Das eine war die Verlagerung der kaiserlichen Residenz nach Prag, von wo aus Rudolf II. und teilweise noch sein Bruder und Nachfolger Matthias regierten. Vor allem Kaiser Rudolf II. hat mit seinen künstlerischen und wissenschaftlichen Neigungen Künstler und Gelehrte an seinen Hof gezogen. Vielleicht muß man in keiner anderen Epoche so sehr die Einheit der alten Monarchie bzw. den gesamten Länderkomplex beachten, der unter der habsburgischen Herrschaft vereint war, um von dem künstle-

Juan Pantoja de la Cruz. Philip IV., König von Spanien (1621—1665), und seine Schwester Anna (1601—1666) als Kinder. 1607. Öl auf Leinwand.

Stift Kremsmünster, Oberösterreich. Fischbehälter. Erbaut von Carlo Antonio Carlone 1690—1692, erweitert von Jacob Prandtauer 1717.

rischen Gesicht Österreichs eine richtige Vorstellung zu gewinnen, wie in dieser Epoche bis etwa in die sechziger Jahre des 17. Jahrhunderts. Es waren weniger die wirtschaftlichen Konsequenzen des Dreißigjährigen Krieges — und natürlich auch die kriegerischen Ereignisse selbst —, welche die auffallende Armut an bedeutenden künstlerischen Leistungen in unserem Lande, verglichen mit den vorausgehenden und den folgenden Epochen, erklären können. Neben der Anziehungskraft des Hofes in Prag waren die Siege über die Protestanten — vor allem die Schlacht am Weißen Berg bei Prag — dafür viel entscheidender. Denn damit fielen riesige Besitztümer in dem reichen Land an die maßgebenden Persönlichkeiten im kaiserlichen Dienst. Die großen Schlösser dieser Zeit stehen in Böhmen und Mähren. Auch wenn man eine Vorstellung von der Größe der alten Kunstsammlungen des österreichischen Adels bekommen will, muß man von diesen Voraussetzungen ausgehen — im Ergebnis lassen sich diese durchaus etwa noch mit dem heutigen Reichtum an altem Privatbesitz in England vergleichen. Einmal mehr haben die politischen Entwicklungen des

Stift Schlierbach, Oberösterreich. Blick auf den Hochaltar der Stiftskirche. Vermutlich nach Entwürfen Carlo Antonio Carlones. 1685—1700.

Stift St. Florian, Oberösterreich. Bibliothek. Erbaut von G. Hayberger nach Entwürfen Jacob Prandtauers. 1744—1750.

20. Jahrhunderts ein altes Kulturbild wesentlich verzerrt, wenn nicht sogar zerstört. Dennoch: Es hat mehrere Jahrzehnte gedauert, bis nach dem Dreißigjährigen Krieg sich eine entsprechende künstlerische Entfaltung wieder zeigte. Gerade in den Jahrzehnten bald nach der Mitte des 17. Jahrhunderts wurden die großen Kloster- und Kirchenanlagen gebaut, die noch heute wesentlich dazu beitragen, um vor allem Oberösterreich sein unverwechselbares barockes Erscheinungsbild zu geben. Noch heute gehören die Klosteranlagen von Kremsmünster — die große romanische Kirche wurde damals in ein barockes Kleid gehüllt —, von St. Florian, die Stiftskirche von Garsten, wohl die schönste unter diesen gewaltigen Kirchenbauten des 17. Jahrhunderts, Schlierbach usw. — zum Eindrucksvollsten, was man aus dieser Zeit im süddeutschen Bereich sehen kann. Es waren aber nach wie vor die Reflexe vor allem auf die oberitalienische Kunst, und es waren weitgehend italienische Künstler, die für diese Phase der Kunst in Österreich verantwortlich waren. Die Familie der Carlone ist die berühmteste unter ihnen. Vor allem für die charakteristischen großartigen Stuckarbeiten sind sie richtungsweisend gewesen. In Wien hat sie die gotische Kirche zu den neun Engelschören am Hof im barocken Sinn verändert und der Kirche vor allem ihre großartige Fassade gegeben, die auch in der Geschichte unseres Landes eine Rolle spielte. Von der Loggia dieser Kirche wurde 1804 die Gründung des Kaisertums Österreich und 1806 die Auflösung des Heiligen Römischen Reiches verkündet.
Von der Wende des 16. zum 17. Jahrhundert an hat sich in Süddeutschland — von Schwaben kommend — ein neuer Typus des großen skulpturgeschmückten Altares — meistens aus Holz, vornehmlich schwarz und gold gefaßt — in Österreich durchgesetzt. Die architektonischen Elemente der Renaissance, die von antiken Säulenordnungen abgeleiteten Formen und die sehr oft in der Form von Triumphbögen gestalteten Schreine einerseits, ein mehrstufiger Aufbau, der letztlich von den spätgotischen Altaraufbauten angeregt ist, andererseits, verbinden sich zu neuen, das Kircheninnere weitgehend eindrucksmäßig mitbestimmenden Elementen. Der große Hochaltar der Stiftskirche Mondsee ist der schönste darunter. Harmo-

Stift Klosterneuburg, Niederösterreich. Kuppel mit Abschluß in Form der Kaiserkrone. Erbaut von Domenico F. d'Allio. Bis 1740.

Stift Melk, Niederösterreich. Marmorsaal. Erbaut von Jacob Prandtauer. 1702.

nisch fügt er sich dem spätgotischen Kirchenchor ein. So wie der Typus dieser Altäre — und mit ihnen auch die übrigen Kirchenmöbel — aus Süddeutschland kommt, so waren auch die Bildhauer von dorther gekommen, bzw. waren sie von dort weitgehend angeregt worden. Die Familie der Zürn finden wir zuerst in Seeschwaben, dann in Oberösterreich. Hier sind die schönsten Werke die von Michael Zürn geschaffenen Engel in der Stiftskirche von Kremsmünster, Marmorbildwerke, die als erste in Österreich auf Berninis Skulpturen antworten. Ähnlich ist es mit den Schwanthalern, die später von Ried in Oberösterreich aus wirken. Von Thomas Schwanthaler stammen vor allem Altäre in Mondsee und St. Wolfgang. Freilich werden seine Arbeiten in Mondsee von dem aus Graubünden stammenden Meinrad Guggenbichler noch übertroffen. Sein Hauptwerk sind die vier großen Altäre im Kirchenschiff der Stiftskirche Mondsee.

So großartig diese Arbeiten auch sind, zu dieser Zeit setzte in Niederösterreich eine neue Entwicklung ein, die vielleicht den Charakter unseres Landes am stärksten geprägt hat, der österreichische Hochbarock. Er ist untrennbar mit der territorialen Ausdehnung und dem wirtschaftlichen Aufschwung verbunden, der auf die erfolglose Belagerung Wiens durch die Türken (1683) und das Vordringen der kaiserlichen Truppen weit nach Osteuropa hinein folgte. Mehr noch ist er die künstlerische Verwirklichung eines neuen Herrscherbegriffs. In einem dem habsburgischen Herrschaftsbereich bisher unbekannten Maße wird der Triumph, die Apotheose und die Einbeziehung des Kaisers in die göttliche Ordnung zum Thema der bildenden Kunst. Damit aber griff man zugleich auch in einer Epoche, die in anderen Staaten Europas die Vorstellung von der Herrschaft viel nüchterner, realer sah, auf die mittelalterlichen und darüber hinaus auf die spätantiken Wurzeln dieses Herrschergedankens zurück. So zeigen es die Reiterstatuetten triumphierender Kaiser, die Matthias Steindl in seiner auf dem Gebiete der Elfenbeinschnitzerei wahrhaft einzigartigen Reihe der Kaiser Leopold I., Joseph I. und Karl VI. (Wien, Kunsthistorisches Museum) gestaltete, oder die Apotheose Kaiser Karls VI. von Georg Raphael Donner (Österreichische Galerie, Wien) und ebenso die Deckenbilder, in denen Kaiser Karl VI. als Jupiter (Bartolomäus Altomonte, Stift St. Florian) oder als Phöbus Apollo (Paul Troger, Stift Göttweig) dargestellt wurde.

Auch die großen Stifte mit den weiten imperialen Repräsentationsräumen, oft die Hälfte der ganzen Stiftsanlage einnehmend, lassen sich ohne die Zusammenhänge mit den universalen, imperialen Vorstellungen der Antike und des Mittelalters nicht verstehen: Klosteranlage und Pfalz scheinen wieder so zusammengefaßt, wie das nur im Mittelalter vergleichbare Dimensionen hat: Die alte Idee der Verbindung von Kaisertum und Kirche findet in diesen monumentalen Stifts-Residenzen eine neue Realisierung. Natürlich kann man in den Planungen von Klosterneuburg und vielleicht noch mehr in der von Göttweig auf das Vorbild des Escorial verweisen. Neu daran ist aber vom Konzept her der damit verbundene Triumphalgedanke, der vor allem die großen Treppenanlagen und die Festsäle bestimmt. Architektur, Malerei und Skulptur gehen in dieser großen thematischen Aufgabe eine Symbiose ein. Darin unterscheiden sie sich wesentlich von der vorausgehenden Epoche und stellen letztlich darüber hinaus etwas Neues dar. Vielleicht zeigt sich das Phänomen des österreichischen Hochbarock auch in seiner historischen Dimension so deutlicher. Denn zu der Zeit, da in Österreich der Hochbarock seine Blüte erfährt, hatte er in anderen Ländern, vor allem in Frankreich und Italien, seinen Höhepunkt schon fast ein halbes Jahrhundert überschritten. Nicht die oft mit Recht zu zitierende zeitliche Verzögerung des Reagierens auf künstlerische Vorgänge aus Frankreich oder Italien kann das Phänomen gerechtermaßen verständlich machen; den Schlüssel dazu liefert vielmehr ein neu erwachtes Verständnis für das Imperium, das durch die Ausdehnung des habsburgischen Machtbereiches über weite Bereiche Osteuropas einen Umfang erfuhr, der sich tatsächlich mit der Vorstellung eines weltweiten antiken oder mittelalterlichen Imperiums vergleichen läßt. Wenn das Schloß Schönbrunn zuerst auf der Höhe der Anlage geplant war, dort, wo heute die Gloriette steht, und mit weit ausgreifenden Armen bis in das Wien-Tal herabführen sollte, dann sollte damit die Idee, daß der Kaiser hier thronend, dem persischen Großkönig vergleichbar, sein Reich bis weit nach dem Osten hin überblicken könne, eine architektonische Realisierung erfahren. Zum erstenmal seit dem Mittelalter hört man wieder von derartigen Parallelen, in denen der weite Bogen von der Idee des Imperiums vom persischen Großkönigtum über die Antike her sich manifestiert. Darin war auch die gedankliche Grundlage für die großen Stifte des Donautales — Melk, Göttweig, Klosterneuburg — und die kaiserlichen Bauten in Wien gegeben. In einem Maße, wie das seit langem nicht bekannt war, sind diese Gebäude voll ikonographischer Beziehungen — am deutlichsten sichtbar in Klosterneuburg, wo die Kuppeln mit den Kronen des Hauses Österreich die Stiftskirche umkränzen sollten; nur zwei davon wurden ausgeführt: die Kuppel mit der Reichskrone und die kleinere mit dem österreichischen Erzherzoghut. Die Achse der Anlage des Stiftes, so wie es geplant war, bilden die Stiftskirche und die Kuppel mit der Reichskrone: Sacerdotium und Imperium, die alte Idee des Heiligen Römischen Reiches hat hier wieder in neuer Form — man könnte sagen in einer triumphalen Gestaltung — bildhaft Ausdruck gefunden. Wenngleich weniger deutlich durch das Fehlen der Insignien, liegt auch den anderen Anlagen solch ein geistiger Inhalt zugrunde: Unter den kirchlichen Bauten war es die Karlskirche — eine Stiftung Kaiser Karls VI. zum Dank für das Erlöschen der Pest —, die programmatisch Vorstellungen des Pantheon, von den großen römischen Kuppelkirchen, und den großen Triumphalsäulen Trajans und Hadrians mit der Repräsentation des Kaisertums vereint: die bei-

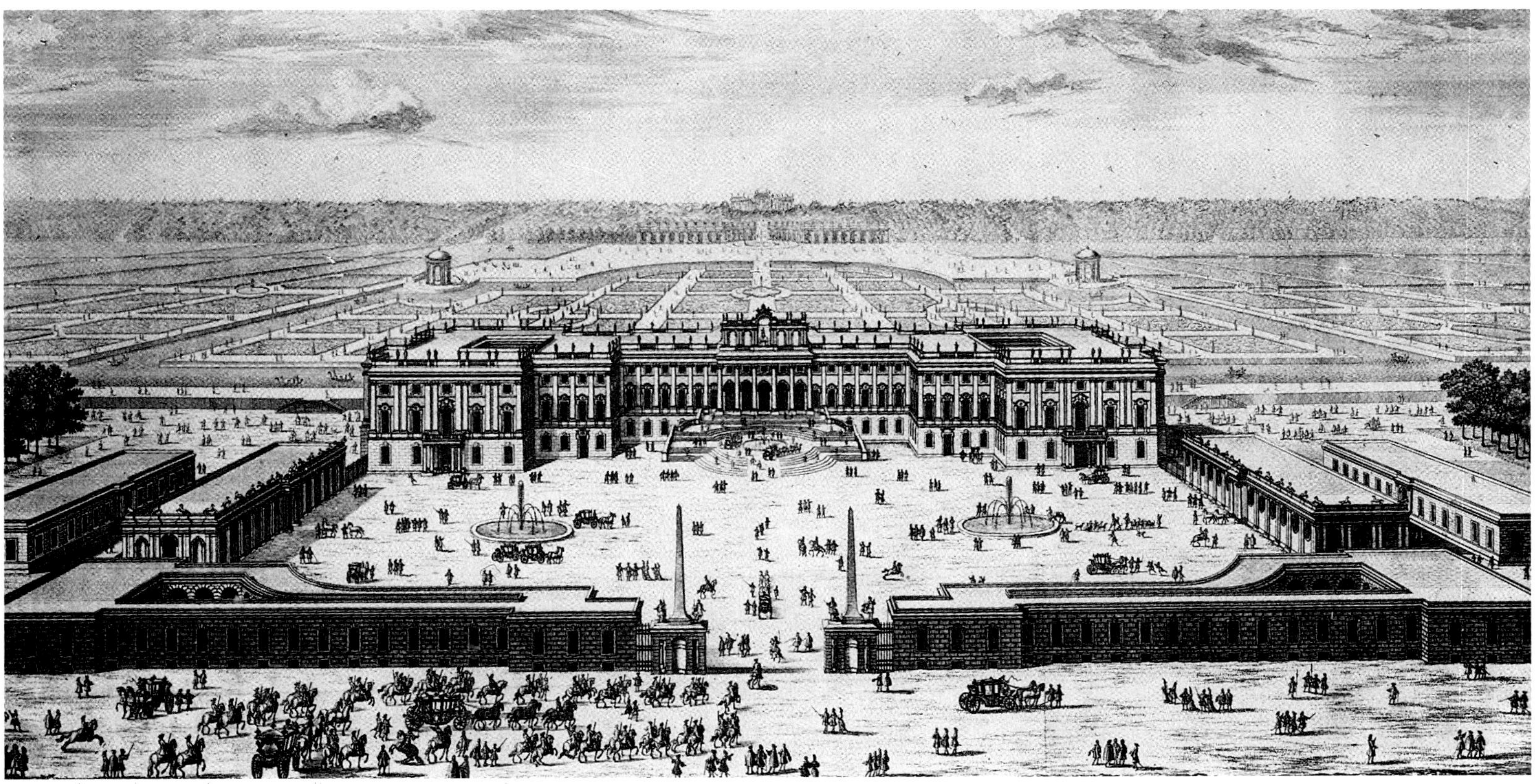

Johann Bernhard Fischer von Erlach. Zweiter Entwurf für den Bau des Schlosses Schönbrunn, Wien. Stich von J. V. Kraus. 1696.

Schloß Schönbrunn, Wien. „Millionenzimmer". 1767.

den Säulen, die als die Säulen des Herakles schon als Devise Kaiser Karls V. gedient hatten. In anderer Weise als bei dem gedanklichen Konzept von Schönbrunn, aber mit ähnlich inhaltlichen Tendenzen wiederholt sich hier unter Berufung auf die Kontinuität von der Antike her die programmatische Aussage über das Kaisertum der Habsburger Leopold I., Joseph I. und vor allem Karl VI. Diesem neuen inhaltlichen Konzept entspricht auch eine Monumentalität der Form, die sich von den vorausgehenden architektonischen Lösungen deutlich abhebt. Der österreichische Hochbarock ist kaum als eine Weiterführung und Steigerung von den Bauten etwa nach der Mitte des 17. Jahrhunderts zu erklären, sondern hat weitgehend neue künstlerische Voraussetzungen. Rom war der bestimmende Ausgangspunkt vor allem für den bedeutendsten Architekten dieser Epoche in Österreich, Johann Bernhard Fischer, der seinem Namen später das Adelsprädikat von Erlach hinzufügen konnte. Rund zehn Jahre hat er in Rom im Atelier Fontanas gearbeitet, hat in der Accademia di San Luca studiert und hat sich dort mit vielen älteren Werken ebenso auseinandergesetzt wie mit neuen Entwürfen und Ideen, die sehr oft nur Skizzen geblieben sind. So finden sich dort auch Fassadenentwürfe für zentrale Kirchenbauten, von denen offenbar auch Anregungen für die Karlskirche in Wien übernommen wurden. Unter den Meistern des italienischen Hochbarock war Fischer von Erlach neben Bernini vor allem Pietro Cortona verpflichtet. Dies zeigt sich am deutlichsten in seinem bedeutendsten Bau, ehe er in Wien seine großen Aufträge im Dienste des Kaisers erhielt, in der Salzburger Kollegienkirche. Einmal mehr hat Salzburg seine Rolle als die am stärksten Italien zugewandte Stadt nördlich der Alpen gespielt: Ähnlich wie der Dom hat auch die Kollegienkirche vorbildhaft gewirkt. Wie kein zweiter Künstler hat Fischer es verstanden, in seinen Bauten etwas vom Charakter römischer Größe zu vermitteln — und gerade damit hat Johann Bernhard Fischer von Erlach am stärksten unter den Architekten dieser Zeit dem Gedanken der imperialen Größe gehuldigt. Mehr als das ausgeführte Schönbrunn, das er für Kaiser Joseph I. erbaute, zeigt der erste Entwurf des Palastes die Spannung zwischen dem formalen Vokabular einer neuen Bewegtheit und dem neuen geistigen Inhalt und der Weite der Ideen, die diese Zeit prägten: Bedeutende Gelehrte wie Heräus haben an den Programmen dieser Bauten mitgearbeitet.

Wohl hat Johann Bernhard Fischer von Erlach auch für andere Auftraggeber, ausschließlich aus dem Hochadel, gearbeitet, für die Fürsten Schwarzenberg, für die Grafen Clam-Gallas, Trautson u. a. Auch für den Prinzen Eugen war er mit dem Bau seines Stadtpalais betraut, bis der Prinz dem jüngeren Johann Lukas von Hildebrandt seine Aufträge anvertraute. Seine bedeutendsten Leistungen hat Fischer von Erlach für den kaiserlichen Hof geschaffen: vor allem die Hofbibliothek, wohl der schönste Bibliothekssaal des Barock, die Karlskirche und, berücksichtigt man die späteren Veränderungen, das Schloß Schönbrunn.

Sein großer Gegenspieler war Johann Lukas von Hildebrandt. Kann Fischer von Erlach als der Architekt des kaiserlichen Hofes angesehen werden, so war Hildebrandt primär der Architekt des Adels, der Kirche — und nicht zuletzt auch des Bürgertums. Ebenso wie Johann Bernhard Fischer von Erlach war er mit der römischen Barockarchitektur vertraut, doch daneben wurde er entscheidend von Guarinis Turiner Bauten geprägt. Er verdankte seinen raschen Aufstieg der Munifizenz des Prinzen Eugen, den er zunächst als Feldmesser auf dessen Feldzug in Piemont 1696/97 begleitete. Neben den bestimmenden Leistungen des Künstlers für den Adel, dem Schloß Belvedere des Prinzen Eugen, dem Palais Daun-Kinsky und den Kirchenbauten wie die Peterskirche in Wien und dem Entwurf für Stift Göttweig, von dem nur Teile verwirklicht wurden, darunter insbesondere die

Stift Göttweig, Niederösterreich. Entwurf von Johann Lukas von Hildebrandt (unvollendet). Stich von Salomon Kleiner.

wohl großartigste Stiegenanlage des österreichischen Barock, darf man seine richtungsweisenden Bürgerhäuser nicht übersehen, insbesondere den schönen Bau, der in Wien zwischen dem Platz am Hof und dem Tiefen Graben liegt. Gegenüber der klaren Strenge, die Fischers Bauten auszeichnet, sind Hildebrandts Werke phantasievoller, auch malerischer. Er bevorzugt bewegte Silhouetten, eine lichte, stark dekorative Gliederung der Fassaden seiner Bauten, die immer mit der sie umgebenden Anlage in einen engen Zusammenhang gebracht wurden; so, wenn sich die Fassade des Schlosses Belvedere im davorliegenden Teich spiegelt und damit der Wirklichkeitscharakter des Bauwerkes optisch in Frage gestellt wird. Wenn man auf der Gartenseite aus den Fenstern des Schlosses blickt, eröffnet sich über das Parterre hinweg der wohl schönste Blick auf die Stadt Wien.

Diese Harmonie mit der Landschaft ist auch ein kennzeichnendes Element der großen Stiftsanlagen von Jakob Prandtauer, Matthias Steinl und Josef Munggenast: die Kirche von Dürnstein in der Wachau, die sich weit zur Donau vorschiebt und die Westfront von Melk, wo die Trakte des Festsaals und der Bibliothek die Stiftskirche umklammern und die Altane sich in einer Arkade gegen die Donauauen zu öffnet; wenngleich das Motiv ein Zitat von Montecassino ist, dem Melk damals unmittelbar unterstellt wurde, so ist es doch auch in anderem Sinne charakteristisch, wie sehr dabei die harmonische Verbindung von Architektur und Landschaft gesucht wird: Wie ein Bild im Rahmen erscheint die Landschaft durch die Öffnung der Architektur.

Karlskirche, Wien IV. Erbaut von Johann Bernhard und Joseph Emanuel Fischer von Erlach. 1716—1723, 1723—1739.

Piaristenkirche, Wien VIII. Kuppelfresko von Franz Anton Maulpertsch. 1752—1753.

Auch im Inneren dieser Bauwerke ist das malerische Element eines der bestimmendsten. Das Farbenspiel, in dem sich die Architektur mit der Skulptur und der Malerei verbindet, erreicht in den Stiftskirchen von Melk und Altenburg wohl ihre höchsten Wirkungen. Die großen Deckenbilder, die illusionistisch die Architektur mit der himmlischen Sphäre verbinden, in der auch das Programm der Ausstattung der festlichen Räume kulminiert, haben ebenso wie die Architektur wesentliche Voraussetzungen in Rom. Der Jesuit Andrea Pozzo, der in Rom die malerische Ausstattung von Sant' Ignazio geschaffen hatte und dessen theoretisches Werk über die Malerei vor allem der perspektivischen Deckenfresken weite Verbreitung fand, bot mit seiner Neugestaltung der Wiener Universitätskirche, von der nur die strenge Fassade noch ihre ursprüngliche Form aus der Zeit Kaiser Ferdinands II. bewahrt hat, vor allem aber mit dem großen Deckengemälde des Gartenpalais Liechtenstein in Wien-Rossau die Grundlagen für die österreichischen Deckenfresken, die wesentlich zur Wirkung der barocken Innenräume Österreichs gehören: Johann Michael Rottmayr, Paul Troger, Daniel Gran, Bartolomäus Altomonte und vor allem Anton Maulpertsch, Schüler von Paul Troger, waren die bedeutendsten Maler auf diesem Gebiet. Wohl die eindrucksvollsten Lösungen sind Grans Deckengemälde in der Kuppel der Nationalbibliothek, Trogers großartige Gestaltung der Kuppel der Stiftskirche Altenburg und Maulpertschs Freskenzyklus in der Wiener Piaristenkirche. Neu vor allem war die Tendenz, durch die Malerei die architektonische Gliederung zu überwinden und oft

Karlskirche, Wien IV. Kuppelfresko von Johann Michael Rottmayr. 1714.

Servitenkirche, Wien IX. Kuppelfresko von Josef Adam Mölk. 1766.

in riesigen Feldern einen Ausblick in die Sphäre des Unendlichen zu bieten, in dem sich, je nach der Örtlichkeit und nach der gelehrten Thematik der Triumph des Glaubens und der Kirche oder die Apotheose des Kaisertums bzw. des fürstlichen Auftraggebers in großartigen, weitgespannten Kompositionen abspielt. Die Scheinarchitektur, die bei Pozzo, die reale fortsetzend, wie ein Opaion das Aufblicken in eine andere Welt ermöglicht, fällt im allgemeinen weg und formt damit — wieder sich damit hochmittelalterlichen Vorstellungen nähernd — den realen Raum, in dem sich der Besucher bewegt, und den optischen der Malerei zu einer Einheit. Formal zeigt sich immer wieder die Verbindung der Maler mit Venedig, am stärksten wohl bei dem größten unter ihnen, bei Franz Anton Maulpertsch.

In gleicher Weise wird in dieser Zeit die Skulptur zum integrierenden Bestandteil der Architektur oder wird selbst zu einem architektonischen Gebilde — so bei den Säulen zu Ehren der göttlichen Dreifaltigkeit, die in kaum einer größeren Ortschaft der Donauländer fehlen. Mit ihnen hat die Skulptur einen eigenen Beitrag zur Kunst dieser Epoche geleistet und hat dabei auch in ihrer Art die unmittelbare Verbindung von Irdischem und Himmlischem gezeigt. In der Wiener Pestsäule ist ein Programm gestaltet, in dem die Vorstellung vom Reich der Habsburger, vom Kaiser bis zur göttlichen Dreifaltigkeit führt. Mit dieser Triumphsäule wollte Kaiser Leopold I. seinem Dank für das Erlöschen der Pest bleibenden Ausdruck verleihen, aus diesem konkreten Anlaß aber wurde im Zentrum der Hauptstadt des Reiches ein Denkmal für die Idee des Imperiums. Eine Reihe bedeutender Künstler war daran beteiligt; von den Bildhauern sind vor allem Matthias Rauchmüller und Paul Strudel zu nennen.

Oberes Belvedere, Hauptfront. Erbaut von Lukas Johann von Hildebrandt. 1721—1724.

Franz Xaver Messerschmidt. „Ein absichtlicher Schalksnarr". Nach 1774.

Der bedeutendste Bildhauer, schon am Ausklang des österreichischen Barock, war Georg Raphael Donner. Er war Schüler von Giovanni Giuliani, der so gut wie ausschließlich für das Stift Heiligenkreuz in Niederösterreich arbeitete — sein Hauptwerk ist dort das herrliche Chorgestühl. In Donners elegant sich drehenden Figuren, für die er vor allem Blei mit dem weichen Glanz als Material wählte, macht sich gegenüber den pathetischen Gestaltungen des ersten Jahrhundertdrittels ein klassizistischer Zug bemerkbar, der zum Teil durch einen Rückgriff auf manieristische Kompositionen eine Erklärung findet. Am besten läßt sich die Providentia, die Zentralfigur der großen Brunnenanlage auf dem Neuen Markt in Wien, dem alten Mehlmarkt, mit gleichartigen Figuren des späten 16. Jahrhunderts vergleichen (die Originale der Brunnenfiguren sind jetzt im Barockmuseum der Österreichischen Galerie im Unteren Belvedere zu sehen; ausgezeichnete Vergleiche dazu ermöglichen die Bronzestatuetten der Sammlung für Plastik und Kunstgewerbe im Kunsthistorischen Museum). Kaum weniger bedeutend ist der schöne Andromeda-Brunnen, den Donner für eine Wandnische im Hofe des alten Rathauses in Wien geschaffen hat. Das dritte Hauptwerk des Meisters ist der Hochaltar des Domes in Preßburg (Bratislava). Für den Kaiserhof arbeiteten vor allem Balthasar Moll und Franz Xaver Messerschmidt. Von dem Erstgenannten stammen der große Doppelsarkophag der Kaiserin Maria Theresia und ihres Gemahls Kaiser Franz I. (Stephan von Lothringen), der Sarkophag, den die Kaiserin für ihren Vater Kaiser Karl VI. in Auftrag gab, und das bescheidene Reiterdenkmal für Kaiser Franz I., das im Burggarten eine aber auch gar nicht adäquate Aufstellung gefunden hat. Von Messerschmidt sind besonders die großen Skulpturen des Kaiserpaares in der Österreichischen Galerie zu bewundern, die Franz Stephan in dem Ornat zeigt, in dem er der Krönung Josefs II. zum römisch-deutschen König 1764 in Frankfurt beiwohnte, während Maria Theresia als Königin von Ungarn, also in ihrer höchsten Würde, dargestellt ist.

Lassen diese eher ruhig schildernden Bildwerke schon deutlich den geistigen Wandel, weg von dem Pathos, von der letzten „Theologie" des Kaisertums in einer rationalen Auffassung vom Staat und zu einer neuen Einschätzung des Menschen erkennen, so lassen sich Messerschmidts Charakterköpfe, diese vielfach grimassierenden Darstellungen verschiedener Gesichtsausdrücke, nur aus einem neuen Interesse am Menschen selbst erklären — beides ist für die Zeit der Aufklärung charakteristisch. In der Bildenden Kunst geht damit die Überwindung des österreichischen Barock parallel; das Rokoko, von Westen her kommend, bestimmt die Zeit Maria Theresias; die schönsten Zeugnisse im höfischen Bereich sind die große Galerie des Schlosses Schönbrunn und einige der Wohnräume, darunter das „Millionen-Zimmer", mit der Dominanz des reichen und reizvollen zierlichen Ornaments, das Wände und Decken überspinnt. Damit werden, gemessen am übrigen Europa, sehr spät die Neuerungen Frankreichs aufgenommen, was wieder mit der Sonderstellung des österreichischen Barock und seiner imperialen Idee begründbar ist. So wurde auch Fischers Plan für das Schloß Schönbrunn durch Nikolaus Pacassi nun an entscheidenden Stellen verändert: die Pfeilerhalle, die den Ehrenhof mit dem Garten verbindet, das Zurücknehmen des Mittelrisalits, die beiden ineinandergreifenden Galerien an der Stelle eines dominanten Kuppelsaales und die Freitreppen, die vom Ehrenhof und von den Gartenanlagen direkt zu den Galerien des Piano Nobile führen u. a. m. Es mag charakteristisch sein, daß in dieser Zeit erstmals ein Franzose als Architekt vom kaiserlichen Hof beschäftigt wurde, Jean Nicolas Jadot de Ville-Issey. Von ihm stammt die Anlage des Tiergartens in Schönbrunn mit dem Papageienhaus als Zentrum, heute sicherlich der schönste noch erhaltene Tiergarten des 18. Jahrhunderts in Europa. In der Hofburg hat Jadot vor allem die repräsentative Botschafterstiege errichtet, er hat auch den Gruftraum in der Kapuziner-Gruft, in dem der monumentale Doppelsarkophag der Kaiserin Maria Theresia und ihres Gemahls Franz I. Stephan von Balthasar Moll stehen sollte, gestaltet. Von Jadot stammt schließlich die alte Aula der Wiener Universität (heute Sitz der Österreichischen Akademie der Wissenschaften).

Im westlichen Österreich stehen die schönsten Bauwerke des Rokoko dagegen in direktem Kontakt mit Süddeutschland, wo nicht zuletzt durch die Offenheit der bayerischen Kurfürsten Max Emanuel und Karl Albrecht

Franz Anton Maulpertsch. „Triumph des Lichtes". Deckenfresko im Hauptsaal des Schlosses Halbturn, Burgenland. 1765.

der französische Geschmack schon lange dominierte: In Oberösterreich, an der oberen Donau, die beiden Stiftskirchen von Engelszell und von Wilhering, in Tirol die Pfarrkirche von Wilten/Innsbruck, an der unmittelbar schwäbische Meister tätig waren; die Stukkaturen des Wessobrunners Franz Xaver Feuchtmayr und die zarten Deckengemälde des Augsburgers Matthäus Günther geben der Kirche, die für zahlreiche kleinere Bauten in Tirol vorbildlich werden sollte, ihre besondere, in Österreich durchaus einzigartige Wirkung.

Gegenüber anderen Ländern Europas ist die Epoche des Rokoko in Österreich verhältnismäßig kurz. Die Aufklärung, die in Kaiser Josef II., dem Sohn Maria Theresias, ihren überzeugten Vorkämpfer hatte, bedeutete die entscheidendste Wendung im grundsätzlichen Denken des Abendlandes seit der Renaissance. Die Initiative blieb im künstlerischen Bereich bei Hof und Adel. Von ihnen gingen alle wichtigen Aufträge aus. In der Klarheit der Bauformen und ihrer Struktur fand die Rationalität des Denkens ihre entsprechende Gestalt. Das Formenrepertoire, bewußt nun schlicht gehalten, orientierte sich mehr und mehr an den klassischen Elementen, in deren klaren Proportionen man den adäquaten Ausdruck für das Denken sah, das an der Natur und an der Antike neue Orientierungsmöglichkeiten fand.

In der ersten Phase der Aufklärung war Nikolaus Pacassi der wichtigste Architekt in Wien. Abgesehen von seinen Veränderungen am Schloß Schönbrunn, von denen schon die Rede war, und Änderungen im Bereich der Hofburg — die Alexanderstiege und die von der Kaiserin Maria Theresia und von Josef II. bewohnten Räume des Leopoldinischen Traktes wurden von ihm gestaltet — hat er vor allem mit den beiden Seitenflügeln der Nationalbibliothek den heutigen Josefsplatz, wohl eine der schönsten Platzgestaltungen in Europa, entscheidend geformt. Dieses und die Gardekirche am Rennweg sind die charakteristischsten architektonischen Leistungen des Künstlers. Wenig später setzt sich der Klassizismus voll durch. Das Josephinum (Wien IX, Währinger Straße) von Isidor Canevale ist der eleganteste Bau aus den achtziger Jahren des 18. Jahrhunderts in Wien. An Bedeutung ist das heutige Palais Pallavicini am Josefsplatz mit ihm gleichzusetzen. Sein Architekt Ferdinand von Hohenberg, vom Hof viel beschäftigt, hat im Bereich der Gartenanlage von Schönbrunn mit der romantischen römischen Ruine und mit dem ägyptischen Obelisken, vor allem aber mit der dominierenden Gloriette neue Akzente gesetzt. Er hat im Sinn des Klassizismus auch bei Kirchenbauten im Sinne einer Regotisierung gewirkt: In der Augustiner-Kirche und in der Minoriten-Kirche wurden die barocken Einbauten durch neue gotisierende ersetzt und in gleichem Maße die Architektur im Sinne eines strengen gotischen Formenideals dem Geschmack der Zeit, der, von England angeregt, in Deutschland in Friedrich Schinkel seinen bedeutendsten richtunggebenden Vertreter hatte, angepaßt. Neben Ferdinand von Hohenberg haben vor allem Louis von Montoyer und Peter Nobile in dieser Zeit für Hof und Adel gearbeitet. Nobile hat im Sinn des Ideals des Klassizismus im Bereich des damals angelegten Heldenplatzes die drei streng antikem Formenkanon folgenden Gebäude, die miteinander in einer räumlichen Verbindung gesehen werden wollen, angelegt, nämlich das Burgtor, das Cortische Kaffeehaus und schließlich den Theseus-Tempel, erbaut für Canovas Theseusgruppe, die von Napoleon für Mailand bestellt und nach seinem Sturz von Kaiser Franz I. von Österreich für Wien erworben wurde; leider wurde sie später in das Stiegenhaus des Kunsthistorischen Museums übertragen und damit der Theseus-Tempel seiner eigentlichen Zweckbestimmung für immer beraubt. Louis von Montoyer, im Dienste des Herzogs Albert von Sachsen-Teschen und seiner Gemahlin Maria Christine, einer Tochter Maria Theresias, für die der Herzog das berühmte Grabmonument von Antonio Canova in der Augustiner-Kirche errichten ließ, hat dessen Palais, das heute die große graphische Sammlung Albertina beherbergt, deren Grundlage der Herzog geschaffen hat, aus dem älteren Palais Tarouca umgebaut. Seine bedeutendsten Leistungen sind aber der Zeremoniensaal der Wiener Hofburg und das Palais, das er ab 1803 für den russischen Fürsten Andreas Rasumofsky im heutigen 3. Bezirk in Wien erbaute. Ähnlich wie Ferdinand von Hohenberg hat auch er bei kirchlichen Bauten sich an der Gotik als der gültigen Form für die Kirche orientiert: die Hofburgkapelle, ein Bauwerk des 15. Jahrhunderts, verdankt ihm ihre heutige Gestalt.

Die entscheidenden Voraussetzungen für die Baukunst des Klassizismus kamen aus Frankreich. Nur bei Peter Nobile, der sich auch unmittelbar in Istrien mit antiken Spolien beschäftigte, spielte die Kenntnis italienischer Werke eine größere Rolle. Mit Ausnahme von Nobile standen alle genannten Architekten mit Frankreich in Verbindung. Isidor Canevale und Charles Moreau waren gebürtige Franzosen. Moreaus Hauptwerk ist der Umbau des Schlosses in Eisenstadt für den Fürsten Esterházy und dort wieder vor allem die Gestaltung der Gartenfassade. Von ihm stammen aber auch die schönsten Badehäuser in Baden, das damals den Höhepunkt seiner städtischen Entwicklung erlebte. Noch heute präsentiert sich die Bäderstadt nahe bei Wien weitgehend als eine klassizistische Stadt. Stärker noch als Moreau hat Josef Kornhäusl, der jüngste in der Reihe der Architekten des Wiener Klassizismus, das Bild von Baden geprägt. Der Sauerhof, die da-

Palais Razumovsky. Erbaut 1806—1807 von Louis von Montoyer. Um 1815. Anonymes Aquarell.

Schottenkloster, Wien I. Große Eingangshalle. Erbaut von Josef Kornhäusl. 1826—1832.

mals repräsentativste Badeanlage, stammt von ihm. Für Erzherzog Karl, den Sieger in der Schlacht bei Aspern, erbaute er am Eingang in das Helenental die Weilburg, das vielleicht schönste klassizistische Gartenpalais Österreichs; sie wurde leider im Zweiten Weltkrieg zerstört. Kornhäusl war der meistbeschäftigte und vielseitigste unter diesen Baukünstlern. Sein Œuvre umfaßt genauso den Theaterbau — das Theater in der Josefstadt verdankt ihm weitgehend seine heutige Gestalt —, wie er für das Schottenstift verantwortlich ist, dessen Bibliothek der schönste klassizistische Innenraum in Österreich ist. Von ihm stammt auch die stadtseitige Fassade des Stiftes Klosterneuburg, in der der Künstler auch seine Fähigkeit, sein Werk älteren Bauteilen harmonisch anzufügen, demonstrierte.

Mit der Aufklärung übernahm man aus England den romantischen Naturpark mit seinen charakteristischen architektonischen Zentren, kleinen Tempeln, künstlichen Ruinen und auch Schloßanlagen, die an mittelalterliche Vorbilder anschließen. In Laxenburg, wo schon die Kaiserin Maria Theresia entscheidende Umbauten am Schloß hatte vornehmen lassen, wurde der Park vom ausgehenden 18. Jahrhundert an nach dem Vorbild englischer Parks gestaltet, mit dem Zentrum der Franzensburg, dem Hauptwerk der romantischen Gotik in Österreich. Darüber hinaus findet man aber in der Gegend am Abhang des Wienerwaldes, gegen das Wiener Becken zu, die sich in der Zeit der Romantik großer Beliebtheit erfreute, zumindest noch die Reste vergleichbarer romantischer Landschaftsanlagen, vor allem im Bereich der ehemaligen Liechtensteinschen Besitzungen, von Mödling hinein gegen die Hinterbrühl. In diese Zeit fällt auch die Entdeckung des Salzkammergutes, wo vor allem Ischl, nicht zuletzt durch die Förderung der kaiserlichen Fami-

Joseph Anton Koch. Alpine Landschaft (Ober Hasli im Berner Hochland). 1792—1794. Öl auf Leinwand.

lie, zu einer ersten Blüte gelangte. Der schönste und in seiner Art charakteristischste Bau in Österreich ist Schloß Anif bei Salzburg, das zwischen 1838 und 1848 von Heinrich Schönauer konsequent im Geschmack der englischen Romantik neu gestaltet wurde.

In der höfischen Repräsentationsmalerei dominierte in der Zeit der Kaiserin Maria Theresia und Kaiser Josephs II. im Gegensatz zur Monumentalmalerei und zur Skulptur nach wie vor der italienische Geschmack. Der große Besitz der Habsburger in Italien begünstigte diese Tendenz, die auch von allen großen Geschlechtern des Reiches geteilt wurde. Damals sind in der Zeit der Blüte der Stadtvedute, die von Venedig aus allgemein hoch geschätzt wurde, die Stadtansichten Wiens von Bernardo Bellotto, dem Neffen des venezianischen Vedutenmalers Canaletto, entstanden, in denen in unüberbietbarer Weise die Schönheit der Stadt und ihrer Lage festgehalten wurde (Kunsthistorisches Museum, Wien).

Aber schon in dieser Zeit wird auch die Wendung hin zu Frankreich und wenig später zur englischen Malerei deutlich. In den Landschaften von Johann Christian Brand (1722—1795), in denen vor allem die Gegend um Laxenburg geschildert wird, zeigt sich die Orientierung an der französischen Landschaftsmalerei, wie sie im 17. Jahrhundert vor allem Claude Lorrain als „heroische Landschaften" geprägt hatte. Erst in seinen späteren Landschaften schult er sich an den Niederländern.

Die neuen Tendenzen finden dann in der Zeit des Klassizismus mit der Monumentalisierung der neu entdeckten Hochgebirgslandschaft — auch im Sinne religiöser Vorstellungen, die sich daran knüpften — eine eigene Prägung. Kein zweiter hat die Gebirgslandschaften vor allem der Schweiz, die damals in ihrer Schönheit und Urgewalt neu entdeckt wurde, so einprägsam zu schildern vermocht wie der Tiroler Joseph Anton Koch, der sich zunächst in Rom mit der Tradition des heroischen Landschaftsbildes vertraut gemacht hatte. Mit seinen Bildern hat er auf die Malerei der deutschen Romantik starken Einfluß ausgeübt.

Wien, wo Koch auch seine späteren Lebensjahre verbrachte, wurde in dieser Zeit durch die Bedeutung der Akademie, aber auch wesentlich bestimmt durch den Zentralismus der Staatsverwaltung unter den österreichischen Kaisern Franz I., der 1804 im Gegenzug zu Napo-

Oben: Johann Peter Krafft. Heimkehr des Landwehrmannes. 1817. Öl auf Leinwand.
Unten: Ferdinand Georg Waldmüller. Dr. Josef Eltz und Familie in Bad Ischl. 1835. Öl auf Leinwand.

leons Krönung zum Kaiser der Franzosen die Gesamtheit seiner Länder zum Kaisertum Österreich erklärt hatte (als Kaiser des Heiligen Römischen Reiches war er bis zu dessen Auflösung im Jahre 1806 noch Kaiser Franz II.), und Ferdinand I. auch im künstlerischen Geschehen eindeutig zum maßgebenden Zentrum. Freilich verlagerte sich bald der soziale Schwerpunkt vom Adel auf das Bürgertum. In diesem Sinne zeigt sich auch die künstlerische Aussage. Die Voraussetzungen lagen, wie so oft in der Geschichte des künstlerischen Geschehens in unserem Land, in der Auseinandersetzung mit führenden Leistungen in England und Frankreich. Man kann in den malerisch großartigen Porträts von Friedrich Heinrich Füger, der 1774 zum ersten Mal nach Wien kam und später als Direktor der Akademie hier maßgebend wirkte, den Einfluß der englischen Malerei deutlich erkennen. Johann Baptist Lampi Vater und Sohn folgten ebenso diesen Tendenzen. Friedrich von Amerling und Moriz Michael Daffinger waren von der englischen Malkunst, vor allem der von Thomas Lawrence geprägt, der 1819 Wien besuchte — Amerling ist später nach England gereist. Der wichtige Einfluß kam aber aus Frankreich: Johann Peter

Krafft studierte mehrere Jahre bei Jacques Louis David. Das Ergebnis ist aber dann doch eine Malerei, der das Pathos der Franzosen und die vornehme Distanziertheit der Engländer fehlt. Ein intimer Charakter und die Schilderung einer weitgehend sonnigen freundlichen Atmosphäre bestimmen den Eindruck dieser Malerei. Auch Kraffts große Wandbilder im Reichskanzleitrakt der Wiener Hofburg (1825—1830) zeigen deutlich diese Veränderung gegenüber dem großen französischen Vorbild.
Wien war zu dieser Zeit, nach dem Sturz Napoleons und nach dem Wiener Kongreß, nicht nur das Zentrum der politischen Ordnung in Mitteleuropa, es übte auch eine Anziehungskraft vor allem für deutsche Künstler unterschiedlicher Disziplinen aus, was bis zum Ende des Jahrhunderts für die Stadt charakteristisch bleiben sollte. Viele kamen aus verschiedenen Gegenden Deutschlands und wurden hier seßhaft; die assimilierende Kraft der Stadt hat sich gerade im 19. Jahrhundert oft gezeigt. So war Füger Schwabe, Peter Krafft kam aus Hanau am Main 1799 nach Wien, Jakob Alt, der Vater des bekannten Vedutenmalers Rudolf von Alt, stammte aus Frankfurt am Main. Manche andere, wie Julius Schnorr von Carolsfeld oder Friedrich Olivier, mit dem die Salzburger romantische Landschaftsmalerei ihren Anfang nahm, wären in diesem Zusammenhang zu nennen.
In Wien bildete sich 1809 erstmals der Kreis, der auf der romantischen Malerei, aber auch auf aktiven religiösen Bewegungen fußend, sich als St.-Lucas-Bund gegen die akademische Malerei der Füger-Schule wandte. Aus ihnen wurde in Rom die Gruppe der Nazarener, die in der altdeutschen Kunst — Dürer und sein Kreis — und in den Italienern des Quattrocento bis zu Raffael ihr Ideal einer Erneuerung sahen. Zu ihnen gehörte der schon genannte Julius Schnorr von Carolsfeld ebenso wie der aus Böhmen kommende Josef Führich, dessen Hauptwerk die Freskenzyklen in der Johann Nepomuk-Kirche (in Wien II) und in der Altlerchenfelder Kirche (Wien VII) sind, und der in Linz tätige Anton Stecher. Auch Moriz von Schwind, der später hauptsächlich in München lebte, kommt von dieser Bewegung her; in Wien sind vor allem seine späten Fresken in der Loggia der Wiener Staatsoper zu bewundern.
Den bedeutendsten Beitrag zur Malerei lieferte Wien, aufbauend auf Peter Krafft, mit dem frühen Naturalismus — besser als Biedermeier-Malerei bekannt —, der seinen bedeutendsten Verfechter in Ferdinand Georg Waldmüller (1793—1865) hat. Sein konsequenter Naturalismus — die Natur als das absolute Vorbild — verwickelte ihn in Konflikte mit den Grundsätzen der Akademie, der er seit 1830 als Lehrer angehörte. Wie wenige andere Wiener Maler war Waldmüller, der bei Lampi d. J. gelernt hatte, auf allen Gebieten der Landschaftsmalerei, des Porträts, des Stillebens und der Genremalerei hervorragend tätig. Was all diese Bilder auszeichnet, ist die neue Lichtführung, die ihnen nicht nur die außerordentlich präzise Modellierung, sondern den stimmungsmäßigen Effekt verdankt. Aus der Gruppe der Wiener Biedermeier-Maler sind vor allem Amerling, Peter Fendi, Daffinger, Wilhelm von Kobell, Gauermann und Rudolf von Alt zu nennen. Es war eine der großen Blütezeiten der Wiener Malerei, in der zum ersten Mal vielleicht seit dem frühen 16. Jahrhundert das Bürgertum maßgebend war. Daß neben der Malerei für das Biedermeier besonders jene künstlerischen Disziplinen kennzeichnend sind, die man gerne unter dem nicht sehr glücklichen Begriff des „Kunstgewerbes" subsumiert, ist für die bestimmende bürgerliche Führung bezeichnend — allen anderen voran das Möbel, mit dem Wien, wie selten sonst auf diesem Gebiet, einen höchst eigenartigen Beitrag geliefert hat.
Sicherlich war das Leben in der Zeit des Biedermeier nicht so sonnig, wie man das gerne auf Grund der malerischen Zeugnisse glauben möchte. Das Jahr 1848 brachte dann allenthalben die sozialen Spannungen zur Entladung. Die Folge war ein erstarkender dynastischer Zentralismus. Gleichzeitig bringen die beginnende Industrialisierung, die veränderte Bedeutung der Städte und ihre sprunghafte Entwicklung zur Großstadt neue Trägerschichten, die ihre eigene Repräsentation suchten. Die führende Rolle des Bürgertums trat gegenüber diesen Tendenzen zurück — es wird erst am Ende des Jahrhunderts wieder bedeutsam werden.
Wohl hatte sich zunächst äußerlich in der künstlerischen Erscheinung nichts geändert. Die Altlerchenfelder-Kirche, das Hauptwerk des Schweizers Johann Georg Müller, die er in bewußter Absage an den Klassizismus auf den Formen der toskanischen Romanik ab 1848 gestaltete, und genauso der damals politisch relevanteste Bau, das Arsenal, als zentraler militärischer Stützpunkt außerhalb der Stadtbefestigungen ab 1850 errichtet, in Formen, die den Einfluß des hochmittelalterlichen Venedig, das ja damals Teil der österreichischen Monarchie war, erkennen läßt, folgen letztlich beide romantischen Idealen, die noch lange fortwirkten. Die Wiener Staatsoper, das Hauptwerk von Eduard van der Nüll und August von Siccardsburg, die schon am Arsenal beteiligt waren, ist das letzte Werk in dieser Reihe. Langsam lösten sich daraus aber die Tendenzen, denen zufolge eine historische Bauform kanonische Gültigkeit für einen bestimmten Bautyp erhalten sollte — das, was den Historismus eigentlich ausmacht. Natürlich war er durch die Romantik vorbereitet, die sich ja schon an historischen Baustilen orientiert hatte. Der Einfluß Englands mit seiner „Wiederbelebung" der Tudor-Gotik hat auf dem Kontinent diese Bewegung besonders beeinflußt. Was aber den Historismus von diesen vorausgehenden Entwicklungen unterscheidet, ist, daß hinter der Wahl eines Stils nicht mehr jeweils eine der verschiedenen geistigen Orientierungen stand, wie das für Klassizismus und Romantik charakteristisch war — etwa auch kennzeichnend im Wechsel des Stils bei der Altlerchenfelder-Kirche, wo sich Müller ge-

Rudolf von Alt. Blick aus der Wohnung des Künstlers in die Skodagasse, Wien VIII. 1894. Aquarell.

genüber der Möglichkeit des klassizistischen Kirchenbaues durchsetzte. Stil wurde nun, sich aus diesen Voraussetzungen entwickelnd, als eine Pluralität von Form-Möglichkeiten verstanden, die nebeneinander auch vom gleichen Architekten angewendet werden konnten und deren Wahl primär vom Typus des zu errichtenden Gebäudes bestimmt wurde.

Nirgendwo hat der Historismus eine so monumentale Gestaltung gefunden wie in der Wiener Ringstraße. Sie hat eine zweifache Voraussetzung: die Schleifung der Stadtmauern als Vorsichtsmaßnahme auf Grund der Erfahrungen des Jahres 1848, und, vollkommen anders orientiert, die Möglichkeit der Entwicklung zur Großstadt; demselben Zweck dienten auch die Brücken über den Donauarm zum 2. Bezirk und die Regulierung der Donau usw. Man hat damals die Möglichkeit versäumt, die malerische Lage einer Stadt am Strom gestalterisch zu nützen. Offensichtlich war die Ringstraße die viel fesselndere, aktuellere und damit auch als geistiges Problem wichtigere Aufgabe. Wie in einer Musterkarte der großen historichen Stile reihen sich die großen öffentlichen Gebäude aneinander und verbinden sich dennoch zu einer kaum überbietbaren Harmonie. Nichts könnte deutlicher eine beherrschende Idee ausdrücken. An dieser Prunkstraße

Kunsthistorisches Museum, Wien I., erbaut von Carl Hasenauer/Gottfried Semper. Großes Stiegenhaus. Lunettenmalerei von Hans Makart. 1872—1881.

sind eigentlich alle wichtigen tragenden Institutionen mit repräsentativen Gebäuden versammelt: die der staatlichen und städtischen Verwaltung, die des Handels, der Wissenschaft und der Kunst, die der Kirche, wobei die Votivkirche gleichzeitig die Einheit des großen Vielvölkerstaates demonstrieren sollte, dessen einzelne Teile alle zum Bau der Kirche als Dank für die Rettung Kaiser Franz Josephs bei dem Attentat des Jahres 1853 ihren Beitrag geleistet hatten — und vor allem natürlich des Kaisertums als der zentralen Idee dieses Staates. Das Kaiserforum, das nur zum Teil ausgeführt ist — die beiden Museen und die Neue Burg —, sollte das Zentrum und den Höhepunkt der Ringstraße bilden. Niemals hat in Österreich das Denkmal bis dahin eine so große Rolle gespielt wie nun im Bereich der Ringstraße, wo den großen Bauwerken der Institutionen die individuellen Skulpturen großer verdienter Persönlichkeiten zur Seite treten sollten. So gesehen, ist die Ringstraße der künstlerische Ausdruck des neuen Staates unter Kaiser Franz Joseph, in dem die verschiedenen divergierenden Strömungen in einem Zeitalter neuer Entwicklungen — von den nationalen Bewegungen bis zu den Konsequenzen, die sich aus der industriellen und damit verbunden finanziellen und sozialen Umgestaltung ergaben — nochmals zusammengehalten werden sollten. In einem Maße, wie es das 19. Jahrhundert zuvor nicht gekannt hatte, wurde hier wieder die Frage des Gesamtkunstwerks aufgeworfen, des Zusammenwirkens von Architektur, Skulptur und Malerei. An zahlreichen Bauwerken der Ringstraße ist das zu sehen.

Vor allem aber wurden nun auch im Inneren, entsprechend den neuen repräsentativen Aufgaben, vergleichbar durchaus den großen Leistungen des Barock, große Wand- und Deckenbilder benötigt. Die bedeutendste Gestaltung dieser Art ist das Stiegenhaus des Kunsthistorischen Museums, mit dem Deckengemälde von Mihály von Munkácsy, darstellend den Triumph der Kunst. Munkácsy war wohl der großartigste Maler der Zeit aus der Monarchie, der vielerlei Einflüsse von Wien, München und Düsseldorf, wo er gelernt hatte, und von Paris, wo er wohnte, verarbeitete. Neben ihm sind vor allem der Salzburger Hans Makart, der mit dem Sinnenrausch seiner Bilder dem Geschmack seiner Zeit entgegenkam, und Hans Canon unter den Malern zu nennen, die wesentlich zum Eindruck dieser Epoche des Historismus beigetragen haben. Zu einer eigenen Bedeutung kam der Tiroler Franz von Defregger, der aus der Münchener Schule von Karl Piloty hervorgegangen war. Auf dem Gebiete der Bildhauerei waren damals die führenden Meister Caspar von Zumbusch, der Schöpfer des Maria-Theresien-Denkmales, Anton Fernkorn, der die beiden großen Reiterdenkmäler des Heldenplatzes geschaffen hat, und Viktor Tilgner.

Gleichzeitig gab es freilich auch Künstler, die sich mit der Entwicklung in Frankreich, abseits von der dort gleichartigen pathetischen Kunst, vergleichen lassen. August von Pettenkofen, dessen stille Bilder atmosphärische Qualitäten in der Art der Schule von Barbizon entwickeln, oder, mehr schon sich mit Elementen des Impressionismus auseinandersetzend, Tina Blau, und vor allem Emil Jakob Schindler mit seinen Donaulandschaften. Der überragende Maler aber wurde Anton Romako, dessen Bilder vom Gasteiner Tal oder dessen verschiedene Versionen des Themas „Admiral Tegetthoff in der Seeschlacht bei Lissa" sich am konsequentesten Neuem zu-

Oben: Ehemalige Österreichisch-Ungarische Bank in der Herrengasse 14, Wien I. Erbaut von Heinrich von Ferstel. 1856—1860. Glasdach des Innenhofes.

Unten: Staatsoper, Wien I. Erbaut von Eduard van der Nüll und August von Sicardsburg. 1863—1868. Haupteingang mit den Statuen der sieben Künste von Josef Gasser.

Unten: Blick vom Dach der Staatsoper über die Ringstraße auf das Kunsthistorische Museum.

Anton Romako. Herr und Dame in einem Salon. 1897. Öl auf Leinwand.

wenden. Dieses Neue war die Abwendung vom Historismus. In der von Joseph Olbrich 1897/98 erbauten Wiener Secession, in der sich jene Künstler vereinigten, die sich vom konservativen Künstlerhaus getrennt hatten, erhielt der Aufbruch zur Moderne sein signifikantestes Denkmal. Wieder einmal spielte England dabei eine richtungsgebende Rolle. Olbrich ging bald nach Darmstadt. Die großen Künstler, die diese Wende in Wien trugen, die verständlicherweise viel Ablehnung, vor allem bei Hof und Adel fand, in der sich mit der Forderung nach Freiheit für die Kunst auch ein sozialer Wandel zeigte, waren Otto Wagner und Gustav Klimt. Beide, noch aus dem Historismus hervorgegangen, haben mit ihrem Werk in Wien den Weg ins 20. Jahrhundert eröffnet.

Hans Makart. Portrait Clothilde Beer. Um 1880. Öl auf Leinwand.

Joseph Maria Olbrich. Gebäude der Secession. Getreidemarkt, Wien VI. 1898. Über dem Portal die Inschrift des Kritikers Ludwig Hevesi: „Der Zeit ihre Kunst, der Kunst ihre Freiheit".

OTTO BREICHA

ANDERS ALS ANDERSWO

DIE SCHÖNEN UND BILDENDEN KÜNSTE SEIT DER GRÜNDUNG DER WIENER SECESSION

DER JUGENDSTIL UND SEINE FOLGEN

Spätestens in den neunziger Jahren des vorigen Jahrhunderts hatte sich weit und breit ein schroffer Gegensatz zum gründerzeitlichen Positivismus ausgebildet. Dieser hatte im Für-sich-Beachten der Einzelheiten (ohne Zuordnung an ein großes Ganzes) in den darstellenden Künsten den Naturalismus heraufgeführt. Die Nutzanwendung eines aus der Vergangenheit überkommenen Formengutes führte — zumal in der Architektur — zum Historismus als einer „positivistisch entarteten Romantik" (Kurt Bauch).

Die Antwort auf die ebenso auf Repräsentation bedachte wie detailfrohe Kunst der Gründerzeit war auch für Österreich der Jugendstil. Bei aller Verschiedenheit seiner nationalen Erscheinungsformen setzt er die gleiche antirationale, formenphantastische Haltung und den Glauben an ein überzuordnendes Gleichmaß voraus, das sich in Allegorie und Stilisierung mitteilt. Es war (wieder einmal) die Seele, die sich im Körper Ausdruck schafft, ein Geistiges, das den großen Zusammenhang von Dasein und Schicksal beschwor.

War der bildenden Kunst des späteren 19. Jahrhunderts der Begriff des Gesamtkunstwerks gründlich verlorengegangen, ist es vielleicht die bedeutendste Errungenschaft des Jugendstils geblieben, ein auf diese besondere Weise Ganzheitliches wiederhergestellt zu haben. Der Jugendstil (und in ihm der Wiener Secessionismus) war mehr als ein bestimmter, gerichteter Formengebrauch, war eine neue Lebensweise, die alle Belange durchdrang. Schon William Morris hatte es unternommen, in seinen Buchschöpfungen selbstverfaßten Text und selbstentworfenen Buchschmuck in optische und inhaltliche Ausgewogenheit zu bringen. Charles Rennie Mackintosh und Henry van de Velde bemächtigten sich aller Zweige der Kunst und des Kunsthandwerkes. Subtile und elementare Entsprechungen, die aus einer jeweils gleichen Stilvorstellung erwirkte Übereinstimmung der Groß- und Kleinformen, wurden selbstverständlich. Den in ebendiese Richtung stoßenden Zeitschriften „Revue Blanche", „The Studio" und „Pan" folgten die bibliophilen Hefte des „Ver sacrum", in denen die Wiener Secession die ihr nahestehende künstlerische und literarische Avantgarde präsentierte. Wie Henry van de Velde Architekt, Maler, Kunstgewerbler und Lehrer in einem war, strebten auch Otto Wagner, Joseph M. Olbrich und die „Wiener Werkstätte" um Josef Hoffmann nach gleicher Allseitigkeit. Ein in diesem Sinn „totales" Bauwerk wurde Hoffmanns Palais Stoclet in Brüssel. Und zu einer möglichst dichten Erlebniseinheit aus Schaustücken und Raumgestaltung waren die Ausstellungsarrangements der Wiener Secession erwogen, die mit der Klinger-Ausstellung des Jahres 1902 ihren Höhepunkt hatten. Eine ähnliche Anordnung berichtete Ludwig Hevesi schon 1898 von der ersten Ausstellung der „Vereinigung bildender Künstler der Secession": „Die verschiede-

Gustav Klimt. Judith I. 1901.
Öl auf Leinwand.

Otto Wagner. Hochaltar der Kirche am Steinhof, Wien XVI. 1904—1907.

nen Werke des nämlichen Künstlers sind in eine Gruppe gefaßt, so daß seine Kunst in einem organischen Zusammenhang vorgeführt wird. Die Wandbekleidungen schaffen günstige Hintergründe; vor weißgefälteten Stoffen finden zartgetönte Bilder ihre volle Stimmungskraft; in ruhigem Dunkelrot oder Dunkelgrün geputzte Wände wirken luftiger als glattgetünchte; Friese und Ornamente von stilisierten Pflanzen sind ganz ruhig . . . Ein viereckiger Mittelsaal dient als Foyer. Seine Wände, in mattem Dunkelgrün, haben ein aufstrebendes Pflanzenornament, dessen helle Sternblüten sich in Mittelhöhe zu einem umlaufenden Fries zusammenfügen. Lebendige Pflanzen und Blumen fügen sich mit auserlesenen modernen Möbeln." — Ein gleiches Streben nach vielseitigen Möglichkeiten des Sichmitteilens und der Drang, das eine durch das andere zu ergänzen, veranlaßten aber auch das Dichten der Maler (Kokoschka, Schiele, Gütersloh, Kubin) und das Malen und Dichten der Komponisten (durch das dann Schönbergs expressionistisches Bühnenspiel „Die glückliche Hand", 1909/11, als der ineinander verwobene, einander voraussetzende Gleichklang aus Dichtung, Bildvision und musikalischem Ausdruck gedeihen konnte).

Bezeichnend für die Situation des Beginns ist, daß die Wegbereiter der neuen Art selbst aus dem Historismus gekommen sind, den sie alsdann so heftig befehdet haben. Aus einem klassizistisch-eklektischen Formendenken gelangte Otto Wagner zum konstruktiven Durchbestimmen seiner Bauelemente. Aber auch Klimt reifte in spektakulär-großartigen Erfindungen und einer Makart nachgelebten, pseudobarocken „Wollust des Malens", ehe er zu der späteren Bildwelt seiner Flächenfiguren fand. Beide Male war es eine Flucht aus dem künstlichen Schema des ausgehenden Jahrhunderts. Beide Male war es ein Verzichten auf reiche und effektvolle Möglichkeiten, war es eine Vereinfachung zum Typischen und Entsprechenden. Aufgesucht wurden die Dichte und Dauer des Grundsätzlichen, das sich in Bild- und Bauform als die eindringlichste Übereinstimmung von Wesen und Erscheinung bekundete.

Der Jugendstil und die von ihm proklamierte „erhabene Sinnlichkeit" (Hofmannsthal) bereiteten den Anbeginn einer neuen Kunst, indem sie das Kunstwollen des späten neunzehnten Jahrhunderts gründlich in Frage stellten. In einer eigentümlichen Mischung aus Altem und Neuem, Abgesang und Aufbruch in einem, bildete der Jugendstil in sich zwar alle Ansätze der weiteren Entwicklung, ohne aber die bahnbrechenden Konsequenzen selbst zu ziehen. Nur seinen allerstärksten Persönlichkeiten war es gegeben, sich aus der Bindung an das Hergebrachte zu lösen und vollends ins Neue des neuen Jahrhunderts vorzudringen. Daß Wagner und Klimt diese Überwindung des Fin de siècle möglich war (und auf welche Art sie dabei dem Bauen und Malen ihrer Zeit vorangingen), bewirkte, daß die von ihnen geprägte Wiener Kunst so anders als anderswo verlaufen konnte.

Das eigentlich Neue in der Wiener Kunst dieses Jahrhunderts setzte in den ersten Jahren nach 1900 ein. Die Malerei Anton Romakos, Carl Schuchs, Theodor Hörmanns, Emil Jakob Schindlers und Eugen Jettels wurzelte noch ganz und gar im Vorigen. Dem österreichischen Stimmungsimpressionismus am Ende des Jahrhunderts folgte eine andere Lichtmalerei, der kokett-modische, angewandte Impressionismus, den Josef Engelhart und Heinrich Lefler ausübten, eine Malerei, die französische Praktiken charmant ins Wiener Genre übersetzte. Die Zurückweisung eines solchen im impressionistischen Geschmack ausgeführten Bildes war Anlaß für den Austritt der neunzehn aus der „Genossenschaft der bildenden Künstler

Otto Wagner. Hauptfront der Kirche am Steinhof, Wien XVI. 1904—1907.

Otto Wagner. Miethaus (sogenanntes „Majolikahaus"), Linke Wienzeile 40, Wien VI. 1898/1899.

Wiens" im Künstlerhaus, veranlaßte die Wiener Secession, dieses augenfällige Brechen mit den festgefahrenen Kunsttraditionen. Im April 1897 wurde die „Vereinigung bildender Künstler Secession" (vorerst als ein Klub der „Genossenschaft") von Rudolf Alt, Josef Engelhart, Josef Hoffmann, Gustav Klimt, Kolo Moser, Joseph M. Olbrich u. a. gegründet. Noch im selben Jahr erfolgte die endgültige Separation als die Aussonderung der fortschrittlichen und ambitionierten Kräfte. Absicht war, die „echte", in sich lebendig gebliebene Kunst gegen offizielle Pseudokunst und kleinliche Bevormundung zu verwahren. So konnten sich in dieser neuen Verbindung auch Künstler zusammenfinden, die sehr verschiedenen Auffassungen anhingen. Waren sie zunächst im gleichen Gegensatz zu einem prüden Publikum über alle stilistischen Ressentiments hinweg geeint, so verschärfte sich die Auseinandersetzung zwischen dem gemäßigten und progressiven Lager mehr und mehr, als die Pionierjahre der jungen Bewegung überstanden waren.
Dieser Widerstreit von Tradition und Neuerung verweist diese spätestimpressionistischen Gepflogenheiten ins neunzehnte Jahrhundert. Ein Neues, ein Stilisierendes, Geistkünstlerisches, brach sich Bahn, ein Radikalisiertes, das auf vielen möglichen Wegen ein Gleiches unternahm: die Erneuerung der Erlebens- und Darstellungsweise, eine Änderung, die von der Nachahmung des Gegebenen zum Erschließen einer neuen bildnerischen Art hinführte.
Der Aufbruch war allgemein. Ihm entzog sich auch ein Rudolf von Alt nicht, der noch im hohen Alter die Technik der spät- und nachimpressionistischen Divisionisten aufgriff. (Mit seiner Wahl zum Ehrenpräsidenten der Secession anerkannte man die Fähigkeit des Fünfundachtzigjährigen zu jugendlich couragiertem Verändern.) Wie es Ludwig Hevesi beschrieb: „Unter Donner und Blitz und starken Erschütterungen ging die Erfrischung vor sich." In Opposition zur konventionellen Malroutine, „das Gewagte wagend", fanden die ersten Unternehmungen der jungen „Vereinigung" regen und bestärkenden Zuspruch (was eine weitere Ausstellungstätigkeit von mindestens europäischem Zuschnitt ermöglichte). Als Phänomen und Ka-

Otto Wagner, Hauptfassade der Österreichischen Postsparkasse, Georg-Coch-Platz, Wien I. 1904—1906, 1910—1912.

Otto Wagner (1841—1918). Postkarte Nr. 251 der Wiener Werkstätte. Um 1910.

talysator vermochte die Secession viel: durch die Hefte „Ver sacrum", die für die Art und Weise von Buchschmuck und Typographie Hervorragendes leisteten; oder durch die überaus bedachte Ausgestaltung der Secessions-Ausstellungen. Wie durch diese Schaustellungen (des französischen Impressionismus, der Jugendstilmalerei, Klingers und Hodlers) angeregt wurde und wie sich dieser anspornende Wettstreit zum Besseren auswirkte, kann nicht hoch genug veranschlagt werden.

OTTO WAGNER UND DIE ARCHITEKTUR

Der Baukünstler Otto Wagner entwuchs dem Historismus, mit dem er freilich alsbald gründlich brach. Das Bauen in vorausgefaßten Vorstellungen und Formen konnte seine architektonische Erfindung nicht lange in Bann halten; eine energische Suche nach dem „schönheitlichen Ausdruck, passend zu unserem verstandstrotzenden Jahrhundert" gab die fortan immer und überall ange-

Josef Plečnik. Zacherlhaus, Brandstätte 6, Wien I. 1910—1911. Die Statue des Erzengels Michael stammt von Ferdinand Andri.

Josef Hoffmann. Gartenterrasse der Villa Skywa-Primavesi, Gloriettegasse 18, Wien XIII. 1913—1915.

strebte Einheit von „Zweck, Konstruktion und Poesie zu gleichen Teilen" zwingend ein.
Für dieses Ablösen Wagners von historisierendem Nachvollzug steht seine theoretische Schrift „Moderne Architektur" von 1895. Den vorgebenden Fassaden der Ringstraße stellte Wagner den Funktionalismus und materialen Realismus der Stadtbahn-Straßenbrücken und der Nußdorfer Nadelwehr (bis 1898) entgegen. Eisenkonstruktionen sind als ein gleichberechtigtes Mittel der Architektur offen einbekannt. 1898 entstand auch die Stadtbahn-Station Karlsplatz, wurden die Majolika-Häuser an der Wienzeile gebaut mit ihrem so bezeichnenden, streng gefügten Ornamentenschmuck, der tafelartigen Anordnung der Flächen und einer weitgehenden Einbeziehung kunstgewerblicher Elemente. Der Schritt bis zur Kirche St. Leopold „Am Steinhof" (1902) und zum Postsparkassenamtsgebäude (1903) führte direkt und endgültig in eine ausgereifte Logik des Bauens, zu einer Architektur, die sich die ästhetische Dimension der Technik mehr und mehr erschloß. Am Postsparkassenamt sind bereits alle diese bedeutsamen Errungenschaften auszumachen: das Übereinstimmen aller Teile, der kontinuierliche Übergang von Element zu Element, von Raumform zu Raumform, ein dynamisches Fließen, in dessen Gesamtzusammenhang ein flexibles Konstruktionssystem Räume den jeweiligen Umständen anzupassen vermag. Wagners fruchtbare Tat war die Besinnung auf die zeitgenössischen Erfordernisse, der Nutzstil; sein Ziel, die unbedingte Neuschöpfung, eine wahrhaftige „naissance", die dem Wiederheraufführen überkommener Bauformen opponierte. Diese rigorose, in ihrem Wesen klassizistisch gebliebene Haltung konnte Otto Wagner an seine Schüler weitergeben, die von ihm die Großzügigkeit, Weitläufigkeit und Strenge der architektonischen Konzeption annahmen. Wagners Schüler waren u. a. Joseph M. Olbrich, Josef Hoffmann, Marcel Kamerer, Max Fabiani, Emil Hoppe, Jan Kotiera, Otto Schönthal, Leopold Bauer und Oskar Felgel, die alle rasch zu sehr persönlichen Leistungen aufrückten. Dem Wagner-Schüler Josef Plečnik ist nicht nur das Haus Zacherl (1903), eines der schönsten Wohnhäuser dieser Zeit, sondern auch die erste Eisenbetonkirche zu danken, die in Österreich gebaut wurde. — Alles das wurde auf besondere Weise und in einem Ausmaß, das nicht übersehen werden kann, Geist vom Geiste Wagners, von seinem Vorbild geprägt, durch sein Beispiel zum „ Zweck im Zweck" verhalten und zu einer baukünstlerischen Erfindung inspiriert, die eben im Großartigen und Formbedachten gemäßen Ausdruck hat (und in den Projekten der Bände „Wagner-Schule" deutlich zu erleben ist).

Joseph M. Olbrich, der selbstbewußte Schüler eines selbstbewußten Meisters, führte aus dem reichen Register Otto Wagners eine bestimmte Seite aus: das geraffte Ornament, die gebändigte Formenvielfalt und die an Bei-

Josef Hoffmann. Palais Stoclet in Brüssel, Belgien. 1905—1911. Speisesaal mit dem von Gustav Klimt entworfenen Fries. 1909—1911.

spiele aus dem Klassizismus erinnernde Idealität. Das zu verwirklichen, hatte Olbrich in dem 1898/99 nach seinen Plänen ausgeführten Secessionsgebäude am Naschmarkt, diesem kostbaren Repräsentationsbau des Wiener Jugendstils, Gelegenheit. Im gleichen Spiel der Materialien, der ornamentalen Lösungen, der Flächenteilungen und in einem verfremdenden Glanz des Schaumäßigen waren die ersten Ausstellungen der „Vereinigung" angelegt. Und auf eine sehr änliche Art besorgte Olbrich in dieser Zeit seines Wirkens in Wien die Innenausstattung seiner Wohnbauten (wie etwa die der Villa Friedmann von 1899).

Der Unterschied von zwei ganz und gar verschiedenen Naturen wird deutlich, wenn man Olbrichs stilvoll aufwendigen Ausstattungen die Interieurs Josef Hoffmanns zur Seite stellt, der die Einrichtung seiner Häuser auf der Hohen Warte nach anderen, an sich haltenden, zuvor zweckdienlichen Grundsätzen entworfen hat. Das willentliche, prangende Darbieten wurde bei Hoffmann zur intimen Einfachheit. Gestalt und Würde des Gegenstandes sind auf neue Weise erfahren.

Nach Herkommen (er war Schüler Hasenauers) und Veranlagung verfügte Hoffmann auch über die Möglichkeiten des Spektakulären und Dekorativen. Sein für die ersten Hefte „Ver sacrum" gezeichneter Buchschmuck und die noch vor der Jahrhundertwende entstandenen Bauskizzen zeigen einen im jugendstilhaften Linienfluß schwelgenden Formengebrauch. Schon das 1903 entworfene Sanatorium Purkersdorf oder das von 1905 an ausgeführte Palais Stoclet waren von einem ganz anderen Baugeist eingegeben. Eine rektilineare Unbedingtheit, eine für diese Zeit ungewöhnliche Reinheit der Form, erfüllte bereits alle Bestimmungen des „kubischen" Stils: Flachdach, weithin ungeschmückte, nur durch Fenster gegliederte Wände und ein klares Absetzen der Baukörper. Das Formvoll-Exklusive und Palastmäßige der Stoclet-

Josef Hoffmann. Straßenfassade der Villa Sonja Knips, Nußwaldgasse 19, Wien XIX, 1924—1925.

Josef Hoffmann. Verglaster Wandelgang im Sanatorium Purkersdorf, Niederösterreich. 1904.

Anlage hat in den Stadtvillen sein Gegenteil, die Hoffmann am Rande Wiens gebaut hat. Ein aus dem österreichischen Biedermeier genommener Hang zum Wohnlichen beherrscht die Architektur, die es unternommen hat, ein Möglichstes an Nutzraum beizustellen. Die Häuser Brauner (1902/03), Beer-Hofmann (1903/05), Hochstetter (1907/08), Ast (1910/11) und Skywa (1913/15) sind die Etappen dieses Erstrebens.

Hoffmann, mit einer besonderen Fähigkeit zu solchem Arrangieren begabt, war für die Raumgestaltung der in diesem Zusammenhang wichtigsten Ausstellungen der Secession verantwortlich. Dieses sein eingebungsvolles Ordnen der Einzelheiten und Verhältnisse ließen Hoffmann auch im Kunstgewerbe mehr finden als eine nebenher erledigte Obliegenheit der Architekten. Die von ihm veranlaßten Gebrauchsgegenstände sind mit der gleichen hingebungsvollen Einfühlung entworfen wie seine Bauvorhaben ohnedies. Das eher Schlichte seiner Wohnhäuser entspricht der verhältnismäßigen Monumentalität der kleinen Formen. — In dieser Anfälligkeit fürs Kunstgewerbliche traf sich Hoffmann mit Kolo Moser und Alfred Roller, diesem wichtigsten Mitarbeiter Gustav Mahlers, für dessen innovative Bühnenarbeit an der Oper. Gemeinsam mit Kolo Moser begründete Hoffmann 1903 die „Wiener Werkstätte", die „mitten im frohen Lärm des Handwerks einen Ruhepunkt schaffen" wollte.

So wie Otto Wagner gegen die historisierende Bauweise aufgetreten war, wandten sich die Erzeugnisse der „Wiener Werkstätte" gegen alle „Surrogate stilvoller Imitation". In Material und Verarbeitung wurde das Treffliche gewählt und Gegenstände geschaffen, die in so einfacher wie schöner Weise den Geist der Zeit spiegeln. Gleichlaufend mit der Fortentwicklung in der Baukunst veränderte das Wirken der „Werkstätte" in der Neustiftgasse die Gegenstände täglichen Gebrauchs vom aufwendigen Schein zu nützlicher (aber angenehm-schöner) Zweckdienlichkeit. Der Rahmen war weit gezogen: Der einzelne Artikel wurde ebenso wahrgenommen wie Gesamtausstattungen (etwa die des Kabaretts „Fledermaus" in der Johannesgasse, das von den Künstlern und Handwerkern der „Werkstätte" in eigenartiger, vielbeachteter Weise eingerichtet wurde).

In dem Übereinstimmen von künstlerischer Erfindung und handwerklicher Bewerkstelligung strebte man nach einer Einheit und Gleichgerichtetheit, wie sie im mittelalterlichen Werkstattwesen selbstverständlich gewesen war. Was dazu an Anregungen aus dem englischen Kunstgewerbe (Morris, Mackintosh) genommen wurde, hat die „Wiener Werkstätte" durch ihre Verbindung von Lehre und exemplarischer Anwendung (die maßgeblichsten Künstler der „Werkstätte" unterrichteten an der Kunstgewerbeschule) bereichert weitergegeben und den Boden für Unternehmungen wie die Stijl-Gruppe und das Bauhaus vorbereitet.

Eine andere wichtige Aufgabe erfüllte die „Wiener Werk-

Oskar Kokoschka. „Das Mädchen Li und Ich". Achte und letzte Farblithographie des illustrierten Märchens „Die Träumenden Knaben". 1907/1908.

Links: Rudolf Kalvach. Plakat für die „Kunstschau Wien 1908".
Farblithographie.
Oben: Josef Divéky. Entwurf eines Plakates für das Cabaret Fledermaus in Wien. 1907. Tempera.
Unten: Moriz Jung. Postkarte Nr. 93 der Wiener Werkstätte.

Folgende Seite: Carl Otto Czeschka. Umschlag zum ersten Programmheft des Cabaret Fledermaus in Wien. 1907.

stätte", indem sie erst die handwerklichen Voraussetzungen erwirkte, das Ganzheitliche der neuen Bauweise zu gewährleisten. Damit und in modischen Belangen (Klimt entwarf Kleider für die „Werkstätte") war zugleich ein Weg in die Gesellschaft und zur Geltung und Anerkennung dieser neuen Kunst eröffnet.

GUSTAV KLIMT UND DIE MALEREI

Die Wiener Malerei der Jahre 1910 ist bei weitem durch die kraftvolle Persönlichkeit Gustav Klimts bestimmt. Wie Wagner war auch Klimt im herkömmlichen Akademismus aufgewachsen. Die Umorientierung, wozu er das

Josef Hoffmann. Liegefauteuil mit verstellbarer Rückenlehne („Sitzmaschine"). Um 1905. Buche, Mahagoni. Ausführung Kohn.

Folgende Seite: Josef Hoffmann. Links oben: Interieur. 1899. Bleistift, Tusche, Farbstifte. Rechts oben: Stoffmuster mit Baummotiv. 1902. Links unten: Ballspende zum Concordia-Ball 1909. Geprägter Messingdeckel mit Lederrücken. Rechts unten: Stoffmuster „Notschrei". 1904.

CONCORDIA
BALL
1909

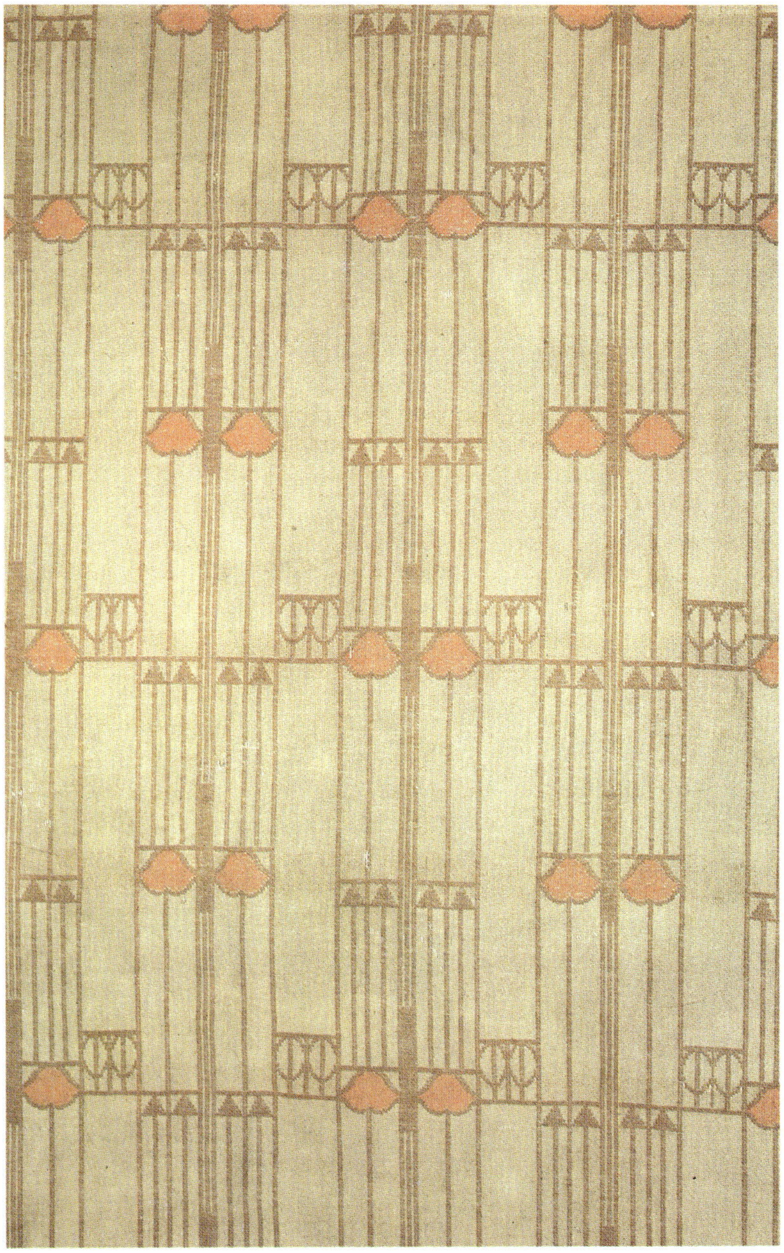

von Whistler, Khnopff und Beardsley Gewonnene nützte, erfolgte im Sinn und Sog des spätimpressionistischen Illusionismus. Die weitere Entwicklung verlief klar: Die Lichtromantik im Schubert-Bild von 1899 führte die Ideenmalerei der Universitätsbilder herbei. Wieder war das Jahr 1900 die Schwelle in die neue Art. In den noch stimmungsvoll verhangenen Landschaften wurden die meisten Bild-Mittel der nachfolgenden Malerei vorweg formuliert: die „modern" gewordene Farbigkeit, das richtungslose Quadrat-Format, der prätentiöse Ausschnitt, das frontale, bedeutungsvolle Gegenüber, die große ornamentale Anordnung.
Diese vom Impressionismus merklich abrückende Art schuf sich eine „andere Natur als die natürliche", die stilisierte Wirklichkeit des Zeichenhaften und Bedeutungsvollen. Das Unwillkürliche des Eindrucks wird ins Besondere und Absichtliche gelenkt, das Motiv gerichtet und verformt, das Bild zum Gefüge bestimmtester Relationen erwogen; eine nervöse, spätzeitliche Empfindlichkeit äußert sich ins dekorative Prinzip. Vorerst war es eine nicht mehr eigentlich atmosphärische, eine verschleierte Farbigkeit. Die parallelen Schraffen der damaligen Zeichnungen entsprachen den ähnlich gemeinten Strähnen und Farbteilungen der Bilder.
Klimts skandalisierte Universitätsbilder machten im Anschluß ein Verändern deutlich, das in eine weiter und weiter fortschreitende Verfestigung und Hierarchisierung führte. Für die „Philosophie" von 1900 wurde noch ein Stimmungsraum nebelhafter Ballungen und Bildungen vorgegeben. Das letzte Bild der Reihe, die „Jurisprudenz" von 1903, nahm in der genau rändernden Ausführung den gegenständlichen Hinweisen das zuvor Diffuse. Dieses ganz und gar andere Durchbilden läßt ermessen, was Klimt dem Jugendstil im allgemeinen und dem secessionistischen Ornament im besonderen zu danken hat. Der kühn erfundene Umriß, die so beschaffene Linienkalligraphie, das Spiel gebundener Gebärden und eine versinnbildlichende Farbgebung sind im Beethoven-Fries des Jahres 1902 anzutreffen wie in den Entwürfen für das Wandmosaik im Speisesaal des Palais Stoclet, das 1909/10 von der „Wiener Werkstätte" auf weißem Marmorgrund mit emaillierten Kupferplatten, Silberblechen, Korallen, Halbedelsteinen, mit Goldmosaik und farbiger Fayence in einem Einanderdurchdringen von Kunst und Handwerk ausgeführt wurde. Das „Malmosaik", wie Ludwig Hevesi diese Malerei so zutreffend bezeichnete, war geschaffen; die musivische Setzung verdrängte das divisionistische Gesträhne und Geprengel. Malerei wurde nicht mehr als ein Festhalten der flüchtigen Erscheinung geübt, sondern das Beständige und Sinnhafte bedeutet. Zu einem Extrem im so Statuarisch-Formalisierten gediehen Klimts Porträts aus dieser Zeit. Zumal das in der ornamentalen Verbrämung erstarrte erste Bildnis Bloch-Bauer entrückt das Abbild zum Inbegriff, zur Porträt-Ikone, die sich der überreichen Vergoldung und des Kontrastes realistisch und dekorativ durchgeführter Teile zu besonderer Spannung und Würze bedient.
Damals, 1907, kam Klimts Malerei in eine Phase, in der sie sich vollends erfüllte: „komplizierte Kunst einer komplizierten Zeit" (Hevesi), ganz sinnlich (in einem epikureischen, auskostenden, die „Elemente des Augenschönen" schmeckenden Sinn) und ganz geistig zugleich (luzide, enthusiastisch, souverän). — Klimt, dieser Kulturmaler, den die Überkultur der Zeit nicht denaturierte, ist auch bei der Methode des Malmosaiks nicht geblieben. Dennoch prägte Klimt gerade mit diesen seinen ornament-gebundenen Stilisierungen das Denken und Kunstempfinden im damaligen Wien wie kein Maler neben ihm. Er gab jener Epoche ihre „Gestalt", die durch Ausstellungen und Publikationen (zum Beispiel die von C. Schorske) nun auch im nichtösterreichischen Ausland jenes „Wien um 1900" in Mode brachten und (wie die Darstellungen jener Epoche in Venedig und Wien bewiesen) ein geradezu sensationelles Interesse finden.
Dem Maler Klimt steht der Zeichner mindestens ebenbürtig zur Seite. Anders als in den so endgültigen Bildern dieser Zeit, bewahrte sich die Zeichnung erstaunliche Unmittelbarkeit. Das Riesenwerk von Tausenden solcher

Gustav Klimt. Photographie von Moritz Nähr. Um 1910.
Folgende Seite: Gustav Klimt. Bildnis Adele Bloch-Bauer I. 1907. Öl auf Leinwand.

GV KL

Gustav Klimt. Stehender Mädchenakt mit rotgemusterter Draperie nach rechts. Um 1906/1907. Bleistift, roter Farbstift.

Studien, Vorausentwürfen und flüchtigen Notierungen war Klimts persönlichstes Dartun, dem das Raffinement im Beiläufigen durchaus erhalten blieb. Zugleich aber war dieses Zeichnen, in dem alles seine frische Plötzlichkeit hat, ein spielerisches Erfassen dessen, was ist, ein angeregter Realismus temperamentvoll geschlungener Linearformen, gemeisterte Kunst „des wenigen, das viel ist" und Brücke ins Größere und Größte hinaus.

1902 ist das Selbstbildnis des damals neunzehnjährigen Richard Gerstl entstanden als die früheste unter den zahlreichen Selbstdarstellungen dieses Malers, der 1908, fünfundzwanzig Jahre alt, sein Leben selber beendete. Schon dieses Bild erweist es, wie gründlich sich Gerstl schon damals mit dem zeitgenössischen Akademismus überworfen hatte, als er sich noch seiner Maltechnik bediente. Nachdem Gerstl da und dort entsprechende Anregungen gesucht hatte, war er bald zum Eigentlichen seiner Malerei vorangekommen, noch früh genug, um in hastigem Vollbringen sein Persönlichstes auszuführen und zu hinterlassen: ein freizügiges Ausführen, das in der Malerei dieser Zeit kaum seinesgleichen hat.
Biographische Umstände und die Kenntnis des bruchstückhaft überkommenen Werkes beweisen, wie bewußt Gerstl geschaffen hat. Er war einer der sehr wenigen, die damals die Bedeutung Munchs erkannten, und war mit Arnold Schönberg und Alexander von Zemlinsky befreundet, als deren Musik noch allgemein angefeindet wurde. Musiker, zumal die des Schönberg-Kreises, waren sein Umgang. Musik beschäftigte ihn so sehr, daß er darüber die Malerei vernachlässigte. Niemals gab er ein Bild in die Öffentlichkeit. Die Möglichkeit, seine Malereien zugleich mit Arbeiten Klimts auszustellen, schlug er aus. — Ist diese trotzige Opposition aus dem Unbedingten dieses radikalen Maler-Temperaments zu verstehen, so war aber doch auch das Wesen einer riskanten, instinktgeleiteten Malweise ein zu erklärtes Gegenteil der gegorenen, ausgewogenen und überlegten Malerei, der Klimt in diesen Jahren anhing.
Die von Gerstl in den letzten beiden Jahren seines so kurzen Lebens geschaffenen Bilder waren spontane Mal-Ereignisse, in willentlicher Skizzenhaftigkeit bewerkstelligt: in einem freizügigen Ausführen, das die Einzelheiten außer acht ließ und sich im Treffen der wesentlichen Farbenzusammenhänge erfüllte. Wie sich Gerstl an seine Arbeit verausgabt hat und dabei bis an die Grenzen des Gerade-noch-Gegenständlichen vorgestoßen ist, lassen die Bilder aus dem Sommer 1908 erkennen: kleinformatige See-Landschaften und die damals entstandenen Figurendarstellungen. Vor allem bei diesen Gruppenbildern ist die Bildfläche mit pastos aufgequetschter, heftig hingesetzter Farbe bedeckt, hat Gerstl dem Malakt eine äußerste Intensität der Anschauung und Mitbeteiligung abverlangt. Hinter dem scheinbar Entwurfhaften dieser Bildform steht jedoch die entschlossene Absicht, sich

Gustav Klimt. Der Kuß. 1907/1908. Öl auf Leinwand.

Oben: Richard Gerstl. Familienbild Schönberg. 1908. Öl auf Leinwand.
Folgende Seite: Richard Gerstl. Schwestern Fey. 1905. Öl auf Leinwand.

eben auf diese Weise auszusagen, steht das dringliche Verlangen, sich zu vehementer Selbstverwirklichung in ein solches Diktat des lebendigen Lebens zu begeben. Gerstl, der den Umgang mit Malern mied, erteilt Arnold Schönberg Malunterricht. Der Maler Schönberg traf mit seinen „Visionen", diesen Konterfeien absonderlicher Eingebung, etwa in die Richtung Gerstls. Beide Male ist es die ähnlich animistische, eine erlebte und erlittene Farbigkeit, von der aus sich das Gemeintsein der Bilder aufschließt. Doch gibt es andere, entscheidende Merkmale, die die Malerei Gerstls vom halluzinativen Expressionismus Schönbergs unterscheidet: Gerstl nahm bis in sein letztes, so sehr impetuoses Ausführen hinein Lichtphänomene wahr. Gerstls Intensivmalerei ist keine Seelenschilderung in der Art der aufkommenden Ausdruckskunst, aber eine bestürzende, inbrünstige Lichtmalerei, die — eigentlich im Sinne des Impressionismus — das Literarisch-Inhaltliche unterlassen hat, das dann der Expressionismus begierig und ausdrücklich für seine Sache beanspruchte.
Aus alledem wird der Gegensatz Gerstl-Klimt verständlicher. Gerstls malerische Malerei behauptete das Gegenteil der aneinanderfügenden Addition kleiner Stückformen im Malmosaik: Aufregend-großzügiges, aktualisiertes Bilden stand gegen ein formalisiertes, das Ungestüme gegen das Gleichgewichtige und in sich Maßgebliche. — Wie Klimt seine Malerei nach 1910 verändert hat und indem sich mehr und mehr herausstellt, daß die improvisa-

249

Egon Schiele (1890—1918). Photographie von Anton Trčka. 1914.

torischen, den Strebungen Gerstls verwandten Zeichnungen der wohl beträchtlichere Teil im Gesamtwerk sind, scheint es, als hätte Gerstl mit dem Zeichner Klimt gegen den Maler recht behalten, ganz zu schweigen von der Aktualität, die seine Bilder als kühne und sensible Vorwegnahmen dessen erfahren, was heute als sogenannte „wilde" und „heftige" Malerei firmiert.

Bis 1905 hatten sich die Spannungen innerhalb der Secession in einem Maße verschärft, daß die schließliche Aufspaltung nicht zu vermeiden war. Während das eine Lager um Josef Engelhart an einer impressionistisch-romantischen Malweise festhielt, hatte sich die Klimt-Gruppe in stilbedachter Neuerung von den secessionistischen Anfängen des Jahres 1897 weit und weiter entfernt. Die von Hermann Bahr schon 1899 vorausgesagte Secession der eigentlichen (originären) Secessionisten von der einigermaßen in Mode gekommenen Bewegung war eingetreten. Mit Gustav Klimt verließen Hoffmann, Moll, Moser, Roller und Wagner die „Vereinigung", der mit diesen Künstlern ihre damals wichtigsten Persönlichkeiten verlorengingen. Klimt und sein Anhang richteten sich alsbald in der Galerie Miethke ein. Carl Moll, der als treibende Kraft auch die meisten Secessionsausstellungen organisiert hatte, entfaltete in der Dorotheergasse eine weiterhin rege Aktivität. Ausstellungen Gauguins, van Goghs und Goyas waren seiner Initiative zu danken (und wurden für die damals aufkommende Ausdruckskunst von beträchtlicher Bedeutung); man gedachte Schuchs und Romakos und stellte neue Arbeiten Klimts vor. — In einem Rahmen, der Kunstgewerbe und angewandte Graphik miteinschloß, gab die „Kunstschau" des Jahres 1908, was die Wiener Moderne zu bieten hatte. Auf dieser zusammenfassenden Repräsentation der damals wichtigen Kräfte war auch der „Kuß" erstmals ausgestellt, Klimts abschließender Schritt in der Goldgrund-Welt dieser so sehr in förmelnden Zwang geratenen Phase seiner Kunst. Eine Krise, die bis 1911 andauerte, überwand Klimt vor allem auch durch die Möglichkeiten, die ihm sein Zeichnen zur Hand gab. Reisen nach Belgien, England und Paris brachten wichtige Anregungen und ein neuerliches Begegnen mit dem damals zeitgenössischen Nachimpressionismus. 1912 begann Klimt mit frischem Elan. Zwar blieben das Geordnete, Absichtsvolle und Gleichgewichtige, aber ein Neues, Befreiendes, strömte mächtig ein. Die damals auch in der Malerei wiederaufgenommene Arbeit nach der Natur erschloß sich auf neue Weise den lebendigen Reiz der lebendigen Form.

In den Bildnissen wurde das Ornament zunächst auf den mit Vorliebe japanisierenden Hintergrund verwiesen. Eine zeichnende Pinselführung überantwortete die Darstellung den noch immer fließend-formenden Konturen. Ungetrübte, mitunter geradezu frenetische Farbenklänge herrschen vor. Landschaften, die ein räumliches Gefühl durch übereinandergeschichtete Zonen und Gleichläufigkeiten bewirken, und das Bildnis Bloch-Bauer von 1912 stehen an diesem Neubeginn (und haben im nervösen Liniengespinst der gleichzeitigen Zeichnungen ein graphisches, auch die letzte Entwicklung der Malerei vorwegnehmendes Gegenstück).

Die Befreiung aus dem starrenden Pomp des Malmosaiks ließ auch die Ideen- und Allegorien-Malerei zu einem freieren Spiel der Muster und Formen kommen. Eben diese symbolisierenden Bild-Kompositionen bestärkten Schiele und Kokoschka auf ihrem Weg. Da wie dort ist es das Übertriebene in Anlage und Gebärde, sind ungewöhnliche Drehungen und Attitüden zu verschärftem Ausdruck genützt.

Aber auch die jedenfalls gegebene Verschiedenheit ist aufschlußreich: die reine Idealität der vergleichbaren Entwürfe Klimts wurde ein Durchdringen und Deuten morbider Scheinbarkeit. Dem positiven und souveränen Lebensgefühl Klimts stand die bekundete Ausdrucksnot seiner Nachfolger entgegen; dem angeregten, kontaktesicheren, aus sich heraus schönen Ausführen der leidvolle Drang nach Selbstverwirklichung, ein intuitives Erspüren und Herausstellen innerster Antriebe. Der geschmeidige Linienfluß des Vorbilds wurde zur hart verwinkelten Fügung, die Konkordanz zum Kontrast. Statt einer allge-

Egon Schiele. Arthur Roessler. 1910. Öl auf Leinwand.

Oben: Egon Schiele. Krumauer Landschaft. 1916. Öl auf Leinwand.
Folgende Seite: Egon Schiele. Sitzendes Paar. 1915. Bleistift, Deckfarben.

EGON
SCHIELE
1915

meinen Harmonie ist die Idee der dargestellten Situation mitgeteilt, Aussage und Urteil statt Stimmung. Oder wie es Gütersloh zu gegebenem Anlaß sagte: Die Kunst begann „apokalyptisch zu reden".
Einen anderen Weg ging die Architektur. Otto Wagner (und mit ihm Josef Hoffmann) erneuerte seine Bauweise im Erfassen und Erfüllen der damals gegenwärtigen Erfordernisse. Beide Male war die neue Form Ausdruck der Verhaltung und des Zweckmäßigen; beide Male wurden vielheitliche und dynamische Formen für strenge, orthogonale Gefüge aufgelassen. Wenn Hoffmanns subjektivere Wesensart die lokale Note des Angenehmen und Verbindlichen in seine Arbeit einbezog, blieb der in der Schule des französischen Klassizismus aufgewachsene Wagner ein formenfanatisierter Baukünstler großzügiger Erfindung. In eben dieser Auffassung gewann Wagner seinen Unternehmungen zunehmende Genauigkeit und Klarheit ab. Mit dem Betonen der konstruktiven Fügung und der technischen Teile wurden der modernen Architektur spezifische Mittel reklamiert. — Für diesen ausführlichen Hergang, an dessen Anfang der Bau der Länderbank und an dessen Ende die Lupusheilstätte (1908—1913) standen, waren beinahe dreißig Jahre erforderlich, bis Wagner die Schablonen des neunzehnten Jahrhunderts abgeworfen und seine neuen Einsichten auf alle Aspekte des Bauens übertragen hatte. — Anders wuchs der um neunundzwanzig Jahre jüngere Adolf Loos direkt in die Formensprache des neuen Jahrhunderts hinein. Klassizist auch er, eiferte er in wichtigen Aufsätzen gegen den secessionistischen Formenüberschwang und die enthemmte Ornament-Sucht seiner Zeit. Diese energische Entschlossenheit verhinderte durch Jahre die Verwirklichung seiner aus der Begegnung mit der amerikanischen Bauweise gewonnenen Grundsätze. Der Baukünstler Loos mußte sich mit dem Einrichten von Wohnungen und Lokalen begnügen (von denen der so perfekte Raum der „Kärntner-Bar" von 1907 beinahe unverändert erhalten

Adolf Loos. Gartenseite des Hauses Hugo und Lilly Steiner, St.-Veit-Gasse 10, Wien XIII. 1910.

Adolf Loos (1870—1933).

ist). Bewies Loos mit diesem Wirken im Beschränkten die Erfüllbarkeit und Sachlichkeit seiner Forderungen, seine radikalen Meinungen zu Form und Ausführung, so war es ihm anläßlich der Häuser Steiner (1910) und Scheu (1912) ermöglicht, seine Prinzipien auch auf Grundriß und Raumfolge anzuwenden. Die äußere Erscheinungsform des Bauwerks ist durch seine innere, eigenartig ineinander verschränkte Ordnung bedingt und mit reduziertesten Mitteln (Flachdach, geschlossene Wandflächen) realisiert.
Eine solche Haltung mußte Adolf Loos notwendigerweise in einen Gegensatz zur secessionistischen Architektur und zu Josef Hoffmann bringen. Loos' Äußerungen über Mode, Kunsthandwerk und Inneneinrichtung opponierten erklärtermaßen die Arbeit der „Wiener Werkstätte", mit deren Ansichten über Materialgleichheit und Zweckdienlichkeit Loos zwar übereinstimmte, deren effektvoll gefälligen Arrangements er aber die Reinheit und Nüchternheit der Formen entgegenhielt. — So war es auch ein anderer Kreis, in dem Loos zuerst Anerkennung fand: Sein Befreundetsein mit Altenberg, Schönberg, Trakl, Kraus und Kokoschka stand in anderem Zusammenhang als dem der Salons, der „großen" Gesellschaft, zu der die modischen Bestrebungen der Secessionisten bald Zugang hatten.
Loos erlebte Architektur als bekennerisches Eingestehen der geraden Linie, der kubischen Form und der materialen Entsprechung. Dieser sein Purismus war aber kein starrsinnig eingehaltenes Prinzip an sich, sondern ein Unterfangen, „neue Freude in die Welt zu bringen". Wenn die Garten-Fassade des Hauses Steiner ihren Formen nach eine neue Epoche des Bauens eingeleitet hat, so vergegen-

Adolf Loos. Haus am Michaelerplatz 3, Wien I. Detail („Mezzaningalerie") der Fassade gegen den Platz. 1909—1911.

wärtigt der Gebrauch so geschaffener Räume ihre humane, bedürfnisgerechte Beschaffenheit, vergegenwärtigt, wie sehr Loos trotz (oder eben gerade wegen) dieses so rigorosen Engagements das Lebendige im Menschen berücksichtigt hat.

Oskar Kokoschka. Selbstportrait, 1923. Kreidelithographie.

EINE NEUE GENERATION

Kokoschkas „Traumtragende" war die vielbelachte Sensation der „Kunstschau" von 1908. Diese Entwürfe und die wohl schon 1907 entstandene Bebilderung der „Träumenden Knaben" erstellten aus wenigen mitteilsamen Hinweisen einen seltsam-besonderen Erlebnisraum. Bereits diese ersten Versuche Kokoschkas meinten ein Geistiges: einen wirkenden Zusammenhang, der sich in Sinnbildern mitteilt.

Die Bildnis-Malerei der Jahre bis 1910 wagte einen anderen, nächsten Vorstoß ins Ausdruckhafte. Kokoschkas Poträtieren dieser Zeit, ungewöhnliches Beispiel medialer Einfühlung, war im Sinn des Wortes „Erguß der Seele in die Gesichte". Dieser Griff an das innerste Wesen, Aus-Sich-Herausstellen und abwehrendes Bannen zugleich, war ein „Strömenlassen und Gesichtesein", war ein seismographisch-empfindliches Ausführen, das es erwirkte, daß sich die Zusammenhänge und Bedeutungen in ihrer aufregenden Einmaligkeit „von selber eingestehen". Mit diesem Darstellen des „inneren Gesichts" rückte Kokoschka in eine geistige und tatsächliche Nachbarschaft zur Entdeckung des Unbewußten bei Freud und dessen analytisch erspürende Methode, ohne die besondere Unmittelbarkeit einzubüßen.

Kokoschkas Malerei entwickelte sich damals lebhaft. Nach und nach wurden die Möglichkeiten der reichen Anlage erprobt. Den pointierten Bildnissen der Jahre 1909/10 folgte nach dem verhaltenen Farbenspiel der „opaken" Malereien schließlich, am Ende seiner Wiener Jahre, das in barock-lebhaften Pinselrhythmen bewältigte Kraftstück der „Windsbraut", dieses so sehr persönliche und doch überhöhte Dokument seiner Beziehung mit Alma Mahler. Von der Malerei seiner Anfänge hatte sich Kokoschka damals, 1914, bereits beträchtlich entfernt.

Länger als Kokoschka blieb Egon Schiele dem Vorbild Klimts verhaftet. Noch 1909 waren seine Malereien im secessionistischen Geschmack gehalten, um erst ein Jahr später ihre scharfe Entschiedenheit zu finden: Ein Ausführen, das die linear umgrenzte Darstellung penetrant und bedrohlich aussetzte, die Farbe denaturierte, die Konturen auszacken ließ und in Ausdruck und Pose die äußerste Intensität wählte. Bildnisse entstanden, die in den Worten Güterslohs „Stellungen einer ihnen eigentümlichen Willkür" einnahmen, weil „ihr Inneres anfängt nach außen zu steigen".

Die bildkünstlerischen Wandlungen, die Schiele durchgemacht hat, sind vor allem aus seinen Zeichnungen und Aquarellen zu ersehen. Emotionelles bestimmt auch die malerisch-verfließenden Blätter der Jahre 1911/12. Aus diesen — nach den zuvor grellen Zusammenklängen — eher fahlen Farbstimmungen erstand allmählich die linear bindende, elastische Spannungen schaffende Beschreibung, die um 1914 eine Art und Weise der Konstruktion erreichte, die an ähnliche Lösungen aus dem frühen Ku-

Oskar Kokoschka. Die Windsbraut. 1913/1914. Öl auf Leinwand.

bismus denken läßt. Das stupende Überschneiden, Verspreizen und Umklammern mit kühn geübten Strichen verblieb aber bei noch so formalem Durchbestimmen auf Schieles charakteristische Gebärden-Sprache und Motiv-Erfahrung gerichtet.
Lag die bildnerische Tat Gerstls darin, daß er die Emotionalität der Farbe und die malerische Form bis zum Äußersten ausführte, vollbrachten auch Kokoschka und Schiele in bestimmten Phasen ihrer Kunst ebenso Entdeckerisches. Schon die 1908 entstandenen Zeichnungen zu Kokoschkas Bühnenspiel „Mörder, Hoffnung der Frauen" erzielten im sensationellen Ineinanderverschieben von direkter Aufsicht und Profil eine so gefundene „Simultan"-Darstellung. Von den Tubutsch-Illustrationen des Jahres 1910 an wurde den Graphiken ein prismatisches Schema auferlegt, ein rasterndes, kristallinisch auslösendes Strukturieren. Schließlich gelangte Kokoschka in gewissen Zeichnungen, die dazumal in H. Waldens „Sturm" veröffentlicht wurden, bis zu einer extremen Auflösung, die das Gegenständliche in dicht verfilzten Schraffenlagen zurücktreten und fast verschwinden ließ.
Neben diesen formalen Ambitionen unterscheiden noch andere Eigenheiten die Wiener Spielart vom übrigen Expressionismus. Auch bei gewagtesten Unterfangen wurde der Bereich des Wirklichen und Möglichen selten überschritten. Zumal bei Kokoschka war Malerei ein sinnhaftes Dartun, das dann zuletzt in ein ebenso welthaltiges Barock mündete. Aber auch Schiele konnte ein förmeln-

Oben: Oskar Kokoschka. Kind mit den Händen der Eltern. 1909. Öl auf Leinwand.
Unten: Oskar Kokoschka (1886—1980). Um 1965.

der Drang seine Hingabe an die Dinge und die konkrete Anschauung nicht verstellen. Immerzu besonderte sich das vorausgegeben Einmalige zur individuellen Erscheinung, deren Hintergründiges oder Minderbewußtes erspürt und zum Wesentlichen verstärkt wurde.
Diese andere Auffassung setzte eine andere Malweise voraus. Anders als die drastischen, gewalttätigen Lösungen der gleichzeitigen deutschen Ausdruckskunst, vertraute der Wiener Expressionismus behutsameren Mitteln: einer mitunter geradezu brüchigen Farbigkeit und einem subtil-differenzierten Auftrag. Drückte, schabte, kratzte Kokoschka seine Nuancen auf die Leinwand, so war es bei Schiele das sorgliche Abstimmen morbider, verfremdeter Farbenzusammenklänge.
Bei alledem waltete jedoch eine Unbedingtheit, die sich einen persönlichen Weg suchte, ein Ausdruckszwang, der sich mit dem Anfällig-Behübschenden der damals offiziell gebliebenen oder offiziell gewordenen Kunst überworfen hatte. Mit dem geschmackvoll-schmucken Figurenwerk M. Powolnys hatte der Bildhauer Anton Hanak nichts mehr zu schaffen, der eben damals die kühle Glätte seiner neuromantischen Anfänge zur fiebrigen Aktualität und gigantesken Ekstatik seines reifen Schaffens aufbrachte. — 1914 (so bald nach dem Aufbruch ins Neue des Jahrhunderts) war die Ausdruckskunst, diese zweite Etappe der neuen Wiener Malerei, in allen wesentlichen Zügen formuliert, und damit war dieses so erregende Kapitel der österreichischen Malerei nach jähem Einsatz beinahe schon wieder beendet.

Der Fortgang der neuen Wiener Malerei bis 1914 ist als der Wandel vom Impressionismus zum Expressionismus beschreibbar, von der kultivierten Darstellung sinnlicher Fülle zur Seelenmalerei der Ausdruckskunst. — Neben diesem hauptsächlichen Verlauf stand aber eine Gruppe, die an der eindrucksbestimmten Malerei festhielt, ohne der eigentlich impressionistischen Licht-Malerei anzuhängen. Anton Kolig und Anton Faistauer waren die in diesem Zusammenhang wichtigsten Malerpersönlichkeiten. Zusammen mit Egon Schiele, Franz Wiegele und Albert Paris Gütersloh stellten sie 1909 in der Galerie Pisko am Schwarzenbergplatz aus, vom gleichen Jungsein und in einem ähnlich unbekümmerten Drauflos-Schaffen geeinigt. Das vorerst Gemeinsame dieser „Neukunst-Gruppe" ist bedeutsam: der Protest gegen das Modegewordene, gegen die Mal- und Lehr-Praktiken der Akademie, die sie gemeinsam verließen, ebenso wie gegen die schematisierende Jugendstilmalerei (ein Protest, der sich bei Gütersloh in einem merkwürdig polarisierten Realismus äußerte, in einer eigentümlichen Verquickung von Wahrnehmung und Imagination).
Die Bestrebungen Faistauers und Koligs bereiteten und bestimmten die österreichische Malerei der zwanziger Jahre im voraus: eine saftige, sich an leuchtenden Oberflächen verschwendende Malerei. Bei Kolig war es eine

Oskar Kokoschka. Dent du Midi (Schweizer Landschaft). 1909/1910. Öl auf Leinwand.

zuerst verhaltene, aber bald heftig ausbrechende und auftrumpfende Lebendigkeit; bei Faistauer ein am Vorbild Cézanne gewachsenes Darstellen, wie es schön und still im Bildnis der Gattin von 1913 dargetan wurde.
Die Überwindung des Expressionismus aus sich heraus, ein Vorgang, der sich bei Schiele und Kokoschka ab 1914 anbahnte, suchte eine etwa ähnliche Entsprechung, eine weniger problembelastete Einstellung zur abgebildeten Wirklichkeit. Beide Male war es das Unterkommen in einer relativen Wirklichkeitsmalerei, die sich freilich immer noch in ausdruckstarker Eindringlichkeit mitteilte. Mit dieser Vorwegnahme der weiteren Entwicklung wurde der Rahmen, den das Jahr 1914 setzt, überschritten. Die vitalistische Malerei Koligs und Faistauers, die für die österreichische Malerei zwischen den Kriegen so maßgeblich werden sollte, war es schon vor 1914: ein sinnliches, radikale Lösungen meidendes Ausüben, das in selbstgewählter Beschränkung einen vergleichsweise schmalen Bereich pflegte.
Bis 1914 war von diesem willentlichen oder durch besondere Umstände aufgedrängten Einengen wenig zu spüren. Wien war noch Metropole eines umfassenden Vielvölkerstaates mit all dem Selbstbewußtsein und den Rücksichten, die diese Stellung auferlegte. In den Künsten mag dies zu der trotz Schwierigkeiten beständigen Zuversicht in die eigene Sache geführt haben und zu der wichtigen Öffnung, die sich einem weitgespannten Zusammenhang zuordnete.
Damals war es, daß Wien nach beinahe hundert Jahren seinen bedeutenden Rang in der europäischen Kunst zurückerlangte. Der allgemeine Umbruch überwand nicht nur den Eklektizismus des späteren neunzehnten Jahrhunderts, sondern gewann auch den wichtig neuen Einsatz: die mögliche Freiheit zu sich selbst. Dieses entschlossene Eingestehen des Persönlichsten und Neuartigen war durch keine Empfindungsfrühe eines archaischen Zeitalters unterstützt. „Komplizierte Kunst einer komplizierten Zeit", hatte sie im Gegenteil alle Merkmale und Wesenheiten einer vielschichtigen, schillernden, in sich uneinigen Epoche an sich, ist aber als ein Ganzes eben in der

Herbert Boeckl. Pariser Selbstportrait. 1923. Öl auf Leinwand.

Gleichzeitigkeit all dieser Strebungen aufregend geblieben. Die mangelnde Ursprünglichkeit wettzumachen (eine Ursprünglichkeit, die damals vielleicht nur noch im vergleichsweise „Barbarischen" des beginnenden Expressionismus anzutreffen war), wurde durch den vorsätzlichen Einklang von Kunst und Leben versucht: im wenigstens äußerlich bindenden, gesamtheitlichen Stil, durch die angleichende Erfindung im „modernen" Geschmack, der alle Teile erfaßte und formte. Der allgemeine und mitreißende Aufbruch in die neue Art gab den dazu notwendigen Elan.

Die Wiener Kunst des ersten Jahrzehnts im neuen Jahrhundert schloß Vieles und Vielfältiges in sich: Klimt und Gerstl, Mahler und Schönberg, Wagner und Loos, Schnitzler und Kraus. Der nämliche Widerspruch zum konventionellen Geschmack der Zeit und ein gleiches Bespötteltwerden einte auch Anderswollendes. Eine rechte Aufgeschlossenheit verstand es, Eingebungen aller Art und überallher zu ermessen und zu nützen.

Wie Schönberg seine musikalische Lehre fand, indem er seiner inneren, in dieser Weise erlebten Notwendigkeit gefolgt war, erstarkten auch die übrigen Neuerer in der Wiener Kunst dieser Zeit durch ebensolche Instinkte und Einsichten zu persönlichster Eigenart. Vorerst Wurfhaftes rückte, Stück um Stück, in den zwingenden Zusammenhang. Keiner Methode verschworen, jeder Änderung zum Besseren aufgeschlossen, unschulisch, weil durchaus individualistisch, verabfolgte dieser Aufbruch ins Neue, ein Verlauf, der aus impressionibler Stimmungsmalerei zum Bedeutungsvollen, Essentiellen und Notwendigen führte. Aus hektischem Überschwang, aus dem Überzüchteten und Morbiden einer Endzeit erstand der Malerei neues Welt- und Lebensgefühl, das sich in der Baukunst als das Zweckmäßige und Entsprechend-Einfache durchsetzte. Da wie dort war es ein verräterisches Glänzen und Gleißen, aus dem sich das andere, Zukünftige, erhob. Das Ungefähre wurde zum Gezielten, das Geschmackvolle zum Unbedingten.

Über alle diese Unterschiede hinaus und trotz der übernationalen Verflechtungen gibt es ein gewisses Etwas, das allen diesen Bildungen gemeinsam ist: das gewisse Etwas, das dem damals in Wien lebenden Egger-Lienz so sehr abgeht, das aber kleinere Begabungen in diesen Zusammenhang drängt. Vielleicht ist diese besondere Nuance (das Verhaltene, ungern Pathetische, in sich Beharrende und der Wirklichkeit Verhaftete) die lokale Note, das Wienerische in der Kunst der Zeit. Vielleicht ist es ein Umfassenderes, allgemeinhin Lebensbejahendes, das sich als die so eigenartige Erlebnisintensität in die Arbeiten fortgesetzt hat. Daß Dasein herrlich sei, dafür tritt Klimt im Grunde mit seinem gesamten Werk ein. Und Gerstl meint ein etwa Gleiches auch in der Selbstbetäubung seines Mal-Taumels.

Den Späteren sollte mit nur wenigen Ausnahmen für lange fehlen, was den Auftakt des Jahrhunderts so glänzend und wichtig gemacht hat: die schöpferische Unruhe des Am-Anfang-Stehens, lebendige Schärfe, Raffinement und die originäre Erfindung neuer Möglichkeiten bildnerischen Ausdrucks.

Die bahnschaffende Kunst der Jahre bis 1914 war in einem zweierlei: Ausklang der vom neunzehnten Jahrhundert herüberreichenden Bestrebungen (des Historismus, der positivistischen Faktengläubigkeit, der neuromantischen Allüren) und zugleich Anbruch einer neuen Art, die an der neuen Kunst des zwanzigsten Jahrhunderts wichtig teilhatte.

Zugleich Auftakt und Finale, ist sie ein — wenn auch noch so anregender — Abschnitt im allgemeinen Verlauf geblieben, in sich beschlossen, weil spätestens das Jahr 1918 der besonderen Entwicklung ein Ende setzte; Abschluß aber auch darum, weil in der weiteren Folge nur Kokoschka und Loos weiterreichenden Einfluß gewannen (indem sie außer Landes gingen). Daß aber auch die übrige Wiener Kunst dieser Zeit mehr ist als eine lokale Absonderlichkeit (als die sie so lange bewertet wurde), daß ihr durchaus Weltgeltung zukommt, wird zunehmend anerkannt.

ZWISCHEN DEN KRIEGEN

In wirtschaftlicher und gesellschaftlicher Hinsicht, aber eben auch fürs Künstlerische und seine Umstände bedeutet das Jahr 1918 eine entscheidende Zäsur. Aus der Metropole eines Kaiserreiches und Vielvölkerstaates war Wien zur viel zu großspurig angelegten Hauptstadt eines auf den deutschsprachigen Bevölkerungsanteil geschrumpften Kleinstaates geworden. Die politische Rolle der Donaumonarchie im Südosten Europas war ausgespielt. An wirtschaftlicher Kraft, nationalem Selbstbewußtsein und kultureller Regsamkeit übertrumpften manche der sogenannten Nachfolgestaaten jenes verbliebene Restösterreich. Dieses hatte sich mit seinem neuen „Schicksal" zurechtzufinden. Das Klein- und Enggewordene der Ersten Republik suggerierte (auch und gerade im Kulturellen und Künstlerischen) eine Selbstgenügsamkeit besonderer Art. Für eine neue künstlerische Geistesart hatten Secession und was von ihr ausging eine europäische Öffnung bewirkt, ein gewisses (mit dem Jahr 1918 verlorengegangenes) Groß-, ja Weltbürgertum. Fortan waren es, auch fürs Künstlerische, mehr die Probleme des Überlebens und Bestandhaltens. Die fortschrittlicheren Künstler der Secession hatten die Errungenschaften des

Herbert Boeckl (1894—1966) in seinem Atelier.

Jugendstils sowie ein neues, gesamtheitlich ambitioniertes Kunsthandwerk von hoher Qualität nach Österreich geholt und ins „Österreichische" übersetzt. Das neue Bauen und die neue Wiener Literatur hatten ihre weiten (aber jedenfalls, wie sich neuerdings herausstellt, weltweit zur Kenntnis genommenen, weit über Österreich hinausführenden) Kreise gezogen. Ähnlich verhält es sich mit der Malerei der Wiener Secession (und was aus ihr hervorging). Die neue „Wiener Schule" der Musik (im wesentlichen Arnold Schönberg mit seinen beiden hauptsächlichen Schülern Berg und Webern) markiert einen Neubeginn, der in seinen Perspektiven erst nach 1945 ins Weite und Breite aufgegangen ist.
Für die österreichische Kunst zwischen den beiden Weltkriegen ist die Malerei Herbert Boeckls ein Schlüsselphänomen. Egon Schiele hat ihn gefördert und an den im damaligen Wien maßgeblichen Kunsthändler Nebehay weiterempfohlen. Boeckl beginnt mit seinen frühen Werken bei Cézannes „Bahndurchstich" und dort, wohin Oskar Kokoschka nach seiner ausgesprochen expressionistischen Werkphase (zumal mit seinen in Dresden entstandenen Bildern) gelangt war: bei einer kraft- und saftvollen Malerei einer direkten, ihrem Wesen nach ganz und gar ausdruckskünstlerischen Farbigkeit, deren Flecken und Flechten sich im Auge des Betrachters zur „Erscheinung" mischen, die aufs nur Expressionistische allein nicht mehr festgelegt werden kann. Damals entstanden in Berlin und später auf Sizilien jene Stilleben und Landschaftsstücke, die zum Beachtlichsten der Malerei um 1920 gehören. Aus dick- und dichtgefügter Farbpaste entsteht eine Körperlichkeit besonderer Art, eine schwebende Ambivalenz der Motive, die einerseits ganz und gar gegenständlich erscheinen, im weiteren jedoch ein Wesen über das Gegenständliche hinaus verwirklichen. Ein Vierteljahrhundert später (und für die jungen Künstler nach 1945 auf besondere Weise maßgeblich) sind dann Boeckls „Metamorphosen" entstanden, die gleicherweise, übers Landschaftliche hinaus, ein künstlerisches Verwandeln deutlich machen, das bereits in Boeckls Berliner Bildern vorgegeben war.
Bei dieser hohen Qualität (und wohl auch Aktualität) ist Boeckls Malerei nicht geblieben. Schon Ende der zwanziger Jahre sind Bilder entstanden, mit denen der ursprüngliche Autodidakt bemüht Anschluß an die österreichische Tradition sucht, wie sie z. B. auf andere, nervösere Weise bei Kokoschka auf dessen ausdrucks-künstlerische Werkphase folgt. Wichtig in diesem Zusammenhang sind die Zeichnungen und Bilder zur „Anatomie", einem Werksatz, der an Leichnamen der Prosektur im Wiener Franz-Joseph-Spital im Leblosen nach Lebendigkeit forscht. Mit kräftigen, zupackenden Strichen und einer ebensolchen Farbigkeit wird das Gegenständliche sachlich erfaßt und beeindruckend eindrücklich wiedergegeben.
Boeckl wurde auf Grund solcher Darstellungen als Lehrer an die Wiener Akademie der bildenden Künste berufen,

Oben: Herbert Boeckl. Erzberg III. 1948. Öl auf Leinwand.
Vorhergehende Seite: Herbert Boeckl. Das große Familienbild. 1942. Öl auf Leinwand.

Wilhelm Thöny. Schulhof. 1926/1927. Öl auf Leinwand.

wo er vor allem durch seinen sogenannten „Abendakt" für drei Generationen jüngerer Kollegen vorbildlich wurde. Von Lebendigkeit (und Lebensfülle, wie sie ihn künstlerisch mit Anton Kolig, Franz Wiegele, Anton Faistauer und Ferdinand Stransky verbindet) ging die weitere Entwicklung bei Boeckl Ende der dreißiger Jahre ins Wesentliche und mehr Vergeistigte. Das große Familienbild und die Seitenteile des großen Marien-Altars markieren die Rückkehr zu ausdrücklicher Verallgemeinerung.

Ein Maler ganz anderer Art ist Wilhelm Thöny, gebürtiger Grazer, der sich anfänglich in München ertüchtigte und nach einer schaffensintensiven Tätigkeit in Graz (wo er Gründungsmitglied der dortigen Secession war) und in Paris (sowie später in New York) zu voller künstlerischer Reife gelangte. Wie Kokoschka war er als Kriegsmaler tätig, hat wie dieser für deutsche Verlage und Zeitschriften illustriert. Mit um starke Emotionalität bemühten nächtlichen Stadtansichten, Szenen mit Träumern, Zöglingen und Nonnen hat er in den zwanziger Jahren ein Werk geschaffen, das auf stark musikalischen Stimmungen beruht. Etwas wie Schlafwandlerisches ist seinen Darstellungen eigentümlich, die in den Pariser Ansichten und New Yorker Wolkenkratzerpanoramen von 1930 an ins Luftige, Duftige, aber durchaus Phantasmagorische aus-

Wilhelm Thöny. River Side Drive. Um 1935. Aquarell.

ufern. Ein großer Teil seines künstlerischen Werkes ist in New York verbrannt. Was trotzdem erhalten blieb, wurde vor allem von dem Salzburger Kunsthändler Friedrich Welz, der sich für Thöny ebenso einsetzte wie für seinen Freund Kokoschka, immer wieder in Ausstellungen und Publikationen vorgeführt. Konsequenz und außerordentliche Sensibilität bestätigen nicht nur den hohen Rang der Kunst Wilhelm Thönys, sondern darüber hinaus seine eminente Bedeutung für das Kunstschaffen seiner Zeit überhaupt.

Alfred Wickenburg, der wie Thöny ein Mitbegründer der Grazer Secession war, hat sich entscheidende Anregungen in Deutschland, Frankreich und Italien geholt. Unter den österreichischen Malern seiner Zeit ist er neben Thöny der französischste, der Anschluß bei der Kunst der Fauves wie im frühen Kubismus suchte und fand und (mit Baumeister und Schlemmer) in Stuttgart und zuvor in der berühmten Académie Julian in Paris studierte. Bei einer farbintensiven Malerei von souveräner Kultur ist er bis ins hohe Alter (er starb 1978 als Dreiundneunzigjähriger) geblieben. Obwohl er an der Grazer Landeskunstschule unterrichtete, ist er mit diesem Teil seiner Tätigkeit, anders als Boeckl, ohne sonderliche Folgen und Gefolgschaft geblieben.

Alfred Wickenburg. Palazzo. 1931. Öl auf Leinwand.

Wie die Beispiele Thöny und Wickenburg beweisen, hatte Wien seine Bedeutung als Kunstmetropole, auf die alles zustrebte, eingebüßt. Faistauer lebte und wirkte in Salzburg, Egger-Lienz in seinem Osttirol, Wiegele und Kolig wie die anderen Künstler des sogenannten „Nötscher Kreises" in Südkärnten. Kärntner sind Hans (Jean) Egger (1897—1934), dessen hauptsächliches (spätes) Werk in Paris und auf Mallorca entstanden ist und der mit seiner wildmalerischen Art in etwa bei Soutine anknüpft, Arnold Clementschitsch sowie die Kärntner Zuzügler Werner Berg und Anton Mahringer. Rudolf Wacker, der nach seiner Rückkehr aus der sibirischen Kriegsgefangenschaft Anschluß an die Berliner Expressionisten fand, wurde später im heimatlichen Bregenz zur wichtigsten Maler-Persönlichkeit des sogenannten „Magischen Realismus" in Österreich. Seine genauen, ja geradezu pedantisch ausgeführten Stilleben und Porträts wirken gerade mit ihrer Genauigkeit in der Wiedergabe der Stilleben-Gegenstände phantasmagorisch. Von Cézanne ausgehend, gewinnen die Bildnisse, Stilleben und Landschaften des Maler-Dichters Albert Paris Gütersloh durch die Weise des Abkonterfeiens gleiche Wirkung. Georg Merkel malte damals und bis ins hohe Alter von französischen Vorbildern geprägte arkadische Szenen (die ein Wotruba oder Canetti bewunderte). Ein ähnliches Herkommen von erlauchten Anregungen ist den in den zwanziger und dreißiger Jahren gemalten Bildern von Gerhard Frankl und Josef Dobrowsky anzumerken.

Zur gleichen Zeit schuf der aus Gmunden gebürtige Karl Rössing ein reiches Holzstichwerk vor allem für deutsche Verlage. Sein 1932 herausgebrachtes Holzstich-Buch „Mein Vorurteil gegen diese Zeit" ist zugleich ein hervorragendes künstlerisches Dokument sogenannter engagierter Kunst auf höchstem künstlerischem Niveau. Anfang der zwanziger Jahre hat der auch als Schriftsteller hervorgetretene Carry Hauser seine wichtigsten, bei George Grosz maßnehmenden Zeichnungen und Bilder geschaffen. Vor allem Zeichner und Illustrator war der Wiener Otto Rudolf Schatz. Damit hoch in den späten dreißiger Jahren beginnend, sind wichtige Holzrisse (wie sie Alfred Kubin nannte) und Zyklen von Maria Bilger entstanden, deren Werk sich bedeutsam bis in die Zeit nach 1945 erstreckte. Ein Zeichner eigenster Art war Fritz Herzmanovsky-Orlando. Ursprünglich Architekt, ist er aus gesundheitlichen Gründen im südtirolerischen Meran ansässig geworden. Zugleich mit seinem literarischen Schaffen, das erst in den fünfziger Jahren (also knapp vor und nach seinem Tod) entdeckt und verlegt wurde, sind Tausende Entwürfe und Farbstiftzeichnungen entstanden, die auf ihre Art literarisch berühren: Szenen mit phantastischen Käuzen, hocherotisierten Frauengestalten ebenso wie mit seltsamem Getier und Geräten. Heute werden sie künstlerisch gleichrangig neben seinen hinterlassenen Romanen und Bühnenspielen eingeschätzt.

Als Zeichner und Graphiker ließe sich die Bedeutung Alfred Kubins in etwa mit derjenigen Kokoschkas vergleichen. Kokoschka verließ Österreich 1914 und ist auch in seinen umtriebigen Jahren, die an seine Lehrtätigkeit in

Alfred Kubin. Seegespenst. Um 1905. Tuschfeder.

Alfred Kubin. Krieg. o. J., Tuschfeder.

Dresden anschließen, nur mehr gelegentlich zu Familienbesuchen nach Österreich gekommen. Lediglich zu Beginn der dreißiger Jahre wohnte er wiederum mit seinem malenden und dichtenden Bruder Bohuslav im Wiener Vorort Liebhartsthal, um, nach kurzem bereits von den Zuständen im damaligen Österreich gründlich enttäuscht, nach Prag zu übersiedeln. Schon vor dem Krieg ist Alfred Kubin in dem von ihm erworbenen Schlößchen Zwickledt bei Wernstein im grenznahen Innviertel seßhaft geworden. Dort ist sein phantastischer Roman „Die andere Seite" entstanden und die Fülle von Illustrationen, mit denen er österreichische, aber vor allem prominente deutsche Verlage belieferte. Kubins Existenz war durch das Zeichnen von Illustrationsfolgen und bibliophilen Portfolios gewährleistet. Als Zeichner war er geschätzt, aber längst nicht so gebührend gewürdigt, wie das durch das nach besserem Kennenlernen des mehrere Tausend Blätter umfassenden Gesamtwerkes nach und nach immer mehr deutlich wird. Viele der wichtigsten Mappen und Illustrationen sind zwischen den beiden Weltkriegen in der Zwickledter Einsiedelei entstanden. In der Münchner Zeit waren es neurasthenische, alptraumhafte Darstellungen einschlägiger Szenen, die seine Bildwelt bestimmten. Schon vor dem Ersten Weltkrieg hat sich Kubins Zeichnen mehr ins Natürliche entwickelt, ohne die phantastischen Inhalte zu verlieren. Weniger dramatisiert und spektakulär aufgezäumt, ist es aber das gleiche Ausspinnen von Einfällen, die auf ihre Art ganz und gar als von einer „anderen Seite" her berühren. Als ein „Zyklus ohne Ende" geht es um ein phantasmagorisches, bedrückendes, ziemlich pessimistisch gestimmtes Weltwesen, das sich in gezeichneten, mitunter farbigen Beispielen erläutert. Schon in München hat Kubin wichtige Freundschaften (z. B. mit Paul Klee) geschlossen, wichtige Anregungen (z. B. von Klinger, Ensor und Goya) aufgegriffen und auf seine Weise fortgesetzt. In den Zwickledter Jahren (die bis zu seinem Tod im Jahr 1959 reichen), tritt dies alles in gereifter und geläuterter Weise hervor. Alfred Kubin hat als junger Mensch dem avantgardistischen Kreis des „Blauen Reiters" angehört. Er zeichnete um die Jahrhundertwende auf der sogenannten „Höhe der Zeit". Sein späteres Schaffen hat kaum noch von dieser zeitkünstlerischen Aktualität, hat aber nichts an Kraft und Entschiedenheit eingebüßt. Fast ein halbes Jahrhundert lang zeichnete Kubin besessen und hartnäckig die eigene eigentümliche Welt, die, obgleich vom zeitgenössischen Kunstgeschehen abgenabelt, als künstlerisches Gleichnis für Welt und Leben nach wie vor, ja sogar mehr als die Blätter seiner frühen Zeit, berührt.

Anton Hanak. Brennender Mensch. 1922. Bronze.

1918 starben Gustav Klimt, Kolo Moser und Egon Schiele. Ihr Tod markiert auch für die künstlerischen Angelegenheiten des Metiers, der Malerei, einen unübersehbaren Bruch. In der Plastik klammert hingegen Anton Hanak mit Person und Werk das Österreich des Jahrhundertbeginns mit dem der Zwischenkriegszeit. In der Auffassung seines Figurenwerkes und hinsichtlich seiner grundsätzlichen Konzeption bleibt Hanak bis zuletzt von der Jugendstil-Plastik bestimmt. Der „Fluß" der Kontur, das Überlängte und in gewisser Weise Manierierte bleibt auch seinen vergleichsweise eher um Ausdruck bemühten späteren Figurenerfindungen erhalten. Eine vergleichsweise expressionistische Nervosität bestimmt aber zunehmend die Gestikulation und die buckeligen Oberflächen. Unrast und ein gewisses Pathos ist allem charakteristisch. Sein „Brennender Mensch“ von 1922 und ein riesiges Kriegerdenkmal für Ankara sind bedeutende Stationen dieser bedeutenden Bildhauerpersönlichkeit, der heute mit einem kleinen Museum am Fuß des Bisamberges eine eher bescheidene Gedenk- und Pflegestätte ihrer Kunst eingeräumt wurde.

Ein Schüler Hanaks war Fritz Wotruba, der bis in die siebziger Jahre hinein die österreichische Plastik eindeutig dominierte. Vom nervösen Nervenkampf und -krampf seines Lehrers unterschieden ihn von Anfang an eine Disposition zu äußerster, kraftvoll gebändigter Ruhe und die erklärte Vorliebe für widerständiges Material, den Stein. Die um 1930 herum geschaffenenen Torsi, aber auch die in ganzer Figur konzipierten, mitunter nur bruchstückhaft überkommenen Gestalten, sind in ihrer charakterstark bewirkten Ausgeglichenheit und Beständigkeit darum nicht weniger „ausdrücklich“. Das Schönheitliche, das Hanak noch ein ausgesprochenes „Anliegen“ war, schien dem um mehr als dreißig Jahre Jüngeren wenig erstrebenswert. Wie in seiner politischen Überzeugung war Wotruba auch im Künstlerischen dem neuen (sozialistischen) Österreich zugehörig. Maillol, der die Arbeiten des jungen Wotruba sah und lobte, bedeutete mit seiner kraftvollen Diesseitigkeit mehr bestärkende Anregung, als Wotruba solche am Werk Hanaks erfahren hat.

Knapp vor dem „Anschluß“ Österreichs emigrierte Wotruba in die Schweiz, um dort noch konziser an dem für ihn Maßgeblichen weiterzuarbeiten. Was vorher in seinem Wiener Atelier (in einem Viaduktbogen der Stadtbahn) entstanden war, ist in der bedächtigen Klobigkeit, im Bodenständigen und Unvermittelten (auch) so etwas wie der Versuch, gewissermaßen auch politisch bedingte Ideal-Figuren zu schaffen. Derart sind es Arbeiter-Athleten und Riesen-Mütter, womögliche Leitbilder einer Gesellschaft, die „zu neuen Ufern“ aufbricht und um ein neues Leben und Zusammenleben bemüht war. Das Widerständige und in der Bearbeitung hart Erarbeitete bestimmt Wotrubas Werk überaus, das sich vom damals in aller Welt Üblichen beträchtlich unterscheidet und eine genug eigenartige österreichische Sonderentwicklung bezeugt. „Figur als Widerstand“: So hat Alfred Schmeller einmal das Werk-Ethos dieses Bild-Hauers in der eigentlichsten Wortbedeutung zusammengefaßt. Es hat vom randlagigen Österreich aus ein halbes Jahrhundert gedauert, bis die Bedeutung dieses Österreichers, die sich gut mit der Alberto Giacomettis vergleichen ließe, allgemeiner erkannt und anerkannt wurde.

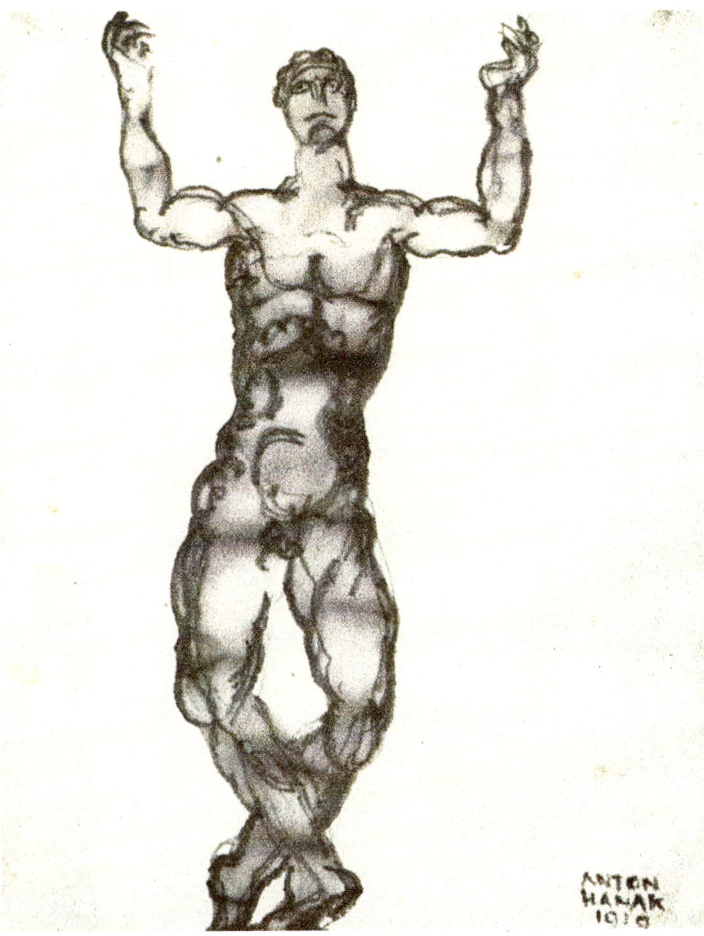

Links: Anton Hanak. Studie zum „Brennenden Menschen“. 1919. Violetter Tintenstift.
Rechts: Fritz Wotruba. Hockender. 1929/1930. Steinskulptur.

In der österreichischen Bildhauerei zwischen den Kriegen ist gleichzeitig wenig zu finden, das sich mit dem Figurenwerk Wotrubas hinsichtlich Umfang und Entschiedenheit vergleichen ließe. Michael Powolny setzt das ursprüngliche, auf Stilkunst verschworene Formenempfinden der frühen Secession und der anfänglichen Wiener Werkstätte ins Dreidimensionale fort. Seine polychrom glasierten Keramiken stellen mit Fruchtgehängen beladene Putti und biedermeierhafte Jugendstil-Fräuleins dar und sind in enger Zusammenarbeit mit keramischen Werkstätten entworfen und verfertigt. Auf eindrucksvolle Tierplastiken spezialisierte sich Franz Bawig. Das künstlerische Herkommen von Hanak können Siegfried Charraux und Georg Ehrlich nicht verleugnen. Nach Glanz und Gloria des Barock mit seinen immensen Möglichkeiten angewandter Dreidimensionalität war Österreich bis weit ins zwanzigste Jahrhundert hinein kein besonderer Ort für sonderliche plastische Errungenschaften. Erst Wotruba hat hier eine verändernde Umkehr bewirkt, wie sein Schaffen schon in den dreißiger Jahren vielversprechend bewies; und wie das seine Lehrtätigkeit nach 1945 bewirkte, die dann in viel- und verschiedenfältigen Leistungen seiner Schüler aufgegangen ist.

Karl Ehn. Karl-Marx-Hof, Heiligenstädterstraße 82—84, Wien XIX. 1927—1930.

Rudolf Perco. Kommunale Wohnanlage Friedrich-Engels-Platz, Wien XX. 1930—1933.

Auch für die Architektur bedeutet das Ende des „alten" Österreichs der Monarchie in vieler Hinsicht Bruch und Wechsel: 1918 starb Otto Wagner und begann das neue Österreich. Die Wagner-Schüler Joseph Plečnik und Jan Kotera wirkten zwar im nunmehrigen Ausland, andere Architekten, die von der Wagner-Schule geprägt waren, wurden aber für die überaus rege Bautätigkeit der Stadt Wien maßgeblich. Für den mit viel Elan begonnenen städtisch-sozialen Wohnbau und eine zur Aufgabe gemachte rationelle Herstellung brachten sie die geeigneten Voraussetzungen mit. Wohn-Burgen mit drei bis fünfgeschossiger Randverbauung dieser „Höfe" entstanden. Der größte und bekannteste davon ist Karl Ehns Karl-Marx-Hof (1927) mit seinen insgesamt 1325 Wohnungen. Rudolf Perco entwarf die Anlage am Engelsplatz, Hubert Gessner den Karl-Seitz-Hof. Auch von Heinrich Schmidt, Hermann Aichinger, Leopold Bauer und Ernst Lichtblau gibt es „Gemeinde-Bauten" von guter Maßstäblichkeit der Baukörper, vorbildlicher Raumgestaltung und überzeugender Detailgestaltung.

In der österreichischen Architekturszene zwischen den Kriegen stand bodenständiges Bauen einem Verhalten gegenüber, das sich mehr nach internationalen, also konstruktiven Vorbildern orientierte. Für diesen gewissen Heimatstil steht das Werk des jungen Clemens Holzmeister, für das überregionalistische Werk die Persönlichkeit des Adolf Loos und die sonstigen Anstrengungen um ihn herum, Architektur auf ein höheres, überregional verglichenes Niveau zu heben. Die Bestrebungen aus diesem Kreis gipfeln in der von Josef Frank initiierten Wiener Werkbund-Siedlung, die als eine Musterkollektion „neuen Bauens" ausgeführt wurde. 1932 fand die Werkbund-Ausstellung in Wien statt. Schon drei Jahre im voraus wurden namhafte Architekten eingeladen, im Rahmen eines von Josef Frank erstellten Verbauungsplanes beispielhafte Wohnhäuser zu entwerfen: Adolf Loos, der dem „Stijl" in Holland zugehörige Gerrit Rietveldt, der Pariser Gabriel Gulvrekian, Richard Neutra, Otto Breuer, André Lurçat, sowie u. a. die Österreicher Oskar Wlach, Josef Hoffmann, Oskar Strnad, Josef Frank und Clemens Holzmeister. Die von Loos geäußerten (und nach Möglichkeit auch verwirklichten) Grundsätze und die Arbeit an der Werkbund-Siedlung waren in mancher Hinsicht fruchtbar, vor allem für den Einfamilien-Hausbau, wie ein von Ernst Plischke entworfenes Haus am Attersee von 1934, aber auch einschlägige Beispiele von Kurt Klaudy und Lois Welzenbacher beweisen.
Die weltweite Wirtschaftskrise ließ um 1930 die Bautätigkeit auch in Österreich beträchtlich schrumpfen, doch sind Grundsätze des „internationalen Stils" noch immer bei gewissen öffentlichen Bauten bemerkbar: etwa bei dem im Geist des „Bauhauses" 1932 (nach Plänen von Ernst Plischke) ausgeführten Arbeitsamt in Liesing, beim Wiener „Porr-Haus" (von Fritz Juttmann und Egon Riß),

Hugo Gessner. Reumannhof, Margaretengürtel 100—110, Wien V. 1924—1926.

Karl Schmalhofer, Otto Nadel. Amalienbad, Reumannplatz 9, Wien X. 1926.

Oben: Clemens Holzmeister. Krematorium am Zentralfriedhof, Simmeringer Hauptstraße 234, Wien XI. 1922/1923.
Unten: Max Hegele. Kirche am Zentralfriedhof, Simmeringer Hauptstraße 234, Wien XI. 1908—1910.

oder bei dem vieldiskutierten sogenannten „Hochhaus" (der Architekten Siegfried Theiß und Hans Jaksch) in der Wiener Herrengasse.
Die politischen und kulturpolitischen Verhältnisse der Systemzeit behinderten eher die internationale Verflechtung und Bezüglichkeit einer rationalistischen und geometrisierenden Architektur. Unverhohlen gefördert wurde in den dreißiger Jahren ein emotionell-expressives Entwerfen, für das die Bezeichnung „Expressionismus" ein problematisches, nur ungute Verwechslungen begünstigendes Etikett bedeutet. Mittelalterliches Anmuten sind in Holzmeisters Krematorium von 1922 am Wiener Zentralfriedhof eingeflossen, vor allem aber auch in seine zahlreichen Kirchenbauten aus dieser Zeit in Österreich (z. B. bei der Kirche in Gloggnitz oder beim Entwurf der Wiener Seipel-Dollfuß-Kirche), aber auch in Deutschland (in Hamburg, Cleve, Merchingen). Den damit eingeschlagenen Weg hat Holzmeister weiterhin beschritten. Der sympathisch-intime Rahmen des Kleinen Festspiel-

Oben: Roland Rainer. Stadthalle, Vogelweidplatz 14, Wien XV. 1953—1958.
Unten: Karl Schwanzer. Museum des 20. Jahrhunderts, Schweizergarten, Wien III. Ursprünglich Österreichpavillon auf der Weltausstellung 1958 in Brüssel, nach Wien transferiert und 1962 als Museum eröffnet. Im Vordergrund Gerhard Moswitzer. „Großer Langohr Nr. 8". Eisenskulptur.

hauses von 1927 mündete, über Jahrzehnte hinweg, in die große Salzburger Festspielhaus-Lösung von 1956.
Als der Krieg zu Ende war, fehlten für die österreichische Architektur nach 1945 die rechten Vorbilder und Lehrer (oder konnten sich im Jahrzehnt eines allseits hektischen Wiederaufbaus nicht durchsetzen). Prädestinierte Baukünstler wie Josef Hoffmann hatten sich zurückgezogen, oder wurden wie Welzenbacher und Plischke notorisch nicht beschäftigt. Eine vom abnormen Wohnbedarf im kriegszerstörten Österreich bedingte Baukonjunktur diktierte rasche qualitäts- und geistlose Lösungen: den trostlos schematisierten „Gemeindebau", den sogenannten „Espresso-Stil" sowie ein schlimmstes Monumentalisieren neuer Büro- und Verwaltungsbauten.
In dieser für architektonische Ambitionen ziemlich hoffnungslosen Situation wurden erst in den fünfziger Jahren vereinzelte Bauwerke beispielsweise ermöglicht, die weiteres folgerten. Roland Rainer baute 1951/52 das Franz-Domes-Lehrlingsheim in Wien, gewann 1952 den Wettbe-

Gustav Peichl. ORF-Landesstudio Vorarlberg in Dornbirn. 1969—1972.

werb für die Wiener Stadthalle. Die Arbeitsgruppe 4 (Holzbauer, Kurrent, Spalt) baute 1953/56 in Salzburg/Parsch die erste moderne Kirche der Nachkriegszeit. Auch als Lehrer (in der Nachfolge Welzenbachers) und Planer war (und ist) Roland Rainer für die österreichische Architekturszene wichtig. Er hat an einem städtebaulichen Grundkonzept für Wien gearbeitet, aus dem erste öffentliche Aufträge an junge Architekten resultierten. Nach Rainers Plänen wurde 1952 bis 1958 die Wiener Stadthalle erbaut, die Mauerberg-Siedlung und 1957/58 das Böhler-Haus in Wien.
Franz Schuster wirkte vor allem als Anreger in der Steiermark. Auch haben viele jüngere Architekten, die für die weitere Entwicklung wesentlich wurden, aus ihrer Begegnung mit Konrad Wachsmann (der von 1956 bis 1960 an der Sommerakademie in Salzburg unterrichtete) entscheidende Impulse empfangen. Die Auseinandersetzung mit Wachsmanns Ideen bewirkte allgemein ein Hervortreten konstruktiver Grundsätze und löste eine Diskussion über neue Architektur aus.
Ende der fünfziger Jahre setzte Ottokar Uhl mit dem Entwurf einer Studentenkapelle (1957) so etwas wie ein „Beispiel". Oder das Team Steu/Achleitner mit dem Umbau der Hetzendorfer Rosenkranzkirche, oder Josef Lackner

1958/60 bei der Kirche in Neuarzl. Gleichfalls Ende der fünfziger Jahre entstand der Österreich-Pavillon Karl Schwanzers für die Weltausstellung in Brüssel, der anschließend als Museum des 20. Jahrhunderts im Wiener Schweizergarten adaptiert wurde.

Erst die sechziger Jahre brachten eine gewisse Klärung und Veränderung der österreichischen Bauszene sowie ein neues, verschärftes Bewußtsein im Theoretischen. Abgesehen von manchen Beispielen im Kirchen- und Schulbau, wurden auch für die Erfüllung umfänglicher und komplizierter Bauaufgaben angemessene Lösungen gesucht (und gefunden). Roland Rainers Siedlung Puchenau bei Linz ist dabei eine besonders gelungene. Weiteres in diesem Zusammenhang wurde vom Architektenehepaar Windbrechtinger (z. B. mit dem Einkaufszentrum Hietzing und mit dem Volksheurigen „Bellevue"), von Gustav Peichl oder von Ferdinand Schuster (mit dem Fernheizwerk Graz von 1963/64) bewerkstelligt.

Konstruktives Denken bestimmt die von der Arbeitsgruppe 4 gemeinsam mit J. G. Gsteu erarbeitete Seelsorgeanlage in Steyr/Ennsleiten, ausgehend von Wachsmann, Ottokar Uhls Kirche in der Wiener Siemensstraße und seine Kirche in Taegu in Südkorea, oder, für den Wohnbau, die Terrassensiedlung „Goldtruhe" von Hans Puchhammer und Günther Wawrik.

Gegen übertriebenen Funktionalismus und gängiges Architektureinerlei opponierte man ansatzweise bereits in den späten fünfziger Jahren. Hundertwassers „Verschimmelungsmanifest" war eine dieser frühen Gegenstimmen oder Günther Feuersteins Manifest „Inzidente Architektur", die erneut eine erfrischende Diskussion über die eigentliche Bedeutung des Bau-Werks herbeiführten.

„Form in der Architektur ist vom Einzelnen bestimmte, gebaute Form", behauptete Hans Hollein, der gemeinsam mit dem Plastiker Walter Pichler 1963 in der vom Wiener Domprediger geleiteten Galerie St. Stephan eine folgenintensive Veranschaulichung polemischer Behauptungen und Übertreibungen zeigte: einen Flugzeugträger als Stadt, einen Auto-Grill als riesenhaften Architektur-Block, unterirdische Systeme voll plastischer Evidenz, unkonventionelles Monumental-Design aller Art.

Holleins Kerzengeschäft auf dem Wiener Kohlmarkt, mit einem der renommiertesten Architekturpreise ausgezeichnet, kehrte diese Ansätze dann ins Praktische zurück. Dorthin ist bald auch Wilhelm Holzbauer nach seinem (mehr oder weniger utopistischen) Wolkenkratzer-Hangar für Helikopter nachgezogen. Gegen das Diktat des Nurfunktionellen im Baugeschehen wandte sich eine Gruppe von Architekten und Studenten, die von der Grazer Technischen Hochschule ausgingen. Baukunst sei nicht länger, formulierte es Bernhard Haffner anläßlich einer 1966 gezeigten Ausstellung, „das Interpretieren von Wirklichkeiten, sondern das Erzeugen von Realitäten, die ein unerhört erweitertes Bewußtsein erfassen". Das Club-Seminar von Günther Feuerstein an der Technischen Hochschule in Wien trachtete mit seinen Ergebnissen in eine ähnliche Richtung. Laurids Ortner und mit ihm die übrigen „Haus-Rucker", die Gruppe „Coop Himmelblau"

Gustav Peichl. Erdfunkstelle Aflenz, Steiermark. 1976—1979.

Architektengruppe U-Bahn. Station Schottenring, Wien I. Ab 1970.

Wilhelm Holzbauer. Universität Salzburg. 1982—1985.

Johann Staber. Vienna International Center, UNO-City. 1973—1979.

Günther Domenig. Z-Filiale, Favoritenstraße, Wien X. 1975—1979.

und andere wurden für ein „anderes Bauen" von dorther ermutigt. Das Jahr 1968, die Studenten-Revolte und ihre Konsequenzen einer politisierten Architekturauffassung, der Ölschock und zunehmend eine umweltbewußte Argumentation beendeten (oder modifizierten wenigstens) den Optimismus der sechziger Jahre.
Viel ist neuerdings im Fluß, die weiterhin beständigen Resultate letztlich noch nicht recht einschätzbar. Jedenfalls hat die Vielfalt der Angebote beträchtlich zugenommen. Nicht nur im Wiener Bereich, sondern ziemlich auf alle Bundesländer verteilt. Wilhelm Holzbauers Arbeiten in Österreich (z. B. die neue Salzburger Universität) oder im Ausland (Rathaus und Oper in Amsterdam) haben an gravierendem Umfang und architektonischer Physiognomie zugenommen. Hans Hollein ist ein international renommierter (und dementsprechend prominent beschäftigter) Baukünstler und Ausstellungsgestalter geworden. Gustav Peichl hat mit den Landesstudios des ORF und anderen gleicherweise „sprechenden" Projekten Qualitätvolles angetragen. Alle drei unterrichten in Wien und haben so Einfluß auf den baukünstlerischen Nachwuchs. Oder es hat Ottokar Uhl mit dem Wohnhaus der Gemeinde Wien in der Wiener Feßtgasse die Gemeindebau-Weise durch eine charaktervolle, vielleicht zukunftsweisende Variante belebt. Ein Nichtarchitekt, der Bildhauer Fritz Wotruba, hat mit seiner 1968 bis 1976 ausgeführten Kirche am Georgenberg die Architektur (und nicht nur die österreichische) durch eine ziemlich einmalige, ganz und gar aus seiner Kunst abgeleitete Lösung bereichert, mit der er, so wie Günther Domenig bei seiner Zweigstel-

Friedensreich Hundertwasser, Josef Krawina. „Hundertwasser-Haus". Löwengasse/Kegelgasse, Wien III. 1983—1985.

Hans Hollein. Juweliergeschäft. Kohlmarkt, Wien I. 1982.

le für die Zentralsparkasse in Wien/Favoriten, gegen fast alle herkömmlichen architektonischen Grundsätze und Spielregeln verstößt.
Daneben gibt es eine Grazer Szene („Werkgruppe Graz", „Team A Graz" und die bis in die siebziger Jahre bestandene Arbeitsgemeinschaft Günther Domenig und Eilfried Huth), eine nicht weniger von Wien unabhängige in Kärnten (so etwa Alfred Kovatsch mit seinem Haus Kolig am Ossiacherberg, um nur dieses eine Beispiel zu nennen), Kräfte in Oberösterreich („Werkgruppe Linz", Ro-

Hans Hollein. Städtisches Museum Abteiberg Mönchengladbach, Bundesrepublik Deutschland. 1972—1982.

land Ertl, Karl Odorizzi), in Salzburg (Gerhard Garstenauer), in Tirol (Josef Lackner vor allem) und Vorarlberg. Was da geschieht, geschieht erheblichen Widerständen und Schwierigkeiten zum Trotz, die in ihrem Wie und Warum einer eigenen eingehenderen Darstellung bedürften. Trotzdem resümmiert der Architektur-Schriftsteller Friedrich Achleitner anläßlich einer Analyse der aktuellen Situation, „daß die neuere österreichische Architektur ein Niveau erreicht hat, das im Lande nicht mehr ignoriert werden kann". Auch im Ausland, wäre zu hoffen.

DIE STUNDE NULL

Es war 1945 mit der bildenden Kunst im „befreiten" Österreich nicht anders als in den übrigen Künsten: Wer auf Hauptwerke der Literatur, Musik, Malerei aus dem Untergrund eines geistigen Widerstandes gegen die Hitlerei gehofft hatte, wurde in dieser Erwartung enttäuscht. Es gab, nachdem der Krieg unglücklich-glücklich überstanden war, in den Schubladen und Ateliers nicht viel Nennenswertes zu entdecken. Und doch hatten die Jahre des Verbotes beträchtliches Engagement aufgestaut. Fürs erste gelangte nach Österreich, was in der äußeren Emigration von Österreichern geschaffen worden war, Werke der Literatur vor allem. Mit dem sehr schlechten Gewissen, viel (wenn nicht alles) versäumt zu haben, sog man Neues und Neuartiges begierig auf, wo und wie es sich bot. Vor allem war Otto Basils „Plan" Vorkämpfer für alles Ungewöhnliche und womöglich Vorbildliche nicht nur für die Literatur. Nicht bagatellisiert werden darf in diesem Zusammenhang die wichtige Vermittlerrolle der Besatzungsmächte. Zumal Maurice Besset machte das von ihm geleitete Französische Kulturinstitut in Innsbruck zu einem Umschlagplatz all dessen, was die zeitgenössische französische Kunst an Aktuellem offerierte. Ausstellungen moderner Kunst aus dem Ausland waren entscheidende Etappen des Zurecht- und Zusichfindens. Zum Beispiel etwa die Darbietung französischer Malerei von Renoir bis Dali und Max Ernst im Wiener Museum für angewandte Kunst parallel zu einer Präsentation sowjetischer Staatskunst (welche nicht unpikante Gegenüberstellung dergleichen Sozialrealistik von Anfang an um jeden ernstzunehmenden Anhang brachte). Vor allem waren es einige wenige Künstlerpersönlichkeiten, die kraft ihres Wesens und ihrer Kunst Maßstäbe vermittelten und Beispiele gaben, die von den Jungen und Jüngsten bitter gebraucht wurden.

Einer von diesen wenigen Künstlern war Herbert Boeckl. Einerseits war in seinem Schaffen die Kontinuität zu den österreichischen zwanziger und dreißiger Jahren bewahrt, andererseits bedeutete auch für seine Kunst das Jahr 1945 eine beträchtliche Zäsur. Bereits 1946 war die erste große Nachkriegsausstellung Boeckls in den Räumen der Akademie am Schillerplatz. Zumal den Jüngeren vermittelte das dort Gesehene wichtige Anregungen. Damals waren eine Reihe Studienblätter, „Metamorphosen" benannt, mitausgestellt gewesen, die Boeckls Anschauungen von „Wandlung und Verwandlung" bis ins vollends Abstrakte verfolgen. Nach 1945 ist jedenfalls eine später mehrmals gezeigte Farbfleckenimprovisation datiert, die fürs erste wie ein Probierblatt anmutet und im Neben- und Durcheinander farbiger Bestimmungen den Eindruck bildnerisch reflektiert, den sie zur Grundlage hat (und in gewisser Hinsicht noch immer anklingen läßt). Gleichartiges ist später bei Jüngeren (etwa in der Malerei Wolfgang

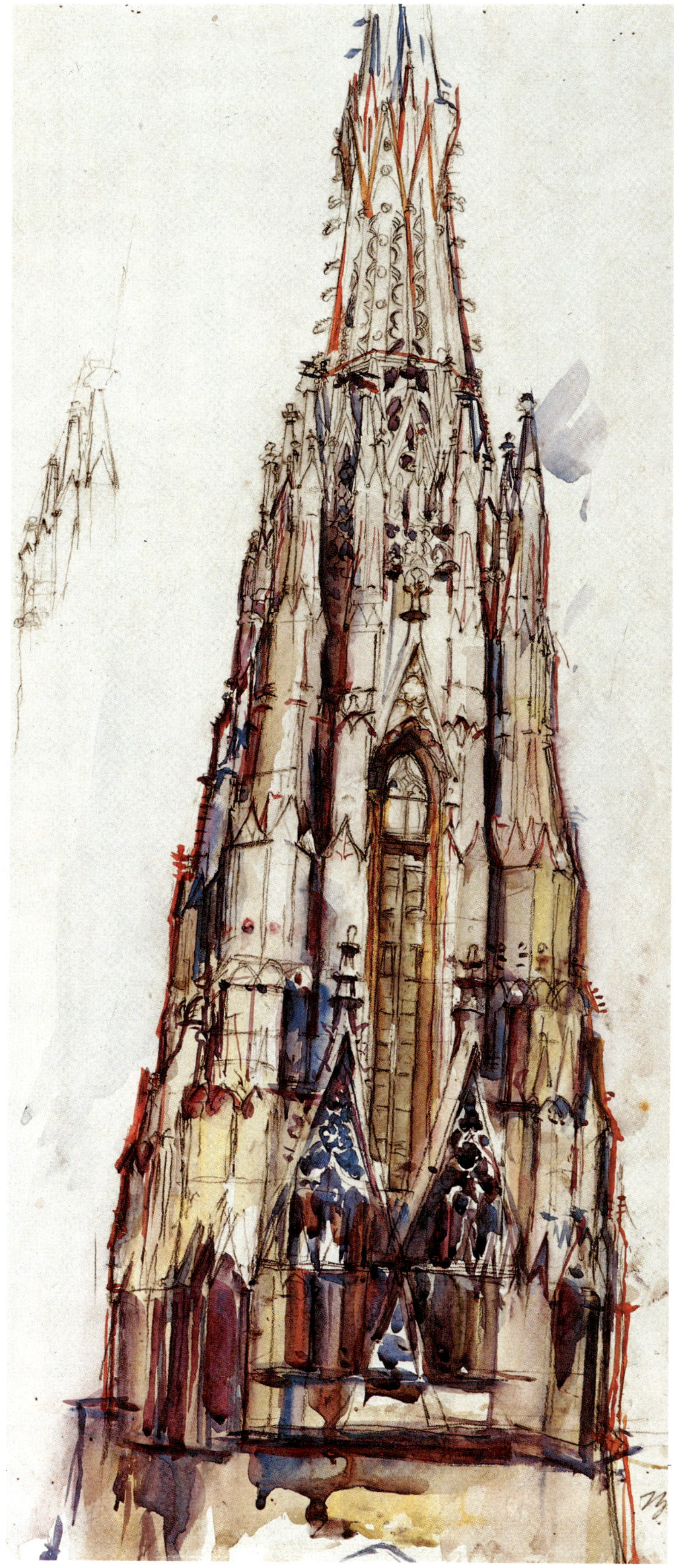

Herbert Boeckel. „Stephansturm" aus der Serie „Metamorphosen". 1945. Aquarell.

Holleghas) ähnlich und gleichsam zur bildschöpferischen Methode geworden. Anders, tastend und kontinuierlich, mutet dagegen die allmähliche Abstraktionsweise Boeckls an, wie sie in der Reihe der „Dominikaner"-Bilder durch alle Phasen verfolgt werden kann. Dieser Motivzusammehang, der ja keine Reihe im Sinn eines Zyklus ist, entstand 1948. Anregungen durch die neuere Weltkunst, vordem durch Kandinsky und Villon, haben dabei sicherlich eine gewisse Rolle gespielt. Von dieser seiner Art eines disponiblen Farbflächenabstraktionismus ist Boeckl schließlich zu einem mehr zeichenhaften Bedeuten gelangt. So in seiner größten und wichtigsten monumentalen Auftragsarbeit, den Fresken in der Engelskapelle von Stift Seckau. Sie sind in den Jahren von 1952 bis 1960 entstanden (womit also der Entwicklung vorausgegriffen wird).

1945 wurde Fritz Wotruba nach Österreich zurückberufen, der im Schweizer Exil sein klassisch einfaches, kraftvoll herbes Figurenwerk fortgesetzt und vervollkommnet hatte. Auch für ihn bedeuteten die ersten, schon in Wien verlebten Nachkriegsjahre ein Umlernen und Neubeginnen. 1946 ist die stehende Figur der „Weiblichen Kathedrale" entstanden, die, einerseits einem durchaus sinnlichen Figurtypus verpflichtet, andererseits in einen Bereich weist, der die menschliche Gestalt bauwerksmäßigen Gesetzlichkeiten unterstellt. In ebendieser Richtung ist Wotruba fortgefahren (und schließlich bis zur unbedingten Tektonik seines Marburger Reliefs gelangt). Vorerst aber griff die Verblockung allmählich um sich. Eine sitzende Figur, gelegentlich auch als „Menschliche Kathedrale" bezeichnet, hält am Kubischen der nur roh zugehauenen Körperkonturen und Gliedmaßenformen fest. Im Angedeuteten, ursprünglichen Belassenen artikuliert sich das Unverrückbare und Definitive. Nachfolgendes hat das Kubische, den Figurenaufbau nach Würfel und Quader, Walze und Schaft, noch konsequenter eingehalten, diese „Methode", die keine Methode ist (und niemals ambitioniert war, eine Methode im Sinn eines anerkannten, je nachdem persönlich modifizierten Stilzwanges zu sein). Wotrubas Kubengebilde unterscheiden sich vom Kubismus, wie sich Boeckls bildnerische Methode von der methodischen Abstraktion unterscheidet. Trotzdem — und mehr als Boeckl das je sein konnte — ist Wotruba mit der Neuerung seiner eigenen Art Anreger und Vorbild einer nächsten Generation geworden, die damals mächtig nachdrängte. Aus seiner Meisterschule an der Wiener Akademie der bildenden Künste sind fast alle die Künstler hervorgegangen, die nach und nach Wien zu einem Zentrum der zeitgenössischen Plastik bestimmten. Damals, in den späten vierziger Jahren, war es ein erster Schub von Begabungen, der die Wotruba-Lehre durchgemacht hat und von ihr geprägt worden ist: Bertoni und Schwaiger, Eder, Fischer und Bottoli (um nur einige zu nennen). Sie alle haben, ähnlich wie Wotruba, die Ver-

Fritz Wotruba. Menschliche Kathedrale. 1948. Steinskulptur.

Albert Paris Gütersloh. Stilleben mit Obstteller und Krug. 1922. Öl auf Leinwand.

Rudolf Hausner. Forum der einwärtsgewendeten Optik. 1948. Tempera-Harzölfarbe auf Sperrholz.

formelung der menschlichen Figur nach mehr inspirativen (aber freilich unverbindlicheren) Grundsätzen betrieben. Davon ist auch Heinz Leinfellner, Wotruba-Assistent bis in die fünfziger Jahre hinein, keine Ausnahme.

Noch eine dritte Persönlichkeit hat auf den Fortgang der österreichischen Nachkriegskunst wesentlichen Einfluß genommen: Albert Paris Gütersloh, der sehr große Schriftsteller und achtbare Maler, der 1945, nach Jahren des Berufsverbotes, seine Lehrtätigkeit an der Wiener Akademie wieder aufnahm. Als bildender Künstler dem angeregten Paraphrasieren einer kolorierten Wunderwelt zugetan, ist seine Mischung von penibler Akuratesse der Wiedergabe zusammen mit einer weitgehenden Verfremdung der beschriebenen Gegenständlichkeit ins vollends Überwirkliche und Phantasmagorische Ausgang oder Bestärkung für die jungen Maler gewesen, die als eine „Wiener Schule des phantastischen Realismus" (wie man sie im nachhinein getauft hat) zum Begriff geworden sind. Zu ihren ursprünglichen und noch immer hauptsächlichsten Protagonisten gehören neben den tatsächlichen Gütersloh-Schülern Wolfang Hutter, Ernst Fuchs, Anton Lehmden noch Rudolf Hausner, Arik Brauer und Anton Krejcar. Über Aufbruch und Zusammensetzung der Gruppe ist viel gemeint und geschrieben worden. Auch über die individuellen Nuancen und Eigenschaften ihrer jeweiligen Bildwelten. Ernst Fuchs war das frühreife und auch sonst vorlaute Wunderkind, dem man das gelegentlich Blasphemische seiner Bildschöpfungen ihrer meisterlichen Bewerkstelligung wegen gerne nachsah. Am raschesten verfügte Fuchs über genug zahlreiche und genug eindringliche Bildmetaphern. Auch sonst war seine höchst raffinierte Apokalyptik am besten Ausdruck und Ventil einer durcherlebten und damals noch nicht ganz überstandenen Notzeit. Freud und die Optik des Unbewußten erwiesen sich bei Hausner als ausschlaggebend. Lehmden, ein „Mann vom Land" (Gütersloh), war von allem Anfang an mehr dem Vegetabilischen zugetan, für alle aber war der Umgang mit altmeisterlichen Vorlagen entscheidend.

Die Methode der Wiener Phantasmagoriker (wenn sie eine Methode ist) ist nicht leicht zu definieren. Sie fällt nur zum Teil unter den Manierismus, wie ihn Gustav René Hocke versteht; ebenso aber sind in ihr nicht wenige Anleihen und Zitate aus der näheren und ferngerückten Vergangenheit der Malereigeschichte vereinnahmt und amalgamiert worden. Wesentlich waren schon damals die (recht beträchtlichen) Unterschiede zum orthodoxen Surrealismus, wie ihn Edgar Jené und Max Hölzer aus Paris nach Österreich verpflanzen wollten (und auch in den von ihnen herausgegebenen „Surrealistischen Publikationen" propagiert haben).

Auch die surrealistische Methode wurde von den Malern der Gütersloh-Schule recht unmethodisch und wenig „profund" aufgefaßt und angewandt, obgleich (und zumal für den ersten Nachkrieg) der Surrealismus, seine

Arik Brauer. Drachensteigen. 1961. Öl auf Leinwand.

Art und Methode, die moderne Kunst schlechthin waren (übrigens auch in der Literatur, wie die Kontroverse um den „Surrealismus" der „Neue Wege"-Autoren noch am Anfang der fünfziger Jahre bestätigt). Im übrigen hat Gütersloh bei seiner Eröffnungsansprache einer Fuchs-Ausstellung in der Wiener Kosmos-Buchhandlung goldene Worte dafür gefunden, was den eigentlichen Surrealismus von der Wiener Spielart seiner Schüler und Protegés denn doch und für alle Male unterscheidet.
Als einem der ersten aus dem damaligen Österreich gelang Ernst Fuchs der Sprung ins fremdsprachige Ausland; schon 1949 beteiligte er sich an einer Kollektivausstellung in Paris. Aus Paris und vom Pariser Spätsurrealismus haben Arnulf Rainer und Maria Lassnig Anregungen in ihre phantasmagorischen Versuche der ausgehenden vierziger Jahre übernommen.

Es fehlte auch damals nicht an respektablen Leistungen im Alleingang. In Innsbruck gelangte Max Weiler zur Ausdruckskunst seiner damaligen Landschaften und Blumenbilder, zur spröden Zeichenhaftigkeit des Gestalteten, womit Weiler ähnlich gemeinte Ansätze aus den dreißiger Jahren aufgriff und fortführte. Die (fast allgemeine) Empörung, die um seine Fresken in der Hungerburgkirche und später der Wandmalereien im Innsbrucker Bahnhof wegen entstand, war für die Reaktion der Öffentlichkeit bezeichnend, die, meist mit den wortwörtlichen Argumenten der Vergangenheit, gegen alles Ungewohnte und „Moderne" herzog. In Innsbruck (und später in Wien) plagte sich der junge Oswald Oberhuber erstaunlich früh um die Möglichkeiten des Informels. Seine damals entstandenen Plastiken vertrauten einer vehement und temperamentvoll wuchernden Anlage.

„Jahrgang 1929". Von links: Johannes Fruhmann, Josef Mikl, Arnulf Rainer, Wolfgang Hutter, Anton Lehmden. Photographie von Franz Hubmann. Um 1950.

Merkwürdig genug sind die Akte und bildgroßen Pastelle, die der junge Josef Mikl von 1948 an gezeichnet hat. In der Klasse Dobrowsky traf und befreundete er sich mit dem ebenso jungen Wolfgang Hollegha. Gemeinsam begeisterte man sich für Ideale einer expansiven Maschinenbildnerei.
Bei Mikl blieb zwar die menschliche Gestalt das Um und Auf, wurde aber im Sinn einer organischen Stereometrie als System von Röhren, Rollen und Kolben aufgefaßt und vorgeführt. Der vom Fuchs-Anhang lancierten Hundsgruppen-Mappe „Cave Canem" kam zum Jahreswechsel 1949/50 die Graphikmappe „Palmerio, Hollegha, Lehmden, Mikl" zuvor. In ihr sind Blätter enthalten, die den von Mikl und Hollegha vertretenen imaginativen Konstruktivismus mit guten, ausgereiften Beispielen veranschaulichen.

Um den nicht zimperlichen Anfeindungen der nicht wenigen Gegner neuer Kunst zu begegnen, schloß man sich in Gruppen zusammen. Gemeinsam trat man an die Öffentlichkeit. Bereits 1945 wurde der „Kreis" von den Malern Florian, Hessing, Höffinger, Neuwirth, Stransky u. a. m. gegründet. Im nächsten Jahr stellte man (in der Galerie Würthle) aus, später dann im Ausland. Ebenso nahm die neukonstituierte Wiener Secession ihre Ausstellungstätigkeit in dem 1949/50 wiederhergestellten Stammhaus auf.
Gemeinsam mit Gütersloh, dem späteren Präsidenten, gründete Gustav K. Beck die österreichische Sektion des Internationalen Art Clubs, der in Wien alsbald zum Sammelbecken für alle jungen und ambitionierten Kräfte avancierte. 1947 stellte man in Wien und Rom aus. 1948 veranstaltete man eine erste große Art-Club-Ausstellung

Max Weiler. Wie eine Landschaft. 1965. Tempera auf Leinwand.

in der Zedlitzhalle, in welchem Rahmen die Wiener Surrealisten debütierten. Schließlich fand man in der „Strohkoffer"-Galerie unter der von Loos erbauten Kärntner-Bar ein vorläufiges Domizil.
Es fehlte schon damals nicht an nationalem Wettbewerb und internationalen Bewegungen. Im Frühjahr 1947 fand die EGOKA statt, die „Erste große österreichische Kunst-Ausstellung", die damals alle bereits bestehenden Künstlervereinigungen Österreichs mit Kollektionen des Vorhandenen und Verfügbaren beschickten. Ein besonderer Teil war dabei der „Jungen Kunst Österreichs" reserviert worden. Eine wichtige Manifestation mit sogar internationaler Beteiligung bedeutete die Herbstausstellung des Art Clubs 1950 im gerade fertig restaurierten Secessionsgebäude. Es ist auch sonst die Tat des österreichischen Art Clubs, als dessen Promotor und Mädchen für alles damals Alfred Schmeller fungierte, der Moderne Bahn gebrochen und einer langen Reihe heute hoch respektierter Künstler zu einem Start und zu erster Geltung verholfen zu haben. Die „Legende" seiner fast schon legendären Existenz hat bis heute nichts an Wirklichkeit verloren.
Das entscheidende künstlerische Erlebnis des Nachkriegs war der Surrealismus gewesen. Die fünfziger Jahre brachten dann die bildnerische Abstraktion in ihren verschiedenmöglichen und verschiedenfältigen Spielarten nach Österreich. Ihr gegenüber bedeutet der Wiener Nachsurrealismus eine genug seltsame Spät- und Sonderentwicklung. Er gehört zum Aufholen all dessen, was zuvor unbekannt geblieben war oder jedenfalls in Österreich nicht hatte Fuß fassen können. Eine Tradition der Moderne im Sinn der Weltkunst hat es in Österreich vordem nicht gegeben. Wenn man sich in den Jahren zwischen den Kriegen auf etwas berief, so waren es Entwicklungen, die allenfalls noch aus der Klimt-Schiele-Zeit herrührten. Nach 1945 holte man auf, kursorisch, unpedant und mit allerlei Mißverständnissen: Kubistik, Surrealismus, die methodischen Wandlungen und Verwandlungen ins Abstraktive. Mit dem Aufgreifen und Zurechtrücken des Abstraktivismus war man schließlich etwa dahin gelangt, wo die Entwicklung auch anderswo gerade hielt.

Josef Mikl. Büste in Blau. 1971. Öl auf Leinwand.

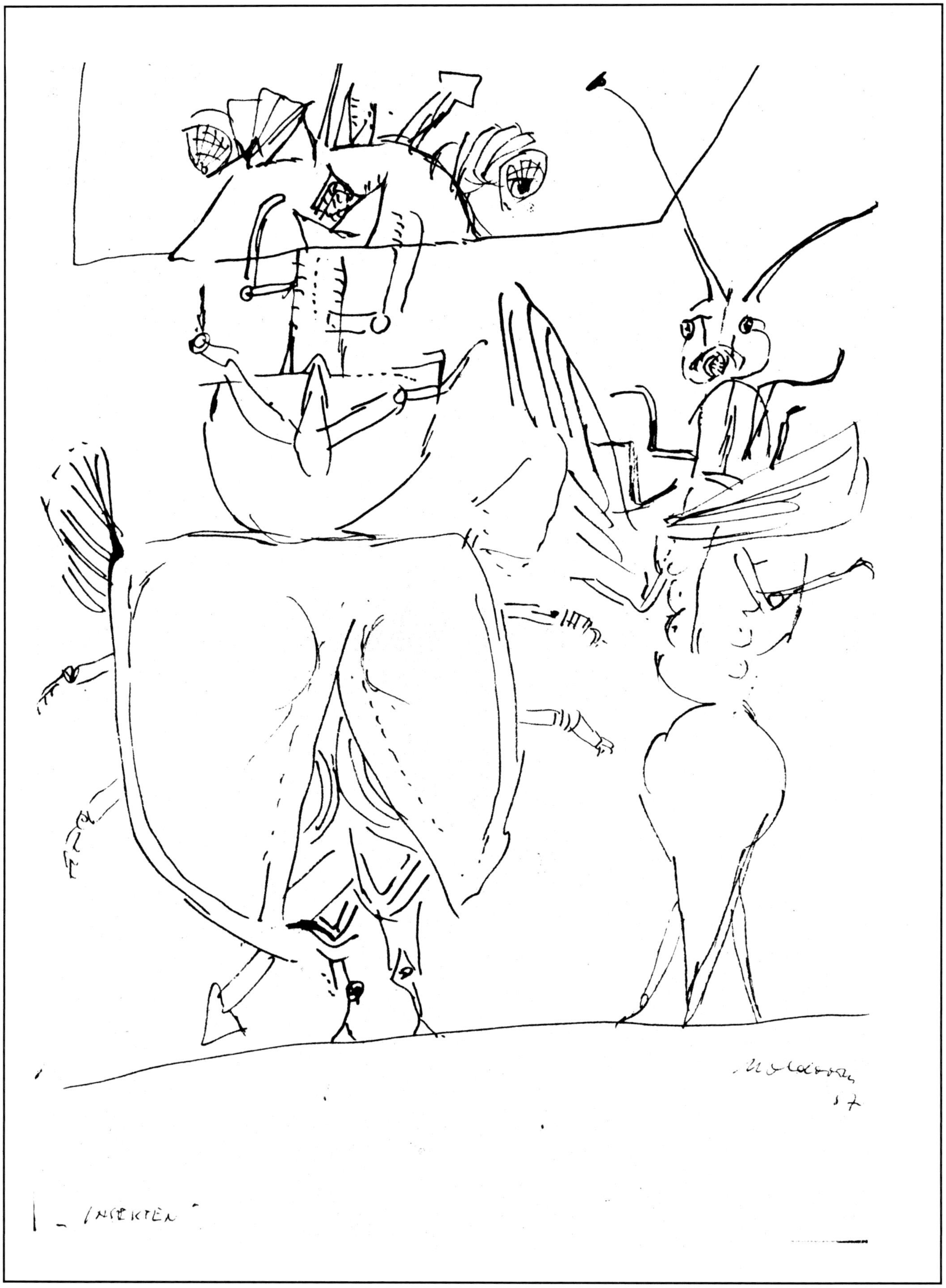

Kurt Moldovan. Insekten. 1957. Zeichnung.

Kurt Absolon. Ohne Titel. 1957. Aquarell.

Kurt Moldovan (1918—1977).

DAS AUFKOMMEN DER NONFIGURATIVEN KUNST

Um 1950 (früh, selbst an den fortschrittlichsten Zuständen gemessen) machten die ersten Verfechter des Informels von sich reden. Zum einen Teil hatte man sich zunächst in einem emotionell getönten Surrealautomatismus versucht. So Maria Lassnig und Arnulf Rainer, die das Phantasmagorische ihrer Formwucherungen in eine ebenso inspirative Anwendung der reinen Mal- und Zeichenmittel fortsetzten. Zum Ausschütten und Verlaufenlassen der Farbe gelangte der Tiroler Oswald Oberhuber neben seiner Arbeit an barock komplizierten Schlangenfiguren und Materialplastiken. Nach seiner Lehrzeit bei Willi Baumeister in Stuttgart (wohin ihm Oberhuber gefolgt war) praktizierte Hubert Dietrich das dichte Netzgewebe seiner entformten Strichgespinste. Zu den konsequentesten Protagonisten einer nonfigurativen Aktionsmalerei gehören Markus Prachensky und Hans Staudacher, doch gehören ihre konsequenten diesbezüglichen Bestrebungen (ebenso wie die monochromen Komplexe Rainers) erst in die zweite Hälfte der fünfziger Jahre.
Es fehlte aber damals auch innerhalb des „abstrakten Lagers" nicht an konstruktivistischen Tendenzen (Prachensky und Mikl), an ausschließlichen Proportionsübungen (Rainer, Lassnig), an zeichenhaft-symbolischen, lyrisch-stimmungshaften Verallgemeinerungen (in welche Richtung Weiler fortgefahren war) oder an dekorativen, schönheitlich ambitionierten Versuchen (Fruhmann, Decleva). Abstrakt in der eigentlichen Wortbedeutung (als Endphase eines Nachformen verallgemeinernden Prozesses) ist die Malerei (weniger die Zeichnung) Josef Mikls und Wolfgang Holleghas. Beide haben, Realisten im Grund ihres Wesens, während der fünfziger Jahre den Weg von der überaus fest konzipierten Formung ihrer Maschinenbilder zu einer mehr lockeren und freizügig malerischen Art gewählt. Ein Fall für sich ist Fritz Hundertwasser. Zu Anfang der fünfziger Jahre war er mit seinen ersten Ausstellungen (in der Strohkoffer-Galerie des Art Clubs) hervorgetreten. Später in Paris und auf Reisen durch die ganze Welt sind seine weiteren farbpoetischen, spiraloiden und fluoiden Meditationsübungen entstanden. Im Ausland hat Hundertwasser seine hartnäckig vorgelegten Grundsätze von der schöpferischen Verschimmelung und seine Lehre vom Transautomatismus entwickelt. Naiv-kompliziert wie sein Wesen ist auch das seiner Malerei. In den fünfziger Jahren war sie einer Quasiabstraktion noch am nächsten gekommen, aber auch damals schon durch die Bildtitel allein als etwas gegenständlich Gemeintes, gegenständlich zu Lesendes ausgewiesen worden.

Die Hegemonie des österreichischen Abstraktionismus in den fünfziger Jahren war keineswegs unbestritten und durchaus nicht von allem Anfang an gegeben. Im Gegenteil fehlte es nicht an Gegenströmungen aus allen nur

Wolfgang Hollegha. Komposition. 1977/1978. Öl auf Leinwand.

Maria Lassnig. Fliegen lernen. 1976. Tempera auf Leinwand.

Friedensreich Hundertwasser. Hommage au Tachisme. 1961. Mischtechnik auf Jute.

Andreas Urteil. Ikarus. 1963. Bronze.

Rudolf Hoflehner. Der Sturz. 1966/1967. Eisenskulptur vor dem Museum des 20. Jahrhunderts, Schweizergarten, Wien III.

denkbaren Richtungen, Reaktionen, die nicht immer nur dezidierte alternative Bemühungen gewesen sind (aber sich doch aus einiger Distanz als solche herausgestellt haben).
Eine solche widerständige Einstellung gegen alles Unverbindliche und Beiläufige markiert zumal die Plastik, nach wie vor durch die Haltung und Persönlichkeit Fritz Wotrubas geprägt. Zum Beispiel das Blockhafte in den Arbeiten Josef Pillhofers. Aus der bildnerischen Reflexion der Figur entwickelte der in Österreich seßhaft gewordene Grieche Avramidis seinen charakteristischen Gestalttypus, indem er konstruktivistische Grundsätze auf Torso und Rumpfstück übertrug. Jedenfalls figurativ sind die massiven Eisengebilde Rudolf Hoflehners gemeint, der unter dem Einfluß Wotrubas seine Arbeit vom Vielheitlich-Dekorativen zum Einfachen und schließlich zum Aggressiv-Massigen verändert hat.
Gegen Ende der fünfziger Jahre verließ eine zweite Generation junger Bildhauer die Wotruba-Schule. In ihr war der tragisch jung verstorbene Andreas Urteil die vielleicht stärkste, aber sicherlich zündendste Begabung. Seine leidenschaftlich bewegten, vital-barocken Knorpelfiguren sind, durchaus auf der „Höhe der Zeit", dem Figurentypus (nicht eben dem Gestaltideal) seines Lehrers am nächsten. Ähnlich von einem durchgängigen Rhythmus bestimmt, formulierte Erwin Reiter seine Bänderfiguren und Flugwesen. Er hat in gewisser Hinsicht das Erbe Urteils angetreten. Jugendstilhaftes (vor allem den gewissen „interessanten" Diktus der Konturen und Maserungen) pflanzte Alfred Czerny seiner Arbeit ein. Von seinen mehr sensibel ausgerichteten Ansätzen in den fünfziger Jahren ist Roland Göschl später zu den mit scharfen Kontrastfarben bemalten Gestellfiguren gelangt.
Neben den figurativen Tendenzen der Wotruba-Schule (aus der u. a. Franz Anton Coufal oder Nausica Pastra hervorgegangen sind) verfolgen auch die übrigen ins Zeichenhafte und Idolmäßige erpichten Strebungen in der österreichischen Plastik der fünfziger und sechziger Jahre

Joannis Avramides. Fünffigurengruppe. o. J.

eine Richtung, die nicht gerade auf ein Lockern oder Verflüssigen ins Leichte und Anmutige hinausläuft. Zeichenhaft sind die Eisenmontagen Gerhardt Moswitzers konzipiert, die Urzellengebilde Fritz Hartlauers oder die geisteskünstlerisch getragenen Arbeiten Karl Prantls. Mit den von Prantl initiierten St. Margarethner Bildhauersymposien wurde gerade dieser Bildnerei monumentaler Zeichen ein Forum geschaffen, das seither in aller Welt nachgeahmt wird.

Höchst bestimmte Realien im Sinn einer dezidierten Gegenüberstellung bildhafter Situationen sind die „Konstellationen" Gerhard Rühms, parallel zu seiner Schriftstellerei entstanden (aber darum kein Nebenprodukt). Eine ähnliche (aber doch nach Inhalt und Konzept recht verschiedene) Mitte zwischen Objekt, Collage und Schriftbild suchen die Riffelglasbilder und sonstigen ästhetischen Informationen Marc Adrians. Beide Male wird Wirklichkeit durch sich selber zur Anschauung gebracht, werden Elemente der Wirklichkeit manipuliert und nicht etwa nachgeahmt, wird keine andere Tatsächlichkeit suggeriert als die bildhaft gegenwärtige.

Einen ganz anderen Weg gegen das Willkürliche propagierte und propagiert der Theoretiker Heimo Kuchling. Mit seiner Schriftenreihe „Kontur" hat er sich dafür ein publizistisches Ventil geschaffen. Seine Methodik eines formativen Bilddenkens wird von etlichen Malern anerkannt und befolgt.

Eine Aufzählung der Gegenkräfte gegen Abstraktion und Informel wäre unvollständig, wollte man nicht auch die gegenständlichen Expressionisten in Malerei und Graphik erwähnen. Werner Berg und Hans Fronius haben mit ihren Holzschnitten und Kohlezeichnungen die Geister der Vergangenheit in die Gegenwart fortgeführt. Auf gute und ehrwürdige Tradition der Malerei berufen sich die Wahlkärntner Anton Mahringer und Giselbert Hoke, der Südtiroler Karl Plattner, die impetuos malerische Malerei eines Karl Stark und Ferdinand Stransky oder die Bemühungen um einen leidenschaftlichen Naturalismus, wie er bei Fritz Martinz und Alfred Hrdlicka legitimen Ausdruck findet.

Zwischen Abstrakt und naturnah-Gegenständlich bezogen die besten unter den österreichischen Graphikern ihre Stellung. Zumal Kurt Moldovan, der dem gegenständlichen Thema jeweils ein Äußerstes an Elan und zeichnerischer Unmittelbarkeit abverlangt. Diese handschriftliche Unmittelbarkeit, diese Spontaneität der Führung und Differenzierung führten aber zu Kriterien, wie sie ähnlich für die Beurteilung ungegenständlicher oder sonstwie entformter Bildschöpfungen gelten.

Bei einem Autounfall ist Kurt Absolon 33jährig ums Leben gekommen, einer, von dessen hervorragender Begabung man sich mit Recht noch viel erhofft hatte. Indessen sind die erhaltenen etwa 700 Blätter genug, seine Art als eine der merkwürdigsten in der neueren österreichischen Kunst zu bestätigen. Absolons allmähliche Abkehr vom Chimärischen zu gunsten der vitalisierten Erscheinung lief dem Beruhigen und Normalisieren der allgemeinen Lebensumstände nebenher. Schließlich hat Paul Flora, ein Zeichner von rarer Ausschließlichkeit, sein ironisches Paraphrasieren des Menschlichen und Allzumenschlichen, das charmant Absurde seiner Art, das stimmungsvoll Sinnige im Unsinnigen aus- und fortgesponnen, wobei er aus seinem eher nüchternen Strich ein erstaunliches Register an Möglichkeiten entfacht. Das Unzimperliche, Strotzende und Gewalttätige, das Vielfältige und Durcheinanderfabulierte werden in den graphischen Arbeiten Alfred Hrdlickas und Rudolf Schönwalds so eigenartig wie eindrucksvoll interpretiert (doch sind die meisten und wichtigsten ihrer Blätter erst im Verlauf der sechziger Jahre entstanden).

In Kontroverse zur vorherrschenden Abstraktion formierte sich vor allem noch der Wiener Spätsurrealismus. Jeweils spezifizierte und vollendete man seine mise en scene: Hutter das Glattpolierte und wie Gläserne seiner sorglich sortierten Pflanzendickichte, Lehmden seinen Hang zur Weltallegorie, zur Landschaft als Anlaß und Gleichnis von allgemeiner, geradewegs kosmischer Bedeutung. Brauer kultivierte die orientalische Vielfalt und Farbenpracht seiner Bildträume, Fuchs das Zeremonienhafte und Pompöse seiner zu Beginn mehr anklägerischen und schockierenden Prospekte. Nicht von ungefähr erfolgte gerade damals sein Einschwenken ins religiöse Genre, das ihn bis zu den Cherubköpfen vom Anfang der sechziger Jahre fast ausschließlich beschäftigt hat.

Mit diesen und ähnlichen Beschwichtigungen des Erlebnisgrundes ging eine Minderung des ursprünglichen Produktionsdranges Hand in Hand. Hausner etwa, der sein „Forum der einwärtsgewendeten Optik" zu Beginn seiner Laufbahn in der phantasmagorischen Art ziemlich rasch bewältigt hatte, malte an seinem nächsten, nicht viel größeren Hauptwerk „Arche des Odysseus" ingesamt mehr als fünf Jahre lang.

All das hat sich noch vor dem Etablieren einer relativen Wohlstandsgesellschaft zugetragen und noch vor der „Subventionswoge", von der gerade die zeitgenössische bildende Kunst Österreichs nicht unerklecklichen materiellen Nutzen gezogen hat. Diese öffentliche und halboffizielle Bedachtnahme hat indessen auch beträchtliche Nachteile eingewirtschaftet. Sie hat mit ihrer Förderung nach ganz anderen Grundsätzen als denen von Angebot und Nachfrage das Aufkommen jedes effektiven Kunsthandels verhindert, der Aktivitäten (die fortan von recht unflexiblen Kulturbehörden wahrgenommen werden müssen) aus eigenem geleistet hätte. Zugleich damit sind Maßstäbe eingefahren worden, die möglichst nivellieren statt herausstreichen, die ein gleichmäßiges Allerlei bevorzugen, anstatt die gegenseitige Konkurrenzierung zu betreiben, indem man sich lieber mit allem und jedem

hinstellt, um nur ja nichts auszulassen. Die Auswahlpolitik (etwa der Großausstellungen, die österreichischerseits gerade während der fünfziger Jahre ins Ausland entsandt worden sind) und die rückblickend zusammenfassenden Publikationen aus letzter Zeit sind dafür ein recht aufschlußreicher Spiegel.
Ein Ungenügen am bisherigen äußerte sich denn auch in der verschiedenen Organisationsweise des internen Kunstlebens. Hatte die Notwendigkeit des Zusammenstehens und des Miteinanders die Künstlerbünde des Nachkriegs herbeigeführt, erfolgten im weiteren Verlauf der fünfziger Jahre deren fortschreitende Entmachtung und Minderung. An ihre Stelle (und in ihre Aufgaben) rückten kleinere Zusammenschlüsse, Gruppen und Grüppchen nach, Cliquen auf Grund stilistischer Gemeinsamkeiten oder persönlicher Sympathien. Sozusagen auf eigene Faust versuchte man sein Glück, da man sich von den großen Verbänden wenig oder gar nichts erhoffte. Offensichtlich wurde auch der Trend ins Ausland, wo sich allerdings wenig Österreichisches hat durchsetzen können.

Monsignore Otto Mauer (1907—1973), Gründer der Galerie nächst St. Stephan.

Auch das unterscheidet die fünfziger Jahre vom unmittelbaren Nachkrieg. An die Stelle der von Vereinigungen nach Maßgabe der Gleichrangigkeit durchgeführten Repräsentativausstellungen trat die Aktivität der schon vorhandenen oder im Verlauf der fünfziger Jahre gestarteten Galerien, die sich einseitig bestimmter Künstler und der von ihnen vertretenen Stilprinzipien annahmen. Zumeist erwies sich die Gelegenheit, gemeinsam auszustellen, als der beste Zusammenhalt. So ist es durchaus möglich, eine Darstellung der während der fünfziger Jahre wirkenden Strömungen und Tendenzen allein an Hand der damals tätigen Galerien zu versuchen. Dabei ist Wien der Brennpunkt, wohin sich auch das Kunstleben in den Bundesländern (vor eigenen Galeriegründungen in den sechziger Jahren) mehr oder weniger orientiert.
Die aktuellen und brisanten Stilrichtungen der Zeit fanden in der 1954 ins Leben gerufenen, vom Wiener Domprediger Otto Mauer geleiteten Galerie St. Stephan Ausstellungsgelegenheit und Fürsprache. Um die Galerie in der Grünangergasse fanden sich vor allem die vier Maler Wolfgang Hollegha, Josef Mikl, Markus Prachensky und Arnulf Rainer zusammen. Kontakte, vor allem mit Paris und Westdeutschland wurden hergestellt und betrieben. In Wien stellte man neben vielen anderen Wols und Mathieu, Baumeister und Sam Francis vor, wie man andererseits die Österreicher Urteil, Lassnig, Bischoffshausen und Hundertwasser nicht unwirksam lancierte. Mehr an einen angenehm-dekorativen Abstraktivismus und die Zeichenplastiken der burgenländischen Symposisten hielt sich die vom Malerehepaar Fruhmann-Hauer geleitete Galerie im Griechenbeisl.
Ein wichtiges Gegengewicht bedeutete (und bedeutet noch immer) die damals der künstlerischen Obhut Fritz Wotrubas anvertraute Galerie Würthle. Sie hat seit ihrem Bestehen (und jedenfalls seit den zwanziger Jahren) ihre Tätigkeit zwischen dem Bildschaffen der klassischen Moderne und zeitgenössischen Richtungen geteilt. Unter Wotrubas Leitung wurde sie zu einer Tribüne der figurativen oder doch wenigstens gestalterisch-formativen Bestrebungen der fünfziger Jahre. — Die nach Ernst Fuchs benannte, von ihm dirigierte Galerie in der Millöckergasse hatte ihr Feld von allem Anfang an dementsprechend abgesteckt. Die meisten der Wiener Nachwuchsphantasten sind von dort aus zum erstenmal an die Öffentlichkeit getreten.

Dem während der fünfziger Jahre grassierenden Abstraktivismus ist in Österreich seitdem keine vergleichbar verbreitete, stilistisch faßbare und begründete neue Stildominante nachgefolgt. Was für „modern" und „progressiv" genommen wird, ist nicht mehr so sehr die Frage des Bekennens und der betreffenden Cliquenzugehörigkeit. Dergleichen Einteilungen sind für die sechziger Jahre wenig sinnvoll. Eine Verindividualisierung in Einzelleistungen hat noch die besten Aussichten, beständige Resultate

herbeizuführen, bleibt es doch eine Frage der Persönlichkeit wie des bildnerischen Vermögens, eine überzeugende Synthese der verschiedenfältigen Impulse zu gewährleisten. Die pluralistische Gesellschaft, deren der Künstler ein Teil ist, findet im pluralistischen, schwer aufzuschlüsselnden Stilgemisch angemessenen Ausdruck.
Das meiste, das zuvor zu Eigenart und Wirkung gelangt war, blieb beim Ausformen und Ausführen schon eingenommener Positionen. Was die Neukreationen der sechziger Jahre, Pop- und Op-Art, betrifft, so haben sie im Österreichischen erstaunlich wenig Echo gefunden. Bei den Neuankömmlingen wie bei den Schrittmachern des Neuartigen aus den vierziger und fünfziger Jahren hat sich die Überzeugung durchgesetzt, daß es nicht so sehr darauf ankommt, beim jeweils letzten Schrei mitzuhalten (wogegen aber mit dem Einfrieren bewährter Lösungen ebensowenig bewirkt wird). Weil so ziemlich alles möglich ist, ist es mit dem bloßen Stilstürzen nicht getan. Dagegen wird die notwendige und plausible Auswahl aus verfügbar Gewußtem wichtig. Das erklärt das Ausschwärmen in die Personalstile, das um die Mitte der fünfziger Jahre eingesetzt hat, aber erst recht die Entwicklung seit 1960 kennzeichnet.
Im allgemeinen fand man mit vorsichtigen Akzentverschiebungen sein Auslangen, hielt aber, abgesehen von offenbaren Spekulationen, den einmal eingeschlagenen Weg bei. Der Spätsurrealismus der Wiener Phantasten ist dafür ein gutes, wenn auch nicht das einzige Beispiel. Ähnlich verhält es sich auch sonst: Wotruba hat das Bauwerkmäßige seiner Figurengebilde klarer und bewußter realisiert (und im großen Relief für die Universität in Marburg/Lahn ein schwer zu überbietendes Extrem erreicht). So auch Avramidis, der sein angeeignetes Wissen um das konstruierte Figurenwesen zu komplizierten Kombinationen, Gruppen und Säulen nützt. So Hoflehner, der seine gerne mythologisierenden Montagefiguren mehr ins Vorausbestimmte und Vorgeformte gewandt hat. Beim Lyrisch-Abstraktiven ist Max Weiler geblieben. Seine Bildgleichungen „Wie eine Landschaft" wählen die Beschaffenheit von Erde und Fels, von Vegetation, Luft und Gewölk zum Gegenstand empfindsamer Betrachtung und bildnerischer Verwandlung. Mikl wieder bedient sich der malerischen Lockerung, des zügig Handschriftlichen dazu, Figuren, Stilleben und Innenräume spielerisch und vehement zu definieren. Auf seine besondere Weise nimmt Hollegha das Ansehen der Natur, die in der Natur und am Gegenstand erkannte „richtige" oder „falsche" Form ernst: Impulsiv raumgreifende Fleckenkomplexe reduzieren das Wahrgenommene zum Extrakt einer großzügigen und dezidierten Ordnung. Aus dem Informalistischen ihrer fünfziger Jahre haben Staudacher und Fruhmann ihre Art ins anmutig Skripturale entwickelt. Oberhuber malt seit dem resoluten Abbruch seiner Lackfarbenbilder gegenständlich: Kinderkonterfeis, Selbstbildnisse oder plakative Paravents, mit physiognomischen Einzelheiten, Lippenwülsten, Augäpfeln und Zahnreihen vollgepackt. Auch Rainer hat die kompakt schwarzen Übermalungen und ebensolchen zeichnerischen Bedeckungen mit der Zeit aufgedröselt und mit gegenständlichen Hinweisen versehen. Neuerdings ist er zu der eigenen anfänglichen Quasisurrealität heimgekehrt: Seine jüngsten „Psychopathologica", „Mad-Structures" und „Drug-Sketches" erspüren sich im Abseitigen und Absonderlichen Feuer und Reiz. Mit selbstquälerischen Bildnissen und Persiflagen beschäftigt sich die inzwischen zur Pariserin gewordene Maria Lassnig. Offensichtlich ist die Rückbesinnung Hundertwassers auf das mehr Gegenständliche seiner von Klee und Schiele inspirierten Anfänge. Wie in den unbekümmerten Art-Club-Zeiten werden wieder Gesichter, Häuser, Raddampfer und Tränentropfen einer durchwegs durchornamentierten Umgebung eingebettet, wird die abstraktive Emblematik vorangegangener Meditationsübungen in der entgegengesetzten Richtung wieder verlassen.

Kurt Kappa Kocherscheidt. Ohne Titel. 1968. Tempera.

DIE SECHZIGER JAHRE

Nur weniges ist in die österreichische Kunstszene der sechziger Jahre eingebrochen, das es nicht schon zuvor gegeben hat. Dabei ist es in mancher Hinsicht bezeichnend, daß kein neuer Sturm und Drang die Inhaber eingesessener Rechte aus ihren Positionen geworfen hat. Das kann, wie die Jungen vor zehn und fünfzehn Jahren bewiesen haben, nicht daran liegen, daß Österreich für der-

Martha Jungwirth. Indesit. 1976. Bleistift, Pastell.

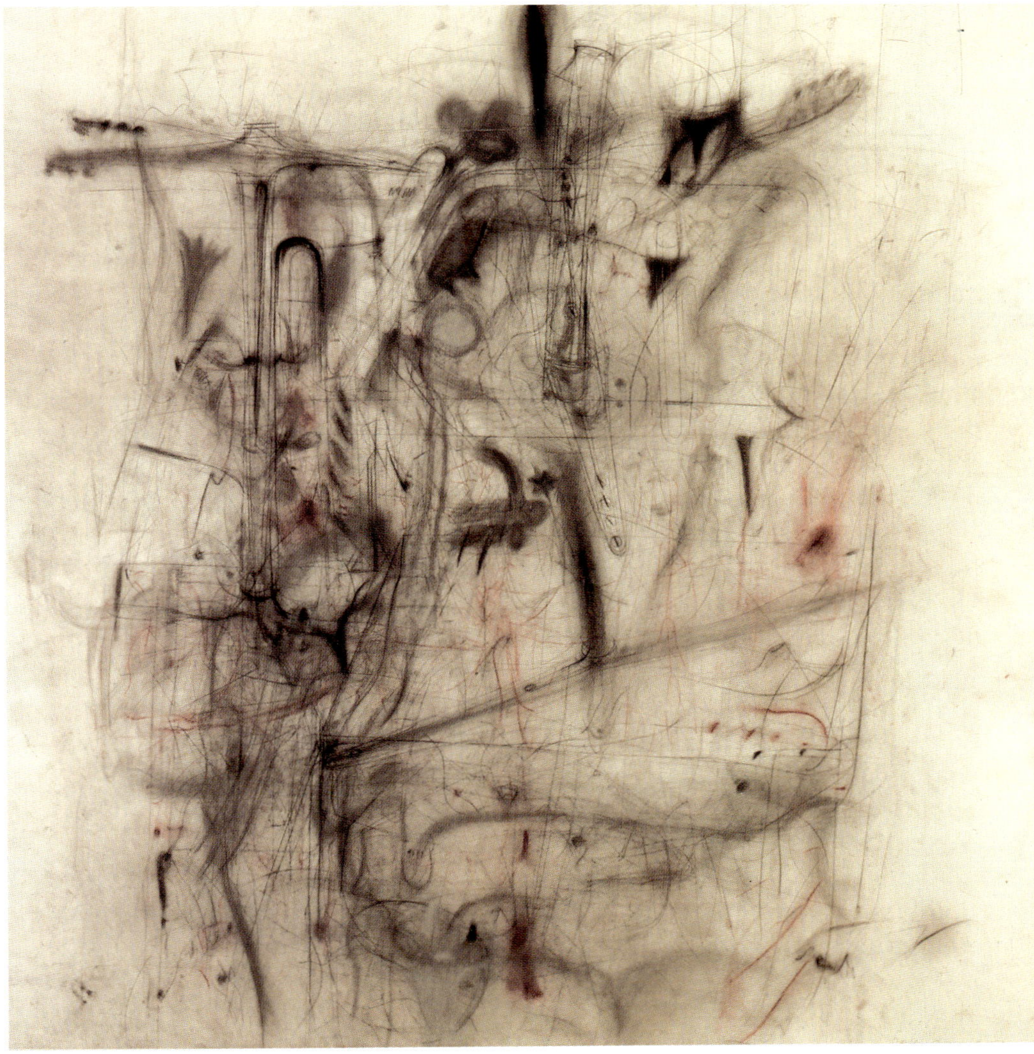

Peter Pongratz. Portrait Dr. Fuchs. 1968. Eitempera auf Leinwand.

lei Umbrüche und Abänderungen nicht der rechte Boden ist. Einigen ist es trotzdem gelungen, um ihrer selbst willen bemerkt zu werden. Für die Grazer Peter Pongratz und Franz Ringel wurde es Mitte der sechziger Jahre zum entscheidenden Problem, mit den Mitteln der „offenen" Malerei und Zeichnung (wie sie von Action-Painting und den Cobra-Leuten forciert worden sind) eine vorgestellte Gegenstandswelt neu und kompetent in den Griff zu bekommen. Anders wieder probiert Martha Jungwirth eine resolute, daseinsverbundene Wasserfarbenmalerei ohne jeden Zug zum Chimärischen und Schreckhaft-Wirren.
Mit Walter Schmögner ist der Graphik ein junger, hochbegabter und genug eigenwilliger Zeichner zugewachsen. Ähnlich wie Hundertwasser führt Paul Rotterdam Klimtisches in seine Bilder ein: die große dekorative Ordnung und eine sinnenfällige Differenzierung, die Erlebtes und Verspürtes, Erinnertes und Vorgestelltes der Farbenstruktur inkorporiert. Feinabgestimmte Anklänge an Kultisches vermitteln die Schriftbilder und Bildteppiche Drago Prelogs. Malerisches und Phantastisches verbündet der in Wien lebende Leobner Robert Zeppel-Sperl. Seine sarkastischen Panoramen und ihre vergleichsweise naive Erotik unterscheiden ihn durch Frische und Unmittelbarkeit klar vom allzuoft Zähen und Hausbackenen der nachgewachsenen Phantasiekünstler.
Zu den wenigen anregsamen Ausflügen in die „neuen Wirklichkeiten" der Pop-Art-Bildnerei zählen die Matratzenperforierungen Adolf Frohners. Über Montageverfahren und Aufklebearbeiten ist er zu einem vornehmlich zeichnerischen Stil gelangt, der Figuratives einplant und durchdringen läßt. Ins Kapitel der „konkreten" Malerei gehören die Zählbilder des Wieners Hermann Painitz. „Numerus triumphat" ist ein bezeichnender Bildtitel. Kreise und Ringformen werden nach vorweg programmierten Grundsätzen „ausgezählt" und bildnerisch realisiert. Aus dem exakt durchgeführten Bildplan ergibt sich sein womöglich ästhetischer Rang von selber.
Ein Phänomen besonderer Art ist der sogenannte „Wiener Aktionismus", dessen Anfänge um 1960 herum liegen. Er hat mit gleichzeitigen Bewegungen und Machenschaften wie Happening und Fluxus, mit welchen man ihn in Verbindung bringt, wenig zu tun. Vom Informel ausgehend (und etwa vom öffentlichen Malspektakel des Franzosen Georges Mathieu im Theater am Fleischmarkt angeregt) sollten die Materialien, die jeweils eingesetzt wurden, das Kunstgeschehen mitsamt seiner Erscheinungsform bestimmen: in Szene gesetzte Vorgänge verschiedenster Art; alles mögliche wird auf alle mögliche Weise eingesetzt und zur Wirkung gebracht. Dafür heftigst angefeindet, sind schon in den frühen sechziger Jahren (bis hin zum sogenannten Uni-Skandal) Otto Mühl, Hermann Nitsch und Günter Brus mit ihren Aktionen hervorgetreten, soweit ihnen überhaupt eine gewisse Öffentlichkeit beschert war. Die wichtigen (photographisch festgehaltenen) Aktionen von Rudolf Schwarzkogler zum Beispiel sind über das eigene Atelier nie hinausgelangt.

Rudolf Schwarzkogler in „Erste Aktion: Hochzeit". Februar 1965.

Das Ausbleiben frischer Impulse nebst der gewissen Stagnierung und Saturiertheit des schon Vorhandenen weisen auf Verhältnisse hin, die sich grundlegend von der Notzeit und Kulturmisere der Nachkriegsjahre unterscheiden, freilich auch vom Genialischen der vierziger und frühen fünfziger Jahre, das zumeist in ein (gar nicht einmal sonderlich riskantes) Selbstmanagement einmündete.
Der Genugtuung, endlich einmal von der eigenen und eigentlichen Arbeit recht und schlecht leben zu können, stehen zum anderen die auf ein Lebenswerk begründete internationale Anerkennung Fritz Wotrubas, die Erfolge eines Hoflehner und Avramidis, die steile (freilich vom Ausland aus betriebene) Karriere Hundertwassers und das Avancement der Wiener Phantasiekünstler gegenüber. Nicht nur in diesen Fällen haben spektakuläre Auslandserfolge nach Österreich zurückgewirkt.
In den sechziger Jahren erfolgte das allmähliche Herauswachsen der zeitgenössischen österreichischen Moderne aus der unbedingten Notwendigkeit ihrer Stützung und Subventionierung aus öffentlichen Mitteln durch Preise, Stipendien, Verlegenheitsaufträge, sozial bedingte Förderungsankäufe. Anders als beispielsweise in der Literatur ist es einem auch nur mäßig bekannten, mäßig erfolgreichen Bildkünstler möglich, sein Auslangen zu finden. Diese materiellen Möglichkeiten (und ein entsprechend gehobenes soziales Bewußtsein) unterschieden sich in den sechziger Jahren von der Situation der Zeit bis etwa 1955

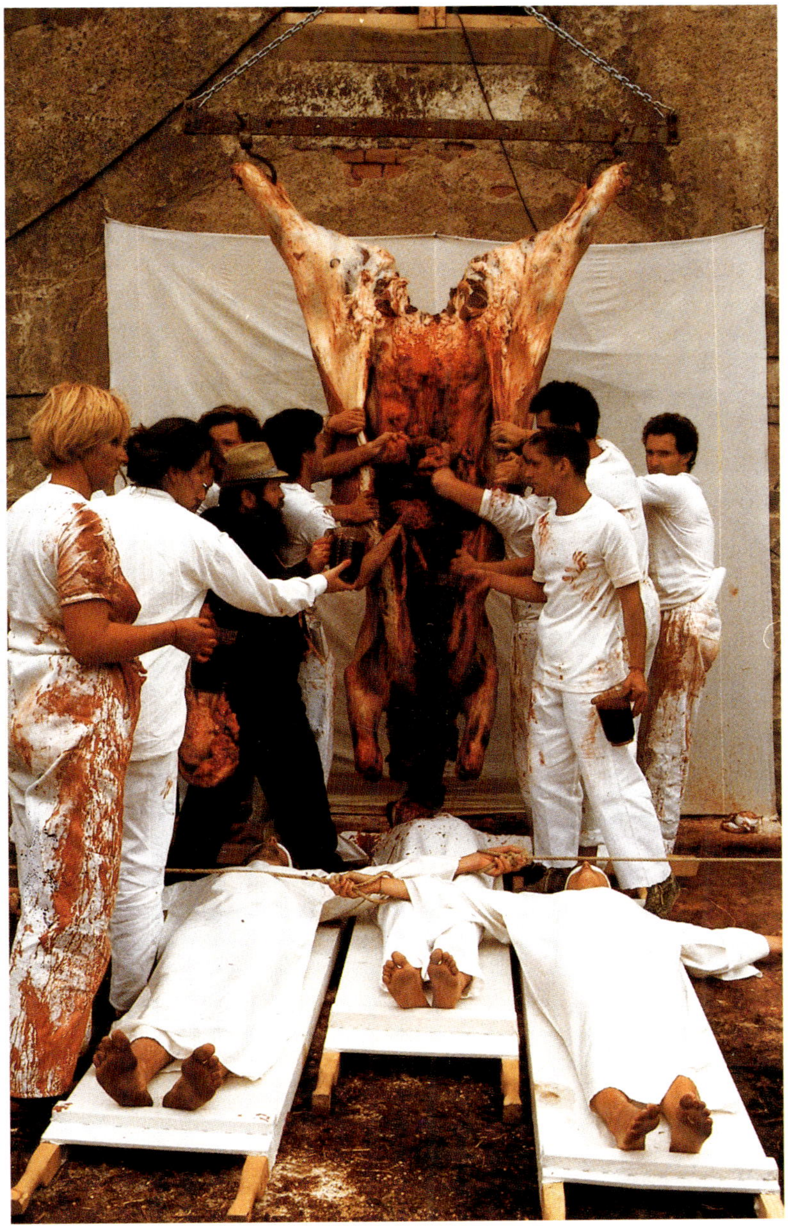

Hermann Nitsch. Orgien Mysterien Theater. Aktion, inszeniert in Prinzendorf, Niederösterreich. 1985.

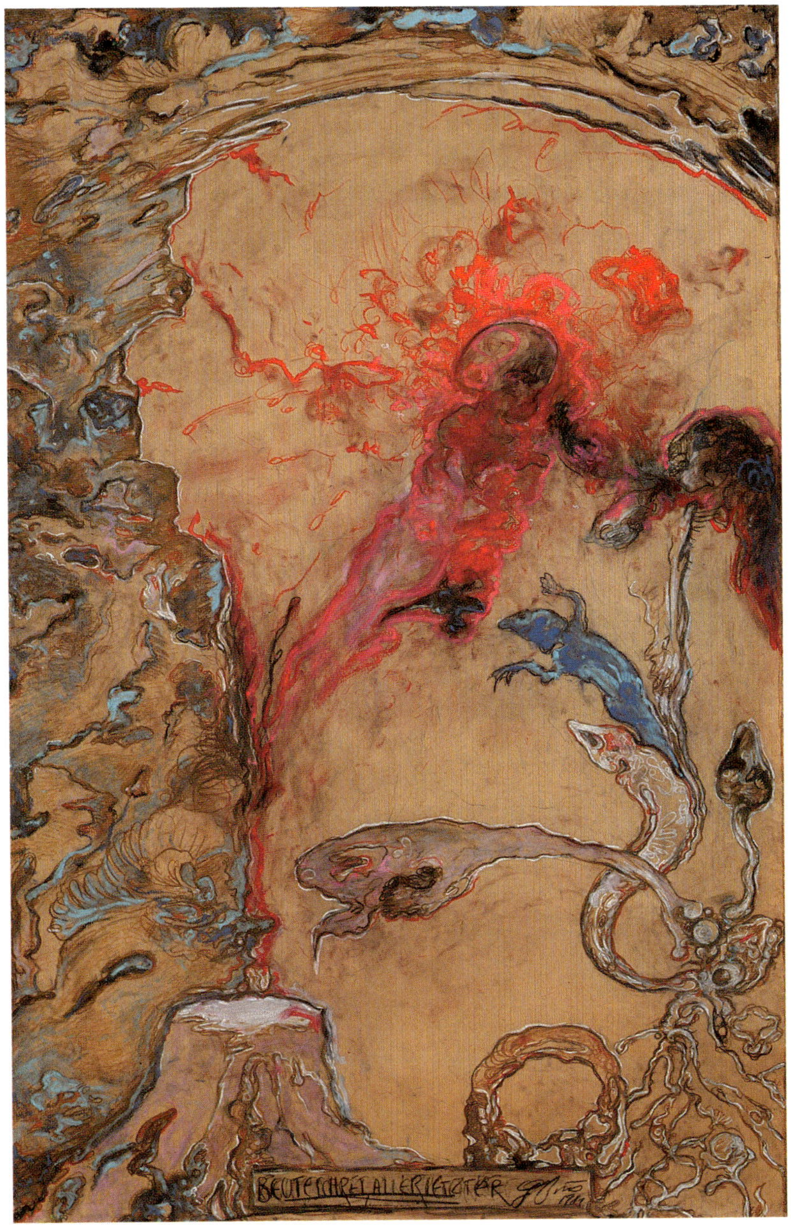

Günter Brus. Beuteschrei, allerletzter. 1981. Bleistift, Buntstifte, Pastell.

wesentlich. Auf diese und manch andere Weise ist die österreichische Moderne eine Einrichtung geworden, eine Instanz, die man besser nicht ohne weiteres bezweifelt. Die Institutionierung der österreichischen Moderne bezeugt auch das Herauswachsen des prominenteren Ausstellungsbetriebes aus dem Bereich der vielen und vielzuvielen Galerien in eine museale Sphäre. Mehr als jemals zuvor engagieren sich Museen und Landesgalerien für zeitgenössische Malerei und Plastik. In diesem Zusammenhang markiert die Gründung und Eröffnung des Museums des 20. Jahrhunderts im Wiener Schweizergarten eine wichtige, ja in mancher Hinsicht sogar entscheidende Etappe.
Für das Museum im Schweizergarten wurde seit 1960 konkret gearbeitet. Es war von allem Anfang an der Sorge des für österreichische Verhältnisse verhältnismäßig jungen und unverhältnismäßig produktiven Publizisten Werner Hofmann unterstellt, der den bis an den Anfang des Jahrhunderts zurückreichenden Plan Otto Wagners aufgegriffen hat, die Kunst dieses Jahrhunderts als ein in allen Teilen zusammenhängendes großes Ganzes zu dokumentieren. Eine Sammlung von übernationalem Niveau und Zuschnitt aufzubauen, war die eine (bisher über Erwarten gut gemeisterte) Aufgabe. Eine andere Funktion, die vom Museum im Schweizergarten übernommen wurde, besteht im Vorstellen und Propagieren zeitgenössischer Kunst und Künstler. In diesem Zusammenhang war ein gutes Drittel der Ausstellungen, die in der Ära Hofmanns (und auch seither) durchgeführt wurden, Österreichern gewidmet.

Das (Spannungs-)Verhältnis zum Herkommen ist ein urösterreichisches Problem. „Tradition" wird entweder (wie zumeist) mehr oder weniger persönlich befolgt oder (wie vom Wiener Aktionismus) scharf opponiert. So naheliegend es wäre, zum Beispiel eine (österreichische) Kunstgeschichte als eine solche der sogenannten Avantgarde und ihrer Neuerungen zu beschreiben, so viel hätte auch das Gegenteil für sich: die Entwicklung als ein sensibelvorsichtiges Verändern weithin gleichbleibender Probleme aufzuzeigen, als weiterreichende Zusammenhänge (etwa der malerischen Malerei). Und Arnold Schönberg, also der wichtigste Erneuerer der österreichischen (aber nicht nur der österreichischen) Musik, fühlte (und reagierte) in seinem künstlerischen Avantgardismus geradezu als „konservativer Revolutionär" (W. Reich), der sich auch im Unterricht (zu seinen Schülern gehörten Alban Berg und Anton Webern) vor allem auf Brahms, Beethoven und Schubert berief.

Die Kontinuität von 1968 an, dem Jahr massiver jugendlicher Opposition in Politik und Kunst, ist anhand guter und qualitätvoller Beispiele erweisbar. Zumal durch Wotruba und sein die kubische Vereinfachung der menschlichen Figur ins Monumentale und Spontan-Emotionelle folgerndes Spätwerk. Es mündete (nach dem Gefügigmachen von Theaterszenerien) konsequent zur tatsächlichen Architektur der Kirche in Wien-Mauer. Wander Bertoni und Maria Bilger, seinerzeit Pfeiler des Art Clubs, sind in ihrem Metier und auf ihre Art fortgefahren. Ins Farbige und zur Graphik und Malerei wechselte Rudolf Hoflehner, zu Farbbahnen, farbigen Fassadengestaltungen und Wegzeichen, also ins Umweltgestalterische, Roland Göschl. Mehr als es zunächst scheinen mag, verbindet den genug eigenwilligen und eigenmächtigen Alfred Hrdlicka mit dem Frühwerk seines Lehrers. In ihrer Vorstellung des Figürlichen und mit ihrem Bekenntnis zum Steinbildhauern haben der junge Franz Rosei und der noch jüngere Christian Frank mit Wotruba (oder Hrdlicka) zu schaffen.

Ein bester Beweis für Kontinuität und freizügig beherzigte Tradition ist Ferdinand Stransky. Seine pastosen Malmanöver und resoluten Zeichnungen zielen auf ein Raumdarstellen und Farbempfinden, das auf seinen Vorbildern geradezu insistiert. Karl Stark hält in die nämliche Richtung. Carl Unger knüpft beim späten Boeckl an. Zusammen mit den Bildhauern Hrdlicka und Rudolf Schwaiger wie mit dem gestandenen Graphiker Rudolf Schönwald haben Georg Eisler und Fritz Martinz 1969 anläßlich der (programmatisch gemeinten) Ausstellung „Figur" ihre Bilder im Garagensouterrain einer Wiener Großbank gezeigt. Auf Erscheinungsformen der „Masse Mensch", auf flüchtende Gruppen, Marktszenen, Kaffee-

Arnulf Rainer. Atomisation. 1951. Öl auf Hartfaserplatte.

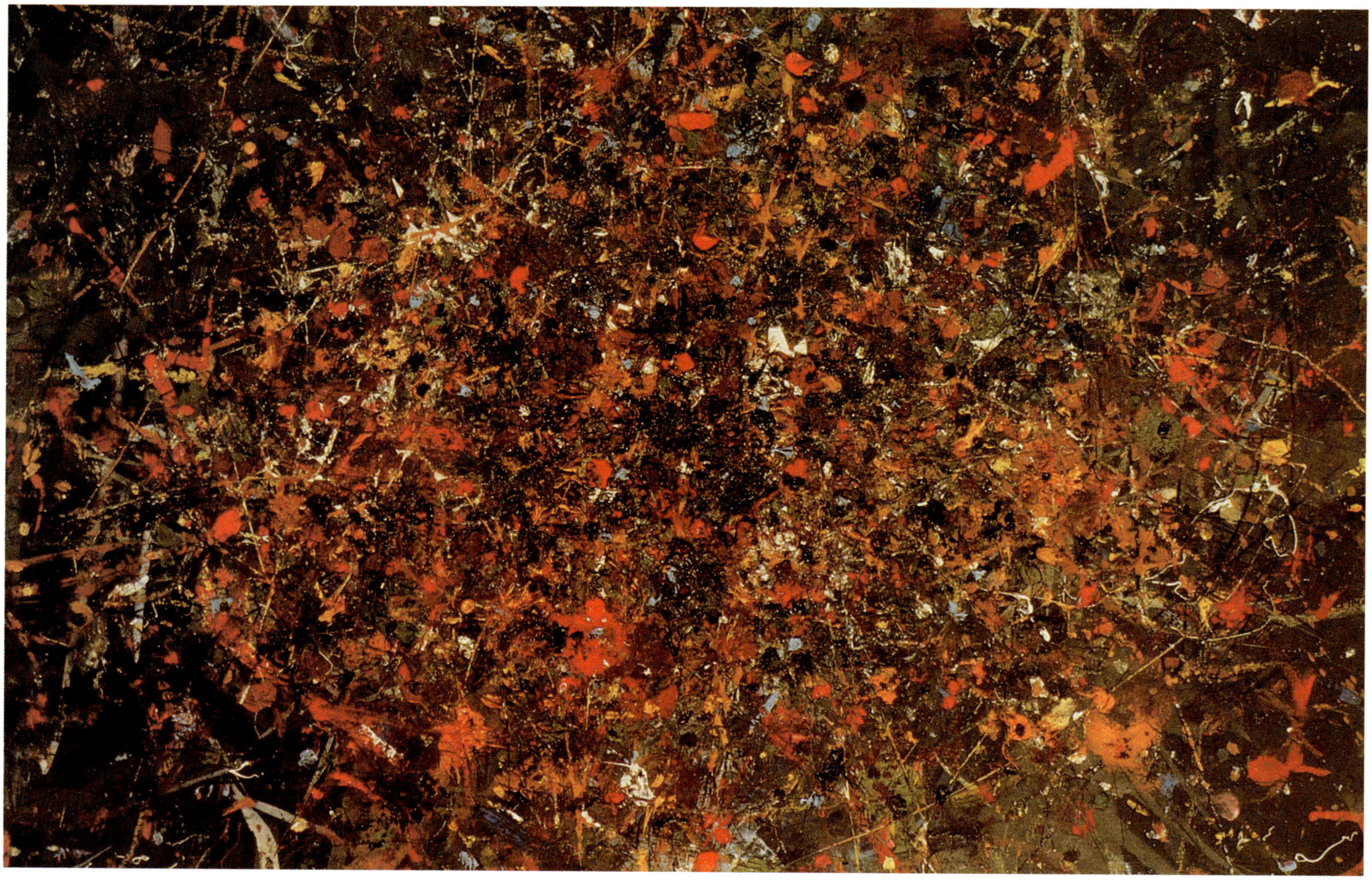

hausszenen ist Eisler neuerdings spezialisiert, während der zu Unrecht wenig bekannte Fritz Martinz große Malflächen in der Art eines zeitgenössischen Rubens mit vielfigurigen Szenen vollpackt. Nach der Beschäftigung mit orgiastischen Materialbildern ins Figürliche zurückgekehrt, bekundet Adolf Frohner bei der Darstellung von Körperritualen und Verquälten ähnlich antischönheitliche Ambitionen.
Ein Fall für sich (der er schon immer war) ist Max Weiler geblieben. Zusammenhänge, wenn sie für ihn gesucht werden müssen, führen ins Fernöstliche. Die alten Chinesen stehen ihm, wenn er malt oder zeichnet, näher als seine Kollegen in Wien und Tirol. Aus seinen Bildern „Wie eine Landschaft" ist eine Malerei „auf tönenden Gründen" geworden, um sich zu nächsten darstellerischen Mutmaßungen über das Weltwesen weiterzubringen.
Ausgezeichnet hat Maria Lassnig Paris und New York, Kollegen, Surrealität und Pop verkraftet. Nach Wien heimgeholt, unterrichtet sie im ambitioniert adjustierten Lehrkörper der Hochschule für angewandte Kunst.
Kontinuität in die verschiedenstmöglichen Richtungen: Urexpressionistisches Bildgut erlebt im Holzschnittwerk eines Johannes Wanke düstere Auferstehungen. In seinem Metier ein Könner von internationalem Rang, hat er zunächst im zeichenhaften Vereinfachen von landschaftlichen (oder sonstwie gegenständlichen) Strukturen mit ostasiatischen Mustern gewetteifert, um sich dann, Anfang der siebziger Jahre, mehr und mehr auf Atmosphärisches einzulassen. Seinen Schnitten (oder besser: Holzrissen) werden Wirkungen beigebracht, die sonst nur in der Lithographie zu erreichen sind. Das Zyklische ist dabei seine Stärke. Landschaftszyklen beschreiben unter anderem auch Musikalisches. Große Musikerpersönlichkeiten (wie Bruckner, Schubert, Brahms und Mahler) mitsamt ihrer Musik werden durch die Darstellungen jener Gegenden erläutert, die für ihr Leben und Werk von Bedeutung waren.
In eine andere (im Grunde aber ähnliche) Richtung verhält Florentina Pakosta mit Radierungen und überdimensionalen Zeichnungen von Köpfen und Händen. Maskenhafte Starre und physiognomische Übertreibungen verbinden diese Darstellungen rückblickend mit den „Charakterköpfen" Franz Xaver Messerschmidts, wie sie zum Körpersprachlichen und den Grimassenbildungen fortschrittlicher Zeitgenossen hinführen (zum Beispiel zu den „Face Farces" Arnulf Rainers).
Paul Flora und Herbert Breiter sind sich und ihrer Eigenart treu geblieben, die bei Breiter ins Tektonisch-Ge-

Arnulf Rainer. Übermalung Rot auf Weiß. 1960. Öl/Leinwand.

Arnulf Rainer. Band und Biegung. 1972. Übermalung einer Photographie.

schichtete geriet, bei Flora im Feingesponnenen und Phantastisch-Humoristischen beharrt. Das Durcheinander verschlungener Perspektiven und Massierungen bestimmt eigenartig und eindrücklich die Zeichnungen des Salzburgers Rudolf Hradil.
Zusammenhänge sind auch für Paul Kulnig auszumachen, der dabei beim Fragmentarischen der frühen Aktzeichnungen Boeckls anschließt, wie die feinnuancierten Darstellungen des Kärntners Peter Krawagna ähnlich im Andeutungweisen reizvoll sind. Bei ihm (wie bei Kurt „Kappa" Kocherscheidt, Giselbert Hoke, bei Maria Lassnig und Wolfgang Hollegha) wird im Umgang mit Farbe und Malerei jene notorische Art und Weise fortgesetzt, die (sehr pauschal) als Kärntner Schule bezeichnet werden kann (und seit Boeckl, Kolig und Mahringer den Beitrag dieses Bundeslandes zur österreichischen Malerei wesentlich bestimmt).
Seit 1980 unterrichtet auch Arnulf Rainer (wie Hundertwasser) an der Wiener Akademie der bildenden Künste. Mehr als sonst einer aus seiner Generation ist er für die nächste (und übernächste) faszinierend. Verwandlungsfroh, hat er seit 1968 seine Malerei riskant verändert, ihr neue Vorstellungen und Materialien erschlossen: Irrenkunst und Drogendrang, Grimassenbildung und Körperverrenkungen, die paraphrasierende Überzeichnung (und Übermalung) von dergleichen Fotos, das gestalterische Dialogisieren mit dem Bildschaffen berühmter und bizarrer Künstlerkollegen, Misch- und Trennkünstlerisches, Einschlüpfversuche in andere Eigenart nebst deren kreativierender Überwindung, Chaotisierung zum Zweck einer Wiederum-Gestaltung. Nachdrücklich hat sich Rainer, selber ein Sammler solcher Schöpfungen, für das Schaffen jenes Künstlerkreises interessiert, den Leo Navratil im Niederösterreichischen Landeskrankenhaus für Psychiatrie und Neurologie beheimatet hat, der im übrigen mit seinem „Haus der Künstler" ein Zentrum der *art brut* im Sinn Dubuffets darstellt.
Alternativen zu dem, was seit den Tagen des Art Clubs im Schwange war, hatten sich etwa Mitte der sechziger Jahre entpuppt. Im Mai 1963 stellten Hans Hollein und Walter Pichler nächst St. Stephan aus (als dort noch Otto Mauer das Galerieprogramm bestimmte). Mit den damals gezeigten Entwürfen für unterirdische Wohnmaschinen und vielfältigen Anregungen zu unüblichen Monumentalismen wurde die Wiener (und darüber hinaus die österreichische) Szene nicht unbeträchtlich stimuliert.
Fünf Jahre später, im unruhigen Mai 1968, als in Paris die Studenten revoltierten, zeigte die Wiener Secession die Ausstellung „Wirklichkeiten": sechs junge Künstler als frech-fröhliche Unruhestifter in einer im großen und ganzen eher stagnierenden österreichischen Malszene. Auf alle Fälle war es das erste massive Hervortreten der Handke-Generation in bildnerischer Hinsicht.
Zum einen Teil kamen sie vom Phantastischen her: Wolfgang Herzig hatte seine Malerei auf blaugrüne Teichlandschaften und andere märchenhafte Erscheinungen einge-

Max Weiler. Landschaft mit gestreiftem Himmel. 1986. Tempera.

Fritz Wotruba. Kirche Zur Heiligsten Dreifaltigkeit, Wien XXIII. 1974—1976.

stimmt, ehe er sich zunehmend gesellschaftskritisch engagierte (um, neuerdings, in einer streng komponierten Malerei fortzufahren, die freilich nach wie vor Menschlich-Allzumenschliches zum Anlaß nimmt); Robert Zeppel-Sperl, als Maler ein ganz und gar österreichischer Sonderfall, liebt (damals wie heute) das Vielfigurige und Reichbeschmückte, das Ausladende und Durcheinandergewirrte. Glupschäugige Busenmädchen und buntscheckige Unholde sind dabei sein bevorzugtes darstellerisches Vergnügen. Damals, Mai 1968, waren es zumal auf die eigene Person maßgeschneiderte Allegorien (als Krönung, Liebestaten, Begräbnis und Himmelfahrt des erklärten Jung-Genies). Weibwesen im Astronauten-Look brachte Martha Jungwirth an die Wand. Kurt „Kappa"-Kocherscheidt stellte damals in der Secession überhaupt zum ersten Mal aus: bunte Dschungel- und Jagdszenen, Bildglossen über Makartkompositionen und Entdeckerschicksale. Aus Cobra-Ungestüm und Irren-Kunst zogen Peter Pongratz und Franz Ringel Konsequenzen, beide auf möglichste Intensivwirkung erpicht: Strampelndes auf dem elektrischen Stuhl oder in bewußtseinsverändernde Glasstürze gezwängt, veräußertes Innenleben (am Beispiel eines soulsingenden Negerstars) oder allerhand Mutmaßungen zum Weltwesen, aber alle Male so vorgebracht, wie sie auf Grund neuerer Vergleichsmöglichkeiten neuerdings insbesondere „aktuell" erscheinen.

Walter Pichler. Haus für die Schädeldecken und Rumpf. St. Martin a. d. Raab, Burgenland. 1979—1981.

Die „Gruppe“, durch Zufall zusammengeführt, durch Freundschaft miteinander verbunden, ist im Grund nie eine gewesen. Eine Reihe eher peripherer Ausstellungen (zum Beispiel in Innsbruck und Istanbul), etliche Kleinkataloge und gemeinsame Mappenpublikationen haben indessen solchen Eindruck nahegelegt. Gewiß aber hat das kollektive Secessionsdebüt etliche Ausstrahlung bewirkt: Eduard Angeli begann in verwandtem Geist mit einer Art von Historienmalerei, Peter Sengl (nach eher verschwommenen Anfängen) mit der Darstellung absurdistischer Szenen und Quälereien.
Überhaupt erläutern die ähnlich lockeren (zumeist durch Freundschaften begründeten) Gruppierungen die gegenwärtige und jüngstvergangene Situation nicht schlecht.
Seitdem, nach Höhepunkten ihrer Regsamkeit in den fünfziger und frühen sechziger Jahren, die Galerie nächst St. Stephan viel an Attraktivität eingebüßt hatte, situierten sich Auszügler mit Gleichgesinnten in der (am anderen Ende der Wiener Grünangergasse gelegenen) Galerie Kalb. Arnulf Rainer und Dieter Roth haben dort erstmals ihre gemeinsam bewerkstelligte Misch- und Trennkunst ausgestellt, wie auch Peter Kubelka, Brus, Nitsch, Attersee, Franz Xaver Ölzant und Bruno Gironcoli, Walter Pichler und Gerhard Rühm. In ähnlicher Zusammensetzung wurde dieses Programm später in die nahegelegene Galerie Schapira & Beck übersiedelt (wo heute der Grazer Peter Pakesch mit jüngerer Kunst fortfährt), während händlerisch besser Verwertbares bei Heike Curtze rangiert (als ein Gegenstück zu den ähnlich ambitionierten Galerien von Ursula Krinzinger und Grita Insam in Innsbruck und Wien).
Die Malerei Christian Ludwig Attersees hat (bereits in den frühen sechziger Jahren) damit begonnen, Popartistisches auf sehr österreichische Weise zu verinnerlichen. Mit seinem „Objekt Vagina“, mit spektral gefärbten Speisekugeln, Regenbogenabschnitzeln und Schmuckaufsätzen wurden Alltägliches und Kunstgeläufiges so hartnäckig-eigensinnig wie subtil-ironisch zum Anlaß genommen. Neuerdings ist das Malerische die Hauptsache, ohne darum von den eingeführten Inhalten dieser Malerei abzuweichen. Ebenso ins Malerische verläuft das, was Kurt „Kappa“-Kocherscheidt seit seinem „Wirklichkeiten“-Debüt zu zeigen gibt. Nachdem er zunächst die Eindrücke einer großen Südamerika-Reise ausführlich verarbeitet hat, sind es neuerdings in Stillebenmanier entworfene Arrangements von (gehörig vergrößertem) Kleinzeug, das ihm in der Nachbarschaft seines südburgenländischen Ateliers auffällt: merkwürdige Schoten, Käfer, Äste und Tierhäute, Statuetten und Schubladenkrimskrams. Noch in die fünfziger Jahre reichen die bildnerischen Arbeiten zurück, die Gerhard Rühm damals, von Wotruba entdeckt, bei Würthle und (später) nächst St. Stephan ausgestellt hat. Zugleich mit den schriftstellerischen Arbeiten waren Wort- und Buchstabenkonstellationen, Photomontagen und Schriftbilder entstanden. Im Umfang hat seither das Bildmäßige das Wörtliche geradezu überwuchert, wobei spontane Inspirationen und automatische Lösungen vordringlich erscheinen. Gezeichnet wird, soweit die Hand reicht und bis die Finger ermüden. Der Stift zieht allmählich verrückten Körperkonturen entlang. Wie Rühm kommt Dominik Steiger vom Schriftstellerischen her, dabei spezialisiert auf Biomorphes, Federzeichnungen in der Art von Miniaturen und feinfarbig getönte Tagebuchblätter, auf denen sich Buchzitate mit Dazuzeichnungen mischen.
Durchaus ein Fall für sich ist der bildnerische Anteil des o. m. theaters (orgien mysterien theater) von Hermann Nitsch. Konzipiert als Gesamtkunstwerk ursprünglicher Art, erweist es trotzdem in seinen vielen und verschiedenen Ansichten Sensibilität und Differenziertheit, die alles mögliche einschließen (aktionsmalerische Vorgangsweisen, Direkt-Künstlerisches, subtile Farb- und Materialkonzepte sowie eine Musik von geradewegs Brucknerischen Ausmaßen); was alles an den dabei entstehenden und durch Ausstellungen vermittelbaren Relikten nur sehr andeutungsweise zu erleben, aber trotzdem angetan ist (was 1981 die Skandale um die Grazer Nitsch-Ausstellung und 1982 der Lärm um jene in Zell am See bewiesen haben), Emotionen aller Art freizusetzen. Anders hat sich Günter Brus zu Beginn der siebziger Jahre vom Aktionismus zurückgezogen. Die Münchner Aktion mit und am eigenen Körper, „Zerreißprobe“, war 1971 ein Extrem, das weiterverfolgt zur konsequenten Selbstverstümmelung geführt hätte. Brus hat die nachaktionistische Phase seiner künstlerischen Arbeit damit begonnen, quasi-aktionistische Situationen zeichnerisch zu inszenieren. Er ist dann auf eine höchstpersönliche Art damit fortgefahren, ein brisantes, schwarz-romantisches Weltgeflecht auszuloten, wobei er oft und gern wörtliche Aussage miteinbezieht. Eine besondere Spezialität seines Schaffens ist die Bild-Dichtung. Die Folge eines handschriftlichen Textes wird durch Bildseiten und Dazuzeichnungen durchbrochen und ergänzt: als insbesondere Einheit von Wortwirkung und Bildeindruck. Das bisher entstandene Œuvre von mehreren Tausend Blättern erweist ihn (nicht nur im österreichischen Vergleich) als eine der beachtenswertesten Künstlerpersönlichkeiten und als einen hervorragenden Zeichner seiner Generation.

Boeckl war 1966 gestorben, Gütersloh 1973, Wotruba 1975, die drei Lehrerpersönlichkeiten also, die zunächst im Nachkrieg und bis weit in die sechziger Jahre hinein wesentlichen, mitunter entscheidenden Einfluß auf den Verlauf der Künste in Österreich genommen hatten. Seitdem suchte sich der Nachwuchs andere Anstifter und Faszinationen. Vor allem für das plastische Bildschaffen ist diese Abkehr augenfällig. Das Lehramt Wotrubas an der Wiener Akademie wird neuerdings von seinem Nachfolger Bruno Gironcoli wahrgenommen, dessen gruppenweise Installationen von Wotruba und seiner Schule gründlich verschiedene Vorstellungen realisieren, was Plastik ist und soll. Komplex-komplizierte, absurdistische, inwendige Notwendigkeiten befolgen Zusammenstückungen, bewirken einen Erlebnisbereich, der jenem Figuralismus (und seinem Ethos) zuwiderläuft, der ein Vierteljahrhundert lang gang und gäbe gewesen war. Als ein regelrechter Anti-Wotruba hat der ins Waldviertel zurückgesiedelte Franz Xaver Ölzant sich und seine Arbeit zu verstehen gegeben. Aus einer Verbindung und Massierung von Einzelelementen, aus ihrer Wiederholung und Nuancierung entstehen anderswie und anderswarum Gebilde, deren figürlicher Charakter eher mühsam ermittelt und erschlossen werden muß. Nicht irgendwelche archaischen Bruchstücke, sondern der Wiener Stephansturm war für den jungen Ölzant ein auslösendes bildhauerisches Vorbild. Wie Ölzant und Gironcoli hat Walter Pichler nicht bei Wotruba, sondern an der Hochschule für angewandte Kunst am Wiener Stubenring studiert. Bei St. Martin an der Raab, im südöstlichen Grenzland, entstehen um Pichlers Atelierhaus herum andere (im Stil der Gegend entworfene und gebaute) Häuser als Behälter seiner neueren und neuesten Werkstücke: für Wagen, Rumpffigur und Scheunenkreuz. Von feinen und wirkungssicheren Zeichnungen vorbereitet und begleitet, wird nach Maßgabe höchstpersönlicher Erlebniswirklichkeiten langwierig entwickelt und ausgeführt. Verständiger Umgang mit Holz und Lehm, Bronze, Blei und Zink, Glas, Stroh und Gummi möchte diese Möglichkeiten und ihre Verbindung sensibel nützen und ausschmecken — nicht als eine beliebige Kombination, sondern als etwas genau Abgestimmtes. Pichlers Arbeit ist aus der Gegend heraus zu verstehen, in der sie wurzelt. Die glanzpolierten Abstraktionen auffliegender Vögel werden auf hohen Stangen bewußt ins südburgenländische Hügelland verpflanzt. Ein kleiner Stausee soll das Bootshaus umgeben, das Pichler als ein nächstes mögliches Projekt beschäftigt. Wie selten sonst noch sind (Er-)Leben und Bewirken aufeinander ausgerichtet und miteinander begründet.

Christian Ludwig Attersee.
Almjolle. 1986. Acryl auf Leinwand.

Sehr zum Unterschied zur geistigen „Stunde Null“ des Jahres 1945 und anders als zur Zeit starker schulischer Verhaltung (also bis in die sechziger Jahre hinein) sehen sich junge Künstler mit einer disparaten, blindlings durcheinanderstrebenden Situation konfrontiert. Alles (oder beinahe alles) erscheint möglich, was irgendwelche (grundsätzliche) kreative Entscheidungen nur um so komplizierter macht. Das insistierte „geschlossene“ Werk ist problematisch geworden, doch gilt es, auf rasch Veränderliches zu reagieren. Zuvor waren die „Lager“ mit ihren Gemeinsamkeiten wie Unterschieden, Qualitätsmaßstäben oder Gegebenheiten wie „fortschrittlich“ und „rückständig“ besser erkennbar. Inzwischen ist alles das ungleich verworrener und in sich widersprüchlich. Wie der Fall Günter Brus beweist, wird (bei ihm) Rückzug zum Fortschritt (von äußerstem Aktionismus zum gezeichneten Weltbild). Dementsprechend verworren zeigt sich aus gegebener Nähe das Ringsherum der Talente und Strebungen. Gehitzte Betriebsamkeit, Handel und Fortkommen haben ihrerseits vermocht, Geringfügiges hochzuloben, aber an Wesentlichem vorbeizuhudeln. Natürlich gibt es von alledem etwas: Überwirkliches aller Art, malerisch Zugeschnittenes, politisch-realistisches Engagement, manieristische Verstiegenheit wie streng formales Verhalten.

Dazu namentlich: Neben eigenartig vermenschlichten Landschaften bewirkte Karl Anton Fleck seine temperamentvollen Zwitter aus Selbstbildnis und Tierwesen. Zwischen bravourösen Figürlichkeiten und Spontanzeichnungen pendelt Hans Jascha. Mit Figurenfragmenten à la Picasso begann Jürgen Messensee, um es allmählich auf seine Art und Weise zu beachtlicher Selbständigkeit und verschärftem Ausdruck zu bringen. Mitunter gelingen ihm Bilder von geradezu nordamerikanischer Großzügigkeit. Ähnlich wie dem Schärdinger Alois Riedl, dessen abstraktiv verunkenntlichten Großmalereien noch immer anzumerken bleibt, daß sie von allerhand Sitzmöbelvor-

Erwin Bohatsch. Prediger. 1979. Mischtechnik.

stellungen geprägt sind, die Riedl neuerdings zu Triptychen oder eindrucksvoll in Farbe ausführt. Malerisches Brainstorming betreibt Roman Scheidl. Zuerst waren es (interessant verunheimlichte) Abbruchhäuser, neuerdings Figuren in irgendwelchen (kosmischen) Umwelten, bei denen Unregelmäßiges und subtil Besonderes die Regel sind. Photorealistisches (beispielsweise von Franz Zadrazil) steht neben dem malerischen Ungetüm junger „Wilder", die in der Wiener Galerie Ariadne ihr Forum gefunden haben: so die Steirer Alois Mosbacher und Alfred Klinkan oder der aus Oberösterreich stammende Siegfried Anzinger. Eine schönschlampige Intensivmalerei ist das Markenzeichen. „Qualität" wird durch (im Grund recht oberflächliche) „Wirkung" ersetzt.
Die Beispiele lassen sich beliebig fortsetzen. Durch sympathisch persönliche Arbeiten haben Erwin Bohatsch, Karl Heinz Bloyer und Franz Mölk aufmerken lassen. Der im oststeirischen Abseits werkende Bohatsch bevorzugt Flächiges, auf dem Figuren und Bruchstücke treiben wie in einem mikroskopischen Präparat. Der Tiroler Mölk zeichnet Traumbilderfolgen, die eine gewisse morbide Bestimmtheit als das zu verstehen geben, worauf es dabei (unter anderem) ankommt. Bildnisfiguren beschäftigen Bloyer, wobei es ihm, wie den anderen auch, darum zu tun ist, mit allen möglichen Ingredienzien aus allen möglichen Himmels- und Geistesrichtungen etwas je nachdem Eindrückliches zurechtzurichten.

Was aber hat sich neuerdings ganz allgemein verändert? Nicht viel an der publizistischen Situation. Was die Verbreitungsmöglichkeiten des österreichischen Angebots durch Zeitschriften betrifft, so gibt es noch immer kein repräsentatives Kunstblatt, das dazu in der Lage wäre. Auch der Versuch, mit einer Wiederverlebendigung der

Secessionszeitschrift „Ver sacrum" Künstler zu einer Mitarbeit am bibliophilen Konzept zu begeistern, ist 1974 nach dem fünften Prachtband desillusionierend gescheitert. Hingegen sind über viele wichtige (und viele unwichtige) Künstler Einzelpublikationen herausgebracht worden, stattliche Katalogbücher und Monographien. Die Stars der Szene sind so gut wie ausveröffentlicht. An und für sich gewiß keine Verkaufshits, spiegeln diese Publikationen (mit ihrem oft sehr beträchtlichen Aufwand der Herstellung) wider, was ein Künstler (sich selber und überhaupt) „wert" ist.
1979 wurde im Palais Liechtenstein am Wiener Alsergrund das bundesstaatliche Museum Moderner Kunst eröffnet und (hinsichtlich Bestand und Aktivitäten) mit dem bereits bestehenden Museum des 20. Jahrhunderts im Schweizergarten fusioniert. Bedenken, die bereits damals hinsichtlich der Funktionstüchtigkeit dieser Konstruktion geäußert worden waren, haben sich seitdem in vielem bestätigt. Keineswegs hat dieser neue Sammlungsverbund an die Aktivitäten anzuschließen vermocht, wie sie seinerzeit von Werner Hofmann gesetzt worden waren.
Mehr oder weniger kontinuierlich wurde ansonsten (im Rahmen zumeist enger Möglichkeiten) in den Bundesländern (also im nicht-wienerischen Restösterreich) weitergewirtschaftet. Von den dortigen Landesgalerien und städtischen Galerien, die sich (auch) der Darstellung österreichischer Kunst annehmen, haben sich in dieser Hinsicht vor allem die Neue Galerie am Landesmuseum Joanneum, das (städtische) Kulturhaus in Graz und die Neue Galerie der Stadt Linz hervorgetan. Als ein der europäischen Kunst dieses Jahrhunderts gewidmetes Gegenstück zur Salzburger Residenzgalerie wurden auf stiftendes Betreiben des (inzwischen verstorbenen) Kunsthändlers Friedrich Welz die Landessammlungen Rupertinum ins Leben gerufen, die seit 1982 zunächst einmal durch ein reiches Ausstellungsprogramm aufgefallen sind. Aus vielen triftigen Gründen spielen landauf, landab die Künstlervereinigungen mit ihren angestammten Ausstellungshäusern bei weitem nicht die Rolle, die ihnen aufgrund ihrer Bestimmung zukommt.
Aus den drei oder vier Galerien für Zeitgenössisches, die noch Anfang der sechziger Jahre Handel und Wandel bestimmt haben, sind inzwischen allein in Wien an die fünfzig geworden. In den Bundesländern ist dieser stürmische Zuwachs (entsprechend den verschiedenen Proportionen) ähnlich: Es sind auf alle Fälle zu viele mit einem zu wenig differenzierten Programm für eine im wesentlichen feststehende Anzahl dafür in Frage kommender heimischer Künstler. Nicht zuletzt hat diese Unverhältnismäßigkeit jenes geschäftige Klima verursacht, das Angebot und Nachfrage bestimmt: ein happiges Dahinterher- und Mitdabeiseinwollen. Man muß einander, in der wortwörtlichen Bedeutung, den „Rang" ablaufen. Der Kollege wird zum Konkurrenten (der in jeder

Siegfried Anzinger. Ohne Titel.1980. Gouache.

Hinsicht zu überbieten ist). Zum-Zug-Kommen ist alles (oder wenigstens entscheidend viel). Was indessen, bei aller Verstricktheit in die „Verhältnisse", nicht verhindern sollte, daß immer wieder allerhand entsteht (und entstehen wird), was immer wieder dafürsteht. Wie man inzwischen erkannt hat (und anerkennt), daß im Kontext des internationalen Jugendstils den Wiener Umtrieben um die Jahrhundertwende insbesondere Bedeutung zukommt, daß das, was damals entstanden war, nur zu seinem Vorteil mit dem verglichen werden kann, was anderswo entstanden ist, so kommt gewiß auch manchem von dem, was in Österreich inzwichen hochgewachsen ist, weit höherer Rang zu, als man diesen Leistungen (soweit man sie überhaupt zur Kenntnis nimmt) zubilligt. Für Beweise charaktervollen Andersseins und insbesonderer Merkwürdigkeit waren Österreich und seine Künstler noch immer gut.

Miniatur aus dem Stuttgarter Bilderpsalter. Um 820.

OTHMAR WESSELY

IM REICH DER TÖNE

MUSIK IN ÖSTERREICH

DIE ANFÄNGE

Österreich ist als Musikland ein stehender Begriff, den jeder Nichtösterreicher zur Hand hat, befragt man ihn nach dem Stellenwert, den unsere Heimat für ihn besitzt. In gleicher Weise werden die Meister der Wiener Klassik — Joseph Haydn, Wolfgang Amadeus Mozart und Ludwig van Beethoven — sowie Johann Strauß und der Wiener Walzer, allenfalls noch aus dem 19. Jahrhundert die Romantiker Johannes Brahms und Anton Bruckner sowie Gustav Mahler und Arnold Schönberg, die um die Jahrhundertwende zur Moderne überleiten, plakathaft mit dem Begriff „Österreich" verbunden.

Österreich, genauer gesagt, Wien und Musik — das sind zwei untrennbare Begriffe in der Meinung der Welt. Die Kontinuität dieser Musikentwicklung durch Jahrhunderte — Voraussetzung dafür waren bestimmte politische, soziologische, geographische und ethnische Faktoren — und der Umstand, daß aufgrund dieser kontinuierlichen Entwicklung Österreich in der Wiener Klassik das Profil der Weltmusik geprägt hat, das sind die Tatsachen, die die Vorstellung vom Musikland Österreich im Bewußtsein der Welt gefestigt haben.

Musiziert wurde auf österreichischem Boden seit jeher. Fundobjekte aus vorgeschichtlicher Zeit vermitteln vage Vorstellungen eines Ur-Instrumentariums, das aus Pfeifen, Rasseln, Glocken, Flöten und Leiern bestanden haben mochte. Auch aus dem römischen Österreich, den Provinzen Noricum, Pannonien und Raetien, zeugen Instrumentenfunde von einem blühenden Musikleben.

Die Basis der kirchlichen Musik des Mittelalters ist in Österreich, wie überall, der Choral. Die Choralpraxis wurde in den Kloster- und Domschulen, später auch an der Universität gepflegt. Eine weitaus aktivere Rolle als im Bereich der liturgischen Mehrstimmigkeit spielte unser Gebiet im volkssprachlichen Kirchenlied (eine Klosterneuburger Handschrift des frühen 13. Jahrhunderts überliefert die ältere Fassung des noch heute gesungenen Osterliedes „Christus ist erstanden" in Neumenschrift), im geistlichen Spiel (Passions-, Legenden-, Mysterienspiele in Klosterkirchen), im geistlichen Volkslied und in den Hymnen.

Auf dem Gebiet der weltlichen Musik hat Österreich schon früh hervorragende Leistungen aufzuweisen. Gegen 1200 war der Hof der Babenbergerherzöge in Wien das wichtigste kulturelle Zentrum Mitteleuropas. Aus der Namenlosigkeit mittelalterlicher Verhältnisse treten nun bestimmte Persönlichkeiten hervor: der Minnesänger Walther von der Vogelweide (ca. 1170—1230), der größte mittelalterliche Lyriker des deutschen Sprachbereiches, von dem leider nur wenige Originalmelodien überliefert sind. Er wurde nach eigener Aussage „zu Osterriche" im „singen und sagen" (d. h. im Musizieren und Dichten) unterwiesen. Hier fand er die drei Wurzeln seiner Kunst vor — den gregorianischen Choral, die Lieder der pro-

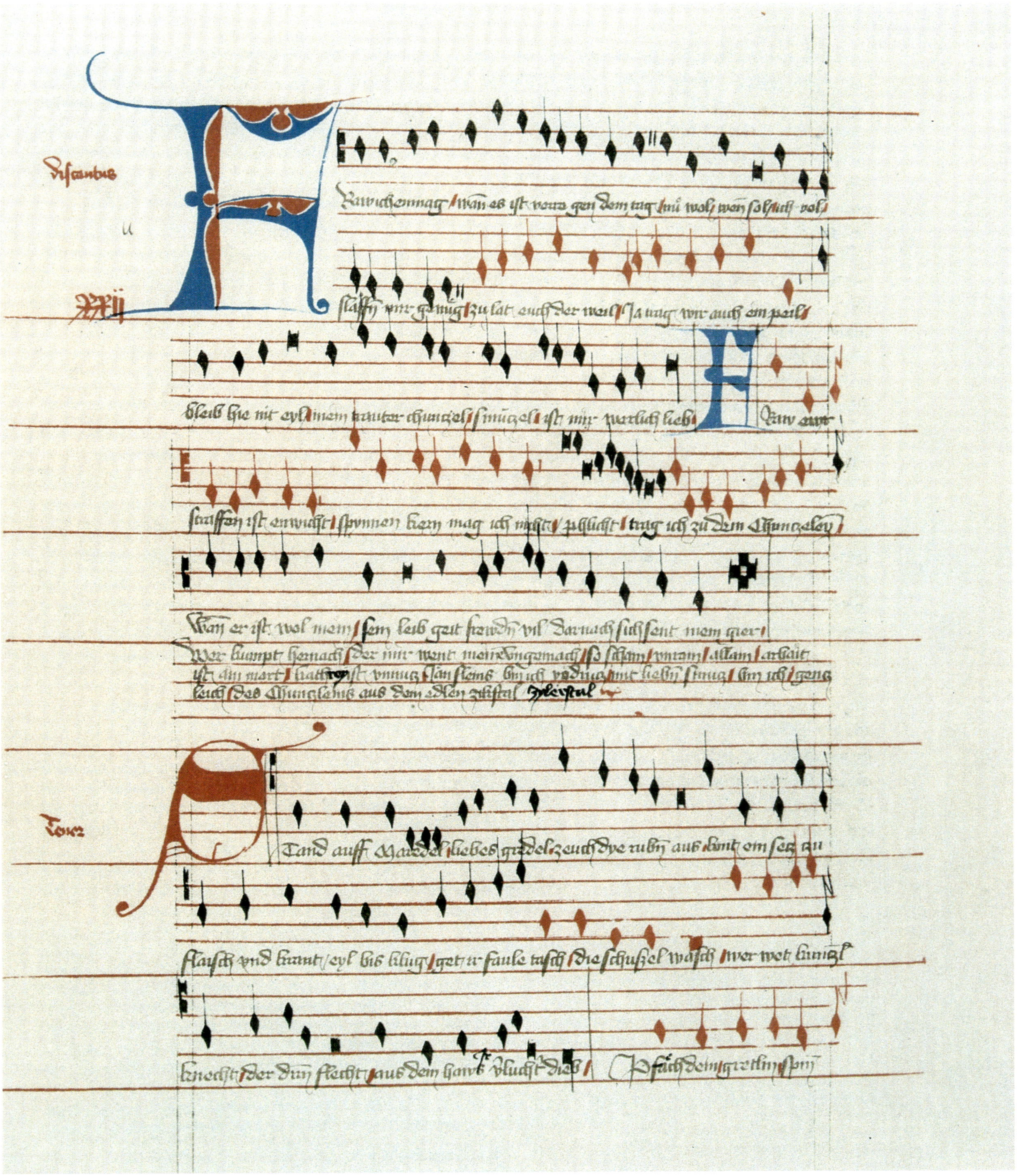

Originalnotierung eines weltlichen Liedes von Oswald von Wolkenstein (1377—1445). Wiener Codex Nr. 2777.

Walther von der Vogelweide (um 1170—um 1230). Minnesänger, Dichter. Miniatur aus der Weingartner Liederhandschrift. Um 1300.

vençalischen Troubadours und die bayerisch-österreichische Volksmusik. Vom Babenberger Hof strahlte der Minnesang über die österreichischen Lande aus. Ein Zentrum war Salzburg, dessen Erzbischof den steirischen Minnesänger Ulrich von Liechtenstein (ca. 1200—1275/76) protegierte, ein anderes der Hof des Herzogs von Kärnten in St. Veit an der Glan.
Zu einer Spätblüte des Minnesangs kam es in Salzburg gegen Ende des 14. Jahrhunderts. Der Benediktinermönch Hermann — der „Mönch von Salzburg" —, von dem frühe Kirchenlieder in deutscher Sprache überliefert sind, hat bereits erste Versuche in der Polyphonie unternommen. Seine Instrumentaleinleitungen (wie auch die Wahl der Instrumente) verraten minnesängerliche Tradition. Unter seinen Werken verdient der „Martinskanon" besondere Beachtung.
Hermanns bedeutendster Nachfolger als Komponist mehrstimmiger Musik ist der Tiroler Ritter Oswald von Wolkenstein (ca. 1377—1445), den sein abenteuerliches Leben von Persien und der Krim bis Portugal, von England bis Ägypten führte. Seine etwa 130 ein-, zwei- und dreistimmigen Lieder verraten gleichermaßen eine Vertrautheit mit der französischen *ars antiqua,* mit Motettentechnik und Chansonkunst ebenso wie mit der oberitalienischen *ars nova.*
Österreich hat im Mittelalter auch eine musikorganisatorische Leistung von großer Bedeutung geschaffen. Denn in Wien wurde der Spielmann erstmalig durch zunftmäßige Eingliederung in die Gesellschaft vom Druck der Recht- und Ehrlosigkeit befreit. 1288 bekamen die Spielleute ihre Standesvertretung in Form der Nicolai-Bruderschaft, die ihren Namen nach der „St. Nikolaus-Kapelle

Älteste erhaltene profane Wandmalerei Wiens (I., Tuchlauben 19), nach Themen aus den Sommer- und Winterliedern des Minnesängers Neithart von Reuental. Detail: „Ballspiel". Um 1397.

bei St. Michael" führte. Der Spielmannsberuf war somit in Österreich früher als in Frankreich (1330), England (1381) und der Schweiz (Ende 14. Jahrhundert) ehrbar geworden.
Zu den frühen Klosterschulen traten im Zuge der Städtegründungen Dom- und Stadtschulen, an denen Musik theoretisch und praktisch gelehrt wurde. (Domschule von St. Stephan, in den Schulen von St. Michael, Schottenstift und Bürgerspital). Zum fixen Bestandteil des Lehrplanes an der Artisten-Fakultät (vergleichbar etwa dem Studium der Geisteswissenschaften) an der mittelalterlichen Universität (die von Wien wurde 1365 gegründet) gehörte der Unterricht in Musik.

RENAISSANCE UND REFORMATION

Kirche, Hof und Universität waren im 15. Jahrhundert Wiens wichtigste Pflegestätten der Musik. Die Schulordnung von St. Stephan aus dem Jahre 1446 sieht zwei Musikerzieher vor. Manche der Kantoren von St. Stephan hatten auch akademische Würden inne. Doch erst 1497 gewann die Universität Wien in Conrad Celtis (1459—1508) eine Persönlichkeit, deren umfassende Bildung auch der Musik wesentliche Anregungen vermittelte. Celtis hat vor allem durch seine lateinischen Festspiele, in denen die Musik reichen Anteil hatte, bahnbrechend gewirkt. Im *Ludus Dianae,* der 1501 zu Linz vor Kaiser Maximilian I. gespielt wurde, gab es dreistimmige Oden, in anderen auch viel Tanz und Chorgesang. Celtis regte eine eigene Musiziergattung, die Humanistenode, an. Sie diente einerseits dem Unterricht in Metrik und wurde andererseits in das Schuldrama eingefügt.
Im 15. Jahrhundert erfuhr die Musikpflege neue Zielsetzungen. Bezeichnend für dieses Zeitalter ist der Ausbau der Hofkapelle, einer Institution, die unter wechselnden Aufgabenstellungen bis zum Ende der Monarchie im Jahre 1918 bestand. Vorbild der Hofkapellen im deutschen Sprachraum war mittelbar die *Cappella pontificia* der römischen Päpste, unmittelbar die burgundische Hofkantorei Herzog Karls des Kühnen. So bestand schon seit den siebziger Jahren des 15. Jahrhunderts am Hof Kaiser Friedrichs III. eine derartige Institution, die durch Maximilian I. im Jahre 1498 eine Neuorganisation unter besonderer Hinwendung auf das weltliche Gebiet erfuhr. An die Spitze der neuen Hofkapelle trat der aus Laibach gebürtige Geistliche Georg Slatkonia (1456—1522), der

Grabmal von Bischof Georg Slatkonia (1456—1522). Stephansdom, Wien. Nach 1522.

Grabmal von Konrad Celtis (1459—1508). Philologe, Dichter. Stephansdom, Wien. Um 1508.

Nordansicht der Stadt Wien. Holzschnitt von Michael Wolgemut in der lateinischen Ausgabe des Liber Cronicarum von Hartmann Schedel. Nürnberg 1493.

spätere Bischof von Wien. Vier Jahre später kam über Italien der Niederländer Heinrich Isaac (ca. 1450—1517) an die Kapelle Maximilians. Sein Lebensweg führte ihn im Alter nach Florenz zurück, wo er als Hofkomponist und diplomatischer Agent des Kaisers tätig war. Isaac hat alle Stilarten der Musiknationen der Zeit mit überragender Souveränität kultiviert. Die volkstümliche Spätfassung seines Gesellschaftsliedes „Innsbruck, ich muß dich lassen" lebt heute noch.

Auch Paul Hofhaimer (1459—1537) kam über Innsbruck in die kaiserliche Hofkapelle. Die Hauptstationen seines Lebens sind Innsbruck, Augsburg und Salzburg, wohin er 1519 zurückkehrte, vier Jahre, nachdem er zu Wien zum Ritter geschlagen wurde. Hofhaimer war der hervorragendste Organist seiner Zeit, Erzieher zahlreicher, seinen Ruhm durch ganz Europa verbreitenden Schüler, der sogenannten „Paolomimen".

Der Flame Arnold van Bruck (ca. 1500—1554), seit 1527 Hofkapellmeister König Ferdinands I., war auch für die Kirchenmusik der jungen lutherischen Kirche tätig. Mit der herrlichen Bearbeitung der Choralweise „Aus tiefer Not schrei ich zu Dir" hat er eines der ergreifendsten Werke seiner Zeit geschaffen. Sein Zeitgenosse, der Schweizer Ludwig Senfl (um 1486—1543?), kam als Altist an die Maximilianische Hofkapelle und wurde als Kammerkomponist Nachfolger seines Lehrers Isaac. Er vollendete dessen „Choralis Constantinus" sowie das Odenwerk von Hofhaimer.

In die zweite Hälfte des 16. Jahrhunderts fallen drei für Österreichs Musikkultur wichtige Hofkapellgründungen:

Paul Hofhaimer (1459—1537). Komponist, seit 1522 Domorganist in Salzburg. Zeitgenössische Zeichnung.

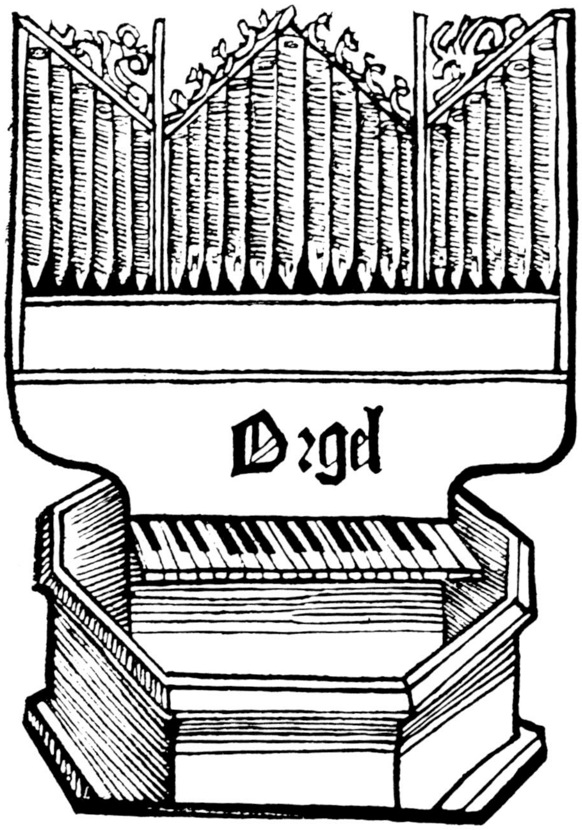

Oben: Kaiser Maximilian I. unter den Instrumentisten. Holzschnitt aus des Kaisers autobiographischem Werk „Weißkunig" (unvollendet). 1514.
Rechts: Orgel. Holzschnitt. 15. Jh.

Positiv (kleine selbständige Orgel mit einem Manual). Holzschnitt. 15. Jh.

Die erste, 1564, war die von Erzherzog Karl von Innerösterreich in Graz, wenig später folgte Erzherzog Ferdinand II. in Innsbruck und 1591 der prunkliebende Salzburger Erzbischof Wolf Dietrich von Raitenau.
Die Grazer Hofkapelle bestand bis 1619, die Innsbrucker bis 1665, die Salzburger bis 1803.
Aus der Reihe der Sänger der kaiserlichen Hofkapelle ragt der Krainer Jacob Handl (Jacobus Gallus, 1550—1591) hervor, dessen *Opus musicum* schon den heraufsteigenden Gestaltungswillen des Barockzeitalters erkennen läßt.
Als 1619 die Grazer Hofkapelle aufgelöst wurde, hatte sie den Stand von 60 Musikern. In den letzten Jahrzehnten des 16. Jahrhunderts wirkte an der Innsbrucker Hofkapelle der Flame Jacob Regnart (1540/45—1599) als Komponist geistlicher Werke und deutscher Lieder. Johann Stadlmayr (ca. 1570—1648), der Hauptrepräsentant des Palestrina-Stils in Österreich, führte ab 1607 die frühbarocke Kirchenmusik in Innsbruck ein.
Im Zuge der durch die Glaubensspaltung herbeigeführten Erstarkung des Stadtbürgertums erfuhr auch der Meistergesang in Österreich einen Auftrieb, auch wenn er hier nie die gleiche Bedeutung wie etwa in Franken, Sachsen oder im Elsaß erlangte. Wohl hatte einer der zwölf Ahnherrn meistersingerlicher Kunst, Heinrich von Mügeln, im 14. Jahrhundert in Wien gelebt, doch war gerade in Wien die höfische Tradition zu stark, als daß es zur Gründung von Singschulen hätte kommen können. Außerhalb Wiens konnte sich die Bewegung freier entfalten. Zentren waren Wels, Steyr und Waidhofen a. d. Ybbs.

Bankett im Freien. Tafel von Hans Mielich (1515—1573).

Die Freuden des Herbstes. Tafel von Friedrich von Falkenburg (1570—1623).

Wolf Dietrich von Raitenau (1559—1617). Fürsterzbischof von Salzburg. Stich von Christoph Wilhelm Bock.

Für die Steyrer Meistersingerschule verfaßte der vom Niederrhein stammende Lorenz Wessel 1562 eine Tabulatur. Ein Kärntner Meistersinger, Johann Zehenthoffer aus Villach, eröffnete 1591 die Meistersingerschule zu Straßburg im Elsaß.

Die Quodlibet-Sammlung des Schulmeisters am Wiener Schottenstift Wolfgang Schmeltzl (1500/05 — nach 1566), „Guter seltzamer und kunstreicher teutscher Gesang" (1544), ist mit über 370 Melodiefragmenten die erste wichtige Quodlibetveröffentlichung des deutschen Sprachraums. (Quodlibet ist eine Art Scherzstrophe vergnüglich-humoristischen Inhalts, in der Vokalmusik des 16. bis 18. Jahrhunderts sehr beliebt). Sie zeigt das Musiziergut der bürgerlichen Kreise: Volkslieder, Hofweisen, Fragmente von Stücken zeitgenössischer Komponisten. In den habsburgischen Erblanden gehörte das halbe Jahrhundert vor dem Einsetzen der Gegenreformation (1624) zu den musikgeschichtlich ergiebigsten Perioden. Vor allem das Schulwesen in Klagenfurt und Villach stand auf beachtlicher Höhe.

Nach Steyr kam 1609 Paul Peuerl (ca. 1570 — nach 1625), der 1602 als evangelischer Organist der Stadt Horn in Niederösterreich engagiert war. Er gilt als der Schöpfer der instrumentalen Variationensuite; in ihr sind je zwei geradtaktige gemessene Schreittänze und ungeradtaktige ausgelassene Springtänze zu einem viergliedrigen Zyklus (Paduane-Intrade-Tanz-Gagliarde) verbunden. Im Tanz wird das Thema vorgegeben, das in den anderen Sätzen variiert wird. Peuerls „Neue Paduan, Intrada, Däntz und Galliarda" (1611) ist das erste Variationensuitenwerk der Musikgeschichte. Es ist in vier Stimmen notiert, d. h. anstelle des bisher gebräuchlichen *basso continuo* (Generalbaß) und einer Melodiestimme wird nunmehr die Tonfolge für vier Instrumente angegeben.

DAS BAROCK — DIE VORHERRSCHAFT DER ITALIENER

Ungefähr zur selben Zeit setzt vom Süden her mit voller Wucht der Gegenstrom des Barock ein, der für die kommenden Jahrhunderte richtungweisend sein sollte. Salzburg war der Umschlagplatz italienischer Musik- und Theaterkultur, hier wurde die Oper dem deutschen Sprachbereich vermittelt. Schon 1614 ließ der kunstsinnige Erzbischof Marcus Sitticus von Hohenems einen „Orfeo" aufführen, dem 1616 eine „Andromeda" folgte. Im Gegensatz zu Italien fanden die Aufführungen nicht ausschließlich vor einem aristokratischen Publikum statt, vielmehr ließ man (zwanzig Jahre vor Schaffung der ersten öffentlichen Opernbühne S. Cassiano zu Venedig!) auch die Salzburger Bürgerschaft daran teilnehmen. Heute noch erinnern eine Perseus-Statue und die Orpheus-Grotte im Hellbrunner Schloßtheater an diese musikgeschichtlich wichtigen Ereignisse.

Dynastische Beziehungen zwischen den Häusern Habsburg und Gonzaga spielten eine entscheidende Rolle für die Opernpflege. Vermutlich steuerte Claudio Monteverdi für die Innsbrucker Hochzeitsfeierlichkeiten Kaiser Ferdinands II. 1622 drei Intermezzi bei. Mit der Errichtung einer Opernbühne in Innsbruck durch Erzherzog Leopold V. trat Tirols Hauptstadt 1627 als zweiter Schauplatz der frühbarocken Oper in Österreich hervor, während die erste Wiener Opernaufführung, „L'allegrezza del mondo" von Antonio Bertali, erst 1631 stattfand. In Wien freilich verboten die Kriegsereignisse zunächst eine konsequente Förderung der neuen Kunstgattung. Von den vorerst sporadischen Opernaufführungen ist vor allem der 1643 gegebene „Egisto" von Francesco Cavalli (1602—1676) zu nennen. Erst in der zweiten Jahrhunderthälfte erlebte die Oper in Wien stetigen Aufschwung. Auf dem Regensburger Reichstag erregte 1653 die Wiedergabe von Bertalis „L'inganno d' amore" durch Wiener Musiker berechtigtes Aufsehen.

Unter Kaiser Leopold I. wurde Wien zum Mittelpunkt der Opernpflege im deutschen Sprachraum. Selbst kompositorisch tätig, ließ er 1659 der italienischen Oper am heutigen Josephsplatz ein prachtvolles Theater errichten, für das die hervorragendsten venezianischen Opernkomponisten Werke schufen. Marc Antonio Cesti (1623—1669) war, 1665 von Innsbruck kommend, während seiner letzten Lebensjahre Kaiserlicher Vizekapellmeister. Von ihm stammt das wichtigste jener zahlreichen Festspiele, die aus Anlaß von Familienfesten, politischen Ereignissen oder Fürstenempfängen am Wiener Hof gege-

Schloß Hellbrunn, Salzburg. Musikzimmer (Oktogon). Wandmalereien von Donato Mascagni. 1613—1615.

Kaiser Leopold I. im Theaterkostüm. Gemälde von Jan Thomas (?). Um 1700.

ben wurden: „Il pomo d'oro", geschrieben für die Vermählungsfeierlichkeiten des Kaisers mit Margarita von Spanien 1668. Francesco Sbaaras Text behandelt in fünf Akten und mit einem Aufgebot von tausend Mitwirkenden die Fabel vom Urteil des Paris, der nach barocker Manier den goldenen Apfel der Kaiserin gab. Ludovico Ottavio Burnacinis (1636—1707) Inszenierung verschlang 100.000 Gulden.

Neben der opera seria wurde nun auch die komische Oper gepflegt. Besonders Antonio Draghi (1634—1700) und der kaiserliche Hofpoet Nicolo Minato (ca. 1630—1698) waren auf diesem Gebiet tätig. Ihre Werke stehen in der Vorgeschichte des Wiener Volksstückes, zu der die Stehgreifkomödie und *opera buffa* im 18. Jahrhundert die Brücke schlagen. Barocke Sinnenhaftigkeit, die bildliche Wirkung, liegen der musikalischen Komposition als Absicht zugrunde. Das Einbeziehen außermusikalischer Anschaulichkeit in das an sich auf Szenerie und Gestus verzichtende Oratorium führte zur Bildung von Nebenformen. Eine davon war der am Wiener Hof beliebte Sepolcro: eine feierliche außerliturgische Form der Verehrung des Leichnams Christi am Karfreitag. Die Auferstehung des Herrn, die Heilsgewißheit, wird als Schlußmonumentalisierung in frohen Tönen im Sepolcro herausgestellt. Die Gestik war sehr gemessen, die Darstellung auf Auf- und Abtritte beschränkt. Der Sepolcro fand in der zweiten Hälfte des 17. Jahrhunderts eine klassische Prägung durch den Komponisten Antonio Draghi, den Librettisten Nicolo Minato und den Theaterarchitekten Lodovico Ottavio Burnacini. Unter den Komponisten Antonio Caldara und Johann Joseph Fux ging es immer mehr im Passionsoratorium auf.

Einen Begriff von der Massenproduktion der im Hofdienst stehenden Komponisten vermittelt etwa Draghis Lebenswerk mit über 170 Opern, 40 Oratorien und unzähligen Kirchenwerken. Neben ihnen stehen eine Reihe bedeutender Komponistenpersönlichkeiten als Instrumentalisten in kaiserlichen Diensten: Wolfgang Ebner (1612—1645) und Johann Jakob Froberger (1616—1667) als Hoforganisten, der Geiger Johann Heinrich Schmelzer (1620/25—1680), der zwischen Felice Sances (ca. 1600—1679) und Antonio Draghi als einziger Nicht-Italiener im 17. Jahrhundert das Hofkapellmeisteramt bekleidete.

Mit dem Kaiserhof, dessen Opernpflege weitgehend von einer Rivalität mit Versailles bestimmt war, wetteiferten die größeren und kleineren Höfe Österreichs. Innsbruck erwies sich schon in den fünfziger und sechziger Jahren des 17. Jahrhunderts als Vorort italienischer Opernkunst. Hier führte man 1655 die Festoper „Argia" und 1662 „La magnanimita d' Alessandro" von Marco Antonio Cesti auf. Beide Opern wurden zu Ehren von Königin Christi-

Szene aus der barocken Prunkoper „Il pomo d'oro" (1667) von Marc' Antonio Cesti, 1666—1669 Vizekapellmeister am Hofe Kaiser Leopolds I. Zeitgenössischer Stich.

Collegium Musicum. Albumblatt aus dem 18. Jahrhundert.

na von Schweden anläßlich ihres in Innsbruck festlich begangenen Übertritts zur römisch-katholischen Kirche gespielt.
Nach dem Aussterben der tirolischen Linie des Hauses Habsburg löste in den achtziger Jahren Salzburg die Tiroler Landeshauptstadt mit bedeutenden Opernaufführungen ab. Hier wirkte Heinrich Ignaz Franz Biber von Bibern (1644—1704) für das Hoftheater. Von seinen sechzehn namentlich bekannten Bühnenwerken hat sich nur die den Arminius-Stoff behandelnde Oper „Chi la dura vince" erhalten.
In der Steiermark trat die Kapelle der Fürsten von Eggenberg gleichsam die Rechtsnachfolge der 1619 aufgelösten Grazer Hofkapelle an. Kein Geringerer als Heinrich Schütz (1585—1672) widmete dem Fürsten Hans Ulrich von Eggenberg seine „Cantiones sacrae" (1625). Der als Kunstmäzen bekannte Johann Seyfried von Eggenberg sandte Georg Motz (1653—1733) zu Studien nach Italien und bestellte ihn 1680 zum Organisten in Krumau. Für das Eggenbergsche Theater schuf der Römer Pietro Romolo Pignatta (†1700?) zwei Opern: „L'Oronta d'Egitto" (1688) und „Il vanto d'amore" (1689).
Eine vielleicht größere Bedeutung für die Musikkultur des Landes hatte das geistliche Schuldrama, das vornehmlich von den Jesuiten und den Benediktinern gepflegt wurde. Das Wiener Jesuitentheater wurde vom Hof stark gefördert, denn schon Kaiser Ferdinand II. hatte die Erziehung der Hofsängerknaben den Jesuiten übergeben und stellte seinerseits die Hofmusiker für die künstlerischen Darbietungen des Ordens zur Verfügung. Seit 1617 gab es eine, seit 1650 zwei akademische Bühnen und zwar im Kolleg am Hof und auf dem alten Universitätsplatz, außerdem wurden in der Universitäts-Aula und im Schotten-Gymnasium gespielt. Anlaß zu diesen Darbietungen boten Schulfeiern, wie Prämienverteilungen und Promotionen, ferner Prozessionen, Fürstenempfänge und die hohen Festtage des Jahres. Die „Ludi caesarei" der Wiener Jesuiten waren im Barock mit größtem Prunk bedacht, der Bühnentanz spielte eine wichtige Rolle, oft mündete der Epilog im Sinne der Opern-Licenza in eine

Heinrich Ignaz Franz von Biber (1644—1704). Komponist, Geiger. Stich von Paul Seel.

Verherrlichung des Kaiserhauses. Der Musikanteil reichte von der Choreinlage des Humanistendramas über das Zwischenspiel bis zum Intermedium zur Oper venezianischen Zuschnitts. Gerade Wien hat in der „Pia et fortis mulier" (1677) des Organisten von St. Stephan, Johann Kaspar Kerll (1627—1693), ein wichtiges Werk dieser Gattung aufzuweisen. Bezeichnend für die Wiener Jesuitenoper ist auch, daß für sie ausschließlich deutsche und österreichische Komponisten tätig waren, darunter der hervorragende Hoforganist Ferdinand Tobias Richter (1651—1711).

Ähnliche Bedeutung wie die Darbietungen des Wiener Jesuitenkollegs haben die der Salzburger Universität. Die salzburgische Kunstpflege war für die Klöster auf dem Lande wegweisend. In Oberösterreich sind neben Lambach vor allem Kremsmünster, St. Florian und Schlägl wichtige Musikpflegestätten. Nach Kremsmünster kam das mit Musik ausgestattete Schuldrama 1649; die erste Oper, Simon Rettenpachers (1643—1706) „Callirhoes ac Theophobi amores", wurde 1677 aus Anlaß der 900. Wiederkehr der Stiftsgründung aufgeführt. Ihren Höhepunkt erreichte die Opernpflege hier ebenso wie in St. Florian, Lambach und Garsten, freilich erst im 18. Jahrhundert. Dieser theater- und tanzfreudigen Atmosphäre des salzburgischen Kulturkreises ist Georg Muffat (1653—1704), der hochbedeutende Instrumentalkomponist des österreichischen Mittelbarock, zutiefst verpflichtet. Zu Paris in Jean-Baptiste Lullys (1632—1687) pathetisch-prunkvolle Stilwelt eingeführt, hatte der gebürtige Savoyarde nach kurzer Wiener Tätigkeit am Hofe zu Salzburg als Organist Anstellung gefunden, von wo aus er eine Studienreise nach Rom zu den Hauptmeistern des italienischen Spätbarock, Arcangelo Corelli (1653—1713) und Bernardo Pasquini unternahm. In Muffats Hauptwerk, dem zweiteiligen „Florilegium" (1695—97), hat er jenen „vermischten" Geschmack gepflegt, zu dem sich später das deutsche Rokoko bekannte. Sein Bestreben ging dahin, französischen, italienischen und deutschen Stil zu einer neuen Einheit zu verbinden. Georg Muffats Sohn Gottlieb (1690—1770), der Nachfolger Frobergers als Wiener

Johann Joseph Fux (1660—1741). Komponist, Musiktheoretiker, seit 1715 Hofkapellmeister Karls VI. Lithographie nach einem Gemälde von Nicolaus Buck.

Hoforganist, gelang in seinen „Componimenti musicali“ (um 1739) eine mit Johann Sebastian Bachs (1685—1750) Klaviersuiten nahezu vergleichbare Leistung, in der sich strenge Barockhaltung und gelockerte, spezifisch österreichische heitere Rokokogesinnung überschneiden.
Neben dem älteren Muffat repräsentiert Heinrich Ignaz Franz Biber von Bibern den österreichischen Mittelbarock in hervorragender Weise. Vermutlich Schüler Heinrich Schmelzers, kam er 1673 nach Salzburg, wo er es bis zum Oberkapellmeister brachte. Auch Biber konnte Studienreisen nach Deutschland, Frankreich und Italien unternehmen. Er zählt zu den bedeutendsten Violinvirtuosen der Zeit. Sein Schaffen weist sechs große Druckwerke mit Instrumentalmusik von der vielstimmigen Kirchensonate bis zur Solosonate, von der kammermusikalischen Triopartie bis zur „klingenden Taffel-Musik“ für Orchester auf.
Bibers Suitenschaffen stellt die Krönung einer Tradition dar, die von dem Musikerkreis um Kaiser Leopold I. besonders gepflegt wurde. Ihm gehörten die beiden Schmelzer und Johann Jakob Prinner (1624—1694) an. Für seine fünfzehn Soloviolinsonaten („Mysteriensonaten“) von etwa 1675 wählte Biber im Sinne der dreimal fünf Geheimnisse des Rosenkranzes fünfzehn Mysterien aus dem Leben Marias und Jesu Christi und bediente sich zu ihrer musikalischen Ausdeutung einer Suite und Kirchensonate verschmelzenden Musizierform.
Diese musikalische Kräftekonzentration in Salzburg war bedingt durch die drohende Türkengefahr. Erst als sie gebannt war, erlebte auch Wien seinen großen Kulturaufschwung, der sich in Profan- und Kirchenbauten wie in der Hochblüte der Hofmusik unter den Kaisern Joseph I. und Karl VI. manifestierte. Als der Steirer Johann Joseph Fux (1660—1741) in Nachfolge des ungemein fruchtbaren Opern- und Oratorienkomponisten Marco Antonio Ziani (ca. 1653—1715) das Wiener Hofkapellmeisteramt antrat, kam wieder ein Österreicher in diese wichtige Position. Fuxens Lebensweg führte über Graz und Ingolstadt 1696 als Organist des Schottenstiftes nach Wien. Dort brachte er es zum Kaiserlichen Hofkomponisten, Kapellmeister zu St. Stephan, Vizekapellmeister und endlich 1715 zum Hofkapellmeister. Als Kirchenkomponist pflegte er ebenso den strengen Stil der Palestrina-Schule wie den prunkvollen Spätbarock-Stil in Oratorien und Kirchen-

Lodovico Burnacini. Barockes Bühnenbild mit Helios im Himmelswagen. 17. Jh.

Lodovico Burnacini. „Groteske Figuren". Stich aus dem 17. Jahrhundert.

sonaten. Sein weltliches Werk umfaßt Orchestersuiten, darunter den „Consentus musico-instrumentalis" von 1701 und zwanzig Opern. Von diesen interessiert vor allem „Costanza e fortezzo", die 1723 auf dem Hradschin in Prag aus Anlaß der Krönung Karls VI. zum König von Böhmen mit größter Prachtentfaltung in Szene ging. Nach französischem Brauch wurden die Akte von Balletten beschlossen. Sie stammten von Nicola Mattei (ca. 1680—1749). Fuxens musiktheoretische Schrift „Gradus ad Parnassum" (1725) wurde das klassische Kontrapunktlehrbuch für Generationen, das in verschiedenen Bearbeitungen noch heute seinen festen Platz im Unterrichtsplan für den strengen Stil behauptet.
Als Vizekapellmeister wirkte neben Fux der Venezianer Antonio Caldara. Er hat für Wien zahlreiche Oratorien, für Salzburg etliche Bühnenwerke geschrieben.
In die Zeit des Wirkens dieser Meister fallen in Wien die Aktivitäten italienischer Hofkomponisten für Kirche, Kammer und Theater, die dem österreichischen Musikidiom immer wieder romanische Sprachwendungen zuführten. Carlo Antonio Badia (1672—1738) befriedigte die Opernbedürfnisse des Hofes in den beiden Jahrzehnten um 1700. Giovanni Bononcini (1670—1747) aus Modena, Händels späterer Londoner Rivale, und der überaus produktive Florentiner Francesco Bartolomeo Conti (1681—1732) lösten ihn in dieser Funktion ab. Pier Francesco Tosi (ca. 1653—1732) ist als Verfasser einer mehrfach aufgelegten Gesangschule „Opinioni de'cantori antichi e moderni" (1723) bekannt geworden.
Zu Fuxens Nachfolgern im Hofkapellmeisteramt gehörten in der Zeit der Vorklassik der Bolognese Luca Antonio Predieri (1688—1767), der um 1740 vornehmlich für den Wiener Hof Opern geschaffen hat. Ihm folgte der in Wien gebürtige, auf Kosten des Kaisers in Neapel ausgebildete Giuseppe Bonno (1711—1788), der einen hervorragenden Ruf als Gesangslehrer genoß und von Gluck und Mozart geschätzt wurde.
Johann Ernst Eberlin (1702—1762), der in Salzburg als Hoforganist, später als Hofkapellmeister wirkte, schrieb 1747 Orgeltoccaten, die hinter vergleichbaren Werken von Johann Sebastian Bach kaum zurückbleiben. Seine geschichtliche Bedeutung beruht vor allem aber auf seinem reichen Oratorien- und Opernschaffen für die Salzburger Hof- und Universitätsbühne.

Universitäts-Kirche (Jesuitenkirche), Dr.-Ignaz-Seipel-Platz, Wien I. 1628—1631.

Seit den vierziger Jahren des 18. Jahrhunderts trat in Österreich eine Verschiebung des Kräfteverhältnisses ein; die Adelskapellen begannen die Wiener Hofkapelle zu überflügeln, und das Bürgertum trat als neuer Faktor der Musikpflege auf den Plan. Bekanntlich sagte Kaiserin Maria Theresia, sie müsse nach Eszterháza kommen, wo Joseph Haydn wirkte, wenn sie gute Musik hören wollte, und Karl Ditters von Dittersdorf (1739—1799) erwähnt in seiner Selbstbiographie die ausgezeichneten Opernaufführungen im Theater von Schloßhof im Marchfeld durch den Prinzen von Hildburghausen.

VORKLASSIK UND KLASSIK

Um die Mitte des 18. Jahrhunderts erlebte die unter Kaiser Karl VI. (1713—1740) noch sehr ansehnliche Wiener Hofkapelle ihren Niedergang. Die Schuld daran lag bei den politischen Entwicklungen. Die junge Maria Theresia (1740—1780) stand seit 1740 in erbittertem Kampf um den Bestand der Monarchie, und so wanderten die begabtesten Musiker des österreichischen Kulturbereiches in weniger gefährdete Wirkungsorte ab. Eine starke Anziehungskraft bewies der pfalzbayerische Hof von Herzog Karl Theodor in Mannheim. Hier kamen Johann Stamitz (1717—1757), Ignaz Holzbauer (1711—1783) und Franz Xaver Richter (1709—1789) zusammen, die Häupter der „Mannheimer Schule", führende Träger des Stilwandels vom Barock zur Vorklassik. Ihnen haben Haydn und Mozart viel zu verdanken. Die Mannheimer Schule hat den Instrumentalstil und besonders die Sinfonie entscheidend auf die Wiener Klassik hin umgewandelt.

Die Komponisten dieser Generation arbeiteten nicht mehr ausschließlich im Dienst höfischer Repräsentation, sondern berücksichtigten auch den Geschmack und das Können bürgerlicher Liebhaberkreise. Mit der Übernahme des Kärntnertor-Theaters durch den Hofmusiker Franz Borosini und den Hoftänzer Charles Sellier hatte 1728 die bürgerliche Opernpflege in Wien begonnen. Man spielte sogenannte „intermezzi musicali", ferner die Opera Buffa und die sogenannten Teutschen Comoedien, wichtige Bindeglieder zwischen der (italienischen) Barockoper und dem deutschen Singspiel. Wenn auch der Adel immer noch tonangebend im Kulturgeschehen war, so wird doch im Laufe des 18. Jahrhunderts der Anteil des Bürgertums immer bedeutender. Er wird mitbestimmend für die großen Stilwandlungen um die Jahrhundertwende.

Darauf mußten sich auch die zahlreichen Wandertruppen, die es damals in Österreich gab, einstellen. Im Graz der dreißiger und vierziger Jahre führte die Truppe unter dem Patronat von Angelo (ca. 1700 — nach 1767) und Pietro Mingotti (ca. 1702—1759) eine Glanzepoche der steirischen Operngeschichte herbei. In Klagenfurt spielte man nachweislich von 1738 bis 1740 sechs *opere serie* in italienischen *stagioni,* die unter Patronanz der Grafen von Goëss standen. Noch ganz im Sinne der aristokratischen Barockkultur ist hingegen die Musikpflege der Fürsten Porcia zu Spittal an der Drau zu verstehen, wo noch um 1750 eine Hofkapelle und Hofvirtuosen unterhalten wurden.

Als wichtigstes Ereignis in der Folgezeit erweist sich die Neuorganisation des Hof- und Nationaltheaters durch Kaiser Joseph II. im Jahre 1778 mit der Absicht, die Bühne als ein Mittel zur Bildung der Bevölkerung heranzuziehen. Das Eröffnungsstück war Ignaz Umlauffs (1746—1796) Singspiel „Die Bergknappen", und der ersten Blütezeit des Wiener Singspiels gehörte auch Mozarts „Die Entführung aus dem Serail" an. Daneben hat sich vor allem Karl Ditters von Dittersdorf bewährt, am vortrefflichsten in dem Singspiel „Der Doktor und der Apotheker" (1786).

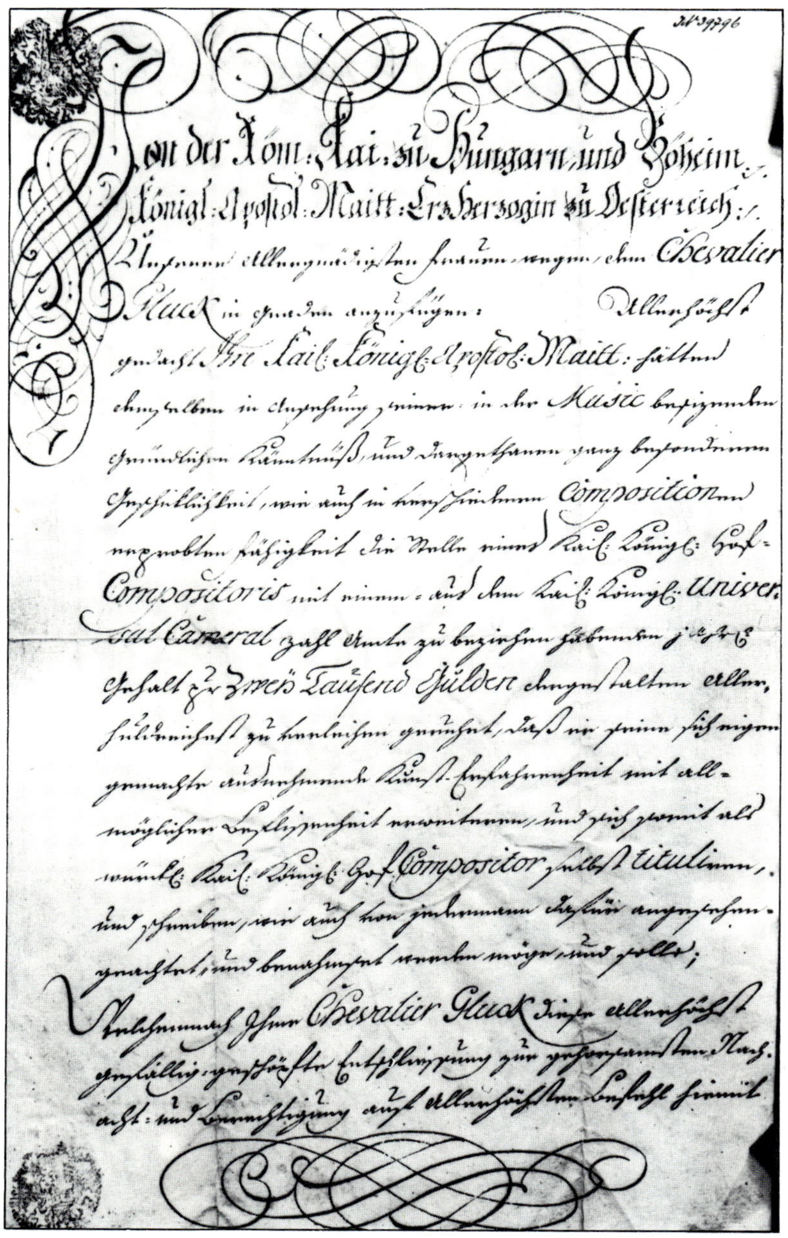

Bestellung von Christoph Willibald Ritter von Gluck zum Hofcompositeur. Schreiben vom 18. Oktober 1774.

Theatervorstellung im Schloß Schönbrunn anläßlich der Hochzeit von Erzherzog Josef (dem späteren Kaiser Josef II.) mit Isabella von Parma. Gemälde von Martin van Meytens. 1760.

Christoph Willibald Ritter von Gluck (1714—1787). Gemälde von Joseph-Siffred Duplessis. 1775.

In diesen Entwicklungablauf eingesprengt ist die erste große Äußerung klassischen Geistes auf dem Musiktheater: Glucks Reformwerk. Es empfing im österreichischen Kulturraum wichtige Anregungen, wenngleich seine entscheidenden Ausstrahlungen vom französischen Klassizismus aus erfolgten. Christoph Willibald Gluck (1714—1787) kam aus der spätbarocken Schule von Bohuslav Matey Černohorský; sein Weg führte ihn in rascher Folge über Prag und Wien nach Mailand, schließlich nach London und Paris. Es folgten Kapellmeisterjahre bei der berühmten Mingottischen Operntruppe. Seit 1750 lebte Gluck für zwei Jahrzehnte in Wien. 1754 bis 1769 war er Kaiserlicher Hofkomponist. Sein Reformwerk gründet zunächst in der Anreicherung der opera seria mit Instrumentalmusik, Chor und Tanz nach französischem Muster. Nicht geringer zu veranschlagen, sind jedoch die Veränderungen am Libretto mit der Überwindung des intrigenreichen, galanten Operntyps und der Ausrichtung nach den antiken Dramen mit ihren großen Charakteren und ihrer schlichten Handlung. „Orfeo ed Euridice" (1762), „Alceste" (1767) und „Paride ed Elena" (1769) bilden die Stationen. Die heißumstrittene zweite Etappe von Glucks Reformwerk bildete dann die Zeit in Paris, wo „Iphigénie en Aulide" (1774), „Armide" (1777) und „Iphigénie en Tauride" (1779) zu heftigen ästhetischen Auseinandersetzungen führten.

Hatte schon für sein Reformwerk die Rückwendung zu der nur scheinbar überwundenen Barockkunst entscheidende Bedeutung, so nicht minder für die drei großen Wiener Klassiker, deren ältester — Joseph Hadyn (1732—1809) — noch in der ungebrochenen Barocktradition aufgewachsen war. Er kommt mit acht Jahren als Kapellknabe (Sängerknabe) nach Wien zu St. Stephan; nach seinem Stimmbruch wird er einfach vor die Tür gestellt. Nach Lehr- und Hungerjahren geht er 1759 als Kapellmeister des Grafen Morzin nach Böhmen. 1761 erreicht ihn die Berufung des Fürsten Esterházy, zunächst als zweiter, ab 1766 als erster Kapellmeister. Nach dem Tode des Fürsten löst sein Sohn 1790 die (30 Mann umfassende) Kapelle auf, beläßt jedoch Haydn den Kapellmeistertitel und eine jährliche Gage von 1400 Fl. Von da an war Haydn ziemlich unabhängig, da der Fürst ihm bereitwilligst Urlaub gab. In dieser Zeit unternimmt Haydn, der bis dahin nie aus Österreich herausgekommen war, zwei Englandreisen (1790/92 und 1794/95), auf Veranlassung des in London ansässigen Geigers und Impressarios Johann Peter Salomon. Haydn hatte in England einen triumphalen Erfolg; 1791 wurde ihm die Ehrendoktorwürde von Oxford verliehen (dies war der Anlaß für Haydns Oxforder Symphonie). Nochmals als Kapellmeister auf Schloß Esterházy berufen (1795), schreibt er seine beiden Meisterwerke, die großen Oratorien „Die Schöpfung" und

Theaterzettel einer Aufführung von Glucks Oper „Orpheus und Eurydike" (1762) in italienischer Sprache. Wien, 21. Dezember 1781.

Nikolaus Fürst Esterházy (1714—1790), genannt der Prächtige. Joseph Haydn war 1761—1790 Kapellmeister auf seinem Schloß in Eisenstadt. Anonymes Gemälde. 18. Jh.

„Die vier Jahreszeiten". 1803 entsteht sein letztes Streichquartett.

Haydn gelang der Schritt vom Divertimento, dem Nachfolger der barocken Suite, zum Streichquartett. Formal nimmt das Divertimento eine Zwischenstellung zwischen Suite und Sonate ein. Bis 1772 bezeichnete Haydn den Großteil seiner Streichquartette als Divertimenti. Seine ersten Streichquartette, wahrscheinlich schon um 1755 entstanden, stellen, wie viele seiner Divertimenti, zwischen die Ecksätze zwei Menuette, die durch einen langsamen Satz getrennt sind. Später ließ er das zweite Menuett fallen und kam so zur viersätzigen Form mit dem Menuett an zweiter Stelle. Erst von 1772 an, mit dem op. 20, beginnt sich bei ihm die der klassischen Symphonieform angeglichene Satzreihung mit dem langsamen zweiten Satz durchzusetzen. Die großen Messen und Oratorien stehen in der Tradition Händels. Haydn war für diese fortsetzende Entwicklung prädestiniert durch seine an der bewußt konservativen Haltung der Kirche wie auch des österreichischen Ancien régime orientierte Vorliebe für die spätbarocke Polyphonie und durch seine Aufenthalte in England; sie vor allem führten zur Auseinandersetzung mit Händel — 1785 fand in der Westminster Abbey ein Händelfest statt, das den Festspielgedanken vorwegnimmt —, und ihm verdanken wir die „Schöpfung" und die „Jahreszeiten". Ähnlich wie Mozarts Spätschaffen lassen diese Werke die Bedeutung des Barock für die klassische Stilsynthese und die Zielrichtung in der Entwicklung des Komponisten zum Ideenmusiker hin erkennen.

Die Wiener Klassik ist eine scharf umrissene Stilepoche, die zwischen ausklingendem Barock, dem galanten Stil der Präromantik auf der einen und der erstarkten Hochromantik auf der anderen Seite in Erscheinung tritt. Sie ist zum letzten Mal die Verwirklichung der Sehnsucht nach harmonischem Ausgleich rationaler und sensualistischer Kräfte in der europäischen Musik. Sie kultivierte Sonatensatz, Rondo und Variationsform. Ein wesentliches Symptom klassischen Gestaltungswillens ist das Wiederaufgreifen strenger satztechnischer Arbeits- und thematischer Vereinheitlichungsprinzipien.

Schloß Esterházy in Eisenstadt, Burgenland. Aquarellierte Federzeichnung von Ferdinand Anton Johann von Wetzelsberg. Um 1817.

Wolfgang Amadeus Mozarts (1756—1791) musikalische Begabung zeigte sich so früh und in einem Übermaß, daß sie die Aufmerksamkeit auf sich ziehen mußte. Leopold, der Vater, der eine berühmte Violinschule schrieb, übernahm die musikalische Erziehung von Wolfgang und seiner Schwester Nannerl, die fünf Jahre älter war, 1762 unternahm er mit den beiden Wunderkindern die erste Reise nach München und Wien, 1763 durch Deutschland nach Paris, 1764 für 15 Monate nach England, 1765/66 Holland, Paris, Schweiz. Natürlich waren die Stationen meist Fürstenhöfe, Residenzen. 1769 wurde er zum Erzbischöflichen Konzertmeister ernannt, ehe er mit dem Vater die Reise nach Italien antrat, die zum Triumphzug wurde: In Rom erhielt er vom Papst das Ritterkreuz vom Goldenen Sporn, und wurde in die Accademia dei Filarmonici in Bologna aufgenommen. 1779 wurde er Hoforganist in

Joseph Haydn (1732—1809). Anonymes Gemälde, undatiert.

Aufführung von Joseph Haydns Oratorium „Die Schöpfung" in der Aula der Alten Universität (heute Akademie der Wissenschaften), Dr.-Ignaz-Seipel-Platz, Wien I., am 27. März 1808, dem 76. Geburtstag Haydns. Gouache von Balthasar Wiegand.

Musikalische Visitenkarte Joseph Haydns mit Noten zu „Hin ist all meine Kraft . . .". Eines der letzten Autographen. Vor 1809.

Salzburg. Doch bald löste Mozart das unhaltbare Verhältnis zum Erzbischof von Salzburg und ließ sich in Wien nieder. Aber auch hier dauerte es geraume Zeit, bis er als Kaiserlicher Kammerkomponist eine Anstellung fand. Im Auftrag des Kaisers schrieb er 1781 das Singspiel „Die Entführung aus dem Serail", das unter Intrigen schließlich auf Befehl des Kaisers im Juli 1782 in Szene ging, 1786 brachte Mozart „Die Hochzeit des Figaro" (Text von Lorenzo da Ponte), die in Wien geringen, in Prag dagegen einen durchschlagenden Erfolg errang. Daher schrieb er seine nächste Oper „Don Giovanni" (1787, Text: L. da Ponte) für Prag und ließ sie erst dann in Wien aufführen, wieder mit wenig Erfolg, 1790 „Così fan tutte" und 1791 neben „Clemenza di Tito" (Text: Metastasio) die „Zauberflöte" (Text: Schikaneder). Seine letzte unvollendete Arbeit war das Requiem. (Die bald nach seinem Tod aufgetauchten Gerüchte, die sich teilweise bis zum heutigen Tag gehalten haben, entbehren jeder Grundlage: Weder hat Antonio Salieri, der Hofkomponist des Kaisers, aus Eifersucht auf Mozarts überlegenes Genie diesen ermordet, noch wurde Mozart in einem Armengrab verscharrt. Tatsache ist freilich, das Mozart, der trotz hoher Einkünfte weit über seine Verhältnisse lebte, ein für seinen Lebensstil sehr einfaches Begräbnis erhielt.)
Im Gesamtwerk Wolfgang Amadeus Mozarts gibt es wohl weniges, was nicht in irgendeiner Weise im Musikschaffen der Zeitgenossen oder früherer Generationen vorgebildet wäre. Gerade das souveräne Verfügen über den Gesamtbestand des Musikalischen, das jedes einzelne Moment an seinen Platz setzt, die Eingliederung von Stil- und Ausdrucksmitteln heterogenster Art und Herkunft in das Ganze des Kunstwerks, dessen Durchdringung mit

Wolfgang Amadeus Mozart (1756—1791). Gemälde von Pietro Antoni Lorenzoni (?). Um 1765.

Wolfgang Amadeus Mozarts Geburtshaus in der Getreidegasse 9, Salzburg. Links: Stiegenaufgang. Rechts: Blick in den Wohnraum.

Heute Freytag den 30ten September 1791.

Werden die Schauspieler in dem kaiserl. königl. privil. Theater auf der Wieden die Ehre haben aufzuführen

Zum Erstenmale:

Die

Zauberflöte.

Eine grosse Oper in 2 Akten, von Emanuel Schikaneder.

Personen

Sarastro.	Hr. Gerl.
Tamino.	Hr. Schack.
Sprecher.	Hr. Winter.
Erster) Priester.	Hr. Schikaneder der ältere.
Zweiter) Priester.	Hr. Kistler.
Dritter) Priester.	Hr. Moll.
Königin der Nacht.	Mad. Hofer.
Pamina ihre Tochter.	Mlle. Gottlieb.
Erste) Dame.	Mlle. Klöpfer.
Zweite) Dame.	Mlle. Hofmann.
Dritte) Dame.	Mad. Schack.
Papageno.	Hr. Schikaneder der jüngere.
Ein altes Weib.	Mad. Gerl.
Monostatos ein Mohr.	Hr. Nouseul.
Erster) Sklav.	Hr. Gieseke.
Zweiter) Sklav.	Hr. Frasel.
Dritter) Sklav.	Hr. Starke.
Priester, Sklaven, Gefolge.	

Die Musik ist von Herrn Wolfgang Amade Mozart, Kapellmeister, und wirklicher K. K. Kammerkompositeur. Herr Mozard wird aus Hochachtung für ein gnädiges und verehrungswürdiges Publikum, und aus Freundschaft gegen den Verfasser des Stücks, das Orchester heute selbst diregiren.

Die Bücher von der Oper, die mit zwei Kupferstichen versehen sind, wo Herr Schikaneder in der Rolle als Papageno nach wahrem Kostum gestochen ist, werden bei der Theater-Kassa vor 30 kr. verkauft.

Herr Gayl Theatermahler und Herr Neßthaler als Dekorateur schmeicheln sich nach den vorgeschriebenen Plan des Stücks, mit möglichsten Künstlersfleiß gearbeitet zu haben.

Die Eintrittspreise sind wie gewöhnlich.

Der Anfang ist um 7 Uhr.

Oben links: Antonio Salieri (1750—1825). Hofkapellmeister Kaiser Josefs II. Stich von Adam Ehrenreich nach einem Gemälde von Natale Schiavoni.
Oben rechts: Theaterzettel der Erstaufführung von Mozarts Oper „Die Zauberflöte" am Freihaustheater. Wien, 30. September 1791.
Unten links: Wolfgang Amadeus Mozart. Stich von Johann Neidl nach einem Buchsbaumrelief von Leonhard Posch.

Wolfgang Amadeus Mozart. Letztes Portrait (unvollendet) des Komponisten von Joseph Lange. 1782/83.

Eigenhändige Partitur der 3. Symphonie Ludwig van Beethovens. 1803.

dem persönlichen Geist: dieses umfassend künstlerische Bewußtsein ist es, das dem Schaffen Mozarts seine Eigenart und scheinbar problemlose, beglückende Ausgewogenheit verleiht. In seiner mittleren Schaffensperiode hat Mozart die Barockkunst überwunden. Im letzten Jahrzehnt konnte er sie als wichtigsten Bestandteil wieder in seinen Stil einbeziehen. Die letzten drei Symphonien (Es, g, C) sind krönender Abschluß in seinem symphonischen Schaffen und Höhepunkt der von Haydn herkommenden Entwicklung der klassischen Symphonie, geschaffen unter Aufbietung verschiedenster Kompositionstechniken und Ausdrucksformen der Vergangenheit und Gegenwart.

Haydn fügte sich noch in die musikorganisatorischen Gegebenheiten des Ancien régime, er diente die längste Zeit seines Lebens als höfischer Schloßkomponist. Mozart erlag dem Mißverständnis von Persönlichkeit und Umwelthaltung.

Ludwig van Beethoven (1770—1827), aus Bonn am Rhein, kam 1792, versehen mit einem Stipendium des Kölner Kurfürsten, nach Wien, um bei Joseph Haydn zu studieren. In den Häusern des musikbegeisterten Wiener Adels fand er gute Aufnahme. Seit 1794 ist Beethoven als Lehrer, Pianist und Komponist nur in den Salons seiner Protektoren aufgetreten (Erzherzog Rudolph war von 1805—12 sein Schüler). Während der 35 Jahre, die er in Wien verbrachte, hat er nur der Komposition gelebt und niemals eine Stellung angenommen. Seine Werke wurden gut bezahlt, auch bezog er seit 1800 von einem Gönner ein Jahresgehalt von 800 Gulden, und als 1808 Jerôme Bonaparte ihn nach Kassel abengagieren wollte, wurde dem Komponisten, um ihn an Wien zu fesseln, ein jährliches Einkommen von 4000 Gulden garantiert.

Von eingreifender und entscheidender Bedeutung wurde ein sehr früh (1800) beginnendes, sich mehr und mehr verschlimmerndes Gehörleiden, das 1819 in völliger Taubheit endete. Seit damals war eine Verständigung mit ihm nur schriftlich möglich, daher spielen für das Verständnis des Menschen Beethoven seine „Konversationshefte" eine wichtige Rolle. Mehr und mehr zog er sich aus der Öffentlichkeit zurück und wurde ein vereinsamter Sonderling, der seine Wohnsitze fast zwanghaft wechselte — über 80 Mal in Wien und Umgebung —, zur großen Freude der heutigen Fremdenverkehrsmanager, die einem

Ludwig van Beethoven (1770—1827). Gemälde von Josef Mähler. 1804/1805.

Hörrohr Ludwig van Beethovens, auf eigenhändig verfaßten Partituren.

Musikzimmer Ludwig van Beethovens im Gut Wasserhof in Gneixendorf bei Krems, Niederösterreich.

Ludwig van Beethoven wirkte bahnbrechend nach dem Zusammenbruch des höfischen Zeitalters, indem er Lebensform des freischaffenden Künstlers durchzusetzen vermochte. Der Grundgedanke in seiner künstlerischen Entwicklung heißt Fortentwicklung vom Repräsentanten einer milieugebundenen Gesellschaftskunst zu dem einer subjektiven Bekenntnis- und Ideenkunst. Kennzeichen seines Stils sind die Ausgewogenheit der Gefühls- und Verstandeskräfte, die Klarheit der Form und des Aufbaus. Beethoven knüpft an Mozart, stärker noch an Haydn an und wird wie sie in der letzten Schaffensperiode vom Barock bestimmt. Der Komponist des frühen 18. Jahrhunderts schuf Musik zu gesellschaftlichen Anlässen, während der Bekenntnismusiker Mittler von ethischen Werten in Tönen ist. Daher erfährt die Werkstruktur eine grundsätzliche Veränderung. Hier liegt die Wurzel des Neuen von Beethovens Tonsprache. Der Bekenntnismusiker eröffnet mit einem „Motto", in dem bereits die Stimmung und die Entwicklung des Werkes enthalten sind. Dieser „Motto"-Beginn wurde beispielgebend für die Symphonik bis Bruckner und Mahler.

DIE BÜRGERLICHE MUSIKKULTUR

Als Beethoven 1827 starb, war der Umschichtungsvorgang von der höfischen zur bürgerlichen Musikpflege vollzogen, dessen Anfänge schon im 18. Jahrhundert zu beobachten waren. Die organisatorische Basis schuf man in Vereinen, die man als Gesellschaft der Musikfreunde bezeichnete und die auf italienische und französische Vorbilder zurückgriffen. In Wien trat 1812 die Gesellschaft der Musikfreunde ins Leben. Sie übernahm sowohl das künstlerische Erbe der 1772 von Florian Leopold Gaßmann (1729—1774) begründeten Wiener Tonkünstler-Sozietät, die als Pensionsverein „Haydn" bis zur Gegenwart besteht, wie das der kurzlebigen adeligen Liebhaberkonzerte (1807/08). Daneben gab es noch andere Liebhaberkonzerte. Bestand bis zur Gegenwart sicherte sich jedoch nur die Gesellschaft der Musikfreunde, nach deren Arbeitsplan die tragenden Musikorganisationen in den übrigen Ländern entstanden. Der Musikverein für Steiermark zu Graz entwickelte sich 1815 aus einer Vereinigung von dreißig Lyzeumsstudenten zur Abhaltung allmonatlicher Konzerte. In Innsbruck wurde 1818 ein Verein für Ton- und Redekunst geschaffen. 1821 folgte Linz mit einer Gesellschaft der Musikfreunde, 1828 kam es in Klagenfurt zur Gründung des Musikvereines für Kärnten. Am spätesten hat Salzburg diese bürgerliche Organisationsform erhalten: 1841 durch die Schaffung von Dommusikverein und Mozarteum.

Wenzel Müller (1767—1835). Komponist. Lithographie von Franz Wolf nach einer Zeichnung von Georg Decker. 1835.

Dieses Durchdringen der bürgerlichen Musikkultur in Österreich bildete auch die Voraussetzung für Leben und Schaffen zahlreicher Kleinmeister im Umfeld der Wiener Klassik, wie etwa Leopold Koželuh (1747—1818), Vojtech Matyaš Jiřovec (1763—1850) oder Wenzel Müller (1767—1835), den überaus erfolgreichen Schöpfer von über 200 Opern, Singspielen, Possen und Schauspielmusiken für die Wiener Vorstadtbühnen. Vor dem Hintergrund dieser und vieler anderer auch in den Städten der Provinz tätigen Künstler ist schließlich auch das Schaffen Franz Schuberts (1797—1828) zu sehen.

Geboren in Wien, wuchs Franz Schubert im Hof-Sängerknabenkonvikt heran. Seine Lehrer waren dort Hoforganist Vaclav Ružička und Hofkapellmeister Antonio Salieri (1750—1825). Starke Anregungen vermittelte ihm das Schülerorchester des Instituts und der Umgang mit gleichgesinnten Freunden, unter ihnen Joseph Freiherr von Spaun (1788—1865). Zwei Jahre war er Schulgehilfe seines Vaters, zweimal hat er Sommerstellungen als Hauslehrer bei den Eszterházys angenommen. Sonst war er dank der Unterstützung seiner Freunde bis zu seinem frühen Ende Freischaffender.

Franz Schubert gilt als der Schöpfer des modernen Kunstlieds. In seinen über 600 Liedern gelangen ihm vom Anfang an Geniewürfe, wie „Gretchen am Spinnrad" oder „Erlkönig". Der geistige Ansatz des Schubertschen Lieds ist die Gleichberechtigung von Dichtung und Musik. Die Konzeption erfolgt aus dem Stimmungsgehalt des Textes. Singstimme und Klavierpart sind zu untrennbarer Einheit verschmolzen. Unerschöpflich ist Schubert in der Kombinatorik des Klanglichen ebenso wie in der Form: Seine Lieder kennen alle Möglichkeiten von der schlichten Strophenform bis zur freiesten Durchkomposition.

Franz Schubert (1797—1828). Ein Schubert-Abend bei Joseph von Spaun. Ölskizze von Moritz von Schwind. 1868.

Franz Schubert. Eigenhändige Niederschrift des Liedes „Erlkönig“ (1815, Erstausgabe 1821). Opus 1, Blatt 1.

Friedrich von Flotow (1812—1883). Komponist.

Conradin Kreutzer (1780—1849). Komponist. Lithographie von Josef Kriehuber. 1837.

Über dem Liedmeister darf freilich Schubert als Instrumentalkomponist nicht vergessen werden, ebensowenig als Schöpfer machtvoller Chorwerke und Messen. Hingegen sind seine Bühnenwerke nicht ohne jeden Grund erfolglos geblieben. Hierin sind ihm im Vormärz Kleinmeister durchaus überlegen gewesen.
Es genügt, an Conradin Kreutzer (1780—1849) zu erinnern, der als Wiener Theaterkapellmeister 1834 hier sein „Nachtlager von Granada" herausbrachte, oder an Gustav Albert Lortzing (1801—1851), dessen „Waffenschmied" 1846 zur Uraufführung kam. Friedrich Freiherr von Flotow (1812—1883) ließ 1847 seine „Martha" im Kärntnertor-Theater in die Welt gehen, obwohl diese Bühne bis 1848 als Hochburg der italienischen Oper galt. Blickt man auf die österreichische Provinzialhauptstädte, so zeigt sich auch in ihnen eine erstaunlich rege Opernpflege und Aufgeschlossenheit für das zeitgenössi-

Albert Lortzing (1801—1851). Komponist. Lithographie von August Prinzhofer. 1846.

„La Sylphide" Marie Taglioni (1804—1884). Balletteuse am Wiener Kärntnertor Theater, seit 1824 am Wiener Hofoperntheater. Kolorierte Lithographie von A. Chalon. 1836.

sche Schaffen. Der erste Mozarteums-Direktor, Alois Taux (1817—1861), brachte während seiner 20jährigen Tätigkeit in Salzburg nicht weniger als 73 Werke heraus, von denen über die Hälfte Erstaufführungen waren. Namentlich in den fünfziger Jahren nahm die Salzburger Oper einen ganz ungewöhnlichen Aufschwung und kam hinsichtlich der Repertoire-Gestaltung der Münchner Hofoper nahe. In Klagenfurt waren zu Beginn des 19. Jahrhunderts noch reisende italienische Operngesellschaften beliebt. Doch spricht für die Begabung der kärntnerischen Musikfreunde, daß ihnen die Wiedergabe so schwieriger Werke, wie Vincenzo Bellinis (1801—1835) „La Straniera" (1840) und Gaetano Donizettis (1797—1848) „Belisario" (1841/42) gelang. Gleiche Verhältnisse finden sich in Graz, das sich in der ersten Jahrhunderthälfte durch seine Mozartpflege auszeichnete, in Linz, wo man 1803 eine neue Bühne nach dem Vorbild des Theaters an der Wien gebaut hatte, und in Innsbruck, wo 1846 an die Stelle des alten Hoftheaters ein neuer Bau trat.

DIE WIENER PIANISTENSCHULE

Wien beherbergte seit den Zeiten Carl Czernys (1791—1857), dem Schüler Beethovens und Lehrer von Franz Liszt, dessen Etuden nach wie vor zur Grundausbildung eines jeden Komponisten gehören, immer wieder bedeutende Pianistenschulen.
Ignaz Pleyel (1757—1831), der fünf Jahre lang Schüler von Haydn war, übersiedelte, nachdem er 1792 in der Gesellschaft „Professional Concerts" in London einige Symphonien gegen die Haydns in den Salomon-Konzerten ins Gefecht geführt hatte, 1795 nach Paris und errichtete eine Musikalienhandlung, in der er seine eigenen Kompositionen vertrieb. Er gründete eine Klavierfabrik und wurde ganz Geschäftsmann.
Anton Diabelli (1781—1858) stand mit Beethoven, der über einen Walzer von Diabelli die „33 Diabelli-Variationen" op. 120 schrieb, in enger Beziehung. Er gründete 1824 einen eigenen Verlag, in dem er Schuberts Werke verlegte.

Ein Abend bei Franz Liszt, der Meister am Flügel. Gemälde von Josef Danhauser. 1840.

Links: Carl Czerny (1791—1857). Musikpädagoge. Lithographie von Josef Kriehuber. 1828.
Rechts: Anton Diabelli (1781—1858). Musikpublizist, Komponist. Lithographie von Josef Kriehuber. 1841.

Czernys Schule und die des in Wien wirkenden Polen Theodor Leschetitzky (1830—1915) — er war der Lehrer des legendären Ignaz Paderewski — brachten jene Pianistengeneration hervor, die um die Jahrhundertwende, zur Zeit der Hochblüte des Virtuosentums, für alle Zeiten Maßstäbe in der Fingerfertigkeit setzte.
Die Kontinuität der Wiener Pianisten ist bis zur Gegenwart bewahrt worden. Friedrich Gulda mag als der prominenteste bezeichnet werden. In seiner Person reflektiert sich darüber hinaus der Funktionsverlust des Konzertpianistentums. Er ist bemüht, den Kontakt mit einem jugendlichen Publikum dadurch aufrechtzuerhalten, daß er eine Art „free jazz pop" mit seiner Erfahrung in klassischer Musik anreichert. Es entsteht eine Mischung, die auch in der eigenartigen Gemischtheit seines Publikums — Outsider und bürgerliche Musikkonsumenten — seine adäquate Korrespondenz findet.
Als Beethoven- und Schubert-Interpret hat sich in besonderem Maße der in London lebende Alfred Brendel profiliert; dasselbe gilt für Alexander Jenner (Chopin), Rudolf Buchbinder (Romantik) und Hans Kann, der Trivialliteratur (Salonstücke) für den Konzertsaal brauchbar macht.

Friedrich Gulda (geb. 1930). Pianist.

Volksszene im Prater. Kolorierter Stich, Artaria Verlag, Wien.

VOLKSMUSIK UND WALZER

Die Volksmusik ist mit ihrem Melodiengut und ihren Instrumenten eng mit dem Volkslied und dem Volkstanz verbunden. Die Instrumente der Hirten bilden den Grundbestand unserer Volksmusik. Das Alphorn und die Lärm- und Signalinstrumente aus Holz werden, in den einzelnen Landschaften verschieden, allmählich durch jene aus Metall ergänzt. Sehr früh traten neben den Alphörnern als Melodieinstrumente Quer- und Langpfeifen auf, die Maultrommel hatte als Summinstrument große Bedeutung. Der Bestand an Instrumenten wurde nach und nach bereichert: zuerst durch den Dudelsack, dann durch die Drehleier und die Harfe. Gegen Ende des 16. Jahrhunderts traten zu den Flöten die Geige als Melodieinstrument und das Hackbrett als Begleitinstrument, im 19. Jahrhundert hat sich für die Liedbegleitung die Zither durchgesetzt, wohingegen im 20. Jahrhundert viele Instrumente durch die Ziehharmonika abgelöst wurden.
Neben das höfische Lied trat schon im 16. und 17. Jahrhundert das bürgerliche Liedgut, das teilweise ein frühes Mundartlied war. Die „Ehrliche Gemüth-Erquickung" von 1686 stellt den besten Querschnitt dar: weltliche Sitten- und viele zeitsatirische Lieder sind darin enthalten. Nach Aufhebung der Mariatheresianischen Zensur, die nur geistliche Lieder duldete, läßt sich im 18. Jahrhundert in Flugblättern vor allem das Kriegs- und Siegeslied, aber auch das Theaterlied verfolgen. Erst gegen Ende des 18. Jahrhunderts erschien der „liebe Augustin" als die legendäre Gestalt eines nicht nachweisbaren Stadtmusikers der Pestzeit. Neben dem Handwerksburschenlied, das im frühen 19. Jahrhundert auf Wien bezogen war, tritt das humorvolle Sittenlied. Unter dem Einfluß des Theaters verwandelte sich in der Biedermeierzeit das ältere Liedgut in das Wiener-Stadt-Lob-Lied, das sich im Heurigenlied bis heute erhalten hat.
Im 18. Jahrhundert war Unterhaltungsmusik in den Wirtshausgärten und bei dem Heurigen in Wien gang und gäbe. Wandermusikanten, zuerst Dudelsackbläser, später Harfenisten, spielten auf und kassierten Geld. Gegen Ende des 18. Jahrhunderts wurden sie meistens durch Streicher ersetzt. Die „Linzer-Geiger", die mit zwei Geigen und einer Baßgeige ihre „Landler" in Wien spielten, hatten einen großen Anteil an der Veränderung dieser Heurigenmusik.
1850 trat an Stelle der Baßgeiger, meist für die Liedbegleitung, die Gitarre. Neben der Baßgitarre kam bald die Klarinette hinzu. Die Brüder Johann und Josef Schrammel gründeten 1878 mit einem Gitarristen ein Terzett, das sich bald durch einen Klarinettisten zu einem Quartett erweiterte. In dieser Zusammensetzung spielte das Schrammel-Quartett bis 1892. Die Wiener Volkssänger, die von den „Schrammeln" begleitet wurden, waren sehr stark

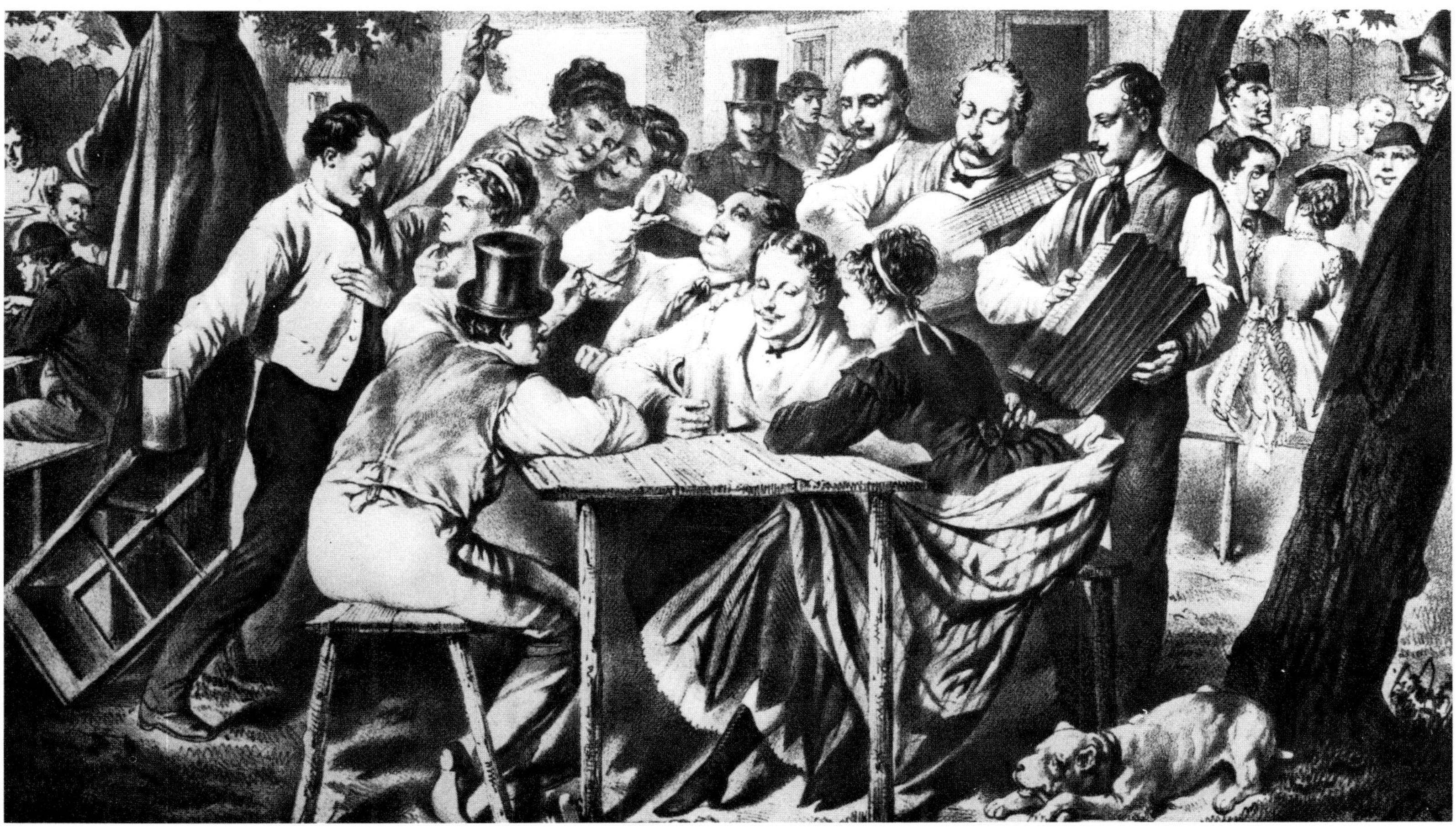

Beim Heurigen. Lithographie von August Lanzedelly. Um 1880.

Der Heurige: Gruppenbild mit dem Schrammel-Quartett. Ende 19. Jh.

Heurigengarten in Wien. Gemälde von Gottlieb Hradecny. Um 1925.

durch die Volksmusik beeinflußt. Die Lieder und Märsche von Johann Schrammel bereicherten nachhaltig das „Wienerlied".
Um die Mitte des 18. Jahrhunderts wurde der als „Weller" längst bekannte Drehtanz in ganz Europa modern und zum Symbol der gesellschaftlichen Revolution. Im „Walzer" fand das neue Bürgertum jene Leidenschaft, die ihm das Menuett mit seinen abgezirkelten Schritten versagte. Auch die Proteste der Tanzmeister konnten den Siegeszug des Walzers nicht mehr aufhalten, seit er auch in der Oper („Una cosa rara" von V. Martín y Soler, 1787) Eingang fand. In Wien wuchs der Walzer in einem Entwicklungsprozeß von volkstümlicher Gebrauchsmusik — Landler, Steyrischer — zur anspruchsvollen Konzertmusik, ein Prozeß, der eng verknüpft war mit Joseph Lanner und Johann Strauß Vater. Die vereinzelt vorgebildete Form — z. B. in Webers „Aufforderung zum Tanz" — Introduktion-Walzerkette-Coda wird jetzt verbindlich. Durch die Akzentuierung des ersten Taktteils erhält der Walzer seinen charakteristischen Rhythmus.

1863—1870 musizierte die Johann-Strauß-Kapelle unter der Leitung von Johann Strauß Sohn beim Hofball. Kolorierte Xylographie von Theo Zasche.

Johann Strauß Sohn erhob den Walzer mit der raffinierten Gegenüberstellung melodischer und harmonischer Kontraste zum vollendeten Kunstwerk, das als „Wiener Walzer" Weltgeltung erlangt hat. Der Donauwalzer ist zur heimlichen Hymne Österreichs geworden.

SINGSPIEL UND WIENER OPERETTE

Das Wiener Singspiel entwickelte sich um 1760 aus der volkstümlichen Komödie mit Arieneinlagen. Einige Aufführungen sind uns aus der Mitte der sechziger Jahre des 18. Jahrhunderts erhalten, darunter Mozarts „Bastien und Bastienne". Als Kaiser Joseph II. im Burgtheater das „Nationalsingspiel" einführte, das als Gegenpol der italienischen Oper dienen sollte, setzte sich diese Gattung bald durch. Neben zahlreichen Übersetzungen französischer und italienischer komischer Opern wurden auch Singspiele in deutscher Sprache geschrieben, deren bedeutendstes und erfolgreichstes Stück Mozarts „Entführung aus dem Serail" war, das 1782 uraufgeführt wurde

Johann Strauß Vater (1804—1849). Kapellmeister, Komponist. Lithographie von Josef Kriehuber. 1835.

Die Strauß-Brüder (von links): Eduard (1835—1916), Johann (1825—1899), Josef (1827—1870).

Quadrille. Anonymer Stich. Um 1840.

„Die Fledermaus" (1874) — der Welterfolg von Johann Strauß Sohn. Plakat der französischen Aufführung. Um 1910.

Oben: „Der große Galopp von Johann Strauß Vater". Kolorierter Stich von Andreas Geiger nach Johann Christian Schoeller. 1839.

Unten: „Cachucha — der Tanz gewährt himmlisches Entzücken". Fanny Elßler nach authentischen spanischen Vorlagen. Kolorierte Xylographie. Nach 1837.

Oben: Josef Lanner (1801—1843).
Kapellmeister, Komponist.
Lithographie von Josef Kriehuber. 1839.

Unten: „Josef Lanner dirigiert ein Konzert".
Kolorierte Lithographie nach einer
Karikatur von Cajetan. 1846.

und bald einen Siegeszug durch die deutschen Lande antrat. 1784 mußte das Singspiel trotz seines Erfolges das Burgtheater verlassen, etablierte sich jedoch noch bis 1788 im Kärntnertor-Theater; Karl Ditter von Dittersdorfs „Doktor und Apotheker" war in dieser Zeit das erfolgreichste Stück. Nach 1788 wurde es durch die italienische Oper für einige Jahre verdrängt, die Vorstadtbühnen jedoch pflegten diese Gattung weiter. Die beliebten Zaubersingspiele weisen auf die beginnende Romantik hin. Wenzel Müller und Emanuel Schikaneder, der Librettist der „Zauberflöte", waren die Hauptvertreter. Nach 1794 konnte das Singspiel noch für kurze Zeit im Kärntnertor-Theater und im Burgtheater Fuß fassen: Werke von Paul Wranitzky, Johann Schenk („Der Dorfbarbier") und Joseph Weigl, aber auch ältere wie etwa die Singspiele von Dittersdorf und Mozart, wurden aufgeführt. Aus dem Singspiel entwickelte sich einerseits die deutsche romantische Oper und andererseits die Musik zu den Schauspielen von Raimund und Nestroy, es ist letztlich aber auch eine Vorstufe zur Wiener Operette. Das eigentliche Singspiel war ein Kind des 18. Jahrhunderts.
Boieldieus und Aubers opéra comique und in Wien die Nestroysche Posse sind als Vorläufer der Operette anzusehen. Jacques Offenbach eröffnete mit seinem 1858 in Paris uraufgeführten „Orpheus in der Unterwelt" die neue Sparte der ars comica. Er ermunterte Johann Strauß, Operetten zu schreiben. Der Direktor des Theaters an der Wien, Max Steiner, hatte Tanzkompositionen von Strauß textieren lassen.
Das Dreigestirn der goldenen Wiener Operettenära bilden Johann Strauß, Franz von Suppé und Carl Millöcker. In sechs Wochen vollendete Johann Strauß die „Fledermaus", deren Uraufführung am 5. April 1874 im Theater an der Wien stattfand und 1894 auch in den Spielplan der Hofoper aufgenommen wurde. 1885 folgte mit großem Erfolg der „Zigeunerbaron", 1899 „Wiener Blut" (nach Straußschen Instrumentalkompositionen von Adolf Müller arrangiert). Franz von Suppé begründete

Das Kärntnertor-Theater, an der Stelle des heutigen Hotel Sacher, Wien I. Kolorierter Stich, Verlag Tranquillo Mollo. 1825.

Karl Ditter von Dittersdorf (1739—1799). Komponist. Lithographie von Heinrich von Winter. 1816.

Das Theater an der Wien, Wien VI. Kolorierter Stich, Verlag Tranquillo Mollo. 1825.

Oben: Franz Lehár (1870—1948)
in seinem Arbeitszimmer.

Unten: Die hervorragendsten
Vertreter der „silbernen"
Operettenära auf der Kurpromenade
in Bad Ischl, Oberösterreich.
Von links: Edmund Eysler (1874—1949),
Franz Lehár (1870—1948),
Leo Ascher (1880—1942)
und Oscar Straus (1870—1954).
Karikatur von Adolf Gerstenbrand.

Franz von Suppé (1819—1895). Komponist.

Carl Millöcker (1842—1899). Komponist.

seinen Ruhm mit der „Schönen Galathée", die ihre geistige Verwandtschaft mit Offenbachs „Schöner Helena" nicht verleugnen kann. „Fatinitza" und „Boccaccio" sind weitere Hauptwerke Suppés. Zum festen Bestand des Operettenspielplans gehören Millöckers „Bettelstudent" und „Gasparone". Mit der Wende des Jahrhunderts vollzog sich fast nahtlos der Übergang von der „goldenen" zur „silbernen" Operettenära. Franz Lehár vermochte die allmählich erstarrte Form der klassischen Operette mit neuem Leben zu erfüllen. „Die lustige Witwe" — 1905 Uraufführung im Theater an der Wien — schlug alle bisherigen Erfolge und ist mit ihrem Sentiment, ihrer neuen Erotik und Exotik, aber auch in ihrem musikalischen Raffinement klassisch geworden. „Das Land des Lächelns" 1930 und „Giuditta" 1933 wurden auch in das Repertoire der Staatsoper aufgenommen. Neben Lehár wirkten Oscar Straus („Ein Walzertraum"), Edmund Eysler ("Goldene Meisterin"), Leo Fall („Die Rose von Stambul"), Oskar Nedbal („Polenblut"), Robert Stolz („Zwei Herzen im Dreivierteltakt") und Emmerich Kálmán, der mit seinen Melodien aus der „Csardasfürstin" und der „Gräfin Mariza" der Wiener Operette noch einmal zu Weltruhm verhalf.

Rechts: Theaterzettel der Uraufführung von Emmerich Kálmáns Operette „Gräfin Mariza" im Theater an der Wien. Wien, 28. Februar 1924.

Theater an der Wien

Direktion: **Hubert Marischka-Karczag**

Telephon der Tageskassa I., [illegible] 16 [illegible], 76.010
Telephon der Tageskassa im Theatergebäude 5245

Anfang ½7 Uhr **Donnerstag den 28. Februar 1924** **Anfang ½7 Uhr**

Auftreten Betty Fischer · Hubert Marischka
Rich. Waldemar - Hans Moser - Elsie Altman - Max Hansen

Zum **1.** Male:

Gräfin Mariza

Operette in drei Akten von **Julius Brammer** und **Alfred Grünwald**
Musik von **Emmerich Kálmán**
Künstlerische Gesamtleitung: **Hubert Marischka**
Ausstattungschef: Akad. Maler **Géza Farago**
In Szene gesetzt von Oberreg. **Emil Guttmann** — Musikalische Leitung: **Franz Schönbaumsfeld**

Gräfin Mariza . . . . Betty Fischer
Fürst Moritz Dragumir Populescu . . . . Richard Waldemar
Baron Koloman Zsupan, Gutsbesitzer aus Varasdin . . . . . Max Hansen
Komtesse Lisa Endrödy Wittenburg . . . . Elsie Altman
Fürstin Bozena Guddenstein zu Chlumetz . . . . Mizzi Gribl
Baron Stefan Liebenberg . . . . Karl Tuschl
Béla Török, Gutsverwalter . . . . Hubert Marischka
Tschekko, Haushofmeister bei Mariza . . . . Anton Matscheg
Penizek, Kammerdiener der Fürstin Guddenstein . . . . . . Hans Moser
Rittmeister Grasnvesko . . . . Vinzenz Kaiser
Manja, eine Zigeunerin . . . . Poldi Eigner
Berko, ein junger Zigeuner . . . . Thomas Branyi
Sari, Mariska, Erzsike } Dorfkinder . . . . * * *

Gäste, Herren, Damen, Tänzerinnen aus dem Tabarin, Zigeuner, Bauernburschen u. Mädchen
Der erste Akt spielt im Schloßpark der Gräfin Mariza, der zweite und dritte Akt im Schlosse
Tänze von Ballettmeister **Franz Bauer** — Im zweiten Akt: „Spieluhr" von Prof. **Max Lenclos**
Nach dem 1. Akt eine größere Pause

Sämtliche Kostüme wurden nach Entwürfen des akadem. Malers **Geza Farago** in den Werkstätten des Theaters a. d. Wien unter Leitung der Frau Liebenberger sowie des Obergarderobiers Alois Strommer ausgeführt
Künstlerisches Toilettenarrangement **„Moderne Propaganda", Ernst Fischer**, VI., Schmalzhofg. 22
Die Toiletten der Frau Altman und die weiße Silber-Abendtoilette von Betty Fischer (2. Akt) sowie die des gesamten Ensembles sind von **G. & E. Spitzer**, 1. Bezirk, Kärntnerring 12 — Sämtliche Coiffuren, Kopfputze, Fächer von der Blumen- und Federnfabrik **Krauß & Fischer**, 7. Bezirk, Mariahilferstraße 66
Hüte: **Maison Berthe**, 1. Bezirk, Habsburgergasse 3
National-Kopfputze sind von der Gewerbekünstlerin **Iby v. Körmendy**
Die gesamte Wäscheausstattung von Hubert Marischka vom Herrenmodegeschäft **Gottfried Malowan**, 1. Bezirk, Opernring 23 — Gesamte Schuhausstattung: Modellschuhhaus **Jellinek**, 7. Bezirk, Burggasse 5 — Strumpfausstattung von **„Ideal-Strumpf"** 1. Bezirk, Graben, Trattnerhof 2 — Schirme: Schirmgeschäft „Magnet", 1. Bezirk, Hoher Markt 5
Sämtlicher Bühnenschmuck: **„Perlkönigin"**, 6. Bezirk, Mariahilferstraße 81
Sportausrüstung: Sporthaus **Lazar**, 9. Bezirk, Kolingasse 13
Beleuchtungskörper: Beleuchtungshaus **Jellinek**, 6. Bezirk, Mariahilferstraße 1b
Koffer und Reiserequisiten von **Nigl & Sikora**, 1. Bezirk, Kärntnerstraße 45
Die Liköre von **Hobé & Co.**, 1. Bezirk, Concordiaplatz 1
Kopf- und Kleiderputz sämtlicher Federn u. Reiher sowie Fächer von der Blumen- und Federnfabrik **Kraus & Fischer**, 6. Bezirk,

Oben: Marie Geistinger (1833—1903) und Alexander Girardi (1850—1918), die großen Stars der Wiener Operette. Anonymes Gemälde. 1894.

Operntheater

Samstag den 20. Jänner 1934
Bei aufgehobenem Abonnement — Zu besonderen Preisen
Uraufführung:

Giuditta

Musikalische Komödie in fünf Bildern von Paul Knepler und Fritz Löhner
Musik von **Franz Lehár**

Spielleitung: **Hubert Marischka** Musikalische Leitung: **Franz Lehár**

Manuele Biffi . . . . Hr. Wiedemann
Giuditta, seine Frau . . . . . . * * *
Octavio, Hauptmann . . . . . . * * *
Antonio, Leutnant . . . . Hr. Knapp
Luigi, Leutnant . . . . Hr. Polcar
Ein Unteroffizier . . . . Hr. Szkokan
Eduard Barrymore . . . . Hr. Balberg a. G.
Der Herzog von * * * . . . . . . Hr. Duhan
Der Adjutant des Herzogs . . . Hr. Karl Zeska
Ibrahim, Besitzer des Etablissements „Alcazar" . . . . . . Hr. Madin
Professor Martini . . . . Hr. Zec
Pierrino, Obsthändler . . . . Hr. Zimmermann
Anita, ein Fischermädchen . . Fr. Kotor
Lolitta, Tänzerin . . . . . . Frl. Graf
Der Wirt . . . . Hr. Maikl
Zwei Straßensänger . . . . { Hr. Wernigk, Hr. Arnold }
Eine Tänzerin . . . . Frl. Fiedler
Erster Kellner . . . . Hr. Eybner
Zweiter Kellner . . . . Hr. Otto Hartmann
Ein Fischer . . . . Hr. Haller
Ein Türsteher . . . . Hr. Strobl

Offiziere, Soldaten, Bürger, Bürgerinnen, Tänzerinnen, Gäste, Musikanten usw.

Ort der Handlung:

1. Bild: Marktplatz in einer südlichen Hafenstadt
2. Bild: Garten vor Octavios Villa in einer kleinen Garnisonsstadt an der Nordküste Afrikas
3. Bild: Zeltlager
4. Bild: Im Etablissement „Alcazar" in einer großen Stadt Nordafrikas
5. Bild: Gesellschaftsraum in einem mondänen Großstadthotel

Zeit: Gegenwart — Zwischen dem vierten und fünften Bild liegt ein Zeitraum von vier Jahren

In Szene gesetzt von Hubert Marischka
Entwürfe der Bühnenbilder: Alfred Kunz — Robert Kautsky, Entwürfe der Kostüme: Alfred Kunz
Choreographie der Tanz- und Gesangsnummern von Margarete Wallmann
ausgeführt von den Damen Krausenecker, Berka und dem Corps de Ballet
Toiletten der Frau Nowotna: Damenmodenhaus H. Grünzweig, I., **Hegelgasse 21**
Pianino beigestellt von Gustav Ignaz Stingl, IV., Wiedner Hauptstraße 18 — Korbmöbel: Prag-Rudniker Korbwarenfabr., VI., Mariahilferstraße 1 a — Schmuck: „Perlkönigin" (R. Fleischer, VI., Mariahilferstraße 81
Pelze: Internationales Pelzhaus Penižek & Rainer, I., Singerstraß 8

* * * „Giuditta" Fr. **Jarmila Nowotna** a. G.
* * * „Octavio" Hr. Kammersänger **Richard Tauber** a. G.

Das offizielle Programm nur bei den Billetteuren erhältlich. Preis 50 Groschen — Garderobe frei

Nach dem ersten und dritten Bild eine größere Pause

Theaterzettel der Uraufführung von Franz Lehárs Operette „Giuditta" im Operntheater. Wien, 20. Jänner 1934.

Szene aus der Uraufführung von Emmerich Kálmáns „Gräfin Mariza" im Theater an der Wien. 28. Februar 1924.

Emmerich Kálmán (1882—1953). Komponist. Autotypie aus „Die Bühne". 1924.

Edmund Eysler (1874—1949). Komponist. 1934.

Plakat zur Uraufführung von Johann Strauß' Operette „Der Zigeunerbaron" (1885).

Robert Stolz (1880—1975). Komponist der leichten Muse, Dirigent.

Eigenhändige Niederschrift des Liedes „Im Prater blüh'n wieder die Bäume" (1916) von Robert Stolz.

WELTHAUPTSTADT DER MUSIK

Zwei Faktoren trugen das Wiener Musikleben im Vormärz: das internationale Virtuosentum und die ausübenden Dilettanten, die sich in Orchestern zusammenschlossen. Nur bei größeren Orchesterkonzerten wurden sie durch Berufsmusiker, vor allem Blechbläser, verstärkt. Die Musikfeste und Gesellschaftskonzerte wurden von Amateuren geleitet, doch die Probenzahl war sehr gering und das Niveau der Konzerte dementsprechend. Die vierziger Jahre brachten nicht nur den Abstieg des Virtuosentums, sondern auch die wachsende Unzufriedenheit des Publikums. Man forderte, vor allem für die Wiedergabe von Beethoven-Symphonien, ein aus Berufsmusikern bestehendes Orchester wie das Hofopernorchester unter Otto Nicolai. Man zwang Nicolai, das erste Konzert am 28. März 1842 zu dirigieren, indem man ihm einfach das gedruckte Programm vorlegte. Auf dem Programm standen neben Solistenvorträgen auch die „Siebente" von Beethoven. Vom zweiten Konzert am 20. November 1842 an nannten sich die Konzerte „Philharmonische", das dritte brachte eine sensationelle Aufführung der bis dahin nur selten gespielten „Neunten" von Beethoven. Als endgültig gesicherter Schwerpunkt des Wiener Konzertlebens traten die Philharmonischen Konzerte erst 1860 wieder auf.

Von Nicolais Nachfolgern muß Heinrich Esser (1818—1872) erwähnt werden. Esser hat das Verdienst, Richard Wagners (1818—1883) „Lohengrin" 1858 und „Der fliegende Holländer" 1860 herausgebracht zu haben. Eingeführt wurde Wagner in Wien allerdings nicht durch eine der führenden Bühnen, sondern 1857 mit „Tannhäuser oder Der Sängerkrieg auf Wartburg" im Thalia-Theater, einer der Wiener Vorstadtbühnen. Vorher waren bereits Johann (1825—1899) und Josef Strauß (1827—1870), die Walzerkönige, von 1853 an in ihren Unterhaltungskonzerten für die Kunst Wagners eingetreten. Der Wiener Aufenthalt von Clara Wieck (1819—1896) und Robert Schumann (1810—1856) in den Jahren 1837 und 1838 gehört noch ganz der vormärzlichen Atmosphäre an. Clara kam nach Wien, um hier ihren Ruhm als Pianistin zu festigen, Robert Schumann, um hier seine schrift-

Franz Liszt in Budapest, konzertierend vor Mitgliedern des Kaiserhauses. Anonymes Gemälde. Nach 1865.

Otto von Nicolai (1810—1849). Komponist, Begründer der berühmten „Philharmonischen Konzerte“ in Wien, 1841. Lithographie von Josef Kriehuber. 1855.

Gruppenbild des Wiener Philharmonischen Orchesters mit Dirigent Hans Richter im Vordergrund. 1885.

Robert Schumann (1810—1856). Komponist. Gemälde von C. Jäger. 1881.

Clara Schumann, geb. Wieck (1819—1896). Pianistin.

stellerischen Pläne zu verwirklichen, die jedoch scheiterten.

In diesem vormärzlichen Wien empfing auch der erste Repräsentant der national-russischen Musik, Mihail Ivanovič Glinka (1804—1857) entscheidene Anregungen. Er wurde hier zu einem der Glanzstücke aus seiner Oper „Das Leben für den Zaren" (1834/36), dem berühmten Krakovjak, durch Josef Lanner (1801—1843) und Johann Strauß inspiriert.

Als neue musikalische Organisationsform wurde 1843 der Wiener Männergesangsverein gegründet, rasch folgten Linz, Ried im Innkreis, Wels und selbst kleinste Orte nach. Als 1847 die Salzburger Liedertafel geschaffen wurde — sechs Jahre nach dem Mozarteum —, zählte man in Österreich bereits mindestens 30 Männerchöre. In Wien traten später noch der Akademische Gesangverein (1850) und der Schubert-Bund (1863) dazu.

Im Verlauf des 19. Jahrhunderts bürgerte sich bei den Musikern der Brauch ein, eine Art geistige Wallfahrt nach Wien zu unternehmen. Wagner, Chopin, Berlioz, Schumann hatten das durch Haydn, Mozart und Beethoven so bekannte Wien aufgesucht und viele Anregungen für ihr eigenes Schaffen erhalten. So war es nicht verwunderlich, daß es auch Johannes Brahms (1833—1897) nach Wien zog. In kurzer Zeit war er durch Joseph Hellmesberger und Eduard Hanslick in die musikalische Welt eingeführt, übernahm 1872—1875 die Leitung der Singakademie und wurde artistischer Direktor der Gesellschaft der Musikfreunde. Seine Verlagshonorare erlaubten ihm, freischaffend tätig zu sein und seine administrative Arbeit aufzugeben. Hier entstanden die großen Chor- und Orchesterkompositionen zwischen dem „Deutschen Requiem" (1857/68) und der „Dritten Symphonie" (1883) sowie die späte Kammermusik und „Vierte Symphonie" (1884/85) mit ihren ausgeprägten Barockzügen.

Die mittleren sechziger Jahre des 19. Jahrhunderts brachten für Anton Bruckner (1824—1896), den musikalischen Antipoden von Brahms, einschneidende Veränderungen: Als Professor für Harmonielehre und Kontrapunkt und Orgel wurde er an das Konservatorium in Wien berufen. Seine in ihrer epischen Breite und bodenständigen Sprachgebundenheit an Schuberts und Beethovens Form der Gestaltung anknüpfenden Symphonien stellen sich als die ganz persönliche Verschmelzung dieser Komponenten mit Wagnerscher Monumentalität, volkstümlicher Schlichtheit und barockverwandtem Glaubensbekenntnis in Tönen dar. In Wien entstanden acht Symphonien, das „Streichquartett in F-Dur" und das „Te deum" sowie eine Reihe kleinerer geistlicher und weltlicher Chorwerke. Das Finale der „Neunten Symphonie" blieb unvollendet.

Mit seinen über 300 Liedern ist Hugo Wolf (1860—1903) der bedeutendste Liederkomponist nach Schubert und Schumann. Wolfs äußerst sensible Tonsprache erfährt im Lied eine weit über Liszt und Wagner hinausgehende harmonische Verfeinerung. Er schuf die Lieder nach völliger Identifizierung mit dem Text; der Vorrang der Singstimme wird zugunsten einer Synthese aus Dichtung, Gesang und Klavierpart aufgehoben.

Rechts: Heinrich Esser (1818—1872). Komponist. Lithographie von Josef Kriehuber. 1863.

Haus der Gesellschaft der Musikfreunde in Wien. Aquarell von Theophil Hansen. Vor 1867.

Anton Bruckner (1824—1896). Organist, Komponist. Gemälde von Ferry Bératon. 1889.

Stift St. Florian, Oberösterreich, wo Anton Bruckner 1848—1856 als Organist beschäftigt war.

Oben: Arbeitszimmer Johannes Brahms, Karlsgasse 4, Wien IV. (1907 demoliert). Gemälde von W. Nowak. 1904.

Unten: Johannes Brahms (1833—1897). Komponist. Gemälde von Josef Novak.

Oben: Das Hellmesberger-Quartett unter der Leitung Joseph Hellmesbergers d. J. (1855—1907), zweiter von rechts. Um 1990.

Unten: Joseph Hellmesberger d. Ä. (1828—1893). Geiger, Gründer des Hellmesberger-Quartetts.

Konzertabend mit Hugo Wolf im Wiener Akademischen Richard-Wagner-Verein. Um 1890.

Hugo Wolf (1860—1903). Komponist. Um 1890.

DIE WIENER OPER

Am 25. Mai 1869 wurde das neue Opernhaus am Ring — vorher war der Ort der Opernaufführungen das Kärntnertor-Theater — mit „Don Juan" von Mozart eröffnet. Damit begann ein neues Kapitel der Wiener Operngeschichte. Bestimmenden Einfluß hatte in den Anfangsjahren die Tätigkeit des von Franz Jauner an die Oper verpflichteten Dirigenten Hans Richter. Unter ihm wurde Wien zur Wagnerstadt. „Tannhäuser", „Lohengrin" und der ganze „Ring" wurden zu triumphalen Erfolgen geführt. Und seit dieser Zeit wird an der Wiener Oper Wert auf die Mozartpflege gelegt. Gemessen an der Zahl der Aufführungen sind auch heute noch Wagner, Mozart und Verdi Spitzenreiter. In den achtziger und neunziger Jahren wurde neben Wagner (1883 „Tristan", 1893 gab es den ersten vollständigen Wagnerzyklus), neben der französischen und italienischen Oper auch die Spieloper gepflegt. Die Zeit war reif für einen großen Umbruch.

In einer aufsehenerregenden Art leitete ein Mann am 11. Mai 1897 in der Wiener Hofoper eine Aufführung des „Lohengrin", den er mit nur einer Orchesterprobe übernommen hatte: Es war Gustav Mahler. Seit 1. Mai war er Kapellmeister, am 21. Juli bestimmte man ihn zum Stellvertreter des kranken Direktors Jahn, am 8. Oktober schließlich wurde Gustav Mahler artistischer Direktor auf Lebenszeit. Ein neuer Zug gab nun der Wiener Oper das Gepräge: Mit restlosem Einsatz seiner Persönlichkeit arbeitete ein energischer, ideenreicher, künstlerisch kompromißloser, übersensibler Musiker. In den zehn Jahren seiner Direktionszeit machte er die Wiener Oper zum führenden Haus in der Welt. Seine Reformbestrebungen konzentrierten sich auf Musteraufführungen des klassischen und romantischen Repertoires und der Werke Wagners. Die bühnen- und beleuchtungstechnischen Neuerungen durch Alfred Roller kamen ihm entgegen. Auch eine beachtliche Pflege der damaligen Moderne war zu verzeichnen. Die Schaffung eines homogenen Sänger-

Die Wiener Staatsoper. Gemälde von Oskar Kokoschka. 1956. Öl auf Leinwand.

Hans Richter (1843—1916). Dirigent.

ensembles und eines der modernen Spieltechnik gewachsenen Orchesters war die Voraussetzung für die von der Idee des Gesamtkunstwerks getragene Planung. Mahler löste sein Direktionsverhältnis nach zehn Jahren wegen unsachlicher Kritik und Intrigen. Sein Nachfolger war Felix von Weingartner, der viele der Reformen wieder zurückgenommen hat. Unter ihm wurde es Sitte, den Namen des Dirigenten auf den Theaterzettel zu setzen.
Die Beziehungen des Münchners Richard Strauss zu Wien sind vielfältig. Die geistige Verwandtschaft mit seinen österreichischen Textdichtern, allen voran Hugo von Hofmannsthal, fand ihren Niederschlag im Sujet einiger Opern, deren Musik unverkennbar wienerisches Kolorit aufweist. Die Opern „Salome" und „Elektra" verblüfften durch die Kühnheit der Tonsprache, die bis an die Grenzen der Tonartbezogenheit stieß. Mit dem „Rosenkavalier", einer eigenartigen Verschmelzung Mozartscher Einfachheit und Wiener-Walzer-Seligkeit, und „Ariadne auf Naxos" kehrte Strauss zu klassischen Gestaltungsprinzipien zurück. Zusammen mit Franz Schalk stand Richard Strauss von 1919 bis 1924 als Direktor an der Spitze der Wiener Oper, die er oft als sein „Bayreuth" bezeichnete. Die Intrigen gegen ihn setzten schon vor seinem Amtsantritt ein. Nach seiner Demission gewann man ihn zwei Jahre später als Gastdirigenten wieder für die Oper.
Clemens Krauss, einer der bedeutendsten Dirigenten seiner Zeit, kam als Intendant von Frankfurt nach Wien. Er leitete die Geschicke der Oper von 1929—34. Er war Verfechter des Ensembletheaters und nahm sich besonders der Werke Wagners, Mozarts und Strauss' an — er schrieb für ihn das Libretto zu „Capriccio" —, aber auch der Opern Verdis, für die Franz Werfel einen neuen Text schrieb („Simone Boccanegra", „Macbeth", „Don Carlos"). Er brachte 1930 die Erstaufführung von Alban Bergs „Wozzeck" heraus.
Karl Böhm war 1955 der Dirigent der Eröffnungsvorstellung der neuen Oper am Ring. Das Haus war von Tausenden umlagert, die auf den Straßen die Rundfunkübertragung von Ludwig van Beethovens „Fidelio" mithörten. Karl Böhm leitete die Oper von 1954—1956. Er demissionierte, weil ihm vorgeworfen wurde, er vernachlässige die Wiener Oper. (Tatsächlich hatte er als Dirigent viele Gastauftritte, vor allem in Amerika.)
Böhms Nachfolger wurde Herbert von Karajan als künstlerischer Direktor der Wiener Oper. Er führte das Singen der Opern in Originalsprache ein, wie auch die Auflockerung des Ensembletheaters durch den ständigen Einsatz von Gästen. Sein Prinzip war, daß Opern nur dann gezeigt werden sollten, wenn die auf der Welt optimale Besetzung zur Verfügung stehe. Und so kamen die internationalen Gäste mit internationalen Gagen. Im Rahmen des Vertrages mit der Mailänder Scala sollte für die Aufführung von „La Bohème" im November 1963 der in Italien übliche „maestro suggeritore" (d. i. ein ausgebildeter Kapellmeister als Souffleur) eingesetzt werden. Die Ge-

Gustav Mahler (1860—1911). Komponist, Dirigent. 1907.

Alfred Roller (1864—1935). Bühnenbildner. 1909.

werkschaft verhinderte die Arbeitsgenehmigung. Die Sänger — u. a. Franco Corelli, Giulietta Simionato und Mirella Freni — unterzeichneten eine Petition, daß sie ohne maestro suggeritore nicht singen könnten. Dies war das auslösende Moment für die Demissionierung Karajans 1964. Er dirigierte erst 1978 wieder an der Staatsoper. Doch Wien brauchte einen „Gott", und so kam 1966 Leonard Bernstein mit „Falstaff" an die Wiener Oper. Er dirigierte 1968 den „Rosenkavalier" — bei der Premiere ließ er beim Vorspiel zum 3. Akt die Philharmoniker allein spielen — und „Fidelio".
Mit dem internationalen Stardirigenten, Lorin Maazel, der 1980 an die Spitze der Wiener Oper berufen wurde, hielt das Stagione-Prinzip — neue Vorstellungen werden en bloc gezeigt, dann liegengelassen, bei Wiederaufnahme neu geprobt — seinen Einzug, was einen großen Verlust des Repertoires bedeutete. Auf Grund von Schwierigkeiten im Haus und Intrigen warf auch er nach nur zweijähriger Amtszeit 1982 das Handtuch. Die Wiener Oper zu leiten, war immer schwierig und wird es auch immer sein. Für Claus Drese und Claudio Abbado, die im Herbst 1986 ihr Amt antraten, tanti auguri.

Oben: Alfred Roller. Figurinen „Marcelline" und „Florestan" zu Ludwig van Beethovens Oper „Fidelio", eine Aufführung der Wiener Hofoper. 1904.

Unten: Richard Strauss (1864—1949) am Klavier. Links: Hugo von Hofmannsthal. Schattenriß. 1914.

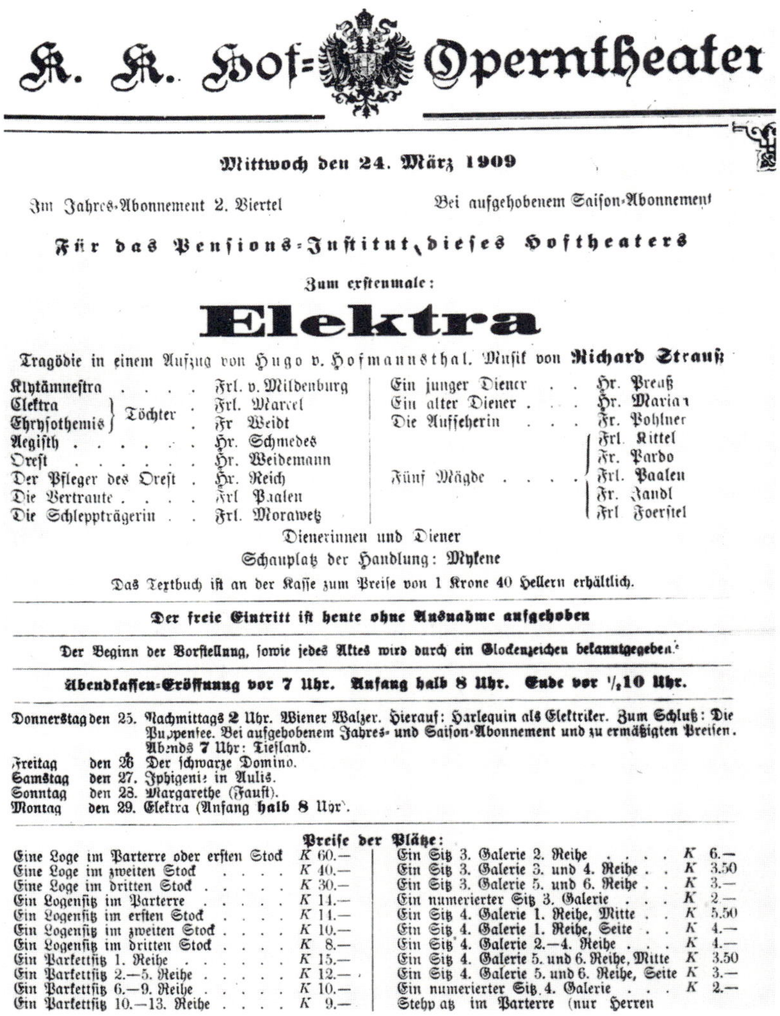

K. K. Hof-Operntheater

Mittwoch den 24. März 1909

Im Jahres-Abonnement 2. Viertel — Bei aufgehobenem Saison-Abonnement

Für das Pensions-Institut dieses Hoftheaters

Zum erstenmale:

Elektra

Tragödie in einem Aufzug von Hugo v. Hofmannsthal. Musik von **Richard Strauß**

Klytämnestra	Frl. v. Mildenburg
Elektra } Töchter	Frl. Marcel
Chrysothemis } Töchter	Fr. Weidt
Aegisth	Hr. Schmedes
Orest	Hr. Weidemann
Der Pfleger des Orest	Hr. Reich
Die Vertraute	Frl. Paalen
Die Schleppträgerin	Frl. Morawetz
Ein junger Diener	Hr. Preuß
Ein alter Diener	Hr. Marian
Die Aufseherin	Fr. Pohlner
Fünf Mägde	Frl. Kittel, Fr. Pardo, Frl. Paalen, Fr. Zandl, Frl. Foerstel

Dienerinnen und Diener

Schauplatz der Handlung: Mykene

Das Textbuch ist an der Kasse zum Preise von 1 Krone 40 Hellern erhältlich.

Der freie Eintritt ist heute ohne Ausnahme aufgehoben

Der Beginn der Vorstellung, sowie jedes Aktes wird durch ein Glockenzeichen bekanntgegeben.

Abendkassen-Eröffnung vor 7 Uhr. Anfang halb 8 Uhr. Ende vor 1/2 10 Uhr.

Donnerstag	den 25.	Nachmittags 2 Uhr. Wiener Walzer. Hierauf: Harlequin als Elektriker. Zum Schluß: Die Puppenfee. Bei aufgehobenem Jahres- und Saison-Abonnement und zu ermäßigten Preisen. Abends 7 Uhr: Tiefland.
Freitag	den 26.	Der schwarze Domino.
Samstag	den 27.	Iphigenie in Aulis.
Sonntag	den 28.	Margarethe (Faust).
Montag	den 29.	Elektra (Anfang halb 8 Uhr).

Preise der Plätze:

Eine Loge im Parterre oder ersten Stock	K 60.—
Eine Loge im zweiten Stock	K 40.—
Eine Loge im dritten Stock	K 30.—
Ein Logensitz im Parterre	K 14.—
Ein Logensitz im ersten Stock	K 14.—
Ein Logensitz im zweiten Stock	K 10.—
Ein Logensitz im dritten Stock	K 8.—
Ein Parkettsitz 1. Reihe	K 15.—
Ein Parkettsitz 2.—5. Reihe	K 12.—
Ein Parkettsitz 6.—9. Reihe	K 10.—
Ein Parkettsitz 10.—13. Reihe	K 9.—
Ein Sitz 3. Galerie 2. Reihe	K 6.—
Ein Sitz 3. Galerie 3. und 4. Reihe	K 3.50
Ein Sitz 3. Galerie 5. und 6. Reihe	K 3.—
Ein numerierter Sitz 3. Galerie	K 2.—
Ein Sitz 4. Galerie 1. Reihe, Mitte	K 5.50
Ein Sitz 4. Galerie 1. Reihe, Seite	K 4.—
Ein Sitz 4. Galerie 2.—4. Reihe	K 4.—
Ein Sitz 4. Galerie 5. und 6. Reihe, Mitte	K 3.50
Ein Sitz 4. Galerie 5. und 6. Reihe, Seite	K 3.—
Ein numerierter Sitz 4. Galerie	K 2.—
Stehplatz im Parterre (nur Herren	

Theaterzettel einer Aufführung von Richard Strauss' Oper „Elektra" (1908) im k. k. Hofoperntheater. Wien, 24. März 1909.

Kammersänger Richard Mayr als Ochs von Lerchenau. Gemälde von Anton Faistauer. 1927.

Links: Felix Weingartner (1863—1942), 1908—1911 und 1935/36 Direktor der Wiener Oper (rechts), und Clemens Krauss (1893—1954), Direktor 1929—1934. Karikatur von Kraft. 1935.

Herbert von Karajan (geb. 1908) während seiner Verfilmung der Richard-Wagner-Oper „Rheingold". München 1979/80. Wotan: Thomas Stewart.

Karl Böhm (1894—1981). Dirigent.

Szene aus Richard Strauss' Oper „Der Rosenkavalier" (1911). Von links: Patricia Wise, Trudeliese Schmidt. 1984.

Szene aus Richard Wagners Oper „Parsifal" (1882) in einer Inszenierung der Wiener Staatsoper, 1979. Mit Janice Martin als Kundry.

Szene aus Johann Strauß' Operette „Die Fledermaus" (1874), in einer Inszenierung der Wiener Staatsoper. 1960/61.

Szene aus Richard Strauss' Oper „Ariadne auf Naxos" (1912), in einer Inszenierung der Wiener Staatsoper, 1976. Von rechts: Edita Gruberova, Gundula Janowitz, Georg Tichy, Alfred Sramek. 1984.

Szene aus Georges Bizets Oper „Carmen" (1875), in einer Inszenierung der Wiener Staatsoper. 1978. Agnes Baltsa. 1984.

Lorin Maazel (geb. 1930). Dirigent. Direktor der Wiener Staatsoper 1982—1984. 1968.

DIE SALZBURGER FESTSPIELE

Die Salzburger Festspiele finden alljährlich von Ende Juli bis Ende August statt. Ins Leben gerufen wurden sie 1920 von dem Theatermann Max Reinhardt und dem Dichter Hugo von Hofmannsthal, dessen „Jedermann" Jahr für Jahr auf dem Platz vor dem Dom aufgeführt wird. Tatsächliche Geburtsstunde der Festspiele war wohl der 22. August 1922. „Wer von Österreich spricht", schrieb Hugo von Hofmannsthal, „der spricht von tausend Jahren Kampf um Europa, von tausend Jahren einer kulturellen Sendung für Europa, von tausend Jahren Glauben an Europa." Der Genius loci Salzburgs, Wolfgang Amadeus Mozart, stand von Anfang an im Mittelpunkt. Heute haben sich die Salzburger Festspiele zu einem der elitärsten und umfassendsten Kulturspektakel der Welt entwickelt, mit Theater- und Opernvorstellungen, Konzertabenden und Serenaden, Solistenprogrammen, Kammermusik und Ballett. Bereits zwei Monate nach Kriegsende öffneten 1945 die Festspiele mit Mozarts „Entführung aus dem Serail" wieder ihre Pforten, und 1947 fand auch die zeitgenössische Oper ihren festen Platz im Programm. Schon

Leonard Bernstein (geb. 1918). Komponist, Dirigent.

das erste Werk Gottfried von Einems „Dantons Tod" brachte einen starken Erfolg. Dieses Prinzip wurde leider nicht durchgehalten, jedoch kann man seit 1981 wieder Auftragswerke hören, die zusammen mit der Wiener Staatsoper produziert werden: 1981 Friedrich Cerhas „Baal", 1984 Luciano Berios „Un rè in ascolto", 1986 Krzysztof Pendereckis „Die schwarze Maske".
Neben den eigentlichen Festspielen sind in Salzburg eine Reihe von Festspielveranstaltungen entstanden, die sich über einen Großteil des Jahres erstrecken. Sie umspannen eine vielseitige Kunst- und vor allem Musikpflege, die die alte barocke Residenzstadt der Fürst-Erzbischöfe weltweit zu einem Symbol der Tonkunst gemacht haben. Am reinsten ist diese Tradition verwirklicht in den Mozartwochen (seit 1956), die alljährlich in den letzten Tagen des Januar stattfinden. Sie sind intimer, weniger spektakulär als die sommerlichen Festspiele.
Auf die Initiative eines einzelnen, Herbert von Karajan, Dirigent und Herrscher über ein Musik-Medien-Imperium, gehen zwei andere Termine im Salzburger Festspielkalender zurück: die Osterfestspiele und die Mozartkonzerte. Sie tragen dazu bei, daß Salzburg als Festspielstadt nun fast schon das ganze Jahr Saison hat.

Max Reinhardt (1873—1943). Regisseur. 1913.

Eröffnung der Salzburger Festspiele 1927.

Von Bruckner führt die Entwicklungslinie der Sinfonie zu Gustav Mahler (1860—1911), eine Entwicklung von der im Geist des neuen Humanismus erhöhten klassischen Sinfonie bis zum orchestralen Gesang des ausgehenden 19. Jahrhunderts. Andererseits kann man das sinfonische Werk Mahlers nicht in ein starr festgelegtes stilgeschichtliches Schema einordnen. Politische, weltanschauliche und künstlerische Strömungen der Jahrhundertwende, die Ausweitung der Grenzen der herkömmlichen Ästhetik spielen mit hinein. Volkstümliche Melodik, Marschrhythmik, häufiger Wechsel von Dur und Moll, spezifische harmonische Verbindungen und kennzeichnende Thementypen sind die Merkmale von Mahlers persönlichem Stil. Hinzu treten die Kunst der Instrumentierung und, seit seiner „5. Sinfonie", eine polyphon bestimmte Struktur. Mahler faßt das historische Erbe der romantischen Epoche zusammen, erfüllt es mit den seelischen und geistigen Bedrängnissen eines Fin de siècle und weist in die musikalische Gegenwart voraus, ohne ihr anzugehören.

Mahler ist das verehrte Vorbild jener Gruppe, die als die Wiener Schule einen festen Platz in der Musikgeschichte des 20. Jahrhunderts hat. Schönberg (1874—1951) hat die Tonartbezogenheit aufgelöst und die „Methode mit den zwölf aufeinanderbezogenen Tönen" entwickelt, die als Zwölftontechnik in der ganzen Welt Bedeutung erlangte. Es ist jene Kompositionsmethode, die im zweiten Viertel des 20. Jahrhunderts das musikalische Geschehen wahrscheinlich am stärksten beeinflußt hat. Freilich war Schönberg in Wien praktisch jede Anerkennung versagt. Ja selbst als Lehrer, als der er kaum überschätzt werden kann (er war unter anderem Lehrer von so bedeutenden Komponisten wie Webern, Berg und Eisler), konnte er in Wien keine Anstellung finden. Von Schönbergs Opern wurde nur die „Glückliche Hand" in Wien uraufgeführt. Alban Bergs "Wozzek" wurde sogar in Leningrad früher gespielt als in Wien. Daß Wien trotzdem immer wieder zentrale Bedeutung im internationalen „Konzert" besaß, könnte aber seine Ursache gerade in dieser Herausforderung besitzen.

Anton von Webern (1883—1945) war jener Mann der Wiener Gruppe, der die Zwölftonmusik formal am konsequentesten durchführte. Es gelang ihm sogar, seinen Lehrer Schönberg durch diese Konsequenz zu beunruhigen. Er wirkte als Dirigent und Leiter der Arbeiter-Symphoniekonzerte, deren progressive Programmierung heute — nach dem Niedergang dieser revolutionären Bewegung — als sensationell bezeichnet werden muß.

Alban Bergs (1885—1935) formales Konzept war der romantischen Tradition stärker verhaftet. Sein musikalischer Gestus kann als direkte Fortsetzung der groß und

Arnold Schönberg (1874—1951). Komponist. Aquarellierte Kohlezeichnung von Egon Schiele. 1917.

Gustav Mahler (1860—1911). Radierung von Emil Orlik. 1902.

Anton von Webern (1884—1945). Komponist. 1932.

Alban Berg (1885—1935). Komponist. Unter dem Fenster der Villa Berg lehnt sein von Schönberg gemaltes Portrait. Um 1910.

breit angelegten Form, wie sie für Mahler charakteristisch war, angesehen werden. Freilich brachte der Kontakt mit seinem Lehrer Schönberg und dessen Zwölftonmethode eine unabhängigere Behandlung der sogenannten „Tonalität" und mit ihr ein reicheres Spektrum der harmonischen Struktur. Er war den wenigsten Anfeindungen ausgesetzt und hatte noch zu Lebzeiten wiederholt die Möglichkeit, Zeuge erfolgreicher Aufführungen seiner Werke zu sein.
Egon Wellesz (1885—1974) studierte bei Schönberg Kontrapunkt und bei Guido Adler Musikwissenschaft. 1932 erhielt er — als zweiter Österreicher nach Joseph Haydn — das Ehrendoktorat der Universität Oxford, wo er nach 1938 eine neue Wirkungsstätte fand. In seinem Schaffen ging Wellesz von dem Vorbild Gustav Mahlers und Arnold Schönbergs aus; in seinen Opern griff er barocke Elemente auf, während er in seinen neun Symphonien zu einer ins Archaische ausgreifenden Sprache gelangte.
Die wichtigsten Persönlichkeiten neben der Schönberg-Schule waren um diese Zeit der hauptsächlich in Berlin wirkende Opernkomponist Nikolaus von Reznicek, dessen Ouvertüre zur Oper „Donna Diana" sicherlich zu den hinreißendsten Stücken dieses Genres zählt, ferner Franz Schmidt, dessen Oratorium „Das Buch mit den sieben Siegeln" in Wien immer wieder gespielt wird, der inzwischen vergessene, zu seinen Lebzeiten aber erfolgreiche Opernkomponist Franz Schreker und schließlich Joseph

Egon Wellesz (1885—1974). Komponist.

Josef Matthias Hauer (1883—1959). 1958.

Links: Arnold Schönberg und Alban Berg bei einer Probe des Kolisch-Quartetts. Tuschzeichnung von B. F. Dolbin. 1923.

Folgende Seite: Unten: Dunkel gebeizter Notenständer für das Quartettspiel, von Arnold Schönberg verfertigt.

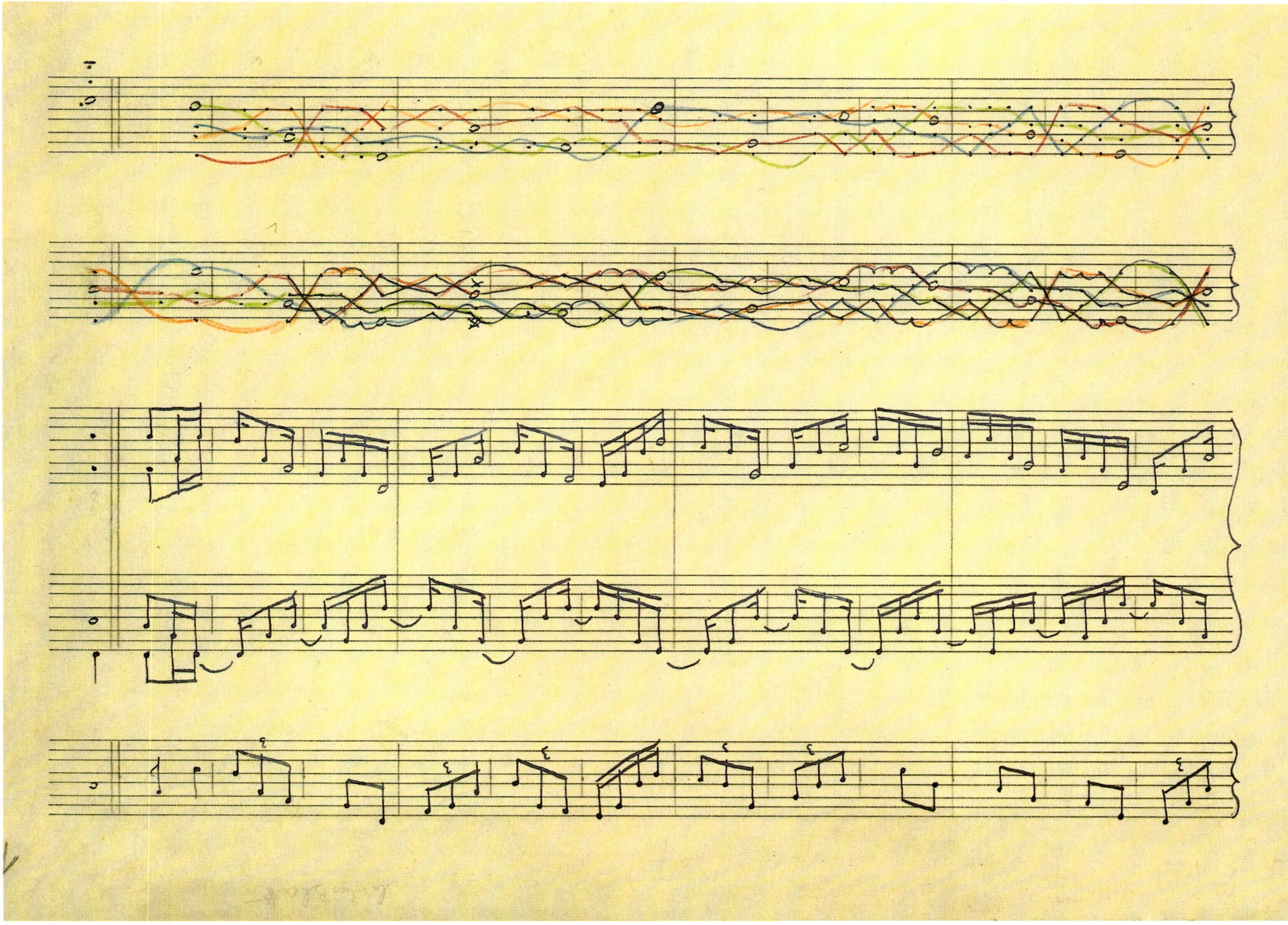

Josef Matthias Hauer. Autograph. Zwölftonspiel für zwei Violinen, Bratsche, Cello und Klavier zu vier Händen. Melischer Entwurf in der Zwölftonschrift. 1957.

Matthias Hauer, der gleichzeitig mit Schönberg eine Zwölftonordnung entwickelte, die aber einen ganz anderen ästhetischen und formalen Ansatz aufweist.
Etwas jünger und in seiner vollen Bedeutung noch nicht abschätzbar ist Hanns Eisler, jener Mann der Arbeiterlieder und -chöre, der mit Bert Brecht zusammenarbeitete und unter anderem der Verfasser der DDR-Hymne ist.
Nach dem Zweiten Weltkrieg erlangte Gottfried von Einem internationale Bedeutung durch seine bei den Salzburger Festspielen uraufgeführte Oper „Dantons Tod" (1947). Bitonalität und Polyrhythmik prägen das musikalische Detail. Die musikalischen Formen haben Entsprechungen in der Klassik. Die Gestik ist der von Strawinskys klassizistischer Periode verwandt.
Theodor Berger, der Komponist zahlreicher virtuoser Orchestermusikstücke, Marcel Rubin, Schüler von Darius Milhaud, Karl Schiske, Alfred Uhl und die erfolgreichen Lehrer an der Musikhochschule, Paul Kont und Robert Schollum sind stilistisch und generationsmäßig dieser Gruppe zuzuordnen. Demgegenüber haben Kom-

ponisten wie Ernst Krenek, Friedrich Cerha, der aus Ungarn stammende György Ligeti und die in Wien beheimateten Komponisten Roman Haubenstock-Ramati sowie Anestis Logothetis ihren künstlerischen Ausgangspunkt eher in der Konzeption der Wiener Schule gefunden.

Ernst Krenek hatte in seinen frühen Anfängen noch Elemente des Jazz in sein Schaffen integriert und erregte schon als 26jähriger mit seiner Oper „Jonny spielt auf" internationales Ansehen. Erst später wandte er sich einer sehr puritanischen Auslegung der seriellen Kompositionsmethode zu.

György Ligeti flüchtete 1956 aus Ungarn und wählte Wien zu seinem Wohnsitz. Er fand rasch Anschluß an den Darmstädter Kreis (Stockhausen, Boulez, Nono) und erlangte führende Bedeutung innerhalb dieser musikalischen Strömungen. Neben Kammermusikwerken, die

Links: Gottfried von Einem (geb. 1918). Komponist.
Folgende Seite: Oben: Theaterzettel der Erstaufführung von Ernst Křeneks Oper „Jonny spielt auf". Staatsoper. Wien, 31. Dezember 1927.

Szene aus Gottfried von Einems Oper „Dantons Tod" (1947), in einer Inszenierung der Wiener Staatsoper, 1967. Danton: Eberhard Wächter. 1967.

Operntheater

Samstag den 31. Dezember 1927

Bei aufgehobenem Abonnement — Besondere Preise mit Zuschlag

Zum ersten Male:

Jonny spielt auf

Oper in zwei Teilen von **Ernst Krenek**

Regie: Hr. Dr. Wallerstein — Musikalische Leitung: Hr. Heger

Der Komponist Max	Hr. Pataky	Der Manager	Hr. Norbert
Die Sängerin Anita	Frl. Schwarz	Der Hoteldirektor	Hr. Breuer
Der Neger Jonny, Jazzband-Geiger	Hr. Jerger	Ein Bahnangestellter	Hr. Wolken
Der Violinvirtuose Danielo	Hr. Duhan	Erster Polizist	Hr. Arnold
Das Stubenmädchen Yvonne	Fr. Schumann	Zweiter Polizist	Hr. Madin
		Dritter Polizist	Hr. Ettl

Ein Stubenmädchen, ein Groom, ein Nachtwächter im Hotel, ein Polizeibeamter, ein Chauffeur ein Ladenmädchen, ein Gepäcksträger, Hotelgäste, Reisende und Publikum

Vorkommende Tänze einstudiert von Leo Dubois, ausgeführt von Frl. Berka, Ranninger, Steinlein H., Szakal, Steinlein F., Guttera, Graf, den Herren Fränzl R., Bauer, Casson, Nemeth, Buttula, Binder und dem Ballettkorps

Die Handlung spielt teils in einer mitteleuropäischen Großstadt, teils in Paris und teils an einem Gletscher in den Hochalpen, in der Gegenwart

In Szene gesetzt von Dr. Lothar Wallerstein

Entwürfe der Bühnenbilder und Kostüme von Dr. Oskar Strnad

Die Toiletten der Damen Schwarz und Schumann wurden im Atelier der Firma Heinrich Grünbaum hergestellt — Damenhüte: Modehaus „Susanne" — Schuhe: Haus der Schuhmoden H. Bauer, I., Fleischmarkt 10 — Schmuckgegenstände: „Brillantenkönigin", I., Kärntnerstraße 51 — Das Auto wurde von den Steyr-Werken A. G. beigestellt — Staubsauger „Zik-Zak" von der Firma F. Wieser

Das offizielle Programm nur bei den Billetteuren erhältlich. Preis 50 Groschen

Nach dem ersten Teil eine größere Pause

Der Beginn der Vorstellung sowie jedes Aktes wird durch ein Glockenzeichen bekanntgegeben

auch szenische Komponenten inkludieren, schreibt Ligeti auch Orchestermusik mit großer Besetzung. Dichtes Stimmengeflecht mischt die Farben der Instrumente zu einem homogenen schillernden Orchesterklang, der an Debussy gemahnt.

Friedrich Cerha hat, wie Ligeti, neben Kammermusikwerken Orchesterstücke mit sehr großer Besetzung komponiert. Die statische Wuchtigkeit dieser Stücke scheint in kühnem Gegensatz zu den meisten Werken aus dieser Schule zu stehen, die sonst eher sachliche Schlichtheit bis hin zu akademischer Sterilität hervorgebracht hat. Große Bedeutung hat er als Mitbegründer und Leiter des Ensembles „die reihe". Durch „die reihe" wurde der konservativen Wiener Öffentlichkeit die Existenz der seriellen und postseriellen internationalen Musikproduktion bewußt gemacht.

Roman Haubenstock-Ramati und Anestis Logothetis komponierten unter anderem „grafische" Musik. Ihre Partituren sind nicht im herkömmlichen Sinn notiert, sondern sind Grafiken, die — abstrakten Bildern nicht un-

Ernst Křenek (geb. 1910). Komponist.

Friedrich Cerha (geb. 1926). Komponist.

György Ligeti (geb. 1923). Komponist.

Dieter Kaufmann, seit 1970 Leiter des Lehrganges für elektroakustische Musik an der Musikhochschule und Veranstalter der Konzerte im Planetarium, komponiert elektronische Stücke und versucht, diese in herkömmlichen Kompositionsweisen zu integrieren. Er engagiert sich immer mehr in Richtung „anekdotischer Musik", für die er die wahre Bedeutung der Erfindung des Magnetbandes erkennt.
Weder die aktuelle Beat- und Pop-Musik, noch der klassische Jazz haben in Wien eine kontinuierliche und originelle Pflege und Entwicklung erfahren. Von den wenigen konsequent arbeitenden und musikalisch interessanten Gruppen wären die „Masters of Unorthodox Jazz" zu nennen, die sich als progressive Free-Jazz-Gruppe verstehen und die bemüht sind, Elemente der postseriellen Musik in ihre Improvisationen zu integrieren.
Nach Kriegsende traten im Spannungsfeld zwischen tradierten Inhalten und neuen Erfordernissen der Musikpflege drei Bereiche besonders in den Vordergrund: Festspiele (außer Salzburg auch in Wien, Bregenz, Ossiach, Linz, Graz, Mörbisch), Errichtung von Musikzentren (z. B. Anton Bruckner-Haus in Linz) und die allmählich erfol-

Roman Haubenstock-Ramati (geb. 1919). Komponist, Musikwissenschaftler.

ähnlich — als Unterlage für weitestgehend freie Improvisation gedacht sind. Von den jüngeren in Wien ansässigen Komponisten, die persönlichen Stil entwickeln und über die Grenzen Österreichs bekannt wurden, sei Otto M. Zykan genannt. Mit seiner Oper „Singers Nähmaschine ist die beste" gelang spezifisch neues Musiktheater, das vor allem auch durch die Einbeziehung scheinbar heterogener Faktoren gekennzeichnet ist. Mit seinem Lehrstück „Am Beispiel Arnold Schönberg" beschreitet Zykan einen Weg, der kulturpolitische Anliegen erkennen läßt.
Kurt Schwertsik ist als Mitbegründer der „reihe" und als Komponist von „mob"-Stücken bekannt. Obwohl er aus der Darmstädter Schule kommt, vollzog er mit seinen „mob"-Stücken eine totale Abkehr von der seriellen Kompositionsmethode und versucht, mit seinen Werken auf Kosten artifizieller Übersteigerungen eine erhöhte Verbindlichkeit zu erzielen.
Auf einer ähnlichen Linie liegt auch Heinz Karl Gruber, sein Idiom noch weiter in Richtung auf eine tonartbezogene, von Pop-Musik beeinflußte Artikulation ausdehnend.

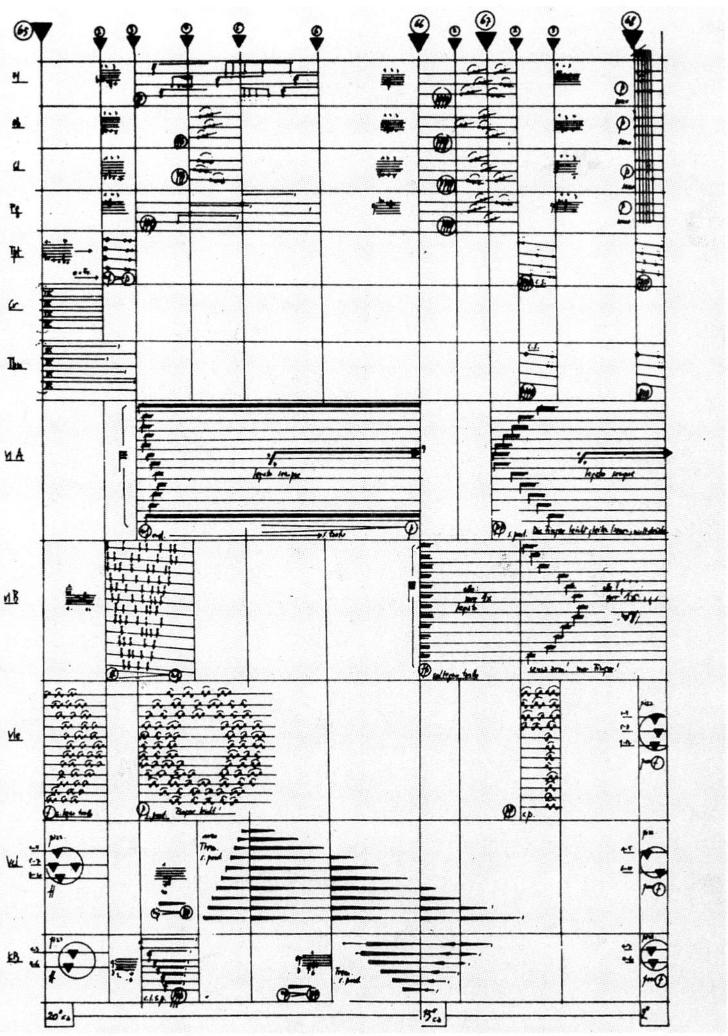

Roman Haubenstock-Ramati. Konstruktion eines seriellen Musikstücks.

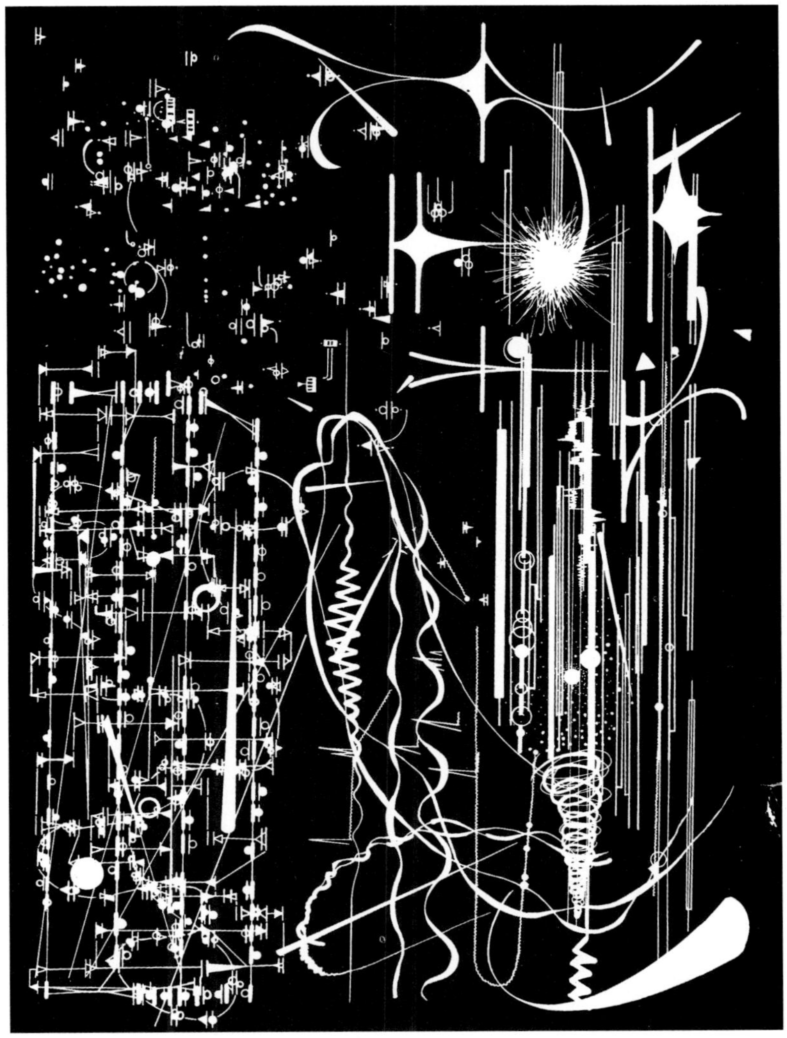

Anestis Logothetis (geb. 1912) entwickelte eine graphische Notation. „Koordination". 1960.

gende Reorganisation einer zeitgemäßen Musikerziehung. In Wien war sechs Jahre nach Kriegsende das Musikleben wieder völlig aufgebaut — die Wiedereröffnung der zerstörten Staatsoper am 5. November 1955 repräsentierte einen machtvollen Abschluß dieser Bemühungen. Dirigentenpersönlichkeiten wie Karl Böhm (1894—1982) und Herbert von Karajan bleiben untrennbar mit der Geschichte dieses „Hauses am Ring" verbunden. Kleinere Theater, wie die vornehmlich der Operettenpflege gewidmete Volksoper und das 1962 wiedereröffnete Theater an der Wien, verdienen ebenfalls genannt zu werden. Führende Orchester wie die Wiener Philharmoniker, die Wiener Symphoniker oder das ORF-Symphonie-Orchester gehen ihren Aufgaben wie eh und je nach.
Wichtige neue Trägerorganisationen des Kärntner Musiklebens sind der Madrigalchor Klagenfurt und der Singkreis Porcia sowie die Festspiele des Carinthischen Sommers. Als einziges Bundesland unterhält Niederösterreich seit 1945 ein eigenes Orchester. Ein dichtes Netz von Musikschulen überzieht heute das Land. Oberösterreich tritt mit seinen Bruckner-Festwochen in Linz (seit 1974) und den Operettenwochen in Bad Ischl hervor. Bruckner-Haus, Bruckner-Bund und Anton Bruckner-Institut in Linz sind um das musikalische Erbe von Oberösterreichs größtem Komponisten bemüht. Die Festspielstadt Salzburg, in der aufzutreten ein Ziel jedes Künstlers von Rang ist, bildet darüber hinaus die Zentrale für ein dichtes, das ganze Bundesland überziehendes Netz von Musikschulen. Die Steiermark ist seit 1968 vor allem durch die musikalischen Veranstaltungen des Steirischen Herbstes international bekannt geworden.
In Tirols Hauptstadt Innsbruck haben sich seit 1975 die Festwochen für Alte Musik etabliert, die international immer mehr Zuspruch finden.
Das westlichste Bundesland, Vorarlberg, dessen politische, wirtschaftliche und kulturelle Intentionen zeitweise eher auf die Schweiz denn auf Österreich gerichtet waren, folgt nunmehr verstärkt dem bisher geschilderten Trend, vor allem mit der Gründung der Bregenzer Festspiele.
Österreich — das sollte dieser Überblick zeigen — ist somit sicher mehr als bloß ein Land des Wiener Walzers und der Wiener Klassik — es ist ein Land einer an die zwei Jahrtausende währenden kontinuierlichen Musikkultur in allen ihren Erscheinungsformen.

Joseph Anton Stranitzky (1676—1726) in der Rolle des Hanswurst.
Anonymer Stich.

WENDELIN SCHMIDT-DENGLER

HÄRESIE UND TRADITION

LITERATUR

ELENDE KOMÖDIANTEN, ELENDE POETEN?

Im Jahre 1935 ließ sich auf eine Rundfrage nach der Eigenständigkeit der österreichischen Literatur die sonore Stimme Thomas Manns vernehmen:
„Rundheraus gesagt, halte ich die österreichische Literatur in allen Dingen des artistischen Schliffes, des Geschmackes, der Form-Eigenschaften, die doch wohl nie aufhören werden, in der Kunst eine Rolle zu spielen, und die keineswegs epigonenhaften Charakters zu sein brauchen, sondern Sinn für das Neue und Verwegene nicht ausschließen — der eigentlich deutschen für überlegen."
Dieses Zitat — es fehlt in fast keiner Darstellung der österreichischen Literatur — sichert derselben nicht nur Besonderheit, sondern auch hohen Rang zu. Es wurde in einer Zeit ausgesprochen, in der allenthalben nicht so recht an die Eigenständigkeit oder Lebensfähigkeit des Staates Österreich geglaubt wurde und in der von offizieller Seite der „österreichische Mensch" mit bedenklichem Eigensinn, recht pausbackigen Argumenten und wenig Fortune vertreten wurde. Auch wenn Thomas Manns Lob zu vollmundig ist, um restlos glaubhaft zu wirken: Dieser Autor suchte in einer prekären Situation dem österreichischen Bewußtsein auf die Beine zu helfen und konnte sich doch auch auf Tatsachen berufen. Bis es jedoch zu einer solchen Anerkennung für literarische Produkte aus Österreich kommen konnte, war es ein weiter Weg. Vorher las man es anders.
Gotthold Ephraim Lessing, dem man gewiß für seine Epoche ein Optimum an kritischem Verstand und Vorurteilsfreiheit wird nachsagen können, äußerte sich in einem Brief vom 29. November 1770 an die in Wien weilende Eva König, seine spätere Frau: „Gott verzeihe mir die Sünde, wenn es nicht wahr ist, und ich mir die österreichischen Prediger noch elender vorstelle, als die österreichischen Poeten und Komödianten." Diese Worte, die in einem privaten Kontext zu Papier gebracht wurden, dürften sehr wohl auch die communis opinio des gebildeten Publikums in Preußen und den zahlreichen Kleinstaaten Deutschlands im Zeitalter der Aufklärung gewesen sein: Österreichs Autoren traten an unter dem Aspekt der Rückständigkeit. Austriaca non leguntur. Für Josef von Sonnenfels (1737—1817), der eben in dieser Periode in Österreich für den Anschluß an die gebildete Welt sorgen wollte, hatte Lessing auch nicht sonderlich viel übrig.
Er galt ihm als der „allweise" Sonnenfels, ähnlich wie der preußische König Friedrich der Große Kaiser Josef II. ironisch als Großsakristan des Reichs bezeichnete.
Die Frage, ab wann nun die österreichische Literatur in den Wahrnehmungsbereich der Kritik, des gebildeten Publikums und damit auch der Literaturhistoriker getreten ist, ist nicht so einfach zu beantworten, in jedem Fall läßt sich festhalten, daß für die deutschen Vorklassiker und Klassiker das, was aus Österreich kam, kein Thema war. Die Ausnahmen bestätigen die Regel — in einem ganz

Abraham a Sancta Clara (1644—1709). Stich von Friedrich Fleischmann.

Josef Freiherr von Sonnenfels (1732—1817). Stich von Timothy Stansfeld Engleheart.

spezifischen Sinne freilich. Herder rühmte die Sprachgewalt des Ulrich Megerle alias Abraham a Sancta Clara (1644—1709), dessen kräftige Rhetorik heute noch unverbraucht und unmittelbar zu wirken vermag. (Vorsicht ist indes geboten: Megerle war von Geburt kein Österreicher, er stammte aus dem Badischen.) Ein anderes Beispiel: Die durch Wien reisende Lady Montagu sah im Jahre 1716 die Aufführung einer verwienerten Amphitryon-Komödie durch Josef Anton Stranitzky (1676—1726). Ihr Bericht an Alexander Pope läßt eindeutige Rückschlüsse auf das Gebotene zu; sie habe sich noch nie so amüsiert, doch habe der Autor alles so mit „schmutzigen Worten gespickt", daß das gemeine Volk in England („mob") es nicht einmal von einem Marktschreier dulden würde.

Und schließlich Goethe, vor dessen Urteil sich jeder ambitionierte Literat zu bestehen bemüht, dachte an eine Fortsetzung der „Zauberflöte"; auch wenn es vor allem Mozarts Musik war, die Goethe in ihren Bann schlug, so hat er — wie die Teile des Fragments belegen — doch dem Textbuch Emanuel Schikaneders (1751—1812) Qualitäten abgewinnen können. Und an Raimunds „Der Alpenkönig und der Menschenfeind" (1828) rühmte er zurecht die psychologischen Einsichten und den Grundeinfall.

Was an der Literatur aus Österreich geschätzt wird, ist also nicht das, was von den Autoren aus dem Adel und gehobenen Bürgertum für diese Schichten geschrieben wurde, es ist vielmehr eine Literatur „von unten", eine Literatur, die es schwer hat, die von dem feinen Geschmack verhängte Zensur zu passieren. Eine Literatur, deren Symbolfigur der von dem deutschen Aufklärer Gottsched von der Bühne gejagte Hanswurst wurde, eine Literatur, die sich schon früh um des Spieles willen der Produktion von Sinn verweigerte und so mit der aufklärerischen Bühnenpraxis kollidierte. Literatur dieser Art war in zweifachem Sinne suspekt: einerseits verstieß sie gegen die guten Sitten, andererseits regte sie gerade das auf, was die aufklärerische Gesinnung in gesundem Fortschrittsoptimismus überwunden zu haben meinte. Was

Oben: Emanuel Schikaneder (1751—1812). Stich von Philipp Richter.

Rechts: Emanuel Schikaneder als Papageno in Wolfgang Amadeus Mozarts Oper „Die Zauberflöte". Stich von Ignaz Alberti. 1791.

sich hingegen den Errungenschaften der Aufklärung anschloß, was sich die hymnische Sprache Klopstocks zu eigen machte, verharrte in dem Status einer erschreckenden Epigonalität. Autoren wie Michael Denis (1729—1800), der sich als Barde im Sinne Klopstocks verstand, Johann Baptist Alxinger (1755—1797), der sich im Versepos im Stile Wielands versuchte, sind heute schwer genießbar, für den Literaturhistoriker indes aufschlußreiche Indizien jenes „cultural lag", von dem man die österreichische Literatur für das 18. Jahrhundert und im besonderen dessen zweite Hälfte schwer wird freisprechen können. Zum anderen käme auch der Leser oder das Theater von heute bei dieser Literatur „von unten" auf seine Rechnung, würde man sich, etwa der Komödien eines Kurz-Bernardon (1717—1764) annehmen. Er bietet ein befreiendes Lachtheater, das mit szenischen Effekten nicht geizt, durch die Burleske den hohen Stil zerstört und die Engstirnigkeit mancher aufklärerischen Doktrin entlarvt, so sie dem Theater seine Ursprünglichkeit rauben will.

Daß es in Österreich eine Literatur, die wie die Werke eines Klopstock, Herder, Wieland oder Lessing Maßstäbe hätte setzen können, nicht gab, hat auch seine guten Gründe, nicht zuletzt in der spezifisch katholischen Bildungstradition, in der das Wort, vor allem das geschriebene Wort durchaus nicht denselben Stellenwert hatte wie im protestantischen Bereich. Der gewaltige Zuwachs an übernationaler Geltung der deutschen Literatur im 18. Jahrhundert ist nicht zuletzt auf einen Säkularisationsprozeß in den protestantischen Ländern zurückzuführen. In den Pfarrhäusern war dort der Umgang mit dem begrifflich sauber verwendeten (deutschen) Wort beheimatet; das Kirchenlied in deutscher Sprache bot For-

„Hanns-Wursts Abschied". Kolorierter Stich von Johann J. Prunian mit Ansprache an das Publikum. 18. Jh.

men und Strukturen, an denen sich auch eine weltliche Lyrik schulen konnte. Bedeutende deutsche Dichter waren Pfarrerssöhne, und ihrem Werk ist der Tonfall der Bibelsprache, auch wenn es sich gegen diese richtet, noch anzumerken. Man denke an Andreas Gryphius, Lessing, Jakob Michael Reinhold Lenz, Gottfried August Bürger, ja auch die Väter Nietzsches und Gottfried Benns waren Pastoren. Österreich hatte in der Barockzeit eine Autorin von Rang, die Protestantin Catherina Regina von Greiffenberg (1633—1694): Sie wurde im Zuge der Gegenreformation des Landes verwiesen.

Als normensetzende Instanzen hatten sich österreichische Autoren nie etablieren können. Viel eher wurden die Vorschriften in dem so zerrissenen Deutschland erlassen: ob Gottsched oder sein Widersacher Lessing, ob in der Folge Goethe und Schiller oder die Romantiker: Die Impulse kamen nicht aus Österreich. So zumindest will es die Tradition der Literaturgeschichtsschreibung. Doch wäre zu fragen, ob nicht just in der österreichischen Literatur, und da besonders im Bereich des sogenannten Volkstheaters mit der Figur des Hanswurst „ein ätzendes Element in der Kultur" eindringt — „die [. . .] Zersetzung des *esprit de sérieux*, mit dem sich seit jeher umgibt, was herrschen will" (Peter Sloterdijk). Mit diesem subversiv-anarchischen Element ist zumindest eine Konstante auszumachen, die für einen Teil der österreichischen Literatur, und da beileibe nicht für ihren schlechtesten, bis in unsere Tage gilt. Doch davon soll noch die Rede sein.

Wanderbühne auf der Freyung in Wien. Stich (Ausschnitt) von Johann Adam Delsenbach. Um 1715.

Auch davon wird noch die Rede sein müssen: Was als Literatur Gültigkeit zu beanspruchen vermochte, hatte seinen Umweg immer über nicht-österreichische kritische Instanzen zu nehmen, also vorwiegend seine Bewährungsprobe in Deutschland zu bestehen. An dieser Konstellation hat sich bis zum gegenwärtigen Zeitpunkt wenig geändert. Der österreichische Autor erobert sich den Buchmarkt — auch den österreichischen — meist auf dem Umweg über den deutschen.

ZERKLÜFTETES BIEDERMEIER

Ein entscheidendes Datum für die österreichische Geschichte ist das Jahr 1806, die Niederlegung der deutschen Kaiserwürde durch Franz II., der seit 1804 durch das Privilegium maximum als Franz I. auch österreichischer Kaiser war. Es gilt unter den Literaturhistorikern im allgemeinen als ausgemacht, daß von da an die besondere Entwicklung der Literatur schärfer akzentuiert ist.

Auch wenn es die Bedeutung von Literatur überhaupt gewaltig mindern heißt, betrachtet man sie ausschließlich aus der Perspektive ihrer staatlichen (um nicht zu sagen: nationalen) Herkunft, so sollte doch der Literaturgeschichte billig sein, was der politischen Geschichte recht ist: die Literatur aus ihren konkreten sozialen und politischen Implikationen heraus zu verstehen. In dem Maße, in dem die Entwicklung eines Landes in dieser Hinsicht anders verläuft, in dem Maße sind für den literarischen Betrieb und implizite damit auch für die in diesem Rahmen hergestellten literarischen Werke grundsätzlich andere Voraussetzungen geltend zu machen. Unter diesem Aspekt, und nur unter diesem, scheint es gerechtfertigt, von einer eigenen österreichischen Literatur zu sprechen. Denn die österreichische Literatur von der deutschen, von der Schweizer und auch von der DDR-Literatur auf Grund der Sprache zu differenzieren, geht nicht an. Die Sprache ist — über alle regionalen Unterschiede hinweg — die deutsche; trotz aller — mitunter unverkennbaren Eigenheiten des Tonfalls — ist die Literatur aus Österreich von ihren linguistischen Voraussetzungen im wesentlichen eine deutsche Literatur. Die Lage kompliziert sich allerdings für den Raum der Donaumonarchie dadurch, daß es auf ihrem Boden ja auch eine ungarische, tschechische, polnische, kroatische, slowenische, rumänische, italienische und ruthenische Literatur gegeben hat; indes wäre es heute sinnlos, diese einer österreichischen Literatur zuschlagen zu wollen, zumal sie — spätestens nach 1918 — in dem Kontext der einzelnen National-Literaturen aufgegangen sind. Der Ungar Sandor Petöfi (1823—1849), der Prager Jan Neruda (1834—1891) und der Triestiner Italo Svevo (1861—1928) illustrieren als Beispiele dieses Faktum hinlänglich. Nicht übersehen hingegen darf werden, daß es auf dem Gebiet des heutigen kleinen Österreich slowenische und kroatische Minderheiten gibt, denen sehr wohl auf Grund ihrer komplizierten Identitätsstruktur eine eigenständige Literatur zuzusprechen ist. Die Anerkennung solcher Eigenständigkeit ist bis auf den heutigen Tag — mag man im allgemeinen nationalkonservative oder gar chauvinistische Vorurteile für überwunden ansehen — ein Thema, das Emotionen weckt, deren Ursachen sehr tief sitzen. Das gilt — und die Anzahl der Bücher, Artikel und Tagungen zu diesem Komplex sind beredtes Zeugnis — auch für die Literatur aus dem Österreich von heute. Obwohl an der Eigenstaatlichkeit der Alpenrepublik nicht gerüttelt wird und niemand ernsthaft die Berechtigung einer österreichischen Fußball- oder Skinationalmannschaft in Frage stellt, so wird die Eigenständigkeit der österreichischen (National-)Literatur stark angezweifelt. In der Tat läßt sich weder ein thematisches noch stilistisches Kriterium finden, mit dessen Hilfe die „Austriatizität" eines literarischen Textes eindeutig nachweisbar wäre. Die Suche nach einem solchen Zaubermittel verfehlt denn auch das, worum es gehen sollte: Zu zeigen, wie die österreichische Literatur mit der österreichischen Geschichte zusammenzudenken ist und wie so manche Besonderheiten, die ihr teils zum Tadel, teils zu Ruhme ausschlagen, verstehbar, entschuldbar, erklärbar werden. Es gilt, die statische Vorstellung von einer österreichischen Literatur durch eine dynamische zu ersetzen; sie ist nicht in ihrem Wesen als vorgeprägt, sondern als veränderbar zu fassen, auch wenn man — mit Recht — meint, diese oder jene Konstante ausfindig machen zu können.

Dabei ist Vorsicht angebracht, denn gerade jener Begriff, mit dessen Hilfe man das typisch Österreichische eingefangen zu haben meinte, erweist sich als fragwürdig. „Barocktradition" — mit diesem Siegel scheint der Pachtschilling geprägt, den das Österreichische als den Preis seiner Eigenständigkeit zu entrichten hat. „Herr, gib uns unser täglich Barock!" — so ironisierte Karl Kraus bereits 1922 den Versuch Hofmannsthals, vor der Fassade des Salzburger Doms bei den Festspielen die österreichische Kontinuität eben durch das Barocke zu erweisen und damit auch ein typisch österreichisches Lebensgefühl benannt zu haben. Andererseits wiederum wäre es töricht, gerade die Bedeutung der Barockkultur für Österreich zu unterschätzen und in einem zu verkennen, daß es mehrfach — wie eben bei Hofmannsthal — zu stilistisch effektvollen Rückgriffen auf diese Epoche gekommen ist.

Mit der Signatur der Barocktradition wurden in der Forschung alsbald jene Autoren versehen, die im literarischen Diskurs auch wahrgenommen wurden und werden. Es sind allerdings dies Autoren jener Epoche, die gemeiniglich als Biedermeier bezeichnet wird: Franz Grillparzer (1791—1872), Ferdinand Raimund (1790—1836), Johann Nestroy (1801—1862), Adalbert Stifter (1805—1868), Nikolaus Lenau (1802—1850) und Charles Sealsfield (1793—1864).

Man kommt — und dies sei vorwegnehmend festgestellt — in Schwierigkeiten, wenn man den Autoren aus Österreich mit den von der Literaturgeschichte festgeschriebenen historischen Kategorien wie Klassik, Romantik, Realismus und Naturalismus gerecht werden will. Die „österreichische Klassik" oder „österreichische Romantik" — das sind Konstrukte, die keinen Erkenntnisgewinn bringen und davon zeugen, daß die Einteilungskriterien aus dem deutschen Bereich kommen. Grillparzer als österreichischer „Klassiker", Raimund als „Romantiker", Stifter und Sealsfield als „Realisten" — das greift nicht. Statt nun diese Beschreibungsverfahren in Frage zu stellen, stellt man die Schriften der genannten Autoren häufig in Frage, weil sie sich in den vorgesehenen Schubladen nicht unterbringen lassen.

In der Literaturgeschichte hat sich diese Nomenklatur fast bis in die Gegenwart hinein verfestigt: Die österreichische Literatur wird als das betrachtet, was in die ermittelte Norm nicht hineinpaßt und daher als abnorm zu gelten hat. Von solchen Urteilen sind freilich nicht nur österreichische Autoren betroffen, aber es scheint für manchen deutschen Literaturhistoriker so etwas wie ein „Österreich-Syndrom" zu geben, das für Vorbehalte und für Vorurteile sorgt, negative und positive, wobei gerade in jüngster Zeit bei bundesdeutschen Kritikern und Literaturhistorikern eine Tendenzwende zu bemerken ist und

Titelblatt der „Wiener allgemeinen Theaterzeitung". Herausgeber Adolf Bäuerle. 1840

— ganz im Sinne der eingangs zitierten Worte von Thomas Mann — das, was vorher für kritikable Absonderlichkeit galt, zur aimablen Eigenheit emporstilisiert wird. Im Falle Grillparzer lag es nahe, ihn an der Weimarer Klassik zu messen, und dieser Autor selbst hat nach dem stupenden Erfolg seiner „Ahnfrau" (1817) bekannt, daß er bei seinem zweiten Stück „Sappho" (1819) mit „Goethes

Franz Grillparzer. Gemälde (Ausschnitt) von Ferdinand Georg Waldmüller. 1844.

Kalb" gepflügt habe. Indes wird man gerade die Eigenheiten eines Dramatikers wie Grillparzer nicht gewahr, wenn man sich ihm von Weimar her nähert. Seine Voraussetzungen liegen woanders: in der österreichischen Geistesgeschichte, in der Wiener Theatertradition, im Reflex des Josephinismus, in dem Bewußtsein, in einem Vielvölkerstaat zu leben, dessen Zusammenhalt ideell nur durch das Haus Habsburg gesichert schien. Seine Medea in der Trilogie „Das goldene Vließ" (1822) ist Barbarin, aber Barbarin in einem ganz anderen Sinne als Goethes Thoas in der „Iphigenie auf Tauris" Barbar ist; denn dieser Thoas ist, wie Martin Walser spitz bemerkt hat, doch auch ein Weimaraner und stellt somit für die Griechin keine ernstzunehmende Gefahr dar. Medea hingegen gefährdet die Griechen, im besonderen die griechische Zivilisation. Grillparzer hatte den Konflikt zwischen Nationen unterschiedlicher Zivilisation vor Augen; Jason, der Grieche, ist alles andre denn eine Lichtfigur. Reine Menschlichkeit, die bei Goethe alle menschlichen Gebrechen sühnen sollte, gibt es nicht. Medea als die Barbarin, die am Ende zur Schreckenstat schreitet, könnte geradezu als ein Widerruf der klassischen Iphigenie gelten. Diese überpointierte Beobachtung steht keineswegs im Gegensatz zu der Bewunderung, die Grillparzer zeit seines Lebens für die griechische Antike hatte. Sie aber zu verklären und ihr eine über seinen psychologischen Scharfblick hinaus idealisierende Gestaltung zu verleihen — dazu kam es bei ihm nicht.

Wie fragwürdig die großen Helden sind, hat Grillparzer dann in seinem nächsten Drama „König Ottokars Glück und Ende" (1825) zu zeigen versucht, jenes Drama, mit dem 1955 das Burgtheater wiedereröffnet wurde: Man gab ihm den Vorzug vor Goethes Freiheitsdrama „Egmont", strich aber vorsorglich den Jubelruf im Finale „Habsburg für immer!" Das Drama vom Fall des Machtmenschen Ottokar — die zeitgeschichtlichen Bezüge zu Napoleon liegen auf der Hand — und vom Sieg des bescheidenen, den Ordnungsgedanken hochhaltenden ersten Habsburgerkaisers Rudolf ist getragen von einem emphatischen Preis des Diesseits. Erkennbar in dem Lob Österreichs durch Ottokar von Horneck, in einer „Prunkrede" (H. Seidler), deren Wirkung nicht zuletzt dadurch verloren ging, daß sie alle Gymnasiasten auswendig lernen mußten und sie zum obsoleten Stoff für sterile Festlichkeiten verkümmerte, vor allem aber erkennbar in Ottokars großem Schlußmonolog, in dem sich das Schuldbekenntnis („Ich habe nicht gut gehaust in deiner Welt,/ Du großer Gott") mit der Einsicht, wie herrlich das von Gott geschaffene menschliche Leben, das diesseitige, in seiner Körperlichkeit ist („kein Königsschloß mag sich vergleichen mit dem Menschenleib!"). Von diesem Schluß her erhält Grillparzers Drama in unserer Zeit sein volles Gewicht: als radikales Bekenntnis zum Frieden und als Analyse jener Hybris, die allemal in den Krieg geführt hat.

Kritik am Böhmenkönig Ottokar einerseits, Preis der Habsburger andererseits: Es ist klar, daß damit die Diplomatie des Vielvölkerstaates an einer heiklen Stelle getroffen wurde. Es ist auch verständlich, daß Grillparzer sich auf die Fortsetzung dieses nun einmal begonnenen Zyklus von Königsdramen — er hätte dem Shakespeares vergleichbar sein sollen — nicht konsequent einließ. Der Weg in die Isolation war vorgezeichnet: Der Autor fühlte sich mißverstanden, vor allem nach dem Eklat, den sein Lustspiel „Weh dem, der lügt!" (1838) zur Folge hatte. Er produzierte von da an für die Schreibtischlade; aus seinem Nachlaß wurden die Dramen „Die Jüdin von Toledo", „Libussa" und „Ein Bruderzwist in Habsburg" herausgegeben; vor allem der „Bruderzwist" ist als resignative Apotheose des Vielvölkerstaates zu verstehen, dessen Hinfälligkeit Grillparzer diagnostizierte, aber doch nicht

Szene aus Franz Grillparzers Stück „Der Traum ein Leben" (1834). Kolorierter Stich von Schmutzer nach Andreas Geiger.

wahrhaben wollte. „Ich bin das Band, das diese Garbe hält,/Unfruchbar selbst, doch nötig, weil es bindet", sagt der frühvergreiste Kaiser Rudolf II. in der Einsamkeit seines Hradschin am Vorabend des Dreißigjährigen Krieges, womit Grillparzer just auch die Situation illustrierte, in der sich dessen Nachfolger am Vorabend des Untergangs von 1918 befanden: Das einzige Handeln konnte im Verhindern des Schlechteren liegen. Die Passivität sollte ärgeres Unheil hintanhalten. Vor seinem Tod muß Rudolf einsehen, daß auch dies ihm nicht gelungen ist.
Grillparzers Dramen sind vom psychologischen Interesse ihres Verfassers bestimmt; ein solches lenkt auch den Erzähler des „Armen Spielmann" (1848), einer Künstlernovelle. Die Geschichte des armen Geigers Jakob, der ein Versager ist und im Versagen des möglichen Glücks auch sein Glück zu finden scheint, ist die Geschichte eines Abstiegs. Im Handeln scheitert auch dieser Antiheld, doch sein Ende — er rettet Kinder bei einer Überschwemmung und holt sich dabei eine tödliche Krankheit — macht ihn zum echten Helden, der denn auch eine positive Tat zu vollbringen vermag. Das Interesse gilt in diesem Falle nicht (wie so häufig in der Erzählkunst der Romantik) dem Virtuosen, sondern just dessen Gegenteil: dem Stümper. Liest man die Beschreibung seines Geigenspiels, so mag befremden, daß der äußerst musikalische Grillparzer gerade daran Gefallen gefunden haben mochte: „Barhäuptig und kahlköpfig stand er da, nach Art dieser Leute, den Hut als Sammelbecher auf dem Boden, und so

Zuschauerraum und Bühne des Leopoldstädter Theaters. Kolorierter Stich von Buemann.

bearbeitete er eine alte vielzersprungene Violine, wobei er den Takt nicht nur durch Aufheben und Niedersetzen des Fußes, sondern zugleich durch übereinstimmende Bewegung des ganzen und gebückten Körpers markierte. Aber alle diese Bemühung, Einheit in seine Leistung zu bringen, war fruchtlos, denn was er spielte, schien eine unzusammenhängende Folge von Tönen ohne Zeitmaß und Melodie."

Es besteht kein Zweifel: Auch der Autor identifiziert sich mit diesem armen Spielmann, der nicht in dem, was gemeiniglich für harmonisch gehalten wird, sondern im offenkundig Dissonanten das gelungene Werk findet. Diesem Geiger gesteht Grillparzer das zu, was er sich selbst nicht gönnte: die Autonomie im Ästhetischen. Jakob scheint Gesetze zu entdecken, die gültig sind und außerhalb der konventionellen Harmonielehre liegen. So betrachtet, scheint dies auch ein Vorgriff auf eine Musik, die zu diesem Zeitpunkt nicht realisierbar war, ein Vorgriff allerdings, dessen Kühnheit sich der Autor sofort zurückzunehmen genötigt sieht. Denn Grillparzer bekannte sich zur deutschen Klassik, kritisierte die Lästerer Schillers und Goethes und wußte doch, daß er von grundsätzlich anderen Voraussetzungen ausging: Er fühlte sich demselben Nährboden verpflichtet, vor allem dem Wiener Volksstück. Vor allem das erfolgreiche Märchenspiel „Der Traum, ein Leben" (1838) zeigt mit seiner Symbolik und seinem Handlungsverlauf deutlich an, was es den Wiener Vorstadtbühnen verdankt. So hatte er notiert:

„Die Jugendeindrücke wird man nicht los. Meinen eigenen Arbeiten merkt man an, daß ich in der Kindheit mich an den Geister- und Feen-Märchen des Leopoldstädter Theaters ergötzt habe."

Die Annahme, Grillparzer würde sich dieser Kindheitseindrücke schämen und er brächte dies nur zur Entschuldigung vor, ist nicht abwegig. Daß er dieses subversiv-anarchische Element in sich niederzwang zugunsten eines von der Weimarer Klassik bestimmten Über-Ich, hat ihm geschadet. Es lohnt sich, Grillparzer gegen den Strich zu lesen und den widerborstigen, grantigen, isolierten, scharfsichtigen, mit sich selbst und den anderen unbarmherzigen Analytiker in den Epigrammen, Studien (vor allem zur spanischen Literatur), Selbstbiographie und Satire aufzustöbern. Da geht er mit allem, was sich mit hohem Anspruch umgibt, zu Gericht, beobachtet sorgsam im Detail und kritisiert Ideologien, ehe ihre verheerenden Folgen absehbar waren. „Der Weg der neueren Bildung geht/von der Humanität/über Nationalität/zur Bestialität" — ein Epigramm, dessen Gültigkeit angesichts des Nationalsozialismus Joseph Roth in den dreißiger Jahren feststellen mußte. Diese Skepsis wider einen à tout prix bejahten Fortschritt ist heute noch (oder wieder) beherzigenswert.

Wenn Grillparzer hingegen Raimund als großen Künstler preist, dem zu einem zweiten Shakespeare „nur" die Bildung gefehlt hätte, so ist damit nicht nur die Grenze seiner Wertschätzung, sondern auch seines Verständnisses für diese Kultur angezeigt, die man als Gegenkultur wird bezeichnen können. Raimund war — wie Johann Nestroy — zunächst Schauspieler. Erfolg hatte er mit solchen Stücken, wo er der Bühne, der er entstammte, treu blieb, und nicht mit seinen „Halbtragödien" (F. Sengle) nach dem Lorbeer griff, der ihm nicht stand. „Der Barometermacher auf der Zauberinsel" (1823) schrieb er, da er nur als Schauspieler bekannt war und es Not an einem brauchbaren Stücktext gab: Das Publikum wollte gar nicht glauben, daß Raimund der Verfasser dieses erfolgreichen Lokalstückes war. Die Hauptrollen in seinen bekanntesten Werken „Das Mädchen aus der Feenwelt oder Der Bauer als Millionär" (1826), „Der Alpenkönig und der Menschenfeind" (1828) und „Der Verschwender" (1834) schrieb sich Raimund auf den Leib. Die Fehler aber wie Unmäßigkeit, Hochmut, Stolz, Verfolgungswahn, Verschwendungssucht, Eifersucht und Menschenhaß bedrohten nicht nur die Person des Autors, sondern auch seine Zeit. Unterlegt ist allen seinen Stücken der Gedanke einer immerhin möglichen Besserung, einer Besserung durch Darstellung auf der Bühne. Durch die Regie überirdischer Mächte wird alles zu einem guten Ende gebracht, psychologisch am glaubhaftesten in „Der Alpenkönig und der Menschenfeind", worin sich der Alpenkönig zum Doppelgänger des Misanthropen Rappelkopf verwandelt und diesem sein Fehlverhalten vorführt: die bühnenwirksamste Darstellung des delphischen „Erkenne dich selbst!". Im Finale arrangiert sich das Personal zu einem harmonischen Schlußtableau, in dem die Konflikte aufgehoben und für alle ein glückhafter Zustand hergestellt ist, der die Devise des Maßhaltens an die Zuschauer als Lehre weitergibt. Reduziert man die Stücke Raimunds auf ihr meist als zu positiv getadeltes Ende, so wird man der didaktischen Absicht dieser psychologisch vertieften Besserungsdramaturgie nicht gerecht. Auch sollte man es nicht als platte Konzession an das Publikum abtun. Solchen Schlüssen kommt auch die fordernde Kraft der Utopie zu: Sie sind nicht nur als verklärende Bestätigungen der Theodizee zu werten, sondern gestalten als Abschluß eines „kritischen Märchens" (R. Urbach) einen Gegenwurf zu der bedrohlichen Wirklichkeit, um die Raimund sehr wohl wußte. Populär wurde Raimund vor allem durch seine Theaterlieder („Aschenlied" und das Duett „Brüderlein fein" aus „Der Bauer als Millionär", „So leb' denn wohl, du stilles Haus" aus dem „Alpenkönig" und dem

Apotheose Ferdinand Raimunds. Gemälde (Ausschnitt) von Franz Schilcher. 1836. Raimund als Valentin, hinter ihm die Fee Cheristane.

Illustrationen aus Adolf Bäuerles „Theaterzeitung":
Links: Szene aus Ferdinand Raimunds Stück „Der Verschwender" (1834). Kolorierter Stich von Christian Schoeller nach Andreas Geiger.
Unten: Szene aus Ferdinand Raimunds Stück „Der Bauer als Millionär" (1826). Kolorierter Stich von Johann Schoeller nach Andreas Geiger.

Folgende Seite: Szene aus Johann Nestroys Stück „Lumpazivagabundus" (1833). Kolorierter Stich von Johann G. Schoeller nach Andreas Geiger.

„Hobellied" aus dem „Verschwender"), die aus dem Dramenkontext herausgelöst wurden und trotz ihres unverwechselbaren Reizes so, für sich genommen, einer problematischen Sentimentalisierung von Raimunds Werk und Person Vorschub leisteten. Wer indes Raimund der Verkitschung der Gefühle zeiht, verkennt die Härte der Konflikte und die Intensität der Anstrengung zu ihrer Überwindung.
Johann Nestroy, schon zu Lebzeiten als der Gegenspieler Raimunds bezeichnet, geriet nie in solchen Verdacht, mußte sich aber lange Zeit vorhalten lassen, daß er als ein „Genius der Gemeinheit" (F. Hebbel) jenes Streben nach Höherem überhaupt nicht kenne. Man sollte indes nicht übersehen, daß Raimund und Nestroy aus demselben Theaterfundus schöpften, daß dieser seine wichtigsten Werke vor allem nach Raimunds Tod auf die Bühne brachte und daß beide doch ein tiefer Selbstzweifel bestimmt: „Ich glaube von jedem Menschen das Schlechteste, selbst von mir, und ich hab' mich noch selten getäuscht", sagt der Seiler Strick in „Die beiden Nachtwand-

Szene aus Ferdinand Raimunds Stück „Alpenkönig und Menschenfeind" (1828). Kolorierter Stich von Johann Schoeller nach J. W. Zinke.

ler oder das Notwendige und das Überflüssige" (1836). Doch sind auch die Unterschiede fundamental. Die überirdische Welt, bei Raimund fester Bestandteil seiner Zauberspiele, wird bei Nestroy zum lästigen und schließlich läßlichen Vehikel. In „Zu ebener Erde und erster Stock" (1834) ist der Antagonismus irdisch-überirdisch durch einen gesellschaftlichen anschaulich ersetzt. In den Auftrittsmonologen, in den Couplets und Quodlibets war Nestroy sich der Wirkung auf das Publikum am sichersten. Sein erster großer Erfolg — noch mit dem überirdischen Zauberapparat — war „Der böse Geist Lumpazivagabundus oder Das liederliche Kleeblatt", worin er als der versoffene Schuster Knieriem von 1833 bis 1862 254 mal brillierte. Anläßlich eines Gastspiels von Nestroy mit dem „Talisman" in Berlin notierte Kierkegaard, daß er sich diese Aufführung unbedingt ansehen wolle. Die Wirkung des Schauspielers Nestroy hat zu Lebzeiten die Leistung des Textautors so überschattet, daß nach seinem Ableben Nestroy ohne Nestroy auf der Bühne für unmöglich erachtet wurde. Die Wirkungsgeschichte Nestroys hat indes diese Annahme widerlegt. Zusehends rückte Nestroy in den Lichtkegel der literaturwissenschaftlichen und ideengeschichtlichen Auseindersetzung. Die Rede von Karl Kraus „Nestroy und die Nachwelt" (1912) zu dessen 50. Todestag galt vor allem dem Sprachkünstler, der einer der ersten deutschen Satiriker und nicht nur als Verfasser von lokalen Possen zu gelten hätte. Nestroy verstand sich — und dies in ganz positivem Sinne — auf die Rhetorik. Wortspiele, Metaphern, Allegorien dienen dazu, einen Schein zu etablieren, der dann jäh zerstört wird: Die Phrase wird beim Wort genommen. Falsches Bewußtsein wird durch kritische Darstellung des Sprachgebrauchs entlarvt. An diesem Punkt knüpft Kraus an, und der Sprachphilosoph Ludwig Wittgenstein erweist Nestroy seine Reverenz, wenn er das Motto zu seinen „Philosophischen Untersuchungen" aus dessen Posse „Der Schützling" wählt.

Indes ist die Sprachkritik Nestroys nicht ablösbar von den gesellschaftlichen Zuständen, auf die sie zielt. Die neuere Bühnenpraxis räumt allmählich auf mit dem „bie-

Das k. k. priv. Theater in der Josefstadt während einer Aufführung von Nestroys „Robert der Teufel" (1833). Kolorierter Stich.

dermeierlichen" Nestroy, dessen Stücke nicht mehr zu sein hätten als Idyllen mit Witz. Nestroy enttarnt mit Hilfe seiner Wortspiele das Biedermeier und dessen unreflektiert angewendeten Wertvorstellungen. Die Kraft seiner Sprache befreit, indem sie die Widersprüche, die man ahnen mag, aber nicht kennt, bewußt macht. Das gilt nicht nur in soziologischer Hinsicht, sondern auch für seine nicht allzu selten in den Bereich der Religionskritik vorstoßende Spekulation. Dies — und nicht nur dies — brachte ihn in Konflikt mit der Zensur. Ehe der Begriff des Übermenschen von Nietzsche geprägt wurde, mokiert sich Nestroy über diese gewaltigen Heroen — hierin Grillparzer, der ganz anderen Ansprüchen verpflichtet war, nicht unverwandt: Die parodistische Verve richtet sich in „Judith und Holofernes" (1849) gegen Hebbel und die Megalomanie seines Feldherrn, dessen Ausspruch „Wer ist der Stärkere: ich oder ich?" die Psychologie jedes Diktators schlagartig erhellt. Auch wenn es bei Nestroy eine Fülle von unerträglichen Hausknechten und untreuen Dienern gibt: Er wußte sehr wohl um das Elend der Deklassierten und Unterdrückten, er durchschaute die Mechanismen der Ausbeutung, in keinem Falle aber kam es — wie bei so vielen seiner Zeitgenossen — zu einer sentimentalen Verklärung der Armut. Nestroys Einblick in die gesellschaftlichen Antagonismen seiner Zeit und die Demontage des Schicksalsbegriffs, der einer tragischen Weltsicht zum Fundament dient, hielten ihn ab von jeglichem hohlen Pathos. Trotz seiner Einsichten blieb er der Posse, dem Stückgenre, dem er seine Erfolge verdankte, treu. Doch ist Posse ohne jeden pejorativen Beigeschmack zu verstehen: Ihr Gewicht erhält sie von den Konflikten, die so gar nicht possenhaft sind und die Nestroy doch in dieser Form zu gestalten verstand. Der Begriff der „tragischen Posse" (R. Preisner) hat, so gesehen, durchaus seine Berechtigung.

Daß Nestroy lange Zeit hindurch nur als ein Autor von lokalem Rang eingestuft wurde, hängt mit der Posse zusammen, als deren Fundus Wien galt. Karl Kraus suchte

Nestroy diesen lokalen Bezügen zu entrücken, mit teilweisem Erfolg. Daß es jedoch nicht nur die Sprache ist, in der Nestroys Leistung liegt, beweisen erfolgreiche Umarbeitungen für das englischsprachige Theater. Thornton Wilders Bearbeitung von „Einen Jux will er sich machen" (1842) diente später als Grundlage für ein Musical; rund 30 Jahre später folgte Tom Stoppard.
Besonders im Falle des Musicals war die Vorlage kaum mehr kenntlich; doch der Impuls war von Nestroy ausgegangen und nicht von dem englischen Stück, das Nestroy selbst für seine Posse als Vorlage verwendet hatte.
Die Schwierigkeiten der Übersetzung, der Übertragbarkeit des Wortwitzes in andere Sprachen steht einer Verbreitung des Nestroyschen Werkes, die seinem Rang entspräche, leider heute immer noch entgegen. Undenkbar ist eine Adaptation seiner Texte für fremde Bühnen nicht, wie Wilders und Stoppards Erfolge beweisen.
Zur Erkenntnis der historischen Prozesse der ersten Hälfte des 19. Jahrhunderts liefern Nestroys Possen reiches Anschauungsmaterial. Ein Dramatiker wie Nestroy wurde zweimal traumatisiert: zunächst durch Unterdrückung im absolutistischen Regime Metternichs, durch die Zensur, dann durch die Revolution und die Re-etablierung des Absolutismus. Die Posse „Freiheit in Krähwinkel" (1848) war eines der wenigen Stücke Nestroys, in dem er unmittelbar zu politischen Vorgängen Stellung bezog, und zwar sehr deutlich.

Johann Nestroy (1801—1862) als Darsteller in seinem Stück „Umsonst". 1861.

Unten links: Szene aus Johann Nestroys Stück „Der Talisman" (1840). Kolorierter Stich von Johann Schoeller nach Andreas Geiger.
Unten rechts: Szene aus Johann Nestroys Stück „Der Unbedeutende" (1846). Kolorierter Stich. Um 1846.

Die Folgenlosigkeit der Revolution im Positiven, die Konstanz der menschlichen Schwächen über alle Umwälzungen hinweg und nicht zuletzt nationale Bestrebungen in den Erblanden der Donaumonarchie stimmten ihn in seinem letzten Jahrzehnt pessimistisch. Die Resignation sei die edelste Nation, läßt er einmal eine seiner Figuren sagen, doch sollte man auf Grund des späten Nestroy nicht das kritische Potential übersehen, das in allen seinen Stücken präsent ist.

Das Nestroysche Sprachspiel ist eine mögliche Antwort, um die Einschnürung des Denkens im Vormärz wenn schon nicht zu sprengen, so doch zu lockern. Der Resignation, nicht der Melancholie hat Nestroy das Feld später überlassen.

Einem ähnlichen Druck von außen ist auch das Werk Nikolaus Lenaus abgerungen. Der Verzweiflung an den europäischen Zuständen setzte Lenau die Hoffnung auf die neue Welt, auf Amerika, entgegen. „Du neue Welt, du freie Welt,/An derem blütenreichen Strand/Die Flut der Tyrannei zerschellt,/Ich grüße dich, mein Vaterland!" heißt es in dem Gedicht „Abschied". Doch der Aufenthalt in Amerika 1832/33 wird zur Desillusion par excellence. Ferdinand Kürnberger (1821—1879), einer der bedeutendsten Publizisten der Periode nach 1848, holte sich wesentliche Anregungen für seinen Roman „Der Amerikamüde" (1854) von dieser Episode im Leben Lenaus. Die Sehnsucht nach einem freien Leben in einer unverbrauchten Welt wird im privaten wie im öffentlichen Bereich enttäuscht. Lenaus beste Gedichte sind Gedichte des radikalen, durch nichts zu lindernden Schmerzes, Gedichte, in denen die angestrengte Rhetorik zum adäquaten Ausdruck der Isolation wird, auf die sich das Subjekt immer wieder zurückverwiesen sieht. Ist die Zeit des Biedermeier auf das Diesseits gestimmt, behauptet man sonst mit mehr oder weniger Nachdruck die Theodizee, erscheint die „Welt als Reich Gottes" (R. Bauer), so scheint der Lyrik Lenaus dieser Weg zurück in das Paradies, an dessen Vision man festhält, verwehrt. In dieser für den „enttäuschten Pantheismus" (W. Weiss) typischen Gestik erscheint die Natur, der sonst die Gültigkeit der Theodizee abgelesen zu werden pflegt, im Absterben, als gestorbene, so z. B. die sich gegen den Sprechenden mit schmerzhaftem Nachdruck richtende Apostrophe des Frostes: „Frost! friere mir ins Herz hinein,/Tief in das heißbewegte, wilde!/Daß einmal Ruh mag drinnen sein,/Wie hier im nächtlichen Gefilde!" Im Pathos des Untergangs fühlt Lenau mit den Indianern, die den Freitod im Katarakt des Niagara suchen. Für sie ist das Ende einer Zeit, ihrer Zeit, gekommen, da die Weißen ihr Land zerstören. Die Unterdrückten und Außenseiter — wie die Zigeuner — lehren den Dichter die einzig ihm angemessene Haltung der Welt gegenüber: „Dreifach haben sie mir gezeigt,/Wenn das Leben uns nachtet,/Wie mans verraucht, verschläft, vergeigt/Und es dreimal verachtet." Es ist wichtig, diesen Ton der Verweigerung und des Protestes bei diesem Dichter zu hören, von dem durch die Lesebuchtradition sich nicht viel mehr gehalten hat, als die Einleitungsverse seiner Ballade „Der Postillion": „Lieblich war die Maiennacht,/Silberwölklein flogen,/Ob der holden Frühlingspracht/freudig hingezogen." Die Stille der Mondnacht ist für Lenau in diesem Gedicht, das die Naturschönheit beschwört, die Erfahrung des Leids: Der Postillion grüßt seinen toten Kameraden. Es bleibt für den Autor, dessen Leben in geistiger Umnachtung endete, bloß „Der Blick in den Strom", da sich die Seele selbst in ihrer Zerrissenheit erfährt: „Die Seele sieht in ihrem Leid/Sich selbst vorüberfließen."

Nikolaus Lenau (1802—1850). Stich nach Josef Kriehuber. 1841.

Komplementär und doch in manchem verwandt ist ein Autor, der — weil nicht so einfach „einordenbar" — eine Verlegenheit der Literaturgeschichten darstellt: Charles Sealsfield. Als dieser in den vierziger Jahren des vorigen Jahrhunderts als der „große Unbekannte" gefeierte Autor zahlreicher Amerikaromane 1867 in Solothurn in der

Schweiz verstarb, wurde durch die Testamentseröffnung erst dessen Identität bekannt: Charles Sealsfield war tatsächlich Karl Postl, Sohn eines Bauern aus der Nähe von Znaim in Mähren, später Theologe in Prag im Kreuzherrenstift und von dort 1823 auf rätselhafte Weise verschwunden. Er tauchte 1827 wieder auf, unter Pseudonym, mit einer Schrift über die Vereinigten Staaten von Amerika und 1828 mit dem wohl härtesten Pamphlet wider das vormärzliche Österreich Metternichs: „Austria as it is" erschien englisch. Als Erzähler trat Sealsfield erst später, und da zunächst mit englisch geschriebenen Romanen, hervor. Auch diese Bücher sind aufgebaut auf dem Gegensatz Europa—Amerika, nur meint Sealsfield, in der neuen Welt das gefunden zu haben, was Lenau dort nicht zuteil wurde: Freiheit, Gleichheit, Fortschritt. Das Romanwerk Sealsfields ist der Versuch, den Vorsprung Amerikas konkret zu begründen. Sein Indianerbild ist alles andre denn romantisch. In seinem ersten großen Roman „Tokeah, or the White Rose" (1829; deutsch unter dem Titel „Der Legitime und die Republikaner", 1833) ist Tokeah, der „große Miko", kein Held vom Schlage der Indianer Lenaus, sondern ein auf einem längst überwundenen Individualismus beharrender Häuptling, der nicht anerkennen will, daß es der Kräfte des demokratisch gelenkten Kollektivs bedarf, um der Probleme Herr zu werden. „Der Legitime" — das ist der Indianer, der so wie die sich als Legitime dünkenden Aristokraten Europas nicht wahrhaben will, daß ihre Zeit vorbei ist. Die Lehre, die Sealsfields Helden aus ihren Erfahrungen angesichts der neuen Welt ziehen, ist meist die gleiche: Es kommt auf das Kollektiv an. Sealsfield sagt denn auch dem großen Einzelnen, allein ausziehenden Helden Valet, er wollte, im Gefolge Walter Scotts, einen Roman schaffen, den er als „Volksroman" bezeichnete und in dem das Volk mit allen seinen Schichten den Helden abgeben sollte. So auch in seiner bekanntesten Erzählung, die oft als ein Teil aus seinem verbreitetsten Werk, dem „Cajütenbuch" (1841), isoliert und für sich getrennt gelesen wird: „Die Prärie am Jacinto", worin der Erzähler, der General Morse, von seinem Ritt durch die texanische

Charles Sealsfield, eigentlich Karl Postl (1793—1864). Anonymer Stich.

Ferdinand Kürnberger (1821—1879). Xylographie von Johann Vinzenz Weixlgärtner.

Prärie berichtet, der ihm fast zum Verhängnis geworden wäre. Da er seine Spur findet, wähnt er sich gerettet; doch es ist die eigene Spur, der er folgt, und da er dies einsehen muß, droht er zu verzweifeln. Gerettet wird er durch den Mörder Bob, der gehenkt werden soll, indes mit Absicht durch einen Richter pardoniert wird, da man sein Draufgängertum und seine Einsatzfreude im Kampf gegen die reaktionären Mexikaner für die Freiheit von Texas benötigt. In dieser demokratischen Gesellschaft kann selbst das Häßliche und Böse zum Instrument des Schönen und Guten werden. Der Held meint, ehe er von dem Mörder gerettet wird, angesichts der schönsten Natur sterben zu müssen. Mit der Erfahrung dieser gewaltigen neuen Natur wird die Tradition fragwürdig und hinfällig. An ihre Stelle tritt das Bewußtsein einer auf ein erreichbares Ziel orientierten Diesseitigkeit, eines Pragmatismus, dessen unbedenkliche Verwendung der Mittel bedenklich stimmt und durchaus ahnen läßt, aus welchem Holz jene geschnitzt sein müssen, die dem Imperialismus ihr Gepräge zu geben vermögen. Auf Sealsfields Grabstein steht auf sein Verlangen: „Citizen of the United States of America", und die Frage, ob er, der sich auch in bezug auf sein schriftstellerisches Werk von amerikanischer Literatur inspirieren ließ, noch mit der österreichischen Literatur in Zusammenhang zu bringen ist, ist so unberechtigt nicht. Doch hat er die Forschung mehrfach auf Denk- und Bildstrukturen hingewiesen, die sehr wohl mit seiner Herkunft zu erklären sind. Seine Feier der Schönheit des Diesseits und der Kult des gepflegten Familienlebens kann mit der biedermeierlichen Denk- und Lebensform über alles Trennende hinweg doch verbunden werden, vor allem aber benötigt er, um seinen Preis fortschritts-optimistischen Amerika glaubhaft zu gestalten, die europäische Negativfolie, und da bot ihm das metternichsche Österreich das gültigste Beispiel.

Adalbert Stifter (1805—1868). Um 1858.

Der Vielfalt der literarischen Schöpfungen in diesem Zeitraum wird man gerecht, wenn man neben Sealsfield Adalbert Stifter hält, dessen Werk gerade der fortschrittlichen Kritik immer wieder ein Stein des Anstoßes war. Ein „Klassiker der deutschen Reaktion" war Stifter für Georg Lukács, und es scheint, als würde nur zu oft dieses Urteil von der Literaturwissenschaft ungeprüft übernommen.

Wer Stifter nur als den Schöpfer des „sanften Gesetzes" verstehen will und nicht sieht, welcher Mühe die Formulierung desselben abgerungen ist, der verkennt die Leistung, die er vollbrachte. Die Anstrengung auf Herstellung von Ordnung, ja der allenthalben spürbare Versuch, auch dort Ordnung transparent werden zu lassen, wo sich diese nicht zu zeigen scheint, macht ihn jenen suspekt, die dahinter den Büttel der Autorität vermuten. Arno Schmidts paradoxe Etikettierung kennzeichnet diese Position am besten: Adalbert Sifter, der „sanfte Unmensch".

Es wäre töricht, diese Kritik grundsätzlich zu eskamotieren, doch ist es ebenso unangebracht, das Kind mit dem Bad auszuschütten, und in Stifter den gefährlichen, weil milde heimtückischen Schulmeister der Reaktion zu vermuten. Stifters Erziehung — und der Bildung galt lange Zeit hindurch sein wichtigstes berufliches Anliegen — ist geprägt durch die Benediktinerabtei Kremsmünster, wo naturwissenschaftliche Fächer besonders gepflegt wurden. Seine Detailtreue ist seinen naturwissenschaftlichen Ambitionen verpflichtet. Über große Strecken verharren seine erzählenden Texte in der Naturbeschreibung, was die Vermutung nahelegte, daß diese Partien für sich selbst stünden, ohne einen Bezug zu dem Gesamten der jeweiligen Erzählung zu haben. Diesen weiten Expositionen, die oft ein täuschend schönes Bild von der Natur entwerfen, folgt ein dramatisches Finale, für welches in der ausladenden Naturschilderung der Grund gelegt worden war (z. B. „Der Hochwald", „Bergkristall", „Brigitta" usw.). Die Attacken des aus Norddeutschland kommenden und in Wien wirkenden Friedrich Hebbel zwangen Stifter dazu, sein poetisches Programm zu deklarieren.

Blick über Wiener Vorstadthäuser. Gemälde von Adalbert Stifter. 1839.

Diese Auseinandersetzung ist exemplarisch für das divergente Literaturverständnis nicht nur dieser beiden Autoren. Hebbel, der Stifter auch ein „Diminutivtalent" gescholten hatte, kam ihm epigrammatisch: Stifter glücke die Darstellung des Kleinen so gut, weil er das Große nicht sähe. Stifters berühmte Vorrede zu den „Bunten Steinen" (1853) ist das Bekenntnis zur Erfahrung makrokosmischer Vorgänge durch den Mikrokosmos: „Die Kraft, welche die Milch im Töpfchen der armen Frau emporschwellen und übergehen macht, ist es auch, die die Lava im feuerspeienden Berge emportreibt und auf den Flächen der Berge hinabgleiten läßt." Und als „Forscher" will sich der Dichter verstehen: Er macht sichtbar, während andere sich blenden lassen. Wie in den Naturphänomenen so ist in den Menschen eine Kraft vorhanden, die nur wahrnimmt, wer aufmerksam die Oberfläche studiert. So wächst den Erzählungen Stifters und auch seinen Naturbeschreibungen eine analytische Kraft zu, die sich allerdings nur dem erschließt, der nicht beim berückend schön dargestellten Phänomen stehenbleibt und die Idylle als geglückt erfaßt, sondern die Scheinhaftigkeit durchdringt, und die bestimmenden und bedrohlichen, wenngleich gebändigten Energien zu erkennen vermag. Daß Stifters Weltsicht sich in den Dienst des Bewahrens und Behütens — vor allem nach 1848 — stellte, wird ihm meist als konservative, ja reaktionäre Haltung interpretiert, ja als Einpassung in die bestehenden Verhältnisse. Gemessen an den jungdeutschen Zeitgenossen Stifters kann es bezüglich seiner Konservativität keine Zweifel geben; in Rechnung zu stellen wäre indes, daß Stifters bewahrende Einstellung nicht ein billiger Kompromiß ist, um Herrschenden gefällig zu sein, sondern auch das Stigma des Verzichts und des Versagens trägt. Nicht zuletzt sollte auch Stifters Objektbesessenheit als Widerstand gegen die Reduktion auch der kleinen Dinge auf ihren Gebrauchswert und damit auch als Widerstand gegen ein kapitalistisches Denken, dem alles zur Ware wird, gewürdigt werden.

Stifters Prosa ist auch von einem didaktischen Anspruch mitbestimmt, der nicht nur auf Bildung in einem vordergründig praktischen Sinne abzielt, sondern die Anleitung auf Bändigung gefährlicher Triebe mitliefern soll. (Daß sich dieser Gewaltakt in einer im sexualsymbolischen Sinne verräterischen Bildersprache niederschlägt, hat Arno Schmidt nicht ohne Witz gezeigt.) Stifters Bildungsanliegen wird in seinem Roman „Der Nachsommer" (1857) am extensivsten zur Geltung gebracht; die jüngere Generation soll aus dem Versagen und dem hierauf einsichtigen Leben der älteren die Lehre ziehen (und tut es auch). Heinrich Drendorf wird zum gelehrigen Schüler des Freiherrn von Risach, unterzieht sich allen Bildungsprozeduren willig, läßt seine Braut Natalie zwei Jahre warten, um sich auf Reisen zu vervollkommnen, und darf dann endlich heiraten. Mißt man den Roman nach den Kriterien des Realismus, so verfehlt man dessen idyllischen wie auch utopischen Charakter. Allerdings ist der Hinweis auf die in demselben Jahr erschienenen „Fleurs du mal" Baudelaires und „Madame Bovary" Flauberts hier am Platz: Man sollte diese Gleichzeitigkeit des Ungleichzeitigen nicht übersehen, womit über Stifters Roman kein Werturteil gefällt ist, doch der Status der österreichischen Literatur nach 1848 umso genauer markiert wird. Auch Stifters „Witiko", den der Autor nicht vollenden konnte, ist schwer mit den realistischen Schreibweisen seiner Zeit kompatibel. Witikos Suche nach dem rechten Weg und zugleich die Beschwörung einer positiven Tradition nationaler Koexistenz machen diesen Roman zum politischen Testament Stifters. Auch darin verweigert sich Stifter den Tendenzen seiner Zeit; der historische Roman evoziert noch einmal die geschlossene Sphäre des Epos und versucht dessen Gültigkeit und Objektivität durch auffallende Formelhaftigkeit, ja archaisierende Umständlichkeit zu erreichen. Stifters Werk war schon im 19. Jahrhundert sehr kontroversen Urteilen ausgesetzt. Hebbel versprach jedem, der den „Nachsommer" zu Ende lesen könnte, die Krone Polens, während Nietzsche diesen Roman als eines der wenigen Werke deutscher Prosa von Dauer bezeichnete.

Stifter gehört heute zu den wichtigsten Repräsentanten der Prosa im 19. Jahrhundert und ist für viele jüngere österreichische Autoren (Handke, Bernhard, Schutting, Rosei) zu einer Schlüsselfigur geworden. Mit welcher Anstrengung Stifter die Harmonie herstellte, die vorschnell als servile Hörigkeit und Wirklichkeitsblindheit denunziert wurde, geht aus seinem Tod hervor. In der Nacht auf den 26. Jänner des Jahres 1868 schnitt er sich, von Schmerzen gequält, mit einem Rasiermesser in den Hals.

LIBERALISMUS ALS INTERMEZZO

Von Grillparzer, Raimund, Nestroy, Lenau, Sealsfield und Stifter war hier im Rahmen des Möglichen etwas ausführlicher die Rede. Sie sind für die Literatur aus Österreich, im positiven wie im negativen Sinne, Referenz- oder Reverenzfiguren. Nach 1848 war Österreich auch im deutschen Sprachraum auch im literarischen Bereich präsent. Zugleich hatte diese Präsenz auch Folgen: Diese Autoren sind dem Vormärz und dem Biedermeier verpflichtet. Sie hatten ihre Erfahrung mit der Zensur, mit dem Spitzelwesen, mit verschiedensten Formen der Bevormundung und Unfreiheit. Die Reaktionen auf die Gegenwart haben wir von Fall zu Fall kurz charakterisiert: Resignation, Melancholie, Skepsis. Sie fügen sich allesamt — wenn man einiges bei Sealsfield ausklammert — sehr gut in das gängige Bild des Biedermeier. Das führt so weit, daß der österreichischen Literatur sehr gerne — bis zum heutigen Tag — ein biedermeierlicher Grundzug nachgesagt wird. Damit scheint für viele Literaturhistoriker die Linie vorgezeichnet, an die sich die österreichischen Autoren zu halten hätten, und die Ru-

Ludwig Anzengruber (1839—1889). Um 1875.

brik für „Österreichisches" eindeutig beschrieben. Die Folge solcher Klassifikation bekamen die Autoren der zweiten Hälfte des 19. Jahrhunderts zu spüren: Für manche, die nicht in dies Biedermeier-Barock-Arrangement passen wollen, kurz: für den literarischen Liberalismus blieb wenig Platz. Daß dieses Bild, das Stillstand und Idylle meint, durchaus dem Wunschdenken der Literaturhistoriker entspricht und nicht der Realität des Vormärz, braucht nicht noch eigens betont zu werden. Doch hat dieses Wunschdenken auch für Vorurteile gesorgt, die das, was im politischen Sinne nicht in die österreichische Literatur paßte, auch ästhetisch abwertete.

Ein so scharfsichtiger Essayist, Erzähler und Romancier wie der bereits mit seinem „Amerikamüden" erwähnte Ferdinand Kürnberger landete im literarischen Abseits; ebenso wurde Ludwig Anzengruber (1839—1889) in der Nische der Heimatkunst und der nicht ganz wohlgeratenen Raimund- und Nestroy-Nachfolge abgestellt. Gewiß wirkt bei Anzengruber die Thesenhaftigkeit oft hölzern und aufdringlich, doch sollte diese Wirkung nicht die Koppelung von spitzer Gesellschafts- und Religionskritik schmälern, wie in seinem dramatischen Erstling „Der Pfarrer von Kirchfeld", vor allem aber in seinem Volksstück „Das vierte Gebot" (1878). Damit rüttelt Anzengruber entschieden an den von Kirche und Staat gestützten Wertvorstellungen. Martin, ein Handwerkerssohn, wird zum Tode verurteilt; an seinem Niedergang war die mangelhafte Erziehung durch keineswegs vorbildhafte Eltern schuld. Der Pfarrer, ein Jugendfreund Martins, der diesen vor der Hinrichtung besucht, muß sich etwas sagen lassen, das ihn in seinem Selbstverständnis trifft: „Wenn du in der Schul den Kindern lernst: ‚Ehret Vater und Mutter!', so sag's auch von der Kanzel den Eltern, daß s' darnach sein sollen."

Anzengruber gebührt das Verdienst, dem Volksstück durch dieses Problembewußtsein eine neue Dimension hinzugewonnen zu haben, dies just in einer Zeit, da es, harmlos geworden, seine Position in der Unterhaltungskunst sukzessive an die Operette abgetreten hatte. Er lenkte auch das eigene wie das Interesse seiner Leser auf diejenigen, die im Schatten standen, auf die Außenseiter, auf die Unbedeutenden, und setzte damit konsequent eine Linie fort, die auch beim späten Nestroy erkennbar ist.

Rustikalität war das Schlagwort, unter dem die österreichische Literatur zu Ende des Jahrhunderts ihre Besonderheit erhielt. Rustikalität, bereits heimlich im Gegensatz zur Dominanz der urbanen Kultur und besonders zu Wien verstanden, wird zum Postulat, nicht nur in ästhetischer, sondern vor allem in ethischer Hinsicht. Neben vielen anderen Autoren und auch Malern ist für diese Apotheose des entbehrungsreichen und doch besseren Landlebens der Name Peter Rosegger (1843—1918) bis zum heutigen Tage Chiffre, wiewohl durch einen komplexen Rezeptionsvorgang seinem voluminösen Œuvre eine grundsätzlich verklärende Sicht des Landlebens unterschoben wird. Rosegger, ein Bauernsohn aus den oststeirischen Alpen, wurde mit seinen Erzählungen autobiographischen Inhalts („Die Schriften des Waldschulmeisters", 1875) zur literarischen Sensation; auch in späteren Schriften kam er von dem Thema nicht los, engagierte sich, ganz im Sinne eines sozial orientierten Liberalismus, für die von der Pauperisierung bedrohten Bauern gegen die adligen und großkapitalistischen Ausbeuter. (So z. B. in seinem Roman „Jakob der Letzte" von 1888.) Die zunächst vorsichtige und später eindeutige Distanzierung von sozialdemokratischem und marxistischem Gedankengut ist ebenso kennzeichnend wie die allmähliche Wandlung des ursprünglichen liberalen Ansatzes zu dem deutschnationalen Bewußtsein, das für die fortschrittlichen Kräfte um die Jahrhundertwende in der sogenannten Provinz zum Ferment wurde. So falsch es ist, Rosegger zu einem der Hauptverantwortlichen für die „Blut-und-Boden-Literatur" unseres Jahrhunderts zu machen, so falsch ist es auch, die Ambivalenz seiner Strategien und vor allem seiner Wirkung zu verkennen. In dem Roman „Erdsegen" (1900) ist vom „heiligen Elend" der

Peter Rosegger (1843—1918).

Franz Michael Felder (1839—1869).

Marie von Ebner-Eschenbach (1830—1916).

Bauern die Rede, eine Formel, deren paradoxe Struktur auch die Widersprüche des Autors umreißt.
Rosegger gab ab 1876 von Graz aus die Zeitschrift „Der Heimgarten" heraus; dieses Blatt wurde zur ersten weit verbreiteten, ja populären österreichischen Zeitschrift, die eine Fundgrube für die Kulturgeschichte des ausgehenden 19. Jahrhunderts ist. Rosegger bricht mit der üblichen Praxis des literarischen Aufstieges österreichischer Autoren, der meist über Wien zu laufen hatte: Ihm gelang es, unmittelbar von der „Provinz" aus im ganzen deutschen Sprachraum bekannt zu werden. Er repräsentierte damit einen neuen Typ von Schriftsteller, der in seinen Büchern nicht nur die für das bürgerliche Lesepublikum nahe und doch exotische Welt des Bauernlebens darstellte, sondern auch aus ihr kam und authentisch wirkte. Daß Rosegger für Österreich zu dem aus dem bäuerlichen Bereich kommenden Dichter schlechthin wurde, läßt vergessen, daß es einen anderen gab, der aus dem hintersten Winkel des Bregenzer Waldes kam, bei der Landwirtschaft blieb, und nicht nur als Schriftsteller, sondern auch mit Erfolg sozialreformerische Ideen tatkräftig durchzusetzen versuchte: Franz Michael Felder (1837—1867). „Aus meinem Leben" ist der Titel der Autobiographie des frühverstorbenen Autors, worin sein Werdegang ohne Pathos beschrieben wird. Erst eine von Peter Handke mit einem Vorwort versehene Neuauflage (1985) macht einer breiteren Leserschicht dieses Werk wieder zugänglich, das wie nur wenige Auskunft über ein gelebtes Leben gibt, von dem der offiziöse Bildungsdiskurs nur dann Kenntnis nehmen wollte, wenn es den Reiz des Exotischen oder den Anreiz zur Sentimentalität in sich trug.
Zahlreiche Werke aus der zweiten Hälfte des 19. Jahrhunderts spekulieren mit dem Appell an das Mitleid, das, einmal kollektiv empfunden, in Sentimentalität zerfließend die Aktion unnötig macht. Eines der meistgespielten Volksstücke hatte das Elend der Dienstboten und Einleger (Unterprivilegierte, die bei verschiedenen Bauern von Tag zu Tag Quartier und Essen bekamen) zum Thema, verfehlte aber gerade durch die gefühlvoll-kitschige Dramaturgie die notwendige aufklärerische Pointe: „s' Nullerl" (1884) von Karl Morre, der anderer-

seits auch als Landtags- und Reichstagsabgeordneter für die Landbevölkerung aktiv wurde.
Es waren auch Dichter aristokratischer Herkunft, die sich der Erniedrigten und Beleidigten annahmen: Marie von Ebner-Eschenbach (1830—1916) begann ihre schriftstellerische Laufbahn mit einer Adelsschelte („Briefe aus Franzensbad" anonym 1856); „Das Gemeindekind" (1886) behandelt ein Außenseiterschicksal. Eine Bagatelle wie die Kurzgeschichte „Der Muff" zeigt hinwiederum mit psychologischem Scharfblick, welche Funktion dem Mitleid zukommt. Wer durch ein Almosen sein Gewissen angesichts sozialer Ungerechtigkeit entlasten möchte, betrügt die anderen, vor allem aber sich selbst. Eine vornehme Dame schenkt, einer jähen Inspiration folgend, einer Bettlerin einen Muff. Ein Polizist wittert eine Untat, da er die Bettlerin mit dem Prachtstück ausgestattet sieht, so daß diese ob der Unannehmlichkeit bei Aufklärung des Sachverhalts gerne auf die vermeintliche Wohltat verzichtet und den Muff zeternd retourniert.
Ferdinand von Saars Novelle (1833—1906) „Die Steinklopfer" (1874) visiert eine ähnliche Problematik an wie manche Schriften der Ebner-Eschenbach oder Anzengrubers: die das Recht brechen, weil sie entrechtet sind. Mit den hier genannten Autoren haben österreichische Schriftsteller gewiß maßgebliche Beiträge dafür geleistet, daß die soziale Frage in der Literatur präsent war. Darin jedoch — bei allem Respekt vor der literarischen Qualität einzelner Texte — ein Äquivalent zu den wirkungsmächtigen Büchern der russischen, englischen und vor allem französischen Zeitgenossen zu erblicken, geht kaum an. Eine Analyse der Gesellschaft der franzisco-josephinischen Epoche, die den Romanserien der Rougon-Macquart entsprochen hätte, gab es in Österreich nicht. Anzengruber, Ebner-Eschenbach und auch Saar stellen für jene, die auf eine Rubrizierung aus sind, eine Verlegenheit dar. In diesem Falle paßt weder die Etikette „Realismus" noch „Naturalismus", wobei jene allenfalls das literarische Verfahren zutreffend bezeichnen würde, diese in bezug auf die gewählte gesellschaftliche Thematik zuträfe.
Als Naturalist pur sang läßt sich vielleicht der Tiroler Karl Schönherr (1867—1943) bezeichnen; er setzte die Tradition des Volksstückes durch milieugetreue Rustikalisierung fort. Mimetisch exakt erfaßt er bäuerliches Leben und ländlichen Dialekt, heroisiert allerdings jene, die die Herausforderung der Natur anzunehmen gewillt sind.
Der alte Grutz in seiner Komödie „Erde" (1908), einem Erfolgsstück, in dem die bedeutenden Mimen des Burgtheaters brillierten, ist ein Bauer, der seine Kräfte auf geradezu mythische Weise aus dem Jahreskreislauf zu gewinnen scheint und in der Tracht des Tiroler Bauern so etwas wie eine mögliche Inkarnation des Übermenschen Nietzsches erahnen läßt.
Es scheint, daß in dem hier zur Rede stehenden Zeitraum die Dichter allesamt auf das Land ausgewandert wären, in der Hoffnung, dort unverbrauchte Themen und Men-

Ferdinand von Saar (1833—1906). Anonyme Xylographie. 1903.

schen vorzufinden. Indes war es gerade Wien, wo sich ein Umbruch anbahnte, der nicht nur für Österreich bedeutend wurde, sondern in der Folgezeit zunehmend von der Geistes- und Literaturgeschichte auch im Ausland registriert wurde. Ferdinand von Saar entwickelte in seinen „Wiener Elegien" ein richtiges Sensorium für die ambivalente Bedeutung, die dem Wien der Jahrhundertwende zukommen sollte:

„Nieder schlägt sich der Rauch aus ragenden Schloten der Arbeit,/welche Maschinen zunächst, aber auch Hände verlangt./Düster färbt sie den Himmel, die Mauern, die Menschen und treibt sie/zu ingrimmigen Haß, weil sie verzehrt, nicht ernährt.
. . .
Schaudernd empfind' ich es jetzt: in stolzen Palästen nicht — h i e r nur
webt sich dein Schicksal, o Wien — webt sich das Schicksal der Welt!"

Mit diesem Verweis auf die prekären gesellschaftlichen Antagonismen verband Saar aber auch Respekt vor den Leistungen Wiens gerade im Bereich der Literatur.

Die schriftstellerischen Produkte der Jahrhundertwende aus Wien sind im Ausland in der jüngsten Zeit zum Inbegriff für die österreichische Literatur geworden. Besonders amerikanische und italienische Gelehrte vermuten, mit einer Analyse dieses Wiens des Fin de siècle Gucklöcher für die Nabelschau der Moderne zu bohren. Ohne die Bedeutung solcher großangelegten Synthesen (die Namen Schorske und Johnston wären in diesem Zusammenhang zu nennen wie auch Allan Janik und Stephen Toulmin, deren Buch „Wittgenstein's Vienna" überraschend populär wurde) schmälern zu wollen, sei doch nachdrücklich davor gewarnt, alle diese vielfältigen Erscheinungen auf einen Nenner zu bringen und so die zahlreichen Divergenzen zu eskamotieren. Das Elend, das Saar in elegischem Versmaß noch beschwor, scheint bei den meisten dieser Autoren kaum präsent:

„Tobt der Pöbel in den Gassen, ei mein Kind, so lass ihn schrein,
Denn sein Lieben und sein Hassen ist verächtlich und gemein!
Während sie uns Zeit noch lassen, wollen wir uns Schönerm weih'n."

So dichtete zum 1. Mai 1890 ein damals sechzehnjähriger Gymnasiast: Hugo von Hofmannsthal (1874—1929). Es wäre freilich unbillig, wollte man meinen, daß mit diesen Versen schon alles prognostiziert würde, was Hofmannsthal über die gesellschaftlichen Gegensätze seiner Zeit zu sagen hatte. Doch ist in ihnen schon angedeutet, daß die poetische Arbeit gerade darauf abzielt, sich vom Gemeinen zu distanzieren; sich dem „Schönen weih'n" heißt es noch etwas vage und naiv in der Programmatik des Sechzehnjährigen. „Hofmannsthal und seine Zeit" betitelte Hermann Broch einen Essay, den er 1947/48 im amerikanischen Exil schrieb, wobei der Akzent auf dem verbindenden „und" liegen sollte. Hofmannsthal ist zu verstehen nicht nur als der dekadente Ästhet, sondern als Exponent und Konsequenz einer komplexen Entwicklung. Broch verstand das Museale und die Dekorativität, die an die Stelle der Kunst trat, als „österreichische Verfallszeichen". „Dichtung war eine Angelegenheit von Goldschnittbänden auf dem Salontisch", stellt er fest; in dieser Epoche herrschte das „Wert-Vakuum", Menetekel des „Zerfalls der Werte", der schließlich nach 1918 seine bedrohlichsten Wirkungen zeitigte. Die paradoxe Struktur des Fin de siècle suchte Broch mit der Formel der „fröhlichen Apokalypse" Wiens um 1880 zu fassen. Diese Liaison von Hedonismus und Untergangsstimmung prägt die intellektuelle Formation der Autoren des „Jung Wien". Das Attribut „jung" ist wiederum paradox: Wenngleich man dem Lebensalter nach jung ist, so fühlt man sich doch alt. Baudelaires Selbstdiagnose „Je me sens vieux comme si j'avais mille ans" scheint dem Bewußtsein dieser Autoren eingeschrieben. Auch wenn man sich von der Gründerzeit und vom Historismus distanziert, so hat man doch dessen Erbe anzutreten, und unter dem Zeichen des Erbens haben die Jungen ihre Eigenständigkeit zu behaupten. Hofmannsthals „Lebenslied" (1896) preist und verurteilt den Typ des Erben zugleich. Tradition, die zum Verschwenden ist, und Hingabe an das Ephemere treffen sich im Typus des Décadent.

Die Verfügbarkeit über das Tradierte führt nicht zur stilgerechten historistischen Rekonstruktion, sondern zur Mengung verschiedener Epochen, die das Gedächtnis des Künstlers herbeizuzitieren versteht. „Stilverdrehungsmanie" nannte Hofmannsthal dieses Prinzip, und diesem verdankt sich auch die seltsame Ahistorizität seiner Texte. Die stupende Sachkenntnis dieser Autoren in der abendländischen Kulturtradition ist Folge des Bildungsprivilegs. Nahezu alle Autoren besuchten das humanistische Gymnasium; auch wenn sie sich dessen meist später mit ironischer Herablassung erinnerten, so wurde damit doch ein einheitlicher Bildungsstandard garantiert, der zugleich für ein elitäres Bewußtsein sorgte. Hofmannsthal, Richard Beer-Hofmann (1866—1945), Arthur Schnitzler (1862—1931), Hermann Bahr (1863—1934), Karl Kraus (1874—1936) und Leopold von Andrian (1875—1951) hatten humanistische Gymnasien absolviert, auch Sigmund Freud (1856—1939), der übrigens bei der Reifeprüfung aus dem Griechischen 1873 den Be-

Hugo von Hofmannsthal (1874—1929).

Hugo von Hofmannsthal „Jedermann. Das Spiel vom Sterben des reichen Mannes" (1911). Erstaufführung vor dem Salzburger Dom während der Salzburger Festspiele 1920.

ginn des „Oidipos Tyrannos" des Sophokles übersetzen mußte . . .

Wichtig für die Konstitution dieser „Gruppe, die keine sein wollte", sind die Kommunikationszentren: die Salons und die Cafés, welche in der Kulturgeschichte geradezu an einem Mythos emporstilisiert wurden, dessen bekanntester Rhapsode Peter Altenberg (1859—1919) wurde. So wichtig die permeable Struktur des Cafés für die Entwicklung der Literatur wurde und ihre Urbanität denn auch garantierte, so bedenklich ist die Beschränkung auf dieses. Für den Journalisten Edmund Wengraf war das Café der „sichtbare Ursprung des Übels": „Aus der harmlos scheinenden braunen Mischung steigen braune Dünste auf, die unsern Blick umnebeln und uns blind und stumpf machen für einen der edelsten und lautersten Genüsse des Daseins." Das Café Griensteidl (am Michaelerplatz zwischen Herrengasse und Schauflergasse) hatte den Ruf des ersten Literatencafés, mußte sich aber auch den Spottnamen „Café Größenwahn" gefallen lassen. Als es umgebaut werden sollte und der Verlust des Dekorums befürchtet wurde, schrieb der damals dreiundzwanzigjährige Karl Kraus sein erstes Pamphlet „Die demolirte Literatur" (1897). Schnitzler, Bahr, Andrian, Salten (1869—1947) wurden Opfer dieser Attacken, in denen die Schwächen der Autoren und damit auch der ganzen Generation schonungslos aufgezeigt wurden.

Die Kritik von Karl Kraus an dieser Generation ist ernst zu nehmen, und es soll nicht das emphatische Pathos wiederholt werden, mit dem sie sich gefeiert sehen wollte. Hermann Bahr war für Kraus eines der bevorzugten Ziele: Er apostrophierte ihn als „Herrn aus Linz", „der so tat, als ob Weimar und nicht Urfahr die Vorstadt von Linz wäre". So bedenklich auch die Versatilität eines Hermann Bahr war, so wichtig ist sein der Entwicklung oft vorauseilender Kommentar. Bahr gerierte sich als der Taufpate der Bewegung, und in dem ersten Heft der Zeitschrift „Moderne Dichtung" (gegründet am 1. Januar 1890, ab 1891 „Moderne Rundschau") versuchte er eine Definition der Moderne; ein Jahr später sorgte er mit der Programm-Schrift „Die Überwindung des Naturalismus" für eine entschiedene Distanzierung von diesem, indem er ihn als eine „Besinnung des Idealismus auf die verlorenen Mittel" geradezu denunzierte. Gegen die Unterwerfung unter die exakte Darstellung im Naturalismus propagiert Bahr eine Kunst, in der „die entzügelten Nerven träumen". Für die Neuorientierung werden vor allem Nietzsche und die französischen Symbolisten wichtig. Dem „Nietzsche-Rummel" (Heinrich Gomperz) zu Beginn der neunziger Jahre entsprach später eine enttäuschte Abwendung von dem einstigen Idol, den der Philosoph und Dramaturg Alfred von Berger (1853—1912) in einem wenig schmeichelhaften Nachruf 1900 einen „innerlich verunglückten, der Natur mißlungenen Künstler" nannte. „Spleen" und „ennui", zentrale Begriffe Baudelaires, sind dem Selbstverständnis dienlich, eines gewissen Felix Dörmann (1870—1928) etwa, der als einer der ersten

Titelseite der Erstausgabe von Sigmund Freuds „Traumdeutung". Wien—Leipzig 1900.

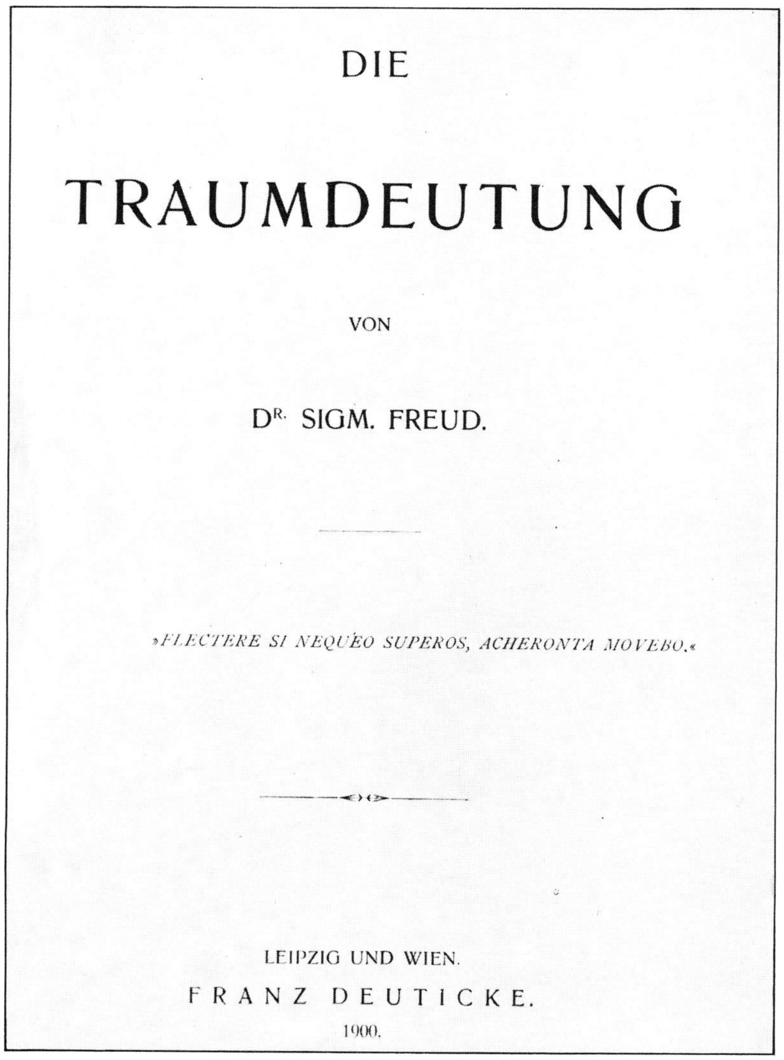
DIE

TRAUMDEUTUNG

VON

DR. SIGM. FREUD.

»FLECTERE SI NEQUEO SUPEROS, ACHERONTA MOVEBO.«

LEIPZIG UND WIEN.

FRANZ DEUTICKE.

1900.

Richard Beer-Hofmann (1886—1945).

Baudelaire-Übersetzungen vorgelegt hatte und der dessen Ästhetik des Häßlichen auch übersteigert in dem provokant programmatischen Gedicht „Was ich liebe" aus den „Sensationen" (1892) proklamierte:

Ich liebe, was niemand erlesen,
Was keinem zu lieben gelang:
Mein eigenes, urinnerstes Wesen
Und alles, was seltsam und krank.

„Modern sind alte Möbel und junge Nervositäten", schrieb Hofmannsthal 1893, und sein Drama „Der Tor und der Tod", das Schlüsseldrama für das Verständnis des Jungen Wien überhaupt, ist die sinnfällige Exemplifikation dieser selbstkritischen Pointe. Mit ihrem — um Dörmann zu zitieren — „eigenen, urinnersten Wesen" sind die meisten Figuren befaßt. Hofmannsthals Jugendfreund Leopold von Andrian hatte seiner Erzählung „Der Garten der Erkenntnis" (1895) das Motto „Ego Narcissus" gegeben, doch ehe man dies als gruppenverbindendes psychopathologisches Phänomen mit dem Verdikt der Eitelkeit abtut, sollte man die kritische Komponente dieser Selbsteinschätzung denn auch mitbedenken. Claudio, der Tor, lebt in einem stilvollen Schlößchen, dessen Interieur eben

Produkt der „Stilverdrehungsmanie“ zu sein scheint. Sein Leben hat er nicht wirklich gelebt, und der freundlich-antikische Todesgott, der kein Gerippe ist, macht Claudio bewußt, daß anderen, die vor ihm starben, das Leben etwas bedeutete: der Mutter, der Geliebten und dem Freund, der ihn denn auch verflucht, da er „keinem etwas war und keiner ihm“. Claudio stirbt, und — das ist die dramatische Pointe dieses Dramolets — der Tod hält Claudio einen rätselhaft-preisenden Nekrolog, in dem der allmächtige Tod in Staunen über das Wunder des Lebens dem gerade überwundenen Menschen seinen Respekt zollt. So jung diese Autoren auch waren, kaum eine Vorstellung war ihnen so vertraut wie die des Todes, und sogar dort, wo die Handlung zur Komödie inkliniert, ist sie von der Ernstfarbe des Todes grundiert. Auch in Schnitzlers „Anatol“, einer lockeren Szenenfolge, ist hinter diesem Spiel der Abschiede die Flucht vor der Wahrheit erkennbar, die allein durch den Tod sichtbar gemacht werden könnte. Auch Anatol ist ein Verwandter Claudios; er kann sich keiner Verpflichtung bewußt werden, auch ihm werden Zeitgenossen und Vergangenheit zum Spiel; die Inhalte, um die es in den Gesprächen gehen müßte, wie-

Inhaltsseite der ersten im Handel erhältlichen Buchausgabe des „Reigen“ (1900) von Arthur Schnitzler. Wien-Leipzig 1903.

REIGEN

ZEHN DIALOGE

PERSONEN

DIE DIRNE
DER SOLDAT
DAS STUBENMÄDCHEN
DER JUNGE HERR
DIE JUNGE FRAU
DER EHEGATTE
DAS SÜSSE MÄDEL
DER DICHTER
DIE SCHAUSPIELERIN
DER GRAF

Reigen. 1

Arthur Schnitzler (1862—1951). 1908.

gen leicht durch das Atmosphärische, welches dieser Narziß zu seiner Selbstbespiegelung zu inszenieren versteht. Er benötigt das historische Dekorum, das, verwandelt, sich bei ihm „in leerem und aggressivem Selbstwertgefühl" (Hartmut Scheible) offenbart.

Auch auf die Form gilt es zu verweisen. Kennzeichnend ist in dieser Periode die Bevorzugung der Kleinform: „Der Tor und der Tod" zählt an die 600 Verse; die Struktur des „Anatol" als lockere Szenenfolge weist voraus auf Schnitzlers von so vielen Skandalen umrankten „Reigen" (1900/03), der — ohne die von einem voyeuristischen Publikum heute noch unterstellte Frivolität — in einem erotischen Beziehungsspiel die verschiedenen Gesellschaftsschichten Wiens verbindet. Nicht um die Konstruktion eines Schicksalszusammenhangs, einer erschütternden Tragödie geht es. Der Reiz liegt im präzis exponierten Detail. Ähnliches gilt in thematischer und formaler Hinsicht auch für die Prosa. Beer-Hofmanns „Der Tod Georgs" (1897/1900) und Andrians Erzählung „Der Garten der Erkenntnis" (1895) sind auch um das Sterben zentrierte kurze Prosasequenzen, denen die strenge Struktur der klassischen Novelle fremd ist. Meister der Prosaskizze war Peter Altenberg. In ihr läßt sich die Erfahrung der sinnlich erfaßbaren Realität am intensivsten gestalten. „Nütz deine Augen, den Rothschildbesitz der Menschen!", fordert er. Wenn irgendwo, so wird in Altenbergs „Wie ich es sehe" (1896) die Überwindung des Naturalismus bei gleichzeitiger Wahrung seiner Vorzüge erkennbar.

Daß die Literatur dieser Zeit die Kritik an der Lebensform und damit an dem esoterischen Ästhetizismus, dem sie ihre Eigenart verdankte, in sich selbst enthielt, kann nicht genug betont werden. Schnitzlers „Leutnant Gustl" (1900), ein entfernter Verwandter des Hofmannsthalschen Claudio, reflektiert in der Nacht vor dem auf Grund überspannter Ehrenvorstellungen selbst auferlegten Freitod über sein Leben. Die Nichtigkeit der Reflexion wie des Lebens, die Schnitzler in der Form des inneren Monologs enthüllt, kehrt sich nicht nur wider den Protagonisten, sondern wider die Epoche und die Offiziersgesellschaft, deren Repräsentant er ist. Obwohl der Text keinen unmittelbaren Angriff gegen das österreichische Militär enthielt, wurde Schnitzler auf Grund dieser Erzählung der Rang eines Reserveleutnants aberkannt.

Was an Schnitzlers Novelle störte, das war weniger deren Inhalt als das Verfahren, mit dem die Bewußtseinslage des tristen Heroen transparent wurde. Schnitzler trug als ein Erzähler in seinen Texten schonungslos die Fassade der bürgerlichen Wohlanständigkeit ab, nicht aber zum Zwecke der moralinsauren Predigt, sondern im Dienste einer Analyse der Triebe. Die Verwandtschaft zwischen dem Verfahren Sigmund Freuds und Schnitzlers ist mehrfach hervorgehoben worden, doch ist zu betonen, daß es sich dabei nicht um Abhängigkeit, sondern allenfalls Korrespondenz handelt, um eine Korrespondenz, die so weit ging, daß Freud diese Relation zu Schnitzler als

Leopold von Andrian-Werburg (1875—1951). 1911.

„Doppelgängerscheu" bezeichnete, während die Tagebucheintragungen Schnitzlers nur zu oft die große Reserve bezeugen, die dieser gegenüber der Psychoanalyse empfand.
Für die Auseinandersetzung mit der Literatur ist die Einbeziehung der Methode und der Leistung Freuds unvermeidlich. Das nicht nur deshalb, weil viele Autoren tatsächlich von ihm überdeutlich beeinflußt wurden, sondern auch weil Freud selbst durch seine analytische Methode wertvolle Aufschlüsse in interpretatorischer Hinsicht gegeben hatte. Seine 1900 (recte bereits 1899) erschienene „Traumdeutung" hält Interpretationsmuster bereit, die anwendbar sind auch auf literarische Texte, und Freud selbst hat in seinem Vortrag „Der Dichter und das Phantasieren" (1908) die Dichtung ja als — allerdings entschieden zensurierten — Tagtraum bezeichnet. Zum anderen gebührt dem Schriftsteller Freud — einem brillanten Essayisten und auch sicheren Erzähler — ein Ehrenplatz in jeder Literaturgeschichte.
Freud und Schnitzler ist ein aufklärerisch-kritisches Moment eigen, das sich so gar nicht mit der der österreichischen Literatur nachgesagten Konservativität und vor allem Katholizität vereinen läßt. Schnitzler und Freud hatten demzufolge Schwierigkeiten, bei Schnitzler anschaulich dokumentierbar in dem Skandal um sein Drama „Professor Bernhardi" (1912), bei Freud in einer zunehmend sich radikalisierenden Religionskritik, die einerseits in der Rede „Zeitgemäßes zu Krieg und Tod" (1915) für eine positiv verstandene Diesseitigkeit optierte, die andererseits in dem Essay „Die Zukunft einer Illusion" (1927) den Jenseitsglauben psychoanalytisch als gefällige Fiktion zu entlarven und ein Leben ohne diesen als erträglicher und sinnfälliger darzustellen suchte.

Karl Kraus (1874—1936). 1908.

Hermann Bahr (1863—1934). 1910.

Diese allen ihren Schriften inhärente Opposition hat auch deren Aufnahme in den Literaturkanon nicht nachgerade begünstigt; die bis in die unmittelbare Vergangenheit hinein währenden Diffamierungen beider sind Zeugnis für einen resistenten Antisemitismus sowie auch Abwehrmechanismus, der gegen die auf dem unbarmherzigen Experiment gründende Verfahrensweise zu immunisieren sucht.
Tatsächlich war durch Psychoanalyse wie auch durch Schnitzlers Erzählungen ein fundamentaler Angriff auf die Intaktheit der Person erfolgt. Das Depersonalisationssyndrom manifestiert sich nicht nur in der Literatur, sondern auch in der Wissenschaft. In der Schrift des Physi-

kers und Philosophen Ernst Mach (1838—1916) „Beiträge zur Analyse der Empfindungen" meinte Hermann Bahr das gefunden zu haben, was ihn schon lange quälte: „‚Das Ich ist unrettbar'. Es ist nur ein Name. Es ist nur eine Illusion. Es ist ein Behelf, den wir praktisch brauchen, um unsere Vorstellungen zu ordnen." Die Formel vom „unrettbaren Ich" gab auch dem Selbstverständnis dieser Epoche die Signatur: Auflösung der in sich geschlossenen Persönlichkeit zu einem Empfindungsbündel, dessen Intaktheit nicht anders zu definieren wäre denn als Fiktion. (Am Rande sei vermerkt, daß niemand anderer als Lenin sich veranlaßt sah, gerade gegen diese Position Machs energisch Protest einzulegen.)
Vor dem Hintergrund der Machschen Analyse der Empfindungen kann Schnitzlers „Leutnant Gustl" gelesen werden. Obwohl die Thematik ganz woanders zu liegen scheint, gehört auch Hofmannsthals oft zitierter Text „Ein Brief" (1902) in diesen Zusammenhang. Es ist das (fiktive) Schreiben des sechsundzwanzigjährigen Lord Chandos an den Philosophen Francis Bacon, in dem es vor allem um eine Identitätskrise geht: „Kaum weiß ich, ob ich noch derselbe bin". Auslösend für diese Erfahrung der personalen Inkonsistenz ist eine Sprachkrise: Dem jungen Lord Chandos ist es unmöglich, ein abstraktes Thema zu behandeln; Worte wie „Geist", „Seele" oder „Körper" bereiten ihm ein „unerklärliches Unbehagen". Solche Worte würden ihm, Chandos, „im Munde wie modrige Pilze" zerfallen, und auch in der Alltagsrede hätte er große Hemmungen.
Fast zur selben Zeit erschienen Fritz Mauthners (1849—1923) „Beiträge zu einer Kritik der Sprache" (1901 f.) Dieses Werk und der Chandos-Brief können nicht nur als Abgesang auf den Wortprunk der Décadence (und damit auch als Zurücknahme des eigenen Frühwerks durch

Peter Altenberg (1859—1919). Gemälde von Oskar Kokoschka. 1909.

Umschlag des ersten Heftes der „Fackel". Wien 1898.

Hofmannsthal) gedeutet werden, sondern auch als bestürzendes Revisionsverfahren, dem sich die Literatur und das ihr essentielle Medium, die Sprache, zu unterziehen hatten. In diesen beiden Texten wird explizit, was als Thema bis in die Gegenwart hinein für die österreichische Literatur im Mittelpunkt steht: Sprache und Zweifel an der Mitteilungsfunktion der Sprache, wofür sich in der Fachliteratur die nicht ganz zutreffende Bezeichnung Sprachskepsis eingebürgert hat.
Auf die Sprache war auch das Lebenswerk von Karl Kraus abgestellt. Mit seiner Schrift „Die demolirte Literatur" (1897) hatte er sich wenig Freunde gemacht. Immer war die korrupte Sprache Anlaß für seine Invektiven, die sich von dem Gegenbild einer dem Ursprünglichen verpflichteten Sprache nährten, der Sprache Goethes, Stifters, Jean Pauls und Nestroys. Kein um die Gunst des Publikums bemühtes „Was wir bringen" sollte das Motto seiner Zeitschrift „Die Fackel" sein, sondern ein „ehrliches ‚Was wir umbringen'". In der „Fackel", die Kraus von 1899 bis zu seinem Tod 1936 redigierte (und ab 1911 allein), nimmt Kraus die Sprache jener aufs Korn, die er für die Hauptverderber hielt, die Journalisten.
Im sprachlichen Detail meinte Kraus, Gott und Teufel orten zu können. Die Presse (und im besonderen das Blatt des österreichischen Bürgertums, die „Neue Freie Presse") reagierte: Sie schwieg Kraus tot. Von Kraus' Wirken gingen unzählige Impulse aus. Zu seinen Bewunderern gehörten jene, die heute beispielhaft für die Kultur der Jahrhundertwende aus Österreich zitiert werden: Der Architekt Adolf Loos, der Komponist Arnold Schönberg, der Philosoph Ludwig Wittgenstein und der Maler Oskar Kokoschka. Sehr pointiert hat Theodor W. Adorno den Kampf des Karl Kraus gegen die Phrase mit dem Kampf Schönbergs gegen die Melodie und dem Kampf Loos' ge-

Karl Kraus. Zeichnung von Oskar Kokoschka. 1910. Tusche über Bleistift. Erschienen in der Zeitschrift „Der Sturm". Berlin 1910.

Peter Altenberg, rechts, mit dem Architekten Adolf Loos. 1911.

„Was ist ein Kaffeehausliterat? Ein Mensch, der Zeit hat, im Kaffeehaus darüber nachzudenken, was die andern draußen nicht erleben." (Anton Kuh). Café Dobner, Linke Wienzeile, Wien VI. Um 1900.

Georg Trakl (1887—1914). Karikatur von Max Esterle.

gen das Ornament verglichen. Verpflichtet war dem ethischen Anspruch auch die von Ludwig von Ficker (1880—1967) herausgegebene Zeitschrift „Der Brenner", worin schon früh die Gedichte Georg Trakls (1887—1914), des bedeutendsten Lyrikers der ersten Jahrhunderthälfte in Österreich, veröffentlicht wurden. Trakls Gedichte bedeuten vor allem in der Zeit nach 1912 einen Vorstoß in bislang nicht erschlossene Bereiche der Sprache, und zwar durch die Kühnheit des lyrischen Bildes und die differenzierte Verwendung der Farben, die sich in ihrer Bedeutung symbolisch nicht aufschließen lassen, sondern für sich bestehende Assoziationswerte evozieren. Angesichts der Lyrik Trakls erübrigt sich die Frage nach der Sonderform des österreichischen Expressionismus: In diesen von Krankheit, Schmerz und Tod bestimmten Gedichten kann man gewiß vieles ausfindig machen, was sich gemeiniglich als expressionistisch bezeichnen läßt. Zu erkennen ist jedoch vielmehr, wie ein Mensch und mit ihm seine Sprache an der düsteren Zeit zerbricht. Ludwig Wittgenstein wollte, über Empfehlung von Karl Kraus, Georg Trakl eine bedeutende Summe zukommen lassen. Wittgenstein suchte Trakl, der zu Kriegsbeginn in seiner Charge als Apotheker in Polen stationiert war, auf, doch dieser hatte seinem Leben durch eine Überdosis Kokain ein Ende gesetzt. Die Schlußverse seines letzten Gedichtes „Grodek" stellen eine düstere Prognose für die Zukunft:
„Die heißere Flamme des Geistes nährt heute ein gewaltiger Schmerz,/Die ungebornen Enkel."
Daß die Position eines Karl Kraus auf einem ethischen

Fundament ruhte, wurde spätestens in der Stunde der Bewährung deutlich. Als 1914 der Krieg ausbrach, sahen sich nahezu alle Literaten veranlaßt, die Feder patriotisch zu spitzen. Unsägliche Gedichte und Aufrufe wurden geschrieben, wenige Autoren hielten sich zurück, unter ihnen Schnitzler und Karl Kraus, der nach anfänglichem Zögern vehement das Verbrecherische dieses Krieges in Glossen, Reden und vor allem in seinem während des Krieges entstandenen, einem Marstheater zugedachten Drama „Die letzten Tage der Menschheit“ (1918/19 erste Fassung, erweiterte Fassung 1922) anprangerte. Kraus bringt die Gesellschaft der untergehenden Monarchie in diesen fünf Akten ins Bild. Im heimlichen Zentrum steht — auch wenn nahezu alle Bereiche der Monarchie ausgeleuchtet werden — Wien, von wo aus der Nörgler (unschwer als Kraus selbst erkennbar) sein Urteil über jene spricht, die das Verderben brachten. Kraus schont niemanden, nicht das Kaiserhaus, nicht das Militär, auch nicht die Dichterkollegen wie Hofmannsthal und Andrian.

Der Brenner

Halbmonatsschrift für Kunst u. Kultur / herausgegeben von Ludwig v. Ficker

[illegible] Jahr. Heft 1.

[illegible] / Karl Dallago: Frühling als Wecker / Ludwig [illegible]: [illegible] / Richard Huldschiner: [illegible] / Arthur von Wallpach: [illegible] / Robert Michel: „Den heiratsfähigen Mädchen“ / Lorenz Lagwer: Vigilie / Max von Esterle: Karikaturenfolge I (Albin Egger-Lienz) / [illegible]: Landesverband und Journalistik.

Brenner-Verlag / Innsbruck.

„Der Brenner. Halbmonatsschrift für Kunst und Kultur“, herausgegeben von Ludwig von Ficker, Titelblatt des ersten Heftes. Innsbruck 1910.

Ludwig von Ficker (1880—1967). Um 1960.

Kraus' gewaltigstes Drama ist der bittere tragisch-satirische Abgesang auf die untergehende Monarchie. Da bewährte sich das ethische Pathos des Satirikers, da bewährte sich die Identität von Sprach- und Moralkritik. Zugleich wurde bewußt, daß der Untergang der Monarchie, lange vorausgeahnt oder prophezeit, nicht nur das Ende einer Staatsform bedeutete, sondern auch einer Lebensform. Daß dieses Ende von 1918 irreversibel war, war allen Autoren mehr oder weniger bewußt. Die Reaktion der Literatur ist als Zeugnis einer schweren Traumatisierung zu werten; trotz höchst unterschiedlicher Antworten scheint ein Merkmal verbindend zu sein: Die Gegenwart wird negiert, die Gegenwart der krisengeschüttelten jungen Republik. Arthur Schnitzler, der den Status der Zeit vor 1914 so scharfsichtig im Detail charakterisiert hatte, weigerte sich ausdrücklich, auf Gegenwartsprobleme wie z. B. die Inflation einzugehen. Sein erzählerischer Kosmos blieb der gleiche, auch wenn man in einem späten Meisterwerk wie „Fräulein Else" (1924) durchaus eine Inflation der Werte und Gefühle ablesen mag, die in Analogie zur gesellschaftlichen Situation dieser Epoche steht.

Am deutlichsten sichtbar wird diese Retrospektivität im Werk Hofmannsthals, der mit seinen Komödien „Der Schwierige" (1922) und „Der Unbestechliche" (1923) die Lebens- und Denkform der Aristokratie bewahrt sehen möchte, zugleich aber als Schauplatz den Wiener Salon und ein Schlößchen auf dem Lande wählt, deren Hermetik Veränderung im Sozialen auszuschließen scheint. „Der Schwierige" ist auch eine Komödie der Sprache, eine Komödie über die „Dezenz der Rede", die der Held, Graf Hans Karl Bühl, — ein gealterter Lord Chandos —, so sehr gefährdet sieht, daß er meint, den Mund nicht aufmachen zu können, ohne die „heillosesten Konfusionen" anzurichten. Es wird ihm aber zuletzt noch Gerechtigkeit zuteil; er bekommt die Frau, die ihn liebt. Das traditionelle Komödienende jedoch scheint mit feiner Ironie widerrufen: Das Paar befindet sich nicht mehr auf der Bühne und beugt sich nicht der Konvention, zu deren Wiederherstellung das Stück geschrieben schien.

„Der Unbestechliche" wiederum ist die Komödie der Revolution, die nicht stattfand. Ein moralisch sehr bedenklicher Landadliger wird von seinem Diener Theodor an der Durchführung frivoler Absichten gehindert und „gebessert". So müßte die Gesellschaft verändert werden, scheint Hofmannsthal sagen zu wollen: von den guten Dienern, die in sich die Qualitäten eines Grillparzerschen treuen Dieners, eines Leporello und Figaro vereinen.

Die kulturpolitisch bemerkenswerteste, wenngleich nicht unumstrittene Leistung liegt in Hofmannsthals Salzburger Festspielkonzept (1920), worin im Geiste des Barock einerseits die Vergänglichkeit des Irdischen mahnend präsentiert wird, andererseits der Diesseitigkeit durch das Schauspiel jener Glanz zurückgegeben werden sollte, den sie durch das Nachkriegselend eingebüßt zu haben schien. In der Rede „Das Schrifttum als geistiger Raum der Nation" prägte Hofmannsthal im Jahre 1927 das Schlagwort von der „konservativen Revolution", wodurch die Notwendigkeit der Veränderung zwar eingestanden wird, dieser jedoch durch ein intaktes Weltverständnis begegnet werden soll, um jeglicher Umwälzung die Schärfe zu nehmen und eine gottgewollte Ordnung zu bewahren. Bezeichnend, daß Hofmannsthal Salzburg und nicht Wien als Festspielstadt wählte; Wien hatte auch seine Feste, diese allerdings dienten dazu, dem Selbstbewußtsein des Arbeiterstandes die nötige kulturelle Stütze zu geben. Für Bewahrung des Erbes sollte nicht die Großstadt, die zum Ort der Veränderung schlechthin geworden war, sorgen, sondern das Land, die Provinz.

Diese von Hofmannsthal programmatisch verkündete „konservative Revolution" offenbarte ihre Wirkungsmächtigkeit auch noch nach dem Zweiten Weltkrieg. Sein künstlerisches Werk scheint den Optimismus, den er mit diesem Konzept ausdrücken wollte, nur bedingt zuzulassen: Das mehrfach umgearbeitete Drama „Der Turm" (1926/27) mag als Replik auf eine Epoche verstanden werden, die dem zur Macht Berufenen keine Chance ließ, das Drohende der Militärdiktaturen erahnte und mit der Utopie eines Kinderkönigs die Chancen zu einer positiven Sicht auf die Zukunft utopisch freimachen wollte.

„Die Welt von Gestern": Elegante Dame der Wiener Gesellschaft in Begleitung eines Offiziers der Garde beim Pferderennen in der Freudenau. Um 1910.

Seit 1920 findet alljährlich zu den Salzburger Festspielen eine Aufführung von Hofmannsthals „Jedermann" vor dem Dom statt.

Mit Hofmannsthals Tod 1929, so hieß es, wäre die Monarchie endgültig gestorben. So viele Züge des untergehenden Reiches sich in seinem Werk aussagekräftig verdichten, so bedenklich ist es, ihn zum Alleinrepräsentanten emporzustilisieren.
Man kann sich die literarische Szene der jungen Republik nicht lebendig genug vorstellen. Die Zurückhaltung Hofmannsthals und Schnitzlers und vieler anderer ist verständlich, doch läßt sich daraus nicht ableiten, daß die Literatur damals ausschließlich von Hermetik und Retrospektivität, ja von der Verweigerung jeglicher Parteinahme geprägt wäre. Zwar meinte der junge Hermann Broch 1918 in einem offenen Brief an Franz Blei, in der Politik die „letzte und böseste Verflachung des Menschen" erblicken zu können, doch mischten viele andere in diesen Niederungen ganz schön mit: Tragisch ist der Fall Hugo Bettauers (1872—1925), dem man mit seinen reißerischen vielgelesenen Romanen schwerlich literarische Qualität wird nachsagen können, der aber durch seine sexualaufklärerischen Ambitionen Kontroversen provozierte, die zu politischen Krisen führten. Bezeichnend für das überreizte Klima dieser Tage ist sein Tod: Ein einundzwanzigjähriger Zahntechniker schoß ihn nieder, um die Jugend vor diesem Sittenverderber zu schützen.

Hermann Broch (1886—1951). 1937.

In Rechnung zu stellen ist auch die Gegenseite: vor allem von jenen, die nach dem Krieg enttäuscht ihre Identität als Offiziere aufgeben mußten. Der Traditionsverlust erschien untragbar, und der Gegenwart, die der Geschichte böse Adieu sagte, setzte man das Bedürfnis nach Geschichte entgegen. Der historische Roman hatte Hochkonjunktur und ließ sich argumentativ in den Dienst für die große Persönlichkeit nehmen. Was da von Bismarck oder Napoleon erzählt wird, hat einen Sinn: den Sockel zu errichten für einen, der kommen soll, für den unbekannten Führer. Mirko Jelusichs (1886—1969) „Cäsar" (1929) wurde zu einem Bestseller. Man konnte es sich im Gewand der Geschichte leisten, die Gegenwart parabolisch zu besprechen. So wurde — und dies schon unmittelbar nach 1918 — bei den Gebildeten der Boden für den Nationalsozialismus bereitet.
Dem stand zwar die vor allem in Wien mit großer Intensität betriebene Bildungspolitik der Sozialdemokratischen Partei gegenüber, die sich in den Volkshochschulen und Volksbüchereien um die Leseerziehung der Bevölkerung bemühte, ihren Schwung jedoch um das Jahr 1927 einbüßte. Deutlich sind die zahlreichen Beziehungen dieser oft vorwiegend natur- und sozialwissenschaftlich ausgerichteten Bemühungen zur Literatur. Zu erwähnen etwa Otto Neurath (1882—1945), Naturwissenschaftler, Soziologe, Statistiker, ja auch Schriftsteller, kurzum ein „uomo universale"; er gehörte zum „Wiener Kreis", der sich im Zeichen der kritischen Diskussion der Lehren Machs nach 1922 an der Universität Wien konstituierte. Auch der „Tractatus logico-philosophicus" (1921) Ludwig Wittgensteins wurde in diesem Zirkel besprochen. Die Beziehungen der Literatur zu diesem Kreis liegen gewiß nicht offen zutage, aber es ist angebracht, die innovatorischen Leistungen auf literarischem Gebiet im Kontext mit diesen Konzepten zu sehen.
Hier sind vor allem Robert Musil (1880—1942) und Hermann Broch (1886—1951) zu nennen. Musil — er unterschied sich schon durch seine Ausbildung als Ingenieur und Mathematiker von den meisten anderen im Sinne des humanistischen Gymnasiums gebildeten Autoren seiner Zeit — hatte bereits in seinem Frühwerk „Die Verwirrungen des Zöglings Törless" (1906) nicht nur dessen pubertäre Krisen in einer Kadettenschule geschildert, sondern auch durch den Zweifel an der Mathematik — wie kann es imaginäre Zahlen wie die Wurzel aus -1 geben? — die intellektuelle Desorientierung literaturfähig gemacht. Musil promovierte 1908 bezeichnenderweise mit einer Arbeit über Ernst Mach in Berlin, und ihm, dem manche Karriere offenstand, schien die eines Schriftstellers als die einzig sinnvolle. Doch Schreiben hieß für Musil denn auch, die naturwissenschaftlich-mathematischen Voraussetzungen für dieses zu gewinnen: „Aller seelischer Wagemut liegt heute in den exakten Wissenschaften. Nicht von

Goethe, Hebbel, Hölderlin werden wir lernen, sondern von Mach, Lorentz, Einstein, Minkowski, von Couturat, Russell, Peano", schrieb er 1912, und sein Lebenswerk scheint orientiert nicht auf die Aussöhnung von Ratio und Mystik, sondern auf deren In- und Nebeneinander in unserem Leben. Musil, der als Offizier den Ersten Weltkrieg mitmachte, hat diesen zum Anlaß für sein größtes und auch bekanntestes Werk genommen, den „Mann ohne Eigenschaften" (1931, 1933). Dieser hätte die Zeit vor dem Krieg behandeln sollen. Musil dazu selbst: „Daß Krieg wurde, werden mußte, ist die Summe all der widerstrebenden Strömungen und Einflüsse und Bewegungen, die ich zeige." Der inhaltliche Grundeinfall ist denkbar einfach: Die rührige Gattin eines Sektionschefs organisiert die Parallelaktion, und zwar die Abhaltung groß angelegter Feiern zu dem 70. Regierungsjubiläum Kaiser Franz Josephs und dem 40. Kaiser Wilhelms im Jahr 1918. Diese Aktion ist ihrem Wesen nach ebenso irreal wie der Staat, der sie ermöglicht, und die ganze Betriebsamkeit für diese Aktion erscheint ja ex post unter einem ironischen Akzent, da ja just 1918 der Umsturz erfolgte. Das Reich, in dem all dies spielte, nennt Musil „Kakanien", dessen paradoxe Existenz er mit Kritik ebenso wie — das Paradoxon sei gestattet — mit rationaler Verklärung herbeizaubert, jenen Staat, „der in so vielem ohne Anerkennung vorbildlich gewesen ist" und der vielleicht, „ohne daß die Welt es schon wußte, der fortgeschrittenste Staat" war. Es war ein Staat, „der sich selbst irgendwie nur noch mitmachte", wo man, „ständig im Gefühl der unzureichenden Gründe für die eigene Existenz" gelebt hatte. Der Widerspruch Österreichs, aus oft krasser Rückständigkeit zur heimlichen Avantgarde vorzustoßen, wird als antithetisches Grundmuster dem Roman unterlegt. Und es ist der Held Ulrich, der diese Gegensätze austrägt und vorlebt. Ulrich selbst wird aus einem Überschuß an Eigenschaften zum Mann ohne Eigenschaften: Er verweigert sich allen Identitätszumutungen der Gesellschaft, er wird nicht Offizier, Beamter oder Gelehrter, ja selbst Genie scheint zum obsoleten Vokabel geworden zu sein, da mit diesem Attribut auch Fußballer und Rennpferde bedacht werden. Der Mathematiker Ulrich geht in seinen Reflexionen von der Disparität exakter wissenschaftlicher Analyse und dem vagen Spiel Gefühle aus. Trotz der zahlreichen wissenschaftlichen Einzeldisziplinen scheinen Worte wie Liebe, Geist und Seele unentbehrlich. Das unzeitgemäß Scheinende wird aber nicht verherrlicht, sondern behutsam in seiner Funktion befragt. Die mystischen Erfahrungen, denen sich mit dem Autor auch sein Held Ulrich immer mehr zuwandte, sind der Ratio nicht entgegengesetzt, sondern komplementär. Statistik wird zum sarkastisch eingesetzten Kontrapost wider jede Emphase; Ethik und Ästhetik scheinen sich dem wissenschaftlichen Diskurs zu entziehen — eine (dies sei am Rande bemerkt) erstaunliche Parallele in der Konzeption zu Wittgenstein.

Robert Musil (1880—1942) in seinem Arbeitszimmer. Um 1930.

Musil hat den „Mann ohne Eigenschaften" nicht abgeschlossen; er steht heute noch als einer der gewaltigsten Torsi der Literaturgeschichte da, dessen möglicher Abschluß selbst für den Autor nicht eindeutig gewesen sein dürfte. Musil hielt sich auf eine reflexionsbestimmte Distanz zum Tagesgeschehen, dessen wacher Zeuge er blieb. Zu Lebzeiten blieb ihm Anerkennung versagt; zu seinem 100. Geburtstag überschlug sich die Fachwissenschaft in Aktivitäten geradezu, die einem Musil sicher Stoff zur Satire gegeben hätten. Allein ihm war, wie er in einem Aperçu bemerkte, das ontologische Kunststück unmöglich, von seinem Nachruhm zu leben. Die Tagebucheintragungen zeigen nun auch, mit welchen Geldnöten er zu kämpfen hatte. Viele österreichische Autoren waren damals nicht nur auf den deutschen Markt angewiesen, sondern auch auf die deutschsprachigen Zeitschriften in den Nachfolgestaaten der Monarchie. Die Entscheidung für den Beruf eines Schriftstellers hatte Musil mit einer zusehends prekärer werdenden finanziellen Situation zu bezahlen.

Nicht nur in dieser Hinsicht ist das Leben und das Werk Hermann Brochs vergleichbar. Broch verkaufte seinen

Parade des k. u. k. Infanterieregimentes Nr. 49 in Brünn, Mähren. 1900.

Anteil an der väterlichen Textilfirma und widmete sich — in Kontakt mit Gelehrten des Wiener Kreises — der Mathematik und der Literatur. Der Ruhm, den ihm die Romantrilogie „Die Schlafwandler" (1930—1932) einbrachte, garantierte keineswegs eine gesicherte Existenzgrundlage. Auch im Falle Broch hat dieses Risiko sich nur im Blick auf die Nachwelt gelohnt. Die lose miteinander verbundenen Teile dieser Trilogie bilanzieren drei durch das gleichbleibende Spatium von fünfzehn Jahren getrennte Epochen: „Pasenow oder die Romantik" spielt 1888, „Esch oder die Anarchie" 1903 und „Huguenau oder die Sachlichkeit" 1918. Die zusehends sichtbar werdende Auflösung der traditionellen Romanstruktur ist analog zu der darin abgehandelten Theorie von dem „Zerfall der Werte". Broch, der in Musil einen ihm nicht geheuren und bedenklichen Rationalisten erblickte, hat doch auch versucht, seine Auseinandersetzung mit der Mathematik und den exakten Wissenschaften in Romanform zu bannen. In seinem Kurzroman „Die Unbekannte Größe" (1934) versucht er, die Unlösbarkeit existentieller Fragen durch die Sprache der exakten Wissenschaften darzustellen. Sein letztes großes Werk, der „Tod des Vergil", den er 1945 im amerikanischen Exil fertigstellte, ist gedacht nicht zuletzt auch als Gegenstück zu James Joyces „Ulysses" und verbunden mit einer Absage an eine Kunst, die sich nicht auch als Erkenntnis verstünde. Und um diese theoretisch fundierte Erkenntnis ging es Broch auch in seiner durch die Jahre hin entwickelten Massenwahntheorie, dem Forschungsgebiet, dem Elias Canetti 1962 seine fundamentale Studie „Masse und Macht" widmete.

Um den Kontext von Wissenschaft und literarischer Praxis zu zeigen, sei auf ein heute leider kaum gelesenes Werk verwiesen, und zwar auf Rudolf Brunngrabers (1901—1960) „Karl und das XX. Jahrhundert" (1932), einen Roman über das Proletarierkind Lakner, das so ziemlich alles mitmacht, was einem Jahrgang 1893 Geborenen ins Haus stand: Großstadtelend, Krieg, und nach diesem, trotz hoher Auszeichnungen, Arbeitslosigkeit und Hunger und schließlich Selbstmord. Die Einmaligkeit dieses Buches im deutschen Sprachraum aber liegt darin, daß der Autor den Lebenslauf mit wirtschaftsgeschichtlichen Daten — Brunngraber war ein Schüler Neuraths — verrechnet und so eine höchst spannende Konfrontation erzielt. Man fühlt sich an die Werke John Dos Passos' erinnert. Der Held dieses Buches ist das Gegenstück zu Musils Ulrich, dem Mann ohne Eigenschaften; während sich dieser den Luxus leisten kann, auf Eigenschaften im herkömmlichen Sinne zu verzichten, werden sie dem Proletarierkind versagt. Zum anderen wird in diesem Roman wie kaum in einem andren Werk die Kluft zwischen makroökonomischen Vorgängen und einem individuellen Schicksal gestaltet.

Brunngrabers Roman kann als eine Ausnahme unter den bis jetzt besprochenen Werken gelten, die sich sonst allesamt der Analyse der Vergangenheit zu widmen scheinen. Selbst Musils Roman ist — und darin auch der Haltung Schnitzlers und Hofmannsthals nicht unähnlich — durch eine kritische Retrospektivität geprägt. Es scheint fast, als wäre die Gegenwart nicht vorhanden in diesen Werken, als wäre der Einschnitt von 1918 nie gewesen. Dieses auf zahlreiche Texte zutreffende Syndrom hat auch ein bis heute in der Diskussion noch vorrätiges Etikett: der „habsburgische Mythos" in der österreichischen Literatur. Diesen Terminus, der oft mißverständlich angewendet wurde und von dem vorsichtig Gebrauch gemacht werden sollte, prägte der Triestiner Germanist Claudio Magris im Jahre 1963 mit seiner Dissertation und meint damit freilich nicht die Verklärung habsburgischer Vergangenheit im Stile nostalgischer Klischees, sondern unterstellt der österreichischen Literatur vielmehr eine „Verwandlung des Realen" durch den Rückblick, wodurch die Gegenwart annulliert scheint und sich eine nicht wandelnde Welt mit märchenhafter Ordnung darbietet, die so etwas wie ein kritisches Gegenbild zur tatsächlichen Situation bereit hält, kurzum: Die österreichischen Autoren pflegten einen kunstvoll stilisierten Eskapismus, dessen Konsequenz sehr wohl Progreß in bezug

Joseph Roth (1894—1939). Um 1930.

auf die ästhetische Praxis, Konservativität in bezug auf das politische Bewußtsein bedeute. Auf diese These wird hier etwas ausführlicher eingegangen, weil sie bis heute zur Kennzeichnung der österreichischen Literatur herangezogen wird und viele Autoren an diesem Bild mitgeformt haben. Magris hat mit seinem Buch viel Staub aufgewirbelt und alle Verfechter einer unbefragt positiven österreichischen Literaturtradition zur Revision gezwungen. Auch wenn er seine Thesen in der Zwischenzeit selbst revidiert hat, auch wenn sich viele Autoren diesem Schema nicht unterordnen lassen, auch wenn durch die Forschung das Bild der österreichischen Literatur sich differenzierter präsentiert, so hat Magris mit seiner Studie doch ins Schwarze getroffen.

Die Rolle des Kronzeugen für diesen „habsburgischen Mythos" kann ohne Zweifel Joseph Roth (1894—1939) übernehmen, dessen Lebenslauf und Lebenswerk die Komplexität dieses Phänomens zu illustrieren vermag. Josef Roth, gebürtig aus Galizien, jüdischer Herkunft, österreichischer Offizier im Ersten Weltkrieg, engagierte sich nach 1918 links von der Sozialdemokratie als Journalist, vor allem als Reiseschriftsteller, schrieb 1923 einen Fortsetzungsroman, in dem er einen faschistischen Putsch exakt und synchron mit Ludendorffs und Hitlers Putsch

Franz Werfel (1890—1945). Um 1920.

im November 1923 gestaltete („Das Spinnennetz"), stellte das Schicksal der Ostjuden in Erzählungen und Essays dar und beschwor immer mehr die untergegangene Welt dieser nun Heimatlosen, denen er sich zugehörig fühlte. Der Machtzuwachs der Nationalsozialisten förderte Roths immer sentimentaler werdende Neigung zu der untergegangenen Monarchie, deren erstes bedeutendes Dokument der Roman „Radetzkymarsch" (1932) ist, die Geschichte — hierin durchaus den „Buddenbrooks" von Thomas Mann vergleichbar — vom Untergang einer Familie: Der erste der Trottas wird auf Grund einer Heldentat geadelt, der Sohn wird pflichtbewußter Beamter, während der Enkel alle Züge des Décadents an sich trägt und mit seinem Erbe nicht zu Rande kommt. Der marxistische Literaturwissenschaftler Georg Lukács hat dieses Buch — trotz der ihm bedenklich erscheinenden weltanschaulichen Haltung — gelobt und scharfsinnig beobachtet, daß erst die „ideologische Schwäche" des Autors einen so profunden Einblick in die untergehende Welt und so auch deren schonungslose Analyse ermöglichte. Es wäre leichtfertig, Roths Werk dem in den dreißiger Jahren immer virulenter werdenden Kulturkonservativismus zuschlagen zu wollen; er wußte, daß es mit der Welt seiner Kindheit für immer vorbei war. Seine Erzählungen — vor allem „Die Büste des Kaisers" (1933) — verklären die Monarchie, deren Darstellung jedoch keineswegs als Realdiagnose zu werten ist, sondern als „rückwärtsgewandte Utopie" einer desolaten Gegenwart entgegengehalten werden soll. Joseph Roths Begräbnis in Paris illustriert weit über das Anekdotische hinaus die Widersprüche, denen er sich ausgesetzt sehen mochte: Ein katholi-

Stefan Zweig (1881—1942).

scher Pater hielt eine Ansprache, Juden beteten auf hebräisch, ein Kranz von Otto von Habsburg wurde niedergelegt, und Egon Erwin Kisch, der Jugendfreund Roths, der „rasende Reporter", ein linker Autor, warf Roth einen Strauß roter Nelken ins Grab.
Ähnlich verlief die Lebenskurve des aus Prag stammenden Franz Werfel (1890—1945), der in seinen frühen Gedichten dem Impressionismus und dem Expressionismus huldigte, in der Erzählung „Nicht der Mörder, der Ermordete ist schuldig" (1920) den übergewaltigen Militärapparat der Monarchie als nachwirkendes Trauma darstellte, sich kurz links von der Mitte engagierte, in der Folge jedoch in seinen Romanen sich Glaubensproblemen zuwandte und meist die Mägde als die wahren Heldinnen verehrte. Sein Roman „Die vierzig Tage des Musa Dagh" (1933), der vom Massaker der Armenier durch die Türken im Jahre 1914 handelt, hat ihm einen Ehrenplatz in der Geschichte dieses Volkes verschafft, sein Roman „Das Lied von Bernadette" (1941) — geschrieben infolge eines Gelöbnisses nach geglückter Flucht über die Pyrenäen — zeigte seine Verbundenheit mit dem Katholizismus, doch blieb er — wie Joseph Roth — Jude, weil er meinte, seiner Herkunft in dieser Zeit der Not und Verfolgung treu bleiben zu müssen. Werfels poetisches Programm läßt sich indes als reziprok zu dem Musils lesen: Er wollte das „göttliche Geheimnis" mit Hilfe des „verschlagensten Realismus" darstellen: Literatur im Dienste einer Theologie, die das Elend der Welt dem Verlust der religiösen Dimension zuschreibt. Der Wert dieser Literatur, die Werfel selbst als „aufreizend antimodern" bezeichnete, mag heute nicht zuletzt in der Provokation liegen.
Und auch Stefan Zweig (1881—1942), der wohl populärste österreichische Autor — die Übersetzung in alle Weltsprachen legt davon beredt Zeugnis ab —, gehört mit seinen postum veröffentlichten Erinnerungen „Die Welt von Gestern" (1944) in den Kontext des „habsburgischen Mythos". Aus der Verzweiflung des Exils heraus sind jene Zeilen geschrieben, die manches harte Urteil über seine dem Tagesgeschmack gehorchenden, in überschwenglicher Rhetorik gehaltenen und seriell hergestellten, historischen Prosaerzählungen (z. B. „Sternstunden der Menschheit", 1927) verstummen macht: „Mein Werk ist in der Sprache, in der ich es geschrieben, zu Asche gebrannt worden. . . . So gehöre ich nirgends mehr hin, überall ein Fremder und bestenfalls ein Gast." Die Zeit vor dem Krieg erscheint als „das goldene Alter der Sicherheit", der „Staat als der oberste Garant der Beständigkeit". Verklärung dieser Art wird nur verständlich vor der Folie des Exils und des Krieges. Seine pazifistischen Bemühungen während des Ersten Weltkriegs und danach verleihen seinem Wirken eine Gültigkeit weit über die literarische Qualität hinaus, sein Tod — Selbstmord im brasilianischen Exil — macht ihn zum Protomärtyrer einer humanen Gesinnung, für die seine Heimat damals nur Verachtung kannte.

REPUBLIKANISCHE REALITÄT

Die Formel vom „habsburgischen Mythos" in der Literatur greift zu kurz, wenn man damit alles erfassen will, was in der kurzlebigen Ersten Republik geschrieben wurde. Bezeichnend jedoch, daß sich all dies erst viel später durchzusetzen vermochte, ja meist erst nach dem Zweiten Weltkrieg rezipiert wurde. Das gilt vor allem für Ödön von Horváth (1901—1938), als dessen hervorragendstes Verdienst die Erneuerung des Volksstückes gelten kann. Horváth, der von sich selbst bekannte, daß er die Monarchie nur vom „Hörensagen" kenne, bezeichnete sich selbst aber als eine „typisch altösterreichische Mischung, ungarisch, kroatisch, tschechisch, deutsch"; „nur mit semitisch" könne er „leider nicht dienen". Die unbarmherzige Darstellung der Menschen, „wie sie leider wirklich sind", die Kritik an den Zuständen ist bei Horváth durch die präzise Handhabung der Sprache verbürgt. Gesellschaftskritik läuft bei Horváth über die Sprachkritik. Die faschistische und kleinbürgerliche Gesinnung wird durch den Jargon, im besonderen durch den von Horváth so

Ödön von Horváth (1901—1938).

Jura Soyfer (1912—1939).

treffend bezeichneten „Bildungsjargon" entlarvt. Die Gefahr, die von den Nationalsozialisten drohte, war ihm von Anfang an bewußt. Das Volksstück diente ihm weder dazu, das Rustikale zu verherrlichen, noch die Menschen zu karikieren oder die Ungeheuerlichkeiten des Alltags zu verniedlichen. Die krude und deprimierende Lebenswirklichkeit ist in seinen Werken präsent; die Arbeitslosigkeit ist mehr als bloß dankbarer thematischer Vorwurf (z. B. in „Kasimir und Karoline", 1932). Sein Volksstück „Geschichten aus dem Wiener Wald" (1931) kann als Anti-Operette bezeichnet werden. Die Szenenanweisungen sehen Musikeinlagen vor, die in ihrer Sentimentalität der brutalen Handlung kontrastieren, der Geschichte jener Marianne aus dem 8. Wiener Gemeindebezirk, deren Ausflug in die Emanzipation so schrecklich zuschanden wird. Sie verläßt den für sie vorgesehenen brutalen Fleischermeister Oskar, nur um ihn gegen den Wiener Filou Alfred einzutauschen, der sich um das Kind nicht kümmert und schließlich froh ist, als dieses nach einer seltsamen Luftkur, der es dessen boshafte Urgroßmutter aussetzt, stirbt. Er ist wieder frei, während Marianne keinen andren Ausweg sieht, als zu Oskar zurückzukehren. Ein bitterböses happy end, untermalt von Walzerklängen. Wie sehr sich Horváth in einer österreichischen Tradition verstand, mag aus einem Brief hervorgehen, den er nach seiner Flucht vor den Nazis 1938 schrieb: „Man müßte ein Nestroy sein, um all das definieren zu können, was einem undefiniert im Wege steht!" Horváth starb im Exil in Paris, erschlagen von einem herabstürzenden Ast auf den Champs-Elysées.
Die österreichische Literaturgeschichte der Zwischenkriegszeit liest sich als eine Geschichte von Opfern, die der Ständestaat und später der Nationalsozialismus forderten. Jura Soyfer (1912—1939) ist in der jüngsten Zeit zu einer Symbolfigur für diese verschüttete Literatur geworden. Er hatte während des Ständestaates sein Forum in den Wiener Kleinbühnen, versuchte die Zensurbestimmungen zu umgehen oder mit subtil gesetzten Pointen eine bewußtseinsändernde Wirkung zu erzielen. Das bekannteste der Volksstücke Soyfers, „Der Lechner Edi schaut ins Paradies", entwirft aus der Sicht eines Arbeitslosen das

Egon Friedell (1878—1938). Zeichnung von Emil Orlik. 1904.

Bild einer Welt, in der alle Erfindungen mißbräuchlich verwendet wurden. Der Held fährt — nach dem Muster von H. G. Wells' „Time Machine" — in die Vergangenheit; die resignative Feststellung, daß die Schöpfung nicht mehr zurückgenommen werden könne, mündet in der piano vorgebrachten Einsicht, daß es auf die Solidarisierung der Werktätigen ankomme. Soyfer, der in dem aus dem Nachlaß veröffentlichten, Fragment gebliebenen Roman „So starb eine Partei" seine Desillusion über den geringen Widerstand der Sozialdemokratie gegenüber den autoritären Systemen zum Ausdruck bringen wollte, kam in die Konzentrationslager Dachau und Buchenwald, wo er siebenundzwanzigjährig an Typhus starb.

Die letzten Jahre der österreichischen Selbständigkeit vor dem Anschluß sind ein tristes Kapitel auch der Literaturgeschichte. Für viele mochte Österreich noch ein Exilland sein, doch so froh wurde keiner der bestehenden Verhältnisse. Der scharfsichtige Feuilletonist Alfred Polgar (1873—1955) erkannte, daß Dollfuß mit der Niederschlagung des Arbeiteraufstandes das wirksamste „Antitoxin gegen das Nazi-Gift" beseitigt habe. Karl Kraus zog sich zurück, beschäftigte sich mehr und mehr mit Sprachproblemen, bekannte sich aber — sehr zu Verwunderung und Ärger seiner Anhänger — zu Dollfuß. Und Josef Weinheber (1892—1945), der sich mit seinen Dialektgedichten („Wien wörtlich", 1935) einen Namen gemacht hatte, als Wortkünstler hohen Grades sich in seinem

Anton Kuh (1891—1941).

Alfred Polgar (1873—1955). Zeichnung von Glatz.

Josef Weinheber (1892—1945). 1937.

Glauben an die Sprache Karl Kraus verpflichtet fühlte und doch später zum Sänger der Nazis herabwürdigte, karikierte das Österreich des Kanzlers Schuschnigg nicht ganz unzutreffend: „Wer wird uns dem entreißen?/Gas und Pulverdampf./Und die Epoche wird heißen?/Dilettantismus und Krampf."

Man gab sich ländlich in der Literatur. Man feierte die Archaik des Landes und spielte sie gegen die Veränderung in der Stadt aus. „Sinnlose Stadt" (1934) lautet der kennzeichnende Titel des Romans aus der Feder Guido Zernattos (1903—1943), der später im Ständestaat als Staatssekretär eine kulturpolitisch entscheidende Rolle spielte. Momente des Widerstands werden auch in Lyrik eingebracht, die vom Lande singt. Theodor Kramers (1897—1958) Gedichte handeln von den Außenseitern, den Verstoßenen und Verachteten, Wilhelm Szabo (1901—1986) zeigt die Fremde des Dorfes. Beliebtestes Genre indes war der Bauernroman, in dem mit einem antiurbanen Effekt das Landleben als das Eigentliche gegen die Scheinwelt der Stadt ausgespielt wurde. Wer auf der Scholle steht, der kann auch das Haupt bis zu den Sternen tragen. Kennzeichnend ist der Versuch von Hermann Broch, diese bodenverbundenen Autoren durch einen „Bauernroman" auf eigenem Terrain schlagen zu wollen. „Die Verzauberung" (entstanden von 1935 bis 1951, postum unter dem Titel „Der Versucher" veröffentlicht) handelt vom Auftreten des Marius Ratti im Bergdorf Kuppron, wo er mit seinen Wahnideen die Bevölkerung verhext. Widerstand leistet ihm lediglich der Kreis um Mutter Gisson, die im Besitz der wahren Geheimnisse erscheint. So problematisch auch die Verherrlichung des Mutter- und Erdmythos in der Gestalt dieser Frau ist und so wenig sich darin rational nachvollziehbare Argumente gegen die Reden des Ratti finden, so bleibt dieser Versuch, die Behexung der Massen — wenngleich im Spiegel nur eines Dorfes gefaßt — in Romanform darzustellen, ein respektables Zeugnis des Widerstands.

Theodor Kramer (1897—1958).

Die Versuche, literarisch die Eigenständigkeit der Alpenrepublik zu stützen, waren äußerst zaghaft oder wurden kaum zur Kenntnis genommen. Einigen Erfolg hatte Franz Theodor Csokors (1885—1969) Drama „Dritter November 1918" (1936); in einem Sanatorium in den Kärntner Karawanken erleben Offiziere der k. u. k. Armee den Umsturz. Jeder verkörpert eine andere Nation und findet in den Nachfolgestaaten auch seine Heimat. Nur Oberst Radosin und der jüdische Regimentsarzt nicht; Radosin, Repräsentant der Monarchie, begeht Selbstmord. Dieses Finale ist nicht nur symbolische Verdichtung der Situation von 1918, sondern signalisiert auch die Ratlosigkeit des Autors. Der Jugendfreund Hofmannsthals, Leopold von Andrian, versuchte in seinem „Österreich im Prisma der Idee" (1937) die Zukunft Österreichs aus seiner dynastischen Vergangenheit zu retten und zeigte damit doch nur an, daß er sich noch weiter als Joseph Roth von der realpolitischen Situation entfernt hatte.

Denn in der Realpolitik waren die Nazis sehr schnell, um den Österreichern ihre „Deutschheit" zu beweisen. Und unzählige Schreiber aus der 1938 geschaffenen Ostmark freuten sich, daß ihre Wühlarbeit Früchte getragen hatte, und erhofften sich reichen Lohn vom Führer, eine Erwartung, die nur bedingt in Erfüllung ging. Denn einerseits brachte man aus dem Altreich die unverfälschte Kultur mit und besetzte von daher die einflußreichen Positionen, andererseits hatte man bald nach Kriegsbeginn andere Sorgen.

Als Hitler 1938 einmarschierte, waren Kraus, Hofmannsthal und Schnitzler tot. Andrian, Broch, Csokor, Horváth, Kramer, Musil, Polgar, Roth, Soyfer, Werfel, Zernatto, Zweig — sie mußten ins Exil oder ins KZ. Viele sind nicht mehr zurückgekehrt. In Österreich war man unter sich, zumeist in fröhlicher Mediokrität. Ein „Bekenntnisbuch österreichischer Dichter" (1938) wurde schnellstens angefertigt, in dem jene, die das Sagen nun haben wollten, in alphabetischer Folge antraten. Daß viele im Exil elend lebten oder ihr Leben ließen, während andre nach flamboyanter Parteinahme für die Nazis unversehrt aus dem Feuer des Krieges hervorgingen und sich nach 1945 ehren ließen, ist ein dunkler Punkt der österreichischen Geistes- und Literaturgeschichte.

Wo Rilke und Kafka blieben, wird sich jeder Leser dieser Zeilen fragen. So wichtig es ist, die österreichische Literatur der Zeit zwischen 1918 und 1938 vor der Folie der so problematischen Zeitläufe zu lesen, so schwer fällt dies bei Autoren wie Franz Kafka (1883—1924) und Rainer Maria Rilke (1875—1926). Während das Werk Hofmannsthals, Kraus', Schnitzlers, Musils und vieler andrer durch diesen Geschichtsbezug zwar nicht in seiner poetischen Gültigkeit, so doch in seiner Historizität schärfere Konturen gewinnt, kann für Rilke und Kafka dieser spezifisch österreichische Hintergrund nicht geltend gemacht werden. Zudem scheinen Versuche immer bedenklich, mit diesen beiden den Etat der österreichischen Literatur aufbessern zu wollen. Die Fragwürdigkeit einer Literaturbetrachtung, die sich an nationalen Grenzen orientiert, wird bei Rilke und Kafka evident. Die Frage, das „Österreichische" bei diesen beiden ausfindig zu machen, ist müßig. Kafka und Rilke kamen innerhalb des Bereiches der Habsburger-Monarchie zur Welt, doch ihr Werk dieser Herkunft zu unterwerfen, bedeutet eine problematische Reduktion. Gewiß hat sich Prag — bei Kafka deutlich mehr als bei Rilke — als prägender Einfluß ausgewirkt; das Werk wie auch die Rezeption beider belegt, wie sie die lokalen Implikationen in ihrem Œuvre zu tilgen vermochten. Rilkes Biographie bezeugt eindeutig die überregionalen Voraussetzungen und eine Exklusivität, die man schwerlich einem andern deutschsprachigen Autor nachsagen kann. Seinem Frühwerk ist die Untergangsstimmung eingesenkt wie seinen Wiener Zeitgenossen, das Gefühl, daß eine Epoche zu Ende gehe: „Die Könige der Welt sind alt". Das Unstete seines Aufenthalts, seine zahlreichen Reisen, seine kurzen, doch intensiven Kontakte mit den bedeutendsten Dichtern, Denkern und Malern der Epoche und der gewiß nicht uneigennützige Umgang mit Aristokraten machen seine Ortung im gesellschaftlichen Kontext schwer. Indes sollte seine Leistung nicht auf die eines esoterischen Poeten reduziert werden, der sich geschickt über die Niederungen des Lebens hinwegturnte. „Er sah anders" — auf diese lapidare Formel brachte Robert Musil in seinem Nachruf die Leistung des Dichters Rilke. Und es ist legitim, das Werk Rilkes von seinen Anfängen und dann im „Stundenbuch" (alle drei Teile 1905) bis zu den letzten großen Gedichtsammlungen, den „Sonetten an Orpheus" und den „Duineser Elegien" (beides 1923) unter dem Aspekt der „Verwandlung des Sichtbaren" zu sehen. Auch seine in französischer Sprache geschriebenen Gedichte stehen in diesem sublimen Augendienst. Rilke sei — nochmals Musil — „ein Dichter, der uns in die Zukunft führe". Und tatsächlich läßt sich in bezug auf seine späten Gedichte von einer universellen Thematik sprechen; es ist erstaunlich, wie alert dieser Autor auf jene bewegenden Zeitthemen in der Form des Gedichts reagierte, ohne dabei diesem seine Besonderheit zu nehmen. In der dritten Elegie ist der Reflex der Psychoanalyse zu sehen, wo es um den Unterschied zwischen dem wissenschaftlichen und dem lyrischen Diskurs geht. Sexus als der „verborgene schuldige Fluß-Gott des Bluts". Die neunte Elegie entwirft eine Perspektive, von den Dingen so zu reden, daß sie durch das Wort erst in ihrem Wesen faßbar würden. „Verwandlung" wird zum „drängenden Auftrag". Eines der Sonette an Orpheus beschwört das Verhältnis zur Technik im mythischen Bild: „Alles Erworbene bedroht die Maschine". Garant, daß es den Geist weiter geben könnte, ist das vom orphischen Sänger behütete Lied. Auch wenn der Blick auf Rilke durch manche seiner Verehrer getrübt wird, auch wenn seine „Weise von Liebe und Tod des Cornets Christoph Rilke" (1906) und manches von seiner Dinglyrik aus den „Neuen Gedichten" (1907/08) durch unmäßigen Gebrauch abgenutzt wirkt, auch wenn man in ihm den „ständig mit sich selbst befaßten Narziß" (Peter Rühmkorf) tadeln zu müssen meint, so wäre es doch grundfalsch, diesem Autor die oft fatale Rezeption anzulasten und ihn zum verspielten Ästheten zu degradieren. Daß die Anschauung des Schönen durch das Entsetzliche, durch das Häßliche gehen muß und dieses nicht verleugnen kann, hat Rilke in seinem Roman „Die Aufzeichnun-

Rainer Maria Rilke (1875—1926). 1906.

Franz Kafka (1883—1924).

gen des Malte Laurids Brigge" (1910) durch einen Verweis auf Baudelaires Gedicht „Une charogne" manifest gemacht und damit denn auch einer Ästhetik die Zukunft gewiesen, die weitab vom selbstgefälligen Spiel in der Auswahl des in sich Schönen verharrte.
In wenigen Worten läßt sich die Leistung Rilkes und die Kafkas nicht charakterisieren. Kafka selbst ist — nach einem Wort Peter Handkes — „seine Eigengestalt losgeworden und wirkt immer mehr als die Menschheitsfigur Franz K., die jedem einzelnen in den scheinbar zerstreut umherirrenden Massen erst die ihnen fühl- und denkbar sein lassende Gestalt gibt." Kafka macht Konkretes, in unserer Lebenswelt Nachvollziehbares wie Örtlichkeiten und Persönlichkeiten geradezu behutsam nicht namhaft — sein erstes Romanfragment „Amerika" („Der Verschollene") ist ein aus vielen Leseerinnerungen und Quellen synthetisch hergestelltes Traumamerika. In seinem Wesen wird das Schicksal der Menschen durch nicht lokalisierbare Instanzen wie das Gericht im „Prozeß" und die Verwaltung im „Schloß" bestimmt. Und doch scheint alles wirklichste Wirklichkeit zu sein. Kafka gehörte einer Minderheit innerhalb einer Minderheit an, den deutschsprachigen Juden Prags. Der von Gilles Deleuze und Félix Guattari geprägte Begriff einer „kleinen Literatur" („littérature mineure") hilft, die spezifische Situation, aus der Kafkas Texte kommen, zu charakterisieren. Durch die Abkoppelung von dem großen deutschen Sprachraum entsteht ein „Deterritorialisierungseffekt", da dieser Literatur die Kommunikation mit ihrem kulturellen Kontext erschwert, wenn nicht gar verweigert wird. Die dadurch freiwerdenden Energien sorgen für eine Implosion innerhalb dieses kleinen Raumes, in dem — so Deleuze und Guattari — alle Aussagen miteinander verkettet sind und zugleich politisch brisant werden, auch wenn sie durchaus nicht in dieser Hinsicht konkret zu sein scheinen. Der enge Raum bewirkt, daß sich jede individuelle Angelegenheit mit der Politik verknüpft. (In manchem Sinne ist das Prag Kafkas dem Dublin von James Joyce vergleichbar.) Diese Einbettung Kafkas in den Bereich einer „kleinen Literatur" ist nicht bloße Spekulation, sondern gründet in einer Beobachtung, die Kafka selbst anstellte. „Das Gedächtnis einer kleinen Nation ist nicht kleiner als das Gedächtnis einer großen, es verarbeitet daher den vorhandenen Stoff gründlicher. Es werden zwar weniger Literaturgeschichtskundige beschäftigt, aber die Literatur ist weniger eine Angelegenheit der Literaturgeschichte als Angelegenheit des Volkes, und darum ist sie, wenn auch nicht rein, so doch sicher aufgehoben." (Eintragung vom 25. 12. 1911) Auch wenn der konkrete Anlaß meist aus dem Blick geschwunden zu sein scheint oder vielleicht gerade deswegen, erscheint das Problem äußerst scharf, meist parabolisch verdichtet in den Texten einer solchen „kleinen Literatur". Das Marginale, das solchen Gebilden nachgesagt wird, sorgt gerade dafür, daß von dort aus das Zentrum schärfer anvisiert wird.
Es ist unmöglich, all die Formeln aufzuzählen, die für Kafkas Werk von den verschiedenen Einzeldisziplinen bereitgehalten werden. Bezeichnend, daß gerade dieses Werk sehr früh aus der Observanz der Literaturwissenschaft entlassen und — etwa in dieser Reihenfolge — der Theologie, Philosophie, Psychologie, Linguistik und Soziologie überantwortet wurde. Gerade in seiner Resistenz gegenüber den Wissenschaften wurde Kafkas Werk zu einem Prüfstein für diese.
Die Geschichte der Kafka-Rezeption ist denn auch ein Leitfaden für die Ideologiegeschichte seit dem Zweiten Weltkrieg. In seinem Werk schien all das prophezeit, was die totalitären Systeme angerichtet hatten, was die durch und durch verwaltete Welt für das Individuum bedeutete. Bezeichnenderweise machte die marxistische Literaturtheorie Kafka den Vorwurf, er biete keine Perspektiven an und sei Apostel einer von Hoffnungslosigkeit durchtränkten Ersatzreligion. Daß Kafkas Prosa die Entfremdung exakter faßte als beinahe jede unmittelbar darauf abzielende Darstellung, machte sie in einer Gesellschaftsordnung odios, wo Entfremdung nicht mehr statthaft war, weil nicht sein kann, was nicht sein darf.
Elias Canetti hat Kafka einen „Experten der Macht" genannt, und es scheint gerade dieser Begriff tatsächlich einen Zugang zu den Romanen und Erzählungen Kafkas zu geben. Die Dynamik der Erzählungen ist bestimmt von dem Machtgewinn und Machtverlust; das beginnt mit dem „Urteil" von 1912, mit dem Kafka eine schwere Krise überwunden zu haben meinte und worin der zu-

nächst ohnmächtige und schwächliche Vater sich zuletzt zum Urteil und zum mächtigen und vernichtenden Richter emporschwingt, führt über den „Prozeß" zum „Schloß"-Roman, wo in dem Gegensatz Schloß und Dorf durchaus auch Klassengegensätze transparent werden. Die Entscheidung liegt beim mündigen Leser, der sich als solcher dadurch erweist, daß er sich nicht von den bei Kafka als undurchdringlich dargestellten Machtstrukturen erdrücken läßt, sondern erkennt, wie exakt die sozialpsychologische Mechanik dargestellt ist und so durch dieses Studium auch Werkzeuge gegen deren Mißbrauch erhält. Kafka indes zu einem heimlichen Hoffenden zu machen, der die Negativität nur dazu benötigt, um irgendwo das Positive jählings aufleuchten zu lassen, ist verfehlt. Es gibt keinen Ausweg. Und das hat Kafka in seinen großen Romanen deutlich gemacht wie auch in seinen kurzen und kürzesten Geschichten. Die „Kleine Fabel" (der Name stammt von Max Brod, der den Nachlaß Kafkas gegen dessen Verfügung, ihn zu vernichten, ediert hat), macht in ihrer bedrückenden Klarheit jede Interpretation überflüssig: „‚Ach', sagte die Maus, ‚die Welt wird enger mit jedem Tag. Zuerst war sie so breit, daß ich Angst hatte, ich lief weiter und war glücklich, daß ich endlich rechts und links in der Ferne Mauern sah. Aber diese langen Mauern eilen so schnell aufeinander zu, daß ich schon im letzten Zimmer bin, und dort im Winkel steht die Falle, in die ich laufe'. —‚Du mußt nur die Laufrichtung ändern', sagte die Katze und fraß sie".

GLÜCKSREZEPTE IM VAKUUM

Die Stunde Kafkas für die österreichische Literatur schlug nach 1945. Zwar konnte man meinen, jenes von Kafka erahnte Grauen totalitärer Machtapparate überstanden zu haben, doch ließ auch die Gegenwart kaum eine andere Perspektive zu als jene, die Kafka vorgegeben hatte. Unter dem Zeichen Kafkas ist die junge Schriftstellergeneration nach 1945 angetreten, jene, die zwischen 1915 und 1930 geboren war und zum ersten Mal einen Blick über jene Mauer werfen konnte, die Hitler-Deutschland errichtet hatte. Unter dem Zeichen Kafkas erfolgte dies auch dann, wenn eine Autorin wie Ilse Aichinger (*1921) zugibt, so gut wie nichts von diesem Autor — offenkundig aus Berührungsangst — gelesen zu haben. Mit ihrem 1946 in der Zeitschrift „Plan" erschienenen „Aufruf zum Mißtrauen" artikulierte sie die Grundstimmung dieser Generation, die nicht zu der systematischen Kritik an den Großmächten, an den Ideologien oder an Gott aufforderte, sondern zum Zweifel an sich selbst. In den Texten jüngerer Autoren, die später von Hans Weigel (*1908) in einer Buchreihe und in den „Stimmen der Gegenwart" (1951—1956) die Chance für eine Publikation, wenngleich in bescheidenem Rahmen erhielten, sind seltsam unkonkret und unrealistisch, als fehlten die Worte und Bilder, um das Überstandene in den Griff zu bekommen. Ilse Aichingers Roman „Die größere Hoffnung" (1948) ist das Schlüsselwerk dieser Nachkriegsphase: Ein Mädchen

Der Kreis um den Kritiker Hans Weigel: junge Literaten nach 1945, links vorne, mit dem Rücken zur Kamera, Ingeborg Bachmann. 1951.

Ingeborg Bachmann (1926—1973).

— die Mutter ist Jüdin — verzichtet während des Krieges auf das Visum nach Amerika, auf die „große Hoffnung", zugunsten einer „größeren Hoffnung"; sie stirbt in den letzten Kampftagen des Krieges. Der reale Hintergrund ist nicht exakt benannt, doch ist das Wien während der Nazizeit erkennbar. Gegen dieses Chaos beschwor die junge Lyrikerin Ingeborg Bachmann (1926—1973) — auch sie eine von Hans Weigel geförderte Autorin — von Schmerz geprägte Bilder der Hoffnung, der Hoffnung auf eine Dauer im Gedicht, das die Verheerung übersteht. Herbert Eisenreich (1925—1986) charakterisierte die Bildungssituation der jungen Intellektuellen seines Alters: Es sei ihnen darum gegangen, „einige Zentimeter" ihres „kilometerweisen Bildungsrückstandes aufzuholen". Wer sich ein Bild von jener seltsamen Zeit des Schwarzmarktes machen möchte, jenes durch die Nazizeit entstandenen Vakuums, in dem Zuversicht und Chancen auf Kreativität sich nur zögernd zu bilden schienen, wer über die Zeit „universeller Prostitution" (Ingeborg Bachmann) Konkretes erfahren möchte, dem sei die Lektüre des spät als Fragment veröffentlichten Romans „Die abgelegte Zeit" (1985) von Herbert Eisenreich empfohlen. Eisenreich selbst hatte allerdings den Weg aus dieser existentialistischen Umdüsterung heraus finden zu können gehofft, vor allem durch die Kunst des Erzählens, um durch diese zu einem ungestörten Wirklichkeitsbezug zu gelangen. Zum Lehrer wurde ihm darin allerdings ein Autor, der für die Aufbauphase der Zweiten Republik bis in den Beginn der sechziger Jahre hinein als repräsentativ gelten kann: Heimito von Doderer (1896—1966). Mit seinen umfänglichen Romanen „Die Strudlhofstiege" (1951), „Die Dämonen" (1956) und „Roman No 7: Die Wasserfälle von Slunj" (1963) schuf er Epopäen, in denen die Vergangenheit Österreichs, und zwar die Zeit um 1900 und dann die Erste Republik, in einem milde neutralisierenden Lichte erschien, vor allem der 15. Juli 1927, der Brand des Justizpalastes in den „Dämonen". Doderer verteilte Schuld und Last gleichmäßig und leistete damit zwar nicht die heute für all die Bluttaten auch von der Literatur geforderte „Trauerarbeit", sehr wohl aber lieferte er Glücksrezepte, deren offenkundig die Leser in dieser Zeit mehr bedurften als der historisch exakten Analyse. Zugleich

Ilse Aichinger (geb. 1921). 1951.

Die Strudlhofstiege in Wien IX., Schauplatz des gleichnamigen Romans von Heimito von Doderer (1951).

stellte sich sein Romanwerk — mehr unbewußt als bewußt — in den Dienst der auf Ausgleich der ideologischen Gegensätze bedachten Koalitionsatmosphäre. Das Chaotische des Lebens galt es zu bändigen, die Selbstheilung über das „richtige Bewußtsein" in politischer Hinsicht zu stellen. Doch nicht nur aus dieser Sicht sollte Doderer gewertet werden: Seine heute noch gut, ja spannend zu lesenden Romane sind eine Schule des Sehens, die heroisch eine „Wiedereroberung der Außenwelt" angesichts einer von den Wissenschaften zerdachten Welt durch die Literatur wagen wollen, um so erzählerisch Universalität zu garantieren. Doderer setzte der Zerstörung die — freilich von persönlichen Konflikten durchaus nicht freien — Romane gegenüber. Einer Welt, die das Vertrauen in die Politik verloren hatte, stellte er das Vertrauen in den Alltag entgegen, dem Mißtrauen gegen die von Ideologemen durchsetzte Sprache das Vertrauen in eine von der Sprache, ja von der Grammatik verbürgte Ordnung, dies just zu einer Zeit, da etwa der jungverstorbene Hamburger Autor Wolfgang Borchert (1921—1947) die Zertrümmerung der Grammatik forderte. Einer Generation, die — wie Ilse Aichinger — nicht mehr an das Geschichtenerzählen glauben wollte und dieses als ein „Reden unter dem Galgen" bezeichnete — suchte er durch den Großroman zu beweisen, daß man sehr wohl noch von etwas erzählen könnte. Die Form hat allerdings Vorrang vor den Inhalten: Dieses sollen die Skizzen zu seinen Romanen unter Beweis stellen, auf denen er deren Struktur entwarf. Dazu paßt auch, daß Fritz Hochwälder (1911—1986) mit seinen handwerklich hervorragenden Stücken — allen voran mit dem bereits 1941 uraufgeführten „Heiligen Experiment" über den Jesuitenstaat in Paraguay — große Erfolge nicht nur auf den Wiener Bühnen erringen konnte.

Albert Paris Gütersloh (1887—1973). 1966.

Heimito von Doderer (1896—1966).

Was sich in Deutschland als politische Restauration in der Adenauer-Ära anließ, das war in Österreich sehr wohl auch eine politische Restauration, aber es war bei Doderer auch eine Restauration in ästhetischer Hinsicht. Eine Restauration der Sprache, des Erzählens, der Form. Die Krise des Romans, ein Schlagwort um 1960, leugnete Doderer rundweg und argumentierte dagegen in der Theorie, besser aber noch durch seine Romane.

Es ist bezeichnend, daß damals auch andere Traditionslinien, im besonderen österreichische, neu beschworen wurden. Allmählich begann man — und dies mochte ei-

Elias Canetti (geb. 1905). 1981.

nem damals verständlichen, heute naiv-chauvinistisch wirkenden Bedürfnis entsprechen — die Größe der österreichischen Literatur gegen die gemeiniglich als deutsch bezeichnete Literatur herauszupräparieren. (Auch Ernst Fischer, damals aus der Sicht des überzeugten Kommunisten, bemühte sich in diese Richtung, wenngleich mit ganz andren Voraussetzungen und Zielen.)
Bezeichnend ist die vehemente Auseinandersetzung um Brecht, gegen den Weigel und Friedrich Torberg (1908—1979), beide aus der Emigration zurückgekehrt, heftig polemisierten.
In diese Zeit fällt auch die Entdeckung Fritz von Herzmanovsky-Orlandos (1877—1954), dessen Edition mit energischem Zugriff Torberg in den fünfziger Jahren vorantrieb. Seine Romantrilogie „Europa" („Der Gaulschreck im Rosennetz", „Das Bordfest auf dem Fliegenden Holländer" und „Das Maskenspiel der Genien") und seine Komödien im Gefolge der Volksstücke und Commedia dell'arte (z. B. „Zerbinettas Befreiung" und „Kaiser Josef und die Bahnwärterstochter") lieferten bis heute nicht nur ulkige, sondern in ihrer Paradoxie treffliche Kennmarken des österreichischen Selbstverständnisses.
Im Kreis des „Art Clubs", dessen Präsident Albert Paris Gütersloh (1887—1973) war, eine epochenumgreifende Persönlichkeit, Maler, Schriftsteller und Philosoph, von Doderer lange als Meister verehrt, konstituierten sich schon in den frühen fünfziger Jahren Avantgardegruppen nicht nur der bildenden Kunst; ihre Wirksamkeit blieb allerdings beschränkt auf Österreich. Und darin lag auch eines der Hauptprobleme dieser Generation. Sie hatten kein Forum, keinen Markt, ja nicht einmal einen solchen, auf den sie ihre Haut tragen konnten. Die Gesellschaft betrachtete sie zum Teil als Randfiguren und Zaungäste des neuen Idylls, das man sich einzurichten bemühte. Die meisten jüngeren Autoren verließen Österreich. In der Bundesrepublik war — besonders nach der Währungsreform von 1948 — die Situation besser: Die Verlage und die Rundfunkstationen und Zeitschriften zahlten mehr, die „Gruppe 47", eine lockere Schriftstellervereinigung, bot eine Möglichkeit zur Kommunikation, für die in Österreich jede Voraussetzung fehlte. Bachmann, Aichinger, Eisenreich sind auf dem Umweg über die Bundesrepublik in Österreich wieder bekannt geworden.
Nur schleppend vollzog sich die Wiederentdeckung jener Autoren, die von den Nazis ermordet oder vertrieben waren. Nach einer kurzen Euphorie in den Zeitschriften „Plan" und „Silberboot" und den wichtigen Versuchen, auf Broch und Musil aufmerksam zu machen, bekamen mehr und mehr lokale Größen das Sagen. Ja mancher „braune Wicht" (Walter Muschg) konnte sich in neuem Glanz präsentieren und so tun, als ob nichts gewesen wäre.
Diese Verzögerung betraf auch das Werk Elias Canettis (*1905), dessen Roman „Die Blendung" schon 1935 er-

Fritz von Herzmanovsky-Orlando (1877—1954).

Friedrich Torberg (1908—1979), rechts, mit dem Maler Kurt Moldovan im Café Hawelka, Dorotheergasse 6, Wien I.

schienen war, damals aber begreiflicherweise kaum zur Kenntnis genommen wurde. Die Geschichte des Sinologen Peter Kien, dieses „Kopfes ohne Welt", hat seine Keimzelle auch in der österreichischen Geschichte, eben in dem Brand des Justizpalastes vom 15. Juli 1927. Die äußeren Spuren des Ereignisses sind in der Individualgeschichte Kiens aufgegangen, in dieser zwingenden Parabel für die Problematik des Intellektuellen in einer Welt, in der dieser als Kopf ohne Welt einer Welt ohne Kopf gegenübersteht und zuletzt nur als Kopfwirklichkeit, als Welt im Kopf, existieren kann. Fraglich bleibt, ob man Canetti, geboren als spaniolischer Jude im bulgarischen Rustschuk am Unterlauf der Donau, wohnhaft in Wien, später auch in Zürich, Frankfurt, Berlin, London, der österreichischen Literatur zurechnen darf. Immerhin erfuhr er seine entscheidende Formung in der Sprache durch die Mutter in Wien, und als er 1981 den Nobelpreis erhielt, meinte er, daß ihn vier andre Autoren vor ihm hätten bekommen müssen: Franz Kafka, Karl Kraus, Robert Musil und Hermann Broch. Man mag darin doch ein Bekenntnis erblicken, das ihn implizite neben diese stellt.

AUFSTAND GEGEN DIE SPRACHE

Die Entdeckung Canettis durch die Jugend signalisiert auch ein anderes Geschichts- und Traditionsverständnis. Die jüngere Generation wollte und mußte die Vergangenheit anders sehen als in schönfärberischer Übermalung. Was sich in der Bundesrepublik und Frankreich ab Mitte der sechziger Jahre und mit dem Höhepunkt 1968 als Aufstand gegen die politischen Autoritäten mit hartnäckiger Demonstrationspraxis artikulierte, wurde in Österreich als ästhetische Revolte zelebriert. Mit dem Jahr 1968 war es in Österreich nichts. Die Revolte fand intern, in den Köpfen der Autoren statt.

dem schon die Rede war. Sie wehrt sich gegen prunkende Gedichte, gegen die „Wortopern". Sie ist aber nicht so radikal wie Paul Celan (1920—1970), dessen Lyrik folgerichtig im Verstummen mündete. (Celan, geboren in Czernowitz, damals Rumänien, verstorben in Paris, war nur kurz in Österreich; ihn der österreichischen Literatur zurechnen zu wollen, halte ich für sehr bedenklich.) Literatur müsse auf dem Prüfstand der Sprache stehen, so schwer es auch ist, überhaupt zu sprechen. Ingeborg Bachmann 1972: „Ein Schriftsteller hat die Phrasen zu vernichten, und wenn es Werke aus unserer Zeit geben sollte, die standhalten, dann werden es einige ohne Phrasen sein."

Umschlag zu H. C. Artmanns Sammlung von Dialektgedichten „med ana schwoazzn dintn". Salzburg 1958.

Oswald Wiener, Konrad Bayer und H. C. Artmann (von links) im Künstlercafé Hawelka. Um 1955.

Da der Bezug zu Welt und Wirklichkeit für den Autor primär durch die Sprache erfolgt, schien den österreichischen Autoren der archimedische Punkt für eine Veränderung der Welt in der Sprache zu liegen — soferne sie überhaupt danach verlangten und die Phänomene nicht auf sich beruhen lassen wollten. Daß die österreichische Literatur sich besonders auf die Sprache konzentriert, wurde schon mehrfach angedeutet. Es war nach dem Krieg Ingeborg Bachmann, die als erste in einem Essay auf Wittgenstein hinwies. Dem Dichter sei es bestimmt, jene Grenze zu bewechseln, die Wittgenstein gezogen hatte („Die Grenzen meiner Sprache bedeuten die Grenzen meiner Welt"). Bachmanns Lyrik und Prosa können als idealtypisches Beispiel für die „Sprachskepsis" gelten, jenem Zweifel an der Mitteilungsfunktion der Sprache, von

Die entscheidenden Impulse für die formalästhetischen Veränderungen gingen von einigen Autoren aus, die man später unter der Bezeichnung die „Wiener Gruppe" zusammenfaßte. Wenn man von dieser spricht, so meint man damit H. C. Artmann (*1921), Konrad Bayer (1932—1964), Friedrich Achleitner (*1930), Gerhard Rühm (*1930) und Oswald Wiener (*1935). H. C. Artmann gelang mit den Dialektgedichten „med ana schwoazzn dintn" (1958) der Durchbruch: Der Dialekt nicht als Mittel, eine regionale, authentische Sprachfärbung herzustellen, sondern als Sprach- und Sprechmaske, die Artmann auch souverän als Barockdichter und Trivialautor zu handhaben versteht. Artmanns Texte poetisieren das Triviale und trivialisieren das Poetische, heben die oft mit Anstrengung behauptete Grenze spiele-

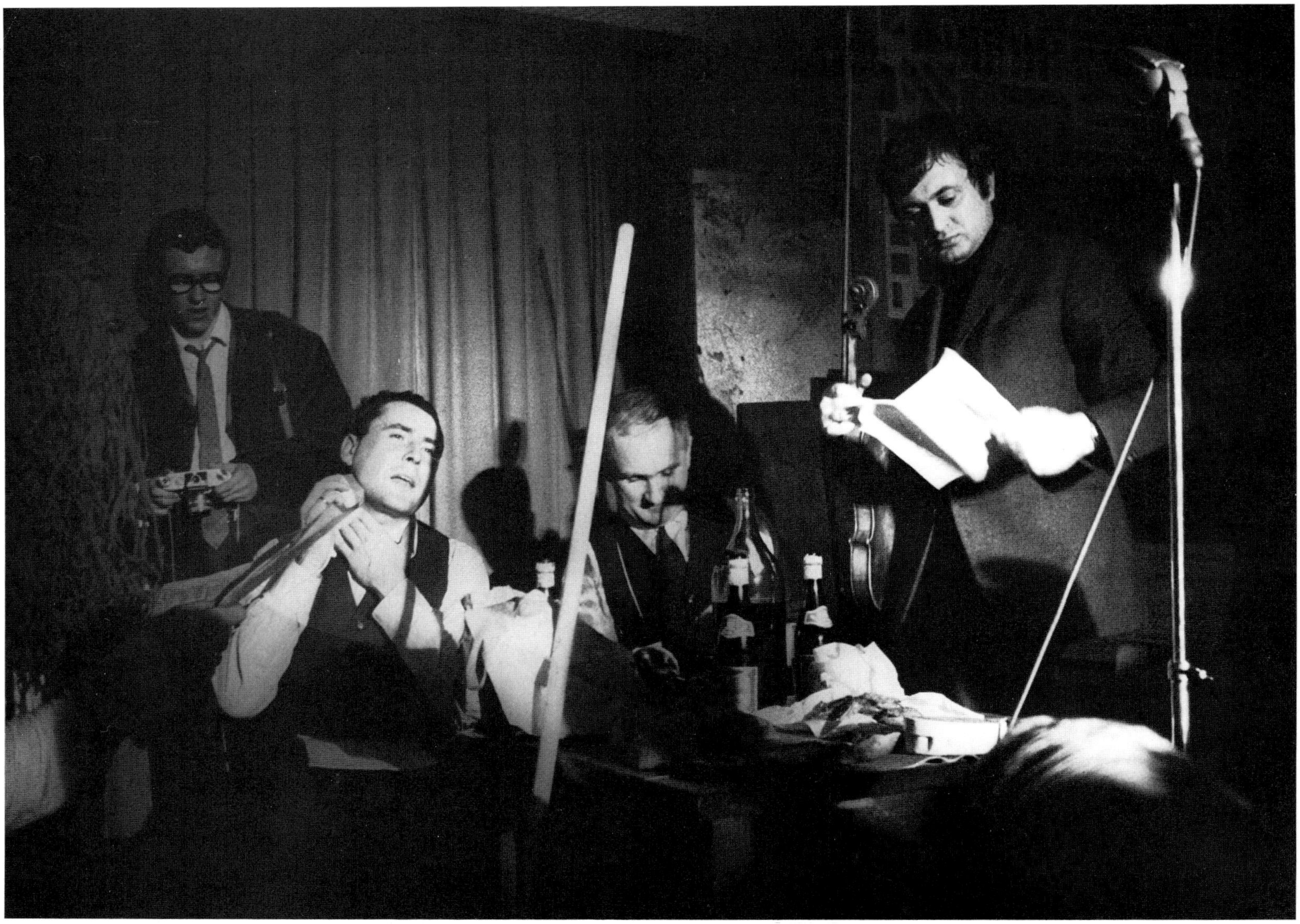

Die „Wiener Gruppe" führt eine „Kinderoper" auf. Von links: Gerhard Rühm, Friedrich Achleitner, Konrad Bayer. 1964.

risch auf, eröffnen der Imagination Bereiche, die dem Märchen und der Sage verwandt sein mögen. Die anderen Autoren richten konsequent ihr Konzept auf die Theorie und damit auch auf das Experiment aus. Sprache wird in ihrem Materialcharakter verstanden, als lautliches oder als graphisches Zeichen. Diese Gruppe, in den fünfziger Jahren nur von wenigen wahrgenommen, avancierte Mitte der sechziger Jahre auf dem Umweg über den Bürgerschreck zum Anwalt der österreichischen Moderne, dies zu einem Zeitpunkt, als Konrad Bayer, der Kühnste in seinen poetischen Visionen und der am meisten dem Surrealismus verpflichtete Autor, bereits aus dem Leben geschieden war, als die Gruppe nicht mehr zusammenarbeitete und der dann erst von Gerhard Rühm edierte Sammelband von ihrem Wirken (1967) zeugte.
Ein anderer Autor stand mit der Wiener Gruppe bereits früh in Verbindung, Ernst Jandl (*1925): heute der vielleicht im positiven Sinne populärste Schriftsteller Österreichs, nicht zuletzt durch seine Vortragskunst, mit der es ihm gelang, seine Gedichte, die ihre Energien oft aus dem Eingriff in das Sprachmaterial beziehen, tatsächlich zum festen Bestand stets zitierbarer österreichischer Gegenwartsliteratur zu machen. Ihm wurde 1984 der Georg-Büchner-Preis der Darmstädter Akademie verliehen, und zwar mit der Begründung, daß er durch seinen Sprachwitz die Mißverständnisse und das Böse in unserer westlichen Gesellschaft aufdecke. Jandls Gedichte als bloße Sprachspielerei zu denunzieren, ist unzulässig. Ihn bloß zum Anwalt der sogenannten „experimentellen Literatur" oder „konkreten Poesie" zu machen, greift zu kurz. Seine Antwort: „I love concrete,/I love pottery./But I'm not/A concrete pot."
Am Rande sei erwähnt, daß sich viele seiner Gedichte auch sehr gut eignen, in die deutsche Sprache einzuführen, obwohl oder gerade weil sie diese auf der lautlichen, morphologischen oder syntaktischen Ebene demolieren. Eines der erfolgreichsten Kinderbücher der jüngeren Vergangenheit, das „Sprachbastelbuch" (1977), verdankt den Verfahren, die Jandl und ihm nahstehende Autoren anwenden, viel.

Helmut Qualtinger (1928—1986) als „Der Herr Karl" im gleichnamigen Stück von Carl Merz/Helmut Qualtinger. 1961.

Ernst Jandl (geb. 1925). 1971.

Bis sich diese Autoren — und viele andre wären da zu nennen — in Österreich durchsetzten, brauchte es eine Weile. Einerseits lief der Erfolg wieder über das Ausland, andererseits aber gab es für sie auch eine Plattform, und zwar das „Forum Stadtpark" in Graz. Untrennbar mit der Etablierung einer von geänderten Voraussetzungen ausgehenden Literatur ist auch der Name einer Zeitschrift verbunden, die von einem der Gründer des Forum Stadtpark, Alfred Kolleritsch (*1931) herausgegeben wird und die sich seit ihrem Beginn 1960 bis heute des Rufes erfreut, ein Reservoir talentierter Autoren bereitzuhalten und eine Fundgrube für Entdeckungen zu sein: die „manuskripte". Eine Publikation darin bedeutete soviel wie eine Anweisung auf einen guten (meist bundesdeutschen) Verlag. Die Zeitschrift entstand zunächst als Reaktion auf das sich verdächtig konservativ gebärdende Kulturleben dieser mit fast 250.000 Einwohnern immerhin zweitgrößten Stadt Österreichs. Zu Beginn waren die von der „Wiener Gruppe" und von Jandl verwendeten Praktiken gerade recht für die Provokation und ebneten den Weg zur Anerkennung; doch Kolleritsch wollte sich keinem bestimmten weltanschaulichen oder poetischen Konzept verpflichtet fühlen, eine Offenheit, die freilich von politisch bewußten Kollegen auch als Konzeptlosigkeit bemängelt wurde.

Der Ruf der „manuskripte" ist auch mit dem Aufstieg eines Autors verbunden: Peter Handke (*1942). Der übte das Beschimpfen zunächst in Graz, dann in Princeton bei der Tagung der „Gruppe 47" im Jahr 1966. Der damals Vierundzwanzigjährige stellte grundsätzlich in Frage, was die andern taten, oft mit gutem Grund. Er kritisierte vor allem die unreflektierte Verwendung der Sprache und das unreflektierte Erzählen.

Am entschiedensten hat er in seinem Theaterstück „Kaspar" (1968) die Manipulation des Menschen durch die Sprache aufgezeigt. „Kaspar" verweist zwar auf den historischen Kaspar Hauser, ist aber alles andre denn ein historisches Stück. Abstrakt wird der Vorgang einer Menschwerdung durch eine Sprachwerdung vermittelt. Kaspar, den man sich als King-Kong oder als Franken-

Alfred Kolleritsch (geb. 1931). 1974.

Michael Scharang (geb. 1941). 1968.

steins Monster vorstellen kann, kommt mit einem einzigen Satz auf die Bühne („Ich möchte ein solcher werden, wie einmal ein andrer gewesen ist"), wird von den Einsagern förmlich aufgebaut, indem Worte, Redewendungen und zuletzt ganze Sätze ihm eingebleut werden, kurzum alles, womit ein „ordentlicher Mensch" sich durchs Leben schlägt. Zuletzt aber muß er mit einem Satz, den Handke später, weil er offensichtlich zu eindeutig war, gestrichen hat, erkennen: „Ich/bin/nur/zufällig/ich." Kaspars Identität ist nur durch die Sprache verbürgt; er besteht aus verschiedenen Worten, er ist eine Kunstfigur. Besonderheit geht ihm ab, denn gegen Ende bevölkert eine Unzahl gleichgearteter Kaspars die Bühne. Dieses Stück brach mit den Bühnengewohnheiten; und daß Handke dies konnte, hat er schon mit dem Werk „Publikumsbeschimpfung" (1966) trefflich dokumentiert — ein seinerzeit beim Publikum äußerst beliebtes Spektakel.

Aber nicht nur die durch die Sprache vorgegebenen Ordnungsmuster galt es aufzubrechen; die polemische Verve richtete sich auch gegen die im Erzählen vorgegebene Scheinordnung. „Schluß mit dem Erzählen und andere Erzählungen" nannte 1970 Michael Scharang (*1941) ein Buch, mit dem er die Erzählmuster aufs Korn nahm, mit denen Wirklichkeit vorgetäuscht wurde. Man meidet das Erzähltempus des Deutschen, das Imperfekt, so als ob mit diesem schon eine Scheinwelt vorgegeben würde, von der konkreten Wirklichkeit ablenkend. Handkes „Hornissen" (1966) exponiert solche falschen Ordnungsmuster und setzt statt dessen die mehrfache Brechung durch die Erinnerung; sein „Hausierer" (1967) bietet nicht mehr als das Gerüst eines Kriminalromans mit Sätzen, die scheinbar wahllos einer solchen Struktur zugeordnet sind.

Diese Polemik gegen das Erzählen hat ihre Tradition; Rilke vermißte die Fähigkeit des Erzählens, Broch fand Abstraktionen wichtiger als das „G'schichtelerzählen", und Musil meinte, es hätte seinen Sinn nicht mehr, in diese Scheinwirklichkeiten hineinzuführen.

Paradox nur, daß die meisten Autoren auf dem Terminus Roman insistieren; die kohärente Handlung scheint suspendiert, es bleibt nur die dem Roman unterstellte Struktur übrig. Die Auflösung des Romanschemas bei Handke hat noch ein deutlich erkennbares System; Andreas Okopenkos (*1930) „Lexikonroman" (1970) legt immerhin das Schema des Alphabets zugrunde und zwingt den Leser, durch Querverweise sich seinen eigenen Roman auf Grund der Vorgabe zu konstruieren, Bayers „Der sechste Sinn" (postum 1966) bricht die personalen Identitäten der Figuren auf durch Überprüfung der Perspekti-

Peter Handke (geb. 1942).

Andreas Okopenko (geb. 1930). 1965.

ven und zerstört die üblichen als handlungstragend erachteten Kausalzusammenhänge. Die Palme für die Zertrümmerung der Romanform gebührt Oswald Wieners „die Verbesserung von Mitteleuropa, Roman" (1969), worin einerseits ein erkenntnistheoretisches Interesse die Sprache befragt, zugleich mit einem anarchischen Impetus die Sprache und auf sie abgestellte Ordnungen attackiert. Kunst wird so durch die Kunst und durch die Wissenschaft zerstört. Die Konsequenz dieses Schreibens ist die Aufhebung nicht nur der traditionellen literarischen Formen, sondern des Prinzips Kunst überhaupt im Lichte einer Wissenschaftstheorie, die der Kunst Erkenntnisfunktion nur dann zuzusprechen gewillt ist, wenn sich der Künstler auch der szientistischen Grundlagen (Mathematik vor allem) versichert hat.

Gert Jonkes „Geometrischer Heimatroman" (1969) ist im Verfahren vergleichbar; die sonst so schöne Natur wird in eine Kunstnatur verwandelt, die Landschaft wird von der Sprache vermessen. Ein Adieu dem Natürlichen, ein Adieu allem, was natürlich wirken soll. Der Maler Hermann Painitz leistete sich 1968 sogar ein Manifest, in dem er die Abschaffung der Natur forderte, um die Menschen aus ihrer Knechtschaft zu befreien. In dem Maße, in dem sich die Schriftsteller der Künstlichkeit bewußt

Thomas Bernhard (geb. 1931).

Peter Turrini (geb. 1944). 1979.

Wolfgang Bauer (geb. 1941).

wurden, in dem Maße verliert das Natürliche auch seine Verbindlichkeit. Hatte die vaterländische Literatur der Zeit zwischen den Kriegen auf die Natur gesetzt, so wird die Natur entweder geleugnet oder als der Antagonist des Menschen erfahren. In dieser Natur sind die Schrecken auch der Geschichte, im besonderen der Nazizeit eingeschrieben. Führende Rolle hat da Hans Leberts (*1919) Roman „Die Wolfshaut" (1960); Gerhard Fritschs (1924—1969) Roman „Fasching" (1967) entzaubert die Kleinstadtidylle; am erbittertsten aber rechnet Thomas Bernhards (*1931) erster Roman „Frost" (1963) mit dem Landleben, dem Leben in der Natur ab. Thomas Bernhard, der sich auch als „Geschichtenzerstörer" bezeichnet und tatsächlich den Erzählfluß in der Starre der Krankheit, des Wahnsinns oder Todes enden läßt, ist mit dieser Einordnung in den Bereich der Antiidylle nur unzulänglich gekennzeichnet, aber gerade seine Bücher haben Jahr für Jahr trotz der ihnen nachgesagten Gleichförmigkeit seit Beginn dieser literarischen Karriere die Kraft der Provokation behalten.

Mit dem schönen Landleben wird gründlich aufgeräumt, vor allem auch im Neuen Volksstück eines Peter Turrini (*1944), dessen „Rozznjogd" (1971) und „Sauschlachten" (1972) die Figuren in ihrer kläglichen Bedingtheit zeigen. In „Sauschlachten" wird die Hauptfigur, Valentin („Voltl") von den Dorfautoritäten zur Sau gemacht, da er sich, der Sprache der Oberschichte nicht mächtig, ihr verweigert. Künstlichkeit bestimmt das Paar in „Rozznjogd": Sie entledigen sich ihrer Kleider, nur um zu erfahren, aus wie vielen künstlichen Bestandteilen sie zusammengesetzt sind. Das Zurück zur Natur gibt's nicht mehr.
Auf die provokatorische Kraft der derben Sprache setzte auch mit seinen ersten Werken Wolfgang Bauer (*1941), dessen Stücke allerdings fälschlich unter der Flagge „Volksstück" segeln, auch wenn das erste — „Party of six" (1963) — diesen irreführenden Untertitel trägt. Bauers handlungsintensive Stücke (z. B. „Magic Afternoon", „Change", veröffentlicht in Buchform 1969; „Gespenster", publiziert 1973) beziehen ihre Energie aus der raffinierten Thematisierung von Identitätsverlust und Rollenspiel.

Jutta Schutting (geb. 1937).

DUALISTISCHE KONZEPTE

Mit den „manuskripten", dem „Forum Stadtpark" und den mit ihnen nahestehenden Autoren, aber auch Peter Turrini und Thomas Bernhard hatte sich Österreichs Literatur vor allem in der Bundesrepublik und in der Schweiz eine völlig neue Ausgangslage gesichert. Sie schien in dieser Zeit gerade einem Bedürfnis entgegenzukommen, eben als Literatur im engeren Sinne, just da, als sich viele deutsche Autoren zur Überzeugung durchringen zu müssen meinten, die Literatur bleiben zu lassen und mit der Sprache das Notwendige, das politisch Notwendige zu tun.
In diesem Sinne verstand sich auch die 1969 gegründete Zeitschrift „Wespennest", die schon in ihrem Titel den unverbindlichen Charakter der „manuskripte" aggressiv widerlegen möchte. „Freibord" (ab 1976) wiederum setzte mehr auf ein anarchisches Element in der Literatur. In jedem Falle machte das Beispiel der „manuskripte" Schule, und in der Zwischenzeit hat nahezu jedes Bundesland, ja jede halbwegs größere Stadt eine Literaturzeitschrift, ein deutliches Indiz dafür, daß damit der Literatur im kulturellen Kontext ein neuer Stellenwert zugemessen wurde.
In der Zeit von 1966 bis etwa 1972 erfolgte eine nachhaltige Umorientierung der literarischen Praxis. Mit Autoren wie Peter Handke, Thomas Bernhard, Ernst Jandl, Friederike Mayröcker (*1924), Jutta Schutting (*1937), Barbara Frischmuth (*1941) wurde die österreichische Literatur schlagartig auch im Ausland als avantgardistisch, innovatorisch, ja als wegweisend für die deutsche Literatur überhaupt angesehen.
Dies fand denn auch in Österreich in der Organisationsform seinen Ausdruck. Viele der jungen Autoren fanden keine Aufnahme in der nationalen Organisation des PEN-Clubs. Sie gründeten daher in einem Ort in der Nähe von Graz 1973 die „Grazer Autorenversammlung" (GAV) — der Name sollte anzeigen, daß von Graz die wesentlichen Impulse ausgegangen waren. Da diese Organisation nicht als neues PEN-Zentrum vom internationalen PEN anerkannt worden war, bildet sie bis heute neben dem österreichischen PEN, der sich vor allem in seiner Bemühung um internationale Kontakte zu profilieren sucht, eine eigene autonome Schriftstellervereinigung.

Barbara Frischmuth (geb. 1941). 1968.

Die Fehden in Theorie und Praxis, die sich beide Vereine lieferten, bestimmten in den siebziger Jahren das einigermaßen unruhige Klima. Schriftsteller lassen sich aber in ihrer Identität nicht durch Vereine bestimmen und auf ein bestimmtes Programm festlegen; fest steht allerdings, daß die experimentelle Literatur nur auf Seite der GAV Verständnis fand, während beim PEN traditionelle Formen gepflegt werden.
Für Österreich ist es bezeichnend, daß es in diesem Land zwei Organisationen mit einander geradezu ausschließenden literaturtheoretischen Modellen gibt und geben kann. Die Toleranz, ja die Weisheit der Behörde offenbart sich auch darin, daß sie diese Vereine in etwa gleicher Höhe unterstützt. In der jüngeren Zeit ist auch so etwas wie eine Pattstellung eingetreten; daß die Öffentlichkeit den Autoren der Grazer Autorenversammlung mehr Aufmerksamkeit schenkt, braucht nicht weiter zu verwundern, sollte aber nicht vergessen machen, daß viele Autoren sie verlassen haben (z. B. Artmann, Handke), andre gar nie Mitglied waren (z. B. Bernhard).
Dieses antagonistische Modell ist nun typisch auch für das soziale Verhalten der Zweiten Republik, in der gravierende Konflikte ausgeschaltet scheinen, nicht zuletzt dank des Konzepts der Sozialpartnerschaft. Die Annahme, daß es zwischen diesem Konzept und der Literatur so etwas wie eine Homologie gäbe, ist so abwegig nicht, und die Formel von einer „sozialpartnerschaftlichen Ästhetik" (Robert Menasse) hat durchaus etwas für sich. Die Konzentration auf die Sprache, der Verzicht auf Konflikte, seien sie theoretischer oder gesellschaftlicher Natur, ja die Theorieschwäche offenbaren sich nun manchem Kritiker als fragwürdiger Verlust an Welthaltigkeit. Unter diesem Aspekt erscheint die Konzentration auf die Sprache, das Sprachspiel als stilistisch kunstvoller Rückzug nicht nur aus der politischen Aktualität, sondern auch aus der Geschichte überhaupt, ja, das Sprachspiel — und dieser Terminus signalisiert eindeutig den Rückgriff auf Wittgenstein — verhänge nicht nur über die österreichische Literatur, sondern auch Philosophie das Verdikt eines defizitären Problembewußtseins. Man kann nun gerade dieser Literatur, die den formalen Aufstand probte und sich auf das Experiment einließ, nicht ohne Grund vorhalten, daß durch den Verzicht auf das konkrete historische Subjekt und die abstrakte Thematisierung der Sprache die konkreten Ängste und Nöte, die Fragen und Bedürfnisse der Menschen nicht zur Sprache kämen. Daher schickte sich diese Literatur nach Überprüfung der Sprache nun doch an, das Ich wieder zu entdecken und vor allem die Erzählung so zu gestalten, daß sie nicht wieder in den Verdacht geriete, so etwas wie eine bedenkliche Scheinwirklichkeit zu konstituieren. Als ein Buch, das in dieser Hinsicht Maßstäbe zu setzen vermochte, ist Peter Handkes Erzählung „Wunschloses Un-

Friederike Mayröcker (geb. 1943).

Peter Henisch (geb. 1943). 1979.

glück" (1972) anzusehen, worin der Autor vom Leben und Freitod der eigenen Mutter berichtet. Die „nach einer Veröffentlichung schreienden" Tatsachen aus dem Leben der Mutter müßten in einer „nicht-gesuchten öffentlichen Sprache" (hier steht Wittgensteins Konzept einer in Ordnung befindlichen „Alltagssprache" im Hintergrund) mitgeteilt werden. Sorgsam werden alle jene Erzählmechanismen ausgeschaltet, mit denen Distanz zum Erlebten hergestellt werden soll. Die überwache Sensibilität, mit der die psychisch kranke Frau auf ihre Umwelt reagiert, teilt sich dem schreibenden wie auch dem lesenden Ich in der Intensität mit, mit der Momente der Angst, Freude, Qual und Scham vermittelt werden. So entstand eine Schrift, die nicht von großen geschichtlichen Veränderungen zu berichten wußte, sondern von dem Leben einer Frau, deren biographische Daten sich kaum stets mit der großen Geschichte in Einklang bringen lassen, also eine Geschichte gegen die Geschichte. Nicht das, was der Historiker aus der Geschichte herausdestilliert, zählt, sondern die individuelle Geschichte.

Viele Autoren suchten nun, ihr Ich zur Sprache zu bringen, so als ob Ernst Mach gegenüber der Nachweis zu erbringen wäre, daß dieses einst unrettbare Wesen noch — zumindest durch seine zusammenhängende Geschichte — zu retten wäre. Die siebziger Jahre scheinen im Zeichen dieser neu gewonnenen Subjektivität zu stehen. Am sensibelsten hat Ingeborg Bachmann in dem Roman „Malina" (1971) diese Identitätsproblematik abgehandelt und darin das Muster der trivialen Dreiecksgeschichte zwar zugrunde gelegt, zugleich jedoch überhöht.

Doch geht es nicht nur um verschlüsselte Autobiographien. Ob es Autoren der älteren Generation sind wie Elias Canetti mit den drei Bänden seiner Erinnerung („Die gerettete Zunge", 1977; „Die Fackel im Ohr", 1981; „Augenspiel" 1985) oder Manès Sperber (1905—1983) („Die Wasserträger Gottes", 1974; „Die vergebliche Warnung", 1975; „Bis man mir die Scherben auf die Augen legt", 1977; zusammengefaßt unter dem Titel „All das Vergangene . . .") — oder Thomas Bernhard mit den fünf Bänden seiner Autobiographie („Die Ursache, 1975; „Der Keller", 1976; „Der Atem", 1978; „Die Kälte", 1981; „Ein Kind", 1982): Mit solchen Texten konnte auch in weiteren Leserschichten Betroffenheit erregt, Interesse geweckt werden. Die Erinnerungsleistung von Canetti und Sperber suchte die versunkene Welt vor dem Ersten Weltkrieg mit kleinen Erinnerungsdetails authentisch zu replastizieren, während aus Bernhards oft herausfordernd-übertreibender Biographie („Möglichkeitsfetzen von Erinnerung", wie er selbst sagt) hervorzugehen schien, daß er durch das frühe Leid zusehends in eine Position der Negativität getrieben wurde. Die Transformation dieser Muster, für die alle als verbindendes Kennzeichen das Schlagwort einer neu eroberten Authentizität gelten mag, sind mannigfach; man denke etwa an die Romane der Barbara Frischmuth oder Friederike Mayröckers jüngste Erzählungen ("Reise ans Ende der Nacht", 1984; „Das Herzzerreißende der Dinge", 1985). Familie, für alle Schriftsteller ein prekäres Sujet, wird erneut zum Thema, nicht im Sinne des Generationen- oder Familienromans, sondern eingestandenermaßen auch im Dienste der Selbstfindung. Man erzählt von den Vätern wie Peter Henisch (*1944) („Die kleine Figur meines Vaters", 1975) oder Jutta Schutting („Der Vater", 1980), von den Kindern wie Barbara Frischmuth („Kai und die Liebe zu den Modellen", 1979) und Peter Handke („Kindergeschichte", 1980). Claudia Erdheim (*1945) weiß von der Mutter, einer Psychoanalytikerin, zu erzählen: wie sich dies in dem Seelenhaushalt der Tochter und am häuslichen Herd auswirkt, davon berichtet ihr faszinierendes und nicht nur die Analytiker verstörendes Buch „Bist du wahnsinnig geworden?" (1984).

DIE ANDERE SEITE DES WOHLFAHRTSSTAATES

Am erregendsten war für die Leser diese Wiedergewinnung der subjektiven Erfahrung durch die Literatur in den Büchern jener, die von der Sprachlosigkeit zur Sprache kamen; allen voran ist hier Franz Innerhofer (*1944) zu nennen, dessen Roman „Schöne Tage" (1974) vom Leben eines unehelichen Kindes auf einem Bauernhof erzählt, von seinem langsamen Aufstieg; von der allmählichen Befreiung berichten die zwei folgenden Bände „Schattseite" (1975) und „Die großen Wörter" (1977). Das Leben auf dem Lande scheint das Leben in einem geschichtslosen Raum: Dort herrschen — um 1960 — noch Zustände, die zweihundert Jahre zuvor hätten abgeschafft gehört. Ein anderes Beispiel sind Josef Winklers Romane („Menschenkind", 1979; „Der Ackermann aus Kärnten", 1980; „Muttersprache", 1982, zusammengefaßt unter dem Titel „Das wilde Kärnten"), die Geschichte einer schmerzhaft erfahrenen Kindheit, der die Autorität von Familie, Schule und Kirche tiefe Wunden schlug:

Sprache und Literatur als Ort der Zuflucht, als Ort der Verweigerung und des Widerstands.
Wie fragwürdig der Glaube an den sozialen Aufstieg geworden war, wie selbst die erworbene Bildung fast nichts von dem hielt, was sie verspricht, bezeugen die Romane von Gernot Wolfgruber (*1944, „Auf freiem Fuß", 1975; „Herrenjahre", 1976; „Niemandsland", 1978; „Verlauf eines Sommers", 1981; „Die Nähe der Sonne", 1985), die von Aufsteigern handeln, von der mit jedem Schritt erfolgenden Desillusion, von dem Niemandsland, in das sie sich versetzt sehen. Aus diesen Aufsteigern werden zuletzt Aussteiger, wie in Wolfgrubers letzten beiden Romanen. Ähnliches gelang Walter Kappacher (*1938) mit seinen Erzählungen „Rosina" (1975) und „Gipskopf" (1984), worin sehr sensibel die Bruchstellen aufgezeigt werden, die auch durch die sozial so stabil wirkende Alpenrepublik gehen.
Was von den Autoren aus Österreich in dieser Hinsicht vorgeführt wird, steht in diametralem Gegensatz zu dem, was Österreich in seiner Selbstdarstellung propagandistisch vorführt, ja vorführen muß. Diese Literatur zeichnet das Bild eines rückständigen, oft mittelalterlichen Landes, das seines Rufes völlig unwürdig ist. Als Meister dieser Beschimpfung hat sich der „Übertreibungskünstler" schlechthin, Thomas Bernhard (*1931), erwiesen. Mit einer staunenswerten Regelmäßigkeit provoziert er Jahr für Jahr einen Skandal, eine gekonnte Abrechnung mit Lebenden oder Toten, ein Virtuose des Schimpfens, dessen Attacken zwar oft einen Gegner namhaft machen, tatsächlich aber in der Absolutheit und Ausschließlichkeit die konkreten Hintergründe und Motive völlig zudecken. Der dokumentierende Zugriff auf die Objekte der Polemik fehlt bei Bernhard, auch wenn man ihm nachrühmen darf, daß er immer wieder die neuralgischen Punkte des österreichischen Kulturlebens — wie etwa die Salzburger Festspiele und das Burgtheater — zum Ziel seiner Angriffe wählte. Dabei kann er auch eine gute Portion Witz sein eigen nennen. „Es ist alles lächerlich, wenn man an den Tod denkt", hatte Bernhard schon 1968 formuliert. Ging es zunächst vor allem um den Nebensatz und damit auch um den Tod, so scheint in der Folge vor allem das Lächerliche zum Metier Bernhards zu werden: Die Lächerlichkeit auch des Erhabenen soll decouvriert werden. So geschehen in Bernhards Roman „Alte Meister" (1985), worin ein Abgesang auf die Kunst von unvergleichlicher Härte und Unbedingtheit zu finden ist. Liquidation durch Anschauung: Ein Mann über achtzig geht jeden zweiten Tag ins Kunsthistorische Museum, nur um festzustellen, daß die Bilder allesamt Fehler haben, nichts vollkommen sei. Was sich zunächst auf die Bilder bezieht, weitet sich zu einer Universalkritik an der Kunst aus, die besonders die österreichische Kunsttradition (Stifter, Bruckner) zu verhöhnen sich anschickt. Freilich: es ist Rollenprosa. Indes nimmt das Lesepublikum dies für bare Münze — und freut sich der Tiraden.

Franz Innerhofer (geb. 1944). 1981.

Bernhards Texte wie die vieler seiner Zeitgenossen handeln von einem von der Geschichte, der Gesellschaft, der Natur beschädigten Ich, einem Ich, das sich nur durch die Beschädigung rettet. Sie erhalten dadurch ihre Verbindlichkeit. Selbst bei Jandl, der in seinen konkreten Gedichten ja das Subjekt weitestgehend zum Verstummen gebracht hatte, kehrt das Ich wieder, als ein beschädigtes allerdings in einer beschädigten Sprache, das aus seiner Isolation heraus sich mitzuteilen versucht und oft scheitern sieht. Dies dokumentiert sich am deutlichsten in Jandls Drama „Aus der Fremde" (1979), das durch die einmalige sprachliche Konzeption — die Figuren reden im Konjunktiv der dritten Person von sich selbst — sowie durch die Thematik zum großen Bühnenerfolg wurde. In der Tat ein gewaltiges Monodram (auch wenn zwei andere Figuren sich manchmal auf der Bühne befinden): die Krise eines Schriftstellers, der diese zumindest für eine Zeit überwindet, indem er just das Stück konzipiert, das der Zuschauer gerade sieht.

Elfriede Jelinek (geb. 1946). 1970.

Es war vorhin von der Konfliktscheu dieser Texte die Rede, von dem Verzicht auf die dialektische Auseinandersetzung zweier Prinzipien. Das hat zu ziemlich harten Urteilen über die österreichische Literatur geführt, der man nun Wirklichkeitsverweigerung, soziale Handlungshemmung, politische Passivität (Ulrich Greiner) oder das „Pathos der Immobilität" (Claudio Magris) nachsagte. Also Konfliktscheu und Konfliktprophylaxe als Signum der österreichischen Literatur? Bietet sich für die österreichische Literatur als Erklärungsmodell eine Sukzession von Mythen an: Der habsburgische Mythos wird abgelöst vom Mythos der Koalition und dieser vom Mythos der Sozialpartnerschaft? Läßt sich sagen, daß der „Untergang der Monarchie bis heute traumatisch" nachwirke, wie dies Ulrich Greiner in seiner Schrift „Der Tod des Nachsommers" (1979) behauptet? Vorwurf an die österreichischen Autoren: Sie würden sich nicht so wie ihre deutschen Kollegen unausgesetzt mit der „bundesdeutschen Wirklichkeit" beschäftigen. Gewiß gehen der österreichischen Literatur nicht die Vertragskünstler ab, sehr wohl aber die Rhetoren vom Schlage eines Böll, Enzensberger, Grass, Lenz, Rühmkorf oder Walser, die ihre Wortgewalt auch politisch argumentierend einzusetzen verstehen.
Der antihistorische Affekt ist bei den österreichischen Schriftstellern nicht selten anzutreffen. Ernst Jandl läßt die Hauptfigur in „Aus der Fremde" bekennen: „geschichtshaß/gründlichst empfangen/habe er zur nazizeit/geschichtsverlangen/kenne er/auch heute noch nicht." Für Peter Handke ist Deutschland ein Land, das „versunken ist im Abgrund der Geschichte"; Geschichte ist für ihn so etwas wie ein Asyl für „Seins-Nichtse". Gerhard Fritsch sprach in seinem Gedicht „Österreich" von einem „Landstrich, von dem die Geschichte Abschied genommen hat". Ein Land, in dem sich, im Guten wie im Schlechten, nichts zu verändern scheint, in dem Geschichte allenfalls als museales Requisit geduldet und somit neutralisiert scheint. Ein Land der „Windstille" (A. Pelinka). Ein Land, in dem der Klassenkampf durch den Sprachkampf ersetzt wird. Helmut Eisendle (*1939): „Österreich ist seine Sprache". Zu nennen ist in diesem Zusammenhang — als Gegenbeispiel — auch Erich Fried (*1921), der — wenngleich in London lebend — für die jüngere Generation der Gegenwart durch seine pointierte politische Lyrik zur Autorität wurde.
Mit einer negativen Bestimmung, die mangelnden Aktualitätsbezug zu einem Kriterium der österreichischen Literatur macht, erfolgt eine unzulängliche Charakterisierung; viel eher gilt es zu fragen, wie sich diese Aktualität und die historischen Prozesse der Literatur eingeschrieben haben und woraus dieser antihistorische Affekt herzuleiten ist. Wenn gegen die Veränderung das Insistieren auf der Sprache gesetzt wird, wenn die Reflexion auf die Form das inhaltliche Moment zu überdecken scheint, so ist den Autoren nicht formverspielter Narzißmus und Beschränkung auf die eigene Produktion und Verlust an Welthaltigkeit vorzuwerfen, sondern viel eher zu fragen, welche Umgestaltung dies in den Texten erfährt und in welcher Weise es legitim präsent ist. Österreich zu einem ewigen, wenngleich sterbenden Biedermeier und die Autoren damit zu Erben Stifters zu machen, wie dies die Formel vom „Tod des Nachsommers" nahelegt, heißt, die Risse und Sprünge nicht sehen zu wollen oder zuzukitten. Gewiß mögen die Autoren mitunter selbst sich so ins Bild gebracht sehen und das einst Umstürzlerische ihrer frühen Texte nicht mehr wahrhaben. Ein schlagendes Beispiel ist Peter Handke, dessen frühe Sprachskepsis einem Vertrauen in die Sprache gewichen ist und der durch das Erzählen alles wieder in die einst bekämpfte Folgerichtigkeit bringen will und — hierin Stifter nicht unverwandt — durch die Konzentration auf die stumme Objektwelt wieder einen Anspruch an die Literatur stellt, der schon aufgegeben schien. Daß er schließlich in seinem „dramatischen Gedicht" „Über die Dörfer" (1981) die Natur als „das einzig stichhaltige Versprechen" anpreist, zeigt an, daß er eine Position einnimmt, die ziemlich genau das Gegenteil dessen markiert, was die experimentell-artistische Phase der sechziger Jahre anvisierte. Es wäre indes allzu vereinfachend, wollte man den österreichischen Autoren nachsagen, daß sie, selbst wenn sie in ihrer Jugend Häretiker und Rebellen waren, am Ende zur Stütze der Tradition und damit auch des Systems werden müßten.

Wer nur diese geglättete Oberfläche des idyllischen Zustands wahrnehmen will, verkennt die Prozesse, denen sie ihre Entstehung verdankt. An die Stelle dieser statischen Vorstellung von der österreichischen Literatur ist eine dynamische zu setzen.
Zudem hat die starke Akzentuierung der Sprachreflexion und literarischen Verfahrensstrategien ihren Vorteil, da sich dies sehr wohl auch instrumentalisieren läßt und nicht zuletzt die handwerkliche Fähigkeit der Autoren fördert. Daß die österreichische Literatur sich die Geschichtslosigkeit als ihr Alibi ausgesucht habe, wird zumindest durch die Produktion der letzten Jahre widerlegt. Michael Scharang erkannte zu Recht: „Literatur ist bei allem, was sie sonst ist, immer auch die Schreibung von Geschichte. Geschichten erzählen und dabei Geschichte schreiben." Doch sei dies nur möglich, wenn man „möglichst tief in menschliche Verhältnisse eindringe", denn sonst käme nichts „Politisches, nichts Gesellschaftskritisches, gar nichts heraus." Bezeichnend, daß in letzter Zeit gerade diejenigen, denen Teilhabe an der Geschichte verweigert wurde, ihre eigene aufzuarbeiten begannen. Marie-Thérèse Kerschbaumers „Der weibliche Name des Widerstands" (1980) erzählt vom Widerstand der Frauen in der Nazizeit anhand einiger Einzelbiographien, ihr Roman „Die Schwestern" (1982) berichtet vom Schicksal österreichischer Schwesternpaare. Elfriede Jelinek, die schon mit ihren „Liebhaberinnen" (1975) gezeigt hatte, wie Sprachkritik unerläßliche Voraussetzung für Gesellschaftskritik ist, hat mit ihrem Roman „Die Ausgesperrten" (1980) die Legende von den harmonischen fünfziger Jahren und der Aufbauphase durch eine brutale Story zu zerstören gesucht; das Drama „Clara S." (1982) zerlegt, von Clara Schumanns Los ausgehend, den Genieglauben als faschistoide Fiktion in seine undelikaten Bestandteile. Die österreichische Geschichte, die früher zur Konstruktion einer positiven Identität unerläßlich war, wird gegen den Strich gelesen. Sie erscheint als das Unentrinnbare, als ein Verhängnis, dessen Wirksamkeit nur von den Überlebenden und Siegern zu Papier gebracht worden wäre. Geschichte aus der Sicht von Opfern, Geschichte als etwas, das nie gelöscht werden könnte.
Ingeborg Bachmann spricht in „Malina" über den „täglichen Brand" des Justizpalastes: Ein Ereignis, eine gesellschaftliche Konstellation, die überwunden scheint, wird nicht dadurch aufgehoben, daß die Historiker sie „objektiv" darstellen; es sind die Autoren, die dafür sorgen, daß die Folgen kenntlich bleiben. Die jüngere Generation stellt sich dieser Aufarbeitung der Geschichte, die freilich eine „Geschichte von unten" ist, eine Geschichte der Region, des Alltags, der in die Vergessenheit zu sinken droht oder später Objekt folkloristischer Verklärung wird. Gerhard Roths (*1942) Roman „Der stille Ozean" (1980) hat die Region in ihrer historischen Bedingtheit vor Augen, ein Dorf in der Südweststeiermark, ein Konzept, das er in dem umfänglichen nächsten Roman „Der landläufige Tod" (1984) fortsetzte. Auch Harald Manders „Wüstungen" (1985) gehören hierher.
Daß es notwendig ist, diese Bilder von Geschichte auch durch die Literatur kritisch zu befragen, war schon früher vielen Autoren bewußt, wie George Saiko (1892—1962); sein Roman „Der Mann im Schilf" (1954) behandelt unter besonderer Betonung der psychischen Voraussetzungen einen Putsch auf dem Lande im Krisenjahr 1934; doch hat sich das Interesse an diesem Werk erst in der jüngsten Vergangenheit durchsetzen können, vergleichbar etwa der Faszination, die von den Schriften Jura Soyfers ausgeht. Carl Merz und Helmut Qualtingers (1928—1986) satirisches Monologdrama „Der Herr Karl" (1962), die bitter-böse Legende vom Wiener, der glücklich ist, weil er vergißt, hat nichts von ihrer satirischen Verve eingebüßt, mag sie nun bald ein Vierteljahrhundert alt sein; eine Abrechnung mit der Zufriedenheit der Alpenrepublik. Alois Brandstetters (*1938) dagegen vergleichsweise freundliche Ironie hat auch ihren harten Kern. Er zitiert Österreich-Klischees herbei: „Papst Paul VI. sagte, Österreich sei eine Insel der Seligen, mein Vater aber sagte damals, daß Österreichs Glück einzig in seiner Bedeutungslosigkeit liege. Glücklich ist, wer vergißt, sagte mein Vater, die

Gerhard Roth (geb. 1942). 1972.

Erich Fried (geb. 1921). 1986.

Helmut Eisendle (geb. 1939). 1981.

George Saiko (1892—1962).

Stärke des Österreichers sei die Vergeßlichkeit. Der Österreicher kann froh sein, daß er so dumm ist."
Daß die Vergeßlichkeit nicht dominiert, daß es nicht nur die Dummen sind, von denen die Nachfahren berichten, dies zu betreiben ist Aufgabe der Schriftsteller. „In der Poesie brauchen wir alles", so Ernst Jandl, „woran wir uns nicht gewöhnt haben." Poesie als Remedium gegen die Gleichförmigkeit, als Mittel, den Alltag plötzlich schärfer zu sehen, im vermeintlich Normalen plötzlich das Abnorme zu erkennen und das vermeintlich Abnorme zu schätzen, wie es etwa den Gedichten „Alexanders" (d. i. Ernst Herbeck, *1920), eines internierten Schizophrenen widerfuhr, dessen Gedichte schlagartig neue Bereiche der Realitätserfahrung eröffneten. Daß die österreichische Literatur, der man gerne ihre Vorliebe für die filigrane Struktur, für die Kleinform in Lyrik, Drama und Erzählprosa nachsagte, sich auf kein solches quantitierendes Klischee festlegen läßt, bewies eine der jüngsten Publikationen: Marianne Fritz (*1948) hat mit ihrem 3500-Seiten Roman „Dessen Sprache du nicht verstehst" nicht nur diese Legende widerlegt, sondern auch dem habsburgischen Mythos eine irreversible Absage erteilt. Es ist die Geschichte der Familie Null, einer Proletarierfamilie vom Lande mit fünf Söhnen, deren jüngster, Johannes, anno 1914 den Dienst mit der Waffe verweigert und gesucht wird. Die Abrechnung mit denen, die stets die Macht in diesem Lande innehatten, Abrechnung in einer Sprache, die zunächst auch den Regeln der landläufigen Grammatik zu spotten scheint und die doch zwingend ihre eigene Welt erzeugt. Ein Buch, das ein Berg des Anstoßes ist, nicht nur wegen seines Umfanges, das aber auch davon zeugt, wie durch die Poesie bei aller Künstlichkeit doch ein schonungsloser Blick auf die Geschichte und Gegenwart dieses Landes getan werden kann.
In solchen Fällen noch von Harmonie, Verklärung der Vergangenheit, ja von Stagnation und Windstille zu sprechen, kann nur als Versuch der Verharmlosung gedeutet werden, weil man die Botschaft nicht gerne hören will. Diese Literatur, die so gefällig zu sein scheint, die sich dem Spiel verpflichtet sieht und Lösungen für die Konflikte anbietet, ehe sie auftreten, läßt sich nicht als literarischer Auswuchs der Walzerseligkeit deuten. Selbst wenn die Kritik an dem Status quo nicht explizit wird: Wer die Texte der österreichischen Gegenwartsliteratur zu lesen gelernt hat, der sieht, wie hartnäckig diese die Löcher in der Logik des Wohlfahrtsstaates anpeilen.

Gustav Klimt. „Hygieia". Detail von „Medizin", einem der drei Fresken für die Aula der Universität Wien. 1900—1907. Verbrannt 1945.

PETER KAMPITS

VERSUCHSSTATION FÜR GENIES

DER ÖSTERREICHISCHE BEITRAG ZUR GEISTES- UND KULTURGESCHICHTE

Daß Österreich mit der Fülle seiner Begabungen auf dem Weg des Exports und der Nichtbeachtung im eigenen Land umzugehen gewohnt ist, könnte selbst als Bestandteil österreichischer Lebensform gelten. Denn der bis zur Selbstauslöschung differenzierte Wirklichkeitssinn des Österreichers bringt es mit sich, Größe erst in geziemendem Abstand wahrzunehmen — am besten erst nach dem Tod des jeweils Betroffenen —, sie aber dann um so gründlicher zu preisen. Zu seinen Lebzeiten gilt Thomas Bernhards bissige Bemerkung, daß es nirgendwo anders schwieriger sei, „eine Kopfarbeit vorwärts oder gar zu Ende zu bringen", als in Österreich. Das klingt freilich ein wenig nach Kaffeehausphilosophie und ist sicher auch eine ganz und gar unzureichende Erklärung für das Phänomen, daß Österreich vor allem um die Jahrhundertwende eine derartige Unzahl von geistigen und kulturellen Höchstleistungen hervorgebracht hat, so daß man etwa jene Epoche mit dem Athen des Perikles oder dem Florenz der Medici verglichen hat. Österreich war also nicht bloß, um Karl Kraus zu zitieren, eine Versuchsstation des Weltunterganges, sondern auch eine Versuchsstation für Genies.

Es hat wahrhaftig nicht an Erklärungsversuchen dafür gefehlt, warum dem so ist. Die weitgehende Ausschließung des Bürgers jener Zeit aus dem politischen Leben wurde ebenso angeführt wie der Zusammenstoß so vieler Völker und Nationalitäten oder die durch Jahrhunderte kultivierte grundösterreichische Weigerung, die Wirklichkeit, so wie sie ist, zur Kenntnis zu nehmen. Das kann zu Verdrängung, Phäakentum, Heurigenseligkeit, aber auch zu jenen geistigen, kulturellen und künstlerischen Höchstleistungen führen, die die gleichsam andere Seite dieses Volkes der Tänzer und Geiger ist.

Bekanntlich hat der Österreicher nicht nur in nahezu meisterhafter Weise Mechanismen und Techniken entwickelt, die ihm erlauben, alle Seiten einer Sache gleichzeitig zu sehen, sondern auch die Einsicht kultiviert, daß Nichthandeln weiser sein kann als Handeln, daß auf diese Weise Konflikte von selbst zerbröckeln und Lösungen sich verschieben lassen. Von Zeit zu Zeit scheint diese Grundhaltung sich dann wieder in ihr Gegenteil zu verkehren — auch dies gehört zur österreichischen Lebensform — und ihre Verfechter nicht nur zu erstaunlichen Leistungen anzuspornen, sondern auch aus dem Land zu vertreiben. Wie immer man diesem Phänomen auch zu Leibe rückt — ob mit soziologischen, psychologischen, historischen oder politischen Kategorien —: Im Grunde gibt es nur Annäherungen, Chiffren für das Österreichische, das sich gerade dort entzieht, wo man seiner habhaft zu werden glaubt.

Die Neuerungen und Leistungen, die Österreicher auf fast allen Gebieten des Wissens, Entdeckens und Erfindens erbracht haben, können sich gewiß sehen lassen. Vieles von dem, was die geistig-kulturelle Landschaft der Gegenwart bestimmt, nahm von Österreich seinen Ausgang.

Mit Bedacht wurde darauf verzichtet, die noch Lebenden in diese Galerie aufzunehmen, obwohl manch einer es verdient hätte. Der Grund dafür liegt einerseits in der Tatsache, daß die Zeitspanne des ausgehenden 19. Jahrhunderts und der ersten Hälfte des 20. Jahrhunderts wie in einem Treibhaus geistige Leistungen hochschießen ließ. Ein anderer Grund liegt darin, daß man zum Wahrnehmen von Größe in der Tat ein wenig Distanz benötigt. Andere Beschränkungen sind schon leichter zu rechtfertigen. Weder die Geisteswissenschaften (wie die Kunstgeschichtler oder Historiker) wurden berücksichtigt, noch die Literaten und Künstler. Viele Namen wird man vermissen — was den Österreicher neuerlich mit Stolz erfüllen könnte. Es wäre aber vergeblich, „objektive" Auswahlkriterien zu fordern — wie etwa die Anzahl von erlangten Preisen, Professuren oder Publikationen. Die Verantwortung für diese Auswahl trägt der Verfasser, der sich damit auf ganz unösterreichische Weise festlegen mußte. Daß es unter den Dargestellten auch den einen oder den anderen gab, dem es gelang, sogar im eigenen Land zu Erfolg und Ansehen zu gelangen, ist weniger die berühmte Ausnahme von der Regel, als vielmehr — in Abwandlung eines Wortes von Robert Musil — wiederum etwas sehr Österreichisches: Denn in diesem Land ist manchmal auch die Ausnahme die Regel.
So kann Österreich für sich in Anspruch nehmen, die Wiege vieler wegweisender Strömungen und Entwicklungen zu sein. Ob diese nun im eigenen Land oder in der Fremde zur Reifung gelangt sind — ihren Ursprung aber hatten sie hier, in der Versuchsstation für Genies.

PHILOSOPHEN

Spätestens seit Ludwig Wittgenstein ist man darauf aufmerksam geworden, daß es, ähnlich wie in der Literatur, auch eine eigenständige österreichische Philosophie gibt, die grundsätzlich zwei Richtungen einschlägt — eine radikal empirische, sprachkritische, szientistisch ausgerichtete einerseits, und eine ganzheitliche, harmonisierend-universalistische andererseits. Freilich — in ihrem Mißtrauen gegen Spekulation und geschlossene Denksysteme sind sich diese beiden Richtungen einig. Wie alles Österreichische, wurzelt auch das österreichische Philosophieren im Barock und dessen später Ausprägung, dem Josephinismus. Die Integration der Gegensätze, das Einbeziehen des Widerspruchs: das sind zutiefst barocke Gedankengänge; die Abkehr von der Spekulation, das realistische Sich-Beschränken auf das Gegebene ist ein Erbe des Josephinismus. Die Macht des Rationalen ebenso wie seine Überhöhung und Aufhebung in einem größeren Ganzen: Das sind die beiden Seiten des österreichischen Philosophierens, das sich zwar abseits der großen Systementwürfe des deutschen Denkens vollzog, nichtsdestoweniger aber die Gegenwartsphilosophie entscheidend befruchtet hat.

Bernard Bolzano (1781—1848). Philosoph, Mathematiker. Anonymer Stich.

BERNARD BOLZANO (1781—1848) gilt als der Stammvater einer eigenständigen österreichischen Philosophie, die, anders als die deutsche Denktradition im Sinne Kants und Hegels, vorwiegend realistisch, wissenschaftsbezogen, logisch und empirisch ausgerichtet ist.
Seit 1805 in Prag auf einem neugeschaffenen Lehrstuhl für Religionswissenschaft lehrend, geriet Bolzano auf Grund seiner liberalen Grundhaltung bald in Konflikt mit der Amtskirche und den staatlichen Behörden. Nach längeren Intrigen wurde er 1819 aus dem Lehramt entlassen und verbrachte seine letzten Lebensjahre zurückgezogen auf einem Landgut bei Prag.
In seinem zwischen 1820 und 1830 konzipierten Hauptwerk „Wissenschaftslehre" entwarf er eine semantische Grundlegung der Logik und vertrat die Auffassung, daß es Vorstellungen, Sätze und Wahrheiten an sich gibt, die unabhängig vom Bewußtsein und den psychischen Akten

bestehen. Bolzano nahm damit Entwicklungen der Semantik des 20. Jahrhunderts (bei Russell oder Frege) vorweg. Von dieser Autonomie der Sätze ist auch die Ethik Bolzanos bestimmt: Zum aufklärerischen Glauben an die Vervollkommnung des Menschen tritt der Glaube an die Harmonie des Ganzen. Bolzano neigt dazu, Religion als Vehikel der Sittlichkeit zu verstehen; auch Tugend und Glückseligkeit sind Teile des religiösen Lebens, ebenso wie die Auffassung von der Gleichheit aller Menschen eines Gemeinwesens; sie allein kann zu einer Harmonie des Ganzen führen. Auf einem universalistischen Grundgedanken fußend, tritt Bolzanos Staatsphilosophie im Gegensatz zum Nationalismus für einen Ausgleich der Nationen ein, der auf der freien Anerkennung der verschiedenen Völker basiert. Die Verschmelzung aufklärerischer Gedankengänge mit einer Hinwendung zur Logik führt in Bolzanos Gedankengebäude zu einer spezifisch rationalistischen Einstellung, die in ihrer Orientierung auf die Harmonie des Ganzen ein Grundmotiv des Philosophierens in Österreich darstellt.

FRANZ BRENTANO (1838—1917) kann als der erste schulemachende Philosoph Österreichs gelten. Auf ihn berufen sich Phänomenologie und Existenzphilosophie ebenso wie Gegenstandstheoretiker, Logiker und empirische Psychologen.
Der gebürtige Rheinländer aus der berühmten Dichterfamilie derer von Brentano sah sich ursprünglich zum katholischen Priester berufen. Infolge des Streites um die Unfehlbarkeit des Papstes, gegen die er entschieden eintrat, legte er 1873 sein Priesteramt nieder und entfaltete in Wien, wohin er von der liberalen Regierung als Professor für Philosophie berufen worden war, eine rege Wirksamkeit. Auch als es nach seiner Heirat 1880 zur Niederlegung dieser Professur kam, hielt er weiterhin an der Universität Wien als Privatdozent Vorlesungen. Der spätere tschechische Staatspräsident Thomas Masaryk gehörte ebenso zu seinen Hörern wie der Gründer der polnischen Logikerschule Kasimierz Twardowski. Brentano beschäftigte sich gerne mit Rätseln, die er in einer eigenen Sammlung herausgab. Nach seinem Rückzug von der Lehrtätigkeit lebte Brentano zunächst in Florenz und dann in Zürich, wo er auch starb.
Gegenüber jedweder idealistischen Position hat Brentano in seiner „Psychologie vom empirischen Standpunkt" die scholastische Grundkategorie der Intentionalität für die Bewußtseinslehre fruchtbar gemacht: Jedes Bewußtsein ist Bewußtsein von etwas, jeder Bewußtseinsakt, ob Vorstellung, Urteil oder Gefühl, hat ein Objekt, ohne daß dieses auch tatsächlich außerhalb des Bewußtseins existieren muß. Die Tatsache des Wahrnehmens dieser Bewußtseinsakte ist unmittelbar evident; ob das Wahrgenommene auch tatsächlich existiert, dafür gibt es keinerlei Beweis. Mit der Ablehnung der sogenannten Universalien wie Röte, Dreieckigkeit, Güte, etc. hat Brentano der

Franz Brentano (1838—1917). Philosoph, Theologe.

semantisch-logischen Philosophie des 20. Jahrhunderts wichtige Impulse gegeben. Sein oder Nichtsein sind letztlich nur Fiktionen, an sich gibt es nur „Dinge". In seiner Ethik war Brentano ein Gegner des Relativismus. In den wiederum intentional zu verstehenden Phänomenen des Liebens und Hassens erschließt sich der Wert und das anzustrebende Gut in unmittelbarer Evidenz.

CHRISTIAN FREIHERR VON EHRENFELS (1859—1932). Im Grunde ist dieser Schüler Brentanos und Meinongs mit einer ganz kurzen Abhandlung berühmt geworden, die er 1890 verfaßte: „Über Gestaltqualitäten". In ihr vertritt Ehrenfels die Auffassung, daß wir sogenannte Gestaltqualitäten als Ganzes wahrnehmen, ein solches Ganzes weist dann einen höheren Grad von Realität auf als seine Teile. Wohl bilden die einzelnen Noten in ihrer Abfolge eine Melodie, aber die Melodie selbst hat eine andere Qualität als ihre Bestandteile. Damit hebt Ehrenfels die

Christian von Ehrenfels (1859—1932). Philosoph, Dramatiker.

alte philosophische Auffassung, daß das Ganze mehr sei als die Summe seiner Teile, auf eine neue Ebene. Gleichzeitig begründete er damit jene Gestaltspsychologie, die sich gegenüber den Vertretern einer atomistisch-mechanistischen Lehre durchsetzte.
In Wien als Sohn eines Adeligen geboren, gab er 1882 Titel und Erbrecht an seinen Bruder ab und widmete sich dem Studium der Musik, unter anderem bei Anton Bruckner. Er verfaßte Dramen und trat für die Polygamie ein, was in Graz und Prag, wohin Ehrenfels 1896 berufen worden war, für Tumulte sorgte, ebenso wie sein Eintreten gegen den Antisemitismus. Für die Polygamie war er aus eugenischen Gründen, der drohenden Degeneration der Europäer entgegenzutreten. Durch den Ersten Weltkrieg in tiefe Depression gestürzt, widmete sich Ehrenfels dem Gebiet der Mathematik und versuchte ein Primzahlengesetz auf Grund der Gestalttheorie zu entwickeln.
In seiner Ethik verwendete Ehrenfels analog zum Grenznutzen der Nationalökonomischen Schule den Begriff des „Grenzfrommens". Die Intensität des Begehrens eines Gutes und die Möglichkeit, es zu realisieren, stehen in einer wichtigen Relation zueinander. Ideale Werte, gleichsam reine und absolute Vollkommenheit bilden zwar die Ausrichtung unseres Strebens, können aber als solche gar nicht existieren. Auch hier wirkte der Einfluß Franz Brentanos nach.

OTHMAR SPANN (1878—1950), der nicht ganz zu Recht als ideologischer Kopf des österreichischen Ständestaates angesehen wurde, vertrat in extremem Maß jene Ausrichtung der österreichischen Philosophie, die man als „Universalismus" und „Ganzheitslehre" bezeichnen kann. Man hat ihn als „faschistischen Hegel" ebenso in Mißkredit gebracht wie als Anhänger des Nationalsozialismus, der er nie gewesen ist. Nach einer kurzfristigen Verhaftung 1938 konnte er während des Krieges als Privatmann weiterarbeiten, kehrte aber nicht mehr an die Universität zurück.
Als Sohn eines kleinen Gewerbetreibenden in einem Dorf in der Nähe Wiens geboren, studierte er zunächst Nationalökonomie und Philosophie. 1909 wurde er Professor in Brünn und nach dem Ersten Weltkrieg in Wien.
Spanns Gesellschaftstheorie ging von gegliederten Ganzheiten des Sozialverbandes aus und richtete sich ebenso gegen den Individualismus wie gegen den Kollektivismus.
In durchaus romantischem Sinn orientierte er sich an organisch gewordenen Gesellschaftskörpern und bekämpfte die empirisch-kausale Methode in der Sozialwissenschaft. Ihr stellte er seine Konzeption des ganzheitlichen Denkens entgegen. Für Spann vollzieht sich alles soziale Leben nach dem Prinzip der Polarität: Mann—Frau, Lehrer—Schüler, Meister—Geselle sind jene Einheiten, die erst die Teile des übergeordneten Ganzen ergeben.
Der „Wahre Staat", jenes Werk, mit dem er erbitterte Diskussionen hervorrief, vertrat die Auffassung, daß der wahre Staat nicht auf kapitalistischen oder marxistischen Prinzipien, sondern auf einer ständischen Ordnung aufbauen müsse. Spann meldete weitgehende Zweifel an der Demokratie an: Im Sinne seiner Ganzheitsmethode muß aus dem Prinzip der Ausgliederung eine geistige Ordnung den Staat durchziehen, die eine Willensbildung von „unten" prinzipiell unmöglich macht. Spanns Ganzheitsdenken versucht dem mechanischen Gebilde des Kollektiven das organisch Gewachsene des Sozialverbandes entgegenzustellen. Auch die Nationalökonomie, über die Spann ein vielbeachtetes Lehrbuch verfaßte, muß innerhalb einer weiteren und höheren Realität betrachtet werden, die als solche wiederum nur einer metaphysischen Betrachtungsweise zugänglich sein kann. Für Spanns Denken waren Glaube und Religion von großer Bedeutung. Seine scharfe Ablehnung der empirisch-positivistischen Methode hat ebenso wie sein vehementer Antimarxismus zu lebhaften politischen Auseinandersetzungen im Österreich der Ersten Republik geführt.

Othmar Spann (1878—1950). Volkswirtschaftler, Philosoph.

Otto Weininger (1880—1903). Philosoph, Psychologe.

Wohl sah Spann in seiner Konzeption gewisse Parallelen zum italienischen Faschismus im Sinne Mussolinis, den österreichischen Ständestaat hat er aber ebenso abgelehnt wie die Ideologie des Nationalsozialismus.

OTTO WEININGER (1880—1903). Als er sich als 23jähriger im Sterbehaus Ludwig van Beethovens ein Zimmer mietete und eine Kugel durchs Herz jagte, war er bereits berühmt. Seine Bekanntheit verdankte er dem Buch „Geschlecht und Charakter", das auf seiner Dissertation fußte und das ein Bild der Frau entwarf, wie es auf den ersten Blick nur von einem schweren Psychopathen stammen könnte. Ein wütender Antifeminismus paart sich hier mit einem ebenso wütenden Antisemitismus, der viel von jenem jüdischen Selbsthaß enthält, der um die Jahrhundertwende bei österreichischen Juden keine Seltenheit war. Als Sohn eines jüdischen Goldschmieds in Wien geboren, studierte er an der Wiener Universität und erwarb seinen Doktorgrad in reiner Philosophie. Nach einer kurzen Auslandsreise, von der er bereits

GESCHLECHT UND CHARAKTER

EINE PRINZIPIELLE UNTERSUCHUNG

VON

DR. OTTO WEININGER

WIEN UND LEIPZIG

WILHELM BRAUMÜLLER

K. u. K. HOF- U. UNIVERSITÄTS-BUCHHÄNDLER

1903

Otto Weininger, Umschlag der Erstausgabe von „Geschlecht und Charakter". Wien-Leipzig 1903.

verstört zurückkehrte, setzte er seinem Leben ein Ende. „Geschlecht und Charakter" spricht der Frau nicht nur jedwede Moral, Genialität und Logik ab, sondern kennzeichnet sie sogar als ein grundsätzlich seelenloses Wesen. Ausgehend von einer zu dieser Zeit kursierenden biologischen Theorie, entwirft er ein Ideengebäude, in dem Mann und Frau einander in unversöhnlicher Feindschaft gegenüberstehen. Die nur aus Sexualität bestehende Frau hat in Idealtypisierung nur die Wahl zwischen absoluter Mutterschaft und ebenso absolut gesetzter Prostitution. Der Mann ist dagegen nur teilweise sexuell, und da die Sexualität nach Weininger eine Negation des Ethischen darstellt, ist die Frau zu echter Sittlichkeit unfähig. Wohl spricht Weininger davon, daß nur in der Überwindung der Sexualität Erlösung für die Menschheit verwirklicht werden könnte, er spricht aber zugleich auch dem Mann die Schuld dafür zu, daß es nicht zu dieser „einzig wahren Emanzipation" komme. Seine von Verherrlichungen des Genies durchzogenen Ausführungen gipfeln in einem heftigen Antisemitismus, wobei alle der Frau zugesprochenen Eigenschaften auch dem Judentum unterstellt werden. Weiningers überhitzte, auch als Reaktion auf den immoralischen Ästhetizismus des Wien um die Jahrhundertwende deutbaren Thesen waren vor allem bis zum Zweiten Weltkrieg vieldiskutiert. In den letzten Jahren ist man wieder auf ihn aufmerksam geworden.

Moritz Schlick (1882—1936). Philosoph. 1927.

DER WIENER KREIS

MORITZ SCHLICK (1882—1936) war zwar kein gebürtiger Österreicher, aber als Begründer und geistiges Zentrum des „Wiener Kreises" hat der 1921 als Nachfolger Machs und Boltzmanns nach Wien berufene Moritz Schlick für die Philosophie in Österreich und darüber hinaus für die Philosophie des 20. Jahrhunderts entscheidende Akzente gesetzt. Der in Berlin geborene Schlick hatte zunächst Mathematik und Physik studiert und sich später vornehmlich erkenntnistheoretischen Fragestellungen zugewendet. Ab 1924 rief er eine informelle Diskussionsrunde von Philosophen, Physikern und Mathematikern ins Leben; durch seine Initiative entstand eine philosophische Richtung, die ihre Hauptaufgabe in der strengen Wissenschaftlichkeit der Philosophie, in der Konzentration auf sprachkritische und logische Probleme sah. Abkehr von der Metaphysik — unter dieser Devise fanden sich Otto Neurath, Rudolf Carnap, Hans Hahn, Kurt Gödel, Edgar Zilsel, Friedrich Waismann, zusammen, um nur einige der Namen zu nennen. Über das physikbezogene Philosophieren eines Ernst Mach oder Ludwig Boltzmann, aber auch in Anknüpfung an bestimmte Theorien der Brentano-Schule konnte der Wiener Kreis allerdings schon an Traditionen anschließen.

Rückgang auf strenge Empirie und Berufung auf die Logik bildeten die Pfeiler von Schlicks „Allgemeiner Erkenntnislehre" (1918). Der streng wissenschaftliche Zugang zur Wirklichkeit sollte ein für allemal den haltlosen Spekulationen der Philosophie entgegentreten und ihr ein gesichertes Fundament bieten. Schlicks liberal-bürgerlicher Grundeinstellung war allerdings jeder Fanatismus ein Greuel. Seine heimliche Vorliebe galt Fragen der Ethik, in denen er sich gegenüber der Behauptung absoluter Werte auf das Gefühl und das Erleben berief. Lust und Unlust sind entscheidende Triebfedern unseres Handelns, die wissenschaftlich nicht beantwortbare Frage nach dem Sinn des Lebens eine für die Ethik sehr entscheidende. Es mutet fast wie eine grausame Ironie des Schicksals an, daß Schlick, der in seiner Ethik nahezu eine Apotheose der Jugendlichkeit vertreten hatte, von einem ehemaligen Schüler ermordet wurde. Um diesen

Mord rankten sich viele Legenden. Persönliche und weltanschauliche Motive dürften aber mehr ins Gewicht gefallen sein als die später behaupteten politischen. Allerdings brachte die politische Entwicklung bereits im Ständestaat eine Einschränkung der Tätigkeit des Wiener Kreises, dessen Mitglieder in großer Zahl der Sozialdemokratie zuneigten, mit sich. Die Besetzung Österreichs durch die Nationalsozialisten 1938 brachte dann der Philosophenrunde ein jähes Ende. Fast alle Vertreter des Kreises emigrierten oder wurden zur Auswanderung veranlaßt.

Otto Neurath (1882—1945). Soziologe, Philosoph.

OTTO NEURATH (1882—1945) war nicht nur das politisch aktivste und radikalste Mitglied des Wiener Kreises, sondern auch das vielseitigste. Neurath war Wirtschafts- und Gesellschaftswissenschaftler, Physiker und Mathematiker. Organisator und Administrator in einem. Er war in seiner Art eines der letzten Universalgenies.
Bereits in der Zeit des Ersten Weltkrieges begründete Neurath die Kriegswirtschaftslehre und beschäftigte sich auch intensiv mit Wirtschaftsgeschichte. Kämpferisch aufklärerisch und marxistisch gesinnt, war er 1919 Mitglied der bayerischen Räteregierung, wurde nach deren Sturz für kurze Zeit eingekerkert und gründete dann in Wien das Gesellschafts- und Wirtschaftsmuseum der Stadt Wien. Daneben erfand er die sogenannte Bildstatistik, die heute in allen statistischen Darstellungen angewendet wird und als „visuelles Alphabet" etwa auf Bahnhöfen oder Flugplätzen nahezu unentbehrlich geworden ist. Neurath schwebte auch eine Art Einheitswissenschaft vor, die sich an der quantifizierenden Methode der Physik orientieren sollte. Auch die Philosophie sollte sich an einem mathematischen Wahrheitsmodell anrichten. Mit aufklärerischem Optimismus trat Neurath für eine Veränderung der Welt zum Besseren ein, wobei der Verbreitung einer „wissenschaftlichen Weltauffassung" große Bedeutung zugesprochen wurde. 1934 gründete Neurath in Den Haag ein Institut für die Einheit der Wissenschaften; 1940 emigrierte er nach England, wo er die „Encyclopedia of Unified Science" herausgab und als Konsulent für Fragen der Slum-Beseitigung in Großstädten tätig war.
Erkenntnistheoretisch vertrat er gemeinsam mit Rudolf Carnap einen physikalistischen Standpunkt. Eine große Rolle spielt dabei das System von sogenannten Protokollsätzen, die festhalten, was in einer bestimmten Zeit von einer bestimmten Person an einem bestimmten Ort wahrgenommen wird, und sich so einer allgemeinen Überprüfbarkeit erschließt. Da es keine absolute Wahrheit gibt, gleicht die wissenschaftliche Arbeit einer Ausbesserungstätigkeit an einem Schiff auf hoher See.

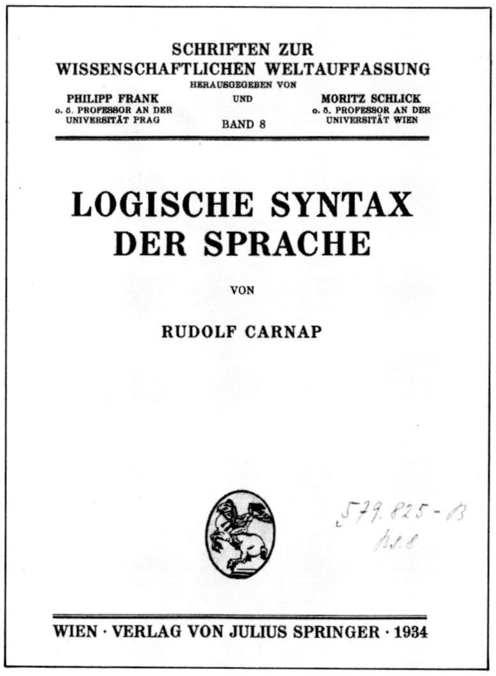

SCHRIFTEN ZUR
WISSENSCHAFTLICHEN WELTAUFFASSUNG
HERAUSGEGEBEN VON
PHILIPP FRANK o. ö. PROFESSOR AN DER UNIVERSITÄT PRAG UND MORITZ SCHLICK o. ö. PROFESSOR AN DER UNIVERSITÄT WIEN
BAND 8

LOGISCHE SYNTAX
DER SPRACHE

VON

RUDOLF CARNAP

WIEN · VERLAG VON JULIUS SPRINGER · 1934

Rudolf Carnap (1891—1970). Titelblatt seiner Abhandlung zur „Logischen Syntax der Sprache". Wien 1934.

RUDOLF CARNAP (1891—1970) glich in seiner Methodik und Arbeitsweise mehr einem Ingenieur und Konstrukteur als einem Philosophen. Carnap lehnte die Metaphysik besonders dezidiert ab. In seinem 1928 erschiene-

nen Buch „Scheinprobleme der Metaphysik“ führte er die traditionellen Probleme der Philosophie auf Sprachverwirrungen zurück und bezeichnete alle Aussagen, die sich nicht durch Erfahrung und Logik verifizieren ließen, als sinnlos. Carnap hat besonders auf den Gebieten der induktiven Logik und der Semantik, insbesondere mit dem Entwurf einer „logischen Syntax“ wichtige Arbeit geleistet und in der analytisch-wissenschaftlichen Philosophie eine führende Rolle gespielt. 1891 in Deutschland geboren, hatte er, bevor er 1926 nach Wien kam, in Freiburg Mathematik und Physik studiert. Bereits 1931 wurde er nach Prag berufen und ging dann 1936 in die USA. Er und Neurath bildeten sozusagen den radikalen Flügel des Wiener Kreises, was sich unter anderem auch hinsichtlich der weitgehenden Ablehnung der Philosophie Wittgensteins und in Kontroversen mit Karl Popper zeigte.
In seinem Buch „Die logische Syntax der Sprache“ hat Carnap den sogenannten „linguistic turn“ der Philosophie, der im Konzept bereits bei Bertrand Russell und Ludwig Wittgenstein vorlag, systematisch vollzogen. Aufgabe der wissenschaftlichen Philosophie ist die Erarbeitung einer formalen Kunstsprache zum Zweck der Rekonstruktion einzelwissenschaftlicher Theorien. Hier unterscheidet Carnap Objekt- und Metasprache (jene, in der dann über die Objektsprache gesprochen wird) und stellt logische Ableitungs- und Kalkülregeln auf. In seinen späteren Arbeiten hat er vor allem auf dem Gebiet der Semantik Pionierleistungen erbracht. Im Rahmen des Wiener Kreises war Carnap sicherlich jener Philosoph, der die konkrete Annäherung der Philosophie an die Wissenschaft und ihre methodische Exaktheit am meisten propagierte.

Ludwig Wittgenstein (1889—1951). Philosoph.

LUDWIG WITTGENSTEIN (1889—1951). Österreichs vielleicht bedeutendster Philosoph war ein Außenseiter der Zunft. Er hat nie Philosophie studiert und auch keine akademische Karriere angestrebt. Der Millionärssohn, der freiwillig auf ein Vermögen verzichtete, der sich nach der Veröffentlichung seines „Tractatus logico-philosophicus“ entschloß, als Volksschullehrer in kleinen niederösterreichischen Dörfern zu unterrichten, und der schließlich doch Professor für Philosophie in Cambridge wurde, hat in der Tat die Philosophie des 20. Jahrhunderts entscheidend verändert. Seine Devise, alle Philosophie sei Sprachkritik, hat für Jahrzehnte die Weichen der weiteren philosophischen Entwicklung gestellt.
In Wien als Sohn eines der Begründer der österreichischen Schwerindustrie geboren, studierte er zunächst Maschinenbau und interessierte sich für die Flugtechnik. Technische Probleme führten ihn zur Mathematik und schließlich zur Logik. Er ging nach England zu Bertrand Russell, mit dem ihn bald eine nicht von Unstimmigkeiten freie Freundschaft verband. Im Ersten Weltkrieg war er Soldat und arbeitete an seinem „Tractatus philosophicus“, der 1921 erschien. Dem berühmten Schlußsatz „Wo-

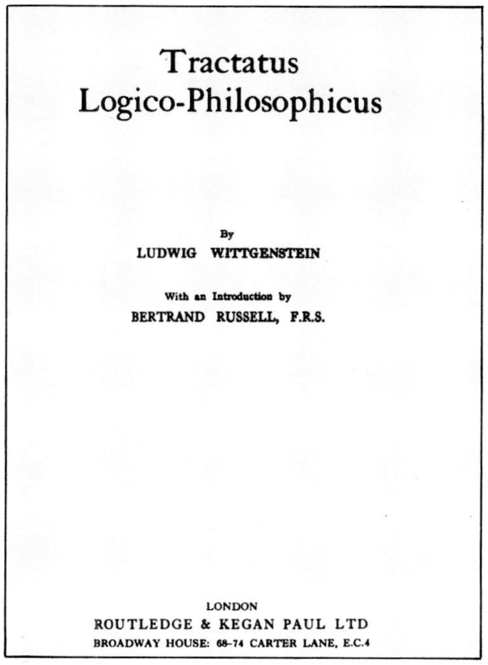

Tractatus Logico-Philosophicus

By
LUDWIG WITTGENSTEIN

With an Introduction by
BERTRAND RUSSELL, F.R.S.

LONDON
ROUTLEDGE & KEGAN PAUL LTD
BROADWAY HOUSE: 68-74 CARTER LANE, E.C.4

Ludwig Wittgenstein. Titelseite seines Hauptwerkes „Tractatus Logico-Philosophicus“ (1922). Englische Ausgabe, Einleitung von Bertrand Russell. London 1955.

von man nicht sprechen kann, darüber muß man schweigen" folgend, wurde er Volksschullehrer und baute für seine Schwester ein inzwischen berühmt gewordenes Haus. Dieses von Wittgenstein in den Jahren seines philosophischen Schweigens erbaute Haus hat man als „Stein gewordene Logik" bezeichnet, weil es in seiner Form und seinen Elementen einer strengen Struktur folgt.
In Wien stand er mit dem „Wiener Kreis" in loser Verbindung. 1929 ging er nach Cambridge zurück und entwarf jene Theorie der „Sprachspiele", die seither aus der Philosophie nicht mehr wegzudenken ist. Auch als Professor konnte er sich mit dem Universitätsbetrieb nicht anfreunden. Während des Zweiten Weltkrieges arbeitete er in Spitälern und als Laborant. Mit 62 Jahren starb er an Krebs.
Im „Tractatus" hat Wittgenstein die Sprache einer unbarmherzigen Kritik unterzogen und ein Sinnkriterium aufgestellt, das die traditionellen metaphysischen Aussagen der Philosophie als sinnlose Sätze entlarvt. Alles was sich sagen läßt, läßt sich klar sagen. Die unserer Sprache zugrundeliegende, ihr immanente Logik muß aufgespürt werden, die allgemeine Form des Satzes am sogenannten Elementarsatz aufgewiesen werden. Wittgensteins spätere Arbeiten, wie beispielsweise die noch zu seinen Lebzeiten von ihm vorbereiteten „Philosophischen Untersuchungen", orientierten sich am Gebrauch. Die Bedeutung des Wortes wird nun durch den Gebrauch bestimmt, der wiederum auf einen Kontext und letztlich auf die sogenannten „Lebensformen" zurückverweist. So wichtig Wittgensteins „Tractatus" für die Logiker-Philosophen der Analytischen Sprachphilosophie gewesen ist, so sehr berufen sich die Vertreter der „Ordinary Language Theory" wie Moore, Austin oder Searle auf sein späteres Philosophieren.
Wittgensteins großes Problem lag allerdings auf dem Gebiet der Ethik, deren Sätze nach seinem eigenen Sinnkriterium — „Wovon man nicht sprechen kann, darüber muß man schweigen" — nicht formuliert werden können. Beeinflußt von Kierkegaard und Tolstoi, versuchte er zum Sinn des Lebens zu finden, um seinen tiefen Depressionen, die ihn an den Rand des Selbstmordes führten, zu entgehen. Wie schon sein Vater unterstützte er österreichische Künstler und Dichter mit beträchtlichen Summen.
Wittgensteins Wirkung innerhalb der Gegenwartsphilosophie reicht von der Sprachphilosophie bis zu Sozialtheorien. Der Mann, der die Askese und die Zurückgezogenheit allem Trubel und aller Öffentlichkeit vorzog, ist schon zu Lebzeiten zu einem Mythos und einer Legende geworden.

MARTIN BUBER (1878—1965). Daß das Thema Sprache in der Gegenwart zum Dauerbrenner der Philosophie geworden ist, geht nicht allein auf Ludwig Wittgenstein zurück. Auch Martin Buber hat dem gesprochenen Wort einen kaum zu überschätzenden Stellenwert eingeräumt. Dieser dem Mystizismus zuneigende, zum Zeitgeist immer ein wenig quer liegende jüdische Denker hat immer die Versöhnung, das Gespräch an die oberste Stelle gerückt — auch zu einer Zeit, da es in Israel nicht eben populär war, für Versöhnung einzutreten.
In Wien geboren, wuchs Buber in Lemberg auf, wo er mit der chassidischen Tradition, den Mystikern des Glaubens in Verbindung kam. In Wien studierte er Kunstgeschichte und Philosophie und setzte sich mit den Impressionisten und Ästheten der Jahrhundertwende auseinander. Etwa zur selben Zeit wie sein katholisches Gegenstück Ferdinand Ebner (1882—1931), der in Nachfolge Sören Kierkegaards in seinem Werk „Das Wort und die geistigen Realitäten" (1919) im gesprochenen Wort und der Liebe die entscheidenden Daseinsrealitäten sieht, entwarf er in den Jahren um den Ersten Weltkrieg ein dialogisches Denken, das das Ich-Du-Verhältnis als die entscheidende Beziehung zwischen Mensch und Mensch, aber auch zwischen Mensch und Gott ansetzte. An die Stelle rational durchformter Weisen der zwischenmenschlichen Kommunikation treten Begegnung und Ereignis. Gott läßt sich weder erschließen noch beweisen, nur in der Begegnung erahnen. In der Zwischenkriegszeit in Deutschland, vor allem in Frankfurt tätig, ging Buber 1938 nach Jerusalem, wo er sich unermüdlich für Versöhnung einsetzte. Seine Bibelübersetzung, philologisch nicht umstritten, zeugt von einer großartigen Sprachkraft.

Martin Buber
(1878—1965).
Religionsphilosoph.

DIE WIENER NATIONALÖKONOMISCHE SCHULE

Österreich hat eine Schule der Nationalökonomie hervorgebracht, die zu den wichtigsten des 20. Jahrhunderts zählt. Die hierzulande entwickelte Grenznutzenlehre ist als Versuch zu sehen, die Nationalökonomie aus dem Ideologienstreit herauszuhalten und den Non-Interventionismus, das gleichsam natürliche Zum-Wachsen-Bringen, zu fördern. Es ist ein im Grunde unparteiischer Versuch, die Gesetze des Wirtschaftens zu beobachten, sie in vielleicht bürokratischem Sinn zu verwalten, nicht aber sie umzustoßen.

Oben: Carl Menger (1840—1921). Nationalökonom. Gedenktafel im Ehrenhof der Wiener Universität.
Unten: Autograph Carl Mengers vom 7. Juli 1903.

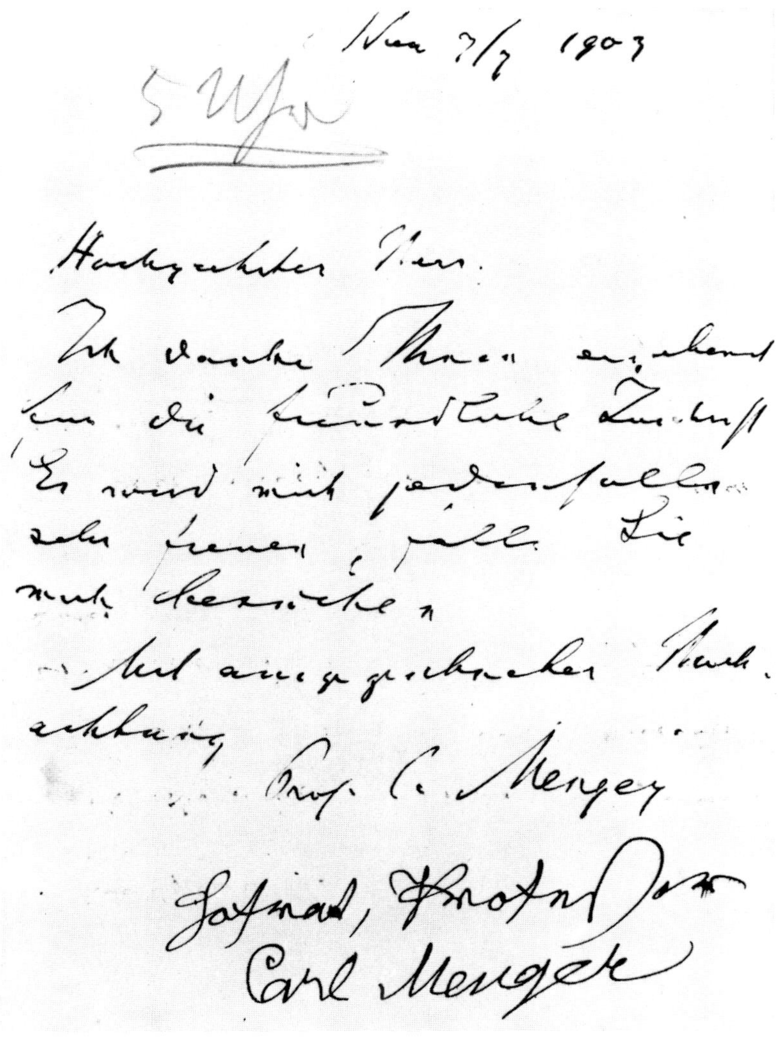

Wien 7/7 1903

5 Uhr

Hochgeehrter Herr.

Prof. C. Menger

Hofrat, Professor Carl Menger

CARL MENGER (von Wolfensgrün) (1840—1921) kann zusammen mit Friedrich v. Wieser und Eugen v. Böhm-Bawerk als Begründer der Wiener Schule der Nationalökonomie gelten. In Galizien geboren, studierte und lehrte Menger in Wien. 1876—1878 war er Erzieher des Kronprinzen Rudolf und begleitete ihn auf vielen Reisen. Bereits 1871 veröffentlichte er seine „Grundsätze der Volkswirtschaftslehre", in denen er die berühmt gewordene Theorie vom Grenznutzen oder Grenzwert entwickelte. Menger entwickelte eine der ersten allgemeinen Theorien der Nationalökonomie und legte zugleich auch die Fundamente dessen, was man in der Gegenwart als „freie Marktwirtschaft" bezeichnet.
In seiner Theorie vom Grenzwert weist Menger nach, daß der Wert eines Gutes nicht eine ihm selbst anhaftende Eigenschaft darstellt, sondern vom Bedarf abhängt. Intensität der Bedürfnisse und Menge der vorhandenen Güter stehen in einer durch das „Gesetz vom abnehmenden Nutzen" gekennzeichneten Beziehung zueinander. Der Grenznutzen entspricht dem Tauschwert eines Gutes hinsichtlich des Höchstpreises, den man zu seiner Anschaffung gerade noch in Kauf nehmen würde. Die Verschiedenheit in der Bewertung von Gütern oder Waren ergibt die Grundlagen für den Tausch, die Preise ergeben sich aus dem Zusammenspiel von Angebot und Nachfrage, wobei zwischen Gütern verschiedener Ordnung genau unterschieden werden kann. Die dabei von Menger entwickelte Analyse der Preisbildung in Beziehung zur Bedürfnisskala führte ihn zur Auffassung historisch abhängiger Gesetzmäßigkeiten der Ökonomie. In dem berühmt gewordenen Methodenstreit mit der in Europa vorherrschenden historischen Schule versuchte Menger gleichsam „ewige" Gesetze der Ökonomie zu verteidigen.

FRIEDRICH VON WIESER (1851—1926) systematisierte die Lehren Mengers und festigte die Bezeichnung „Grenznutzen" in der Theorie. In Wien geboren, wurde er nach juristischen Studien und längeren Auslandsaufenthalten 1903

Nachfolger Carl Mengers auf dessen Lehrstuhl für Nationalökonomie in Wien. In seinen ersten Arbeiten („Über den Ursprung und die Hauptgesetze des wirtschaftlichen Wertes") versuchte Wieser die Grenznutzentheorie auch auf den Bereich der Herstellungskosten von Gütern auszudehnen. Für die Herstellungskosten ist der entgangene Nutzen derjenigen Güter, die an Stelle eines bestimmten anderen Gutes hergestellt hätten werden können, wesentlich. Mengers Theorie der Wertbildung im Bereich des Konsums wird von Wieser im Bereich der Produktion angewendet. In der Geldtheorie hat Wieser die überkommene, rein quantitative Theorie durch eine solche der „Einkommen" und ihrer verschiedenen Verwendungsweisen ersetzt.
In seiner Grundlagen- und Modelltheorie vom „natürlichen Wert", einer idealen Konstruktion, hat Wieser jede planwirtschaftliche oder marxistische Theorie scharf kritisiert. Durch die Einbeziehung sozialwissenschaftlicher Erkenntnisse hat er ebenso bahnbrechend gewirkt wie in seiner Konstruktion eines marktwirtschaftlichen Modells, innerhalb dessen der Staat zugunsten der wirtschaftlich Schwachen gegen Kartelle, Monopole und Großunternehmen eingreifen muß. Wirtschaftliches Handeln ist immer von Machtkonstellationen geprägt, wobei es darauf zu achten gilt, daß die Freiheit des wirtschaftlichen Handelns weder zur schrankenlosen Despotie ausartet, noch durch staatliche Kontrolle abgeschafft werden darf.
1917/18 war Wieser Handelsminister der letzten kaiserlichen Regierungen Österreichs. In seinem Buch „Österreichs Ende" gibt er eine nüchterne Analyse der Ursachen des Zusammenbruchs der Habsburgermonarchie.

Friedrich von Wieser (1851—1926). Nationalökonom. Gedenktafel im Ehrenhof der Wiener Universität.

EUGEN VON BÖHM-BAWERK (1851—1914). Der Schwager Wiesers und dessen Studienfreund, wurde er nach Studien der Rechtswissenschaft zunächst Professor in Innsbruck und dann leitender Kopf einer 1889 durchgeführten Steuerreform, die sowohl die Personaleinkommenssteuer wie auch die Steuerprogression bescherte und bereits bei ihrer Einführung nicht unumstritten war. Böhm-Bawerk brachte es gleich dreimal zum Finanzminister: 1895, 1897—1898 und schließlich 1900—1904. Seine Amtstätigkeit war vor allem durch die erfolgreiche Bemühung geprägt, die Staatsschuldenlast zu verringern. Auch Böhm-Bawerk baute auf den Theorien der von Menger entwickelten Wertlehre auf. In seinem Hauptwerk „Geschichte und Kritik der Kapitalzinstheorien" (1884—1889) entwickelte er eine Zinstheorie, die von der Höherschätzung der in der Gegenwart verfügbaren Güter gegenüber denen der Zukunft ausgeht. Darin wird die Zinsbereitschaft in der Zukunft für ein in der Gegenwart zur Verfügung gestelltes Kapital ebenso erklärbar wie der Gütercharakter von Produktionsleistungen, die auf die Zukunft gerichtet sind. Aus dieser Zinsauffassung resultierte auch eine Lohntheorie, in der Böhm-Bawerk von der engen Verbindung zwischen Lohnhöhe und Vorrat an sogenannten Subsistenzmitteln ausging. Bereits in seinem früheren Werk „Grundzüge des volkswirtschaftlichen Güterwertes" hatte er in der sogenannten „Zurechnungslehre" Mengers Wertlehre auch auf die nicht der Bedürfnisbefriedigung dienenden Güter angewendet und Mengers „Grenznutzen" durch die Konzeption der „Grenzproduktivität" ergänzt. Seine Analysen wirtschaftlicher Abläufe sind in ihrer Bedeutung mit dem nationalökonomischen Werk von Karl Marx verglichen worden. Wohl um an seine Steuergesetze zu erinnern, hat man vor kurzem die österreichische 100-Schilling-Banknote mit seinem Porträt versehen.

JOSEF SCHUMPETER (1883—1950) ist neben Ludwig v. Mises und Friedrich Hayek der bedeutendste Vertreter der österreichischen Schule der Nationalökonomie in diesem Jahrhundert. In Mähren geboren, verlor er früh seinen

Vater und zog mit seiner Mutter, die einen Offizier heiratete, nach Wien. Er studierte bei Wieser und Böhm-Bawerk und war nach einem mehrjährigen Aufenthalt in Kairo Professor in Czernowitz und dann in Graz. Während des Ersten Weltkrieges versuchte er, der kurze Zeit mit einer Engländerin verheiratet gewesen war, vergeblich über die Vermittlung englischer Freunde für Österreich einen Separatfrieden zu erwirken. 1919 wurde er — obwohl politisch und ökonomisch anders denkend — von seinem Studienkollegen, dem Sozialdemokratischen Politiker und Theoretiker des Austromarxismus Otto Bauer, für das Amt des Finanzministers gewonnen. Die von ihm geforderte Vermögensabgabe konnte er nicht durchsetzen, und auch als Präsident einer Privatbank erlitt er Schiffbruch. Er verlor sein gesamtes Vermögen und blieb auf Jahre hinaus hoch verschuldet. 1924 ging er als Professor für Nationalökonomie nach Bonn, später nach Harvard.
Schumpeter, der den Unternehmer als den eigentlichen Motor der sozio-ökonomischen Entwicklung pries, hat in seiner frühen Arbeit „Theorie der wirtschaftlichen Entwicklung" (1911) die innovatorische Schöpferkraft und Dynamik des Unternehmertums zum eigentlichen geschichtlichen Gesetz der Volkswirtschaft gemacht. In seiner Auseinandersetzung mit dem Marxismus, vor allem in seinem Werk „Capitalism, Socialism and Democracy" (1942) sieht Schumpeter die Entpersönlichung und Kollektivierung der Unternehmerfunktion als Ursache für das allmähliche Absterben des Kapitalismus und das Herannahen sozialistischer Systeme. Schumpeter billigt den Intellektuellen eine wichtige revolutionäre Position im Entwicklungsprozeß der Demokratien zu und hält Elitenbildung in jedem Gesellschaftssystem für unvermeidlich. Trotz seiner Kritik an der Zinstheorie Böhm-Bawerks haben dieser und der Marxismus Schumpeters Theorien am deutlichsten beeinflußt. Schumpeter kann neben John Mayard Keynes als einer der bedeutendsten Ökonomen unseres Jahrhunderts angesehen werden.

Eugen von Böhm-Bawerk (1851—1914). Nationalökonom.

Josef Schumpeter (1883—1950). Nationalökonom. Um 1920.

Auf dem Gebiet der Soziologie zeichnet sich Österreich durch besondere kreative Vielfalt aus: Hier entstanden die quantitativ-empirische Sozialforschung, jene soziologische Schule, die die darwinistisch ausgelegte Natur als Grundlage des gesellschaftlichen Mit- und Gegeneinanders betrachtet, ebenso wie die Wissenssoziologie, die das Verhältnis von Erkenntnisprozessen und der Gesellschaft untersucht. Hier ist, von verschiedenen Ausgangspositionen her, ein innovatives Potential zum Durchbruch gekommen, das letztlich auf den sozialen und nationalen Spannungen der alten Donaumonarchie fußt. Nebeneinander stehen die Überzeugung, durch aktive Veränderung einen Weg zum Besseren einschlagen zu können, und die wertneutrale Beschreibung eigengesetzlicher Abläufe.

LUDWIG GUMPLOWICZ (1838—1909) wurde in Krakau aus einer Rabbinerfamilie geboren und studierte zunächst in Wien und Krakau Rechtswissenschaft. Als polnischer Patriot trat er als Anwalt für Anti-Habsburgerrebellen auf, weshalb ihm auch an der Universität Krakau die Habilitation verwehrt wurde. Der „terrible Autrichien", wie er von seinen Zeitgenossen später genannt wurde, wandte sich daraufhin dem Journalismus zu und engagierte sich für einen antiklerikalen Nationalismus. In seiner 1883 veröffentlichten Studie „Der Rassenkampf" übertrug er Darwins Selektionslehre auf die sozialen Verhältnisse. Mit diesem Buch begründete er, so radikal seine Thesen auch anmuten, die wissenschaftliche Disziplin „Soziologie" im deutschsprachigen Raum. Gumplowicz sah im konkurrenzierenden Kampf um die Herrschaft einen Kampf der Rassen, die er allerdings weniger als ethnische denn als nationale Gruppen, wie sie in der altösterreichischen Monarchie gegeben waren, auffaßte. 1875 konvertierte Gumplowicz zum Protestantismus und wurde schließlich an die Universität Graz berufen, wo er durch 23 Jahre Verwaltungsrecht lehrte. Gumplowicz' antiindividualistische und antiliberale Einstellung geht zwar keineswegs vom Gedanken der Minderwertigkeit bestimmter Rassen aus, wie später beispielsweise die nationalsozialistische Doktrin, lieferte aber auch den Überlegungen von Rassentheoretikern wie Houston Stuart Chamberlain neue Nahrung. Sein Sohn Ladislaus radikalisierte die Theorien des Vaters zur Anklage „Der Staat ist eine organisierte Räuberbande" und wurde deshalb für zwei Jahre eingekerkert. Sein zweiter Sohn Maximilian Ernest beging 1897 Selbstmord, so wie auch Gumplowicz 1909 zusammen mit seiner Frau freiwillig aus dem Leben schied.
Gumplowicz' Versuch, die soziale Wirklichkeit naturgesetzlich zu erfassen, bleibt trotz der anthropologischen Prämisse von der Bestialität des Menschen einer der ersten positivistischen Versuche der Soziologie: Nicht der

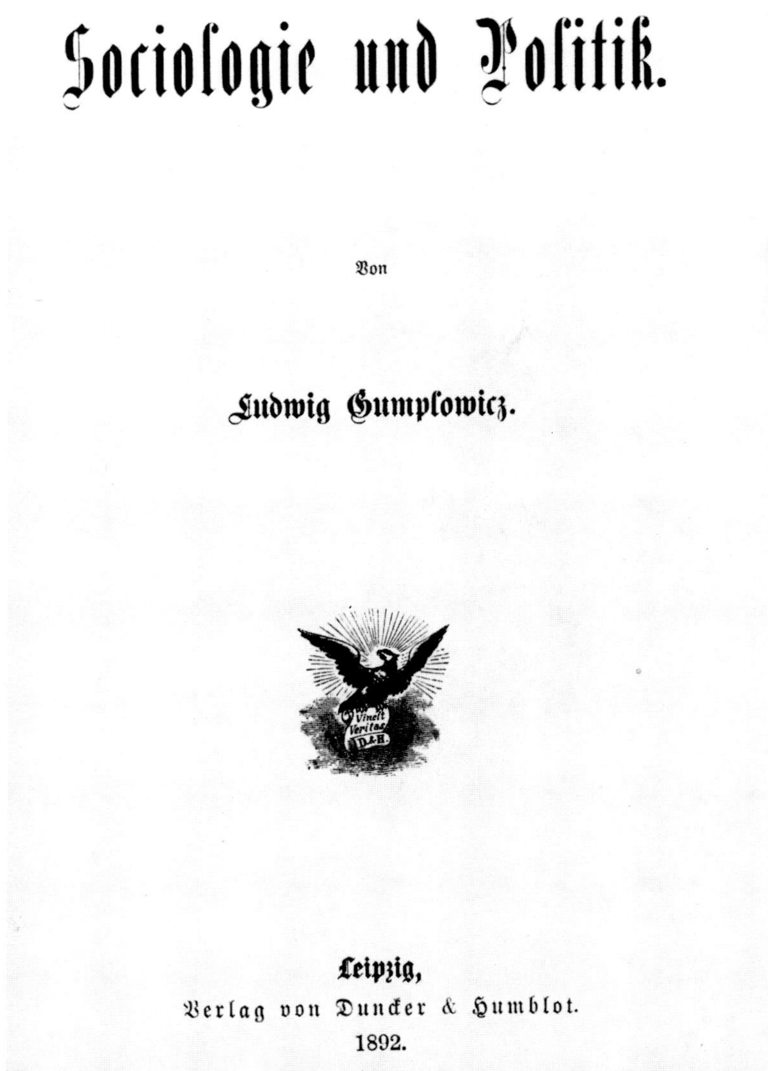
Sociologie und Politik.

Von

Ludwig Gumplowicz.

Leipzig,
Verlag von Duncker & Humblot.
1892.

Ludwig Gumplowiczs (1838—1909). Titelseite der Erstausgabe seiner Studie „Sociologie und Politik". Leipzig 1892.

einzelne, sondern die soziale Gruppe, das „Milieu" bestimmen unsere Wirklichkeit. Die menschliche Geschichte enthüllt sich bar jeder idealistischen oder moralischen Deutung letztlich analog zu einem Naturprozeß im Sinne der Evolutionslehre.

GUSTAV RATZENHOFER (1842—1904), einer der bedeutendsten Soziologen seiner Zeit, war — überraschenderweise — Militär. Als Sohn eines Uhrmachers in Wien geboren, arbeitete er sich vom gemeinen Soldaten bis zum Feldmarschalleutnant empor und war in seinen letzten Lebensjahren Präsident des Obersten Militärgerichts in Wien. Neben verschiedenen militärhistorischen und militärwissenschaftlichen Arbeiten entwarf Ratzenhofer ein soziologisches Konzept, das dem Gumplowicz' ähnelte, mit dem er allerdings nur in brieflicher Verbindung stand. In seinem 1891 erschienenen Werk „Wesen und Zweck der Politik als Teil der Soziologie und Grundlage der Staatswissenschaft" verstand er Politik als Ergebnis

Gustav Ratzenhofer (1842—1904). Militär, Soziologe, Philosoph.

des Kampfes ums Dasein, den soziale Gruppen untereinander führen, und suchte im geschichtlichen Ablauf der Staatengebilde Naturgesetzlichkeiten nachzuweisen. Konflikt und Gewalt nehmen hierin ebenso eine zentrale Stellung ein wie die Möglichkeit, auf Grund der Erkenntnis dieser Gesetzlichkeiten den Lauf der Geschichte handelnd zu beeinflussen. In seinem erst posthum erschienenen Werk „Soziologie. Positive Lehre von den menschlichen Wechselbeziehungen" entwickelte Ratzenhofer gegen Marxismus und Kapitalismus eine zwischen Individualismus und Sozialismus angesiedelte Theorie der sozialen Wechselwirkungen, die zu einer Synthese gebracht werden können, wenn sich Soziologie als konstruktiv versteht und in politisches Handeln umgesetzt werden kann. In seiner These von der „absoluten Feindseligkeit" des Menschen gegenüber dem Mitmenschen ähnelt er Gumplowicz: Sie wird von einer positiven Ethik durch das angeborene Interesse des Menschen für das Gemeinwohl und eine ethische Aufgabe des Staates ergänzt. Ratzenhofers Theorien fanden vor allem in den USA Aufnahme, wo A. Small eine an Ratzenhofer angelehnte Interessenstheorie entwarf.

KARL MANNHEIM (1893—1947) ist der eigentliche Begründer der Wissenssoziologie, die sich die Aufgabe gestellt hat, die Beziehungen zwischen Denken und Erkennen einerseits und der sozialen Realität andererseits zu erkunden. Daß das Erkennen durch mannigfache, auch nichttheoretische Lebensbeziehungen geformt ist, ist im Grunde eine Einsicht des Marxismus. Im Gegensatz zur marxistisch durchgeformten Ideologiekritik setzte sich Mannheim mit diesen Strukturen weitgehend wertneutral auseinander, was ihm vielfach den Vorwurf des Relativismus eingebracht hat.
Mannheim wurde als Sohn jüdischer Eltern in Budapest geboren und stand in seiner Jugend unter dem Einfluß des Denkens von Georg Lukaćs. Vom kommunistischen Rätesystem Béla Kuns abgestoßen, studierte er in Deutschland und lehrte in Heidelberg und in Frankfurt. Von 1933 an lehrte er an der London School of Economics.
Die marxistische Auffassung der Abhängigkeit des Bewußtseins oder Geistes vom gesellschaftlichen Standort des Menschen, seine soziale „Seinsverbundenheit", wird von Mannheim zwar grundsätzlich bejaht, aber methodologisch transformiert und umgewandelt. In seinem Hauptwerk „Ideologie und Utopie" (1929) unterscheidet er zwischen Ideologien, die eine Konservierung des Vergangenen darstellen, und Utopien, die die Zukunft beeinflussen wollen. Beide können die durch die jeweiligen Interessenslagen gegebenen Grenzen nicht überschreiten. Dies führt zu einem sogenannten Relativismus oder Relationalismus, den Mannheim im Grunde nie aufgegeben hat. Die Theorie der „freischwebenden Intelligenz", die Mannheim unter anderem entwarf, um diesem Relativismus zu entgehen und um die Erfassung des Ganzen zu ermöglichen, sieht in den Intellektuellen eine relativ klassenlose Schicht, die zugleich die Dynamik der Geschichte beeinflußt und durchdringt.
Mannheims Denken, das sich besonders der Kritik durch die Frankfurter Schule (Adorno, Horkheimer) ausgesetzt sah, hat durch seine zeitweilige Nähe zum Pragmatismus besonders stark auf die amerikanische Soziologie gewirkt (Parsons, Merton).

PAUL LAZARSFELD (1901—1976) hat auf doppelte Weise die moderne Sozialforschung entscheidend beeinflußt: Die quantitativ ausgerichtete Untersuchungsmethode, die sich inzwischen in der Soziologie durchgesetzt hat, geht ebenso auf ihn zurück wie die Erschließung von Markt- und Konsumentenverhalten oder die Analysen des Wählerverhaltens. Die berühmt gewordene Untersuchung „Die Arbeitslosen von Marienthal", die Lazarsfeld 1933 zusammen mit Marie Jehoda und Hans Zeisel vorlegte, war

Karl Mannheim (1893—1947). Soziologe.

Paul Lazarsfeld (1901—1976). Soziologe, Philosoph.

eine Pioniertat. Zum ersten Mal wurde versucht, an Hand einer ganzen Gemeinde das Verhalten in ökonomischer, sozialer, psychologischer und politischer Hinsicht einer ganzen Gruppe von Menschen zu untersuchen und dieses Verhalten auch zu quantifizieren.
Lazarsfeld engagierte sich bereits früh für die Sozialdemokratie. Neben der Gründung der „Vereinigung Sozialistischer Mittelschüler" beschäftigte sich der Student der Mathematik und Physik mit Erziehungsexperimenten und wurde Assistent bei Charlotte Bühler am Psychologischen Institut der Wiener Universität. Die von ihm errichtete wirtschaftspsychologische Forschungsstelle betrat mit Marketing-Studien wissenschaftliches Neuland. Die darin angewendete Methode der empirischen Sozialforschung wurde von Lazarsfeld, der bald darauf nach Amerika ging, mit großem Erfolg auf verschiedensten Gebieten angewendet. Lazarsfeld war zunächst in Newark, dann als Professor für Soziologie an der Columbia University in New York tätig, wo er 1944 das „Bureau of Applied Social Research" ins Leben rief, das sich als zentrale Ausbildungsstätte für empirische Sozialforschung einen bedeutenden Namen machte und zur Keimstätte der institutionalisierten Sozialforschung wurde. Lazarsfelds Hauptinteresse lag wohl in methodologischen Fragestellungen; entscheidende Beiträge lieferte er auch in seiner Markt-, Meinungs- oder Wählerverhaltensforschung ebenso wie auf dem Gebiet der statistischen Mathematik. Seine Verwurzelung in der Ideenwelt der österreichischen Sozialdemokratie hat er auch in den USA aufrechterhalten.

Einsatz für den Frieden, für die Rechte der Frau ebenso wie für die bedrängten und verfolgten Minoritäten — das alles kann wohl nur aus jener uralten Tradition geortet werden, die als „humanitas austriaca" (Friedrich Heer) dieses Vielvölkerreich überhaupt erst lebensfähig machte. Was an diesem Prinzip besticht, ist der Mangel an Fanatismus, der Verzicht auf Verbohrtheit in die eigenen Dogmen. Immer schlägt die Grundhaltung durch, im anderen nicht den Widersacher zu sehen, den es auszuschalten gilt, sondern den Menschen in seiner Hinfälligkeit, dem geholfen werden kann. Gewiß, auch in Österreich ist dieser Grundsatz oft genug in den Staub getreten worden; doch er ist lebendig geblieben und hat jene Geister beflügelt, die zur Versöhnung aufriefen.

JOSEF POPPER-LYNKEUS (1838—1921). Erfinder, Philosoph, sozial engagierter Agitator in einem, holte er nach, was die in Österreich lange nicht zum Durchbruch gekommene Aufklärung versäumt hatte. Die Erfindung eines Dampfventils gab ihm die Möglichkeit, sich frei von finanziellen Sorgen als Privatgelehrter zu betätigen. Der Propagator der „allgemeinen Nährpflicht", der anstelle von bewaffneten Armeen für eine „Ernährungsarmee" eintrat, hat mit seinem Buch „Phantasien eines Realisten" 1900 einen Skandal erregt: In einer der Episoden schilderte Popper sowohl den Inzest zwischen Mutter und Sohn als auch einen Priestermord. Das Buch wurde auch prompt beschlagnahmt.
In Kolin in Böhmen im Ghetto geboren, ging Popper als Eisenbahnbeamter nach Wien. 1878 veröffentlichte er „Das Recht zu leben und die Pflicht zu sterben". In diesem Buch, einer Art Huldigung an Voltaire, wird die Forderung nach einem Mindestmaß an Nahrung, Kleidung und Wohnung für alle Menschen aufgestellt. Kurz darauf entwarf Popper eine Beschreibung des Prinzips der elektrischen Kraftübertragung — also der Übertragung von „Energie durch Leitungen", eine Erfindung, die allerdings von ihm nie ausgewertet wurde. Die unter dem Pseudonym Lynkeus (nach dem Türmer in Goethes „Faust II") erschienenen „Phantasien" verwenden eine Sexualsymbolik, die in vielen Details und Ausgestaltungen an Freud erinnert. Seine Verehrung für Voltaire ließ ihn wahre Hymnen auf den Antiklerikalismus verfassen und bestimmte auch seinen sozialistischen Optimismus, der kein ideologisches Programm enthält, sondern vom reinen Willen getragen ist, zu helfen und Leid zu lindern. In seinen Vorschlägen zu einer Reform des Strafrechts schlug er beispielsweise vor, Verbrecher nicht mit Freiheitsentzug zu bestrafen, sondern sie öffentlich lächerlich zu machen. Er trat für eine Ersatzreligion ein, die das Gefühl der Zusammengehörigkeit und Solidarität der Menschen untereinander fördern sollte. Sein utopisches Programm, in dem unter anderem die Abschaffung des Geldes und die Einführung von einer Art Mindesteinkommen gefordert wurden, hat in der Zwischenkriegszeit viele sozialdemokratische Forderungen beeinflußt.

Josef Popper-Lynkeus (1838—1921). Publizist, Sozialreformer.

BERTHA VON SUTTNER (1843—1914). Die Frau, die Alfred Nobel dazu angeregt hatte, einen Friedenspreis in seine Stiftung mitaufzunehmen, erhielt diesen auch im Jahr 1905 als fünfte Preisträgerin zugesprochen. Die sich ihr Leben lang für den Frieden einsetzende geborene Gräfin Kinsky konnte allerdings durchaus kämpferisch auftreten, vor allem, wenn ihr persönliches Schicksal auf dem Spiel stand. Als die Spielleidenschaft ihrer Mutter die Familie an den Rand des Ruins gebracht hatte, versuchte sie sich zunächst als Sängerin und Musiklehrerin, bevor sie als Erzieherin in das Haus des Barons von Suttner eintrat. Die Liaison mit dem um sieben Jahre jüngeren Sohn des Hauses rief einen kleinen Skandal hervor. Sie mußte das Haus verlassen und trat eine Stelle als Sekretärin Alfred Nobels in Paris an. Dort hielt sie es allerdings nur kurze Zeit aus und reiste zurück nach Österreich, wo sie sich heimlich mit Arthur von Suttner trauen ließ. Gleich darauf (1876) brach das Paar in den Kaukasus auf, wo sie ihr Haus zu einem Lazarett für Verwundete aus dem russisch-türkischen Krieg umwandelte. Nach ihrer Rückkehr nach Österreich schrieb sie 1889 jenen Roman, der ihr mit einem Schlag Weltruhm einbringen sollte: „Die Waffen nieder. Eine Lebensgeschichte". Darin wurde das Schicksal, dem Menschen durch den Krieg ausgesetzt werden, so eindringlich und plastisch geschildert, daß das Buch binnen kürzester Zeit zu einem Bestseller wurde.

1891 gründete sie die „Österreichische Gesellschaft der Friedensfreunde" und war nahezu rastlos agitatorisch, journalistisch und politisch für die Idee des Friedens tätig. Zusammen mit Alfred Hermann Fried (dem 1911 der Friedensnobelpreis verliehen wurde) gab sie eine Monatszeitschrift heraus, die unter dem gleichnamigen Titel wie ihr Roman erschien. Die erste Haager Friedenskonferenz 1899, an der sich immerhin 26 Staaten beteiligten, war für Bertha von Suttner ein Erfolg in ihrem Kampf um den Frieden, doch machte der kurze Zeit später ausbrechende Burenkrieg ihre Hoffnungen wieder zunichte. Nach dem Tod ihres Mannes, der ihr unermüdlich zur Seite gestanden hatte, unternahm sie viele Vortragsreisen, darunter auch in die USA, wo man ihren Ideen respektvoll entgegenkam. Kriege konnte sie freilich keine verhindern. Sie starb wenige Wochen vor dem Ausbruch des Ersten Weltkrieges. Immerhin blieb ihr so die Bestätigung ihrer Voraussage erspart, daß — sollte nicht eine entscheidende Wende des Denkens einsetzen — angesichts des Fortschritts der Technik, ein künftiger totaler Krieg sich als Desaster für die ganze Menschheit erweisen würde.

Bertha von Suttner (1843—1914). Pazifistin. 1906.

ROSA MAYREDER (1858—1938). Man hat sie eine der vernünftigsten Interpretinnen der Rolle der Frau in der modernen Gesellschaft genannt. Ihre Emanzipationsbestrebungen waren auf eine Harmonie zwischen den Geschlechtern ausgerichtet. Durch ihre Romane und Essays erzielte sie eine ebenso breite Wirkung wie durch ihre praktisch-politische Agitation.

Als Tochter eines vermögenden Gastwirts in Wien geboren, lernte sie bereits früh, sich gegen die Bevorzugung ihrer Brüder aufzulehnen. Als talentierte Malerin bewegte sie sich gerne in Künstlerkreisen und heiratete 1881 den Architekten Karl Mayreder, in dessen Büro unter anderem Adolf Loos tätig war. Sie war eine Verehrerin des Komponisten Hugo Wolf, für den sie ein Libretto schrieb. 1905 propagierte sie in einer Schrift „Zur Kritik der Weiblichkeit" den Anspruch der Frau auf größere Rechte, ohne einen extrem feministischen Standpunkt zu vertreten. Sie trat für ein freies, auf die Gegenseitigkeit der Geschlechter gegründetes Verhältnis von Mann und Frau ein. Angesichts der durch die Industrialisierung grundlegend veränderten Lebensbedingungen gab sie der Rolle der Frau in der Gesellschaft einen großen Stellenwert. Einer ihrer berühmtesten Aussprüche: Das Fahrrad habe mehr für die Emanzipation und die gegenseitige Anerkennung der Geschlechter erbracht als alle Frauenbewegungen zusammen. In ihrem Buch „Geschlecht und Kultur" (1923) entlarvte sie jahrhundertealte männlich-arrogante Urteile — und Vorurteile — zum Frauenproblem und plädierte für die wichtige kulturelle Rolle der Frau, im Gegensatz zu der zivilisatorischen des Mannes.

Das Ideal der Frau als Maß aller Dinge bedeutet keineswegs eine Kampfansage an den Mann, sondern ein Bekenntnis zu einem gleichberechtigten Nebeneinander. Schon früh engagierte sich Rosa Mayreder in sozialdemokratischen Vorfeldorganisationen und in der Friedensbewegung an der Seite Bertha von Suttners und rief zum Kampf gegen die Diskriminierung der Prostituierten und der ledigen Mütter auf. Nur wenn man die patriarchalisch motivierte Doppelmoral (die dem Mann vor der Ehe alles, der Frau dagegen nichts an sexuellen Erfahrungen gestattet) aufbricht und die Aufklärung und die ökonomische Besserstellung der Frau betreibt, könne man diese Diskriminierung beseitigen.

Nach dem Ersten Weltkrieg arbeitete Rosa Mayreder bei vielen sozialdemokratischen und freidenkerischen Vereinen und Unternehmungen mit, darunter bei Josef Popper-Lynkeus' „Verein der allgemeinen Nährpflicht" und bei der „Ethischen Gesellschaft".

Rosa Mayreder (1858—1938). Frauenrechtlerin.

THEODOR HERZL (1860—1904). Der Begründer des Staates Israel wäre vielleicht sein Leben lang ein hervorragender Feuilletonist geblieben, hätte ihn nicht Österreichs damals wohl berühmteste Zeitung, die „Neue Freie Presse" 1891 zu ihrem Pariser Korrespondenten gemacht. Denn dort erlebte Herzl die Dreyfus-Affäre und um sie herum einen wirtschaftlichen und politischen Antisemitismus, der sich auch gegen das assimilierte Judentum richtete. Nach seinem ersten phantastischen Plan, nämlich alle Juden Wiens geschlossen zu einer Massentaufe zu führen, entwickelte er eine andere, nicht minder utopisch anmutende Idee: Die Gründung eines Judenstaates. „Wenn ihr wollt, ist es kein Märchen", sagte er. Er organisierte Zionistenkongresse, propagierte unermüdlich seine Ideen in Büchern und Zeitungen, verhandelte mit Financiers und suchte auf diplomatischer Ebene Unterstützung. Die Grundidee seines „Judenstaates" (1896) ist einfach: Durch ein diplomatisches Übereinkommen sollten die europäischen Länder einer jüdischen Aktiengesellschaft die Souveränität über ein koloniales Territorium überlassen. Sicherlich stand für Herzl Palästina an erster Stelle, aber auch Liegenschaften in Zentralafrika oder in Südamerika waren im Gespräch. Herzls Grundidee ist mehr politisch als religiös motiviert; vor allem wollte er den unter zahlreichen Pogromen leidenden Ostjuden eine neue Heimatstätte bieten.

Theodor Herzl auf seiner Reise nach Konstantinopel. 1896.
Unten: Theodor Herzl (1860—1904). Publizist, Initiator des politischen Zionismus.

Sein utopisch anmutender Plan war keineswegs mit einer romantisch-nationalen Verklärung des Judentums verbunden. Herzl, der Verehrer Luegers, dessen Palästinavorstellung gelegentlich den Eindruck eines Großwien im Vorderen Orient erweckt, war in seiner Jugend Angehöriger einer deutschnationalen Studentenverbindung und wollte die Juden zu einer eigenen Nation, nicht bloß zu einer Religionsgemeinschaft zusammenschmieden. Von Karl Kraus mit dem Pamphlet „Eine Krone für Zion" geschmäht, war Herzl zutiefst davon überzeugt, daß der Antisemitismus hauptsächlich wirtschaftliche Ursachen hatte und daß der zeitweilige politische Radikalismus, der ihm zutiefst zuwider war, keine Lösung darstellte.

Im Packeis der Arktis. Gemälde von Julius von Payer. 1874.

FORSCHUNGSREISENDE UND ENTDECKER

Der diffizile Realitätssinn des Österreichers hat ihm nie den Blick für das Vorliegende getrübt. Gewiß, als Binnenstaat hat Österreich keine kühnen Seefahrer und Entdecker aufzuweisen. Aber dort, wo andere ihre Fahne aufpflanzten, Kolonien gründeten und fremde Völker unterjochten, haben Österreicher Land und Leute beschrieben, die Fauna und die Vegetation erforscht und klassifiziert. Daß in ihren Reihen Polarforscher ebenso wie Afrikareisende stehen, spricht für die Vielzahl der Interessen und Impulse, die von österreichischen Forschern ausgegangen sind.

JULIUS VON PAYER (1842—1915). Die einzige Kolonie, über die Österreich je verfügte, hatte freilich keine Einwohner und lag im Nördlichen Eismeer. Sie wurde von ihrem Entdecker Franz-Josef-Land genannt, ein Name, der auch heute noch Gültigkeit hat, da diese Inselgruppe östlich von Spitzbergen längst unter sowjetischer Staatshoheit steht. Julius von Payer hat sie 1873 entdeckt, als er zusammen mit dem Schiffskapitän Karl Weyprecht die österreichische Polarexpedition unternahm.
In Teplitz-Schönau in Böhmen geboren, hatte sich der junge Offizier schon früh als Alpinist betätigt. Immerhin brachte er es auf zahlreiche Erstbesteigungen in der Glockner- und Ortlergruppe. Bald erwarb er sich durch

Illustrirtes Wiener

Extrablatt.

Nr. 2. Wien, Dienstag 26. März 1872. 1. Jahrgang.

Die zwei österreichischen Nordpolfahrer.

Die „Nordpolfahrer" Julius von Payer (links) und Karl Weyprecht auf der Titelseite des „Illustrirten Wiener Extrablattes". 26. März 1872.

Für das Ausland.

IM NAMEN SEINER KAISERL. UND KÖNIGL. APOSTOLISCHEN MAJESTÄT

FRANZ JOSEPH I.

KAISERS VON ÖSTERREICH,

REISE-PASS

Julius Payer

Nord-Pol

Ein Jahr

Für den k. k. Reichs-Kriegsminister.

Vom k. k. Reichs-Kriegs-Ministerium.

Reisepaß Julius von Payers, ausgestellt anläßlich der Nordpolexpedition (1872—1874). Wien, 4. Mai 1871.

„Julius Payer am Pol". Phantasiegemälde von Karl von Stur. 1874.

kartographische Arbeiten einen guten Ruf in Geographenkreisen. 1872 brach er mit Weyprecht auf dem Schiff „Admiral Tegetthoff" zu einer Polarexpedition auf, die allerdings damit endete, daß das Schiff auf dem Packeis im Franz-Josef-Land festsaß. Unter ungeheuren Strapazen versuchte die Expedition mit Rettungsbooten aufs Festland zu gelangen. Nach der Rückkehr nach Wien wurde die Expedition dem Verdacht der Phantastereien ausgesetzt, und Payer nahm verbittert seinen Abschied von der Armee. Er betätigte sich nun als Maler und hat viele der Expeditionserlebnisse auf der Leinwand festgehalten (von ihm stammt das seinerzeit außerordentlich populäre Gemälde „Nie zurück!"). Auch als er auf einem Auge erblindete, blieb er weiterhin als Maler erfolgreich. Noch im Alter von 70 Jahren plante er, an einer weiteren Nordpolexpedition teilzunehmen. Die Payer-Spitze in Ostgrönland trägt seinen Namen.

ANDREAS REISCHEK (1845—1902). Als er zum Stammeshäuptling der Maori in Neuseeland ernannt wurde, lagen bereits einige nicht ungefährliche Forschungsreisen hinter ihm. Der in Linz als Sohn eines Finanzbeamten geborene Reischek zeichnete sich schon früh durch besonderes In-

Andreas Reischek (1845—1902), Ethnologe, in Forscherausrüstung auf Neuseeland. Um 1880.

Emil Holub (1847—1902). Afrikaforscher. Lithographie von Rudolf Fenzl. 1902.

teresse an Geographie und entfernten Ländern aus. Da die Familie sehr arm war, kam er zunächst zu einem Bäckermeister in die Lehre. Nach seinem Militärdienst, im Laufe dessen es ihm gelungen war, einflußreiche Gönner zu finden, versuchte er sich in Wien als Tierpräparator und erhielt 1877 vom Direktor des Naturhistorischen Museums das Angebot, in Neuseeland ein naturkundliches Museum einzurichten. Das bot ihm Gelegenheit zu zahlreichen Forschungs- und Sammelreisen ins Innere der Doppelinsel, die zu jener Zeit noch relativ wenig erforscht war (Neuseelands staatliche Existenz datiert erst seit 1853). Zwölf Jahre lang setzte Reischek, meist auf sich allein gestellt, seine Erkundigungen fort. Allmählich gewann er das Vertrauen der Maoris und erforschte ihre Sitten. Daneben gelang es ihm, eine reiche Sammlung von zoologischem und botanischem Material aufzubauen, die er nach Wien brachte. Der inzwischen auch von englischer Seite geehrte und geachtete Reischek hatte allerdings Mühe, diese größte und vollständigste Neuseelandsammlung in Wien an das Hofmuseum verkaufen zu können. Eine entsprechende Stellung in Wien blieb ihm ebenfalls versagt. Der Häuptling der Kiwi, dem sie den Beinamen „Fürst von Österreich" gegeben hatten, beschloß ganz und gar unfürstlich sein Leben in Linz.

EMIL HOLUB (1847—1902) ist als der „österreichische Livingstone" bezeichnet worden. Livingstones Tagebücher waren es auch, die den in Holitz in Böhmen geborenen Holub, der in Prag Medizin studiert hatte, bewogen, sich in Südafrika, im Diamantendistrikt von Kimberley niederzulassen. Von dort aus brach er zu Forschungsreisen in das Innere Afrikas auf. Er durchzog das östliche Betschuanaland und die Kalahari, unternahm Forschungsreisen in das heutige Zimbabwe und geriet des öfteren in die gefährlichsten Situationen. Am Fuß der von ihm entdeckten und nach dem österreichischen Kaiser benannten „Franz-Josephs-Berge" wurde eine seiner Expeditionen von feindlichen Negerstämmen überfallen und zur Rückkehr gezwungen. Holub hat nicht nur fesselnde Reisebeschreibungen verfaßt, sondern auch viele topographische Arbeiten angefertigt. Besonders seine Erforschung der Flußsysteme des Sambesi sowie der Victoria-Fälle leisteten einen wichtigen Beitrag zur geographischen Erfassung Afrikas. Die ethnologischen Sammlungen Holubs sind auf viele österreichische Museen aufgeteilt worden.

Eine Statistik, auf die Österreich zu Recht stolz ist: Noch immer verfügt unser Land über die höchste Pro-Kopf-Quote an Nobelpreisträgern, deren Mehrzahl Naturwissenschaftler sind (darunter, das muß auch gesagt werden, ein überproportional großer Anteil Wissenschaftler jüdischer Abstammung, die aus ihrer Heimat vertrieben wurden). Daß Österreich gerade auf dem Gebiet der Naturwissenschaften ein so hohes Potential aufweist, hat sicherlich — wir erwähnten es bereits an anderer Stelle — mit der Vorliebe des Österreichers zu tun, sich eher für konkrete und eingegrenzte Probleme zu interessieren als für hochfliegende Spekulationen. Die Voraussetzungen für diese Forschungserfolge hat zweifellos das liberale, den Naturwissenschaften aufgeschlossene Klima des ausgehenden 19. Jahrhunderts geschaffen.

GREGOR MENDEL (1822—1884). Die heutige Gentechnologie wäre ohne seine Vererbungsgesetze nicht denkbar. Weil er der Wissenschaft neue Wege geöffnet hat, ist er mit Galilei und Newton verglichen worden; das Verbum „mendeln" ist über den wissenschaftlichen Fachjargon hinaus bereits in die Umgangssprache eingegangen. Die Rolle, die die drei Mendelschen Gesetze (Dominanz, Spaltung, Rekombination) in Theorie und Praxis von Botanik und Vererbungslehre spielen, ist gar nicht hoch genug einzuschätzen.
Zu Lebzeiten war Mendel allerdings mehr als Mann der Kirche und auch als Politiker bekannt. 1822 in einem kleinen Dorf an der mährisch-schlesischen Grenze geboren, sollte er eigentlich wie sein Vater Bauer werden. Dem stand aber die schwächliche Konstitution des Knaben im Wege. Mendel wurde, wie dies bei zur Landarbeit nicht geeigneten Söhnen des Bauernstandes oft der Fall war, aufs Gymnasium geschickt und trat schließlich ins Kloster der Augustiner-Chorherren ein. Die Lehramtsprüfung für die Fächer Botanik und Physik bestand er zwar nicht, durfte aber zeitweilig seine Studienfächer unterrichten. Für seine botanischen Versuche stellte ihm das Kloster sogar ein eigenes Gärtchen zur Verfügung, in dem er seine Kreuzungsexperimente vornehmlich an Erbsen durchführte. Auch an Bienen stellte er Kreuzungsversuche an. 1868 wurde er von seinem Kloster zum Abt gewählt und führte durch Jahre hindurch einen vergeblichen Kampf gegen eine Abgabenverordnung, die dem Kloster erhebliche Summen abverlangte. Diese Auseinandersetzungen hielten ihn zeitweise völlig von allen wissenschaftlichen Arbeiten ab. Erst als 1910 durch Morgan die Mendelschen Gesetze durch umfassende Experimente neu verifiziert wurden, erkannte man seine Bedeutung für die Genetik.
Mendels Vererbungsgesetze brachten Licht in die bisher vor allem in der Pflanzen- und Tierzucht herrschenden Verwirrungen und Unklarheiten. Mendels Erkenntnisse haben allerdings nicht bloß praktischen Wert: Sie legten offen, daß in der Vererbung strenge Gesetzmäßigkeiten herrschen, daß also der Zufall in der Natur eine geringere Rolle spielt, als bisher angenommen worden war.
Mendel hat der Wissenschaft auch ein ganz neues Bild der Erbmasse vermittelt: Während man diese bis zu seiner Zeit als eine Art Flüssigkeit begriff, weiß man seit Mendel, daß sie aus eigenständigen unteilbaren Einheiten besteht.

ERNST MACH (1838—1916). Gegen seine empiriokritizistische Philosophie verfaßte Lenin die klassische Streitschrift „Materialismus und Empiriokritizismus". Heute noch lebt sein Name in der Flugtechnik als Maßeinheit bei Überschallgeschwindigkeiten („1 Mach") weiter. Er entdeckte die Funktion der Labyrinthkanäle im menschlichen Ohr als Gleichgewichtsorgane; seine Arbeiten auf dem Gebiet der Wärmelehre wie auf dem der Mechanik waren bahnbrechend. Die von ihm entworfene Erkenntnistheorie und physikalische Philosophie gab der literarischen Richtung der Wiener Ästheten und Impressionisten ein geistiges Fundament.
1838 in Mähren geboren, ging Mach nach seinen Studienjahren in Wien nach Graz, wo er mit dem Erfinder der Postkarte, dem österreichischen Ökonomen Emanuel

Gregor Mendel ((1822—1884). Genetiker. Radierung von August Potuczek.

Herrmann, befreundet war, und dann 1867 bis 1895 nach Prag, wo er sich als Rektor heftig der Trennung der Universität in eine deutsche und eine tschechische Lehranstalt widersetzte. 1895 wurde Mach an eine neugeschaffene Professur für Geschichte der Theorie der induktiven Wissenschaften nach Wien berufen. 1898 erlitt er einen Schlaganfall, dessen Lähmungsfolgen ihn zur Aufgabe der Lehrtätigkeit nötigten. Als Abgeordneter ins Herrenhaus berufen, ließ er sich zur Abstimmung über die Einführung des Neunstundentages auf der Bahre ins Parlament bringen.

Machs Empiriokritizismus reduziert jede für uns zugängliche Erfahrung auf reine Sinnesempfindungen. Letzte Elemente sind Farben, Töne, Räume; das Ich erweist sich als eine nutzlose Hypothese. Psychisches, und Physisches sind ebenso nur ihrer Betrachtungsweise nach verschieden, wie ein im Wasser gebrochen erscheinender Stab nur vom Standpunkt des Betrachters von einem geraden, in der Luft befindlichen unterschieden wird. Die Wirklichkeit löst sich gewissermaßen in Empfindungselemente auf, die sich zu komplexen Gegebenheiten zusammenschließen und deren Qualität quantitativ-mathematisch beschrieben werden kann.

Diese Auflösung der festen Substanz der Wirklichkeit in Sinnesempfindungen und vor allem die Auflösung des Ich hat — ebenso wie Machs Weigerung, die Atomtheorie zu akzeptieren — in der intellektuellen Landschaft Österreichs und Europas heftige Debatten ausgelöst. Machs antispekulative und antimetaphysische Einstellung ist ebenso heftig kritisiert worden, wie sein Positivismus andererseits auch als subjektiver Idealismus gedeutet wurde — z. B. von Lenin, der gegen ihn polemisierte. Vor allem mit Machs Nachfolger in Wien, Ludwig Boltzmann, kam es immer wieder zu heftigen Kontroversen.

Machs szientistisches Philosophieren beeinflußte sowohl den Neopositivismus wie die Positionen der logischen Sprachanalytiker des Wiener Kreises. Seine antimetaphysische Grundhaltung bereitete den Boden für die wissenschaftliche Wende der Philosophie des 20. Jahrhunderts. Neben seiner sensualistischen Philosophie ist auch noch Machs „Prinzip der Denkökonomie" wichtig geworden, das in nominalistischer Manier alle überflüssigen Begriffe und Konstruktionen ausschaltet.

LUDWIG BOLTZMANN (1844—1906) weigerte sich zunächst, Ernst Mach auf dessen Lehrstuhl nachzufolgen. Erst als dieser in einen solchen „für Methode und allgemeine Theorie der Naturwissenschaften" umbenannt wurde, nahm Boltzmann die Berufung an.

Ernst Mach (1838—1916). Physiker, Philosoph. Um 1900.

Ludwig Boltzmann (1844—1906). Physiker. Lithographie von R. Fenzl. 1898.

Der in Wien geborene Ludwig Boltzmann, der in kürzest möglicher Zeit das Studium der Mathematik und Physik absolviert hatte, war ebenso rasch Professor in Graz, Wien, Leipzig und München geworden. Boltzmann arbeitete vor allem auf dem Gebiet der Thermodynamik, wo er das berühmte H-Theorem formulierte, das den Zusammenhang zwischen dem Thermodynamischen Begriff der Entropie und der statistischen Wahrscheinlichkeit eines Zustandes herstellt: $S = k \log W$ — eine auch auf dem Grab Boltzmanns auf dem Wiener Zentralfriedhof eingemeißelte Formel.
Dieser auch als Entropiesatz bezeichnete zweite Satz der Wärmelehre ist aber nur eine von Boltzmanns bahnbrechenden Formulierungen und Entdeckungen auf dem Gebiet der Physik. Seine Weiterentwicklung der Maxwellschen Lichttheorie und seine Forschungen auf dem Gebiet der statistischen Physik schufen wichtige Voraussetzungen für Quantenmechanik und Relativitätstheorie.
So wie sein Erzfeind Ernst Mach war Boltzmann ein dezidierter Gegner der spekulativen Philosophie. Seine öffentlich ausgetragenen Streitgespräche mit dem idealistischen Ethiker Friedrich Jodl an der Wiener Universität fanden oft vor Hunderten von Hörern statt. An Mach kritisierte Boltzmann vor allem dessen Auflösung der objektiven Realität in Sinnesempfindungen sowie seine strikte Weigerung, die Existenz von Atomen zu akzeptieren. Boltzmanns Behauptung, daß sogar widersprüchliche physikalische Theorien gleicherweise richtig sein können, basierte auf der Überzeugung, daß wir immer nur Hypothesen aufstellen und daß diese komplementär zueinander sein können. Damit ist das Komplementarprinzip der Relativitätstheorie vorweggenommen. Boltzmanns Auffassung vom hypothetischen Charakter der Theorien, von denen er sagte, daß sie insgesamt immer nur Modelle, Bilder der Wirklichkeit liefern, wobei verschiedene Modelle des gleichen Objektes möglich sein können, hat Ludwig Wittgensteins Philosophie entscheidend beeinflußt und das Falsifikationsmodell Poppers vorweggenommen. Schüler Boltzmanns wie Lise Meitner oder Paul Ehrenfest führten seine Theorien in der Atomphysik weiter, ein anderer Schüler wieder, der Schriftsteller Hermann Broch, war von der wissenschaftlichen Einseitigkeit Boltzmanns zutiefst abgestoßen.
Boltzmanns letzte Lebensjahre waren durch seine zunehmende Kurzsichtigkeit und quälende Kopfschmerzen, die ihn am Arbeiten hinderten, überschattet. 1906 ging er in Duino bei Triest, wo Rilke seine berühmten Elegien gedichtet hat, freiwillig in den Tod. In Österreich tragen heute zahlreiche Forschungsinstitute seinen Namen.

JOSEF PETZVAL (1807—1891). Der Erfinder der ersten photographischen Linse, die für die Porträtphotographie brauchbar war, galt allgemein als Sonderling. Als Professor für Mathematik an der Universität Wien erregte er dadurch Aufsehen, daß er die Strecke zwischen seinem Wohnsitz, einem verlassenen Kloster auf dem Kahlenberg bei Wien, und der Universität auf einem feurigen Rappen zurücklegte. Das Manuskript eines mehrbändigen Werkes über die Optik wurde bei einem Einbruch in seine Wohnung gestohlen und tauchte nie mehr auf. Mit dem nicht zuletzt durch Petzvals Erfindungen berühmt gewordenen Optiker Voigtländer, der die ersten Linsen zurechtschliff, kam es bald zum Bruch und zu unerquicklichen Rechtsstreitigkeiten. Der aus der Slowakei gebürtige Petzval hatte ursprünglich als schlechter Schüler in Mathematik gegolten. Bereits 1835 war er aber schon Professor der Mathematik an der Universität Pest und konnte als Wasserbauingenieur in den Diensten der Stadt eine Überschwemmung abwenden. 1837 wurde er an die Universität Wien berufen und widmete sich vor allem Problemen der Optik. Neben der Erfindung der sogenannten „Petzval-Linse", die 1841 die erste Momentaufnahme in der Photographie ermöglichte, gelangen ihm auch noch die Herstellung eines neuartigen Feldstechers und die Neukonstruktion von mit Hohlspiegeln ausgestatteten Scheinwerfern. Als Mathematiker beschäftigte er sich vor allem mit Differentialgleichungen. Mit Christian Doppler kam es anläßlich der Formulierung des "Doppler'schen Prinzips", dem er sein eigenes Prinzip der Erhaltung der Schwingungsdauer entgegenstellte, zu einer Jahre andauernden Polemik, die erst durch Ernst Mach beigelegt wurde. Auch als Sportler leistete er Außergewöhnliches, jahrelang galt er als einer der besten Fechter Wiens.

Erstes Portrait-Objektiv der Welt, von Josef Petzval entwickelt, in einer Pappendeckelkamera untergebracht. Um 1840.

Josef Petzval (1807—1891), ein Pionier der modernen Optik, konstruierte in weiterer Folge neuartige, mit Hohlspiegel und Bikonvexlinsen ausgerüstete • Scheinwerfer.

RICHARD ZSIGMONDY (1865—1929). Der Begründer der Kolloidchemie und Erfinder des Ultramikroskopes wurde 1926 mit dem Nobelpreis für Chemie ausgezeichnet. Der Sohn eines Wiener Dozenten für Zahnheilkunde studierte Chemie an der Technischen Hochschule in Wien und ging nach kurzer Assistentenzeit in Graz nach Jena, wo er in einer Porzellan- und Glasfabrik das berühmte Jenaer Milchglas entwickelte und auch den ersten dauerhaften farbigen Glasfilter herstellte.
Zsigmondy beschäftigte sich bereits früh mit Keramikfarben und fand heraus, daß derselbe Stoff, beispielsweise Gold, sowohl kristalloide wie auch kollodiale Lösungen bilden kann, wodurch nicht allein für Farbmischungen, sondern auch für die Verteilung von Atomen wichtige Grundkenntnisse gewonnen werden konnten. Das von ihm konstruierte Ultramikroskop, in dem ein Präparat quer zur Beleuchtungsrichtung betrachtet wurde, ermöglichte es, Partikel bis zu einer Größe von 1, das ist 1 Millionstel mm, sichtbar zu machen. Die komplizierten Vorgänge rund um das Problem der Zählbarkeit der Teilchen löste er mit der sogenannten „Keimmethode", in der Volumen und Durchmesser nach bekannten spezifischen Gewichten berechnet werden. Die Forschungen Zsigmondys, der lange als Professor in Göttingen tätig war, waren auch für die Protoplasmaforschung in Biologie und Medizin von großer Bedeutung.

Richard Zsigmondy (1865—1929). Chemiker.

OTTO LOEWI (1873—1961). Der gebürtige Frankfurter, der 1936 den Nobelpreis für Physiologie und Medizin erhielt, hat mittels einer einfachen, genialen Methode nachgewiesen, daß die Auslösung einer Muskelbewegung nicht mechanisch, sondern durch die Einwirkung chemischer Stoffe entsteht, die das Herz in seiner Funktionsweise beeinträchtigten, und daß durch die Reizung des nervus sympathicus über einen chemischen Vermittler eine Beschleunigung oder Verlangsamung des Herzschlags erfolgt.
Seine Entdeckung gelang ihm auf Grund der Isolierung des Acethylcholins, das die Übertragung auf den Herzmuskel auslöst. Daneben beschäftigte er sich auch intensiv mit der Wirkung des Adrenalins, des Wirkstoffs der Nebenniere, und arbeitete, besonders nach seiner Emigration in die USA auf dem Gebiet der Wirkung der Alkaloide auf die Nervenbahnen.
Loewi studierte in Wien und wurde 1911 als Professor für Pharmakologie nach Graz berufen. In seiner Jugend war er trotz seines mosaischen Glaubensbekenntnisses deutschnationaler Burschenschafter gewesen. Seine Ausreise konnte er, nachdem ihn die Nationalsozialisten sogar ins Gefängnis gesteckt hatten, nur durch den Verzicht auf den Nobelpreis erkaufen. Bei seinen Studenten in Amerika, wo Loewi seit 1940 arbeitete, war „Uncle Otto", wie sie ihn nannten, wegen seines freundlichen Wesens außerordentlich beliebt.

LISE MEITNER (1878—1968). Sie hat zusammen mit ihrem Neffen Otto Robert Frisch den Begriff der „Kernspaltung" geprägt und auf dem Gebiet der Kernphysik und der Radioaktivität zahlreiche Entdeckungen und Beweisführungen erbracht, darunter (zusammen mit ihrem Mentor Otto Hahn) die des Elementes Protactinium und die Reichweite der Beta- und Gammastrahlen.
Als Tochter eines jüdischen Rechtsanwaltes in Wien geboren, mußte Lise Meitner, da es noch keine Mädchengymnasien gab, ihre Matura auf dem Weg einer Externistin ablegen. Als zweite Frau auf dem Gebiet der Physik schloß sie 1906 ihre Studien ab und arbeitete als Assistentin am Physikalischen Insitut der Universität. Der Selbstmord Ludwig Boltzmanns, der dem Institut vorstand, veranlaßte sie 1907 nach Berlin zu gehen, wo sie Mitarbeiterin von Max Planck wurde. Sie war die erste Assistentin an einer preußischen Universität. In Berlin begann auch die Zusammenarbeit mit Otto Hahn, die nahezu dreißig Jahre andauern sollte.

Die von Hahn durchgeführte Uranspaltung wurde von Lise Meitner unter Zuhilfenahme des Bohr'schen Tröpfchenmodelles des Atomkernes gedeutet und die dabei freiwerdende Energie berechnet und so die Grundlage für die Atomspaltung geschaffen — und damit auch die Atombombe, deren Einsatz sie ebenso wie Otto Hahn verurteilte. Nach 1945 trat sie gemeinsam mit Otto Hahn vehement für die friedliche Nutzung der Kernenergie ein. Während Hahn 1945 mit dem Nobelpreis für Chemie ausgezeichnet worden war, war Lise Meitner 1955 der erste Träger des neugestifteten Otto-Hahn-Preises.

ERWIN SCHRÖDINGER (1887—1961). Daß große Ärzte mitunter auch hervorragende Musiker waren, ist bekannt. Weniger bekannt ist vielleicht, daß der Mann, der die Atomtheorie revolutionierte, Homer ins Englische und provençalische Poesie ins Deutsche übertrug, nicht nur das berühmte Werk „Spezielle Relativitätstheorie", sondern auch bemerkenswerte Gedichte verfaßt hat.

Als Kind in Wien seiner schwächlichen Konstitution wegen zu Hause unterrichtet, studierte Schrödinger in seiner Heimatstadt Physik und wurde nach kurzer Assistententätigkeit Soldat im Ersten Weltkrieg. Eine für 1918 an der Universität Czernowitz in Aussicht gestellte Professur wollte er in Verbindung von Physik und Philosophie ausüben. Der Zusammenbruch der Donaumonarchie verschlug ihn zunächst nach Jena und Stuttgart, bis er dann 1921 nach Zürich berufen wurde.
Das Anfang dieses Jahrhunderts entworfene Atommodell von Niels Bohr als das eines winzigen Planetensystems, in dem Elektronen auf vorgeschriebenen Bahnen einen sonnenähnlichen Atomkern umkreisen, wies eine Reihe von Ungereimtheiten auf, zumal die Elektronenbahnen zunächst nicht in ihrer Gesetzlichkeit bestimmt werden konnten. Schrödinger wies nun nach, daß jedes materielle Objekt zugleich auch eine Wellenbewegung darstellt, daß also die von Einstein beim Licht nachgewiesene Doppelnatur (Teilchen und Welle) auch für die Elektronen

Otto Loewi (1873—1961). Pharmakologe.

Lise Meitner (1878—1968). Atomphysikerin.

Ernst Schrödinger (1887—1961). Physiker. Bleistiftzeichnung von Robert Fuchs. 1936.

gültig ist. In der berühmten „Schrödinger-Gleichung", die die Zusatzregeln beim Planetenmodell überflüssig machte, wies er eine Differentialgleichung zweiter Ordnung nach, die Wellengleichung der Materie. Die unterscheidbaren Energiestufen der Elektronen im Atomverband erweisen sich als Eigenwerte der Differentialgleichung. Damit legte er den Grundstein für die Wellenmechanik und hob den Widerspruch zwischen Einsteins Relativitätstheorie und Plancks Quantenmodell auf. Auf der von seinen Schülern und Nachfolgern ausgearbeiteten Quantenmechanik basiert die Konstruktion von Atomreaktoren.
1927 wurde Schrödinger als Nachfolger Max Plancks nach Berlin berufen, wo er in berühmten Kolloquien mit Einstein, Lise Meitner, Otto Hahn und Laue seine Gedanken austauschte. Obwohl selbst nicht Jude, schloß er sich 1933 dem Exodus der jüdischen Fachkollegen an und ging nach kurzem Zwischenspiel in Oxford nach Graz, von wo er vor den Nationalsozialisten nach Rom floh. Enrico Fermi, der einige Jahre später den ersten Kernreaktor der Welt in Chicago in Betrieb setzte, nahm ihn auf. Irlands Ministerpräsident de Valera, selbst Mathematiker, lud ihn nach Dublin ein und besuchte des öfteren seine Vorlesungen. 1956 wurde für ihn ad personam eine Lehrkanzel für theoretische Physik in Wien errichtet.
Inzwischen hatte sich Schrödinger immer mehr mit Philosophie beschäftigt. Die Bücher „Nature and the Greeks" und „Meine Weltansicht" (1961) legen davon Zeugnis ab. Der begeisterte Besucher der „Alpbacher Hochschulwochen" wurde auf eigenen Wunsch im Dorffriedhof von Alpbach begraben. Die Grabrede hielt kein Physiker, sondern der Dichterfreund Franz Theodor Czokor, dem Schrödinger auch seinen literarischen und philosophischen Nachlaß anvertraute. In Österreich ziert sein Porträt eine nicht übermäßig gelungene neue 1000-Schilling-Banknote.

Viktor Franz Hess (1883—1964). Ebenso groß wie die zunächst begeistert aufgenommenen Möglichkeiten der Nutzung der Atomenergie sind die damit verbundenen Gefahren und Risiken. Vor ihnen hat der Nobelpreisträger für Physik des Jahres 1936 bereits wenige Jahre später entschieden gewarnt. Hess hat die Kosmischen Strahlen entdeckt und erforscht, seit er 1911 an einer vom Österreichischen Aeroclub veranstalteten Ballonflug teilgenommen hatte. Der Assistent am neugegründeten Institut für Radiumforschung an der kaiserlichen Akademie in Wien wollte seine als unseriös abgetane These von Strahlungen aus dem Weltraum experimentell beweisen. Zu diesem Zweck stattete er einen Ballon mit einem Strahlungsmeßgerät aus, um die Zu- oder Abnahme der Strahlungsintensität in Relation zur Entfernung von der Erde experimentell zu erkunden.
1883 auf Schloß Waldstein in der Steiermark geboren, studierte er in Graz und Wien Physik und hielt als Dozent Vorlesungen für theoretische Physik an der Tierärztlichen Hochschule in Wien. Durch seine Ballonversuche konnte er den Nachweis der Existenz radioaktiver Strahlen aus dem Weltraum erbringen und eine zunehmende Leitfähigkeit der Luft bei zunehmender Höhe feststellen. Seine Untersuchung über die „Wärmeproduktion des von seinen Zerfallsprodukten gereinigten Radiums" ist für die Weltraumprogramme nach dem Zweiten Weltkrieg entscheidend geworden.
1918 gelang Hess die Bestimmung der Zahl der von einem Gramm Radium in der Sekunde ausgesandten Alphateilchen. Die Maßeinheit „Curie" bildet seither die Grundlage aller Radioaktivitätsmessungen. Später konstruierte Hess ein eigenes Gerät zur Messung der Gammastrahlen. Zunächst in Graz als Professor tätig, folgte er 1931 einem Ruf nach Innsbruck, wo er auf dem Hafelekar eine Forschungsstation zur Messung der kosmischen Höhenstrahlen einrichtete. 1938 emigrierte Hess in die USA, wo er sich zunehmend den Problemen des Strahlenschutzes widmete. (Er selbst hatte sich an der Hand Radiumverbrennungen zugezogen.) Die ersten Weltraumsatelliten waren mit Geräten zur Messung der Höhenstrahlung ausgerüstet und setzten fort, was fast fünfzig Jahre zuvor der junge Physiker mit seinen Ballonfahrten begonnen hatte.

Victor Franz Hess (1883—1964). Physiker.

LUDWIG VON BERTALÁNFFY (1901—1972). Auf ihn geht im Grunde die Systemanalyse zurück, die heute aus der Kybernetik nicht mehr wegzudenken ist, ebenso wie die Konzeption der „Offenen Systeme". Die Theorie von den integrativen Systemen der Organismen hat den aus einer alten ungarischen Adelsfamilie stammenden, in Atzgersdorf bei Wien geborenen Bertalánffy schon früh unter die führenden Biologen gereiht.
Bertalánffy studierte zunächst in Wien und Innsbruck Biologie und Philosophie und erregte bereits mit seinen ersten Arbeiten Aufsehen. Durch seine Organismuskonzeption erhielt die in darwinistischen Theorien verfangene Biologie nicht minder wichtige Impulse wie die Physiologie und Erkenntnistheorie. Der sich ebenso mit den kulturkritischen Theorien eines Oswald Spengler oder mit der Mystik beschäftigende Bertalánffy stellte sich trotz seiner Kontakte zu Schlick gegen die physikalistischen Theorien des Neopositivismus, dessen quantitativ-mathematischen Modellen er seine Konzeption von Metabolismus und qualitativem Wachstum gegenüberstellte. Bertalánffys allgemeine Systemtheorie beruht grundsätzlich auf einem Begriff des Ganzen und der Einheit, der die Verschiedenheit und Differenz als konstitutiv ansieht.
Geschichtliche Untersuchungen gehörten ebenso zu Bertalánffys Systemtheorie wie philosophische Spekulationen. 1946 verließ Bertalánffy Österreich und ging nach einem kürzeren Aufenthalt in England nach Kanada, wo er sich unter anderem auch mit der Krebsforschung beschäftigte. Sein Systemdenken setzt eine lange österreichische Tradition des Universalismus fort und verweist auf neue Formen der Innovation und Kreativität.
Seine 1932 erschienene „Theoretische Biologie" weist ihn als einen Denker aus, der in seiner Theorie des Organismus sowohl Mechanismus wie Vitalismus weit hinter sich ließ und, über rein biologische Systeme hinausgehend, eine allgemeine Erkenntnistheorie anstrebte.

KARL VON FRISCH (1886—1982). Der Entdecker der „Bienensprache" war wissenschaftlich zweifellos vorbelastet. Sein Vater war Professor der Chirurgie, seine Mutter, eine geborene Exner, die Tochter eines Mannes, der das österreichische Schulwesen reformiert hatte.
Karl von Frisch studierte in Wien Zoologie, nach Professuren an den Universitäten Rostock und Breslau kam er nach Österreich zurück, wo er auf dem Familienbesitz am Wolfgangsee eine Art wissenschaftliches Zentrum errichtete. Seine akademische Laufbahn beschloß er als Professor in München. 1973 erhielt er den Nobelpreis.

Karl von Frisch (1886—1982). Zoologe, Verhaltensforscher. Um 1946.

Wolfgang Pauli (1900—1958). Physiker.

Frisch ist einer der Väter der vergleichenden Verhaltensforschung. Daß Fische angeblich blind seien, wurde von ihm ebenso widerlegt wie die Auffassung, daß Bienen keinen Farbensinn besäßen. Sein eigentliches Forschungsgebiet waren die Bienen. (Auf seinen Spitznamen „Bienen-Frisch" war er sehr stolz.) Frisch ist der Entdecker der „Bienensprache": In jahrelangen und mühevollen Experimenten wies er nach, daß die Bienen sich untereinander nicht bloß durch einfache Signale verständigen, sondern über ein hochqualifiziertes Kommunikationssystem verfügen, mittels dessen sie beispielsweise den Weg zu einer Nahrungsquelle übermitteln.
Frisch war auch einer der wenigen Wissenschaftler, die es verstanden, ohne Verlust an Wissenschaftlichkeit ihre Forschungen einem breiteren Publikum zu übermitteln. Er hat sozusagen das Genre der „Sachbücher" mitbegründet.

Wolfgang Pauli (1900—1958) erregte bereits als zwanzigjähriger Student durch einen Artikel über das Thema Relativitätstheorie für die „Enzyklopädie der mathematischen Wissenschaften" Aufsehen. Mit 21 Jahren war er Doktor der theoretischen Physik, mit 24 Jahren formulierte er das sogenannte „Ausschließungsprinzip", das letztlich auch eine wichtige Vorarbeit für die Entdeckungen Schrödingers leistete. Das Rutherford-Bohrsche Atommodell, das dann von Schrödinger entscheidend umstrukturiert werden sollte, wurde von Pauli dahingehend ergänzt, daß er zeigte, daß jede mögliche Elektronenbahn um den Atomkern nur von höchstens zwei Elektronen besetzt sein könne, und daß diese sich überdies durch neue Eigenschaften voneinander unterscheiden. Damit lieferte er auch eine Erklärung für das periodische System der Elemente. Schrödinger konnte, darauf aufbauend, seine mathematische Atombeschreibung vollziehen.
Dem aus einer alten Prager Familie stammenden jungen Wissenschaftler — sein Vater war Professor für physiologisch-chemische Biologie in Wien — trug seine frühe Berühmtheit viele ehrenden Berufungen ein. 1928 entschied er sich für Zürich, wo er gemeinsam mit Heisenberg 1929 die Quanten-Feldtheorie entwickelte. 1933 entdeckte er zusammen mit Enrico Fermi das neue Elementarteilchen „Neutrino", das erst das volle Verständnis der radioakti-

Richard Kuhn (1900—1967). Chemiker.

Kurt Gödel (1906—1978). Mathematiker.

ven Phänomene ermöglicht. 1945 wurde ihm, inzwischen Professor an der Universität in Princeton, der Nobelpreis verliehen.

RICHARD KUHN (1900—1967) erhielt 1938 den Nobelpreis für seine Forschungen über Vitamine und Carotinoide. Damit wurde ein Wunderkind geehrt, das mit 22 Jahren sein Doktorat in Chemie „summa cum laude" erwarb, mit 24 sich als Privatdozent habilitierte und ein Jahr später bereits Professor an der Technischen Hochschule in Zürich war. 1929 folgte die Berufung nach Berlin an das Kaiser-Wilhelm-Institut, dessen Direktor er dann wurde. Bereits seine Dissertation war der Enzymchemie gewidmet. In den nächsten Jahren gelang es Kuhn, die wichtigsten in der Natur vorkommenden Carotinoide zu isolieren und ihre Konstitution aufzuklären. Auf dem Gebiet der Vitaminforschung beschäftigte er sich mit den Vitaminen der B-Gruppe und isolierte B_2 und B_6. Dabei konnten wichtige Einblicke in die Wirkungweise von Vitaminen gewonnen werden. Einen bedeutenden Beitrag leistete Kuhn durch die genaue Beschreibung der Wirkungsweise von Sulfonamiden. 1936 gelang ihm die erste Synthese eines natürlichen Enzyms, des Lactoflavins. 1962 wurde er mit dem eigentlich nur für Künstler oder Philosophen bestimmten Goethe-Preis der Stadt Frankfurt ausgezeichnet — als Anerkennung dafür, daß er in seinen Forschungen immer wieder die Grenzen der verschiedenen Wissensgebiete überschritt.

KURT GÖDEL (1906—1978). Der von ihm aufgestellte Satz ist weltberühmt geworden: Jedes für die Darstellung der elementaren Zahlentheorie ausreichende und zugleich widerspruchsfreie formale System ist unvollständig, und seine Widerspruchsfreiheit kann nicht mit den in ihm formalisierten Mitteln bewiesen werden. Diese Entdeckung bildete nicht nur einen Wendepunkt in der mathematischen Grundlagenforschung, sie hat auch große Bedeutung für die Quantenlogik und damit auch für die Relativitätstheorie. Der in Brünn geborene Gödel formulierte sein berühmtes Unvollständigkeitstheorem bereits 1931, noch bevor er als 26jähriger eine Dozentur für Mathematik in Wien erwarb. Er nahm an den Sitzungen des „Wiener Kreises" teil und ging wie viele dieser Philosophen und Wissenschaftler 1938 nach Amerika. Ab 1953 arbeitete er am Institute for Advanced Studies in Princeton. Sein berühmter Satz zerstörte den Glauben an die deduktive Geschlossenheit mathematischer Systeme und zeigte, daß kein festes System die Komplexität der ganzen Zahlen repräsentieren kann. Die von ihm entwickelte Methode, bei der im Rahmen einer Art von Codierungsschema jede Aussage der Zahlentheorie eine eigene Nummer enthält, ist als Standardverfahren der mathematischen Beweistheorie unter dem Namen „Gödelisierung" bekannt geworden.

Josef Madersperger (1768—1850). Schneider, Erfinder. Anonyme Xylographie. Um 1840.

TECHNIKER UND ERFINDER

Wenn irgend das abgedroschene Wort vom „österreichischen Schicksal" zutrifft, dann am ehesten bei den österreichischen Erfindern und Technikern. Österreich ist nie ein Land der Technik gewesen, auch keines, wo das Unternehmertum günstige Voraussetzungen vorfand. Fast alle österreichischen Erfinder mußten erleben, daß ihre Arbeit anderen anderswo Ruhm und finanziellen Erfolg brachte. Und dennoch: Ausgerechnet dieses Land, das dem Fortschritt immer eher mißtrauisch gegenüberstand, hat eine unverhältnismäßig große Zahl von technischen Genies hervorgebracht. Daß der Schritt von der Erfindung zur Nutzung so selten getan wurde, hat allerdings auch wieder mit dem spezifisch österreichischen Klima zu tun: Theoretisches Tüfteln, dafür hatte man Verständnis — nicht aber für zukunftsweisende, Neuland erschließende Aktionen. Und so muß sich Österreich damit bescheiden, auf vielen Gebieten den entscheidenden Ansatz gesetzt zu haben.

JOSEF MADERSPERGER (1768—1850). Von allen österreichischen Erfindern war sein Schicksal wohl das tragischste. In Kufstein in Tirol geboren, kam er bald mit seinem Vater, einem Schneidermeister, nach Wien. Vermutlich durch eine um die Jahrhundertwende aufkommende Mode, die wattierten Steppwesten, angeregt, kam er auf die Idee, den von der menschlichen Hand ausgeübten Vorgang des Nähens zu mechanisieren. Die Kopierung dieses menschlichen Nähvorgangs, bei dem die Nadel durch den Stoff durchgezogen wurde, befriedigte nicht. Schließlich verlegte er das Öhr in die Spitze der Nadel und ahmte dadurch den Webvorgang nach. Die Nadel wurde nun mit der Spitze in den Stoff eingestochen und unter Umkehr der Bewegungsrichtung wieder herausgezogen — das Prinzip des maschinellen Nähens war geboren.
Er suchte mit dieser Erfindung 1814 um ein „Privileg", das heißt um ein Patent an, das ihm auch tatsächlich erteilt wurde. Maderspergers Ansuchen ist zugleich Anlaß der rechtlichen Grundlegung des Patentrechtes geworden. Während die Kommission der Ansicht war, daß seine Idee zwar neu, aber voll von Unvollkommenheiten war, entschied der Staatsrat, daß nur die Neuheit einer Erfindung für deren Patentierung maßgeblich sei. Das Patent wurde Madersperger erteilt, dem nur die finanziellen Mittel der Auswertung seiner Erfindung fehlten. Er hatte nicht einmal Geld genug, um die erforderlichen Taxen zu begleichen, weshalb das Patent auch drei Jahre später erlosch. Um seine Erfindung doch noch auswerten zu können, betätigte er sich sogar als Obsthändler. Auch als er 1839 seine Maschine dem Polytechnischen Institut schenkte, in der stillen Hoffnung, sich dadurch eine neue Chance zu sichern, trug ihm das bloß eine Medaille ein. Immer tiefer in Armut geraten, wurde er delogiert und

Nähgerät des Erfinders Josef Madersperger, um 1814 in dieser Form konstruiert.

Josef Ressel (1793—1857). Forstmann, Erfinder. Anonyme Lithographie.

nach seinem Tod in einem Armengrab beerdigt. Wenige Jahre später nahm der Amerikaner J. H. Singer die industrielle Erzeugung von Nähmaschinen auf.

JOSEF RESSEL (1793—1857). Trotz des zeitweiligen Besitzes von Küstengebieten ist Österreich letztlich immer ein Binnenstaat geblieben; nie hat es Anspruch darauf erhoben, eine seefahrende Nation zu sein. Um so erstaunlicher ist es, daß es ausgerechnet ein Österreicher war, der durch die Erfindung der Schiffsschraube die Dampfschiffahrt revolutionierte und ihre Weiterentwicklung eigentlich erst ermöglichte. Als Sohn eines Zollbeamten in Böhmen geboren, studierte Ressel an der Wiener Universität und wurde dann Förster.
Sein Studium war übrigens durch ein Stipendium finanziert worden, zu dem ihm ein Kammerdiener des Kaisers verholfen haben soll; er riet Ressel, durch eine patriotische Zeichnung das Allerhöchste Wohlwollen zu erwerben, und so geschah's.
Als k. u. k. Waldagent in Krain hatte er sich um Aufforstungsarbeiten im dalmatinischen Karst zu kümmern; später war er als Forstintendant der k. u. k. Marine für die Bauholzbeschaffung der k. u. k. Kriegsmarine verantwortlich. Daneben aber beschäftigte er sich mit dem Problem des Antriebs von Dampfschiffen. Die Antriebsaggregate der damaligen Dampfschiffe waren Schaufelräder, eine technisch unbefriedigende Lösung, die für die Hochseeschiffahrt unbrauchbar war. Ressel löste das Antriebsproblem mit Hilfe des Prinzips der „archimedischen Schraube", das von vielen anderen vor ihm schon versucht worden war, freilich ohne rechten Erfolg.
1827 erhält Ressel ein Privileg (unserem heutigen Patent entsprechend) „auf eine Schraube ohne Ende zur Fortbewegung der Schiffe". Von Anfang an hat er mit Finanzierungsschwierigkeiten zu kämpfen. Auch der amtlich genehmigten Probefahrt stellen sich erhebliche Schwierigkeiten und Intrigen entgegen. 1829 ist es dann so weit: Das Dampfschiff „Civetta" legt von der Reede von Triest ab. Nach fünf Minuten ist die Fahrt zu Ende — ein schlecht gelötetes Dampfrohr platzte. Nach einigem Hin und Her verbieten die Behörden alle weiteren Fahrten mit der „Civetta". Das Verbot dürfte auf Intervention von John Fulton zustande gekommen sein, der für seine Schaufelraddampfer das Patent für Personentransporte zwischen Triest und Venedig besaß.
Der verunglückte Versuch mit der „Civetta" erschöpfte die finanziellen Mittel Ressels, und obwohl nicht die Schiffsschraube, sondern die Dampfmaschine versagt hatte, fand er keine weiteren Interessenten. Das k. u. k. Marineoberkommando, dem er schließlich seine Erfindung anbot, lehnte dankend ab. Ende 1829 wurde Ressels Patent auf weitere 13 Jahre verlängert, doch Ressel konnte nicht einmal mehr die laufenden Patentgebühren aufbringen, und so verfiel es. Auf der Suche nach Geldgebern hatte Ressel unvorsichtigerweise den Interessenten alle Konstruktionspläne seiner Erfindung gegeben. Über Paris gelangten später alle Unterlagen nach England. Den Ruhm — und den finanziellen Ertrag — für die Erfindung heimsten andere ein. In englischsprachigen Enzyklopädien wird der Name Ressel kaum erwähnt.
Als die britische Admiralität im Jahre 1850 eine Prämie von 2000 Pfund für denjenigen aussetzte, der die Erfindung der Schraube für sich beanspruchen könnte, mußte Ressel nach langer Wartezeit erfahren, daß diese Prämie inzwischen auf mehrere englische Bewerber aufgeteilt worden war — ein österreichisches Erfinderschicksal.
Insgesamt hat Ressel für zehn weitere Erfindungen ein Patent erworben, darunter für Färbungstechnologie, für Lager ohne Reibung, ein Dampffuhrwerk und ein Verfahren der Seifenherstellung. Seine Schiffsschraube, die er selbst nie richtig zu verwerten vermochte, blieb allerdings jene Erfindung, die sich weltweit am schnellsten durchgesetzt hat.

FRANZ VON UCHATIUS (1811—1881). Der in Theresienfeld bei Wiener Neustadt geborene Erfinder eines vor allem für

Die Schiffsschraube, Josef Ressels bedeutendste Erfindung, erhielt 1827 ein Patent und wurde 1829 im Hafen von Triest erstmals erprobt.

Kanonen wichtigen Stahlbereitungsverfahrens war Offizier; er brachte es in seiner militärischen Laufbahn bis zum Generalmajor. Als Artillerist war er mit der Geschütztechnik vertraut. 1874 erfand er die Stahlbronze, die ein einfacheres Verfahren der Gewinnung von Gußstahl für Kanonen ermöglichte. Uchatius war es auch, der bei der Belagerung von Venedig 1849 zusammen mit seinem Bruder Josef an Heißluftballons befestigte Bomben über die Stadt fliegen ließ, wo sie dann, durch Zeitzünder ausgelöst, explodierten. Uchatius kann damit den sicher zweifelhaften Ruhm für sich in Anspruch nehmen, den ersten Luftangriff der Kriegsgeschichte durchgeführt zu haben.

Uchatius war aber auch auf dem Gebiet der Kinematographie tätig, wo er 1853 der Akademie der Wissenschaften eine Abhandlung über „Geräte zur Darstellung bewegter Bilder an der Wand" vorlegte. Freilich waren die Objektive noch sehr lichtschwach und die benötigten Bilder auf photographischem Weg noch nicht herstellbar. Der damals in Armeekreisen ausgebrochene Streit um die Verwendung von Schießbaumwolle wurde auf Grund eines Gerätes, das Uchatius erfand, gegen die Schießbaumwolle entschieden. Uchatius entwickelte ein Verfahren, mit dessen Hilfe die Brisanz eines Sprengstoffes in kleinen Mengen gemessen werden konnte.

Uchatius war inzwischen zum Leiter der Geschützgießereien des Wiener Arsenals ernannt worden und rüstete die Geschütze der Armee der österreichisch-ungarischen Monarchie auf die „Uchatius-Bronze" um. Damit war eine Alternative zum Krupp-Stahl gefunden worden, der damals die Rüstungsindustrie beherrschte, Österreich aber in Abhängigkeit vom Ausland gebracht hätte. 1881 setzte Franz von Uchatius seinem Leben selbst ein Ende.

Oben: Franz von Uchatius (1811—1881). Feldmarschall-Leutnant, Erfinder. Aquarell von Josef Wischniowsky. 1881.
Unten: Schematische Darstellung eines von Uchatius entwickelten Apparates zur Projektion beweglicher Bilder. 1853.

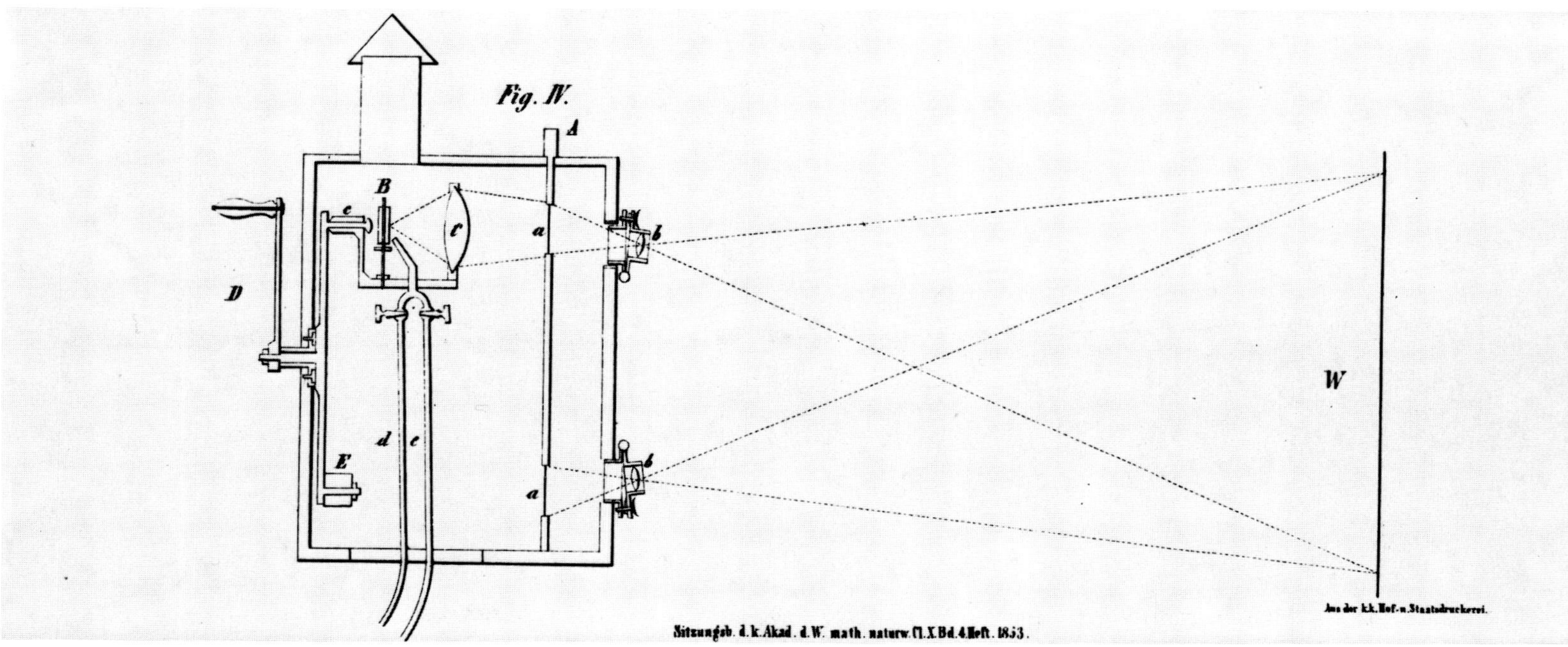

Peter Mitterhofer (1822—1893), gelernter Zimmermann, verwirklichte bereits 1864 seine Ideen zu einer Schreibmaschine aus Holz.

Peter Mitterhofer (1822—1893). Man weiß heute nur auf Grund eines mysteriösen Zettels, der einen gewissen „Gramsegger und einen Wenter Hund" dafür verantwortlich macht, warum der Südtiroler Tischler und Zimmermann Peter Mitterhofer in jahrelanger Arbeit eine mechanische Schreibmaschine aus Holz konstruiert hat. Immerhin pilgerte er mit dieser Maschine auf dem Rücken zu Fuß von seiner Heimat nach Wien, um sie 1866 dem Polytechnischen Institut vorzulegen. Wohl wurde seine Erfindung durchaus interessiert aufgenommen, da aber verständlicherweise niemand maschineschreiben konnte, kam die Kommission zu dem Ergebnis, „daß eine eigentliche Anwendung dieses Apparates wohl nicht zu erwarten stehe". Immerhin erhielt er vom Kaiser als eine Art Anerkennung eine nicht unbeträchtliche Summe ausbezahlt und wanderte, die Maschine auf den Rücken gepackt, wieder zu Fuß nach Tirol zurück.
Der Tischler hatte sich schon immer durch vielseitige Interessen ausgezeichnet, er produzierte sich als Stegreifsänger und Bauchredner, wobei er die erforderlichen Instrumente immer selbst anfertigte. Sein Schreibapparat, der in seiner ersten Ausführung in einer Art von Blindenschrift schrieb, war größtenteils aus Holz gefertigt. Immerhin hat Mitterhofer in seinem Schreibapparat eine Anordnung verwendet, die auch den späteren Erzeugnissen der Firma Remington zugrunde lag: hohlkugeliger Typenkorb und mehrzeilige Tastatur sowie eine Walze zur Fixierung des Schreibpapiers. 1866 verbesserte Mitterhofer wiederum sein Modell und wanderte erneut nach Wien, wo es vom Kaiser für das Polytechnische Institut, offenbar als kurioses Ausstellungsstück erworben wurde. An eine kommerzielle Auswertung dieser Erfindung dachte niemand in Österreich, wohl aber der Amerikaner Charles Glidden, der damals gerade am Polytechnischen Institut studierte und auf Mitterhofers Erfindung aufmerksam wurde. In die Vereinigten Staaten zurückgekehrt, baute er 1867 eine Schreibmaschine, die 1873 von dem Waffenfabrikanten Remington in industrielle Fertigung übernommen wurde.

Josef Werndl (1831—1889). Techniker, Fabrikant, Erfinder.

Josef Werndl (1831—1889) hat der bedeutenden Waffenproduktion in Österreich wichtige Impulse verliehen. Er stammte aus einer der ältesten Schmiedefamilien in Steyr und übernahm 1855 den väterlichen Waffenbetrieb. Die preußische Armee war mit dem Hinterladergewehr ausgerüstet worden, und so wurde auch für die österreichische Armee die Frage nach einem solchen Gewehr akut. Wohl gelang es Werndl nach mehrjähriger Tätigkeit, ein solches Gewehr zu entwickeln, aber es wurde im preußisch-österreichischen Krieg (1866) noch nicht eingesetzt. Erst die Niederlage Österreichs, die die Überlegenheit des Hinterladergewehrs klar vor Augen führte, brachte den Durchbruch für Werndls Erfindung. 1869 gründete Werndl die österreichische Waffenfabriks-AG, die Vorläuferin der Steyr-Werke. Bis zum Jahresende 1872 erzeugte die Fabrik, in der zeitweise bis zu 10.000 Arbeiter beschäftigt waren, an die 630.000 Gewehre. Nach Sättigung des Marktes mit Waffen stellte Werndl die Fabrik auf die Erzeugung elektrischer Beleuchtungskörper um. In Steyr ließ er 1884 die erste elektrische Straßenbeleuchtung in Österreich installieren. Als Ferdinand Mannlicher, ein Mitarbeiter Werndls, das berühmte nach ihm benannte Repetiergewehr erfand, setzte erneut eine Massenproduktion von Gewehren ein, da dieses Gewehr allen anderen überlegen war. Steyr wurde zu einem Weltzentrum der Waffenproduktion. Werndl führte auch als erster das Austauschprinzip beim Gewehrbau ein. Seine vorbildlichen Sozialeinrichtungen, wie zum Beispiel Arbeitersiedlungen, haben Werndl einen Ehrenplatz unter den sozial orientierten österreichischen Großunternehmern gesichert.

JOHANN NEPOMUK REITHOFFER (1781—1872). Nicht immer sind die österreichischen Erfinder völlig erfolglos geblieben. Reithoffer, der zunächst nichts anderes beabsichtigte, als Gewebe wasserdicht zu machen, wurde zum Begründer einer der größten chemischen Industrien in Österreich, die auch heute noch im Bereich der Autoreifenherstellung einen international geachteten Platz einnimmt.
Der in Mähren als Sohn eines Schneidermeisters geborene Reithoffer erlernte zunächst das väterliche Gewerbe. In seinen Gesellenjahren durchwanderte er halb Europa und besuchte in Paris sogar Vorlesungen über Chemie an der Universität. 1807 machte er sich in Nikolsburg selbständig und erwarb das kaiserliche Privileg, mit einer Mischung aus Leinmistelbeeren, Sonnenrosenöl und Soda „Wolltücher zu Kleidern wasserdicht zu machen". Um seine Erfindung richtig auswerten zu können, riskierte er einiges. Er verkaufte sein Geschäft, zog nach Wien und erwarb auch das Patent der Herstellung wasserdichter Schuhe und Stiefel. Der Durchbruch aber gelang ihm zusammen mit seinem Freund August Purtscher: Er entwickelte ein Verfahren zur Verwebung von Kautschuk und Stoffen. 1831 gründete er die erste Fabrik auf dem europäischen Kontinent zur Herstellung gummierter Gewebe, die er 1852 nach Wimpassing im Süden von Wien verlegte. Zur Zeit seines Todes beschäftigte die später als „Semperitwerke" bekannt gewordene Fabrik an die 800 Arbeiter und stellte wöchentlich über 15.000 Paar wasserdichte Gummistiefel her.

Johann Nepomuk Reithoffer (1791—1872). Fabrikant, Erfinder. Heliogravur von J. Blechinger.

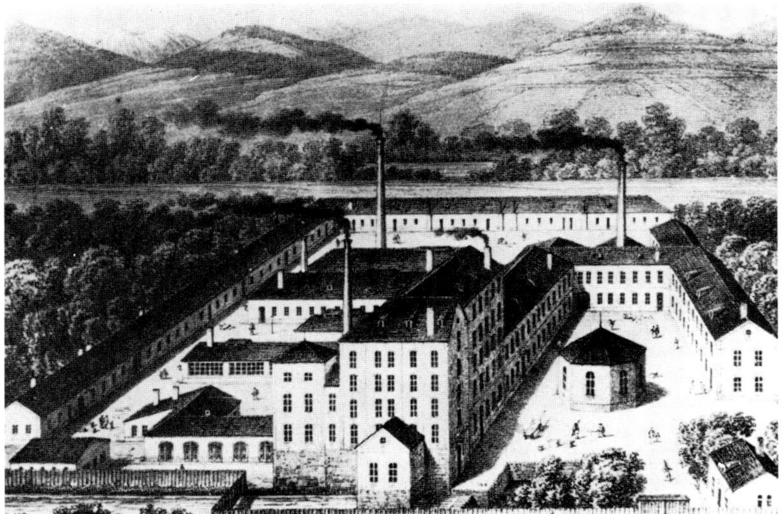

Die Gummiwarenfabrik des Johann N. Reithoffer in Wimpassing, Niederösterreich. Anonymer Stich.

MICHAEL THONET (1796—1871). Als der in Boppard am Rhein geborene Tischler 1842 eine Einladung des österreichischen Staatskanzlers Fürst Metternich nach Wien folgte, hatte er seine ersten Patente auf dem Gebiet der Möbelherstellung bereits erworben. Die Technik der Holzbiegung war zwar beim Schiffs- und Wagenbau schon verwendet worden, bei der Möbelherstellung aber etwas völlig Neues. Thonets Verfahren, geleimtes Holz in beliebige Formen zu biegen, führte nicht allein zu einer Revolutionierung der Technik, sondern auch zu einer solchen des Stils. Die klaren Linien der Biedermeiermöbel fanden ihre Fortführung in den typischen Formen der „Thonetsessel". Durch eine Verfeinerung des Arbeitsweges gelang es Thonet später auch, massives und damit sehr beständiges Holz zu biegen. Bereits 1849 machte sich Thonet in Wien, wo er bald auch das kaiserliche Privileg für sein Verfahren erhalten hatte, selbständig. Seine ersten serienmäßig angefertigten Sessel stellte er für das „aristokratische" Kaffeehaus Daun her. Auf der Londoner Weltausstellung 1851 erregten seine Möbel großes Aufsehen. Überall im Gebiet der österreichisch-ungarischen Monarchie entstanden Fabriken der inzwischen weltberühmt gewordenen Firma „Gebrüder Thonet". 1860 konstruierte er das sogenannte „Thonet'sche Rad", bei dem eine Metallnabe das Auswechseln gebrochener Speichen

Michael Thonet (1796—1870). Techniker, Industrieller, Erfinder. Lithographie von Rudolf Fenzl. 1896.

Gebrüder Thonet. „Schlafsofa" Nr. 9702 mit verstellbarer Rückenlehne.

ohne weitere Nacharbeit ermöglichte. Die auf einfachste Formen reduzierten Sessel gingen in Massenanfertigung in die ganze Welt. Von New York bis Moskau errichtete Thonet Verkaufsstellen. Der Bugholzstil der Möbel, die Thonet kreierte, hat sich im 20. Jahrhundert fortgesetzt. Viele berühmte Architekten, von Adolf Loos über Josef Hoffmann bis zu Le Corbusier, beschäftigten sich mit dem Dessin von Thonet-Möbeln. Der überzeitliche Stil der Möbel dieses österreichischen Weltunternehmens hat in unseren Breiten viel zu einer demokratischen Wohnkultur beigetragen.

Michael Thonet. Rückenlehne des Sessels Nr. 4, Modell „Café Daum", 1849. Schichtholz, Mahagoni.

Vorhergehende Seite: Unten: Stand der Firma Gebrüder Thonet auf der Weltausstellung London 1862, Ausstellung „billiger Konsumware". Illustration in „The Illustrated London News", 1. November 1862.

Carl Auer von Welsbach (1858—1929). Chemiker, Industrieller, Erfinder.

Carl Auer von Welsbach stellte 1898 die ersten Osmium-Metallfadenlampen (sogenannte „Auer-Lampen") her.

Carl Auer von Welsbach (1858—1929) initiierte eine neue Ära in der Beleuchtungstechnik. Als Entdecker von vier neuen chemischen Elementen ist er in die Geschichte der Chemie ebenso eingegangen wie in die der Technik. Er studierte in Wien bei Adolf Lieben Chemie und ging dann nach Heidelberg zu Wilhelm von Bunsen, wo er die neue Methode der Spektroskopie erlernte. Nach seiner Rückkehr nach Wien arbeitete Auer von Welsbach zunächst im Laboratorium von Adolf Lieben. 1885 gelang ihm die Erfindung des Gasglühlichtes, wobei er seltene Erden mit Baumwollgewebe zusammenbrachte. Der neue Thorium-Cer-Glühlichtkörper, im Wiener Operncafé 1891 zum ersten Mal verwendet, ging bald um die ganze Welt. 1898 erfand Auer von Welsbach fast als Konkurrenz zu seiner ersten Entdeckung die Osmium-Lampe, die erste wirklich verwendbare elektrische Glühlampe mit einem Metallfaden. Seine dritte große Erfindung war das Cer-Eisen, das als Auer-Metall in allen automatischen Feuerzeugen Verwendung findet. Die sogenannten seltenen Erden blieben immer sein eigentliches Forschungsgebiet. Dies trug ihm sogar einen Prioritätenstreit mit dem französischen Chemiker Urbain ein, der ebenso wie Auer von Welsbach an der Trennung des Elementes Ytterbium gearbeitet hatte. 1907 gründete er die Treibacher Chemischen Werke in Kärnten, die heute noch bestehen.

Laboratorium Karl Auers von Welsbach im Chemischen Institut in Wien IX., Währingerstraße 38. Rekonstruktion.

Viktor Kaplan (1867—1934). Maschinenbauer. Um 1912.

Modell der ersten „Kaplan-Turbine", ab 1919 in Betrieb.

VIKTOR KAPLAN (1876—1934). Einer der wenigen österreichischen Erfinder, denen bereits zu Lebzeiten Anerkennung widerfuhr und der trotz mannigfacher Schwierigkeiten seine Erfindung auch tatsächlich verwerten konnte, wurde als Sohn eines Eisenbahnbeamten in Mürzzuschlag geboren. Nach dem Ingenieurstudium an der Technischen Hochschule in Wien spezialisierte er sich auf Dieselmotoren und ging schließlich an die Technische Hochschule in Brünn, wo er sich hauptsächlich mit Wasserkraftmaschinen beschäftigte.
Die von ihm entwickelte (und nach ihm benannte) Niederdruckturbine, ein Flügelrad mit verdrehbaren Schaufeln, konnte große Wassermengen bei niedrigem Gefälle optimal ausnützen. Der Wirkungsgrad der Niederdruckturbine kann auf Grund der Verstellbarkeit der Flügel immer gleichgehalten werden. 1913 wurde Kaplan zum Professor ernannt und blieb es auch, obwohl nach dem Ende der Donaumonarchie die neuen Machthaber von ihm verlangten, Tschechisch zu lernen, was er nie über sich brachte.
Er war ein besessener Arbeiter — einmal erschien er zu einem Festvortrag im total durchnäßten Frack: Er hatte es für notwendig befunden, schnell noch einmal sein Labor aufzusuchen. Es gelang ihm auch, allen Anfechtungen zum Trotz die internationale Registrierung seines Patents durchzusetzen. Heute ist die Kaplan-Turbine aus der Stromerzeugung nicht mehr wegzudenken.

IGO ETRICH (1879—1967). Österreich hat auf dem Gebiet des Flugwesens mehrere Pioniere aufzuweisen. Wilhelm Kreß, der 1901 in den Wienerwaldsee stürzte, ist nur einer von ihnen. Der erste Gleitflug gelang 1906 in Österreich, der Konstrukteur dieses Flugzeugs war Igo Etrich. In Böhmen als Sohn eines Textilindustriellen geboren, beschäftigte er sich schon früh mit flugtechnischen Problemen. Er studierte die Flügel von Insekten, Fledermäusen und Vögeln, um eine optimale Flügelform zu finden. Nach vielen Versuchen mit Gleitflügeln gelang ihm die Konstruktion des Motorflugzeuges „Etrich I." Da er seine Flugversuche vornehmlich im Wiener Prater vornahm, wurde das Flugzeug im Volksmund „Praterspatz" genannt. Inzwischen war der hervorragende Pilot Karl Illner zu ihm gestoßen, dem 1910 der erste österreichische Überlandflug gelungen war, und zwar mit dem neuen Modell Etrichs, genannt die Etrich-Taube, die zu ihrer Zeit ungeheuer populär war: „Ich glaube, ich glaube, da oben fliegt 'ne Taube!" so klang damals ein beliebter Schlager.
Die entscheidende Verbesserung gelang durch die Zusammenarbeit mit dem Motorkonstrukteur Ferdinand Porsche. Etrich und sein Pilot erregten bald internationales Interesse. 1911 baute Etrich das erste österreichische Militärflugzeug. 1912 wurden die Etrich-Werke in Schlesien gegründet. Durch die Überquerung des Ärmelkanals wurden Etrichs Flugzeuge weltberühmt. Im Gegensatz

Eine der Flugmaschinen des Erfinders Wilhelm Kreß, ursprünglich Klaviermacher, über Schloß Schönbrunn.

aber zu den deutschen Flugzeugbauern wie Messerschmitt, Dornier oder Heinkel, nahm Etrich seine Tätigkeit nach dem Ersten Weltkrieg nicht mehr auf. Das ihm 1944 verliehene Ehrendoktorat der Technischen Universität Wien war die letzte offizielle Ehrung, die ihm widerfuhr.

Ferdinand Porsche (1875—1951). Autokonstrukteur.

FERDINAND PORSCHE (1875—1951). Nach wie vor sind die seinen Namen tragenden Sportwagen Spitzenprodukte des internationalen Automobilmarktes. Der Vater des Volkswagens hat auf dem Gebiet der Motoren- und Karosseriekonstruktion so vieles erfunden, entworfen und verbessert, daß man sich eine Geschichte des Autos ohne den Namen Porsche gar nicht vorstellen könnte. Der in Böhmen als Sohn eines Spenglers geborene Ferdinand Porsche war mit Leib und Seele Techniker, der alle Machbarkeits-Konstruktionsideale des technisch motivierten Denkens mit sich trug. Bald nach seiner Übersiedlung nach Wien — 1893 bezog er als Gasthörer die Technische Hochschule — konstruierte Ferdinand Porsche für die Kutschen- und Karosseriefabrik Lohner ein Elektromobil, das auch den gestrengen Maßstäben des kaiserlichen Hofes genügte.

In den nächsten Jahren war Porsche als Chefkonstrukteur bei der Austro-Daimler-Automobilfabrik in Wiener Neustadt tätig. Dort entwarf er nicht nur die ersten Flugmotoren und Zugmaschinen, die das Transportwesen des Ersten Weltkrieges entscheidend beeinflußten, sondern arbeitete unermüdlich an der Konstruktion von Autos. Das Modell „Maja", in Anlehnung an den Namen der Tochter eines Aktionärs, deren Schwester Mercedes im Daimler-Werk in Deutschland einer anderen Autotype den Namen gab, wurde freilich kein durchschlagender Erfolg. Aber die Triumphe des „Mercedes" waren letztlich auch Triumphe Porsches, der, nicht zuletzt auf Grund der mangelnden Finanzkraft der österreichischen Betriebe, nach dem Ersten Weltkrieg sein Wirkungsfeld nach Deutschland verlegte. Immerhin entwarf er für die von Waffen auf Automobilproduktion umgestiegene Firma „Steyr" mehrere Autotypen, bis er 1930 sich endgültig mit einem Konstruktionsbureau in Stuttgart niederließ.

Der von ihm entworfene Volkswagen konnte zwar wegen des ausbrechenden Zweiten Weltkrieges zunächst nur als „Kübelwagen" in Produktion gehen, trat aber nach dem Krieg seinen Siegeszug um die Welt an.

Nach dem Krieg wurde Porsche kurzfristig interniert und kehrte dann 1948 in seine Heimat zurück. In Kärnten versuchte er ein eigenes Autowerk aufzubauen, scheiterte aber am mangelnden Interesse der zuständigen Behörden. So ging er wieder nach Deutschland, wo er seine Pläne verwirklichen konnte. Heute ist der „Porsche" unbestritten die Nummer Eins auf dem internationalen Sportwagenmarkt.

Zweimal in der Geschichte war Österreich, im speziellen Wien, der Nabel der medizinischen Welt: im 18. Jahrhundert, als der Holländer Gerard van Swieten, von Kaiserin Maria Theresia nach Wien geholt, die Wiener Medizinische Schule begründete, der unter anderem die Einführung der Lehrdiagnose am Krankenbett zu verdanken ist; und dann etwa hundert Jahre später, als in Wien die Medizin auf den Boden naturwissenschaftlich abgesicherter Tatsachen gestellt wurde. Jahrzehntelang waren in allen Bereichen der Medizin, vor allem aber auf dem Gebiet der Anatomie, Inneren Medizin, Chirurgie und Dermatologie Ärzte von Weltruf in Wien tätig, die Schüler aus aller Welt um sich versammelten.

CARL VON ROKITANSKY (1804—1878). Daß Wien in der zweiten Hälfte des 19. Jahrhunderts zum zweiten Mal zu einem „Mekka der Medizin" wurde, geht nicht zuletzt auf jenen Mann zurück, der die Grundlagen des medizinischen Wissens durch seine Forschungen auf dem Gebiet der pathologischen Anatomie revolutionierte.
Die Abkehr von Spekulationen naturphilosophischer Art und die Einführung exakter naturwissenschaftlicher Methoden in der Medizin entsprangen sicher dem allgemeinen Zeitgeist. Dennoch wäre ohne jene bahnbrechenden Erkenntnisse von Männern wie Rokitansky, Skoda und Hebra der Medizin nicht jener Aufschwung beschieden gewesen, den sie im Wien der zweiten Hälfte des 19. Jahrhunderts nahm. Hatten im 18. Jahrhundert ein Gerard van Swieten, ein Anton de Haen oder auch ein Anton Störck entscheidend dazu beigetragen, daß die Medizin in Wien in ihrer Methode, aber auch in Hinblick auf den Unterricht am Krankenbett als vorbildlich angesehen werden konnte, ist im 19. Jahrhundert die naturwissenschaftlich-positivische Forschungsmethode in Wien beheimatet gewesen.
1804 in Königgrätz geboren, studierte Rokitansky zunächst in Prag Philosophie und stand mit Bolzano in Verbindung. Nach Beendigung seiner medizinischen Ausbildung in Wien übernahm er die Prosektur des Allgemeinen Krankenhauses und hat im Lauf seiner Tätigkeit über 80.000 Autopsien durchgeführt. Rokitansky lehrte, wie man das Wesen der Krankheit aus den veränderten Geweben, wie sie nach dem Tod des Patienten vorzufinden sind, erkennt.
Die von ihm in einer neuen, präzisen Beschreibungssprache gegebenen Berichte führten auch zur Erforschung von bisher in ihrer Entstehung ungeklärten Krankheiten wie der Tuberkulose oder des Ulcus. 1846 erschien sein „Handbuch der pathologischen Anatomie", das auf Jahrzehnte hinaus bahnbrechend wirkte.
Die früher sozusagen „neben" der klinischen Medizin angesiedelte Anatomie wurde unter Rokitansky in die Medizin eingebaut, zumal im Gegensatz zur spekulativen Medizin nun die krankhafte Veränderung an den Organen, ihre Entstehung und ihre Folgen auf den Gesamtorganismus untersucht werden konnten. Rokitanskys Grundlagenforschungen bestimmten das allgemeine Klima der Medizin in Wien bis ins 20. Jahrhundert.

Carl von Rokitansky (1804—1878). Pathologe.

JOSEF SKODA (1805—1881). Er gilt als der Vater der modernen Diagnostik und hat vornehmlich die von einem anderen Österreicher, nämlich Leopold Auenbrugger (1722—1809), entwickelte Methode des Abklopfens und Abhorchens der Brust von Patienten verfeinert und mit den Erkenntnissen der pathologischen Anatomie, wie sie sein Freund Rokitansky erforscht hatte, zu einer physikalischen Diagnostik am Krankenbett ausgebaut.
Der Sohn eines Schlossermeisters aus Pilsen hatte sich sein Medizinstudium in Wien mühsam selbst verdienen müssen. Die Begegnung mit der pathologischen Anatomie ließ ihn zur Schlußfolgerung kommen, daß die in Frankreich in dieser Zeit entwickelte Methode des Abhorchens mit Hilfe des Stethoskopes noch keine unmittelbare Diagnose zulassen könne, da krankhafte Veränderungen

Josef Skoda (1805—1881). Internist. Lithographie von Eduard Kaiser. 1850.

Josef Hyrtl (1810—1894). Anatom. Lithographie von Eduard Kaiser. 1850.

an Herz oder Lunge aus dem akustischen Befund nicht unmittelbar bestimmt werden können.
Nach anfänglichen Widerständen wurde Skoda 1846 zum Professor und Leiter der Medizinischen Klinik in Wien berufen. In seiner Antrittsvorlesung stellte er die Forderung auf, das Medizinstudium von den Fesseln der lateinischen Sprache zu befreien, und setzte es auch durch, seine Vorlesungen in deutscher Sprache halten zu können.
Durchdrungen vom Glauben an die naturwissenschaftlichen Methoden, hat er Physik und Chemie in hohem Maße für die Medizin dienstbar gemacht.
Der einstige Werkstudent aus Pilsen konnte in seinen späteren Lebensjahren mitansehen, wie die von ihm getätigten finanziellen Zuwendungen an seinen jüngsten Bruder es diesem ermöglichten, die väterliche Schlosserwerkstatt zu jenen Skodawerken auszubauen, die in Waffen-, Maschinen- und Automobilerzeugung weit über die Grenzen der österreichisch-ungarischen Monarchie hinaus Berühmtheit erlangten.

Josef Hyrtl (1810—1894). Sein im Jahr 1846 erschienenes „Lehrbuch der Anatomie" sicherte ihm bald nach seinem Erscheinen wissenschaftliche Berühmtheit. Seine Präparationsmethoden, darunter die Korrosion, das Ausgießen von Hohlräumen mit erstarrenden Substanzen, und die

mikroskopische Gefäßinjektion, legten den Grundstein für anatomische Techniken, die bald in aller Welt angewendet wurden.
Der in Eisenstadt im Burgenland als Sohn eines Musikers der berühmten Kapelle des Fürsten Esterházy geborene Hyrtl wandte sich bald der Anatomie zu und wurde bereits 1837 nach seinen Studien in Wien als Professor für Chirurgie und Anatomie nach Prag berufen. 1845 kehrte er nach Wien zurück und baute ein vergleichend-anatomisches Museum auf, das bald an die fünftausend Präparate aufwies. 1864 zum Rektor gewählt, erregte er mit seiner Inaugurationsrede Aufsehen, die die „materialistische Weltanschauung unserer Zeit" kritisierte. Verbittert durch Fakultätsintrigen und zahllose Polemiken mit Kollegen, zog er sich bereits 1874 vom Lehramt zurück und widmete sich nur mehr der wissenschaftlichen Arbeit. Er stiftete in Mödling ein Waisenhaus und vermachte sein Vermögen humanitären Vereinen.
Seine Präparationstechniken und seine Klassifikationen auf dem Gebiet der Anatomie bildeten ein unverzichtbares Instrument der medizinischen Ausbildung und Forschung.

Ferdinand von Hebra (1816—1880). Dermatologe. Lithographie von Eduard Kaiser. 1850.

Ferdinand von Hebra (1816—1880) zählt zusammen mit Rokitansky und Skoda zu den Begründern der zweiten Wiener medizinischen Schule. Unter Beachtung der Forschungsprinzipien der Genannten hat Hebra ein neues Fach der Medizin begründet: die Dermatologie.
In Brünn geboren, studierte Hebra in Wien Medizin und war zunächst unter der Leitung Skodas als Arzt an der sogenannten „Ausschlag-Abteilung" tätig. Zu jener Zeit herrschte noch immer die Meinung vor, die Hautkrankheiten seien äußerlich sichtbare Zeichen innerer Vorgänge, die auf die „schlechte" Vermischung von Körpersäften zurückzuführen seien. Dieser Annahme, die letztlich auf Hippokrates zurückgeht, setzte Hebra eine naturwissenschaftliche Erklärung der Hautkrankheiten entgegen. Durch Selbstversuche gelang ihm der Nachweis des Erregers der zu jener Zeit äußerst häufigen Krätze: die Krätzmilbe. In ähnlicher Weise gelang ihm die Aufdeckung von Pilzen und Bakterien als Erregern von Hautkrankheiten. Daneben erfand Hebra auch das Wasserbett zur Behandlung schwerer Verbrennungen.
Trotz dieser Erfolge dauerte es lange, bis die Dermatologie als eigene Disziplin anerkannt wurde. Hebra mußte bis 1869 warten, ehe er zum Professor und Vorstand der Dermatologischen Universitätsklinik ernannt wurde. Lange vorher schon war 1856 der von ihm herausgegebene „Atlas der Hautkrankheiten" erschienen, das grundlegende Werk der neuen Disziplin.

Ignaz Philipp Semmelweis (1818—1865). Gynäkologe.

Ignaz Philipp Semmelweis (1818—1865). Der in Ofen (Budapest) geborene Sohn eines deutschen Kaufmanns war nach Absolvierung der vorklinischen Semester an der Ofener Universität im Jahr 1840 zum Medizinstudium

nach Wien gekommen. Nach der Promotion zum Doctor medicinae (1846), zum Magister der Geburtshilfe (1844) und zum Doctor chirurgiae (1845) trat er im Februar 1846 als Assistent bei Johann Klein in die Erste Gebärklinik im Wiener Allgemeinen Krankenhaus ein.
Damals wütete auf der Ersten Gebärklinik fast ständig das Wochenbettfieber. Semmelweis kam auf Grund seiner Beobachtung und nach den von ihm gemachten pathologisch-anatomischen Untersuchungen zu dem Schluß, daß ein „zersetzter tierisch-organischer Stoff" an den Händen des Geburtshelfers die Ursache der hohen Sterblichkeit der Wöchnerinnen sei. Unmittelbarer Anstoß zu seinen Überlegungen war der Tod seines Freundes, des Gerichtsmediziners Jakob Kolletschka, der an den Folgen einer Leicheninfektion unter ganz ähnlichen Erscheinungen gestorben war wie die Wöchnerinnen am Kindbettfieber. Ab Mai 1847 führte Semmelweis an der Klinik Waschungen der Hände mit einer Chlorkalklösung ein, ebenso wurden alle Instrumente, Schüsseln und die Wäsche, mit der die Wöchnerinnen in Berührung kamen, auf ähnliche Weise desinfiziert.
Der Erfolg der von Semmelweis getroffenen Maßnahmen stellte sich schon bald ein: Innerhalb von sechs Monaten sank die Sterblichkeit der an der Ersten Gebärklinik Entbundenen von 18 auf nur 2,45 Prozent.
Trotz der eindrucksvollen Resultate seiner Maßnahme und Unterstützung durch Skoda, Hebra und Rokitansky war Semmelweis in Wien kein Erfolg beschieden. Mitte Oktober 1850 verließ der enttäuschte Semmelweis Wien und kehrte nach Budapest zurück. Erst 1861 veröffentlichte er seine Entdeckung in seinem Hauptwerk „Die Ätiologie, der Begriff und die Prophylaxis des Kindbettfiebers", in dem er wieder die Übertragbarkeit des Puerperalfiebers durch eiterbildende Stoffe postulierte. Es mutet fast wie eine Ironie des Schicksals an, daß Semmelweis selbst an einer Blutvergiftung starb — der gleichen Krankheit, deren Erforschung und Verhütung er zu seiner Lebensaufgabe gemacht hatte. Der nach seinem Tode einsetzende Siegeszug der Bakteriologie ließ ihn nicht nur als den „Retter der Mütter", sondern auch als den genialen Ahnherrn der Bakteriologie erkennen.

Theodor Billroth (1829—1894). Chirurg. Gemälde von Brandeis. 1854.

Theodor Billroth (1829—1894). Seine Liebe zur Musik rückte lange das Medizinstudium an die zweite Stelle. Selbst als er durch nahezu revolutionäre Erfolge auf dem Gebiet der Chirurgie Weltruf erlangt hatte, schrieb er weiter Musikkritiken für die „Neue Zürcher Zeitung". Mit Johannes Brahms und Eduard Hanslick, dem zeitweiligen Musikkritikerpapst in Wien, pflegte er enge Freundschaft, und wohl auch dieser musikalischen Neigungen wegen schlug er die glänzendsten Berufungen nach Deutschland aus.
Der auf der norddeutschen Insel Rügen geborene Billroth ging nach seinem medizinischen Studium zunächst nach Berlin und wurde 1860 nach Zürich berufen. 1867 übersiedelte er als Professor der Chirurgie und Direktor des Operateurinstituts nach Wien. In Zürich beschäftigte er sich vorwiegend mit den Problemen der postoperativen Behandlung, die bisher von den Chirurgen weitgehend vernachlässigt worden war, insbesondere mit dem Fieber. In Zürich führte er auch zahlreiche Reformen in der Krankenpflege ein, darunter ähnliche Maßnahmen, wie sie Semmelweis gefordert hatte. 1873 entfernte er als erster den ganzen Kehlkopf. 1881 gelang ihm die erste Magenresektion.
Billroths Arbeit war vom ständigen Versuch nach verbesserten Methoden geleitet. Daneben maß er der Ausbildung des Krankenpflegepersonals große Bedeutung zu. Ein darüber verfaßtes Lehrbuch zeugt ebenso von seinem Engagement hiefür wie das von ihm gegründete „Rudolfinerhaus" in Wien, ein eigenes Spital als Ausbildungsstätte für Schwestern. Daneben förderte er die Einrichtung der Allgemeinen Rettungsgesellschaft in Wien. Seine Lehrbücher zur Chirurgie sind lange Standardwerke geblieben und haben erheblich zum hervorragenden Ruf Wiens als Hochburg der Medizin beigetragen.

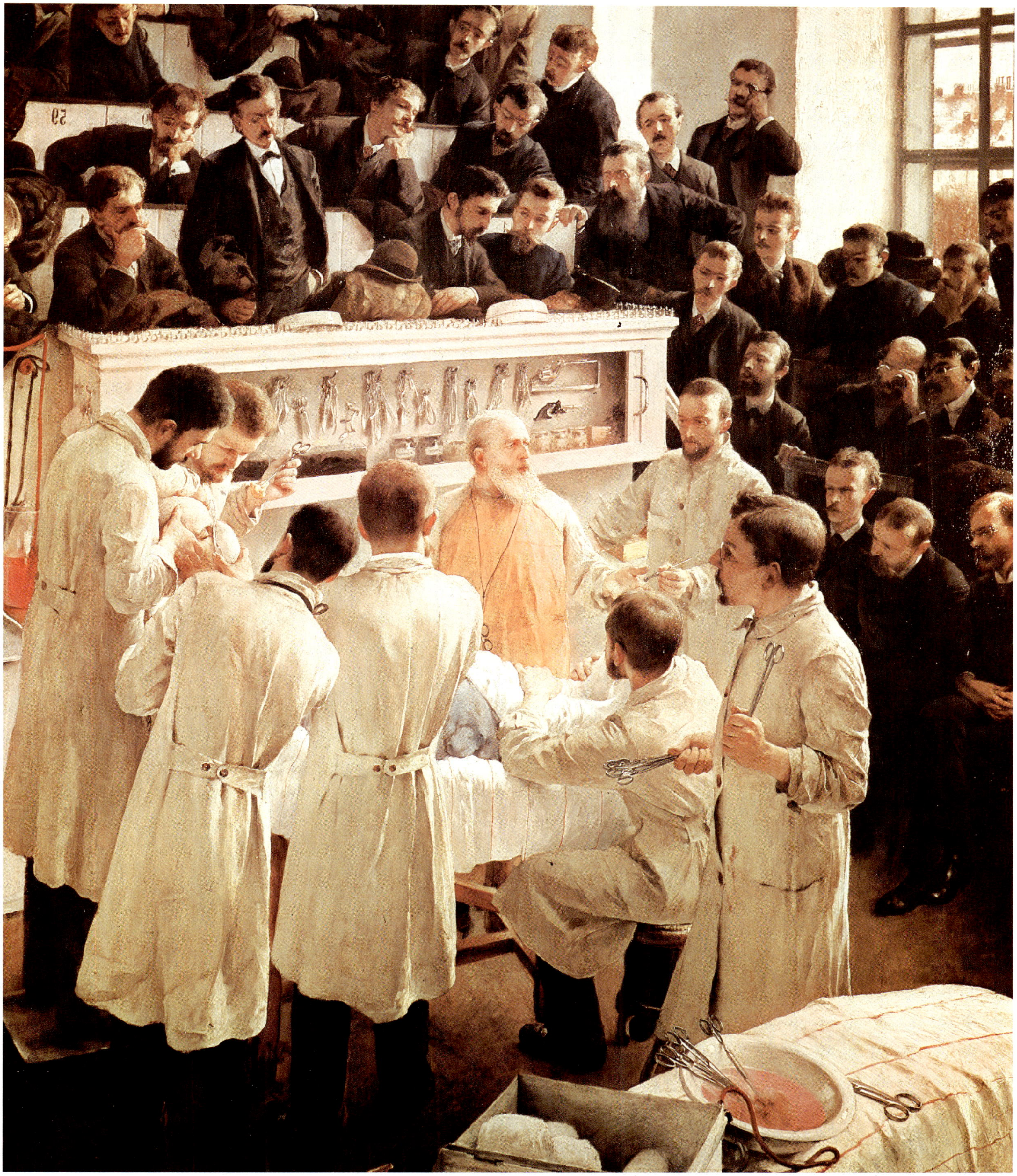

Professor Billroth gelang 1874 die erste vollständige Kehlkopfexstirpation. Gemälde von Adalbert Seligmann.

Richard Kraft-Ebing (1840—1902). Ihm verdanken wir die Wortschöpfung „Masochismus" (nach dem österreichischen Schriftsteller Leopold von Sacher-Masoch). Der Verfasser der berühmten „Psychopathia Sexualis" (1886), des grundlegenden Werks über abartiges Sexualverhalten, ist aber nicht nur als eigentlicher Begründer der Sexualpathologie bekannt geworden. Auch auf dem Gebiet der gerichtlichen Psychiatrie ist er durch wegweisende Forschungen hervorgetreten. Er behandelte unter anderem auch den österreichischen Kronprinzen und hat auf die selbstmörderischen Neigungen des bayerischen Königs Ludwig II. aufmerksam gemacht.
Der in Mannheim geborene Krafft-Ebing studierte zuerst in Heidelberg und kam nach längerer klinischer Tätigkeit in Deutschland 1873 nach Graz, wo er Leiter einer Irrenanstalt wurde. 1889 ging er als Professor und Leiter der psychiatrischen Klinik nach Wien. Dort traf er unter anderem auch mit Sigmund Freud zusammen, dessen Arbeiten über infantile Sexualität er jedoch schroff ablehnte. Krafft-Ebing gehörte jener „beschreibenden" Schule der Psychiatrie an, die zwar von der Rückgebundenheit der psychischen Krankheiten an neurophysiologische Zusammenhänge ausgeht, sie aber nicht zur Erklärung dieser Krankheiten macht. Seine Lehre ist auch des öfteren als „Entartungstheorie" bezeichnet worden, weil sie für krankhafte Abweichungen — etwa auf dem Gebiet der Sexualität — Erbfaktoren und deren zunehmende Verschlechterung über Generationen hinaus annimmt. Be-

Richard von Krafft-Ebing (1840—1902). Neurologe, Psychiater.

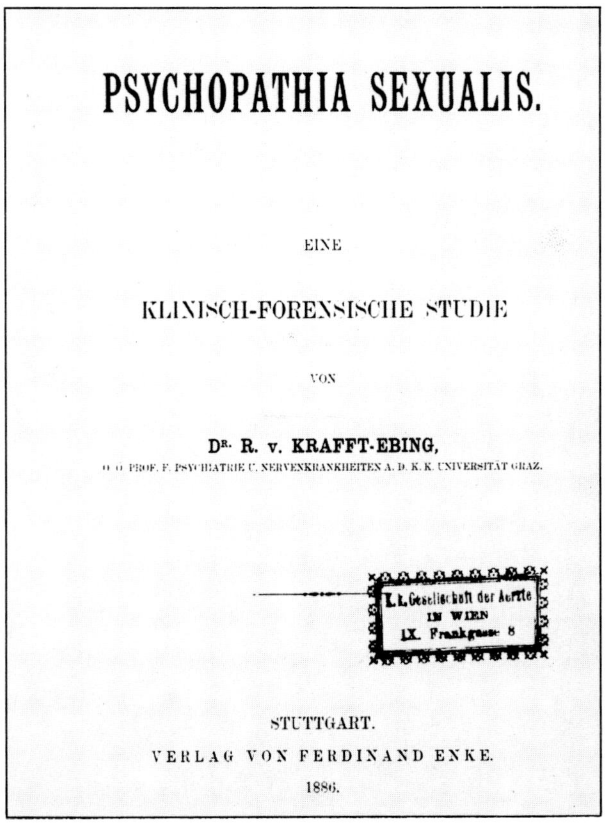

PSYCHOPATHIA SEXUALIS.

EINE

KLINISCH-FORENSISCHE STUDIE

VON

Dr. R. v. KRAFFT-EBING,

O. Ö. PROF. F. PSYCHIATRIE U. NERVENKRANKHEITEN A. D. K. K. UNIVERSITÄT GRAZ.

STUTTGART.

VERLAG VON FERDINAND ENKE.

1886.

Titelseite der „Psychopathia Sexualis" von Richard von Krafft-Ebing. Erste Auflage, Stuttgart 1886.

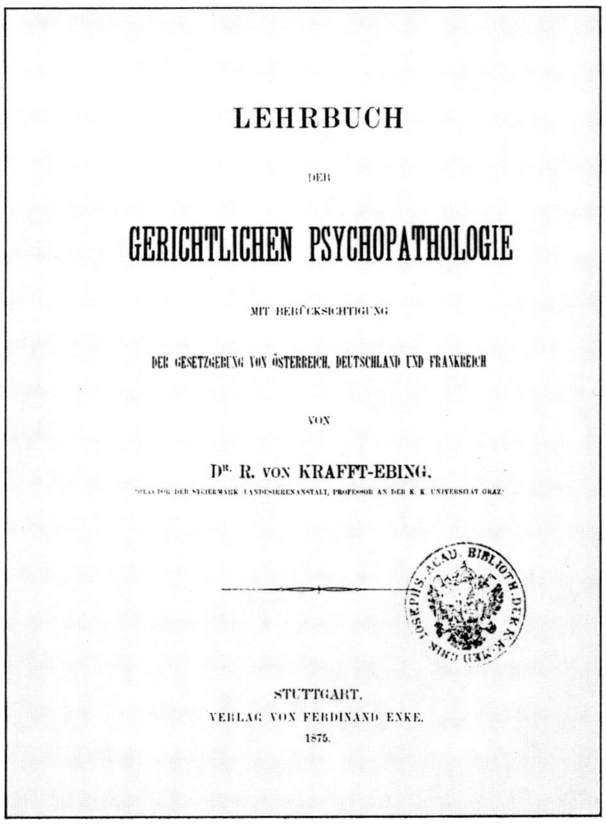

LEHRBUCH

DER

GERICHTLICHEN PSYCHOPATHOLOGIE

MIT BERÜCKSICHTIGUNG

DER GESETZGEBUNG VON ÖSTERREICH, DEUTSCHLAND UND FRANKREICH

VON

Dr. R. VON KRAFFT-EBING.

DIRECTOR DER STEIERMÄRK. LANDESIRRENANSTALT, PROFESSOR AN DER K. K. UNIVERSITÄT GRAZ.

STUTTGART.

VERLAG VON FERDINAND ENKE.

1875.

Titelseite des „Lehrbuches für gerichtliche Psychopathologie" von Richard von Krafft-Ebing. Erste Auflage, Stuttgart 1875.

Julius Wagner von Jauregg (1857—1940). Neurologe, Psychiater.

reits 1867 hatte er den Ausdruck „Zwangsvorstellungen" geprägt, und auch sehr früh auf den Zusammenhang zwischen Syphilis und progressiver Paralyse hingewiesen Seine „Psychopathologia sexualis" erlebte innerhalb kürzester Zeit mehrere Auflagen und hat nicht nur verschiedene sexuelle Perversionen und Abartigkeiten klassifiziert, sondern auch die Rolle der Sublimierung des Geschlechtstriebes in Kunst und Religion hervorgehoben.

Julius Wagner von Jauregg (1857—1940). Julius Wagner — seinem Vater wurde der Titel „Ritter von Jauregg" erst 1883 verliehen — wurde 1857 im oberösterreichischen Wels geboren. Er besuchte das berühmte Schottengymnasium in Wien und begann 1874 an der Universität Wien Medizin zu studieren. Bereits als Student arbeitete er bei Salomon Stricker am Institut für Allgemeine und Experimentelle Pathologie. Nach seiner Promotion wurde er 1880 Assistent im Laboratorium Strickers. Aus dieser Zeit rührt seine lebenslange Achtung für den um ein Jahr älteren Sigmund Freud. Sie überdauerte nicht nur die Unterschiede in ihren Persönlichkeiten und Temperamenten, sondern auch die späteren schwerwiegenden wissenschaftlichen Meinungsverschiedenheiten.
Zur Psychiatrie kam Wagner-Jauregg durch Zufall, als ihm 1883 eine Assistentenstelle an der Psychiatrischen Klinik bei Max von Leidersdorf angeboten wurde, obwohl er vorher nie an die Möglichkeit gedacht hatte, Psychiater zu werden und praktisch keine Erfahrung auf diesem Spezialgebiet hatte. Bereits 1885 hielt Wagner-Jauregg Vorlesungen über die Pathologie des Nervensystems, 1888 auch über Psychiatrie. 1887 hatte er von dem erkrankten Leidersdorf die Leitung der Klinik übernommen. 1889 wurde er als Nachfolger von Krafft-Ebing zum außerordentlichen Professor an der Medizinischen Fakultät der Universität Graz und zum Leiter der Neuropsychiatrischen Klinik ernannt. Dort begann er den Zusammenhang zwischen Kropf und Kretinismus zu erforschen; auf seinen Rat veranlaßte die Regierung einige Zeit später den Verkauf von Salz mit Jod-Zusatz. 1893 kehrte Wagner-Jauregg als Professor für Psychiatrie und Nervenkrankheiten und Leiter der Klinik für Psychiatrie und Nervenkrankheiten nach Wien zurück. Wagner-Jauregg beschäftigte sich intensiv mit Fragen der Gerichtsmedizin und der juristischen Aspekte von Geisteskrankheiten. Als Gerichtssachverständiger im Obersten Sanitätsrat entstand unter seiner Mitwirkung ein Gesetz, das sich mit der Bescheinigung von Geisteskrankheiten befaßt. Als Würdigung für seine Tätigkeit auf gerichtsmedizinischem

Gebiet wurde ihm 1937 das Ehrendoktorat der juridischen Fakultät der Universität Wien verliehen.
Die Hauptarbeit, mit der sich Wagner-Jauregg während seines ganzen Arbeitslebens beschäftigte, war der Versuch, Geisteskrankheiten durch Induktion von Fieber zu heilen. Schon 1887 hatte er systematisch die Wirkungen fiebriger Krankheiten auf Psychosen erforscht, wobei er später auch Gebrauch von Tuberkulin (1890 von Robert Koch entdeckt) machte. Als diese und ähnliche Behandlungsmethoden keine befriedigenden Resultate zeigten, wandte er sich 1917 der Malaria-Impfung zu, die sich als sehr erfolgreich im Fall der Dementia paralytica erwies. Diese Entdeckung brachte ihm 1927 den Nobelpreis ein.

KARL LANDSTEINER (1868—1943), der Entdecker der Blutgruppen und des Rhesus-Faktors, ist einer jener Österreicher, die ins Ausland gehen mußten, um die Anerkennung zu finden, die ihnen gebührte.
1868 als Sohn eines Juristen und Zeitungsherausgebers in Wien geboren, studierte Karl Landsteiner in Wien Medizin, wobei er schon als Student der Grundlagenforschung zuneigte, vor allem der medizinischen Chemie. Nach seiner Promotion 1891 vervollständigte er seine Kenntnisse in Chemie bei Weltkapazitäten wie dem Nobelpreisträger Emil Fischer in Würzburg, ferner in München und Zürich.
Eine kurze Assistentenzeit, 1896/97, im Wiener Hygienischen Institut sollte für Landsteiners künftige Arbeit wegweisend sein. Der Institutsvorstand, Max von Gruber, hatte das Phänomen der Agglutination untersucht. Auf ihm baute Landsteiner in seiner epochemachenden Arbeit über „Agglutinationserscheinungen normalen menschlichen Blutes" (1901) auf. Zu seinen Forschungen wurde er auf Grund der Schwierigkeiten angeregt, die bei Bluttransfusionen auftraten: Immer wieder zeigte sich die Unverträglichkeit des „neuen" mit dem „alten" Blut; daher behalf man sich in der Praxis vornehmlich mit Kochsalzlösungen. Landsteiner konnte nachweisen, daß „Blut" nicht gleich „Blut" ist; es gibt verschiedene Typen menschlichen Blutes. Er unterschied verschiedene „Blutgruppen" und gab ihnen die Namen A, B und C (heute als 0 bezeichnet). Mitarbeiter komplettierten die Palette der Blutgruppen mit dem „typenlosen" Blut (AB).
Inzwischen war Landsteiner 1897 Assistent am Institut für pathologische Anatomie geworden, in den zehn Jahren seiner Tätigkeit mußte er jeden Tag mindestens eine Obduktion vornehmen; dennoch fand er noch Zeit für insgesamt 75 wissenschaftliche Publikationen — ein Hinweis auf seinen unerbittlichen Arbeitseifer, der weder Sonntag noch Feiertag kannte.
Trotz allem verlief seine wissenschaftliche Laufbahn eher schleppend. 1903 wurde er Privatdozent; 1908 wechselte er als Prosektor ans Wilhelminenspital; 1911 endlich — mit 43 Jahren — wurde er zum (unbesoldeten) außerordentlichen Professor ernannt.

Karl Landsteiner (1868—1943). Bakteriologe.

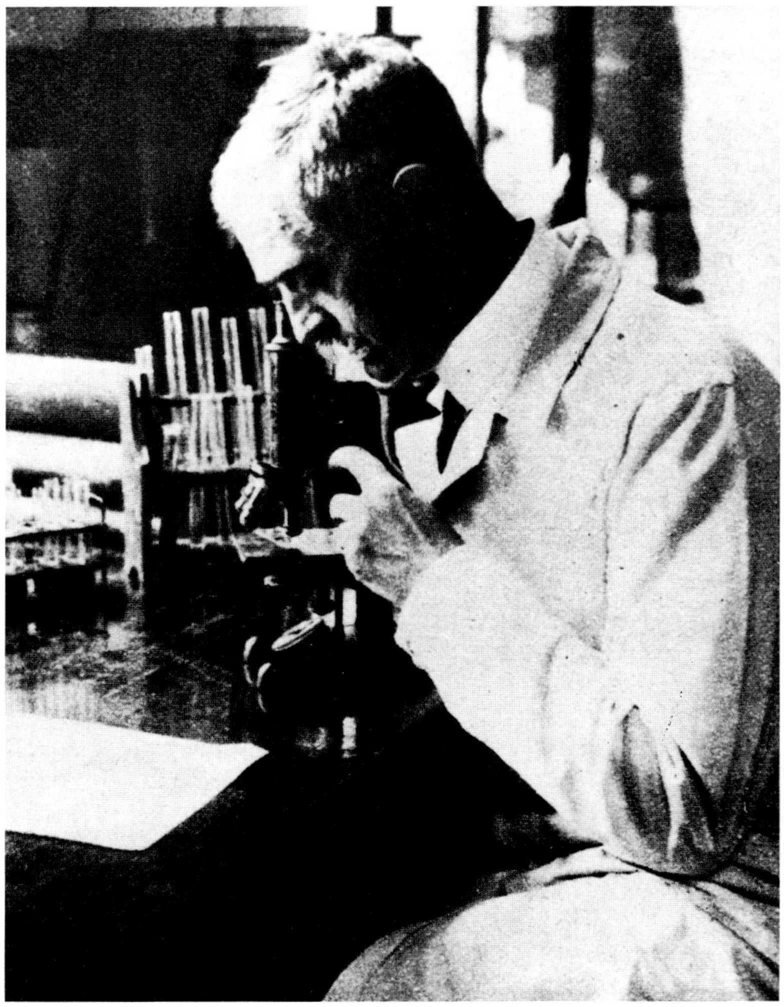

In diesen Jahren geht eine Reihe bahnbrechender Forschungen auf Landsteiners Konto. Er verfeinerte die Methode der Syphilis-Diagnose, und es gelang ihm, die Kinderlähmung auf Affen zu übertragen. Ohne seine Vorarbeiten wäre die spätere Gewinnung des entsprechenden Impfstoffes durch Salk nicht möglich gewesen.
Landsteiners Name ist mit einer weiteren bahnbrechenden Entdeckung verknüpft: Zusammen mit Alexander Wiener fand er 1940 den Rhesus-Faktor. Sein Schüler Philip Levine wertete diese Entdeckung dann erfolgreich im Kampf gegen die Kindersterblichkeit aus.
Nach dem Ende der Monarchie konnte ihm in Wien eine finanzielle Basis für seine Forschungen nicht geboten werden; also ging er 1919 zunächst nach Holland und folgte dann einer Einladung in die Vereinigten Staaten, die seine neue Heimat wurden. 1929 erwarb er die amerikanische Staatsbürgerschaft. Nun folgte die ihm so lange verwehrte akademische Anerkennung — eine große Anzahl von Ehrendoktoraten (allerdings nicht von österreichischen Universitäten) und als Krönung im Jahre 1930 auf Vorschlag von Julius Wagner-Jauregg der Nobelpreis für Medizin.

Lorenz Böhler (1885—1973). Der „Vater der Unfallchirurgie" hat nicht allein durch die Entwicklung von neuen Techniken vornehmlich in der Behandlung von Knochenbrüchen, sondern auch durch die Einrichtung von speziellen Unfallkrankenhäusern weltweit bahnbrechend gewirkt. Nach dem Vorbild des von ihm 1925 eingerichteten Arbeiterunfallkrankenhauses wurden auf der ganzen Welt entsprechende Spezialkliniken geschaffen. Sein 1929 erschienenes Lehrbuch „Die Technik der Knochenbruchbehandlung", das zuerst kein Verleger drucken wollte, wurde binnen kurzem zum Standardwerk und hat vor allem die Nachbehandlung von Knochenbrüchen entscheidend vorangetrieben. Als erster in Europa hat Böhler 1930 die Nagelung eines Schenkelhalsbruches durchgeführt.
Der aus Vorarlberg stammende Böhler drang schon früh mit großer Zähigkeit auf die Einführung neuer Methoden in der Chirurgie. Nach seinem Medizinstudium in Wien war er zunächst Schiffsarzt. Im Ersten Weltkrieg wurde er darauf aufmerksam, daß Bruchverletzungen im allgemeinen nur sehr nachlässig behandelt wurden. Das von ihm geleitete Lazarett in Bozen erwarb sich bald einen hervorragenden Ruf. Nach dem Krieg gründete er im Rahmen der Arbeiterunfallversicherung in Wien ein Unfallspital und baute seine Methoden weiter aus. Dieses „Böhler-Krankenhaus" wurde bald weltberühmt, und die Schule Böhlers errang bald internationales Ansehen. An die 10.000 ausländischen Ärzte haben an Ort und Stelle Böhlers Methodik und den Modellfall seines Krankenhauses studiert. Die hohe Bedeutung der Nachbehandlung und Rekonvaleszenz, die heute selbstverständlich geworden ist, geht auf Böhler zurück.

Lorenz Böhler (1885—1973). Chirurg.

Von Wien aus hat die Psychoanalyse ihren Siegeszug um die Welt angetreten. Heute ist man sich darüber einig, daß sie eben auch nur in Wien und der spezifischen bürgerlichen Gesellschaft der Jahrhundertwende entstehen konnte. Die Psychoanalyse ist weit mehr als eine bloß therapeutische Technik; sie ist darüber hinaus ein kulturelles Phänomen und selbst eine Kulturtheorie, ob sie nun die Sexualität aus ihrer fatalen Verdrängung hervorholt oder ob sie zur Identitätsfindung des Individuums beiträgt. Heute ist die Psychoanalyse aus der geistigen Landschaft der Gegenwart nicht mehr wegzudenken, und die Erkenntnis, daß das Ich nicht Herr im eigenen Haus ist, hat zu jener Wende beigetragen, die man gemeiniglich als den Aufbruch in die Moderne bezeichnet.

Sigmund Freud (1856—1939). Die Feststellung, daß der Mensch noch lange nicht Herr im eigenen Haus seiner Seele sei, hat Freud gerade in Wien, der Stadt, in der er fast sein ganzes Leben zugebracht hat, wenig Anerkennung und viel Anfeindung erbracht. Noch heute setzt sich die Psychoanalyse in Wien nur zögernd durch. Wien „verdrängt" seinen vielleicht berühmtesten Sohn, der freilich — wie viele Wiener — nicht hier, sondern in Mähren zur Welt kam. Aus einer alten jüdischen Familie stammend, studierte Freud zunächst Biologie und Philosophie und kam über physiologische und neurologische Forschungen schließlich zur Medizin. Neben seinen Studien bei Brücke und Meynert in Wien wird ein Aufenthalt 1885 in Paris bei Charcot für ihn entscheidend. Schon vorher hatte Freud sowohl auf dem Gebiet der Neurophysiologie wie auch auf dem Gebiet der Arzneimittel Beachtliches entdeckt. So ist ihm zum Beispiel die Entschlüsselung der schmerzlindernden Wirkung des Kokains gelungen.
In Paris lernte er das Verfahren der Hypnose zur Heilung der Hysterie kennen und schließt sich der Auffassung an, daß bei dieser Krankheit keine organischen Ursachen festgestellt werden können. Zusammen mit seinem Freund Josef Breuer arbeitet er in Wien an diesen Zusammenhängen weiter und gelangt zur Einsicht, daß es ein unbewußtes Seelenleben gibt, das durch bestimmte Methoden — eben die der Psychoanalyse — zu Tage gefördert werden kann. Der nächste Schritt war die Entdeckung der sexuellen Genese der Neurosen, wobei vor allem frühkindliche Erlebnisse und Erfahrungen eine wichtige Rolle spielten. Freud hat diese seine Theorie unter dem Namen „Ödipuskomplex" entwickelt. 1897 begann er in größter Vereinsamung eine Selbstanalyse und fand heraus, daß Phantasien und Wunschvorstellungen das Realitätsbewußtsein überlagern und bestimmen. Eine nicht zu unterschätzende Bedeutung hatte für ihn das Phänomen des Traumes. In seiner „Traumdeutung" (1900) hat Freud den Traum als die verkleidete Erfüllung eines verdrängten Wunsches interpretiert und als Regressionsprozeß ins Unbewußte und in die Kindheit zur Entschlüsselung des Seelenlebens verwendet. In seiner 1904 erschienenen „Psychopathologie des Alltagslebens" hat Freud die sogenannten Fehlleistungen wie Verdrängen, Vergessen, Versprechen in ihrem Stellenwert hinsichtlich des Unbewußten ebenso erschlossen, wie er später das Gebiet der Sexualsymbolik zu enträtseln versuchte.
Die große Bedeutung, die Freud dem Sexualleben für unser Seelenleben zusprach, löste zu einer Zeit und in einer Gesellschaft, die sich in doppelbödiger Moral und ständigen Verdrängungen gefiel, große Entrüstung aus. So wenig Freud in Wien auf offizielle Anerkennung hoffen konnte (er wurde erst nach langem Hin und Her 1902 zum außerordentlichen Professor ernannt), so bekannt war er bereits um diese Zeit in neurologischen und psychologischen internationalen Kreisen. Jung, Ferenczy, Binswanger, um nur einige zu nennen, setzten sich für die Verbreitung der Thesen der Psychoanalyse ein, und Freud wurde bereits 1909 zu einer Vortragsreise nach den USA eingeladen.

Sigmund Freud (1856—1939). Psychiater, Psychologe, Psychoanalytiker.

Sigmund Freuds Ordination in Wien IX., Berggasse 19. Rekonstruktion.

In seinen weiteren Schriften, wie beispielsweise „Totem und Tabu" oder „Jenseits des Lustprinzips", hat Freud die Grundgedanken der Psychoanalyse zu einer allgemeinen Kulturtheorie ausgebaut. Libido und Todestrieb werden als die Grundspannung destruktiver Triebregungen enthüllt und Kultur und Religion aus dem Horizont der psychoanalytischen Erkenntnisse interpretiert.
Seit 1923 litt Freud an Gaumenkrebs und mußte sich fast dreißig Operationen unterziehen. 1933 fielen seine Werke der Bücherverbrennung im Hitler-Deutschland zum Opfer; 1938 mußte der Achtzigjährige vor den Nationalsozialisten aus Österreich flüchten. Sein letztes Lebensjahr verbrachte Freud in London.
Die Psychoanalyse ist weit über eine ärztliche therapeutische Technik hinaus gediehen; sie hat zu einer Revolution des kulturellen und zivilisatorischen Lebens geführt. Denn Freud hat nicht nur versucht, Krankheiten zu heilen — er hat die Frage nach dem Menschen neu gestellt.

ALFRED ADLER (1870—1937). Der Schöpfer der Individualpsychologie hat es, anders als Freud, dessen Anhänger und späterer Dissident er war, nie zu einer akademischen Karriere gebracht. Aus einer kinderreichen jüdischen Familie stammend und in seiner Kindheit schwer erkrankt, wuchs Adler in der Wiener Vorstadt auf und studierte in seiner Heimatstadt Medizin. Als Augenarzt und später als Internist praktizierend, wurde Adler, der sich schon früh zur Sozialdemokratischen Partei bekannt hatte, durch seine russische Frau mit den Thesen der revolutionären Marxisten vertraut gemacht. Sein Interesse an der Psychiatrie verstärkte sich, als er ab 1902 an Freuds Mittwochabendrunden in dessen Wohnung teilnahm. Ab 1911 kam es allerdings zu einem offenen Bruch zwischen Freud und Adler. Ein Versuch, sich an der Wiener Universität zu habilitieren, scheiterte vor allem am Widerstand des späteren Nobelpreisträgers Wagner-Jauregg. Während des Ersten Weltkrieges war Adler zeitweise als Armeearzt tätig. Nach dem Zusammenbruch der Monarchie schloß er sich den medizinischen und pädagogischen Wohlfahrtsbemühungen der Wiener Sozialdemokraten an. Als Volksbildner und Lehrer am Pädagogischen Institut der Stadt Wien schuf er zahlreiche Beratungsstellen, in denen die Psychotherapie auch auf Kinder angewendet wurde. 1932 ging er nach Ameri-

Alfred Adler (1870—1937) während einer Vorlesung. Psychiater, Psychologe.

ka und starb während einer Vortragsreise in Schottland. Adler, der selbst als Kind unter Rachitis gelitten hatte, hat in seiner Arbeit „Über die Minderwertigkeit von Organen“ (1907) behauptet, daß schwächliche Konstitution oder Minderwertigkeit einzelner Organe zu einer Überkompensation führen würde. In seiner Arbeit „Über den nervösen Charakter“ (1912) versucht er den Ursprung von Neurosen auf soziale Faktoren zurückzuführen und sie als Kunstgriffe auszuweisen, mit denen wir uns einer allgemein anerkannten idealen Norm entziehen.
Alfred Adlers Individualpsychologie erklärt die Entstehung von Neurosen aus mißglückten Versuchen der Anpassung an die Norm und dem daraus resultierenden Minderwertigkeitsgefühl mit seinen Überkompensationen. Dem Gemeinschaftsgefühl wird ein wichtiger therapeutischer Stellenwert zugesprochen.
Die Bedeutung des Erziehungswesens lag für den an sozialdemokratischen Zielen orientierten Adler auf der Hand. Seine im „Roten Wien“ geleistete Arbeit kann letztlich als einer der ersten Versuche einer antiautoritären Erziehung aufgefaßt werden. Die Orientierung am Minderwertigkeitsgefühl ließ Adler das Phänomen Sexualität auch sehr differenziert sehen. Bei aller Wichtigkeit der Sexualität für unser Leben hat Adler sie nie zur monokausalen Erklärungsquelle für unser Verhalten werden lassen.
Der Einfluß der Individualpsychologie vor allem in den USA ist groß, freilich nicht unbedingt in Fortführung des gesamten Lehrgebäudes, sondern eher in Form der Übernahme verschiedener Theoreme und Techniken.

Wilhelm Reich (1897—1957). Psychiater, Psychoanalytiker.

Wilhelm Reich (1897—1957) war der vielleicht extremste und sicherlich der umstrittenste Schüler Freuds. Seine Abhandlung „Die Funktionen des Orgasmus“ aus dem Jahr 1927 trug ihm den Titel „Orgasmus-König“ ein. 1934 wurde er aus der kommunistischen Partei ausgeschlossen; sein Leben beschloß er nach einer Hexenjagd auf ihn und sein Werk in einer Gefängniszelle in den USA.
In Galizien aus jüdischer Familie geboren, verlor er früh seine Mutter durch Selbstmord. Nach dem Kriegsdienst studierte Reich in Wien Medizin und kam gegen 1919 erstmals mit den Theorien Freuds in Berührung. Genaue Untersuchungen des Orgasmus führten Reich zur Annahme, Ursache neurotischen Verhaltens sei eine orgastische Impotenz. Reich hat im Gegensatz zu den viel später erfolgten Forschungen von Kinsey oder Masters immer wieder betont, daß Orgasmusstörungen zugleich auch Störungen der Gesamtpersönlichkeit darstellen. In der Charakterforschung führte Reich den Begriff des „Charakterpanzers“ ein, der sich bereits in der Kindheit nachweisen lasse und als Abwehrreaktion in Konfliktsituationen entsteht.
Die Unterdrückung der Sexualität wurde von Reich mit der in marxistische Kategorien ausgelegten Unterdrückung des Menschen zusammengesehen. In Wien gründete er in den zwanziger Jahren Sexualberatungsstellen, trat für das Recht auf Schwangerschaftsunterbrechung ein und kritisierte die bürgerliche Institution der Familie. Das in seinen Berliner Jahren entwickelte „Sexpol“-Programm trug ihm letztlich den Ausschluß aus der Kommunistischen Partei ein. Der Versuch, Psychoanalyse und Marxismus zu integrieren, fand im Pseudomarxismus der sechziger Jahre bei einem Erich Fromm oder Herbert Marcuse späte Nachahmer.
1933 emigrierte Reich nach Dänemark und dann nach Schweden, wo er jenen vegetotherapeutischen Ansatz entwickelte, der sich dann zu seiner Theorie der Bione und Orgone ausweitete. Die mit letzterem gemeinte Einheit an kosmischer Energie sollte für die Heilung von Krebskranken Verwendung finden. In seinen späteren Lebensjahren arbeitete Reich, der inzwischen in die USA gegangen war und begonnen hatte, an die Existenz fliegender Untertassen zu glauben, mit radioaktivem Material, was schließlich zu seiner Verurteilung führte. Reich hat nicht nur auf die Studentenbewegung der Jahre 1968 großen Einfluß ausgeübt, sondern auch durch seinen zeitweiligen Schüler Neill die antiautoritäre Erziehung erheblich beeinflußt.

Trachtenhut aus dem Stubaital. Tirol.

HELMUT ZOLLES

DIE FREUNDLICHE INVASION

FREMDENVERKEHR IN ÖSTERREICH

FREMDENVERKEHRSLAND ÖSTERREICH

Das kleine Österreich mit 7,5 Millionen Einwohnern auf 84.000 km² hält einen Anteil von ungefähr einem Prozent am Welthandel. Es ist jedoch mit fünf Prozent am internationalen Reiseverkehr, gemessen an grenzüberschreitenden Ankünften und an Deviseneinnahmen aus dem Tourismus, beteiligt. Schon daraus läßt sich die Weltgeltung des Landes im internationalen Fremdenverkehr ersehen. Deutlicher wird sie noch, wenn die Deviseneinnahmen aus dem internationalen Reiseverkehr auf die Bevölkerungszahl umgelegt werden: Österreich steht hier eindeutig an erster Stelle in Europa. Es nahm 1982 ungefähr 740 US-Dollar pro Kopf der Bevölkerung aus dem Reiseverkehr ein, an zweiter Stelle folgte die Schweiz mit 471 US-Dollar, dann Dänemark mit 256 US-Dollar und Spanien mit 189 US-Dollar. Jährlich besuchen mehr als doppelt so viele ausländische Gäste Österreich als es Einwohner hat, um hier ihre Ferien zu verbringen.
Was aber bewegt jährlich Millionen Gäste, fast 85 Millionen Mal in Österreichs Betten zu übernachten und fast 100 Milliarden Schilling an Devisen ins Land zu bringen? Wie kommen 27,5 Millionen Nächtigungen von Österreichern im eigenen Land bei einer Bevölkerung von nur 7,5 Millionen zustande? Sicher ist es nicht die Qualität der angebotenen Betten allein, obwohl sie in den letzten Jahren rasant angestiegen ist. Von zirka 1,2 Millionen Gästebetten sind 120,000 in der 5- und 4-Sternkategorie, 200.000 in der 3-Sternkategorie, 365.000 in der 2- und 1-Sternkategorie. Der Rest sind komfortable Privatquartiere, deren Vermietung einen willkommenen Nebenerwerb für viele Österreicher darstellt. Der Trend in der Nutzung dieses sehr vielfältigen Fremdenverkehrsangebotes — vom kleinen Privatquartier bis zum Schloßhotel — zeigt sich differenziert: 5- und 4-Stern-Betriebe erfreuen sich zunehmender Beliebtheit, ebenso Ferienwohnungen, Chalets oder Bauernhöfe. Hotels der unteren Kategorie und einfache Privatquartiere werden weniger genutzt als noch vor einigen Jahren.
Die Anziehungskraft Österreichs muß wohl darin gesucht werden, daß es auf kleinstem Raum alle europäischen Landschaften mit Ausnahme einer Meeresküste harmonisch vereint und von einer traditionell gastfreundlichen Bevölkerung bewohnt wird, für die kulturelles Schaffen immer einen essentiellen Teil des Lebens darstellte. Österreich hat sich jedoch auf die natürliche Ausstattung allein nicht verlassen, sondern durch konsequenten Ausbau der notwendigen Infrastruktur und durch Bewahrung und Weiterentwicklung des kulturellen Erbes ein Reiseland geschaffen, welches das ganze Jahr über für seine Gäste anziehend ist. Im Sommer bietet es mit seiner vielfältigen Berglandschaft und seinen Seen, die unter Milliardenaufwand auf Trinkwasserqualität gehalten werden, alle Möglichkeiten eines sportlich erholsamen Urlaubes, wo man selbst ausgefallenen Hobbies wie

Eisenerzer Alpen. Steiermark.

Höhlenforschen und Autorennfahren, dem Erlernen von Bauernmalerei und Kräutersammeln nachgehen kann.
Nicht ohne Grund wurde das „Wanderbare Österreich", das auf Spaziergängen oder Bergtouren in seiner ganzen Schönheit erlebt werden kann, zu einem internationalen Tourismuserfolg der beginnenden achtziger Jahre.
Praktisch gibt es in jedem Ort ausgebildete Wanderführer, mehr als 60 Bergsteigerschulen lehren, auch die steilste Felswand sicher zu überwinden, um dann jenes unbeschreibliche Gefühl zu genießen, das jeder Bergsteiger, nach schwierigem Aufstieg an das Gipfelkreuz gelehnt, die ganze Welt von oben betrachtend, in sich spürt. Aber es ist nicht unbedingt notwendig, auf Berge zu steigen, den weißen Ball über einen der 4200 Tennisplätze des Landes zu treiben oder einen der landschaftlich reizvollen internationalen Golfplätze Österreichs zu umrunden: In der Wiese liegen und mit der Seele baumeln gewinnt als Urlaubsbeschäftigung zunehmend Anhänger.
Stellvertretend für die vielen Ferienregionen Österreichs seien hier das Zillertal und das Ötztal — beides bekannte Dorados für Bergfreunde — genannt, weiters die Kärntner Seenregion — ein Paradies für Segler und Surfer —, das Donautal der Wachau mit seinen Burgen und Weinbergen und das Salzkammergut, das bereits seit mehr als hundert Jahren Schriftsteller und Maler wegen seiner landschaftlichen Schönheit bezaubert. Als wohl am besten für einen Aktivurlaub geeignet kann die Europasportregion Zell am See—Kaprun angesehen werden, wo nicht einmal fünfzehn Kilometer Luftlinie den Zeller See, ein Wassersportzentrum ersten Ranges, von den Firnfeldern des Kitzsteinhorns, dem ältesten ganzjährig befahrbaren Gletscherschigebiet Österreichs, trennen. Im östlichen Teil des Landes befindet sich der Neusiedlersee, der einzige Steppensee Mitteleuropas, der nicht nur wegen seiner reizvollen Landschaft und seines warmen pannonischen Klimas, sondern auch wegen seiner einmaligen Vogelwelt bekannt ist.
Der Sommer ist aber auch die Zeit der Festspiele in Österreich, von denen die Salzburger wohl die berühmtesten, bei weitem aber nicht die einzigen sind. Auch die westlichste Landeshauptstadt Österreichs, Bregenz, mit ihrem Spiel auf dem See, Linz mit dem Bruckner-Festival und der Ars Electronica, den Festwochen elektronischer Kunst, und Mörbisch am Neusiedlersee, wo jährlich Operettenfestwochen stattfinden, ziehen jede Saison Tausende Besucher aus dem In- und Ausland an, die — vielleicht als Höhepunkt eines Urlaubes — den harmonischen Zusammenklang von Landschaft und Kultur erleben möchten. Als neue Geheimtips der Festspielszene gelten die Schubertiade in Hohenems, die Ossiacher Musikwochen und der avantgardistische Steirische Herbst in Graz.
Infolge seiner überreichen Ausstattung mit heilenden Wässern besitzt Österreich mehr als 45 Heilbäder und Kurorte, unter denen sich weltberühmte Namen wie Badgastein, Baden bei Wien und Bad Ischl befinden. Ihre Entwicklung geht bereits auf die Zeit vor 1914 zurück, als die österreichisch-ungarische Monarchie außerdem noch so bekannte Orte wie die böhmischen Bäder Karlsbad, Franzensbad und Marienbad, die Adriabäder Abbazia und Lussin und den Südtiroler Klimakurort Meran besaß. Die lange Tradition österreichischer Heilbäder vereint sich heute mit den modernsten Methoden von Diagnose und Therapie zu einem sehr erfolgreichen Angebot für alle, die ihre Gesundheit erhalten wollen oder Heilung durch eine den ganzen Menschen — Körper, Geist und Seele — umfassende Behandlung suchen. Landschaftliche Reize, gesundes Klima und der hohe Stand der Gastronomie der Kurorte Österreichs tragen wesentlich zum Kurerfolg bei; entsprechend groß ist die Zahl begeisterter Stammgäste.
Ein Land, in dem ein Drittel der Bevölkerung aktiv Schilauf betreibt, kann wohl zu Recht als Hochburg des weißen Sports bezeichnet werden. Mit über 4000 Seilbahnen, Sessel- und Schleppliften verfügt Österreich über das dichteste Netz der Welt, mehr als 8000 Schilehrer bringen Anfängern die österreichische Schifahrtechnik bei, die sich heute auf der ganzen Welt durchgesetzt hat, oder führen Fortgeschrittene zu unvergeßlichen Erlebnissen auf Touren durch die weiße Bergwelt der Alpen.
Es ist aber nicht nur ein Geschenk der Natur, daß Namen wie Arlberg, Seefeld, Innsbruck, Kitzbühel oder Schladming mit den Erinnerungen an Olympiaden, alpine und nordische Schiweltmeisterschaften verbunden sind: Nicht ohne Grund gilt die österreichische Schitechnik, wie sie in den vierhundert Schischulen des Landes gelehrt wird, auch international als richtungsweisend, und nicht von ungefähr ist es der Traum jedes Schifahrers auf der Welt, einmal dorthin zu fahren, wo das Schifahren als Fortbewegungsart in seiner Selbstverständlichkeit dem Gehen schon sehr nahe kommt. Außer Schiliften und gut präparierten Pisten erwarten den Gast im Winter schneegeräumte Wanderwege und gespurte Loipen für den immer populärer werdenden Langlauf, acht Gletscherschigebiete machen es möglich, das ganze Jahr über Schi zu fahren, und 450 Hallenbäder laden zur Auflockerung nach den sportlichen Anstrengungen ein — ganz zu schweigen von gemütlichen Berghütten, nächtlichen Schlittenfahrten und Glühweinparties, die dem Winter in Österreichs Bergen seinen unvergleichlichen Zauber geben: Schifahren kann man in einigen Gegenden der Welt, Après Ski ist die eigentliche österreichische Disziplin. Und das alles zu guten Preisen: Für den Amerikaner der Ostküste z. B. kommt ein Schiurlaub in Österreich trotz des Fluges über den Ozean gegenüber einem Aufenthalt in Nevada oder Colorado immer noch so billig, daß er sich leicht auch noch an Ort und Stelle mit Schiern österreichischer Produktion ausrüsten kann. Sie sind einer der größten Exporthits Österreichs, werden von neun Firmen mit einer Jahresproduktion von rund 3,1 Mio. Stück erzeugt und

Blick über den Salzburger Dom auf die Feste Hohensalzburg.

Hochschwab-Massiv (2228 m). Steiermark.

sind auf allen Pisten zwischen Australien und Kanada, Argentinien und Japan zu Hause: jeder dritte Schi, der zur Zeit irgendwo auf der Welt gefahren wird, stammt aus Österreich.

Aber nicht allein Sommererholung und Wintersport bringen das ganze Jahr über Gäste ins Land: Städte, die sich trotz allen modernen Getriebes noch Zeit für ihre Gäste nehmen und auf Schritt und Tritt Zeugnis von ihrer Weltgeltung in Architektur, Geschichtsträchtigkeit und künstlerischem Schaffen ablegen, sind eine Hauptattraktion Österreichs. Sei es Wien, das von seinem Glanz als europäische Metropole und seinem Erbe einer zweitausendjährigen Geschichte als Zentrum von Wissenschaft und Kunst bis heute nichts eingebüßt hat, sei es Salzburg, jene Stadt, die wegen ihrer vollendeten Harmonie von Architektur und Landschaft von Humboldt als eine der drei schönsten Städte der Welt bezeichnet wurde, sei es die steirische Landeshauptstadt Graz, die zusammen mit den drei kleinen Städten Rust am Neusiedlersee, Krems in der Wachau und Freistadt im Mühlviertel wegen ihrer vorbildlichen Altstadtpflege vom Eurpoarat den Titel einer Europastadt zugesprochen bekommen hat.

In mehr als 2500 Klöstern, Schlössern und Museen sind unzählige Kunstschätze und Kuriositäten zusammengetragen, sie reichen von einer Waffensammlung für 30.000 Mann im Zeughaus zu Graz bis zum Uhrenmuseum der Stadt Wien, vom österreichischen Freimaurermuseum auf Schloß Rosenau im nördlichen Niederösterreich bis zur früheren kaiserlichen Sommerresidenz in Schloß Schönbrunn in Wien, die alljährlich von 1,2 Millionen Schaulustigen besucht wird. Die starke katholische Tradition des Landes bewahrend, zeigen Kirchen und stolze Klöster Gemälde und herrliche Bibliotheken, für die Generationen von Mönchen gearbeitet und gesammelt haben. Jede Talschaft, jede Region und jedes Bundesland hat seine eigenen Bräuche, Sitten und Landestrachten bewahrt, viele davon wurden erst in einer Wechselwirkung zwischen Tourismus und Neuentdeckung des alten Brauchtums wieder belebt. Um die Bewahrung dieser so reizvollen lokalen Besonderheiten muß uns in einem Land nicht bang sein, wo es mehr Blaskapellen als Fremdenverkehrsorte gibt, in denen junge Menschen genauso gerne wie ihre Eltern und Großeltern musizieren. Überhaupt ist die überall verstandene Sprache der Musik, sind es die unsterblichen Schöpfungen von Mozart, Haydn, Schubert und Johann Strauß, um nur einige der größten Meister Österreichs zu nennen, die als unendliche Melodie von diesem kleinen Land aus die Welt seit Jahrhunderten durchziehen und ihm seinen festen Platz im universellen Kulturleben geben. Wer möchte nicht einmal Mozarts Geburtshaus in Salzburg gesehen, den Walzer „An der schönen blauen Donau", die inoffizielle Hymne Österreichs, in Wien getanzt und das schönste Weihnachtslied „Stille Nacht, heilige Nacht" in der kleinen Kapelle gehört haben, wo es zum ersten Mal erklang? Sei es die Stubenmusik in einem versteckten Alpendorf, sei es die große Symphonie im goldenen Saal des Wiener Musikvereines oder die Arie der „Königin der Nacht" auf der Seebühne in Bregenz — Österreich und Musik, das ist eine nie aufhörende Liebesgeschichte, an der man Gäste gerne teilhaben läßt.

Seit den Tagen des Wiener Kongresses 1814/1815, als nach den Napoleonischen Kriegen ein dauerhaftiger Friede in Europa etabliert wurde, gilt Österreich als ein Land der Begegnung, prädestiniert dazu durch seine zentrale Lage in Mitteleuropa an der historischen Schnittstelle zwischen Völkern, Kulturen und Ideologien. Die am linken Donauufer hochaufragenden Silhouetten der UNO-City und das seit 1987 in Betrieb stehende Österreichische Konferenzzentrum „Austria Center Vienna" dokumentieren augenscheinlich die Weltgeltung Wiens als Ort der Begegnung. Mit weiteren Tagungsstätten in der historischen Hofburg und anderen kleineren Kongreßzentren ist Wien an den fünften Platz unter den Kongreßstädten der Welt aufgerückt. Weitere wichtige Kongreßzentren Österreichs befinden sich in Salzburg, Innsbruck, Linz und der steirischen Landeshauptstadt Graz; dort wurden in überaus geglückter Weise Konferenzsäle, die allen Anforderungen unserer Zeit Rechnung tragen, in einen kunsthistorisch wertvollen Gebäudeblock des 19. Jahrhunderts eingebaut. Aber nicht nur die Bundeshauptstadt Wien und alle Landeshauptstädte zwischen Bregenz und Eisenstadt verfügen über Tagungsmöglichkeiten, auch Fremdenverkehrsorte wie die Kurstädte Badgastein und Villach oder Millstatt und Gmunden, beide in einer reizvollen Seenlandschaft gelegen, beherbergen alljähr-

Blick über die Stauseen Wasserfallboden und Moserboden auf das Glocknermassiv (3796 m). Salzburg.

Plakat der k. k. priviligierten Donaudampfschiffahrtsgesellschaft. 1899.

lich viele bedeutende Seminare und Konferenzen. Weit über die Landesgrenzen hinaus ist das kleine Tiroler Dorf Alpbach, wo jeden Sommer das Europäische Seminar Impulse für die geistige Bewältigung der Gegenwart setzt, als Treffpunkt von Wissenschaft, Kunst und Wirtschaft bekannt geworden.

Soweit nur einige Facetten aus dem reichen Angebot eines Landes, in dem Museen weitaus mehr Besucher haben als Fußballplätze und wo mehr Geld für die Erhaltung der Umwelt und die Bewahrung der Kulturgüter als für das Militär ausgegeben wird. Zusätzliche Information kann in Reiseberichten, Reiseführern und in den Prospekten gefunden werden, welche die Österreichische Fremdenverkehrswerbung in mehr als 70 Vertretungen auf der ganzen Welt bereithält. Pro Jahr ergeben sie die stattliche Menge von 600 Tonnen.

GASTLICH AUS TRADITION: EIN FREMDENVERKEHRSLAND ENTSTEHT

Die Anziehungskraft des kleinen Landes für Gäste aus aller Welt ist nur aus seiner langen Tradition als Reiseland zu verstehen. Die österreichische Geschichte der letzten hundert Jahre ist damit nicht nur ein faszinierender Abschnitt der Weltgeschichte, sondern auch ein gutes Stück Tourismusgeschichte.

Als der Referent Heinrich Graf Attems am „1. Delegirtentag zur Förderung des Fremdenverkehrs in den österreichischen Alpenländern" am 13. April 1884 in Graz ausführte: „Unsere Berge, unsere Alpen, die lieblichen Thäler, das biedere, brave Volk, die Culturentwicklung der Alpenländer, die Prosperität des Volkes, sie verdienen das Aufgebot der Kraft der Besten, auf daß es gelinge, der immer mehr um sich greifenden Verarmung der Alpenländer wirksam zu begegnen"; und weiter: „Mag meine Phantasie Trugbilder geschaffen haben, ich wollte schönere freudig begrüßen, wenn sie dieselben Lichtpunkte erkennen lassen, die in meinem Bilde glänzen: ein glücklich Volk in wunderbar schönem Lande", so hat er, unter allgemeinem Beifall und Händeklatschen, wie das Protokoll vermerkt, das Grundthema des österreichischen Fremdenverkehrs angeschlagen und gleichzeitig den Beginn des organisierten Tourismus in diesem Lande mit heute noch immer genauso aktuellen Worten wie damals eingeleitet. Schöne Täler, bezaubernde Städte, die immerwährende Anziehungskraft alten, stets neuen Kulturschaffens und die Einwohner, die dies alles zum Leben bringen, das sind die Akkorde jener Melodie, die der österreichische Fremdenverkehr seit mehr als hundert Jahren mit wechselndem, im ganzen gesehen jedoch höchst respektablem Erfolg spielt — vor dem Hintergrund eines der großartigsten Phänomene der modernen Welt, des Tourismus, dem neuzeitlichen Kind einer urmenschlichen Sehnsucht: *reisen.*

Reisen ist Leben sowie auch unser Leben eine Reise ist, sagt der Dichter Jean Paul, und tatsächlich, gereist wurde immer schon: um Handel zu treiben, Kriege zu führen, heilige Stätten aufzusuchen, die unseren heutigen Kurorten sehr glichen, da dort wie da sowohl für seelische als auch körperliche Genesung durch erbauliche Atmosphäre und Bad gesorgt wurde.

Das alles mit Verkehrsmitteln, die bis zur Erfindung der Eisenbahn und des Dampfschiffes unverändert so waren wie schon zu Zeiten der alten Ägypter, Griechen und Römer: Pferd, Wagen, die eigenen Beine natürlich nicht zu vergessen. Hier muß allerdings auch angemerkt werden, daß die Straßenverhältnisse im Römischen Reich diejenigen in Europa zu Beginn des 19. Jahrhunderts weit übertrafen.

In 18. Jahrhundert wurde Bildung das neue Reisemotiv für eine zahlenmäßig sehr kleine Schicht — jeder junge Adelige, der was auf sich hielt, mußte auf seiner Kavalierstour klassische Bildungsziele und die damaligen Weltstädte besuchen, um dann als welterfahrener junger Mann zurückzukehren, bestärkt in jenem romantischen

Plakat der Inszenierung Max Reinhardts von Georg Büchners Drama „Dantons Tod" anläßlich der Wiener Festwochen 1929.

Plakat des Hotel Panhans. Semmering, Niederösterreich. 1920/1930.

Weltgefühl, das damals die Köpfe und noch mehr die Herzen beherrschte.
Im folgenden Jahrhundert leistete England die großen Beiträge zur Entwicklung des modernen Tourismus: Sowohl die Entdeckung der Alpen als Playground für damals sehr bizarr angesehene Sportarten wie Klettern und Rodeln als auch die Entwicklung der Sonnenküsten Europas als Zufluchtsstätte vor dem kalten und grauen Winter verdanken wir der Lebensexperimentierfreudigkeit des Inselvolkes. Thomas Cook, in Derbyshire geboren, Tischler und Wanderprediger in einer Baptistengemeinde, kann nicht nur als Erfinder der organisierten Reise der Neuzeit, sondern vor allem auch als Erfinder der Reise als Sozialtherapie gelten. Als er am 5. Juli 1841 mit 570 Temperenzlern von Leicester noch Loughborough fährt, hat er nicht nur die erste Gruppenreise der modernen Zeit organisiert, sondern auch dem grassierenden Alkoholismus seiner Zeit außer mahnenden Worten ein handfestes Gegenmittel, wie er es nannte, entgegengesetzt: Reisen als Ablenkung von den Sorgen des Alltages, Reisen als Antidroge. 1856 organisiert er seine erste Reise auf den Kontinent, er erfindet den Hotelgutschein, und als er 1869 eine Gruppenreise zum Nil ausschreibt, ist der Erfolg nicht mehr aufzuhalten — der moderne Tourismus hat seinen ersten Helden gefunden.
Die Beweggründe, denen der Tourismus der Jetztzeit die Entwicklung verdankt, waren damals genauso gültig wie heute: Religion und Gesundheit, Bildung und Neugierde, Sport und Aktivität, Sozialtherapie und Kompensation des Alltags. Wenn wir noch dazu den Drang hinzufügen, einfach etwas anderes zu erleben, die Umgebung zu wechseln — der wahre Reisende reist um des Fortfahrens willen, sagt Baudelaire —, dann ist jenes explosive Gemisch definiert, das nur mehr eines Sprengsatzes in Form von bezahltem Urlaub und modernen Transportmitteln bedurfte, um zu einer Massenbewegung zu werden, neben der Völkerwanderung und Kreuzzüge zu eher klein dimensionierten Unternehmungen verblassen. Dazu zwei Ziffern als Illustration: Weltweit werden heute jährlich zirka vier Milliarden Reisen und 100 Milliarden US-Dol-

Donauschlinge bei Schlögen. Oberösterreich.

lar Deviseneinnahmen im nationalen und internationalen Reiseverkehr gezählt. Wie ist es dazu gekommen, daß Österreich hier eine Spitzenposition hält?
Am 6. Jänner 1838 fuhr die erste Eisenbahn Österreichs mit zweihundertachtzehn Reisenden die ungefähr 30 Kilometer lange Strecke von Wien nach Deutsch-Wagram im Marchfeld, wo knapp dreißig Jahre vorher die Heere Napoleons und des österreichischen Kaisers aufeinandergeprallt waren. Das Zeitalter des Massentransports und damit auch des modernen Tourismus in Österreich hatte mit dieser historischen Fahrt begonnen, Johann Strauß Vater komponierte dazu den Eisenbahnlustwalzer. Am 19. Mai 1841 wurde das erste Teilstück der Südbahn zwischen Mödling und Baden eröffnet; 1854 überwand die Südbahn auf ihrem Weg zu den Adriahäfen bereits das Semmeringgebirge mit Hilfe der kühnen Konstruktionen des österreichischen Ingenieurs Karl Ritter von Ghega. Die k. k. Österreichischen Staatsbahnen wurden zur Mutter der Fremdenverkehrsentwicklung, sei es in den Alpenregionen wie in Reichenau, am Semmering oder in Badgastein an der Tauernstrecke, sei es an den Küsten des Südens, die bald von ihr erreicht wurden. Eine neue Einstellung zur Landschaft als Spiegelbild gesellschaftlicher Anschauungen machte der romantischen Heroisierung der Natur zu Ende des 18. und zu Beginn des 19. Jahrhunderts Platz: Die natürliche Umgebung wurde durch städtische Verhaltensformen verändert, große Stadthäuser wurden in die Gebirgswelt gestellt, und noch heute bestaunen wir die alten Großhotels am Semmering und in Badgastein, die nunmehr nostalgisch verklärt Zeugnis von dieser Epoche ablegen. Mit besseren Verkehrsmitteln wuchs auch der Radius der Urlaubsmöglichkeiten: Während Schubert und seine Freunde zu Anfang des 19. Jahrhunderts noch in der nächsten Umgebung Wiens zur Sommerfrische fuhren — der Lindenbaum am Brunnen vor dem Tore, der den Komponisten zu einem seiner schönsten Lieder inspirierte, steht nur 15 km vom Stadtzentrum Wiens entfernt — trafen sich Dichter und Denker der Gründerzeit auf dem Semmering, im Salzkammergut, in Badgastein oder auf dem Ritten bei Bozen in Südtirol.
Der Entdeckung der Alpen als wichtigem Entwicklungsstadium im österreichischen Tourismus des 19. Jahrhunderts stand gleichwertig der Ausbau des Kurwesens gegenüber. Nachdem es für den Kaiserhof üblich geworden war, alljährlich im Sommer nach Bad Ischl zu gehen, konnte es nicht ausbleiben, daß sein Gefolge und alle, die sich im Glanz des Hofes sonnen wollten, diesen und andere Kurorte belebten. Es war einfach schick geworden, entweder in das großstädtische Berghotel oder einen bekannten Kurort zu fahren. Genauso wie es später schick wurde, den Winter an den klimatisch milden Küsten des nördlichen Mittelmeeres zu verbringen, die von Österreich aus zu Fremdenverkehrszentren entwickelt wurden.
Die vom 1. Mai bis zum 21. Oktober 1873 abgehaltene Weltausstellung in Wien kann als Beginn des modernen Städtetourismus in Österreich angesehen werden. Sieben Millionen Besucher zählte dieses Großereignis, eine organisatorische Aufgabe, die durch das erstmalige Wirken einiger städtischer „Auskunftsbureaux" und durch ein System von Anmeldung und Hotelreservierung, also mit durchaus modern anmutenden Methoden, gelöst wurde.
In die Zeit der Jahrhundertwende fällt auch der Beginn des alpinen Wintersports: Matthias Zdarsky, ein Handwerker aus Lilienfeld, hatte die nordische Schifahrtechnik aus Skandinavien nach Österreich gebracht, erkannte jedoch sehr bald, daß sie für alpinen Schilauf auf steilen Hängen nicht geeignet war. Er selbst begann daher eine neue Schifahrtechnik zu entwickeln, die er 1896 in dem Buch „Alpine Lilienfelder Schilauftechnik" niederlegte. Seine Methode setzte sich nach und nach im ganzen Alpenraum durch und bildete die Grundlage aller heute gängigen Lehrmethoden der alpinen Schitechnik.
Als 1905 der Österreichische Schiverband gegründet und 1907 die ersten österreichischen Schimeisterschaften in Kitzbühel abgehalten wurden, konnte jedoch noch niemand ahnen, welch gigantischen Aufstieg der „Weiße Sport" sehr bald auf der ganzen Welt nehmen würde. Wenn im übrigen heute auch Millionen Japaner dem Schifahren huldigen, verdanken sie das dem österreichischen Oberst Theodor Lerch. Er kam 1911 als k. u. k. österreichischer Militärattaché mit zwei Paar Holzschiern nach Japan und brachte den japanischen Gebirgstruppen das Schifahren bei. Sein Denkmal steht im schneereichsten Ort Japans, Nigata.

Blick auf Schloß Schönbühel in der Wachau. Niederösterreich.

Der Fremdenverkehr in der österreichisch-ungarischen Monarchie entwickelte sich bis zuletzt infolge der zunehmenden Förderungsmaßnahmen sehr gut. 1911 wurden 5 Millionen Gäste gezählt, davon 1,350.000 aus dem Ausland. Es domierten die Gäste aus dem Deutschen Reich, danach kamen Russen, Italiener und an vierter Stelle folgten die Gäste aus Großbritannien und den USA. Eine weitere Aufwärtsentwicklung schien mehr als wahrscheinlich, doch die Völker Europas taumelten bereits todesselig in jenen Kampf, der das Ende der Welt von Gestern bedeuten sollte. Im berühmtesten österreichischen Kurort Bad Ischl unterzeichnete am 28. Juli 1914 Kaiser Franz Joseph das Kriegsmanifest „An meine Völker". Der Erste Weltkrieg hatte begonnen.

Am 12. November 1918 wird nach den Wirrnissen des Kriegsendes die Republik Österreich ausgerufen — ein sehr klein gewordener Staat, nachdem die Monarchie in verschiedene Nationalstaaten zerfallen ist. "L'Autriche c'est ce qui reste", meint dazu Clemenceau. Ein Staat, an den niemand so recht glauben will und der, abgeschnitten von seinen früheren Rohstoff- und Lebensmittelquellen, darangehen muß, eine eigene neue Wirtschaft aufzubauen. Im Zuge dieses Aufbaues, der überraschend gut gelingt, spielt der Fremdenverkehr eine sehr wichtige Rolle. Im besten Jahr der Nachkriegszeit — 1931 — konnten über 9 Millionen Ausländernächtigungen gezählt werden, den größten Anteil dabei hatten die Gäste aus dem Deutschen Reich und aus der Tschechoslowakei. Diese Entwicklung kam nicht von ungefähr: Nicht nur die Hotellerie wurde rasch ausgebaut, auch andere private und staatliche Aktivitäten begünstigen den raschen Aufstieg: Zum Zwecke der Werbung für den Fremdenverkehr wird 1923 die Österreichische Verkehrswerbung gegründet, die ebenso wie die Österreichischen Bundesbahnen dem Bundesministerium für Handel, Gewerbe und Verkehr untersteht. 1923 findet der Eröffnungsflug der Österreichischen Luftverkehrs AG (ÖLAG) von Wien nach München statt, und in wenigen Jahren wird die ÖLAG die viertgrößte Fluggesellschaft Europas. Sie blickt auf eine stolze Tradition zurück, denn bereits 1918 war die erste regelmäßige Flugverbindung der Welt zwischen Wien und Kiew als Postflug errichtet worden.

Um die Arbeitslosigkeit infolge der Weltwirtschaftskrise 1929 zu bekämpfen, baut Österreich mittels einer Völkerbundanleihe unter anderem auch die Großglocknerstraße, eine der schönsten und kühnsten Panoramastraßen in den Alpen, die vom österreichischen Ingenieur Franz Wallack, alten Römerstraßen folgend, erdacht und am 3. August 1935 feierlich eröffnet wird. Heute befahren sie jährlich 225.000 Fahrzeuge.

Die ersten Seilbahnen entstehen und beschleunigen die Entwicklung des Wintersports: 1926 werden die Raxbahn in Niederösterreich und die Zugspitzenbahn an der Grenze zwischen Tirol und Bayern eröffnet, 1928 die Patscherkofelbahn in Innsbruck und die Hahnenkammbahn in Kitzbühel, 1927 die Pfänderbahn in Bregenz und die Schmittenhöhenbahn in Zell am See.

Seit 1921 findet zweimal jährlich in Wien eine Wirtschaftsmesse statt, und im gleichen Jahr ertönt zum ersten Mal auf dem Residenzplatz in Salzburg der Ruf „Jedermann". Der geniale Regisseur Max Reinhardt und der ihm kongeniale Dichter Hugo von Hofmannsthal gründen in diesem Jahr die Salzburger Festspiele, indem sie die architektonische und landschaftliche Kulisse der Stadt als Bühne für das Spiel vom Leben und Sterben des reichen Mannes verwenden. Diese unnachahmliche Verbindung von barocker städtischer Kulisse mit Spitzenleistungen der Kunst hat bis heute nichts von ihrer Anziehungskraft verloren, für viele Menschen auf der ganzen Welt sind Salzburg und Festspiele heute zu synonymen Begriffen geworden.

Genau in diese Konsolidierungsphase der österreichischen Wirtschaft und des österreichischen Fremdenverkehrs zu Beginn der dreißiger Jahre kam der schwerste Schlag, den der Tourismus in Österreich in seiner bisherigen Geschichte zu verkraften hatte: Um die Republik Österreich zuerst wirtschaftlich und in späterer Folge auch politisch in die Knie zu zwingen, führte die deutsche Reichsregierung unter Adolf Hitler im Mai 1933 die „1000-Mark-Sperre" ein. Jeder Bürger des Deutschen Reiches mußte ab sofort bei einer Reise nach Österreich 1000 Mark bezahlen — ein tödlicher Schlag für die österreichische Wirtschaft, wenn man bedenkt, daß von den mehr als 9 Millionen Ausländernächtigungen in den Jahren 1931 und 1932 zirka 45 % aus dem Deutschen Reich stammten, in Tirol fast 90 %. Doch der österreichische Fremdenverkehr erwies sich als erstaunlich flexibel und anpassungsfähig. Wenngleich die ersten Jahre nach Einführung der 1000-Mark-Sperre katastrophal ausfielen, gelang es doch, durch verstärkte Werbung im sonstigen europäischen Ausland und in Übersee bis zum Jahre 1937 die Verluste an deutschen Gästen fast vollständig wettzumachen. In diesem Jahr konnten fast 7 Millionen Ausländernächtigungen gezählt werden, mit sehr hohen Anteilen aus Großbritannien, aus den USA, aus Frankreich und Italien. Eine positive Entwicklung, die 1938 durch den Anschluß Österreichs an Hitlerdeutschland zum Erliegen kam. Österreich hatte aufgehört zu bestehen. Der Zweite Weltkrieg warf seine Schatten voraus.

DER WEG ZUR SPITZE

Im Mai 1945 erstand die Zweite Republik Österreich aus den Trümmern der Weltkriegskatastrophe als demokratischer, föderalistischer Staat. Der noch in diesem Jahr dreimal wöchentlich verkehrende Arlbergexpress der Österreichischen Bundesbahnen hatte eine doppelt symbolische Bedeutung: Er verband nicht nur Österreich mit Westeuropa, sondern war auch eine Einladung an alle Freunde draußen, das Land, das sich in größten wirt-

Mühlviertel. Oberösterreich.

Blick auf den Neusiedler See mit Schilfgürtel zwischen Purbach und Rust. Burgenland.

schaftlichen Schwierigkeiten befand, jedoch nichts von seiner Schönheit und Gastfreundschaft eingebüßt hatte, zu besuchen.

Langsam kam im Zuge des allgemeinen Wiederaufbaus nach dem Krieg die Rekonstruktion des österreichischen Fremdenverkehrs in Schwung. Als erste Maßnahme konnte 1947 die sogenannte Ausländeraktion in den westlichen Bundesländern Tirol und Vorarlberg ins Leben gerufen werden. Unter strengster Kontrolle wurden heißbegehrte Devisen an vorerst siebenunddreißig Hotels ausgegeben, damit diese in der Lage waren, Lebensmittel und sonstige Bedarfsartikel für ihre ausländischen Gäste zu importieren. Nach und nach wurde diese Aktion ausgedehnt — sie kann als der eigentliche Beginn des Ausländerfremdenverkehrs in Österreich nach dem Zweiten Weltkrieg angesehen werden. Bemerkenswert ist in diesem Zusammenhang, daß die Lebensmittelzuteilungen an Ausländer im Rahmen dieses Programms wesentlich höher waren als an die Österreicher selbst — ein Schritt, der politisch gar nicht so leicht zu vertreten war. Die Anfangserfolge des österreichischen Fremdenverkehrs bewirkten, daß im Jahre 1949 auch die Fremdenverkehrswirtschaft in die öffentliche Investitionsförderung im Rahmen des Marshallplanes eingebaut wurde: Im Juli 1949 erfolgte erstmalig eine Dotierung der österreichischen Fremdenverkehrswirtschaft mit 10 Millionen Schilling für Investitionszwecke aus den ERP-Counterpart-Fondsmitteln. Von da an wurde die Fremdenverkehrsförderung in Österreich sowohl institutionell als auch finanziell systematisch ausgebaut. Den 10 Millionen Schilling

Felder bei Sauerbrunn. Burgenland.

im ersten Jahr der Förderung stehen heute mehr als vier Milliarden Schilling gegenüber, die von der österreichischen Bundesregierung jeweils in 10-Jahres-Programmen zur Förderung des Fremdenverkehrs ausgegeben werden. Dazu kommt noch eine Reihe von Förderungsmaßnahmen der einzelnen österreichischen Bundesländer.

Im Jahre 1954 wird mit 10,2 Millionen Ausländernächtigungen zum ersten Mal die Rekordziffer der Zwischenkriegszeit von 9,4 Millionen Ausländernächtigungen im Jahr 1931 übertroffen. Der Nachholbedarf an Erholung ist gerade in den industrialisierten Gebieten Europas, zu denen Österreich geographisch sehr günstig liegt, ungeheuer groß. Im Jahr 1970 werden 86 Millionen Nächtigungen, davon 63,6 Millionen aus dem Ausland, im Jahr 1980 bereits 119 Millionen Nächtigungen, davon 90 Millionen aus dem Ausland gezählt. Die Gäste, welche in diesem Jahr 83 Milliarden Schilling in Österreich lassen — mehr, als jeder andere Güterexportzweig der österreichischen Volkswirtschaft einbringt — kommen in der Hauptsache aus der benachbarten Bundesrepublik Deutschland, aus dem übrigen Westeuropa und auch aus den USA.

Rund 60.000, allerdings nur beschränkt verfügbare Betten in Fremdenverkehrsbetrieben zählte Österreich zu Ende des Weltkrieges. 1970 sind es bereits 1 Million, davon 562.000 in Fremdenverkehrsbetrieben, der Rest in Privatquartieren; im Jahr 1980 stehen 1,27 Millionen Gästebetten bereit. Ein Boom sondergleichen, der heute jedoch wie so viele andere Bereiche in Wirtschaft und Gesellschaft an seine Grenzen stößt.

Burg Mauterndorf. Salzburg.

Burg Hochosterwitz. Kärnten.

Durch die Unterzeichnung des österreichischen Staatsvertrages am 15. Mai 1955 erhält die junge Republik nicht nur ihre Freiheit und vollständige Souveränität nach Abzug der Truppen der vier alliierten Mächte zurück, als neutraler Staat wird sie auch zum beliebten Treffpunkt zwischen Nord und Süd, Ost und West, zwischen den Repräsentanten verschiedener Ideologien und Gesellschaftssystemen.
Zwei Jahre nach der Unterzeichnung des Staatsvertrages werden die Austrian Airlines durch Zusammenlegung von zwei Vorläuferfirmen gegründet. Die zu 99 % im Eigentum der Republik Österreich stehende Fluglinie, die 1958 ihren Flugdienst mit einem Flug zwischen Wien und London aufnimmt, zählt heute zu den wirtschaftlich erfolgreichsten Fluglinien Europas, die nicht nur jährlich Gewinne erwirtschaftet, sondern auch in puncto Verläßlichkeit und Service zu den besten der Welt gezählt wird. Ihr Streckennetz umfaßt 49 Städte in 35 Ländern Europas, Nordafrikas und des nahen Ostens, im Charterverkehr fliegt sie 80 Destinationen in 30 Ländern an, zu denen in den nächsten Jahren auch die USA und Japan zählen werden.
Das österreichische Erfolgsrezept der harmonischen Verbindung von Effizienz und herzlicher Gastfreundschaft, welches den Austrian Airlines zu ihren Erfolgen verhilft, macht es auch möglich, daß Österreich zweimal der perfekte Schauplatz olympischer Winterspiele wird. 1964 und 1976 treffen sich die Wintersportler aus aller Welt zum friedlichen Wettstreit unter dem olympischen Feuer, das hoch über Tirols Landeshauptstadt Innsbruck auf dem Berg Isel lodert. Eine bezaubernde junge Dame zeigt den V.I.P.-Gästen die olympischen Stätten, und niemand ahnt noch, daß sie sehr bald danach Königin von Schweden sein wird. In dem Land, wo die alpine Schilauftechnik erfunden wurde, wo Hannes Schneider diese Technik weiterentwickelte und sie über den Atlantik nach Amerika trug, wo der bisher erfolgreichste Schifahrer aller Zeiten, Toni Sailer, zu einem nationalen Idol wurde, nahm der Wintersport und mit ihm der Wintertourismus eine ungeahnte Entwicklung. Zu den berühmtesten Wintersportgästen Österreichs zählen der Dichter Ernest Hemingway, der im Jahr 1926 im Hotel Taube in Schruns in Vorarlberg abstieg, um, wie es nachzulesen ist, sportliche Tage im Pulverschnee und sehr lange Abende am Kamin mit dem Besitzer des Gasthofes zu verbringen, und die holländische Königsfamilie, für die ein Winterurlaub in Österreich zum Fixpunkt des Jahresprogrammes zählt. Aber auch die Beatles, Präsident Ford, Lady Diana und Prinz Charles sind auf der Gästeliste des Schilandes Österreich zu finden. Die Faszination von sportlicher Betätigung in der weißen Natur und dem gemütlichen Après-Skileben in den gewachsenen österreichischen Wintersportzentren ist heute noch genauso ungebrochen wie im Jahr 1952, als es ganze 100 Aufstiegshilfen in ganz Österreich gab. Mittlerweile sind es mehr als 4000 geworden. Die Dynamik dieser Wirtschaftssparte macht vor den Landesgrenzen Österreichs nicht halt: Auf österreichischen Sesselliften kann man auch im argentinischen

Stift Göttweig. Niederösterreich.

Bariloche oder im chilenischen Portillo der nächsten Abfahrt entgegenschweben; österreichische Schilehrer machen im europäischen Sommer aus australischen Schibegeisterten perfekte Pisten- und Tiefschneetiger.
Doch Landschaft und Sport sind nur zwei der traditionellen Facetten, welche die Anziehung Österreichs als Reiseland ausmachen. Wenn alljährlich Millionen Hörer und Seher das Neujahrskonzert der Wiener Philharmoniker an ihren Geräten live miterleben, drücken sie damit auch ihre Wertschätzung für die kulturellen Leistungen Österreichs aus. Und viele von ihnen besuchen dann auch jenes Land, in dem sie auf kleinstem Raum einen unvergleichlichen Querschnitt durch das europäische Kulturschaffen miterleben können.

ÖSTERREICHS FREMDENVERKEHR — EIN BEDEUTENDER WIRTSCHAFTSFAKTOR

1985 registrierte Österreich 20,6 Millionen Ankünfte und 112,6 Millionen Nächtigungn, mehr als drei Viertel davon von ausländischen Gästen, die Devisen im Wert von rund 100 Millarden Schilling zurückließen. Inklusive der Ausgaben heimischer Gäste beträgt das Bruttoeinkommen Österreichs aus dem Tourismus 120 Milliarden Schilling jährlich. Den größten Anteil ausländischer Gäste stellen die bundesdeutschen Nachbarn, deren Anteil an den Nächtigungen von 80 % (1975) auf 65 % (1985) zurückgegangen ist. Dieser Rückgang, auch in absoluten Zahlen, ist jedoch durch steigende Zahlen aus dem übrigen Europa, besonders aus Italien, Frankreich, Großbritannien und dem Beneluxraum sowie aus dem Überseebereich (USA und Japan), nahezu kompensiert worden. Die Einnahmenseite verzeichnet kontinuierlich eine zufriedenstellende jährliche Wachstumsrate, was darauf hindeutet, daß die angestrebte Verbreiterung der Märkte für den österreichischen Fremdenverkehr und die Ansprache eines Publikums, das die stetige Qualitätssteigerung im österreichischen Tourismusangebot honoriert, ihre Früchte tragen. Der steigende Wohlstand der Österreicher selbst macht sich durch entsprechende Ausgaben für Auslandsreisen bemerkbar: waren es 1970 noch 8 Milliarden Schilling, die dafür verwendet wurden, so wurden in den achtziger Jahren schon jährlich an die 50 Milliarden Schilling für den Urlaub vornehmlich an den Stränden des benachbarten Mittelmeers aufgewendet. Die folgenden Tabellen sollen einen Überblick über die Struktur des österreichischen Fremdenverkehrs geben:

PERIODE 01 12 1985

Fremdenverkehr Wohnsitz d. Frd.	In allen Fremdunterkünften						In gew. Beherbergungsbetr., Kurheimen d. Soz. Versicherungsträger, sonst. Kurh., Erholungsh. f. Erw. u. Privatquartieren					
	Ankünfte	Übernachtungen	Zu- bzw. Abnahme gegenüber dem gleichen Zeitraum d. Vorjahres				Ankünfte	Übernachtungen	Zu- bzw. Abnahme gegenüber dem gleichen Zeitraum d. Vorjahres			
			Ankünfte absolut	Ankünfte in %	Übernachtungen absolut	Übernachtungen in %			Ankünfte absolut	Ankünfte in %	Übernachtungen absolut	Übernachtungen in %
Wien	1 559 652	10 181 894	44 924—	2,8—	448 543—	4,2—	1 256 684	8 231 705	45 811—	3,5—	457 883—	5,3—
Übriges Österr.	3 890 857	17 328 489	52 242	1,4	46 538	0,3	3 140 790	13 298 356	7 302	0,2	147 609—	1,1—
Belgien/Luxemburg	339 113	2 244 744	11 607—	3,3—	102 026—	4,3—	281 674	1 806 626	10 945—	3,7—	90 102—	4,8—
Bulgarien	10 812	33 551	89—	0,8—	1 862—	5,3—	9 239	27 094	302—	3,2—	4 314—	13,7—
Dänemark	182 972	858 757	13 639	8,1	55 580	6,9	138 129	692 237	5 911	4,5	30 832	4,7
BRD	8 145 318	55 431 560	129 153—	1,6—	1 975 368—	3,4—	7 014 120	46 804 101	182 261—	2,5—	2 269 476—	4,6—
Davon Berlin	157 099	1 638 606	2 099—	1,3—	83 891—	4,9—	136 643	1 409 803	2 650—	1,9—	93 966—	6,2—
Finnland	39 174	142 149	3 014	8,3	2 282	1,6	39 174	142 149	3 014	8,3	2 282	1,6
Frankreich	664 933	2 478 962	25 863	4,0	116 621	4,9	569 312	2 145 067	26 970	5,0	109 706	5,4
Griechenland	51 305	137 593	1 170	2,3	1 202	0,9	49 019	131 910	1 525	3,2	3 174	2,5
Großbritannien	795 973	4 232 906	26 025—	3,2—	105 639—	2,4—	729 632	3 969 889	35 302—	4,6—	160 563—	3,9—
Irland (Rep.)	6 229	26 223	915—	12,8—	6 526—	19,9—	6 229	26 223	915—	12,8—	6 525—	19,9—
Italien	534 756	1 264 367	5 588—	1,0—	18 648	1,5	487 028	1 138 312	22 617	4,9	69 094	6,5
Jugoslawien	99 152	287 474	6 240	6,7	16 028	5,9	88 865	234 651	3 247	3,8	1 250	0,5
Niederlande	1 247 378	9 176 892	4 359—	0,3—	177 565—	1,9—	920 012	6 539 648	19 618—	2,1—	291 478—	4,3—
Norwegen	51 396	176 317	10 136	24,6	32 576	22,7	51 396	176 317	10 136	24,6	32 576	22,7
Polen	20 746	84 048	5 461—	20,8—	20 010—	19,2—	17 905	73 414	5 827—	24,6—	20 826—	22,1—
Portugal	9 497	18 574	429	4,7	830	4,7	9 497	18 574	429	4,7	830	4,7
Rumänien	4 975	13 292	914—	15,5—	2 811—	17,5—	3 929	11 354	946—	19,4—	2 709—	19,3—
Schweden	279 317	1 245 320	19 683	7,6	95 807	8,3	243 575	1 128 121	15 497	6,8	85 253	8,2
Schweiz	497 955	1 875 959	21 977	4,6	114 153	6,5	467 669	1 720 207	18 962	4,2	95 772	5,9
Spanien	101 399	210 646	10 013	11,0	28 564	15,7	101 399	210 646	10 013	11,0	28 564	15,7
CSSR	35 332	85 900	82—	0,2—	2 494	3,0	29 302	73 318	292	1,0	1 646	2,3
UdSSR	8 808	28 858	1 312—	13,0—	10 355—	26,4—	8 808	28 858	1 312—	13,0—	10 355—	26,4—
Ungarn	281 811	590 182	63 192	28,9	121 447	25,9	231 425	480 381	47 790	26,0	88 696	22,6
Ägypt.-Arab. Rep.	13 453	46 888	5 725—	29,9—	27 802—	37,2—	13 453	46 888	5 725—	29,9—	27 802—	37,2—
Argentinien	17 166	39 067	720	4,4	224—	0,6—	17 166	39 067	720	4,4	244—	0,6—
Australien/Neus.	79 020	192 853	6 424	8,8	15 205	8,6	79 020	192 853	6 424	8,8	15 205	8,6
Brasilien	22 156	47 624	3 384	18,0	5 793	13,8	22 156	47 624	3 384	18,0	5 793	13,8
Iran	7 932	27 131	2 175—	21,5—	18 347—	40,3—	7 932	27 131	2 175—	21,5—	18 347—	40,3—
Israel	61 099	230 545	45 780—	42,8—	127 901—	35,7—	59 143	221 009	44 698—	43,0—	124 677—	36,1—
Japan	125 598	234 070	19 243	18,1	36 416	18,4	125 598	234 070	19 243	18,1	36 416	18,4
Kanada	94 762	245 932	14 067	17,4	36 109	17,2	82 865	216 904	13 682	19,8	40 253	22,8
Mexiko	18 625	36 746	2 748	17,3	3 964	12,1	18 625	36 746	2 748	17,3	3 964	12,1
Rep. Süd-Afrika	11 104	59 902	7 044—	38,8—	24 215—	28,8—	11 104	59 902	7 044—	38,8—	24 215—	28,8—
Südamerika*	30 136	51 546	4 275	16,5	5 744	12,5	30 136	51 546	4 275	16,5	5 744	12,5
Südasien	17 131	39 423	17	0,1	758—	1,9—	17 131	39 423	17	0,1	758—	1,9—
Türkei	22 905	52 821	1 372—	5,7—	223	0,4	22 905	52 821	1 372—	5,7—	223	0,4
USA	987 722	2 376 876	56 217	6,0	173 849	7,9	945 579	2 261 677	5 1473	5,8	161 485	7,7
Venezuela	3 096	10 139	1 003	47,9	1 977	24,2	3 096	10 139	1 003	47,9	1 977	24,2
Arab. Länd. Asien	14 078	53 503	14 078	-	53 503	-	14 078	53 503	14 078	-	53 503	-
Übriges Afrika	4 988	21 569	4 988	-	21 569	-	4 988	21 569	4 988	-	21 569	-
Übriges Asien	10 005	24 417	10 005	-	24 417	-	10 005	24 417	10 005	-	24 417	-
Übriges Ausland	218 503	640 524	7 327—	3,2—	20 997—	3,2—	129 281	419 291	15 053—	10,4—	47 249—	10,1—
Ausland zus.	15 167 830	85 075 850	57 597	0,4	1 637 404—	1,9—	13 111 599	71 635 677	35 052—	0,3—	2 179 396—	3,0—
Österreich zus.	5 450 509	27 510 383	7 318	0,1	402 005—	1,4—	4 397 474	21 530 061	38 509—	0,9—	605 492—	2,7—
Insgesamt	20 618 339	112 586 233	64 915	0,3	2 039 409—	1,8—	17 509 073	93 165 738	73 561—	0,4—	2 784 888—	2,9—

* ohne Argentinien, Brasilien und Venezuela

Entsprechend der geographischen Aufgliederung des Ausländertourismus nach Österreich dominiert unter den Reisemitteln der eigene Pkw. Sowohl für längere Aufenthalte als auch für Kurzurlaube und Tagesausflüge wird er im überwiegenden Ausmaß benützt, was ein ausgezeichnet ausgebautes Straßennetz durch und in Österreich völlig problemlos erlaubt. Dieses kommt auch dem in den letzten Jahren stärker zunehmenden Bustourismus zugute. Die Österreichischen Bundesbahnen bieten mit modernsten Zügen rasche Verbindungen zwischen den Zentren Österreichs und den wichtigsten touristischen Punkten des Landes an. Gleichzeitig versuchen sie durch Spezialtarife den Fremdenverkehr zu fördern. Die traditionsreiche Erste Österreichische Donaudampfschiffahrtsgesellschaft (DDSG) befördert jährlich über 520.000 Passagiere auf der Donau; ein Investitionsschub zur Aufstockung der von ihr betriebenen Passagierflotte ist im Anlaufen, um der wachsenden Nachfrage nach dem romantischen Erlebnis einer Donaureise gerecht zu werden: Seit 1987 verkehren zwei neue Ausflugsschiffe und das größte Donau-Kreuzfahrtschiff, die Mozart, auf dem Strom.

Der Flughafen Wien wird derzeit regelmäßig von 36 Fluglinien und 70 Chartergesellschaften bedient, zwischen Wien und den meisten Landeshauptstädten bestehen innerösterreichische Flugverbindungen, die Landeshauptstädte selbst sind außerdem mit Direktflügen an nahegelegene ausländische Hauptluftverkehrszentren angebunden.

Aus all dem wird klar, daß der Tourismus im Rahmen der österreichischen Volkswirtschaft eine bedeutende Stellung einnimmt. Zirka 10 % des österreichischen

„Heidentor“ von Petronell. Niederösterreich.

Bruttoinlandsproduktes resultieren aus der touristischen Nachfrage; rund 400.000 Menschen in Österreich, das sind etwa 15 % aller unselbständig und selbständig Erwerbstätigen, leben vom Fremdenverkehr. Berücksichtigt man jedoch auch die indirekt von diesem Wirtschaftszweig abhängigen Berufstätigen anderer Branchen wie des Baugewerbes, der Landwirtschaft, der Verkehrsunternehmen, Banken und Schischulen etc., so ist diese Zahl insbesondere im Westen Österreichs, wo die Fremdenverkehrskonzentration am dichtesten ist, weit höher. Zum Beispiel stammen fast 50 % des Bruttoregionalproduktes Tirols aus dem Reiseverkehr. Bei der Relation der Deviseneinnahmen aus dem Reiseverkehr zu den Exporterlösen im weiteren Sinne (das sind Waren und Reiseverkehr und alle anderen Dienstleistungen, die Devisen erbringen) liegt Österreich mit 20 % vor allen anderen europäischen Staaten, bei denen dieser Anteil im Durchschnitt nur 5 bis 6 % beträgt. Diese Deviseneinnahmen sind allerdings auch lebensnotwendig für Österreich, da sie das strukturelle Handelsbilanzdefizit zum Großteil ausgleichen. Die Überschüsse aus dem Reiseverkehr mit der Bundesrepublik Deutschland ermöglichen es Österreich, eine ganze Reihe wichtiger Güter, wie z. B. Pkw, von diesem seinem wichtigsten Handelspartner zu beziehen.

Verluste von Arbeitsplätzen durch Rationalisierung in der Sachgüterproduktion (zwischen 1974 und 1982 immerhin 100.000) konnten durch ein Wachstum von fast 240.000 Arbeitsplätzen im Dienstleistungsbereich und hier vorwiegend im Fremdenverkehr mehr als aufgefangen werden. Der Fremdenverkehr hat damit eine arbeitsplatzstabilisierende Wirkung, gleichzeitig auch eine ausgleichende Wirkung zwischen den industrialisierten und weniger industrialisierbaren Gegenden Österreichs, wo die Landwirtschaft allein nicht genügen würde, um das Auskommen der dortigen Bevölkerung zu sichern. Ohne Fremdenverkehr wären viele der schönsten Gebiete Österreichs vornehmlich im alpinen Raum nicht mehr besiedelt und würden auch nicht mehr kultiviert werden. Der Ausländerfremdenverkehr hat den gleich hohen Einkommens- und Beschäftigungsmultiplikator wie die Exportwirtschaft, das heißt, jeder Schilling, der im Ausländerfremdenverkehr oder im Güterexport eingenommen wird, schafft Arbeitsplätze und Einkommen in vorgelagerten Branchen. Es ist daher verständlich, daß sich der Fremdenverkehr wegen seiner großen wirtschaftlichen und sozialen Bedeutung für Österreich auch einer entsprechenden Förderung sowohl seitens des Gesamtstaates also auch der einzelnen Bundesländer erfreut. Während jedoch bis zu Ende der siebziger Jahre die Förderung des Ausbaus neuer Kapazitäten im Vordergrund stand, hat sich seitdem der Schwerpunkt der öffentlichen Förderung auf die Qualitätssteigerung und die Prämiierung von innovativen Projekten verlagert. Zusätzlich zu den wirtschaftlichen werden mehr und mehr energiepoli-

Graz, Hauptstadt der Steiermark.

Innsbruck, Hauptstadt von Tirol.

Wien, Hauptstadt Österreichs. Blick auf das Zentrum um den Stephansdom.

tische, ökologische und architektonisch-stilistische Beurteilungskriterien bei der Feststellung der Förderungswürdigkeit eines Projektes herangezogen. Diese neuen Förderungsschwerpunkte entsprechen auch der aktuellen Ausrichtung der österreichischen Fremdenverkehrspolitik auf Qualitätssteigerung, Schonung der Umwelt, Diversifizierung der Märkte und Maximierung der volkswirtschaftlichen Rentabilität des Fremdenverkehrs. Dazu kommt als neue Facette der verstärkte Export von Know-how — so wurden einige der schönsten neuen Hotels in Budapest von österreichischen Firmen gebaut und eingerichtet, und die Österreichische Spielbanken AG, ein Unternehmen, das aus elf Spielcasinos in Österreich eine Steuerleistung von 630 Millionen Schilling erbringt, konnte ihren Ruf als wirtschaftlich erfolgreiche und gleichzeitig für die öffentliche Kontrolle transparent geführte Gesellschaft dazu nutzen, Spielcasinos in mehreren Staaten und auf vielen großen Kreuzfahrtschiffen einzurichten und zu betreiben. 1985 wurde zum Zwecke des verstärkten Know-how-Exportes eine österreichische Tourismus-consulting Gesellschaft aus Spitzenvertretern und Spitzeninstitutionen der Fremdenverkehrsbranche gegründet.
Man könnte nun meinen, daß die Bedeutung des Fremdenverkehrs für die österreichische Volkswirtschaft eine zentralistisch ausgerichtete stark gegliederte und bis ins letzte Detail von oben durchorganisierte Struktur bedingen würde. Aber das genaue Gegenteil ist der Fall — Österreich mit seiner von der Basis her aufgebauten, föderalistisch gegliederten Fremdenverkehrsstruktur beweist, daß die gestaltende Kraft und der Einsatz von Einzelbetrieben, autonomen Gemeinden und in Fremdenverkehrsangelegenheiten selbständigen Bundesländern eine ebenso gute, wenn nicht bessere Voraussetzung für erfolgreichen Fremdenverkehr ist. Österreich ist ein Bundesstaat, bestehend aus neun Bundesländern (Burgenland, Kärnten, Niederösterreich, Oberösterreich, Salzburg, Steiermark, Tirol, Vorarlberg und Wien); ihnen kommt im Fremdenverkehr sowohl die Gesetzgebung als auch die Vollziehung der Gesetze zu. In jedem der Bundesländer besteht ein Landesfremdenverkehrsamt oder eine ähnliche Institution, welche die Aufgaben der Förderung, der Werbung und der Vollziehung der Fremdenverkehrsgesetze wahrnimmt. Auf gesamtstaatlicher Ebene gibt es keine eigentliche Fremdenverkehrskompetenz, daher auch kein Fremdenverkehrsministerium oder Staatssekretariat wie in anderen Ländern. Das Bundesministerium für Wirtschaftliche Angelegenheiten fördert im Rahmen seiner Aufgabe der allgemeinen Wirtschaftsförderung auch Fremdenverkehrsbetriebe und -orte, in der Hauptsache durch Zinsenzuschüsse und Prämien.
Die jeweiligen Förderungsschwerpunkte sind gleichzeitig Indikatoren für die angestrebte Fremdenverkehrsentwicklung. Ebenso trägt dieses Ministerium mit 60 % den größten Anteil zur österreichischen Fremdenverkehrswerbung bei, der ebenfalls noch die neun Bundesländer und die Bundeskammer der gewerblichen Wirtschaft, die gesetzliche Vertretung aller Betriebe in Österreich, angehören. Die Österreichische Fremdenverkehrswerbung, 1955 in ihrer gegenwärtigen Form als Verein gegründet, betreibt Auslandswerbung für den österreichischen Fremdenverkehr und unterhält zu diesem Zweck 20 hauptamtliche und über 50 ehrenamtliche Außenstellen im Ausland — sie ist praktisch in jedem Land der Welt vertreten. Die mehr als 22.000 Beherbergungsbetriebe des österreichischen Fremdenverkehrs, die vielen Restaurants, Gasthöfe und Pensionen, aber auch alle Reisebüros, die für den Reiseverkehr aus dem Ausland große Bedeutung haben, sind in der Bundeskammer der gewerblichen Wirtschaft zusammengeschlossen, desgleichen sind die Arbeitnehmer im Fremdenverkehr gesetzlich durch den Österreichischen Arbeiterkammertag repräsentiert. Ungefähr 1200 Orte in Österreich betreiben Fremdenverkehr und unterhalten zu diesem Zweck ein lokales Fremdenverkehrsbüro, das sich vornehmlich mit Werbung und Betreuung der Gäste befaßt.
Sicher nicht eine gerade übersichtliche Struktur, die nur durch einige lose organisierte Arbeitskreise, beratende Kuratorien und informelle Kontakte zusammengehalten wird, jedoch eines auf hervorragende Weise garantiert: Daß jeder Betrieb und jede Einzelperson in Österreich, die direkt oder indirekt am Fremdenverkehr partizipiert, gestaltend mit eingreifen kann und gleichzeitig mit viel eigenem Einsatz den Ruf Österreichs als gastliches Land mitträgt. Das Ansehen einer Tourismusnation wird nämlich nicht nur durch professionelle Effizienz, sondern vor allem durch persönliche Identifikation aller Gastgeber mit den vielfältigen Aufgaben, die die Gastgeberrolle mit sich bringt, geprägt. Professionalität garantieren dabei die Fremdenverkehrsschulen Österreichs, die von der Lehrlingsausbildung bis zum intensiven Studium jede Form der Ausbildung anbieten und dabei Weltruf genießen. Ihre Absolventen sind nicht nur in Österreich, sondern in führenden Hotels der ganzen Welt in entscheidenden Positionen zu finden.

WOHIN GEHT DIE REISE?

Neue Probleme, aber auch neue Chancen tun sich für den österreichischen Tourismus in der Zukunft auf. Das Bewußtsein für ökologische Zusammenhänge und ein neues Verantwortungsgefühl für die Umwelt nimmt bei allen Gruppen, insbesondere aber bei der Jugend rapid zu. Ein Fremdenverkehrsland wird, wenn es zukünftig weiter Erfolg haben will, glaubwürdig zeigen müssen, daß es Umweltfragen ernst nimmt. Sicher wurden und werden auch in Österreich wie in anderen Ländern Sünden auf diesem Gebiet begangen, in unserem Land vielleicht in kleineren Dimensionen, da auch die gesamte Fremdenverkehrswirtschaft mehr gewerblich als industriell dimensioniert ist. Bürgerinitiativen gegen die Erschließung neuer Gebiete

Blick über den Stausee Zillergrund (vor dessen Fertigstellung). Tirol.

zeigen aber ebenso wie das Seilbahnkonzept der Bundesregierung, das keine Neuerschließung, sondern nur mehr Abrundungen bestehender Schigebiete zuläßt, wohin der Weg geht. Mehr als drei Milliarden Schilling wurden in den letzten Jahren in die Sanierung der österreichischen Seen investiert, die heute mit bester Wasserqualität aufwarten können. Als nächstes werden die österreichischen Flüsse in einem noch wesentlich aufwendigeren Programm, das bis in die neunziger Jahre reicht, saniert werden. Um für die Österreicher wie ihre Gäste auch weiterhin gesunde Luft zum Atmen und grüne Wälder zum Wandern zu haben, wurden in den letzten Jahren die Emissionswerte der Industrie drastisch gesenkt, umweltschonende Formen der Energiegewinnung und -verwertung forciert eingeführt. Auch die verpflichtende Einführung von Katalysatoren in Österreich als erstem europäischen Land zeigt, daß man Umweltprobleme hier sehr ernst nimmt, nicht zuletzt und ganz besonders wegen ihrer Bedeutung für den Fremdenverkehr. Neue Formen eines „Sanften Tourismus", d. h. einer möglichst nicht technisierten und umweltschonenden Form des Tourismus werden diskutiert und auch in die Realität umgesetzt. Naturparks und Naturschutzgebiete, die nur ohne jedes technische Hilfsmittel erreicht werden können, Radwege, wie jener entlang der Donau von Passau bis Hainburg bzw. rund um den Neusiedlersee, tragen den neuen

Bedürfnissen nach einer Versöhnung von Ökologie und Ökonomie im Tourismus Rechnung.
Auch die geistig-kulturelle Umwelt rückt stärker als bisher in das Bewußtsein der Menschen — derjenigen, die reisen und derjenigen, die Reisende als Gastgeber empfangen. Freundlichkeit ohne Servilität, Höflichkeit ohne Anbiederung und Anpassung ohne Verlust der eigenen Identität suchen sowohl Gäste als auch Gastgeber in einem neuen Verständnis des Tourismus zu finden.
Das Bedürfnis nach rein körperlicher Erholung ist in den Haupteinzugsgebieten des österreichischen Tourismus im Abnehmen begriffen. Der Urlaub dient daher in zunehmendem Maße dazu, Neues zu sehen, etwas für seinen Geist oder für seine Gesundheit zu tun, Sport zu betreiben, neue Hobbies zu erlernen oder einfach in Kontakt mit anderen Menschen zu treten — mit einem Wort, die Landschaft wird zur schönen Kulisse, wichtiger wird, was in dieser Landschaft gesehen und erlebt werden kann. Ein immer längerer gesetzlicher Urlaubsanspruch wird zunehmend in mehreren Teilen konsumiert, ein kurzer Städteaufenthalt, einige Tage Schiurlaub, eine Woche Tennisturnier oder Gesundheitshotel treten an die Stelle einer längeren Erholungsphase. Die Grenzen zwischen Freizeit, Arbeitszeit und Urlaubszeit verschwimmen, sie sind nicht mehr Gegensätze, sondern Ergänzung. Die Freizeit wird der eigentliche Motor des Wertewandels, aus ihr heraus entwickeln sich neue Verhaltensmuster, Trends und Wertvorstellungen.
Das Ferienland Österreich hat in dieser sich ändernden Umwelt durchaus gute Zukunftschancen: Die gastfreundliche Art des Österreichers, die Schönheit des Landes, die vielfältigen Sport- und Gesundheitsangebote, der Reichtum an kulturellen Gütern der Vergangenheit und das kulturelle Schaffen der Gegenwart bieten Garantie dafür, daß die Wandlung vom Tourismus zur Tourismuskultur in Österreich vielleicht früher als anderswo geschafft werden wird. Urlaub, von Individualisten für Individualisten gestaltet, muß die Devise in einem kleinen, aber hochentwickelten Fremdenverkehrsland sein.
Heute schon, meint der anerkannte Tourismusfachmann Somerset-Waters, ist der Tourismus (unter Einbeziehung aller Reisenden mit einer Mindestreisedistanz von 25 Meilen) die stärkste Wirtschaftssparte (largest industry) der Welt.
In den Tourismusprognosen kompetenter Stellen wie z. B. der ETC (European Tourism Commission, der Werbegemeinschaft der westeuropäischen Tourismusländer) wird bis 1990 das Wachstum der Ausländerankünfte in Europa mit zirka 5 % eingeschätzt. Europa wird für die Europäer selbst der wichtigste Reisemarkt bleiben, weitere wachsende Märkte wird es auf dem nordamerikanischen Kontinent und in Asien, insbesondere in Japan und auch in den anderen südostasiatischen Ländern wie Taiwan, Singapur, Hongkong geben. Soweit die Prognosen. Aber was verbirgt sich dahinter?
Horst Egon Scholz, einer der führenden Tourismusjournalisten der Bundesrepublik Deutschland, meint in einem Ausblick auf das Jahr 2000, daß dann der Tourist nur mehr begrenzt sein Urlaubsziel mit dem Flugzeug erreichen wird, da die Luftstraßen so hoffnungslos überfüllt wie die Flughäfen überfordert sein werden. So paradox es auch erscheinen mag, der Flugtourismus werde spätestens zu Beginn des nächsten Jahrtausends mehr und mehr von kleineren Maschinen bewältigt werden, die nicht mehr die großen Flughäfen anpeilen müssen, sondern rund um die Ferienmetropolen an kleineren Plätzen starten und landen können. Der Autotourismus werde sich selbst ad absurdum führen, weil dem weiteren Ausbau des Straßennetzes mit der Kapazitätserhöhung der Schnellstraßen schwerwiegende ökonomische Probleme gegenüberstehen. Der Caravan- und Campingtourismus werde in Europa mit größter Wahrscheinlichkeit dem wachsenden Druck der Umweltschützer auf die Regierungen zum Opfer fallen. Eisenbahnen, die in kurzen Intervallen in bevorzugte Gegenden fahren, wo sie ein flächendeckendes Zubringersystem über kurze Straßenverbindungen entwickeln, könnten eine Renaissance erleben. Durch den Ausbau und die Vernetzung von Daten- und Kommunikationssystemen werde es möglich sein, Reisen immer und überall mit geringstem Zeitaufwand zu buchen, zu bezahlen und für sich selbst zu organisieren. Zukunftsvisionen, an die wir glauben können oder nicht.
Eines aber scheint sicher:
Technische Errungenschaften und Möglichkeiten werden weiterhin als selbstverständlicher Komfort hingenommen werden, sie können aber nicht jenes Bedürfnis stillen, das jedem Reisen innewohnt: Neugierde, Suche nach menschlichen Kontakten, nach neuen stimulierenden Umgebungen, Entwicklung der eigenen geistigen, seelischen und körperlichen Fähigkeiten als selbstbestimmtes Individuum. Sich auf diese bleibenden Motivationen einzustellen, darin liegt die Chance Österreichs als Reiseland. Ein kleines, wirtschaftlich und sozial hochentwickeltes Land kann in keinem Bereich billige Massenware erzeugen.
Nur in der Produktion hochentwickelter Technologie und hochentwickelter Dienstleistung liegt seine wirtschaftliche Zukunft. Für den österreichischen Fremdenverkehr bedeutet dies, daß er vor dem Hintergrund eines alle Ländergrenzen überschreitenden und alle Lebensbereiche umfassenden Service-Systems weltweiter wirtschaftlicher Zusammenschlüsse und Kommunikationsmöglichkeiten weiterhin ein maßgeschneidertes Ferienerlebnis für Gäste aus vielen verschiedenen Ländern, mit verschiedenen, sehr spezifischen Bedürfnissen bietet, d. h. sein bisheriges Erfolgsrezept an neue Entwicklungen anpassen muß. Eine ganz wichtige Voraussetzung für diesen Erfolg ist sicherlich gegeben: In Österreich fühlt sich der Gast deswegen ganz besonders wohl, weil er miterleben kann, daß sich auch die Österreicher selbst in ihrem Land sehr wohl fühlen.

Dachstein (2997 m) mit Gosausee. Oberösterreich.

Doppeladler mit österreichischer Kaiserkrone. Dachbekrönung der Neuen Hofburg in Wien.

ERNST TROST

IN ERERBTER GRÖSSE LEBEN

DIE MONARCHIE IN UND UM UNS

NEUJAHRSKONZERT

Schwirrende Geigenklänge, gleißender Glanz des Goldenen Saales, Polka-, Marsch- und Walzerrhythmen, Johann Strauß und Familie in höchster Perfektion, wienerisches Musizieren in Luxusverpackung, garniert mit Balletteinlagen und kleinen Scherzen des Orchesters, Blumenschmuck aus dem Süden, eine exquisite Mischung von Kunst, Kitsch und Kommerz, von Schwung und Schmalz, ein österreichisches Wahrzeichen: das Neujahrskonzert der Wiener Philharmoniker, wie es über die Bildschirme flimmert. Millionen Menschen in aller Welt lassen sich so jeden 1. Jänner in einen neuen Lebensabschnitt hineingeigen —, und sie bilden sich aus diesem akustisch-optischen Erlebnis auch ihren Österreichbegriff: ein Klischeebild, ergänzt durch Mozart, die Lippizzaner und die Wiener Sängerknaben. All diese wesentlichen Bestandteile einer oberflächlichen Österreich-Vorstellung haben ihre Wurzeln in der Monarchie. Sie stammen aus jenen Zeiten, da Wien noch die Hauptstadt eines Vielvölkerreiches war und in der Hofburg oder in Schönbrunn ein Kaiser regierte. Im heutigen Österreich ist vieles anders, aber ohne ein Wissen um diese Vergangenheit läßt es sich kaum erklären und verstehen: Das Land zehrt von seiner geschwundenen Größe, es lebt zum Teil davon, gewinnt daraus Substanz, wächst an ihr und wird auf diese Weise selber größer und gewichtiger, als es auf Grund seiner Fläche, seiner Einwohnerzahl und seiner wirtschaftlichen und kulturellen Potenz ist.
Betrachten wir nur dieses Neujahrskonzert: Die Philharmoniker sind Angehörige des Staatsopernorchesters —, und das war bis zum Ende der Habsburgerherrschaft 1918 das Hofopernorchester. Aus diesem beamteten Musikerstand hatte sich ein privater Verein mit dem Zweck, Konzerte zu veranstalten, gebildet. Die „Erste Philharmonische Akademie" hatte bereits 1842 stattgefunden — als Ausdruck eines emanzipierten bürgerlichen Musizierens außerhalb des von oben gesteuerten höfischen Musikbetriebes. Behördlich eingetragen wurde der Verein erst 1908. Damals spielten die Philharmoniker schon längst im prächtigsten Musiktempel Wiens — eben in diesem Großen Musikvereinssaal, einem Bauwerk von „jener Klarheit der Disposition und jener ästhetischen Durchbildung, welche von diesem Gebäude, dem Sitz der Tonkunst in der Kaiserstadt, mit vollem Recht gefordert werden muß", wie die Jury über Theophil Hansens Projekt urteilte. Bauherr war die 1812 gegründete „Gesellschaft der Musikfreunde", die Genehmigung mußte selbstverständlich der Kaiser geben; Franz Joseph hat auch das Grundstück geschenkt, und er zeichnete die feierliche Schlußsteinlegung am 5. Jänner 1870 durch seine Anwesenheit aus, wie man damals zu sagen pflegte. Neben all den Bauten des Hofes und des Staates war der Musikverein jedoch vollendeter Ausdruck bürgerlichen Repräsentationswillens in der Gründerzeit, in der Ringstraßenzeit.

Oben: Neujahrskonzert der Wiener Philharmoniker im Großen Konzertsaal des Musikvereinsgebäudes in Wien.

Rechts: Die Spanische Reitschule in Wien. Hohe Schule der klassischen Reitkunst: Levade.

Am 6. Jänner fand das erste Konzert statt, am 15. Jänner der erste Ball — und am 20. Jänner hat es im Musikverein bereits gebrannt. Das Haus hat es überstanden. Unzählige Konzerte und Bälle folgten noch, und dabei erklang immer wieder der Walzer „An der schönen blauen Donau", ohne den ein Neujahrskonzert kein Ende finden würde.
Auch seine Geschichte hat einiges mit dem politischen Leben der Monarchie zu tun. Was heute als inoffizielle österreichische Nationalhymne zelebriert wird, sollte 1867, als dieses Donaureich wieder einmal einen politischen Tiefpunkt überwinden mußte, zur moralischen Wiederaufrüstung der Bevölkerung dienen.

Die Anfangstakte des Walzers hatte Johann Strauß einmal als plötzliche Eingebung auf seine Manschetten notiert, und, inspiriert durch das Gedicht des Wiener Lyrikers Karl Isidor Beck „Nachtigallen kamen an die Donau, an die schöne blaue Donau", den Titel „An der schönen blauen Donau" darübergeschrieben. Als der Walzer jedoch im Fasching 1867 vom Wiener Männergesangsverein uraufgeführt werden sollte, ließen sich die Choristen von ihrem Hausdichter, dem Polizeikommissar Josef Weyl, einen eigenen Text schreiben. Und der hatte mit der Donau überhaupt nichts zu tun:

Wiener, seid froh! —
Oho! Wieso? —
Ein Schimmer des Lichts —
Wir sehn noch nichts! —
Der Fasching ist da! —
Ah so, na ja! —
Was hilft denn das Trauern
und das Bedauern?
Drum froh und heiter seid!

Der Text ist nicht ganz so dumm, wie er sich liest. Man muß das Gereime aus der politischen Lage heraus verstehen. Ein halbes Jahr war erst seit der Katastrophe von Königgrätz vergangen, der militärischen Niederlage Österreichs gegen Bismarcks Preußen im Kampf um die Vormachtstellung in deutschen Landen. Langsam erholte sich Österreich wieder von diesen schweren Schlägen. Der Walzer sollte gute Stimmung machen, er sollte Optimismus verbreiten, wie in den dreißiger Jahren die Amerikaner das Ende der Depression mit dem „Happy Days Are Here Again" bejubelten, wie im Zweiten Weltkrieg das tröstende „Es geht alles vorüber, es geht alles vorbei" zum Schlager wurde. In die Weylsche Aufforderung zur Fröhlichkeit mischt sich mit dem „Oho! Wieso?" und dem „Wir sehn noch nichts!" die raunzerische Skepsis, mit der die Wiener den Lauf der Welt kommentieren. Ihnen war der Walzer auch nicht fröhlich genug. Er wurde kein Erfolg, erst im Sommer desselben Jahres bei der Pariser Weltausstellung entdeckte das Publikum „Le beau Danube bleu", und Johann Strauß feierte mit dem neuinstrumentierten Donauwalzer Triumphe.
Seitdem gilt diese wiegende Strommelodie, dieser Straußsche Melodienstrom, als musikalischer Inbegriff des österreichischen Wesens. Das dürften auch viele im Publikum empfunden haben, als der Dirigent Clemens Krauß am 31. Dezember 1939 zum erstenmal eine philharmonische Akademie mit einem Straußprogramm veranstaltete. So spät ist der Ursprung des Neujahrskonzertes; und so manchem, der noch vor einem Jahr die Liquidierung Österreichs bejubelt hatte, mag dabei eine Träne über die Wange gerollt sein. Denn in der zur Gauhauptstadt degradierten einstigen Metropole wurde langsam ein Heimweh nach dem Verlorenen wach.
Dieses kleine Restösterreich mußte erst von der Landkarte verschwinden, damit diese Leute merkten, was sie da leichtfertig aufgegeben hatten. Nach dem Zusammenbruch des Habsburgerreiches konnten sich viele Österreicher ein Weiterleben in dem zusammengeschrumpften Staat kaum vorstellen. 1945 dagegen war dieses neue Österreich eine Selbstverständlichkeit. Wenn früher der vergangene Glanz der Monarchie nur dazu diente, die Schäbigkeit des Überbleibsels zu demonstrieren und seine mangelnde Lebensfähigkeit zu beleuchten, so verlieh jetzt, nach der Phase des Wiederaufbaues, der Blick zurück Sicherheit. Unbelastet von politischen Vorurteilen, Ängsten und Zwängen, schließt eine neue Generation das Erbe des Vielvölkerstaates komplexlos in ihr Österreichbewußtsein ein. Auf Reisen in die Nachbarländer, in die zum Großteil dem sowjetischen Imperium anheimgefallenen Nachfolgestaaten, entdeckten die Jungen das Gemeinsame, die Verwandtschaft, die kulturellen und historischen Bindungen. Und die Ungarn und Tschechen, die Slowenen und Kroaten, die Polen, Slowaken, Triestiner, Friauler usw. stellen heute das Bindende weit über das Trennende. Die Österreicher aber verfallen in Entzücken, wenn sie irgendwo am Balkan oder in der Pußta einen Bahnhof sehen, dessen Pläne in Wien gezeichnet wurden. Sie streunen durch verkleinerte Ringstraßen und blicken zu den gleiche Karyatiden auf, wie sie im Musikverein die Decke stemmen.

Vorhergehende Seite: Clemens Krauss (1893—1954) hält eine Orchesterprobe in der Wiener Staatsoper ab. Um 1935.
Oben: Großer Konzertsaal des Wiener Musikvereinsgebäudes, erbaut von Theophil Hansen. 1867—1870.

Otto Wagner. Stadtbahnstation vor dem Musikvereinsgebäude in Wien. 1898/1899.

Sie scheinen in Wien und in Graz, in Linz und in Innsbruck in unvermindertem Eifer den Geist des versunkenen Reiches hochzuhalten — und wie im heutigen Österreich in der ganzen einstmals habsburgischen mitteleuropäischen Welt.
Diese „unbekannten österreichischen Karyatiden" stehen unbeirrt von Kriegen, Revolutionen, Umstürzen, Demonstrationen, von Sommer und Winter, von Ost und West, Wache für eine längst in den Ruhestand versetzte Zeit. Leichtgeschürzt überdauern sie die kältesten Winterstürme. Sie zeigen ihren Busen und bleiben dennoch keusch. Sie gehen völlig in ihrer Aufgabe auf, dem Gericht Menschlichkeit, dem Haus des Richters Ansehen, dem strengen Korpskommando einen Schuß Heiterkeit zu verleihen und der Villa des Fabrikanten etwas von dem Schein des Adels zu schenken, den sich der Herr Kapitalist in der Form des winzigen Wörtchens „von" für teures Geld erkauft hat. In den ehemaligen Kronländern der Monarchie wurden die Franz-Joseph-Bilder von den Wänden gerissen, die Statuen umgestürzt und viele steinerne Doppeladler zertrümmert. Die Karyatiden überlebten jedoch als Symbol einer Bürgerkultur, die zwischen Beschränktheit und Größe unentschlossen hin und her schwankte, Inspiration bei der Akropolis suchte, aber ihre bauliche Ausdruckskraft meist nur in einer Art Gartenlaubenantike erschöpfte. Die zarten Damen mit dem Herkules-Job sollten unter Denkmalschutz gestellt werden, denn sie sind in Mitteleuropa die augenfälligsten Monumente für jene Ära, in der der Doppeladler als habsburgisches Herrschaftszeichen seine Flügel spannte.

Trafiktafel des kaiserlich-königlichen Tabakmonopols. Um 1880.

IM REICH DES DOPPELADLERS

Den Doppeladler, ursprünglich Symbol kaiserlicher Gewalt im Heiligen Römischen Reich deutscher Nation, sichtet man nach einigem Suchen auch östlich und südöstlich der heutigen Grenzen Österreichs. Daheim ist er jedoch in Wien. Da begegnet man ihm mit wachem Auge auf Schritt und Tritt. Stumm und starr, ohne einen Flatterer, mit spitzen, scharfen Schnäbeln in Marmor, in Sandstein, in Bronze und manchmal auch nur in Gips, haust dieses seltsame Federvieh auf unzähligen Gebäuden, Denkmälern und Kirchen. Eine kuriose Spezies von zwiespältiger Doppelköpfigkeit. Angriffslustig schnäbelt der Aar nach Ost und West, als ob er die Mitte zu verteidigen hätte; die Mitte Europas. Kritische Geister betrachten das imperiale Wappengeflügel jedoch eher als Abbild des ewigen Zankes zwischen den beiden Reichshälften, zwischen Österreich und Ungarn — oder als Symbol der vergeblichen Versuche, die einander widersprechenden Interessen der einzelnen Völkerschaften auf einen gemeinsamen, habsburgischen Nenner zu bringen. Aber daneben gab es auch so etwas wie eine „Doppeladlergesinnung". Bei manchen nistet der Doppeladler noch heute im Herzen. Darum sprach Friedrich Torberg von einem „inneren Doppeladler".
Geschichtsbetrachtung aus dieser Geisteshaltung heraus sieht im Vielvölkerstaat nicht den „Völkerkerker", sondern die Alternative zum zentralistischen Nationalstaat, ja die Überwindung des engstirnigen Nationalismus. Dieser „Doppeladlergeist" wurde gerade im letzten Jahrzehnt wieder neu erweckt — nicht als antiquierter Monarchismus, sondern als gespüriges Empfinden für das Gemeinsame aller Völker des Donauraums über alle Schranken der Sprache und Gesellschaftsordnung hinweg. Das Reich ist unwiderbringlich dahin, doch der Mitteleuropa-Idee wurde neues Leben eingehaucht.
Und was war das für ein Reich! Wer durch Wien wandert, und sein Auge etwas offen hält, bemerkt am Wien-Fluß gegenüber dem Kunstgewerbemuseum ein typisches Amtshaus, eine jener vielen etwas protzigen Beamtenburgen, deren etwas überladenen neobarocken Fassaden die Autorität des Kaisers kündeten — und dazu, daß selbst dem untersten Amtsdiener ein Bruchteil dieser Autorität eingepflanzt war und er sich darauf berufen konnte. Heute residieren in dem Haus in der Vorderen Zollamtstraße Abteilungen irgend eines Ministeriums. Dem aufmerksamen Beobachter fällt jedoch ein ungewöhnlicher

„Adler mit Trophäen". Dachbekrönung von Emanuel Pendl des ehemaligen k. k. Reichskriegsministeriums in Wien. 1909—1913.

Schmuck auf: bunte Wappen nicht von Graz, Innsbruck oder Linz, sondern von Küsten- und Hafenstädten — von Pola und Fiume, von Triest, Zara, Ragusa, Lussin Piccolo, Muggia, Lesina, Capodistria usw. —, die italienischen Namen, wie sie in Dalmatien und Istrien in der Monarchie gebräuchlich waren. Da tut sich vor uns die Adria auf und das Meer spült an österreichische Strände: eine letzte Erinnerung an das Österreich am Meer — eine kuriose Vorstellung aus der Sicht des heutigen Binnenstaates. Aber hier saß bis 1918 die k. u. k. Marinesektion des Reichskriegsministeriums, die oberste Verwaltung der Kriegsflotte des Kaisers.

Und am Michaelerplatz winden sich antike Gestalten in wilden Zuckungen vor dem Beschauer: die eine Brunnengruppe vor der Hofburg verkörpert Österreichs Macht am Lande, die andere mit dem dreizackbewehrten Neptun Österreichs Macht zur See. Lang, lang ist es her. Und wer noch weiter außerhalb der Museen nach maritimen Erinnerungsstücken sucht, dem begegnen einige Zinshäuser im Stil venezianischer Palazzi, letzte Hinweise darauf, daß auch Venedig einmal österreichisch war — mit einigen Unterbrechungen durch Napoleon von 1797 bis 1866. Welch ein Reich! Es reichte von der Adria bis zum Pruth in der heutigen Ukraine, von Vorarlberg bis in die Karpaten, von der Etsch bis zur Elbe. Mit seinen 673.173 km^2 und mehr als 50 Millionen Menschen stand Österreich-Ungarn flächenmäßig hinter Rußland an zweiter und bevölkerungsmäßig an dritter Stelle in Europa. Nach der Volkszählung von 1910 lebten in der Doppelmonarchie 11,9 Millionen Deutsche (23,9 Prozent), knapp unter zehn Millionen Ungarn (19,8), 8,4 Millionen Tschechen und Slowaken (16,7), 5,6 Millionen Serben und Kroaten (11,2), fast fünf Millionen Polen (10,0), fast vier Millionen Ruthenen (Ukrainer, 8,9), 3,2 Millionen Rumänen (6,4), 1,2 Millionen Slowenen (2,5) und 768.000 Italiener (1,5). Davon sprachen 48,4 Prozent slawische Sprachen, 23,9 deutsch, 19,8 ungarisch und 7,9 rumänisch, italienisch oder ladinisch. Durch seine Völkervielfalt und das Sprachenmischmasch unterschied sich das Reich von allen seinen Konkurrenzmächten. Und diese ständigen spannungsreichen Reibungen und Begegnungen der mannigfaltigsten Kulturen, dieses Nebeneinander, Miteinander und oft auch Gegeneinander erzeugte Dynamik und Kreativität in allen Lebensbereichen — wenn auch der wachsende Nationalismus der einzelnen Völker den Wahlspruch Franz Josephs „Viribus unitis — mit vereinten Kräften" zu einem Mahn- und Notschrei werden ließ. Europäischer als dieses Österreich-Ungarn war kein anderer Staat Europas.

Das Besondere an diesem Reich wird viel mehr als durch all die Titelgeographie und die Statistik durch die dichterische Beschreibung Joseph Roths deutlich. In den dreißiger Jahren schwärmte der Verfasser des großen Romans der Monarchie „Radetzkymarsch" sehnsüchtig von dem „vielfältigen Vaterland" mit „all jenen ganz spezifischen Kennzeichen, die sich in ihrer ewig gleichen und dennoch bunten Art an allen Stationen, an allen Kiosken, in allen öffentlichen Gebäuden, Schulen und Kirchen aller Kronländer des Reiches wiederholten. Überall trugen die Gendarmen den gleichen Federhut oder den gleichen lehmfarbenen Helm mit goldenem Knauf und dem blinkenden Doppeladler der Habsburger; überall waren die hölzernen Türen der k. u. k. Tabaktrafiken mit schwarzgelben Diagonalstreifen bemalt; überall trugen die Finanzer die gleichen grünen (beinahe blühenden) Portepees an den blanken Säbeln; in jeder Garnison gab es die gleichen blauen Uniformblusen und die schwarzen Salonhosen der flanierenden Infanterieoffiziere auf dem Korso, die gleichen roten Hosen der Kavalleristen, die gleichen kaffeebraunen Röcke der Artillerie; überall in diesem großen und bunten Reich wurde jeden Abend gleichzeitig, wenn die Uhren von den Kirchtürmen neun schlugen, der gleiche Zapfenstreich geblasen, bestehend aus heiter tönenden Fragen und wehmütigen Antworten. Überall gab es die gleichen Kaffeehäuser mit den verrauchten Wölbungen, den dunklen Nischen, in denen Schachspieler wie merkwürdige Vögel hockten, mit den Buffetts voll farbiger Flaschen und glitzernder Gläser, die von goldblonden und vollbusigen Kassierinnen verwaltet wurden. Fast überall, in allen Kaffeehäusern des Reiches schlich, die Knie schon etwas zittrig, auf aufwärts gestreckten Füßen, die Serviette im Arm, der backenbärtige Zahlkellner, fernes demütiges Abbild der alten Diener seiner Majestät, des hohen backenbärtigen Herrn, der alle Kronländer, all die Gendarmen, all die Finanzer, all die Tabaktrafiken, all die Schlagbäume, all die Eisenbahnen, all die Völker gehörten. Und man sang in jedem Land andere Lieder; und in jedem Land trugen die Bauern eine andere Kleidung; und in jedem Land sprach man eine andere und einige verschiedene Sprachen . . ." Aber trotzdem war da mitten unter den verschiedenen Farben „das feierliche und gleichzeitig fröhliche Schwarz-Gelb", überall erklang „das ebenfalls feierliche und heitere ‚Gott erhalte'". So war dem Österreich „das Fremde heimisch, ohne seine Farbe zu verlieren, und so hatte die Heimat den ewigen Zauber der Fremde . . ." Wenn überhaupt noch etwas davon zu erhalten gewesen wäre, hätte man sich wohl Joseph Roth als Textdichter für ein neues „Gott erhalte" aussuchen müssen. In seiner poetischen Wehmut, seiner heimwehkranken Versonnenheit und dabei doch so präzisen realistischen Beobachtungskunst erfaßte Roth den Geist dieses Reiches und dieser Gesellschaft ebenso wie der Kaiser in seiner von keinerlei phantastischen Träumen oder genialen politischen Denkkonstruktionen beeinflußten nüchternen Betrachtungsweise der Monarchie und ihrer Völker.

Defilierung der „Hoch- und Deutschmeister" im Prater vor Erzherzog Eugen. Gemälde von Alexander Pock. 1900.

Der Kaiser — weil er so lange gelebt und regiert hat — ist Franz Joseph I., die Inkarnation dieses Begriffes, ein Fixstern der Geschichte, zum Österreichischen gehörig wie der Stephansdom, der Großglockner oder die Sachertorte. So war es gar nicht verwunderlich, daß nach 1945 der erste Wiener Bürgermeister und spätere Bundespräsident Theodor Körner, eine weißbärtige Vatergestalt, als eine Art Ersatz-Franz-Joseph geschätzt wurde, obwohl der ehemalige kaiserliche Offizier Sozialist und Schutzbundgeneral war. Ob er es nun wollte oder nicht, er schlug eine Brücke zu einer Ära, an deren Liquidierung er tatkräftig Anteil genommen hatte. Es gibt eben keine separierte republikanische Geschichte Österreichs. Das Österreichische ist die Summe all des Geschehens in einer tausendjährigen Historie. Und von den Habsburgern werden die Österreicher auch nicht loskommen, egal, ob sie Rote oder Schwarze oder Blaue, ob sie Republikaner oder Monarchisten sind oder auch völlig Gleichgültige. Die Kontinuität der Geschichte gestattet kein Entrinnen. Sie verwebt die Vergangenheit mit der Zukunft und verleiht der Gegenwart Weite und Tiefe. Dagegen richten auch jene Kräfte nichts aus, die aus der Geschichte lediglich Gesetze ableiten wollen, um damit das Geschick der Gesellschaft in ihrem Sinne zu lenken. Und die vom Heute besessenen geschichtslosen Technokraten und Manager mögen sich mühen, dieses Erbe zu vergessen und zu verdrängen, die Geschichte läßt sie nicht los. Es geht nicht darum, ob man mit der Geschichte leben möchte oder nicht. Sie selber ist das Leben, und wir sind ein Teil von ihr, ebenso wie Kaiser Franz Joseph ein Stück von uns ist, ganz gleich, welche Sympathien wir ihm entgegenbringen.

Für die jüngeren Generationen der Österreicher, die die Habsburger nur noch aus den Büchern kennen, bedarf es keinerlei Gedankenakrobatik und Gefühlsdisziplin, um zu diesem Herrschergeschlecht ein unbelastetes Verhältnis herzustellen. Wo sie hinschauen, erblicken sie Kulissen, die von den Habsburgern aufgebaut worden sind. Und sie haben sich darin recht bequem eingerichtet. Für demokratische Präsidenten und Politiker ebenso wie für hohe Staatsgäste aus dem sozialistischen Lager werden bei Diners in Schönbrunn oder am Ballhausplatz doppeladlergeschmücktes Porzellan und kaiserliches Tafelsilber gedeckt. Der Ministerrat tagt am Ballhausplatz unter einem Gemälde des jugendlichen Franz Joseph — in den einstigen Amts- und Wohnräumen des Staatskanzlers Fürst Metternich. Die Regierenden des Kleinstaates benutzen zum Teil imperiales Mobiliar. Und die in Kopfhöhe gelegenen Türschnallen zu diesen Gemächern zwingen jeden Eintretenden zu einer demütigen Haltung, auch wenn er noch so demokratisch gesinnt ist. Höfisches Gehaben ist also auch den Trägern eines modernen säkularen, allen feudalen Traditionen widersagenden Staates nicht fremd. Die Habsburger haben dafür die Requisiten geliefert.

Kaiser Franz Joseph I. als Oberstinhaber der k. k. Husarenregimenter Nr. 5—8. Kolorierte Lithographie von Eduard Kaiser. Um 1855.

Und der Kaiser nimmt weiter einen festen Platz in unserem Sprachgebrauch ein. „Ich bin Kaiser" ruft das Kind, das als erstes den Teller leert, ein „Kaiserfleisch" verheißt einen kulinarischen Genuß, wie er normalerweise dem Kaiser reserviert bleibt, und wo immer im Tierreich und in der Pflanzenwelt ein „Kaiser" zur Bezeichnung einer Art verwendet wird, ist damit das Außergewöhnliche und Größte gemeint (Kaiseradler, Kaiserpinguin, Kaiserkrone, Kaiserhummer, Kaisergranat, Kaiserschwamm usw.). Die Kaisersemmel gehört auf den Wiener Frühstückstisch und wird auch noch in manchen Nachfolgestaaten serviert. Und den Kaiserschmarrn sollen Wiens

Gartenseite des Schlosses Schönbrunn.

Leopoldinischer Trakt der Wiener Hofburg gegen den Heldenplatz, errichtet 1600—1666 unter Kaiser Leopold I.

Konditoren erstmals 1854 Elisabeth, der Braut Franz Josephs, kredenzt haben — weil jedoch eher der Bräutigam Geschmack an dieser „Sisi-Mischkulanz" fand, wurde daraus der Kaiserschmarrn.

Denken wir an den Kaiser, dann sehen wir jedoch kaum den strahlenden jungen Souverän, der 1848/49 der Revolution getrotzt hatte. Wir meinen den gütigen Greis, scheinbar jenseits von Gut und Böse, von dem uns die Großmütter so anheimelnde Geschichten zu erzählen wußten. Bereits als 18jähriger mußte er den Thron besteigen, um die gestörte alte Ordnung mit absoluter Gewalt wiederherzustellen. Und so wollte er sie für alle Ewigkeit bewahren. Auch der greise Kaiser gehorchte in seinem Inneren wohl noch immer den Imperativen des Absolutismus. Mit dem resignierenden Wirklichkeitssinn vieler Habsburger hatte er sich jedoch längst eingestehen müssen, daß dafür in der Welt kein Raum mehr war. Immer mehr Leute zweifelten am Gottesgnadentum der Herrscher. Warum sollte Gott ausgerechnet diese eine Familie auswählen, damit sie anderen vorschreibe, was sie zu tun hätten? Die Macht, die in den Jahren der industriellen Revolution die Räder und Maschinen bewegte, kam nicht von Gott, sondern von den Menschen, vom Geld, von den Börsen und Aktien. Franz Joseph dagegen stand fest auf der sakralen Basis seines Amtes. Bis zum letzten Atemzug erfüllte er seine Herrscherpflichten dem Himmel gegenüber. Dementsprechend versuchte er zu leben und zu regieren. Und selbst wenn er einmal menschlichen Schwächen unterlag wie irgendein anderer Sterblicher auch, seine Würde ließ er sich nicht rauben. Ja, diese Würde wurde zur staatserhaltenden Kraft, der Kaiser abstrahierte sich vom Tagesgezänk der Parteien und Nationalitäten. Von der Würde im „Gehäuse der Einsamkeit" spricht auch Hermann Broch: „Je älter Franz Joseph I. wurde, desto mehr tauchte er in das Vakuum seiner Berufung ein, desto identischer fühlte er sich mit dem Staat, dessen Todesschicksal an sein eigenes gebunden war. Habsburgisch in seinem Sinn für kühl-unnahbare hierarchische Würde, seinem hervorstechendsten Charakterzug, ergab sich ihm aus solcher Situation eine einzige gemäße Konsequenz, nämlich vollkommene Abgeschlossenheit . . . Er war fähig geworden, die Schauer erregende Würde absoluter Einsamkeit auf sich zu nehmen. Und so wurde er gesehen. Er war das Gegenteil eines Volkskaisers und doch der Kaiser in den Augen des Volkes."

Die Sehnsucht nach dieser in der modernen Politik abhanden gekommenen Würde macht Franz Joseph heutzutage sehr oft zum Objekt eines Heimwehkults — und nicht nur in Österreich, auch in vielen ehemaligen Ländern der Donaumonarchie. Die späteren, die Franz Joseph nicht mehr erlebt und gesehen haben, wollen über dieses ihnen so fremde und rätselhafte Idol einer vergangenen Gesellschaft mehr erfahren — und seine Zeitgenossen, dieses täglich schrumpfende Häuflein der über 80- und 90jährigen, übertragen dies Erschauern, das der Kai-

Blick über die Gartenterrasse des Schlosses Schönbrunn auf die Gloriette.

ser auszulösen vermochte, auf uns. Es schwingt in dem melancholischen Seufzer bei der Erwähnung seines Namens mit: „Ja, der Kaiser . . ."
Und dann spinnen sie ihre Kaiserfabeln, aus denen jede Kritik verbannt ist. Da wird die Kaiseridee zum edelsten Ordnungsprinzip erhoben. Ein alter Mann tritt als Großvater in österreichischer Offiziersuniform auf. Fragt man dann, warum denn trotz allem eine furchtbare Katastrophe das Finale seiner Ära war und er uns nur einen Trümmerhaufen hinterlassen hat, so sind nur die anderen daran schuld, die Ungarn und die Tschechen, die Deutschnationalen und die Serben, die Freimaurer und die verrä-

Hochzeit Erzherzog Karls mit Zita, Prinzessin von Bourbon-Parma, im Beisein Kaiser Franz Josephs. Schloß Schwarzau, Niederösterreich. 21. Oktober 1911.

terischen Italiener — an den Kaiser darf keiner rühren. Weil den Menschen, die noch sagen können: „Ich hab' den Kaiser gesehen", diese Erinnerung so heilig ist. „Ich hab' den Kaiser gesehen." Die Burgmusik spielt, die Garde wechselt, und die Menschen stehen und staunen und hoffen, daß sich der Kaiser vielleicht am Fenster zeigt und einen Blick auf dieses ihm so liebe militärische Schauspiel wirft. „Ich hab' den Kaiser gesehen, der Vater hat mich damals zur Burg mitgenommen", schwärmt ein alter Herr. „Wir haben ihn gegrüßt, und er hat zurückgegrüßt." „Ich hatte ihn gesehen", heißt es auch in Stefan Zweigs „Welt von gestern", „wie er von der großen Treppe in Schönbrunn umringt von seiner Familie und den blitzenden Uniformen der Generäle, die Huldigung der achtzigtausend Wiener Schulkinder entgegennahm, die, auf dem weiten grünen Wiesenplan aufgestellt, mit ihren dünnen Stimmen in rührendem Massenchor Haydns ‚Gott erhalte' sangen. Ich hatte ihn gesehen beim Hofball in schimmernder Uniform und wieder im grünen Steirerhut in Ischl zur Jagd fahrend, ich hatte ihn gesehen, gebeugten Hauptes fromm in der Fronleichnamsprozession zur Stephanskirche schreitend . . . ‚Der Kaiser', dieses Wort war für uns der Inbegriff aller Macht, allen Reichtums gewesen, das Symbol von Österreichs Dauer, und man hatte von Kind an gelernt, diese zwei Silben mit Ehrfurcht auszusprechen". Bilder von einst, die noch viele heutige und ehemalige Österreicher in ihrem Gedächtnis bewahren wie einen kostbaren Schatz.
Zum Teil mit Ehrfurcht, zum Teil aus Neugier oder auch, weil es der Reiseführer verlangt, wandeln heute noch Hunderttausende von Touristen aus aller Herren Länder in Wien auf den Spuren Franz Josephs. Der Fluß der Fremdenkolonnen, die durch die Hofburg und Schönbrunn getrieben werden, reißt nicht ab. Sie bewundern die gedeckte Hoftafel, sie hören sich schmunzelnd die Geschichten vom raschen und frugalen Essen des Kaisers an: Wenn er Messer und Gabel niederlegte, mußten auch seine Gäste aufhören. Und weil sie vom kaiserlichen Tisch meist noch hungrig aufstanden, trafen sie sich anschließend zu einem gemütlicheren, reichlicheren und ausführlicheren Mahl im nahen „Sacher". Dadurch seien Hotel und Restaurant so groß und so berühmt geworden, weiß der Führer. Sie betrachten Franz Josephs Schreibtisch unter dem Bild Elisabeths, als Mahnung an den Beamtenalltag eines Monarchen, der für so viele seiner pragmatisierten und damit unkündbaren und pensionsberechtigten Diener in all den Teilen des Reiches zum Vorbild wurde; und dann ist da das einfache eiserne Feldbett: Es steht in der Burg, es steht in Schönbrunn, es steht in der Ischler Kaiservilla, und auch im Jagdschloß Mürzsteg in der Steiermark, das in der Zweiten Republik dem Bundespräsidenten als Erholungssitz dient. Diese braun-

Kaiser Franz Joseph I. und Katharina Schratt auf dem Weg zur Villa der Hofschauspielerin in Bad Ischl, Oberösterreich.

Kaiser Franz Joseph mit dem im Hasenbachgraben bei Bad Ischl, Oberösterreich, erlegten Kapitalzwölfender, 24. August 1912.

lackierte Schlafstelle vergessen die Touristen nicht — da verbrachte der mächtigste und höchste und reichste Mann des Reiches seine Nächte nicht in einer vergoldeten Prunkliegestatt, sondern in diesem schlichten Gestell, unscheinbarer als das, was die meisten zu Hause haben. Doch Franz Joseph wollte damit bestimmt keine demokratisierende Verbundenheit mit den „niederen Ständen" ausdrücken. Das lag seiner aristokratischen Vorstellung von seinem Amt eher fern. Das „Feldbett" entsprach vielmehr der strengen militärischen Dienstauffassung, von der er all sein Tun leiten ließ. Und neben dem Bett steht der Betschemel zum Verkehr mit der einzigen Autorität, die über dem Kaiser war — mit Gott. Gerührt betrachtet man die abgeschabten Eindrücke von den Armen und den Knien auf dem Samt. Wie oft hat der Kaiser da in einsamen Minuten und Viertelstunden ein höheres Wesen um Zuspruch ersucht und um Hilfe gefleht beim Tragen einer Last, die für einen Menschen allein viel zu schwer war.

In Ischl, heute im Besitz eines Urenkels Kaiser Franz Josephs, dürfen die Fremden einen Blick auf die Freizeitgestaltung des Monarchen machen. Denn dort, im oberösterreichischen Salzkammergut, verbrachte er seine Sommer. Seine Jagdutensilien liegen hinter Glas, die Lederhose, der Hut mit dem Gamsbart, die Gewehre. Und man pilgert weiter zur nahen Villa Schratt, und kann dabei noch dem schmalen Pfad durch den Wald folgen, über den der Kaiser mit Katharina Schratt, der „Freundin", der von ihm so verehrten und geliebten Hofschauspielerin, wandelte. Als 1949 zum erstenmal seine Briefe an die „gnädige Frau" veröffentlicht wurden, lernte eine erstaunte Welt einen völlig neuen Franz Joseph kennen. Diese herzlichen Briefe paßten nicht zum überlieferten Bild von dem unpersönlichen, an Herzenskälte und Gefühlsstarre leidenden Herrscher. So schrieb er am 2. Dezember 1889, als er die Schratt wegen einer Krankheit ihres Sohnes längere Zeit nicht treffen hatte können: „Daß Sie gestern in der Stadt waren, wußte ich bereits, da ich Sie über den Burgplatz gehen sah. Es gehörte wieder das Pech dazu, welches mich jetzt unausgesetzt und in Allem verfolgt, daß gerade in dem Augenblicke, wie ich Sie, bei meinem Stehpulte stehend, erblickte, der Landesvertheidigungs-Minister bei mir war und ich daher nicht dem Zuge meines Herzens folgend, ans Fenster stürzen konnte, um Sie zu begrüßen, aber meine Augen folgten Ihnen und von dem was der Minister mir vortrug, hörte ich gar nichts . . ."

1889 — das war das Jahr einer der größten Katastrophen in dem an Katastrophen so reichen Leben Franz Josephs. Ins Programm jeder touristischen Wienerwaldfahrt gehört der Besuch von Mayerling. Das Jagdschloß ist seit dem Drama des Kronprinzen Rudolf und seiner Geliebten Mary Vetsera in ein streng abgeschlossenes Karmelitinnenkloster verwandelt. In der neugotischen Kirche erhebt

Schloß Mayerling, Niederösterreich, in dem sich Kronprinz Rudolf und Mary Vetsera am 30. Jänner 1889 das Leben nahmen. Um 1900.

sich der Hochaltar genau an der Stelle, an der das Bett des Kronprinzen gestanden hatte. Und der Barockaltar in der Seitenkapelle wurde aus dem Achilleion, der schloßartigen Villa Kaiserin Elisabeths auf Korfu, nach Mayerling gebracht. Das Wesen der exzentrischen Kaiserin läßt sich am besten im Lainzer Tierpark in der Hermes Villa erforschen — ein Zufluchtsort, den der Kaiser für seine Frau maßschneidern ließ — mit Turngeräten usw. Im Volksgarten spielen die Kinder vor ihrem Marmordenkmal — zur Erinnerung an ihr tragisches Ende 1898 in Genf. Und viel, viel später erst wurde im nahen Burggarten ein Franz Joseph-Denkmal aufgestellt. Wer jedoch das Ende des Habsburgerreiches bis zur Neige auskosten möchte, der soll ins Arsenal gehen, in das Heeresgeschichtliche Museum, einer k. u. k.-Ruhmeshalle. Dort werden aber auch die Reliquien jenes traurigen 28. Juni 1914 aufbewahrt; die Feldmarschalluniform des Thronfolgers Franz Ferdinand mit Blutflecken und Einschußlöchern, und das offene Auto, in dem er und seine Frau von dem jungen Serben Princip ermordet wurden. Makabre Schaustücke des Untergangs, der politischen Gewalt und der Dämmerung eines Staatsgebildes, das aus zu vielen Widersprüchen zusammengesetzt war. Erst später erkannte man darin das Vorbild für ein geeintes Europa, das Ideal eines übernationalen Konglomerates. Aber da war durch den überhitzten Nationalismus bereits unendliches Leid über die Völker der Monarchie gekommen; und Winston Churchills düstere Diagnose wurde noch übertroffen: „Jahrhundertelang hatte dieser überlebende Körper des Heiligen Römischen Reiches ein gemeinsames Leben gewährleistet, mit Vorteilen im Handel und in der Sicherheit einer ganzen Anzahl von Völkern, von denen keines in unserer eigenen Zeit die Kraft und Vitalität hat, sich selbst zu behaupten angesichts des Druckes eines wiedergeborenen Deutschland und Rußland. Allen diesen Völkern oder Provinzen, welche das Habsburgerreich bildeten, hat der Gewinn ihrer Unabhängigkeit Qualen eingebracht, die die alten Dichter und Theologen für die Verdammten reservierten."

Sie alle waren mit der Monarchie nicht zufrieden — und konnten dann mit sich selbst keinen Frieden finden. Die neuen Nationen mißbrauchten ihre Freiheit zur Unterdrückung nationaler Minderheiten. Und sie spürten ihre Ohnmacht, als die Armeen Hitlers in den leeren Raum vorstießen. Und die nächste Befreiung brachte nur neue Abhängigkeit: von der Sowjetunion. Sehnsüchtig, etwas neidisch und melancholisch, blicken sie nach Österreich und fragen sich, wieso gerade dieser Staat das Glück gehabt hat, in das Paradies der Neutralität entlassen worden zu sein.

K. u. K.

Oft noch mehr als in Österreich pflegt man jenseits der Grenzen das sentimentale Andenken an diese gute Alte Zeit, verklärt und verschönt und wohlgeordnet, so wie man sie in den schweren Familienalben konserviert findet, die alle Stürme überdauert haben: bräunliche Photos, feierlich und steif, Botschaften aus einer intakten Welt, in der der liebe Gott noch im Himmel wohnte und nur dann nach einem verlangte, wenn es genehm war; in der einem die Behörden das Denken abnahmen, eine funkelnde Armee Bälle und Gesellschaften um viele Farben bereicherte, die Uniformen nicht zum Sterben, sondern zum Feschsein da waren und die Armen eine gottgewollte Existenzberechtigung hatten, damit die Reichen wußten, wie reich sie waren, und sich durch Mitleid und Wohltä-

Schlafgemach der Kaiserin Elisabeth in der Hermesvilla in Wien XIII. Erbaut von Karl Hasenauer. 1882—1886.

Franz Xaver Winterhalter. Kaiserin Elisabeth von Österreich. Öl auf Leinwand. 1865.

tigkeit einen Platz im Paradies erkaufen konnten.
Die Zauberformel für diesen kleinen Kosmos, dem Gott den Kaiser und die Zufriedenheit erhalten sollte, war die kleine Buchstabengruppe k. u. k. Um sie zu verstehen, muß man natürlich wissen, was k. k. bedeutet und was mit kgl. gemeint ist. Denn als der Kaiser und die Ungarn 1867 miteinander Frieden schlossen, die Macht teilten und sich auf den historischen „Ausgleich" einigten, damit die Monarchie nicht in Ausgleich gehen müsse, wurden in der neuen Doppelmonarchie Österreich-Ungarn sämtliche Kompetenzen in Abkürzungen umgegossen. Was k. u. k. war — also kaiserlich und königlich —, war der österreichischen und ungarischen Reichshälfte gemeinsam: erstens die Armee (das heißt, die Ungarn hatten zusätzlich ihre Landwehr, den Honvéd — der war jedoch nur kgl., also königlich; weil die Ungarn den Honvéd besaßen, mußten auch Österreichs Lande eine eigene Wehr haben, deren Regimenter wieder das k. k. — kaiserlich-königlich — als Kennzeichen trugen) und dann neben dem Reichskriegsminister der Außenminister und der Finanzminister. Alle drei waren k. u. k.
Was es mit dieser auf ein paar widersprüchliche Abkürzungen reduzierten Weltanschauung und Lebenshaltung „Kakaniens" wirklich auf sich hat, wurde von niemandem klarer und eleganter definiert als von Robert Musil:

Emblem einer Pferdeschabracke für Generale, mit den goldenen Initialen Franz Josephs I. und der Kaiserkrone.

„Überhaupt, wie vieles Merkwürdige ließe sich über dieses versunkene Kakanien sagen! Es war zum Beispiel kaiserlich-königlich und war kaiserlich und königlich; eines der beiden Zeichen k. k. oder k. u. k. trug dort jede Sache und Person, aber es bedurfte trotzdem einer Geheimwissenschaft, um immer sicher unterscheiden zu können, welche Einrichtungen und Menschen k. k. und welche k. u. k. zu rufen waren. Es nannte sich schriftlich österreichisch-ungarische Monarchie und ließ sich mündlich Österreich rufen; mit einem Namen also, den es mit feierlichem Staatsschwur abgelegte hatte, aber in allen Gefühlsangelegenheiten beibehielt, zum Zeichen, daß Gefühle ebenso wichtig sind, wie Staatsrecht und Vorschriften nicht den wirklichen Lebensernst bedeuten. Es war nach seiner Verfassung liberal, aber es wurde klerikal regiert. Es wurde klerikal regiert, aber man lebte freisinnig. Vor dem Gesetz waren alle Bürger gleich, aber nicht alle waren eben Bürger. Man hatte ein Parlament, welches so gewaltig Gebrauch von seiner Freiheit machte, daß man es gewöhnlich geschlossen hielt; aber man hatte auch einen Notstandsparagraphen, mit dessen Hilfe man ohne das Parlament auskam, und jedesmal, wenn alles sich schon über den Absolutismus freute, ordnete die Krone an, daß nun doch wieder parlamentarisch regiert werden müßte . . ."
Das Lexikon umriß dieses seltsame Staatsgebilde folgendermaßen: „Österreichisch-Ungarische Monarchie, eine aus zwei Staatsgebieten oder Reichshälften, nämlich ‚den im Reichsrat vertretenen Königreichen und Ländern' und den ‚Ländern der ungarischen Krone' zusammengesetztes Reich. Staatsoberhaupt der gesamten Monarchie ist der Kaiser von Österreich und König von Ungarn, dessen Prädikat ‚Kaiserliche und Königliche Apostolische Majestät' ist. Er ist Oberbefehlshaber des Heeres und der Flotte und entscheidet über Krieg und Frieden. In seinem Namen werden die Gesetze erlassen, die für beide Reichshälften durch die Mitwirkung der Vertretungskörper zustande gekommen sind. In seinem Namen wird im ganzen Reich Recht gesprochen, wie ihm allein auch das Recht der Begnadigung, Strafmilderung und Amnestierung zusteht. Er leistet beim Antritt der Regierung ein eidliches Gelöbnis auf die Verfassung, was in Österreich in Gegenwart beider Häuser des Reichsrats, in Ungarn bei der Krönung geschieht. Die Thronfolge ist nach dem Recht der Erstgeburt in dem Hause Habsburg-Lothringen erblich. Die Religion des Kaisers und der kaiserlichen Familie ist römisch-katholisch."
Die modernen Historiker bringen diese etwas komplizierten Zusammenhänge auf eine einfachere Formel: „Das Habsburger-Reich wurde nicht mehr durch seine komplizierte Verfassung zusammengehalten, sondern durch einen an der Person Kaiser Franz Josephs orientierten monarchischen Traditionalismus", und der Kaiser war die „Symbolgestalt und Integrationsfigur der österreichischen Monarchie." (Theodor Schieder)

Hofadjustierung der Gardechargen der k. u. k. Ersten Arcierenleibgarde.

Bistritz, Siebenbürgen. Triumphbogen, errichtet anläßlich des Besuches Kaiser Franz Josephs I., 12. bis 15. September 1891.

Und was er hier alles integrieren, unter einem Hut halten, miteinander ausgleichen, auf einen Nenner bringen sollte und im Sinne einer Staatsidee, die von vielen seiner Untertanen bezweifelt, völlig widersprüchlich ausgelegt wurde oder überhaupt nicht vorhanden war, auf einen gemeinsamen Kurs steuern wollte, all das war katalogartig in seinem Großen Titel aufgezeichnet — diesem habsburgischen Grundbuch, das nicht nur den tatsächlichen Besitzstand umriß, sondern auch noch ein paar Ansprüche in Schrift und Wappen registrierte: „Franz Joseph I. von Gottes Gnaden Kaiser von Österreich, König von Ungarn und Böhmen, von Dalmatien, Croatien, Slavonien, Galicien, Lodomerien und Illyrien, König von Jerusalem etc.; Erzherzog von Österreich; Großherzog von Toskana und Krakau, Herzog von Lothringen, von Salzburg, Steyer, Kärnthen, Krain und der Bukowina; Groß- und Niederschlesien, von Modena, Parma, Piacenza und Guastalla, von Auschwitz und Zator, von Teschen, Friaul, Ragusa und Zara; gefürsteter Graf von Habsburg und Tirol, Kyburg, Görz und Gradinska, Fürst von Trient und Brixen; Markgraf von Ober- und Niederlausitz und in Istrien, Graf von Hohenems, Feldkirch, Bregenz, Sonnenberg etc. Herr von Triest, von Cattaro und auf der Windischen Mark, Großwojwode der Wojwodschaft Serbien etc. etc."

Bei „Franz Joseph I. von Gottes Gnaden Kaiser von Österreich, König von Ungarn und Böhmen . . ." ist es schon längst an der Zeit, erklärend innezuhalten. Denn Kaiser von Österreich ist Franz Joseph indirekt auch von Napoleons Gnaden. Unter dem Druck der napoleonischen Expansion hatte Franz II. 1804 diesen Titel geschaffen und angenommen — um nach dem vorauszusehenden Ende des Heiligen Römischen Reiches (1806) nicht seine Majestät zu verlieren, um nicht ohne Kaisertitel dazustehen, angesichts des korsischen Emporkömmlings, der sich kurz danach selbst zum Kaiser der Franzosen krönt. Ungarns Stephanskrone und Böhmens Wenzelskrone verdankt Franz Joseph der Heiratspolitik Kaiser Maximilians I. Er hatte 1515 seine Enkelkinder Ferdinand und Maria in einer spektakulären Doppelhochzeit mit den Jagellonen-Kindern Anna und Ludwig von Böhmen vermählt. Den Rest besorgten die Türken — als der junge König Ludwig II. in der unglücklichen Schlacht von Mohacs 1526 umkam. Der Träger der beiden Kronen war kinderlos — und sein nicht allzu leichtes Erbe fiel an die Habsburger. Sie behielten die beiden Kronen bis 1918, obwohl sie von den Ungarn in der Revolution 1848 für abgesetzt erklärt wurden, und obwohl die Tschechen es Franz Joseph nie verziehen haben, daß er sich nicht mit der Wenzelskrone krönen hat lassen.

Als Franz Joseph 1848 Kaiser wurde, enthielt sein Titel auch noch den „König der Lombardei und Venedigs". Darauf wurde in der Neufassung 1869 verzichtet. Oberitalien war ja zum Großteil 1859—1866 verlorengegangen. Der „König von Dalmatien" stammt aus der Liquidationsmasse der Republik Venedig, als Napoleon 1797 in

Meran, Südtirol. Triumphbogen, errichtet anläßlich des Kaiserfestes am 21. September 1899.

Budweis, Böhmen. Triumphbogen anläßlich der Kaisertage im Jahre 1895.

der Villa Manin, dem Sommersitz des letzten Dogen, nahe von Campoformio, durch seine Unterschrift unter den Frieden mit den Österreichern die Selbständigkeit der „Serenissima" ein für allemal beendete. Die Kronen Kroatiens und Slawoniens wurden gleichzeitig mit der ungarischen habsburgisch. Slawonien ist das kroatische Gebiet am linken Donauufer zwischen Drau und Save mit Esseg (Osijek) als bedeutendster Stadt. Bei der Teilung Polens fielen Maria Theresia 1772 die Kronen Galiziens und Lodomeriens zu. Seit 1205 bekundeten Ungarns Könige ihren Appetit auf das Land Halitsch (Halicz) und das ukrainische Fürstentum Wladimir (Wlodymir) und bezeichneten sich deshalb auch als „Rex Galiciae und Lodomeriae". Als Österreich nun einen Reichstitel benötigte, um ein wesentliches Stück Polen zu schlucken, entsannen sich die Wiener Diplomaten dieser historischen Fiktion. Und Maria Theresia ergriff Besitz von Ländern, deren Königin sie als Monarchin Ungarns theoretisch ohnehin schon immer war. Lodomerien ist jedoch kein eigener Landesteil Galiziens. Es existiert nur als Name und gemahnt an den ruthenischen (ukrainischen) Bevölkerungsanteil. Die östlichen Bezirke des Kronlandes mit der Hauptstadt Lemberg (Lwow) sind seit 1939 beziehungsweise 1944 in sowjetischem Besitz, der Rest ist polnisch geblieben. Der König von Illyrien klingt wie aus den griechischen Heldensagen, die Krone, die nie existierte, wurde jedoch vom Wiener Kongreß geboren. Da filterte man aus den von Napoleon geschaffenen illyrischen Provinzen (Westkärnten, Krain, Görz, Triest, Istrien, Fiume, Dalmatien und Laibach) dieses Königreich Illyrien heraus, in den folgenden Jahrzehnten ging es jedoch wieder völlig in den historischen Kronländern auf, und Franz Joseph blieb nur der Titel — die Heraldiker setzten in das Große Reichswappen ein Schild mit einer goldenen Galeere aus Römerzeiten.

Kaiser Franz Joseph bei der traditionellen Fronleichnamsprozession in Wien. Um 1910.

Eines der kuriosesten Exemplare in der so bunten francisco-josephinischen Kollektion von Herrschaftszeichen ist die Krone Jerusalems. Im Wappen steht dafür das Krukenkreuz, das sich der Dollfußsche Ständestaat zwischen 1934 und 1938 als eine Art Anti-Hakenkreuz geborgt hatte. Man möchte zuerst meinen, Franz Joseph habe dieses biblische Königtum aus dem Heiligen Römischen Reich herübergerettet. Er verdankt es jedoch diversen Erbschaften. Mitte des 12. Jahrhunderts hatte Balduin I., der Bruder des berühmteren Gottfried von Bouillon, den Kreuzfahrerstaat in Palästina zum Königreich erhoben. Nach der Eroberung Jerusalems durch die Araber beanspruchten mehrere europäische Geschlechter diese imaginäre Krone, so auch die Spanier. Und Kaiser Karl VI. brachte den Titel nach seinem vergeblichen Versuch, das spanische Reich gegen die Bourbonen zu behaupten, nach Österreich. Aber auch die Lothringer reklamierten die Jerusalemer Sehnsuchtskrone für sich — als direkte Nachkommen des Geschlechtes der Bouillon. Franz Stephan von Lothringen wurde durch seine Heirat mit der Tochter Karls VI., Maria Theresia, zum Stammvater des bis heute bestehenden Hauses Habsburg-Lothringen. Als Franz Joseph 1869 auf dem Weg zur Eröffnung des Suezkanals die Stadt betrat, die sein „Königreich" sein sollte, vermied er jedoch jeden Hinweis darauf, um seine türkischen Gastgeber nicht zu beleidigen. Er kam als frommer Pilger nach Jerusalem und küßte demütig den Boden des Heiligen Landes.

Doch weiter im Wappenkatalog: Nach einem etcetera, das wohl noch einige andere Wunschkönigreiche einschließen sollte, wird der reale Besitzstand mit dem Erzherzog von Österreich angesprochen — womit das Österreich ob und unter der Enns gemeint ist, die heutigen Bundesländer Ober- und Niederösterreich (seit 1282 habsburgisch); den Erzherzogshut hat jedoch der Ehrgeiz des Habsburgers Rudolf IV. des Stifters, im gefälschten Privilegium majus (1358) erfunden, um seine Familie gegenüber dem damals herrschenden Luxemburger-Kaiser Karl IV. und den Kurfürsten gebührend herauszustreichen und ihre Sonderstellung im Reich zu betonen.

Schein und Wunsch wurden jedoch Wirklichkeit und die Erzherzöge und Erzherzoginnen zu einer recht dauerhaften Einrichtung.

Dalmatienreise Kaiser Franz Josephs: Einschiffung vor dem Bahnhof von Venedig. 5. April 1875.

Zweimal ist Franz Joseph Großherzog — von Toskana und von Krakau. Florenz und Umgebung hat Franz Stephan 1735 nach dem Aussterben der Medici als Ersatz für sein in Frankreichs Machtsphäre gefallenes Stammland Lothringen erhalten. Nach Franz Stephans Tod regierte dessen zweitältester Sohn Pietro Leopoldo, der spätere Kaiser Leopold II. Die aufgeklärte Herrschaft der Habsburger in der Toskana war überaus populär. Erst 1859 wurden sie durch die Risorgimento-Stürme vertrieben und vermehrten die Schar landloser Herren am Wiener Hof. Die Tochter Franz Josephs, Marie Valerie, heiratete einen soliden toskanischen Erzherzog, Franz Salvator. Ihrer beiden große Enkel- und Urenkelschar lebt heute in Österreich.
Das Krakauer Großherzogtum, nach dem Wiener Kongreß ein kurzlebiges selbständiges Staatsgebilde, war aber bereits nach 1975, nach der dritten Teilung Polens, mit einigen Unterbrechungen Österreich einverleibt. Die polnische Königspracht hatte nur eine schöne Kulisse hinterlassen, im Königsschloß Wawel über der Weichsel war eine Kaserne einquartiert und Krakau selbst wurde auf dem Verwaltungssektor durch die galizische Landeshauptstadt Lemberg zur Provinz degradiert, blieb aber kulturell das Zentrum der polnischen Nation.
Nun folgt eine lange Liste von Herzogtümern: Lothringen nach Franz Stephan (es blieb nur der Titel, um die Kohlen und Erzlager des Landes stritten sich zu Franz Josephs Zeiten Deutschland und Frankreich). Das geistliche Fürstentum Salzburg wurde 1803 säkularisiert und, seit 1816 endgültig bei Österreich, als Kronland zum Herzogtum befördert. Steier(mark), seit 1282, und Kärnten, seit 1335, zählen zu den Stammlanden, und auch Krain befand sich schon so lange unter Habsburgs Fittichen. Die Bukowina, seit 1848 Herzogtum, wurde von den Österreichern 1774 besetzt und im Jahr darauf vom Osmanischen Reich an Maria Theresia abgetreten. Heute ist die nördliche Hälfte mit der legendären Haupt- und Universitätsstadt Czernowitz (Tschernowtzy) sowjetisch und die südliche rumänisch. Siebenbürgen unterstand zwar der Stephanskrone, aber Franz Joseph war dort trotzdem

Budapest, Ungarn. Kettenbrücke über die Donau.

Prag, Böhmen. Blick über die Karlsbrücke auf die Kleinseite und den Hradschin. Um 1860.

Großfürst, denn die von Ungarn, Szeklern, Sachsen und Walachen bewohnte Heimat des Grafen Dracula hatte sich unter türkischem Protektorat eine gewisse Eigenständigkeit bewahrt. Als die Türken zurückgedrängt wurden, suchte der letzte Fürst, Michael Apafi, Schutz beim Kaiser, seit 1691 war dieses Transsylvanien österreichische Kronprovinz und seit 1765 Großfürstentum; durch den Ausgleich 1867 kam es an Ungarn. Und den Magyaren tut heute noch der Verlust Siebenbürgens an Rumänien mit einer 1,6 Millionen zählenden ungarischen Minderheit mindestens so weh wie den Österreichern die Abtrennung Südtirols.
Der Markgraf von Mähren war früher einmal die Warteposition des böhmischen Thronfolgers — wie der Prinz von Wales in England. Auch von seinem Herzogtum Ober- und Niederschlesien gehörte Franz Joseph nur ein winziges Fragment, den Rest hatte Friedrich II. in den Schlesischen Kriegen für Preußen erobert. Ebenso stehen die Herzöge von Modena, Parma, Piacenza und Guastalla (diese drei Stadtstaaten wurden zwischen 1817 und 1847 von Marie Louise, der Tochter Franz II. und geschiedenen Frau Napoleons, regiert) auf der habsburgischen Verlustliste. Einen unheimlich bedrückenden Klang hat der Herzog von Auschwitz. Früher bedeutete dieser Name nichts anderes als eine Stadt und eine Herrschaft, zusammen mit dem Herzogtum von Zator nur ein Stück eingeheimstes polnisches Krongut. Als Herzog von Teschen hätte der Kaiser erleben müssen, daß diese Hauptstadt des österreichischen Schlesien nun zwischen Polen und der CSSR geteilt ist. In Friaul, dieser Mark des Heiligen Römischen Reiches, bis 1420 unter dem Patriarchen von Aquileja selbständig, dann venezianisch und zwischen 1797 und 1866 österreichisch, wird das Andenken seiner habsburgischen Herren aus aktuellen politischen Anlässen höher gehalten als anderswo. Um dem Stolz der auch unter Venedig auf ihre Eigenständigkeit pochenden Ragusaner zu schmeicheln, erdachten sich die Diplomaten beim Wiener Kongreß für das heutige Dubrovnik einen Herzogtitel, gleichfalls für das einst venezianische Zara (Zadar).
Erst nach diesem imposanten Inventar einer Hausmacht, die zur Garantie einer Großmachtstellung wurde, gelangt man zu den Wurzeln; Franz Joseph war gefürsteter Graf von Habsburg, jener Habichtsburg im Schweizer Kanton Aargau, von der Graf Rudolf in der zweiten Hälfte des 13. Jahrhunderts ausgezogen ist, um das Reich zu erobern. Der Stammsitz ging ihren Herren jedoch schon 1415 an Bern verloren, heute gehört er dem Kanton Aargau. Auch Schloß Tirol liegt jetzt im „Ausland", bei Meran in Südtirol — der Graf von Tirol dient den Habsburgern seit 1365 als Rechtstitel für einen ihrer kostbarsten Besitze. Dann war Franz Joseph auch noch Graf von Kyburg (in der Schweiz), und von Görz und Gradisca (heute italienisch mit einer österreichbegeisterten Bevölkerung, die an jedem 18. August Kaisers Geburtstag feiert).

Als Fürst von Trient und Brixen verwaltete der Kaiser zwei weitere 1803 säkularisierte geistliche Herrschaften. Der Markgraf von Ober- und Niederlausitz war ohne Land. Die Habsburger hatten diese beiden Herrschaften der böhmischen Krone im 17. Jahrhundert an Sachsen verpfändet. Jetzt liegen sie mitten in der DDR. Als Graf von Hohenems pflegte Kaiser Franz Joseph zu reisen, wenn er inkognito unterwegs war. Er besaß sogar Visitenkarten mit diesem Titel eines ausgestorbenen Vorarlberger Geschlechts. Die übrigen Grafschaften in dem Land jenseits des Arlbergs, Feldkirch, Bregenz und Sonnenberg, wurden Ende des 14. und 15. Jahrhunderts habsburgisch. Ein weiteres etcetera steht nun für unzählige kleinere Grafschaften, und schließlich ist Franz Joseph schlicht Herr von Triest, Cattaro und auf der Windischen Mark: Triest hatte sich bereits 1382, von der Konkurrenz Venedigs bedrängt, unter den Schutz Habsburgs begeben, Cattaro, heute das jugoslawische beziehungsweise montenegrische Kotor, war seit 1797 der südlichste Adriahafen der Monarchie und hat eine große Zahl an Admirälen, Kapitänen und hervorragenden Seeleuten gestellt. Acht Jahre vor Triest erwarben die Habsburger die Windische Mark, das Land zwischen den Flüssen Gurk, Kulpa und Save im heutigen Slowenien.

Und mit dem letzten Titel, dem Großwojwoden der Wojwodschaft Serbien, scheint sich bereits der Endkampf um den Bestand der Monarchie anzukündigen — ein unheilvoller Anspruch auf das benachbarte Serbien. Es hat damit jedoch alles seine Ordnung. Die Wojwodschaft Serbien ist die heutige jugoslawische Vojvodina mit Novisad (Neusatz) am linken Donauufer als Hauptstadt. Die letzten etcetera, etcetera erwecken noch den Eindruck einer unermeßlichen Machtfülle, in der sich der Träger dieses Kronen- und Länderkranzes sonnen konnte, bis es kein Und-so-Weiter mehr gab. Jener Ort jedoch, in dem die ersten Schüsse des entsetzlichen Finalfeuerwerkes knallten, Sarajewo, fehlt in diesem Index — Bosnien und Herzegowina wurden 1878 besetzt, 1908 voll annektiert und dabei der Verwaltung des Wiener Finanzministers unterstellt. Diese letzte Erwerbung Österreichs im Zuge des großen imperialistischen Wettrennens um Boden und Rohstoffe und „Menschenmaterial" noch in den Großen Titel Franz Josephs einzuverleiben, fand sich nicht mehr die Zeit.

EIN HABSBURGISCHES PANTHEON

Das Wappentableau ist auseinandergebrochen und zerfallen, nur in der Wiener Votivkirche sind die einzelnen Zeichen noch an die Wand gemalt. Man muß seinen Kopf ein wenig recken, um die Symbole so vieler Völker, Sprachen und Ländereien, diese Markierungen von unendlich viel Geschichte hoch oben an den Mauern des Hauptschiffes zu entdecken. Doch sie sind alle da. Denn der neugotische Kirchenbau am Ring sollte ein habsburgi-

Der Hafen von Fiume, Kroatien.

Küste und Hafen von Triest.

Czernowitz, Bukowina. Hauptplatz mit dem Rathaus. 1894.

Agram, Kroatien. Markt auf dem Jellačićplatz.

sches Pantheon werden, ein Tempel der Einheit der Völker des Kaisers im Gedenken an seine Rettung bei einem Attentat 1853. Franz Joseph ging auf der Bastei spazieren, als ein Ungar auf ihn losstürzte und ihn mit einem Messer am Nacken verletzte. Sein Adjutant und ein wackerer Bürger überwältigten den Angreifer. Der Bruder des Monarchen, Ferdinand Max, der spätere Maximilian von Mexiko, aber gelobte aus Dankbarkeit den Bau einer Kirche als Gemeinschaftsleistung aller Völker des Reiches; überall in der Monarchie wurde gesammelt für dieses Gotteshaus, das ein steingewordenes „Viribus unitis" sein sollte nach dem Wahlspruch Franz Josephs „Mit vereinten Kräften". Die neugotische Kirche Heinrich Ferstels huldigte dem Mythos der Habsburger, der Idee eines kaum von Grenzen eingeengten, universellen Kaisertums. Zu der Wappensammlung wurden an der Außenfassade auch noch die Landespatrone der einzelnen Kronländer aufgestellt, so manche Heilige, die in Wien sonst nirgends verehrt werden, neben den heimischen Schutzheiligen auch der heilige Wenzel für Böhmen, Spiridion für Dalmatien, Stephan für Ungarn, Cyril und Method für Mähren, Rochus für Kroatien, Nikolaus für Venetien, Stanislaus für Galizien, Justus für Triest und noch einige andere mehr. Die beiden schlanken Türme aber waren nach dem Willen der Stifter für die Völker Österreichs wie zwei Schwurfinger Sinnbild ihres Treueeides auf den Kaiser.

Der alte Kaiser in Feldmarschallsuniform. Um 1905.

Die Vielfalt dieser Völker kann man heute noch in Wiens Gotteshäusern nachspiegeln. St. Barbara neben dem Dominikanerkloster, eine ehemalige Jesuitenkapelle, hat Maria Theresia den ukrainischen Katholiken aus Galizien und der Bukowina überlassen. Sie zelebrieren ihre Messe nach orientalischem Ritus, ihr Chor ist berühmt, und nebenbei existiert noch ein Wiener ukrainischer Briefmarkensammlerverein. Die Kroaten treffen sich am Sonntag in und vor der Kirche zu den Neun Chören der Engel am Hof und erzeugen dort südslawische Dorfatmosphäre. Von der Loggia dieser Kirche verkündete 1806 ein kaiserlicher Herold feierlich das Ende des Heiligen Römischen Reiches. Den Italienern gehört die Minoritenkirche, den Polen die Gardekirche gegenüber dem Belvedere, den Tschechen Maria am Gestade und die Peterskirche. Die Griechen sind am Fleischmarkt, die Rumänen zwischen Ballhausplatz und Burgtheater daheim. Die Armenier besitzen ein eigenes Kloster mit einer berühmten Druckerei, und die Ungarn singen in St. Elisabeth, der Kirche des Deutschen Ritterordens, nach dem Ende der Messe ihre Hymne. Durch das Gottesgnadentum haben sich die Kaiser und Könige ein Recht auf zeitlichen und ewigen Unterstand in den Kathedralen, Klöstern und Krypten der katholischen Kirche erworben. Darum ist die Monarchie dort noch mehr zu Hause als anderswo.

Reist man durch die ehemaligen Länder, wird man wohl auch nach dem Stephansdom gefragt, aber immer wieder wollen die Leute vom Prater wissen, vom Volks- und Wurstelprater, der legendären Vergnügungsstätte aller Stände. Er hat viel von seinem Glanz verloren. Die alten Photoserien sind jedoch ein Typenalbum der Monarchie. Im Prater traf man sie alle: die geschniegelten Anreißer, die schäbig-eleganten Kavaliere, die den Dienstmädchen den Blumengarten vom Hut schwatzten und Verhältnisse anbahnten, deren Lösung meist ein Potpourri aus Schnitzler, Anzengruber und einem Dreikreuzerroman war; die prächtigen Bosniaken von der Burgwache, die Bauern in handgewebten weißen Gewändern und weichen Opanken, die einen Hauch von östlicher Weite, Karpaten und Steppe in die Wiener Stadt einschleppten;

Schlagbäume der ehemals österreichisch-russischen Grenze an der Landstraße bei Brody, Galizien. Um 1915.

die Blumenfrauen, die einen blühenden Park vor sich hertrugen; die Iglauer Ammen, Prager Köchinnen, Preßburger Kindermädchen; die kurzberockten slowakischen Mägde, die Juden aus Galizien im langen Kaftan, Rekruten und Offiziere mit allen Regimentsfarben der glorreichen Armee auf dem Kragen; Tiroler Herrgottsschnitzer und Straßenhändler aus dem Gotscheer Land, Leierkastenmänner, Lastenträger, Rastelbinder und Zigeuner, Ruthenen und Triestiner, blonde Bergler und dunkle Menschen aus dem Küstenland; sie alle zog es magnetisch nach Wien — und Wien war in allen Provinzen und Landen.

Budapest wollte Wien übertreffen, das eben aus seinem Barockschlaf erwachende Prag war eifersüchtig. Und die anderen kleinen und großen Hauptstädte der Monarchie ahmten Wien einfach nach. So wie kunstfertige Konditoreimeister Kathedralen und Schlachtenbilder aus Zucker nachbildeten, so wurde jede Provinzgesellschaft zu einem verkleinerten Modell des Wiener Vorbildes: ob in Czernowitz Fahnen geweiht wurden, in Agram Kaisers Geburtstag gefeiert, in Lemberg beim Statthalter getanzt oder im Pardubitz geritten wurde, überall sollte der Glanz Wiens ein wenig widerscheinen. Nur, was da noch echte Leuchtkraft und was bereits das Phosphorglimmern eines langsamen Verwesungsprozesses war, das konnten die wenigsten unterscheiden. Zu sehr waren die meisten damit beschäftigt, sich selbst und vor allem ihre jeweilige Nation zu wichtig zu nehmen. Hermann Bahr mahnte damals: „Auch die Slawen Österreichs sind, wie seine Deutschen österreichisch getauft, auch aus ihrer Seele kann das österreichische Mal nicht mehr abgelöscht werden, aus ihrem Blut die geschichtliche Gemeinschaft mit uns nicht mehr vertilgt werden. Und wie das Deutschtum verarmte ohne die Farben der österreichischen Deutschen, so kann auch das Slawentum in seinem Antlitz den österreichischen Zug nicht entbehren. Sie sind es ihrer Nation schuldig, wie wir der unseren, Österreicher zu sein. Auf diesem tiefen Grunde ruht das anerkannte Geheimnis Österreichs: alle seine Nationen brauchen es, damit das Wesen einer jeden erst ganz in Erfüllung gehe."
Die Nationen haben sich jedoch ihre eigenen Wege gesucht. Nur die Menschen, die finden langsam wieder zusammen. Die Bindungen bleiben bestehen, kulturell, historisch, blutmäßig, verwandtschaftlich, sprachlich: Man blättere nur einmal im Wiener Telefonbuch, und dann im Prager und im Budapester, und man merkt, daß man sich auf einer gemeinsamen Ebene befindet. Und das, was man unter Wiener Küche versteht, ist nichts anderes als eine Auswahl der köstlichsten Rezepte aus allen Ländern des Kaiserreiches, vom aus Mailand stammenden Wiener Schnitzel bis zum Apfelstrudel mit seinen balkanischen und türkischen Wurzeln. Für die meisten Menschen aus den Nachfolgestaaten ist Wien heute ein Konsumparadies, und viele suchen von hier aus das offene freie Klima einer Demokratie. Und sie fühlen die Nähe und Verbun-

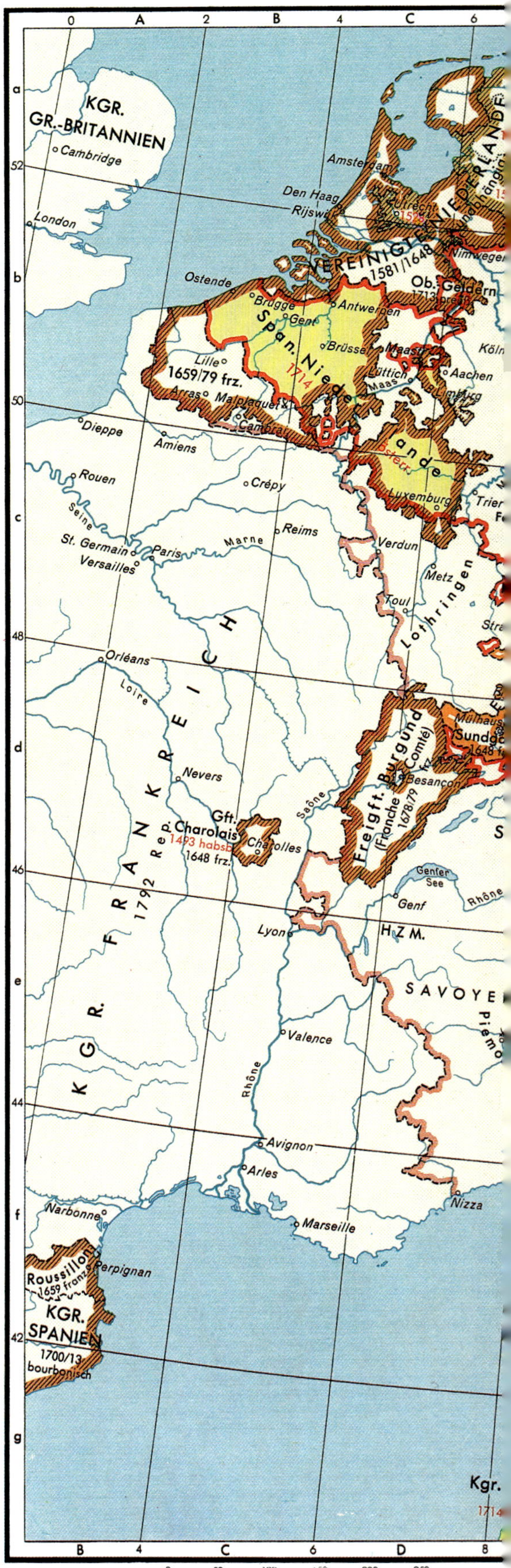

Maßstab 1:6 500 0

ENTWICKLUNG DER HABSBURGISCHEN LÄNDER 1526-1795

Der Kaiser in der Schönbrunner Reitbahn. Gemälde von Armin Horowitz. Um 1910.

Kaiser Franz Joseph I. an seinem Schreibtisch in der Wiener Hofburg. Nach 1900.

denheit, so wie wir die Fremde in den alten Kronländern weniger fremd empfinden als anderswo.
Das liegt wohl daran, daß jeder Österreicher irgendwelche Gene in sich trägt, die einer Monarchiemischung entstammen. Das gehört eben zum österreichischen Menschen, der aus dem Zusammenleben der Donauvölker entstanden ist, aus Harmonie und Widerspruch, aus Übereinstimmung und Gegensatz, aus Haß und Liebe. 1925 beklagte der Geograph Hugo Hassinger das Hinschwinden dieses Charaktertypus „einfühlender, verstehender, schweigsamer Kulturmenschen, entstanden im Vielvölkerstaat Österreich". Dieser österreichische Mensch „ist der berufene und geschulte Vertreter mitteleuropäischer Vermittlungsarbeit gewesen. Diese konzilianten Menschen waren in nicht geringer Zahl unter seinen Staatsmännern, im Adel, in Offiziers- und Beamtenkreisen, in der Geistlichkeit, unter Künstlern, Gelehrten, Kaufleuten und auch in anderen Berufsständen vorwiegend unter den Deutschen, aber auch unter nichtdeutschen Österreichern vertreten. Sie waren es, die außer den geographischen Tatsachen, außer der Dynastie und der historischen Tradition, den Kitt dieses Staates bildeten und die ihn durch die schwersten Krisen führten. Dieser Menschenart verdankte Österreich, aber auch Europa, viel an ausgleichender und vermittelnder Arbeit, verdankte der Westen viel von seiner ungestörten Entwicklung . . ."
Die Sehnsucht nach diesem Menschen ist wieder wachgeworden. Er verkörpert Werte, die wieder etwas gelten. Denn der Geist des alten Österreichs ist nicht so veraltet und altmodisch, wie manche glauben machen wollen. Für viele Menschen wird dieser Geist im „Radetzkymarsch" lebendig, im schmissigen Rhythmus, der das Neujahrskonzert beendet, oder auch in Joseph Roths Roman „Radetzkymarsch", diesem elegischen Klagelied um all das Verlorene. Der Dichter erzählt vom Kaiser, vor dem am Ende der Kaisermanöver die Truppe defiliert: „Durch den Feldstecher sah Franz Joseph die Bewegungen jedes einzelnen Zuges, ein paar Minuten lang fühlte er Stolz auf seine Armee und ein paar Minuten auch Bedauern über ihren Verlust. Denn er sah sie schon geschlagen und verstreut, aufgeteilt unter den vielen Völkern seines weiten Reiches. Ihm ging die große, goldene Sonne der Habsburger unter, zerschmettert am Urgrund der Welten, zerfiel in mehrere kleine Sonnenkügelchen, die wieder als selbständige Gestirne selbständiger Nationen zu leuchten hatten. Es paßt ihnen halt nimmer, von mir regiert zu werden! dachte der Alte. Da kann man nix machen! fügte er im stillen hinzu. Denn er war ein Österreicher . . ."

HANNES ANDROSCH

CONDITIO AUSTRIAE

EPILOG

Die Lebensbedingungen, der Charakter und das Wesen eines Landes erwachsen aus spezifischen, geographischen, historischen, kulturellen, politischen und wirtschaftlichen Bedingungen. So liegen auch die Ursprünge der *Conditio Austriae* tief verwurzelt in der rund tausendjährigen Geschichte jenes über Jahrhunderte durch Eroberung, Heirats- und Vertragspolitik zusammengewachsenen Länderkonglomerats, in jenem vielfach erst als Reaktion auf die Bedrohung von außen zu einer Einheit zusammengewachsenen Staatsgebiet, dessen Kern die heutige Republik Österreich darstellt. Erst seine Geschichte bestimmt das Spezifische seiner Existenz und macht Österreich zu dem, was es ist. Ohne seine Vergangenheit, ohne Einsicht in die Züge seines Charakters und in die Konfiguration seines Wesens bliebe die Gegenwart stumm. Für faktisch jeden Staat spielt seine Geschichte für das Selbstverständnis, die nationale Identität, aber auch für seine Politik und die Herkunft seiner Probleme eine zentrale Rolle. Für Österreich garantiert erst diese historische Dimension die notwendige Selbstfindung: es erhält ja nicht durch eigene Sprache, Kultur oder Volkstum, die es mit anderen Staaten teilt, seine besondere Eigenart, sondern erst durch die besonderen Gegebenheiten seiner Natur, seiner geopolitischen Lage und durch die Erfahrungen aus der Geschichte.

Der österreichische Raum lag seit jeher im Schnittpunkt zwischen Kulturen. Hier begegneten und vermischten sich Kelten und Illyrer, abendländisches Reich und Byzanz, die Reitervölker der östlichen Steppe und die Barbaren des europäischen Nordens wie Westens. Erst aus dem „Zusammenprall der Kulturen" (Karl Popper) erwächst auf diese Weise eine Identitätsstiftung.

Die einstigen rhätisch-norditalienischen und westillyrischen Provinzen, die man als *Austria Romana* zusammengefaßt hat, bildeten samt ihrem über Jahrhunderte umkämpften Vorfeld nördlich der Donau den Limes des römischen Reiches. Schließlich überschritten in der Völkerwanderungszeit die Stämme aus der „Welt der Barbaren", dem „alter orbis", die Grenzen des *Imperium Romanum* und errichteten hier eigene Stammesherzogtümer, die trotz wenig dauerhafter Grenzen, stets dem Einfall östlicher Reitervölker offenstehend, zum Ausgangspunkt einer politisch neu gegliederten Region werden sollten. In diesem Raum entdeckten und entwickelten Romanen, Germanen und Slawen, die hier eine Symbiose mit der bodenständischen Bevölkerung eingingen, gemeinsam eine „Vielfalt in der Einheit", ein gemeinsames Wir-Gefühl, das auch die Nichtdazugehörigen mit einschloß. In diesem *Convivium* wird ein Charakterzug deutlich, der auch späterhin für die *Conditio Austriae* charakteristisch sein sollte.

Es kann kein Zufall sein, daß Österreich im 20. Jahrhundert zweimal aus seinen Ländern heraus neu erstand. Die heutige Republik umfaßt bei allen Verlusten und territori-

alen Einbußen in etwa die spätmittelalterliche *Patriae Domus Austriae,* die Länder des Hauses Österreich, aber erweitert um das ehemalige Fürsterzbistum Salzburg und das westungarische Burgenland. Wenn Österreich damit wiederum auf seinen Kernbereich reduziert ist und damit ungefähr jenen Umfang einnimmt, den es vor dem Einsetzen der habsburgischen Großmachtpolitik gegenüber Ost- und Südosteuropa besaß, so erweist sich hier eindrucksvoll jene identitätsstiftende, in der Vielfalt begründete Kraft des Föderalismus.
Seit dem frühen Mittelalter ist dieses Österreich ein Ort, an dem Ost und West, Nord und Süd einander begegnen. Der Aufstieg etwa der Babenberger — und damit Österreichs — zum Herzogtum vollzieht sich inmitten des Geflechtes kaiserlicher und byzantinischer Weltpolitik; Heiratspolitik, Handel und Wandel, westlicher und östlicher Einfluß lassen schon damals Wien zu einem Zentrum der Begegnung werden (Herwig Wolfram). Nicht immer waren diese Begegnungen friedlicher Natur. Im 16. und 17. Jahrhundert war Österreich, ständig bedroht durch die türkischen Expansionsbestrebungen, das Bollwerk des Abendlandes nach Osten hin. Der — wenn auch kriegerische — Kontakt mit der hochentwickelten Kultur des Orients hinterließ zweifelsohne in der Conditio Austriae seine Spuren.
Das Phänomen Mitteleuropa, das heute vielfach eine Renaissance erfährt, reicht über den Raum des heutigen Österreich hinaus: sein Umkreis geht von Mailand bis Czernowitz, von Krakau bis Triest, von Agram bis zum Bodensee, es umspannt die ehemals vorderösterreichischen Länder genauso wie Ungarn, die Slowakei, Böhmen, Bayern, Südtirol oder Graubünden. Unbeschadet seiner staatlichen Zugehörigkeit kann der mitteleuropäische Mensch sich einerseits auf eine gemeinsame Geschichte berufen, andererseits mit seiner politischen Realität koexistieren. Seine primäre Identifikation findet er in der unmittelbaren Heimat, darüber hinaus aber existiert ein über die politischen Grenzen hinausreichendes Zusammengehörigkeitsgefühl, existieren gemeinsame Bezüge und eine kulturelle Verbundenheit.
Österreich ruht auf diese Weise nicht nur in sich selbst, in seinen gewachsenen Ländern, in seiner inneren Vielfalt, sondern darüber hinaus existiert auch eine größere Österreich-Idee, durch die es eingegliedert wird in die weiteren Lebensbezüge Europas. Geistiges und territoriales Österreich sind somit nicht immer ident (Allmayer-Beck). Wenn heute — verbunden mit oft unrealistischen Erwartungen — die Mitteleuropa-Idee als beflügelnde Vision wieder auflebt und weiterlebt, so wird darin eine Kontinuität im österreichischen Denken und Wollen erkennbar. Denn die zentrale Stellung in der Mitte Europas, am Schnittpunkt der Kraftlinien von Nord und Süd bzw. West und Ost, verleiht dem Lande eine geopolitische Position und Bedeutung, die weit über die Möglichkeiten eines Kleinstaates hinausreichen. Dies manifestiert sich nicht zuletzt in dem oft artikulierten Widerspruch zwischen den beengten Verhältnissen der kleinstaatlichen Realität und dem Anspruch, eine — zumindest kulturelle — Großmacht zu sein. Eine Geschichtlichkeit in einem solchen Sinne zu seinen Ausgangsbedingungen zu zählen, verführt natürlich in besonderer Weise dazu, wie Karl Kraus sagte, „vertrauensvoll in die Vergangenheit zu blicken", von dieser größeren Vergangenheit nicht mehr loszukommen, sie als „gute alte Zeit" zu idealisieren oder gar, die Realität zurücklassend, sie als ein Traumreich zu transzendieren.
Es kommt nicht von ungefähr, daß die Zuneigung der Österreicher in ganz besonderem Maße stets jenen Politikern oder Literaten gilt, die den Phantasien ihrer Landsleute auf die Sprünge helfen und sie in dem Glauben bestärken, etwas Besonderes zu sein. Hier versucht man die Universalidee des alten Imperiums hinüberzuretten, jene weltumspannende Konzeption, die programmatisch bereits im AEIOU Kaiser Friedrichs III. angelegt war und die sich im *„plus oultre"* dessen Urenkels Karl V. in wahrhaft globale Dimensionen verlieren sollte. Diese Haltung des universalen Ausgleichs, die nicht zuletzt durch Toleranz und Absage an jeglichen Fanatismus geprägt ist und von einem erasmischen Humanismus diktiert wird, begünstigt, positiv gewendet, ein Denken und eine Einstellung, die dem bedingungslosen Rechthabenwollen abschwört. Sie zwingt zu diplomatischer Anpassung und Einfühlung in den anderen, was im Extremfall und negativ gewendet allerdings, wie Hermann Bahr einmal feststellte, bis zur Charakterlosigkeit gedeihen kann.
Das während des Absolutismus zur Ausprägung gelangte Verhältnis von Herrscher und „Landeskindern" bedingt beim Österreicher bis heute ein ambivalentes Verhältnis zu seinem Staat. Dieser wird einerseits als „Obrigkeit" empfunden, von der man „in die Pflicht" genommen wird, deren Zugriff man aber auch listig zu entkommen trachtet. Auf der anderen Seite wird die zentralstaatliche Brutalität des Zugriffs gemildert durch ein dichtes Beziehungsgeflecht. Der Staat wird aber auch erlebt als autoritäre Vaterfigur, in die man grenzenloses Vertrauen setzt, deren Beistand selbst der liberale Unternehmer nur allzu schnell anruft. Die stets gegenwärtige Suche nach Ersatzmonarchen, die dann zumeist als „zu groß für Österreich" gelten, sowie eine extreme Personalisierung der Politik erscheinen als ein weiteres kennzeichnendes Erbe der absolutistischen Vergangenheit. Einzig der Monarch weiß, was das Volk benötigt: „Alles für das Volk, nichts durch das Volk".
Dazu kam die „Ehe" zwischen Thron und Altar. Über lange Zeit bewirkte eine als Staatskirche eingebundene *Ecclesia* die Ideologisierung staatlicher Macht. Die barocke *Pietas Austriaca* galt als wesentliche Stütze des Thrones seiner Katholischen Majestät. Die gewalttätige

Rekatholisierung seit Ende des 16. Jahrhunderts, die nicht zuletzt dazu diente, den aufständischen, überwiegend protestantisch gewordenen einheimischen Adel durch willfährige Emigranten aus Spanien, Italien, Flandern, Portugal, Irland usw. zu ersetzen, diese sehr unösterreichische Lösung des Glaubensstreites also, hat, wie Friedrich Heer meint, nicht wenige Brüche im österreichischen Menschentum hinterlassen. Österreich wurde im 17. Jahrhundert einheitlich katholisch, und der Protestantismus ist nie wieder zu einer entscheidenden kirchlichen oder politischen Kraft geworden. Diese Wiederherstellung der Glaubenseinheit wurde mit der Vertreibung von rund 100.000 Evangelischen bezahlt.

Das alte Österreich war ein barockes Land. Es kann kein Zufall sein, daß die bildenden Künste, die Musik hier eine besondere Ausprägung erfuhren. Die Blüte der deutschsprachigen Literatur und der Philosophie des 18. und 19. Jahrhunderts war hingegen in den protestantischen Ländern angesiedelt. Österreich gelang auch nie der Aufstieg zu einer globalen seefahrenden Nation und es war daher nie — sieht man vom frühen 16. Jahrhundert ab — eine Kolonialmacht.

Das Heilige Römische Reich war dem Ansturm des revolutionären Frankreich nicht gewachsen; mit dem 1806 erfolgten Verzicht Kaiser Franz' I. auf die römische Kaiserwürde unterlag die universale Reichsidee dem Nationalismus. Der Versuch einer Neukonstruktion im Rahmen des Deutschen Bundes scheiterte: Österreich gelang es in der Auseinandersetzung mit Preußen nicht, die Vorherrschaft in Deutschland zu erringen — nicht zuletzt deshalb, weil die habsburgische Monarchie eben als ein übernationales Staatswesen konzipiert war. Das alte Österreich wurde damit in seiner letzten Phase zum Rückzugsgebiet universaler und patriarchalischer Lebens- und Herrschaftsformen und damit zur Vormacht des Konservativismus in Europa. Die Niederlage Österreichs im Krieg gegen Preußen 1866 entschied die deutsche Frage im kleindeutschen Sinne. Die Schaffung des Deutschen Reiches 1871 durch Bismarck bewirkte eine Eruption deutschnationalen Denkens auch in Österreich. Dies sollte nach dem Zusammenbruch der Donaumonarchie zur Anschlußerklärung der deutschösterreichischen Nationalversammlung im Herbst 1918 führen und so den Weg zum Anschluß 1938 bereiten. Dieser Eruption des „Sprachnationalismus" mit seiner Politisierung des Volksbegriffs (Gerald Stourzh) steht die prägende koexistenzielle Transnationalität der habsburgischen Universalmonarchie gegenüber, die jenes Phänomen bewirkte, daß man — wie Elias Cannetti in seinem autobiographischen Werk „Die gerettene Zunge" ausführt — in sich mehrere Identitäten vereinigt spürte.

In wirtschaftlicher Hinsicht war die Monarchie ein „industrialisierter Agrarstaat" (Stephan Koren), dessen Infrastruktur, industrielle Entwicklung und außenwirtschaftliche Verflechtung im Vergleich zu anderen europäischen Staaten — wie England, Frankreich und Deutschland — deutlich zurückgeblieben war. Die Wurzeln dieser Rückständigkeit reichen zum Teil bis in das 18. Jahrhundert zurück. Die liberale Reformpolitik Maria Theresias und Josefs II. hatte zwar eine ausgesprochen günstige Ausgangsbasis für eine erfolgreiche Industrialisierung der Donaumonarchie geschaffen. Aber nicht nur die Belastung der Napoleonischen Kriege, sondern auch neue politische Bewegungen stellten zu Beginn des vergangenen Jahrhunderts den Vielvölkerstaat in Frage. Staatskanzler Metternich reagierte darauf mit einer autoritären Politik und verschloß sich den neuen Tendenzen der Zeit, wodurch eine entscheidende Phase in der Geschichte der Industrialisierung Europas versäumt wurde. Insbesondere das zollpolitische Abschirmungssystem verminderte den Zwang zur Modernisierung und zur Konzentration von Produktionen und verlängerte die Existenz handwerklicher und manufaktureller Betriebsformen. Robert Musil schreibt in diesem Zusammenhang: „Österreich ist das Land der privilegierten Unternehmungen gewesen, des mit Zusicherungen und Schutzbriefen arbeitenden Unternehmentums, das dadurch an Tüchtigkeit verlor."

Ganz anders verhielt es sich beispielsweise in Preußen: Dort setzte bereits am Beginn des 19. Jahrhunderts, nach der Niederlage in den Napoleonischen Kriegen, eine innere Erneuerung ein. Die Ideen der Französischen Revolution und der Aufklärung fanden Eingang in das politische System und das liberale Gedankengut der Zeit fand Ausdruck in der Stein'schen Verordnung von 1807, in den daran anschließenden Hardenberg'schen Reformen sowie in der Gründung des Deutschen Zollvereins 1834. Obwohl nach der endgültigen Niederlage Napoleons 1815 die Hardenberg'schen und Stein'schen Reformen zum Teil behindert wurden, hielt man wirtschaftspolitisch die liberale Linie durch. Die eingeleitete Reform der Landwirtschaft, die Einführung der Gewerbefreiheit sowie die neugeschaffene große Freihandelszone waren wesentliche Voraussetzungen für die rasche Industrialisierung Deutschlands in der zweiten Hälfte des 19. Jahrhunderts. In Preußen wie in Österreich blieb die vormärzliche Gesellschaftspolitik zwar autoritär, doch die Balance zwischen der ökonomischen Bewegungsfreiheit des aufsteigenden Erwerbsbürgertums und den Staatsinteressen verlief in völlig anderen Bahnen.

Allerdings versuchte Ministerpräsident Fürst Schwarzenberg nach 1848, gestützt auf die Ideen Karl Freiherr von Brucks, zu einem einheitlichen mitteleuropäischen Wirtschaftsgebiet, zu einem Reich der 70 Millionen zu gelangen. Mit dem Deutschen Bund als Zentrum sollte eine europäische Wirtschaftsgemeinschaft unter Einschluß der heutigen Beneluxländer und Skandinaviens sowie der von Österreich beherrschten oberitalienischen Gebiete entstehen. Der frühe Tod Schwarzenbergs, die zunehmende außenpolitische Isolierung Österreichs, aber auch

innerösterreichische Widerstände protektionistisch gesinnter Kreise brachten schließlich die Bruck'schen Pläne zum Scheitern.
Als 1862 Preußen und Frankreich ein liberales Meistbegünstigungsabkommen abschlossen und sich damit die Frage einer deutsch-österreichischen Zollunion erneut mit großer Dringlichkeit stellte, entbrannte ein leidenschaftlicher und erbitterter Markt- und Interessenkampf, der die Hegemonie in Deutschland zunächst auf handelspolitischem und schließlich auch auf politisch-militärischem Gebiet zugunsten Preußens entschied (Herbert Mathis). Es half nicht mehr, daß Österreich 1865 ebenfalls auf die Freihandelslinie einschwenkte; die Habsburgermonarchie erlitt ihr „wirtschaftliches Königgrätz" (Heinrich Benedikt) bereits vier Jahre vor ihrer militärisch-politischen Niederlage.
Zur Verdeutlichung der wirtschaftlichen Situation der Monarchie einige Zahlen: Ein aufschlußreicher Vergleich des Standes der Industrialisierung zwischen Preußen und Österreich ist am Einsatz von Dampfmaschinen in der gewerblichen Produktion abzulesen. So waren 1841 in Österreich 223 Maschinen mit insgesamt 2798 PS aufgestellt, das viel kleinere Preußen hatte aber 1840 bereits über 608 Maschinen mit 11.641 PS. Bei einer Gesamtausdehnung der Österreichisch-Ungarischen Monarchie von 626.000 km² verfügte der Staat um 1900 nur über ein Eisenbahnnetz von etwa 19.000 km, hingegen England mit einer Fläche von 130.000 km² über 30.000 km, Frankreich mit 540.000 km² ebenfalls über 30.000 km und Deutschland über ein Schienennetz von mehr als 50.000 km. Die industrielle Schwäche der Monarchie zeigte sich auch unmittelbar an der Entwicklung der industriellen Produktion. Während sich diese beispielsweise zwischen 1800 und 1888 in Deutschland beinahe verzehnfachte, war in Österreich nur ein halb so rascher Anstieg, also auf knapp das Fünffache, zu verzeichnen. Auch im Vergleich zur Versiebenfachung der industriellen Weltproduktion im selben Zeitraum war das Ergebnis der Monarchie unterdurchschnittlich.
Die Monarchie zerbrach aber letztlich an ihren nationalen und sozialen inneren Gegenständen. Dieses Gebilde, in dem das Haus Habsburg 640 Jahre, länger also als das Römische Kaiserreich, Bestand hatte, wurde 1918 gesprengt. Das Ergebnis hat Churchill in seinen Memoiren wie folgt formuliert: „Es gibt keine Völkerschaft oder Provinz des habsburgischen Reiches, der das Erlangen der Unabhängigkeit nicht die Qualen gebracht hätte, wie sie von den alten Dichtern und Theologen für die Verdammten der Hölle vorgesehen sind." Das entstandene Vakuum hat jedenfalls gewaltiges Leid über ganz Europa gebracht und große machtpolitische Verschiebungen zur Folge gehabt. František Palácky hatte 1848 bereits an die Adresse der Nationalversammlung in Frankfurt die Worte geschrieben: „Denken Sie sich Österreich in eine Menge Republiken und Republikchen aufgelöst — welch willkommener Bauplatz für die russische Universalmonarchie!"
Der gelernte Österreicher hat sich mit dem Untergang der Monarchie im Grunde seines Herzens eigentlich bis heute nicht abgefunden, ja die Renaissance Altösterreichs (William M. Johnston) ist ein Phänomen, das heute auch jenseits der Grenzen wahrzunehmen ist, vor allem in Italien, wo in der aktuellen politischen Diskussion sehr häufig auf Altösterreich als Vorbild hingewiesen wird. Die Faszination des alten Österreich erreicht aber auch über die Nachfolgestaaten hinausreichend die westeuropäische Kultur. Die buntscheckige Vielfalt des Reiches, in dem Deutsche, Ungarn, Tschechen, Slowaken, Polen, Ruthenen, Kroaten und Slowenen, Serben, Rumänen, Italiener und Juden eine Heimat fanden, wird heute deshalb als faszinierend empfunden, weil an diesem „Weltexperiment" des Vielvölkerstaates die Koexistenz verschiedenster, ethnischer, sozialer und religiöser Gruppierungen unter einem gemeinsamen Dach möglich scheint.
Gerade das mußte aber unter den Bedingungen des Nationalismus des 19. Jahrhunderts zur Ursache seines Unterganges werden. Dieses in Jahrhunderten gewachsene Gebilde, dessen Führungsschicht aus vieler Herren Länder kam und wie das Reich selbst eine Schöpfung des Hauses Österreich war, war mit den Kategorien des Nationalismus unvereinbar. Daraus entstand mit Notwendigkeit der tragische Konflikt Österreichs mit sich selbst, indem es zu einem Fremdkörper in einer Welt der Nationalstaaten und der Klassenkämpfe werden mußte und dennoch in seiner Mission, Fortschritt und Frieden in einem national so unentwirrbar verflochtenen Raum zu garantieren, unersetzlich war. Die gemeinsame Idee, das unsichtbare Element, das allen gemeinsam und mit dem keiner ident war, blieb letztlich eine Vision.
Die untergehende Habsburgermonarchie wurde auf diese Weise zur „Versuchsstation für den Weltuntergang" (Karl Kraus), zum Modell der verlorenen Identität des modernen Individuums überhaupt, gleichzeitig aber auch zur Inkubationsstätte der Moderne: Die Einsicht in die Komplexität der Dinge, in die Einheit der Vielfalt, all das führt zu einem Amalgam vielfältiger widersprüchlicher Eigenschaften. Hier wird Österreich, für Friedrich Hebbel „eine kleine Welt, in der die große ihre Probe hält", letztlich — wie Musil sagte — zum „Weltexperiment" das mit der Klarheit eines Labormodells die substanzielle Leere der Wirklichkeit deutlich werden läßt.
Daß sich in eben dieser Welt der ausgehenden Monarchie, die sich zum Sterben anschickte, in jenem *fin de siècle* vor dem Ersten Weltkrieg, gerade im leichtlebigen Wien, dessen gesellschaftliche Dekadenz uns in den Figuren von Schnitzler und Hofmannsthal, Makart und Klimt entgegentritt, zugleich auch die handelnden Personen des folgenden Aktes des Weltdramas einfinden, ist eines jener Phänomene der „Gleichzeitigkeit des Ungleichzeitigen", die daran zweifeln lassen, ob es sich hier um einen blo-

ßen Zufall handelte. Die gleichzeitige Präsenz des schachspielenden Leo Bronstein alias Trotzki im Literatencafé „Central" und die des Josef Dschugaschwili alias Stalin, der 1913 in der Wiener Schönbrunnerstraße wohnte und im Auftrag seines Mentors Lenin eine Studie über die Nationalitätenfrage schrieb, oder eines gewissen Josef Broz, der später als Tito bekannt werden sollte und damals in Wiener Neustadt als Maschinenschlosser arbeitete, oder die Reichstagsabgeordneten De Gasperi und Masaryk, und das Wirken eines Feuilletonredakteurs der „Neuen Freien Presse" mit Namen Theodor Herzl, der — angeregt durch die Pariser Affäre Dreyfus — an einem Werk über den Judenstaat arbeitete und damit zum Begründer des Zionismus wurde, mit einem im Männerheim in der Meldemannstraße in der Brigittenau politisierenden Ansichtskartenmaler namens Adolf Hitler, zeigt die *dramatis personae* des folgenden Aktes alle in Wien versammelt.
Daneben — abseits der Politik, abseits aber auch der offiziellen Wissenschaft — entwickelte Sigmund Freud in seiner Ordination in der Wiener Berggasse die Psychoanalyse, in der er nicht zuletzt die „verschwiegene Dimension" dieser am Abgrund stehenden Gesellschaft aufdeckte.
Gleichzeitig erlebt eben dieses Österreich, besonders Wien, eine kulturelle und geistige Blüte, in der neue Anfangspunkte, neue Systeme und Disziplinen entwickelt werden, die bis in die Zwischenkriegszeit hinein überdauern und weiterentwickelt werden sollten. Zumeist basierten diese geistigen Innovationen auf einer Neuscheidung der Disziplinen, in der Vereinigung bisher getrennter Einsichten unter einem neuen Erkenntnisziel, und im Bereich der Kultur in einem Blick hinter die Oberfläche der Dinge, in einem Aufdecken verborgenster psychologischer Geheimnisse und Zusammenhänge. Es ist ein erschöpfender, umfangreicher und eindrucksvoller Katalog einer kulturellen Elite, die bis heute in Kunst und Wissenschaft hohe Wertschätzung genießt. Ärzte, Physiker, Chemiker, Historiker, Philosophen, Biologen, Mathematiker, Schriftsteller, Maler und Komponisten — sie alle prägen bis heute die intellektuelle Landschaft des 20. Jahrhunderts. Charakteristischerweise stehen diese österreichischen Denker oft einem offenen Systemansatz nahe, einem geistigen Konzept, worin sich eine alte österreichische Erbanlage, die Feindschaft gegen das rein Abstrakte, gegen die Vorherrschaft einer alles andere ausschließenden Ideologie sowie das Aufbrechen von Tabus und ein integratives Denken zwischen den Disziplinen offenbart. Noch nach dem Zweiten Weltkrieg haben österreichische Emigranten etwa in England und in den USA solche Theorien entwickelt, wie der Philosoph Karl Popper die Konzeption einer offenen Gesellschaft, oder der Biologe Ludwig von Bertalánffy die Theorie offener Systeme, aber man könnte noch andere erwähnen, wie etwa den Dichter Hermann Broch. Sie alle machen auf diese Weise eine spezifisch österreichische Weltsicht deutlich. Der „therapeutische Nihilismus", wie ihn die Wiener Medizinische Schule im 19. Jahrhundert entwickelte, wird etwa bei Popper zum Modell der wissenschaftlichen Methode schlechthin. Die Skepsis gegenüber den eigenen Behauptungen, das Aufspüren von gegenteiligen Tatsachen, die unwiderstehliche Lust, die Produkte eigener Erkenntnis wieder in Frage zu stellen — diese Eigenschaften einer nestroyartigen Selbstkritik werden zum Kennzeichen des wissenschaftlichen Verstandes überhaupt (William M. Johnston).
Österreich, Wien — das war ein Raum, wo so viel des 20. Jahrhunderts entstanden ist. In der Philosophie rund um Schlick, Popper, Wittgenstein; in den Wirtschaftstheorien mit Mieses, Hayek, Machlup, Haberler, Schumpeter, Morgenstern, Drucker und Menger; in der Mathematik mit Carnap, Neurath, Hans Hahn und Wald; in der Logik mit Gödel, Feigl und Waismann; in der Soziologie mit Lazarsfeld und Zilsel; in der Physik mit Schrödinger, Victor Franz Hess, Lise Meitner; in der Psychoanalyse mit Sigmund Freud und in der Individualpsychologie mit Alfred Adler; in der Psychiatrie mit Wagner-Jauregg; in der Medizin mit Böhler, Landsteiner, Loewy; in der Musik mit Schönberg, Berg, Webern, Krenek; in der darstellenden Kunst mit Klimt, Schiele, Kokoschka; in der Architektur mit Wagner, Hoffmann und Loos.
Sie alle und viele mehr wirkten im alten Österreich, und viele von ihnen fanden sich nach 1918 in der Republik Österreich wieder. Aber dieses Restösterreich mußte ihnen zu eng werden, sie fanden nicht mehr jenen schöpferischen Humus von früher, jenen Wirkungskreis und nicht zuletzt jene wirtschaftlichen und finanziellen Möglichkeiten wie in der Monarchie vor. Schon in den zwanziger Jahren setzte die erste große Emigrationswelle ein. 1934, nach der Errichtung des austrofaschistischen Ständestaates, verließ die Elite der linken und liberalen Denker das Land. Der Anschluß an Deutschland schließlich führte dazu, daß alle jene, die jüdischer Herkunft waren oder mit dem Nationalsozialismus nicht leben konnten, gingen, flohen oder ermordet wurden. In Wien — das im übrigen noch im 18. und 19. Jahrhundert eine Zufluchtstätte für Juden aus der ganzen Welt war — betrug der Anteil der jüdischen Gemeinschaft um 1920 200.000 Personen, das entsprach 10,8 % der Bevölkerung. Der Verlust an geistiger und schöpferischer Kapazität war enorm.
Das geistige, größere Österreich überdauerte die Monarchie wie auch den Ersten Weltkrieg, der nach Franz Kafka „aus einem entsetzlichen Mangel an Phantasie entstanden" ist, und es wirkt z. T. auch heute noch — in der Emigration vor allem — nach. Das Habsburgerreich, dessen Hymne in so vielen verschiedenen Sprachen gesungen wurde, blieb in seinem innersten Wesen aber in der öffentlichen Meinung des Westens unverstanden; das Schlagwort vom „Völkerkerker" oder „China Europas" verdeckte die historische Verklammerung mit dem

Schicksal Europas. Diese erstaunliche Unkenntnis der komplizierten Verhältnisse in Mitteleuropa, ebenso wie die Blindheit für das Machtvakuum, das die Auflösung der Donaumonarchie zur Folge haben mußte, förderten eine Entwicklung, in der dann auch der Anschluß 1938 von vielen nur als eine unvermeidliche Konsequenz, die man resignierend zur Kenntnis zu nehmen hatte, erscheinen mußte. Wie Hugo von Hofmannsthal 1919 für die Zukunft fast mystisch-doppelsinnig prognostizierte: „Auf das, was nun kommen muß, sind wir tiefer vorbereitet als jemand in Europa".

Die am 12. November 1918 proklamierte Republik „Deutsch-Österreich" verstand sich als Versatzstück der Konkursmasse des Vielvölkerreiches. Als künstliche Schöpfung der Siegermächte, der ungeliebten Geburtshelfer von Saint Germain, verurteilt zur Kleinstaatlichkeit. Die junge Republik war ein „Staat, den keiner wollte", nach den Worten des französischen Ministerpräsidenten Clemenceau ("l' Autriche c'est ce qui reste") mit knapp 7 Millionen Einwohnern der verbleibende Rest des einstigen Großreiches von 53 Millionen. Es war ein Staat wider Willen, ein Staat, an dessen wirtschaftliche Lebensfähigkeit keiner glaubte. Es war eine Gesellschaft, von der ein Teil einem vergangenen Reich nachtrauerte, während ein anderer Teil schon von einem neuen träumte. Eine gemeinsame politische Basis fand die neue Republik lediglich in ihrer Ablehnung der Monarchie als Staatsform; Karl Kraus variierte die alte Kaiserhymne in diesem Sinne: „Gott erhalte, Gott beschütze vor dem Kaiser unser Land . . . Nimmer sei mit Habsburgs Throne Österreichs Geschick vereint!"

Der Friedensvertrag von St. Germain war schlimmer und demütigender als der von Versailles. Die Grundsätze des 14-Punkte-Programmes Wilsons, vor allem die Selbstbestimmung wurden schändlich mißachtet. Staatskanzler Renner spricht am 3. Juni 1919 davon, daß der Friedensvertrag die Verstümmelung vollende, die mit der militärischen Besetzung deutschen Landes und Volkes durch die Nationalstaaten begonnen habe. Die Arbeiter-zeitung vom 4. Juni 1919 bringt unter dem Titel „Schnöde Erbarmungslosigkeit": „Ein sicherer, gerechter und dauerhafter Friede soll dem Kriege gegen Österreich folgen! Den neuen Staaten sollen dauerhafte Grundlagen gegeben werden, die der Gerechtigkeit und Billigkeit entsprechen! So heißt es in der Einleitung zu dem Vertragsentwurf, so verkünden es die Herren der Entente. Daß sie an ihren Worten nur nicht ersticken! Denn niemals hat der Inhalt eines Friedensvertrages die Absichten, die bei dessen Gestaltung gewaltet haben sollten, so gröblich verleugnet, wie bei dem Vertrag, den die achtundzwanzig Mächte diesem armen Staat um den Hals warfen, ihn uns, im Bewußtsein der unausweichlichen Wirkungen solcher Bedingungen, auferlegen: daß uns der Lebensatem ausgeht, daß wir nicht leben können, daß wir zugrunde gehen müssen!"

Restösterreich wurde die Verantwortung für die Kriegsschäden des vorangegangenen Gesamtstaates und dementsprechende Reparationsleistungen auferlegt. Der Anschluß an das demokratische, republikanische, föderative Deutschland aber und selbst an die Schweiz wurde untersagt. Das Selbstbestimmungsrecht kam nicht zur Anwendung. Dies veranlaßte den Staatssekretär für Auswärtige Angelegenheiten, den Sozialdemokraten Dr. Bauer, der am 2. März 1919 mit dem deutschen Reichsminister des Auswärtigen, Graf Brockdorff-Rantzau, eine Vereinbarung über den Zusammenschluß des Deutschen Reiches und Deutsch-Österreich unterzeichnet hatte und in der Berlin und Wien als alternierende Hauptstädte vorgesehen waren, seine Funktion zurückzulegen. Das Anschlußverbot wurde in den folgenden Jahren im Zuge von Kreditgewährungen (Genfer Anleihe 1922 und Lausanner Anleihe 1932) wiederholt.

Die wichtigsten Parteien waren in ihren Parteiprogrammen zum Teil bis 1933 für den Anschluß, aus wirtschaftlichen, ideologischen und national-großdeutschen Beweggründen. Die Zerstörung der weitgehend autarken ökonomischen Ganzheit der Monarchie führte zu einem Reduktionsschock und zu Anpassungskrisen (N. Leser). Es fehlten der österreichischen Republik Nahrungsmittel, Rohstoffe, Energie und Absatzmärkte. Im Industriebereich gab es in manchen Sektoren große Überkapazitäten, in anderen einen Mangel an Kapazitäten. Inflation und Auslandsschulden schüttelten das Land. Kredite wurden mit Auflagen gegeben, wie sie heute kein Schuldnerland der Dritten Welt akzeptieren würde. Ein in Wien residierender Völkerbundkommissar beeinträchtigte die wirtschaftspolitische Souveränität des Landes. 1929 war — gemessen am Brutto-Sozialprodukt — noch immer nicht das wirtschaftliche Niveau von 1913 erreicht, die Weltwirtschaftskrise traf Österreich mit umso größerer Wucht und Dauer. Eine riesige Arbeitslosigkeit bis 1938 war die Folge. Am Höhepunkt, im Jahre 1933, waren bei 1,6 Mio. unselbständig Beschäftigten 557.000 ohne Arbeit, von denen rund 40 % als sogenannte Ausgesteuerte keine Unterstützung mehr erhielten.

Von der internationalen Gemeinschaft im Stich gelassen und preisgegeben, war Österreich dem wirtschaftlichen und politischen Einfluß Italiens und zunehmend Deutschlands ausgesetzt. Die inneren Verhältnisse verschärften sich durch die Etablierung des autoritären Ständestaates 1933 und dem Einsatz von Waffengewalt gegen die Arbeiterschaft und die Sozialdemokraten bei den Bürgerkriegszuständen des 12. Februar 1934. Im selben Jahr, am 25. Juli, erfolgte der Putschversuch der Nationalsozialisten mit der Ermordung des Bundeskanzlers Dollfuß. Seinem Nachfolger, Dr. Kurt Schuschnigg, gelang es in der Folge weder innenpolitisch noch außenpolitisch, die Stabilität des Landes zu gewährleisten.

Auch wirtschaftliche Repressionen mußte das von Krisen

geschüttelte Land hinnehmen. Im Mai 1933 verfügte das NS-Regime die sogenannte 1000-Mark-Sperre gegen Österreich; jeder nach Österreich reisende Deutsche mußte eine Abgabe von 1000 Reichsmark zahlen. Die Folgen für den österreichischen Fremdenverkehr, der auch bereits damals ein bedeutender Wirtschaftszweig war, waren verheerend. Rund 40 % aller Touristen waren 1932 Deutsche, sie blieben in den Folgejahren vollständig aus. In Tirol etwa, dem wichtigsten Fremdenverkehrsgebiet, sank die Zahl der Nächtigungen deutscher Gäste, die im Zeitraum 1929 bis 1933 4,43 Mio. betragen hatte, in der Periode 1933 bis 1937 auf 0,51 Mio., also auf rund ein Zehntel.

Der Ständestaat wollte durchaus so etwas wie ein Österreichbewußtsein entwickeln; er stand aber in seinem Kampf gegen den Nationalsozialismus von vornherein auf verlorenem Posten, hatte er doch die Arbeiterschaft von der politischen Mitverantwortung ausgeschlossen und sich damit selbst in die Isolation manövriert.

Im Jahre 1938 war die illegale Nationalsozialistische Partei in Österreich die Partei einer kleinen Minderheit; es gab knapp 13.000 zahlende Mitglieder der NSDAP, das waren weniger als 0,2 % der Bevölkerung. Als im Frühjahr 1938 Bundeskanzler Dr. Schuschnigg dem Druck Hitler-Deutschlands durch eine Volksabstimmung begegnen wollte, von der man meinte, daß sie eine klare Mehrheit für Österreich ergeben hätte, erfolgte am 12. März 1938 der Einmarsch deutscher Truppen in Österreich. Damit waren die Annexion und Eingliederung in das Deutsche Reich vollzogen. Nicht einmal der Name Österreichs blieb erhalten, und selbst die Ersatzbezeichnung Ostmark wurde durch Alpen- und Donaugaue ersetzt.

Die unmittelbare wirtschaftliche Konsequenz war, daß der im Vergleich zu Deutschland 18mal größere Devisen- und Goldschatz Österreichs nach Berlin gebracht wurde, wo er für volle neun Monate die deutsche Aufrüstung finanzierte, während in Österreich der Bayerische Hilfszug Lebensmittel zur Verteilung brachte. Hitler hat mit der Annexion Österreichs eine ganze Reihe internationaler Abkommen und Verhaltensregeln gebrochen, außer Mexiko protestierte kein einziger Staat. Innerhalb weniger Tage wandelten die Großmächte ihre Botschaften und Gesandtschaften in Wien zu Generalkonsulaten und Konsulaten ihrer Botschaften in Berlin um.

Die Erste Republik war reif für den Zerfall; rund ein Viertel der Bevölkerung war während der Weltwirtschaftskrise ohne Arbeit, dazu kamen permanente innere Konflikte und das Desinteresse des Auslands an Österreichs Geschick, eines Auslands, das Österreich im besten Falle als „Kolonie des Finanzkapitals" behandelte oder eben als Objekt der eigenen Machtpolitik begriff. Dennoch wurde der Anschluß im März 1938 keinesfalls, wie dies — vor allem von jenen, die die „Gunst der späteren Geburt" aufweisen — oft behauptet wird, von allen Österreichern als „Vollzug einer historischen Gesetzmäßigkeit" begrüßt. Sicher gab es den Jubel am Heldenplatz und die Erklärung politischer und kirchlicher Exponenten mit ihrem Bekenntnis zu Großdeutschland, auf der anderen Seite gab es aber auch österreichische Politiker aus allen politischen Lagern im Konzentrationslager, und es gab schließlich auch die große Menge derjenigen, die trauernd zu Hause blieben. Aber auch für viele, die anfangs vom Anschluß überzeugt waren, dauerte es nicht lange, bis ihnen klar wurde, daß eine Annexion stattgefunden hatte.

Man sollte auch nicht vergessen, daß sich unmittelbar nach dem Anschluß schon Widerstand erhoben und Opfer gefordert hat. Allein zwischen dem Einmarsch der deutschen Truppen und der von Hitler nun inszenierten Volksabstimmung am 10. April 1938 gab es rund 76.000 Festnahmen durch die Gestapo. Österreicher, die den Fahneneid auf Hitler verweigerten, wurden in das Konzentrationslager geschickt und viele hingerichtet. 360.000 Österreicher wurden von der Wahl ausgeschlossen. Am 1. April, zehn Tage vor der Abstimmung, wurden die ersten politisch Verfolgten in das Konzentrationslager Dachau gebracht, darunter ein großer Teil der politischen Führungsgarnitur der späteren zweiten Republik (Leopold Figl, Alfons Gorbach, Fritz Bock, Franz Olah, usw.).

Das war allerdings nur der Anfang eines großen Opferganges: Über 65.000 österreichische Juden wurden in den folgenden Jahren verschleppt und ermordet, über 16.000 andere Österreicher starben in Gestapo-Haft, fast 20.000 kamen in den Konzentrationslagern ums Leben, rund 2700 wurden von den Volksgerichtshöfen zum Tod verurteilt und hingerichtet. Darüber hinaus sind 274.000 Österreicher als Angehörige der deutschen Wehrmacht gefallen, 24.300 Zivilisten kamen bei Luftangriffen oder Kriegshandlungen ums Leben, über 100.000 wurden aus dem Land vertrieben, und die meisten kehrten nicht mehr zurück.

Der Widerstand gegen die Einverleibung und Vereinnahmung durch das Dritte Reich bleibt in der zeitgeschichtlichen Diskussion viel zuwenig berücksichtigt; und dennoch war dies wichtig, vor allem für die Zeit nach 1945, als Österreich über eine Reihe von Politikern verfügte, die nicht mit dem Stigma des Nationalsozialismus behaftet waren, für die jener Teil der Moskauer Deklaration, der Österreich als erstes Opfer des nationalsozialistischen Deutschlands apostrophierte, auch wegen ihrer persönlichen Erfahrungen selbstverständlich war und die damit unverzüglich eine funktionierende Regierung und Administration auf die Beine stellen konnten.

Der überaus hohe Blutzoll, den österreichische Patrioten als Widerstandskämpfer, den österreichische Soldaten in deutscher Uniform und die österreichische Zivilbevölkerung bei Bombenangriffen und während direkter Kampfhandlungen in jenen Jahren zu entrichten hatten, kann nicht mit der Ermordung von über 60.000 wehr-

losen österreichischen Juden (davon ein hoher Prozentsatz alte Menschen und Kinder) in den deutschen Konzentrationslagern verglichen werden. Denn im Falle dieser 60.000 jüdischen Mitbürger lag ein eindeutiger Tötungsbefehl vor, eine vorbedachte Mordabsicht der Machthaber — zweifellos das schreckliche Novum der europäischen Geschichte der Neuzeit, eine Untat von auch heute noch unvorstellbarer, monströser Grausamkeit.
Es gibt keine Rechtfertigung für jegliche Art von Antisemitismus und schon gar keine Rechtfertigung des individuellen Verhaltens vieler gegenüber den jüdischen Bürgern. Den Antisemitismus in Österreich gab es allerdings nicht erst seit dem Auftreten der Nationalsozialisten, er ist ein Erbe aus der Zeit der Monarchie. Schon im alten Österreich und erst recht in der Ersten Republik zogen sich antisemitische Strömungen durch nahezu alle politischen Parteien. Es gehörte — leider — vielfach zum Repertoire von Parteien und Politikern, die Schuld an Mißständen, an sozialen Spannungen, an Armut und Not, in letzter Konsequenz den Juden anzulasten. Dies mag zum Teil mit dem Triumph der Gegenreformation über die Aufklärung zusammenhängen, denn es wurden dadurch mittelalterliche Stereotype bis in das 20. Jahrhundert tradiert.
Daß sich in der österreichischen Bevölkerung über die sich ab März 1938 von Monat zu Monat verschlechternde Lage der jüdischen Mitbürger nicht schließlich doch ein Aufschrei, wenigstens ein Protest, erhob, kann den in einer Demokratie aufgewachsenen jüngeren Österreichern von heute nicht erklärt werden. Aber dieser scheinbaren Gleichgültigkeit der Österreicher von damals stand eine internationale Gleichgültigkeit, zumindest Passivität, dem Schicksal der österreichischen Juden gegenüber. Kaum ein Land war bereit, sie aufzunehmen, Einreisevisa waren nur nach einem Leidensweg zu erhalten, ein schikanöser Bürokratismus besonders der westlichen Staaten entmutigte viele, eine Auswanderung überhaupt ins Auge zu fassen. 1938 und 1939 hätten Großzügigkeit und Hilfsbereitschaft des Auslands Zehntausenden der 60.000, die später vergast worden sind, das Leben gerettet. Daraus hat Österreich gelernt. Ab 1945 hat es den Flüchtlingen, die im Gefolge des Zweiten Weltkrieges — und später als Folge des „kalten" Krieges — in Österreich Zuflucht suchten, seine Grenzen weit geöffnet.
Diese Politik schlug Österreich in einer für heutige Begriffe unvorstellbaren Notlage ein. Die rein materiellen Kriegsschäden allein wurden auf 160 Mrd. S (zu Preisen des Jahres 1960) geschätzt. Es waren dann die Kosten für Besatzung und Staatsvertrag aufzubringen, die weitere 100 Mrd. S zu Preisen von 1960 ausmachten. Das österreichische Brutto-Nationalprodukt desselben Jahres betrug 163 Mrd. S. Auch wenn man die ausländischen Hilfeleistungen in der Größenordnung von etwa 60 Mrd. S berücksichtigt, wovon etwa die Hälfte auf das European-Recovery-Programm (Marshall-Plan) entfielen, so blieben doch enorme Kosten übrig, die zu tragen waren.
Das in den letzten Apriltagen des Jahres 1945 aus den Trümmern des Dritten Reiches wiedererstandene Österreich bekannte sich, im Unterschied zur Ersten Republik, uneingeschränkt zu seiner staatlichen Souveränität. Sieben Jahre nationalsozialistischer Gleichschaltung, Konzentrationslager und Krieg, danach zehn Jahre der alliierten Besatzung, einigten die einander einst unversöhnlich gegenüberstehenden politischen Lager in Österreich. Die am 25. November 1946 stattgefundene erste Nationalratswahl erbrachte für die Österreichische Volkspartei 85 Mandate, für die Sozialistische Partei 76 und für die Kommunistische Partei 4. Die große Koalition und die später folgende Einrichtung der Sozialpartnerschaft festigen diesen inneren Integrationsprozeß. Daran konnten auch die im Oktober 1950 von kommunistischer Seite inszenierten und durch die sowjetische Besatzungsmacht unterstützten Unruhen als Reaktion auf das vierte Lohn-Preis-Abkommen nichts ändern. Österreich behauptet sich als pluralistische, neutrale und rechtsstaatliche Demokratie; es hat sich nach 1945 wiedergefunden in seinen Ländern, in den Parteien und Interessensverbänden, bei gleichzeitig weitgehendem Verzicht auf seine visionäre Sendung und die mitteleuropäische Idee eines größeren geistigen Österreich. Die dramatischen Erfahrungen der Ersten Republik, der Zeit des Dritten Reiches und des Zweiten Weltkrieges wurden in der Folge überdeckt vom Erfolgserlebnis des gemeinsamen Wiederaufbaus, der im Staatsvertrag von 1955 seine Krönung, auch im politischen Sinne, erfahren sollte. Die Zweite Republik vollzog mit der Integration in das westliche Wirtschaftssystem eine außen- und wirtschaftspolitische Neuorientierung, weg von Österreichs traditionellen Einflußräumen in Ost- und Südosteuropa, hin zu einer allgemeinen Westorientierung.
Der in letzter Zeit des öfteren erhobene Vorwurf, die Österreicher hätten ihre Mitschuld und Mitverantwortung an den Greueln des 2. Weltkriegs öffentlich geleugnet und innerlich verdrängt, traf zunächst nicht zu. Die ersten Gesetze der neuen österreichischen Regierung waren Straf- und Sühnegesetze für alle, die im Namen des Nationalsozialismus Schuld auf sich geladen hatten. Das österreichische Kriegsverbrecherverfolgungsgesetz aus dem Jahre 1945 ist das strengste, das ein Staat je erlassen hat. Es sieht selbst die Todesstrafe für Denunzianten vor, wenn deren Denunziation zum Tode des Denunzierten geführt hat. Im Rahmen dieses Gesetzes wurden in 130.000 Fällen gerichtliche Untersuchungen eingeleitet, in über 23.000 Fällen kam es zu Gerichtsverfahren (die Diskrepanz erklärt sich vor allem aus der Denunziation der Nachkriegszeit), 13.000 Personen wurden verurteilt, 43 davon zum Tode.
Knapp 600.000 Österreicher wurden im Rahmen der Sühnegesetzgebung als Nationalsozialisten registriert,

100.000 von ihnen aus öffentlichen Ämtern entlassen, fast ebenso viele erhielten Berufsverbot. Die österreichischen Medien berichteten in diesen Jahren durchaus ausführlich über diese Verfahren und über Schuld und Verantwortung von Österreichern an den Verbrechen des Nationalsozialismus.

Allerdings bedingte der über Jahrzehnte hinweg gewaltige Aderlaß Österreichs an geistigem und menschlichem Potential sehr bald ernsthafte Engpässe; auch war es unmöglich, in einer inzwischen gefestigten Demokratie einen nicht unbeträchtlichen Teil der Bevölkerung für immer zu stigmatisieren und vom politischen Leben auszuschließen. Eine Reintegration, auch zur Festigung der demokratischen Fähigkeiten, war notwendig. Das Einsetzen des „kalten" Krieges bewirkte zudem bei den Alliierten einen gewissen Gesinnungswandel. Es waren im übrigen Großbritannien und Frankreich, die auf die Gründung einer Auffangpartei für die früheren Nationalsozialisten drängten, bald unterstützt von Sowjets und den Amerikanern. 1949 wurden die Minderbelasteten zu den Nationalratswahlen zugelassen. Das führte naturgemäß zu einem Wettlauf der Parteien um diese NS-Stimmen.

Österreich hat sicherlich zu wenig getan, um die Opfer des Nationalsozialismus als Mahnung zu beklagen. Im Sinne dessen, was Nahum Goldmann gemeint hat, daß jedes Opfer erst endgültig gestorben ist, wenn es vergessen wird. Man hat es unterlassen, die in die Emigration Getriebenen nachdrücklich zur Rückkehr einzuladen, in Fragen der Wiedergutmachung, der Anerkennung von Sozialversicherungsansprüchen, in Staatsbürgerschaftsfragen Zusätzliches rasch und unbürokratisch zu leisten. Und man hat unterlassen, die Wurzeln all dessen, was zum Nationalsozialismus geführt, was das Mittun oder Wegschauen opportun erscheinen ließ, was viele schuldig und fast alle mitverantwortlich gemacht hat, in der ganzen Breite und Tiefe zu diskutieren; um zu erkennen, zu begreifen, zu lernen und zu verhindern. Es gilt die Aufschrift am griechischen Mahnmal im Konzentrationslager Mauthausen: „Das Vergessen des Bösen ist die Erlaubnis zu seiner Wiederholung".

Die Einbeziehung Österreichs in den Marshall-Plan (European Recovery Program, ERP) und die mit der Gründung der Organisation for European Economic Cooperation (OEEC) beginnende europäische Integration stellen sich retrospektiv als entscheidende ökonomische Zäsur dar und als Basis des „österreichischen Wirtschaftswunders" nach dem Zweiten Weltkrieg. In den vergangenen 25 Jahren ist Österreich jährlich um knapp ein halbes Prozent rascher gewachsen als die europäischen OECD-Staaten. Die Inflationsrate lag mit rund 5 % jährlich deutlich unter dem internationalen Durchschnitt (OECD-Europa: 7 %), gleiches gilt — und in diesem Bereich war Österreich besonders erfolgreich — für die Arbeitslosenrate. Die seither erfolgte technisch-wissenschaftliche Evolution, die Herausbildung von Großraumwirtschaften, sowie die Neutralitätsposition des Landes im Schatten des West-Ost-Konfliktes haben zum österreichischen Erfolg sicher das Ihre beigetragen. Entscheidend war jedoch die aus der Not der „Stunde Null" geborene Mobilmachung der Österreicher selbst, um zu einer neuen Lebensform zu gelangen (Otto Schulmeister).

Österreich, noch um die Jahrhundertwende ein industrialisiertes Agrarland, hat heute einen Anteil von weniger als 10 % Agrarbevölkerung. Weitaus der größte Teil der Bevölkerung ist in Industrie und Gewerbe sowie im Dienstleistungsbereich beschäftigt. Österreichs Industrietradition ist heute differenzierter zu sehen. Was in der Wiederaufbauphase als Garant für eine bessere Zukunft schien, die Stahl- und Hüttenindustrie und manche andere traditionelle „Schornsteinindustrien", die zu einem Gutteil 1946 verstaatlicht wurden, befinden sich heute in einer Krise. Die Zukunft liegt langfristig in der geistigen Innovationsbereitschaft, im Rückgriff und der Weiterentwicklung geistiger Ressourcen.

Österreichs Chance im wirtschaftlichen Bereich liegt heute darin, den notwendigen Strukturwandel rascher, aber auch sozial ausgewogener zu bewältigen. Der wirtschaftspolitische Handlungsbedarf ist gegenwärtig groß, mit den erforderlichen Maßnahmen werden ohne Zweifel Opfer verbunden sein. Gerade deshalb ist es von entscheidender Bedeutung, Ziel und Sinn politischer Aktionen zu vermitteln.

Es bedarf in den nächsten Jahren großer Anstrengungen in verschiedenen Bereichen. Ein wesentlicher ist das Bildungssystem, das über kurz oder lang zu einem der zentralen Sektoren unserer Wirtschaft werden wird. Der Begriff einer abgeschlossenen Bildung wird immer mehr zu einer formalen Hülse. Lebenslanges Lernen oder „éducation permanente" wird zunehmend zu einer Selbstverständlichkeit, die Gesellschaft der Zukunft wird keine Freizeitgesellschaft, sondern eine Lerngesellschaft sein. Dazu bedarf es nicht nur organisatorischer Änderungen in unserem Ausbildungssystem und einer entsprechenden Ausbildung der Ausbildner, es müssen auch neue Wege der Zusammenarbeit der Bildungs- und Forschungsinstitutionen mit den Betrieben beschritten werden, wie dies in einer Reihe von Ländern bereits realisiert ist.

Die Förderung der angewandten Wissenschaft und Forschung ist heute für einen hochentwickelten Industriestaat von großer Bedeutung. Österreichs Forschungs- und Entwicklungsausgaben sind aber — trotz erheblicher Anstrengungen in der Vergangenheit — im internationalen Vergleich noch immer zu niedrig: So macht etwa der Anteil von Forschungs- und Entwicklungsausgaben am Brutto-Inlandsprodukt in Schweden, der BRD und der Schweiz deutlich über 2 % aus, in Österreich hingegen nur 1,2 %. Dabei besitzt das Land durch seine wesentlich geringeren Verteidigungsausgaben (Österreich gibt 1,3 % des Brutto-Inlandsprodukts, die Schweiz 2,5 % und

Schweden sogar 3,5 % aus) einen budgetpolitischen Vorteil gegenüber vielen anderen Ländern, läßt diesen aber ungenutzt und gibt einen überdurchschnittlichen Anteil der öffentlichen Ausgaben für Transferleistungen aus.
Ein ebenfalls sehr wesentliches Anliegen muß darin bestehen, die ungenügende Internationalität der österreichischen Wirtschaft zu verbessern. Diese läßt sich an einer Vielzahl von Indikatoren nachweisen: Die Warenexporte pro Kopf und die Warenexportquote sind gegenüber vergleichbaren Ländern zu gering und der Exportradius ist zu klein, aber auch etwa die Einbindung in den internationalen Flugverkehr ist ungenügend. Und nicht zuletzt wird eine Verbesserung der Exportstruktur, die weitgehend die Produktionsstruktur widerspiegelt, erforderlich sein. Denn noch immer ist der Anteil technischer Verarbeitungsprodukte in der Exportpalette zu niedrig und — spiegelverkehrt — der Anteil wenig bearbeiteter Güter zu hoch. Für eine so stark vom Außenhandel abhängige Volkswirtschaft, wie sie jene Österreichs heute darstellt, ist dies auf lange Sicht nicht zu tolerieren.
In diesem Zusammenhang wird es auch zweifelsohne einer stärkeren Bindung Österreichs, das derzeit Mitglied der EFTA (European Free Trade Association) ist, an die Europäische Gemeinschaft (EG) bedürfen. Die EG nimmt derzeit rund 60 % aller Warenexporte auf und liefert mehr als 65 % der Importe, ist somit der mit Abstand bedeutendste Handelspartner Österreichs. Die in jüngster Zeit vor sich gegangenen Integrationsschritte innerhalb der EG, die bis 1992 die Schaffung eines einheitlichen Binnenmarktes vorsehen, führen automatisch zu einer Diskriminierung aller abseits stehenden Länder. Es wird daher für Österreich vor allem darauf ankommen, eine größtmögliche Teilnahme am Prozeß der europäischen Integration zu erreichen.
Für die *Conditio Austriae* spielt nicht zuletzt Lage und Raum eine nicht zu unterschätzende Rolle. Österreich ist heute eines der wenigen europäischen Binnenländer. Der Meerzugang, der eine der zentralen Leitlinien der Monarchie gewesen war (Bobek), ging verloren. Die Gesamtausdehnung in der West-Ost-Richtung beträgt heute 580 km bei einer maximalen Breite von 260 km und einer minimalen von nur 34 km. Von der 2637 Kilometer langen Landesgrenze entfallen mehr als 1200 km gemeinsame Grenze auf die Tschechoslowakei, Ungarn und Jugoslawien, die verbleibenden 1400 km auf die westlichen Nachbarn Deutschland, Italien, Schweiz und Liechtenstein. Damit lebt Österreich, wie schon am Anfang seiner Geschichte, erneut an der Grenze zweier Welten.
Das Land ist an der zentralen Wasserscheide Europas gelegen, seine Flüsse entwässern in die Ostsee, Nordsee und das Schwarze Meer. Es ist reich an Wäldern (mehr als 1/3 der Landfläche entfällt auf sie), Flüssen und Seen, was nicht zuletzt für den Fremdenverkehr, aber auch für die Energieproduktion eine Rolle spielt. Österreich ist derzeit in der Lage, seinen Verbrauch an elektrischer Energie im hohen Maß aus der Wasserkraft zu decken; deren Anteil an der Produktion elektrischer Energie beträgt rund 70 %. Dennoch nimmt die gesamte Energieimportabhängigkeit langfristig leicht zu, rund 65 % des Gesamtverbrauchs müssen bereits eingeführt werden. Insgesamt ist das Land — sieht man von Holz und Wasser ab — mit Rohstoffen nicht gerade reich gesegnet.
Ein typisches Merkmal für Mitteleuropa insgesamt ist die enge Verbindung verschiedenartigster Landschaften, die überaus spannungsreiche innere Gliederung (Hassinger). Das Kerngebiet Österreichs war seit je her das Donautal gewesen. Und obwohl heute die Fläche Österreichs zu mehr als 60 % von den Alpen eingenommen und damit sogar die Schweiz als Alpenland übertroffen wird, zeichnet es sich doch durch eine bemerkenswerte landschaftliche Vielfalt aus. Es enthält so unterschiedliche Gebiete wie Teile der ungarischen Tiefebene mit reizvollen Steppenseen, hochalpine Regionen ebenso wie bizarre Kalkalpenformationen oder das sanft hügelige Alpenvorland. In Anbetracht dieser großen Vielfalt auf 84.000 km^2 kommt es nicht von ungefähr, daß Österreich zu einem zentralen Erholungsraum Europas wurde. Der Fremdenverkehr spielt für die Wirtschaft eine überaus wichtige Rolle, die Deviseneinnahmen aus dem Ausländerreiseverkehr pro Kopf der Bevölkerung sind höher als etwa in Italien, Spanien oder in der Schweiz. Durch seine zentrale Lage war und ist es aber auch — und das führt heute zu erheblichen Beeinträchtigungen — das Transitland schlechthin. Österreich hat im Straßengütertransit ein mehr als doppelt so großes Verkehrsaufkommen zu bewältigen, wie die Schweiz, Jugoslawien, Griechenland und die Türkei zusammen. Derzeit werden jährlich im Nord-Süd-Transit 19 Mio. t durch Österreich befördert, in der Schweiz hingegen weniger als 1 Mio. t. Österreich ist damit das am stärksten belastete Transitland Europas.
Österreich erfüllt nicht erst seit heute eine wichtige Rolle auf internationalem Gebiet. Durch seine Neutralität und aktiv geführte Neutralitäts- und Sicherheitspolitik ist es ein wesentlicher, stabilisierender Faktor im Zentrum Europas und strahlt damit nicht nur auf seine unmittelbare Umgebung aus. Es erfüllt täglich und in aller Stille die Aufgabe eines ganz bedeutenden Asyllandes in Europa. Seit 1945 sind 1,8 Mio. Menschen durch und über Österreich in die Freiheit gelangt. Darunter allein etwa 500.000 Juden aus der Sowjetunion und anderen osteuropäischen Staaten; 1956 kamen rund 200.000 Ungarn, nach 1968 etwa 100.000 Tschechen und Slowaken und nach 1979 etwa 60.000 Polen.
Das Land hat aber auch die Verpflichtung übernommen, sein großes geistiges und kulturelles Erbe zu fördern und zu bewahren und gleichzeitig von dieser gesicherten Basis aus innovativ weiterzuentwickeln. Es ist ein nicht unwesentliches Indiz für den Charakter dieses Landes, daß es über mehr Kunsthochschulen als über Technische Universitäten verfügt.

Es spricht vieles dafür, daß auch das heutige Österreich in Musik und darstellender Kunst, in Malerei und Bildhauerei, in Architektur und Literatur erstaunliche Leistungen vollbringt und seine Begnadung für das Schöne bewahrt hat. Gleiches gilt sicherlich auch für manche Bereiche in Technik und Wissenschaft. Das Österreichbild im Ausland wird nicht zuletzt durch diese Leistungen bestimmt. Es entspricht allerdings alter österreichischer Tradition, daß diese Geistes- und Kulturelite im allgemeinen erst dann eine Würdigung erfährt, wenn diese von uns gegangen ist. Die Anerkennung findet sie vielfach im Ausland, denn wie schon Helmut Qualtinger beklagte: „Die jungen Leute von heute können einem leid tun, ihnen fehlt die Provinz" jenes Hinterland und jenes größere Österreich, das über die kleinstaatliche Begrenztheit hinausreicht. Dennoch stimmt es bedenklich, wenn Ernst Krenek schon 1931 die „Kapitulation der geistigen Menschen vor der Minderwertigkeit aufgeblasener Lokalgrößen" konstatierte, denn ein Geschenk hat uns das alte Österreich leider nicht hinterlassen: jene Weisheit, dank der es nach Musils Worten in Österreich häufig vorkam, daß ein Genie für einen Lümmel gehalten wurde, doch nie, wie anderswo, ein Lümmel für ein Genie. Viel eher ist es doch so, daß Österreich seine Geistesgrößen auch heute noch in die Emigration oder in die Anonymität zwingt, um ihnen dann nach dem Tode Kränze zu flechten oder Plätze und Straßen nach ihnen zu benennen. Der Versuch einer Versöhnung zwischen diesem kleinen, auf sich selbst zurückgeworfenen oder bewußt zurückgezogenen Österreich und dem Entwurf eines größeren Österreich, über das heute charakteristischerweise anderswo mehr nachgedacht wird als im eigenen Haus, erscheint damit mehr denn je ein wichtige Aufgabe.

Es ist im übrigen ein Kennzeichen des Landes, daß sich seine Menschen in einer nahezu unheimlichen Vielfalt von regionalen, kulturellen und politischen Organisationen zusammenfinden. Dazu gehören Trachtenvereine, Musikkapellen, Gesangsvereine ebenso wie freiwillige Feuerwehren, Sparvereine etc. Die 2300 Ortsgemeinden Österreichs überzieht ein Netz von 68.400 ins Vereinsregister eingetragenen Vereinen, allein 8800 davon entfallen auf Musik- und Gesangsgruppen. Ein Charakteristikum ist auch die überaus hohe politische Organisationsdichte, die sehr oft in dem Vorwurf gipfelt, daß eine berufliche Karriere nur über die Zugehörigkeit zu den großen politischen Parteien möglich sei.

Das „Land der modernen Phäaken", das Land der Tänzer und der Geiger begünstigt aber auch die Reduktion auf eine Fremdenverkehrs-Mentalität des Anbiederns, mit den üblichen Requisiten Mozartkugeln, Lipizzanern, Sängerknaben und schuhplattelnden Alpenjodlern ausgestattet. Die Umstände, unter denen die Zweite Republik wieder ins Leben trat — der staatliche wie ökonomische Notstand, der Generationswechsel und die gesellschaftlichen Umwälzungen, das so vielfältig und revolutionär verändernde Szenario und die zehnjährige Besatzung im eigenen Haus — sie begünstigten eine Rücknahme in sich selbst, geistig und seelisch, sowohl eine Abkapselung gegenüber dem Gestern, eine Außerkraftsetzung der eigenen Vergangenheit wie die Konzentration auf die Behauptung der nackten Existenz. Die Veränderungen, denen sich die Österreicher in diesem Jahrhundert gegenübersahen, waren größer als in jedem anderen europäischen Land. Ein um 1900 Geborener und als Staatsbeamter Tätiger hat bei normaler Lebenslänge fünf Hymnen gehört, hatte sieben Eide zu schwören, hatte fünf Währungen erlebt, mehrfach seine Ersparnisse verloren und sechs Staatsbezeichnungen erlebt. Dies bedingt manche Widersprüchlichkeit. Was ist dieses österreichische Land, das, wie Wolfgang Bauer schreibt, die Form einer Bauchspeicheldrüse aufweist, die im Falle der Entzündung sich selbst verdaut, und das nach den Worten von Gerhard Roth „ewig, in einem fort in seinem eigenen Saft, ohne sich selbst zu zerstören, schmort". Der steirische Dichter nimmt die Ursache dieser Unverdaubarkeit in einem geistigen Minderwertigkeitskomplex wahr, in einem permanenten Verdrängungsprozeß seiner Vergangenheit, in einer Art geistiger Krankheit, wie sie der Wiener Psychiater Ringel in seiner „Österreichischen Seele" mit dem Vokabular der Psychoanalyse gefaßt hat. Diese verdrängte Vergangenheit holt Österreich unversehens allerdings immer dann ein, wenn es dies am wenigsten gebrauchen kann. Kennzeichnend dafür ist der Wunsch, im Ausland geliebt zu werden, eine ambivalente Haltung „weit entfernt von Hochmut und Schwäche" (Karl Kraus), denn es ist an sich fast unerträglich, als Einwohner eines Kleinstaates mit einem derartigen Übermaß an Vergangenheit konfrontiert zu werden. Wenn aber diese Zuwendung seitens des Auslandes nicht eintritt, so nimmt die „Insel der Seligen", wie Papst Paul VI. Österreich gelegentlich einmal apostrophiert hat, jene trutzige Haltung ein, die der Tiroler Künstler Paul Flora in seiner Zeichnung „Die verwurzelten Tiroler und ihre bösen Feinde" so anschaulich darzustellen verstand.

Dieser Widerspruch zwischen der Kleinheit der Realität und dem visionären Anspruch der Größe, dieser ständige Versuch, die Wirklichkeit dem Schein anzupassen, macht das Österreichersein zu einer fortdauernden Aufgabe.

Der Dichter Heimito von Doderer formulierte das unübertrefflich: „Österreicher sein ist ein Zustand, ein goldner Schnitt nur zwischen Distanzen und Kräften, aus dem man fallen kann, wenn man eine rohe und ungeschickte Bewegung macht."

DIE AUTOREN

HANNES ANDROSCH, Banker. Geb. 1938 in Wien. 1960/61 Obmann des Verbandes Sozialistischer Studenten. Dkfm., Dr. rer. oec. 1963—1966 zunächst Sekretär, dann Konsulent für Wirtschaftsfragen des SPÖ-Abgeordnetenklubs. 1966 Beeideter Wirtschaftsprüfer und Steuerberater. 1967 Abgeordneter zum Nationalrat. 1970—1979 Finanzminister der Regierung Kreisky. 1976 Vizekanzler. 1979 Vorsitzender der OECD auf Ministerebene. 1980 Vorsitzender des Interimskomitees des Weltwährungsfonds. Seit 1981 Generaldirektor der Creditanstalt-Bankverein. Zahlreiche Veröffentlichungen, vor allem zu finanzpolitischen und Steuerfragen.
Lebt in Wien.

HELMUT H. HASCHEK, Banker. Geb. 1930 in Wien. Dr. iur. 1954. Eintritt in die Österreichische Kontrollbank, 1971 Vorsitzender des Vorstandes, seit 1972 Generaldirektor. Honorarprofessor an der Wirtschaftsuniversität Wien, Ehrenbürger der Akademie der bildenden Künste. Zahlreiche Publikationen auf den Gebieten Renten, Kapitalismus und Ausfuhrförderung. Mitherausgeber der Schriftenreihe „Klassiker der österreichischen Nationalökonomie". Lebt in Wien.

OTTO BREICHA, Kunsthistoriker. Geb. 1932 in Wien. Studium der Kunstgeschichte und Germanistik. 1962—1972 Mitarbeiter und stellvertretender Leiter der Österreichischen Gesellschaft für Literatur. Literatur- und Kunstkritiker. 1972—1980 Leiter des Kulturhauses der Stadt Graz; seit 1980 Direktor der Salzburger Landessammlungen Rupertinum. Zahlreiche Veröffentlichungen zur Kunst und Literatur des 20. Jhdts. (Anthologien, Monographien, Werkverzeichnisse). Seit 1966 Herausgabe der Zeitschrift für Literatur und Kunst „protokolle".
Lebt in Salzburg.

ALFONS DALMA, Publizist. Geb. 1919. 1945 bis 1975 jeweils ein Jahrzehnt Chefredakteur der Tageszeitungen „Salzburger Nachrichten" und „Münchner Merkur" sowie des ORF (Fernsehen), nach 1976 Rundfunk-, TV- und Zeitungskorrespondent („Die Presse", „Die Welt") in Rom. Bis 1967 Lehrbeauftragter für politische Strategie an der Hochschule für politische Wissenschaften, Chefredakteur der Monatszeitschrift „Die Wehrkunde" in München.
Lebt in Wien.

HERMANN FILLITZ, Kunsthistoriker. Geb. 1924 in Wien. 1948—1964 Assistent, ab 1959 Sammlungsleiter am Kunsthistorischen Museum Wien. 1959 Habilitierung. 1965—1967 Leiter des Österr. Kulturinstituts Rom. 1967—1974 o. Prof. an der Universität Basel, seit 1974 an der Universität Wien. 1966 korr., 1982 wirkl. Mitglied der Österr. Akademie der Wissenschaften. Seit 1982 Erster Direktor des Kunsthistorischen Museums Wien. Lebt in Wien.

PETER KAMPITS, Philosoph. Geb. 1942 in Wien. Studium der Philosophie, Psychologie und Geschichte in Wien und Paris. 1977 Prof. für Philosophie, derzeit Vorstand des Institutes für Philosophie an der Universität Wien. Wichtigste Publikationen: Zum Humanismus und Atheismus von Albert Camus (1968), Sartre und die Frage nach dem Anderen (1975), Zwischen Schein und Wirklichkeit. Eine kleine Geschichte der österreichischen Philosophie (1984), Ludwig Wittgenstein. Wege und Umwege zu seinem Denken (1985). Hauptarbeitsgebiete: Österreichische Philosophie, Grenzfragen der Ethik, Todesproblem. Lebt in Wien und Senftenberg, Niederösterreich.

HERBERT MATIS, Wirtschaftshistoriker. Geb. 1941 in Wien. Studium der Geschichte und Geographie an der Universität Wien. 1972 o. Prof. für Wirtschafts- und Sozialgeschichte an der Wirtschaftsuniversität Wien; 1983—1985 Rektor. Verfasser zahlreicher Bücher (u. a. Österreichs Wirtschaft 1848—1913, Der österreichische Schilling, Von der Glückseligkeit des Staates . . .) und Monographien sowie Herausgeber zahlreicher Beiträge zu Sammelwerken, Leitartikel und Aufsätzen. Lebt in Wien.

GUSTAV PEICHL, Architekt. Geb. 1928 in Wien. Rektor der Akademie der bildenden Künste in Wien. Träger des Großen Österreichischen Staatspreises für Architektur, Preis der Stadt Wien für Architektur, Joseph-Drexel-Preis, Reynolds Memorial Award, Preis des Landes Steiermark für Architektur, Mies-van-der-Rohe-Preis 1986. Seit 1984 Mitglied der Akademie der Künste, Berlin.
Werke (Auswahl): Fernseh- und Rundfunkstudios des Österreichischen Rundfunks ORF; Erdefunkstelle Aflenz, Steiermark; Umweltschutzbauwerk PEA Berlin; Kunsthalle Bonn.
Unter dem Namen IRONIMUS politischer Karikaturist. Mehrere Buchveröffentlichungen. Lebt in Wien.

HANS SEIDEL, Wirtschaftsforscher. Geb. 1922 in Wien. Dkfm. 1973—1981 Leiter des Österr. Instituts für Wirtschaftsforschung. 1981—1983 Staatssekretär im BM f. Finanzen; seit 1984 Direktor des Instituts für Höhere Studien. Honorarprofessor der Universität Wien. Mitglied verschiedener wissenschaftlicher Beiräte, Vertreter Österreichs im Economic Policy Committee der OECD, Vorsitzender der EFTA Economic Commission. Zahlreiche Veröffentlichungen. Hauptarbeitsgebiete: Konjunkturforschung, Regionalforschung, Industriepolitik, Finanzpolitik. Lebt in Wien.

WENDELIN SCHMIDT-DENGLER, Literarhistoriker. Geb. 1942 in Zagreb (Jugoslawien), Studium der Klassischen Philologie und Germanistik in Wien. 1974 Habilitation; seit 1980 ao. Prof. Betreuung des Nachlasses von Heimito von Doderer; Editionen aus dem Nachlaß. Zahlreiche Veröffentlichungen zur österreichischen Literatur des 19. und 20. Jhdts. Buchpublikationen: Genius. Zur Wirkungsgeschichte antiker Mythologeme in der Goethezeit (1978); Eine Avantgarde aus Graz (1979); Der Übertreibungskünstler. Studien zu Thomas Bernhard (1986). Lebt in Wien.

ERNST TROST, Buch- und Fernsehautor. Geb. 1933 in Knittelfeld (Stmk.). Außenpolitischer Kolumnist der „Neuen Kronen-Zeitung". Autor zahlreicher Fernsehfilme, meist historischer Themen. Bücher (Auswahl): Das blieb vom Doppeladler (1966), Die Donau — Lebenslauf eines Stromes (1968), Figl von Österreich (1972), Traumstraße Donau, mit Erich Lessing (1974), Das tausendjährige Österreich (1976) und Das Heilige Römische Reich (1978), beide mit Franz Hubmann, Der Papst aus einem fernen Land (1979), Kaiser Franz Joseph I. (1980), Prinz Eugen (1985). Lebt in Wien.

ADAM WANDRUSZKA, Historiker. Geb. 1914 in Lemberg. Studium der Geschichte, Kunstgeschichte und Germanistik Wien. Dr. phil. 1948—1958 Redakteur „Die Presse" Wien, 1955 Habilitierung. 1959—1969 o. Prof. f. mittl. u. neuere Geschichte, Univ. Köln, 1969—1984 Univ. Wien. Wirkl. Mitglied d. Österr. Akad. d. Wissenschaften, d. Hist. Kommission b. d. Bayerischen Akad. d. Wissenschaften, d. Accademia dei Lincei, Rom und d. Akad. von Mantua u. Rovereto. Präsident d. Ital.-Deutschen Histor. Instituts in Trient. Hauptwerke: Das Haus Habsburg (auch engl., it., jap.); Österreich u. Italien im 18. Jhdt.; Leopold II. (2 Bde., auch it.); Schicksalsjahr 1866; Maria Theresia. Lebt in Wien.

OTHMAR WESSELY, Musikhistoriker. Geb. 1922 in Wien. 1959 Habilitierung; 1963 o. Prof. f. Musikwissenschaft an der Universität in Graz, seit 1971 an der Universität Wien. Hauptarbeitsgebiete: Musikgeschichte Österreichs, Musik des 14. und 17. Jhdts. Lebt in Wien.

HELMUT ZOLLES, Fremdenverkehrsmanager. Geb. 1943 in Wien. Studium an der Hochschule für Welthandel (jetzt Wirtschaftsuniversität) in Wien, Dkfm., Dr. rer. oec., 1974—1986 Geschäftsführender Direktor der Österreichischen Fremdenverkehrswerbung, seit 1987 Generaldirektor der Ersten Donau-Dampfschiffahrts-Gesellschaft. Verfasser zahlreicher Fachartikel über Fremdenverkehrspolitik und -marketing, Mitverfasser des Fremdenverkehrskonzeptes der Österreichischen Bundesregierung 1970. Lebt in Wien.

PERSONENREGISTER

BILDQUELLENNACHWEIS

APN-Bilderdienst, Wien: 2. Archiv Christian Ludwig Attersee, Wien: 1. Bilderdienst Jerusalem: 1. Gabriela Brandenstein, Wien: 1. Otto Breicha, Salzburg: 11. Brenner-Archiv, Innsbruck: 2. Bundesdenkmalamt, Wien: 4. Heinz Cibulka, Prinzendorf: 1. Dokumentationsarchiv des österreichischen Widerstandes, Wien: 1. Dokumentationsstelle für neuere österreichische Literatur, Wien: 5. Österreichische Gesellschaft für Literatur, Wien: 1. Ernst Haas: 1. Joram Harel Management, Wien: 2. Franz Hubmann, Wien: 43. Institut für Geschichte der Medizin, Wien: 3. Josef-Matthias-Hauer-Archiv, Wien: 1. Österreichisches Institut für Zeitgeschichte, Wien: 1. Inge Kitlitschka, Wien: 1. Herbert Kofler, Wien: 5. Helmut Koller, Wien: 1. Siegfried Lauterwasser, Überlingen: 1. Erich Lessing, Wien: 46. Archiv Prof. Karl Mang, Wien: 2. Österreichische Nationalbibliothek, Bildarchiv: 174. Österreichische Nationalbibliothek, Theatersammlung: 2. Barbara Pflaum, Wien: 14. Presse-Bild Birbaumer, Wien: 1. Presse-Bilderdienst Basch, Wien: 2. Pressestelle der Stadt Wien, Bilderdienst: 2. Profil-Archiv, Wien: 8. Archiv Arnulf Rainer, Wien: 1. Archiv Roland Rainer, Wien: 1. Residenz-Verlag, Salzburg: 2. Georg Riha, Wien: 56. Lothar Rübelt, Wien: 1. Archiv Landessammlungen Rupertinum, Salzburg: 12. Franz Schachinger, Wien: 1. Gerhard Trumler, Wien: 55. Orren J. Turner: 1. Hubert Urban, Wien: 4. Verlagsarchiv: 64. Votava, Wien: 8. Harry Weber, Wien: 3. Galerie Welz, Salzburg: 10. Archiv Sigrid Wiesmann, Wien: 4. Axel Zeininger, Wien: 5.

Adalbert-Stifter-Museum, Linz: 1. Akademie der bildenden Künste, Wien: 2. Anton-Hanak-Museum, Langenzersdorf: 2. Arnold-Schönberg-Haus, Mödling: 1. Sammlung Christian Brandstätter, Wien: 34. Burgenländisches Landesmuseum, Eisenstadt: 1. Marianne Feilchenfeldt, München: 1. Galleria Sabauda, Turin: 1. Gesellschaft der Musikfreunde, Wien: 1. Graphische Sammlung Albertina, Wien: 8. Haus-, Hof- und Staatsarchiv, Wien: 3. Heeresgeschichtliches Museum, Wien: 6. Historisches Museum, Wien: 28. Kloster Einsiedeln, Schweiz: 1. Kunsthistorisches Institut der Universität Wien: 2. Kunsthistorisches Museum, Wien: 30. Kunstmuseum, Basel: 1. Kunstmuseum, St. Gallen: 1. Mozart-Museum, Salzburg: 2. Museum für angewandte Kunst, Wien: 4. Museum moderner Kunst, Wien: 3. Naturhistorisches Museum, Wien: 1. Neue Galerie der Stadt Linz: 3. NÖ. Landesmuseum, Wien: 1. OÖ. Landesmuseum, Schloßmuseum, Linz: 1. Österreichische Galerie, Wien: 13. Österreichische Länderbank, Wien (Slg. Fotografis): 2. Oskar-Kokoschka-Dokumentation, Pöchlarn: 2. Gustav Peichl, Wien: 53, Prähistorisches Museum, Hallstatt: 1. Privatsammlungen: 8. Schubert-Museum, Wien: 1. Staatsbibliothek, Berlin: 1. Stadt- und Landesarchiv, Wien: 7. Stadt- und Landesbibliothek, Wien: 2. Stadtmuseum, Wiener Neustadt: 1. Steiermärkisches Landesmuseum Joanneum, Graz: 1. Technisches Museum, Wien: 6. Tiroler Landesmuseum Ferdinandeum, Innsbruck: 1. Wiener Städtische Versicherung, Wien: 1.